M

JOANA MARCÚS

ETÉREO

Enamórate de lo desconocido

Montena

Primera edición: octubre de 2024

© 2024, Joana Marcús, autora representada por Editabundo Agencia Literaria, S. L.
© 2024, Penguin Random House Grupo Editorial, S. A. U.
Travessera de Gràcia, 47-49. 08021 Barcelona
© 2024, Penguin Random House Grupo Editorial USA, LLC
8950 SW 74th Court, Suite 2010
Miami, FL 33156

Impreso en Colombia - *Printed in Colombia*

ISBN: 979-88-909823-7-7

24 25 26 27 28   10 9 8 7 6 5 4 3 2 1

Para todas las personas que se sienten invisibles:
quizá sois demasiado etéreas
para este mundo

Advertencia: este libro incluye contenido sexual explícito, consumo de drogas y escenas violentas.

Victoria

Observó su reflejo una última vez. Pese a conocer cada detalle, consiguió encontrarse un nuevo defecto.

Caleb

Observó su reflejo una última vez. No le dio demasiada importancia.

Victoria

Tras un suspiro, rebuscó en su montón de ropa para encontrar su camiseta blanca.

Caleb

Tras un suspiro, alcanzó una camiseta negra perfectamente doblada.

Victoria

También rebuscó en los cajones de su mesita de noche hasta encontrar una goma de pelo.

Caleb

También abrió el primer cajón de su mesita de noche y cogió la pistola.

Victoria

Con apuro, se ató los tres botones del cuello de la camiseta. Al ver el logo del bar, no pudo evitar una mueca de desagrado.

Caleb

Con paciencia, se subió la cremallera de la chaqueta. Al notar que la pistola se le clavaba en las costillas, no pudo evitar una mueca de hastío.

Victoria

Salió de la habitación con las manos en las caderas —una postura que había adoptado mucho tiempo atrás como su favorita— y entró en el ya bautizado salón-comedor-cocina-estudio de su diminuto piso. El sospechoso principal no estaba en el sillón. Probó en el cuarto de baño, pero en la cajita de arena tampoco había señales de vida.

Tan solo quedaba una alternativa.

Y, por supuesto, estaba tumbado en su almohada.

—Joder, Bigotitos…, ¿te gustaría que yo mordiera tus cosas?

A modo de respuesta, recibió un bufido gatuno.

Enfadarse requería tiempo y no iba sobrada, así que recuperó la reliquia perdida —las zapatillas—, se las puso a toda velocidad y corrió hacia la puerta.

Iba tan despistada que tuvo que volver a entrar, solo para apagar la luz.

Caleb

Contempló la habitación con los brazos cruzados —una postura que había adoptado mucho tiempo atrás como su favorita— y se acercó a la cristalera, pensativo, para observar el bosque desierto que se extendía ante él.

Tras unos instantes, volvió a acercarse a la cama para recoger las botas y ponérselas. Estaban impolutas, tal como le gustaba.

Abandonó el dormitorio sin mirar atrás.

Victoria

En cuanto salió del edificio, empezaron a castañearle los dientes. El frío y la humedad eran muy malos compañeros; por muchas capas de ropa que usara, nunca parecían suficientes. Además, era de noche. Odiaba salir de noche.

Victoria trató de meterse las llaves en el bolsillo de la chaqueta, pero estaba tan distraída que se le cayeron al suelo y tuvo que agacharse para recogerlas.

Caleb

En cuanto salió de casa, calculó la temperatura de forma un poco ausente. Ni siquiera podía afectarle, así que no era muy relevante. Además, era de noche. Le encantaba salir de noche.

Mientras entraba en su coche, dio la vuelta a las llaves con un dedo. Condujo con una mano en el volante y la mirada clavada en la carretera.

Victoria

Se preguntó qué le tocaba esa noche. Una bronca del jefe, seguro. Qué pereza.

Caleb

Se preguntó qué le tocaba esa noche. Un interrogatorio, seguro. Qué desidia.

Victoria

Qué frío, por Dios. Trató de buscar calorcito con las manos en los bolsillos, pero era inútil.

Caleb

Aparcó con un solo movimiento. Mientras salía, se ajustó la chaqueta y, con tranquilidad, se colocó un cigarrillo entre los labios.

Victoria

Mientras tanto, giró a la derecha.

Caleb

Mientras tanto, giró a la izquierda.

Victoria

Al escapársele un vaho de aire frío, no pudo evitar una sonrisa.

Caleb

Al soltar el humo entre los labios, advirtió que la chica que pasaba por su lado estaba sonriendo.

Victoria

El chico que pasaba por su lado la había visto. Dejó de sonreír, avergonzada.

Caleb

La chica se había dado cuenta. Dejó de mirarla, incómodo.

Victoria

No pudo diferenciar muchos detalles; estaba a contraluz y su rostro quedaba completamente sumergido entre las sombras.

Caleb

La vio perfectamente. La luz le daba de frente e iluminaba cada uno de sus rasgos.

Victoria

Como él apartó la mirada, decidió imitarlo y centrarse en sus propios pasos.

Caleb

Como ella apartó la mirada, aprovechó para echarle una última ojeada. Se alargó más de lo que esperaba, hasta que estuvieron a varios pasos de distancia. Y, entonces, volvió a centrarse en el frente.

Victoria

Cuando estuvieron a unos pasos de distancia, se volvió solo para comprobar si seguía observándola.
Pero él ya no la miraba.

Caleb

Cuando llegó al final de la calle, por impulso, se volvió una última vez.
Pero ella ya no estaba.

1

Unas semanas más tarde

Victoria

—¿Estás sorda, niña?

No, pero sí que estaba hasta las narices de aguantar idioteces.

Victoria intentó no perder la paciencia. De verdad que lo intentó. De no conseguirlo, terminaría estampándole una bandeja contra la cabeza al puñetero cliente, y su puñetero jefe observaba la situación desde la puñetera barra.

Eso de mantener la sonrisa en situaciones de tensión... nunca había sido su punto fuerte, la verdad. ¿No decían los psicólogos que ignorar los problemas los empeoraba? ¿Quién era ella para contradecirlos?

Ojalá pudiera aplicar esa filosofía a los clientes cabrones que no sabían ni lo que pedían. El que tenía delante era el perfecto ejemplo; chasqueaba los dedos para llamarla, le hablaba como si tuviera cinco años y una gominola pegada al bulbo raquídeo... Un perfecto ejemplar de todo lo que estaba mal en la sociedad. Al menos, cuando se trabajaba de camarera en el bar decadente del final de la avenida.

Pero quería su sueldo, así que contuvo la retahíla de insultos y apretó la bandeja con más fuerza.

—Señor —dijo con dulzura, aunque sospechó que debía de parecer una asesina sonriente—, ha pedido un manhattan y es lo que...

—Si quisiera esta mierda, me quedaría en mi casa.

Ojalá.

En realidad, quien había pedido el cóctel era la esposa del idiota. Estaba sentada delante de él con las mejillas teñidas de un rojo muy intenso. La pequeña copa roja permanecía en el centro de la mesa, como si quien la tocara primero fuera a tener la culpa del malentendido.

—Ha pedido un manhattan y es lo que he traído, señor —repuso Victoria sin inmutarse—. Whisky con vermut rojo.

—Si te pido una cerveza, ¿también me la traerás en este vasito de mierda?

—Las cervezas pueden ir en vasos o jarras. Al tratarse de un trago fuerte, el manhattan se recom...

—¿Un trago fuerte? —repitió en un tono burlón que resquebrajó la expresión neutral de Victoria—. ¿Y tú qué sabrás? ¿Alguna vez lo has probado? Seguro que no eres ni mayor de edad.

¿La estaba llamando niñata? Porque ella podía llamarlo viejo idiota.

A esas alturas, sus nudillos se habían teñido de blanco y sus dedos de rojo. No soportaba que la trataran como a una niña pequeña. ¡Tenía veinte años!

Mientras el conflicto se alargaba, otras mesas habían empezado a impacientarse. Victoria sabía que una mujer del fondo le hacía gestos para pedir la cuenta, y que otros cuantos la seguían con la mirada intentando entablar contacto visual. ¡Como si ella tuviera la culpa de no poder largarse! Miró atrás con la esperanza de que Daniela o Margo, sus compañeras, pudieran ayudarla. No fue el caso. Estaban tan ocupadas como ella.

—Es el tamaño estándar —insistió en tono paciente—. Si lo prefiere, puedo traerle otra bebida que se sirva en un vaso más grande.

—He pedido *esto*.

—¿Qué le gustaría que hiciera, entonces?

—Me encantaría que te callaras de una vez. No sirves para nada.

—Cariño... —susurró su esposa, avergonzada.

—No te pongas de su parte solo porque es una niña, ¡tiene que aprender a trabajar!

Paciencia. Un bandejazo parecía divertido, pero un calabozo no tanto.

—Puedo ofrecerle una bebida más grande, señor —repitió Victoria—. En el menú encontrará una amplia variedad de opciones.

—Entonces ¿no tendré que pagar por esto?

—Bueno..., no puedo devolverlo. Es lo que ha pedido.

—Pero ¿qué clase de trato al cliente es este? —saltó, furioso—. ¿También vas a cobrarme por respirar el aire de este puto antro?

—Por favor, no alce la voz. Hay fotos en el menú, señor. Si no le gustaba la copa, puede pedir otra cosa.

En su cabeza, todos y cada uno de esos «señor» eran un «puñetero amargado».

Él dio un respingo, como si acabara de electrocutarse con su puñetera amargura.

—¿Ahora es culpa mía por no mirar el menú?

Sí, puñetero amargado.

—No, señor.

—¿A ti te pagan por opinar o por servir bebidas?

A Victoria empezó a hinchársele una vena del cuello. Estaba casi segura de que, si seguía aguantándolo, iba a explotarle. Su único consuelo era que, por lo menos, le explotaría en la cara al amargado.

—Desde luego —masculló— no me pagan por discutir sobre el tamaño de un vaso.

—¿Cómo te atreves?

—¿Quiere cambiar la bebida o no?

—Mírate, ¡eres una maleducada! No me extraña que este sitio esté medio vacío.

—Mejor vacío que lleno de clientes que no saben lo que piden.

—¿Perdona?

—Hay fotitos para la gente que no ha pedido un cóctel en su vida, *señor*.

Debió de entender que esa última palabrita estaba pronunciada como un insulto, porque enrojeció en tiempo récord. Si a Victoria no le explotaba la vena, a él le estallaría la cabeza.

—¿Dónde está el encargado? —exigió, furioso.

—Cariño… —volvió a intervenir la esposa.

—¡Tráeme ahora mismo al encargado!

Victoria quiso pedirle que bajara la voz, pero entonces un brazo le envolvió los hombros. Se quedó muy quieta. Andrew, su jefe y dueño del local, la atrajo contra sí. Había esbozado una sonrisa, pero era muy tensa.

Mierda.

—¿Hay algún problema? —preguntó con su habitual tono empalagoso.

La tenía tan sujeta que Victoria no veía más que el Rolex dorado que le había plantado frente a la cara. Se preguntó si solo tenía ese y lo lucía todos los días. Ni siquiera funcionaba, lo usaba para presumir. ¿A quién intentaba engañar?

Victoria también se preguntaba dónde lo había robado.

—Sí —espetó el cliente, devolviéndola a la realidad—, claro que hay un problema. Tu camarera está faltándome al respeto.

—¿Mi Vicky faltando al respeto a un cliente? Imposible.

Lo dijo en un tono tan sinceramente sorprendido que Victoria casi se dejó engañar. Luego recordó que la había vuelto a llamar Vicky, apodo que detestaba, y torció el gesto.

—Pues tu *Vicky* nos ha traído esta porquería cuando le hemos pedido un manhattan.

Andrew lo contempló con una ceja enarcada.

—Sí, veo que lo ha traído.

—¿Has visto el tamaño de este vaso?

—El mismo que pone en la carta, sí.

—Entonces ¿es culpa nuestra por pedirlo?

—Me alegra que se responda a sí mismo, señor. Hace que la conversación sea mucho más fluida.

El cliente abrió la boca de par en par, ofendidísimo. Acto seguido, soltó un improperio y se puso en pie. Su esposa lo siguió rápidamente, aunque susurró una disculpa al pasar junto a ellos. Y, por supuesto, nadie pagó nada.

En cuanto desaparecieron, Andrew chasqueó la lengua con desaprobación y la soltó.

—He intentado manejarlo sola —aseguró Victoria en voz baja.

—Ay, Vicky, Vicky, Vicky…, ¿qué voy a hacer contigo?

Quiso decirle que no era culpa suya, pero no valía la pena.

—A mi despacho —ordenó él en un tono menos simpático—. Primero limpia la mesa, eso sí. Y tráete el cóctel.

Dicho eso, fue directo a la puerta que había al otro extremo de la barra. Victoria sacó el trapo de su delantal, frustrada, y empezó a limpiar la superficie manchada de líquido rojo. Con la otra mano, tuvo que sujetar el dichoso manhattan.

Caleb

Con tantas opciones en la familia…, ¿de verdad tenía que trabajar con Axel?

Estaba sentado a su lado, en el asiento del copiloto. Su ruidosa forma de respirar le estaba volviendo loco, por no hablar del ruido que emergía del bar que tenían al lado. Los estímulos de los clientes eran tantos y tan ruidosos que necesitaba un respiro. Bajó la ventanilla, impasible ante el aire frío de la noche, se encendió un cigarrillo y soltó el humo hacia el exterior.

—¿Se puede saber qué hacemos aquí? —preguntó Axel con impaciencia.

Caleb, que seguía observando el local, no le respondió. Se trataba de un bar pequeño y bastante destartalado. Unos cuarenta años, por lo menos. Había visto tiempos mejores. Las mesas de madera estaban agrietadas; las botellas del fondo, llenas de polvo —y de agua—; las luces parpadeaban y las camareras se paseaban con expresión de abatimiento.

—¿Desde cuándo nos dedicamos a mirar fijamente por la ventanilla? —insistió Axel.

Caleb observó a las dos camareras. Una pelirroja hablaba con unos clientes, otra rubia estaba agachada junto a la barra. Podía oler a una tercera, pero había desaparecido tras la puerta que apestaba a tabaco y a sustancias psicotrópicas. Distraído, exhaló lentamente otra bocanada de humo.

—¿Hola? —El cansino de Axel no se daba por vencido—. ¿Sabes mantener una conversación, al menos?

—Sí.

—¿Y me puedes explicar qué hacemos aquí?

Caleb ni siquiera lo miró.

—Estás trabajando, así que céntrate.

—Pues no me parece...

—Lo que me parece a mí es que te pagan por esto, así que limítate a trabajar en silencio. Si tienes que contemplar un bar, lo haces y cierras la boca.

No estaba pendiente de su reacción, pero dedujo que Axel había esbozado una sonrisa. Siempre lo hacía. Tenía un extraño sentido del humor suicida que Caleb no entendía. Aunque, pensándolo bien, no entendía casi ningún sentido del humor.

—Solo decía —insistió su compañero— que podrían aprovechar mejor nuestras habilidades.

—Limítate a hacer lo que nos han dicho.

—Pero dime qué hacemos delante de un bar, por lo menos.

—Esperar a que se vacíe.

Siguió observando a la gente. La camarera pelirroja se había acercado a la barra y, tras intercambiar una mirada con la rubia, pareció que iba a entrar en la puerta por la que había desaparecido la tercera. Acabó por sacudir la cabeza y seguir trabajando.

—Oye —protestó Axel entonces—, no te comportes como si Sawyer te hubiera puesto al mando. Aquí estamos en igualdad de condiciones.

—¿Qué estarán haciendo ahí dentro? —murmuro Caleb.

—¿Estás pasando de mí?

—Cállate.

—¿O qué?

—O rodearé el coche, sacaré lo que tenía preparado para el objetivo y lo usaré contigo.

Ni siquiera tuvo que levantar la voz. Axel permaneció unos segundos en silencio, como si no supiera qué decir, y entonces se rio entre dientes.

—No te atreverías.

Caleb soltó el humo, cerró los ojos un momento y finalmente volvió a centrarse en el bar. Pese a hacerse el duro, Axel no volvió a abrir la boca.

Victoria

El despacho de Andrew era una especie de cueva de olores asquerosos y ventanas siempre cerradas. Victoria se sentó en la única silla disponible aparte de la suya y reprimió las ganas de toser.

Su jefe estaba ya sentado al otro lado de la mesa, revisando unos papeles. Cogió el cóctel sin apenas mirarla y se lo engulló de un solo trago. Victoria respiró hondo. Tratar con Andrew en un día normal ya era difícil, pero cuando se emborrachaba resultaba imposible.

Contempló alrededor para distraerse. Las cortinas estaban cerradas, las estanterías llenas de polvo y la alfombra del suelo acumulaba años de suciedad. No dejaba de encontrar ceniceros llenos de colillas. Ah, y unos horribles trofeos de bolos que Andrew había ganado unos años atrás. Una vez, borracho perdido, los había llenado de alcohol y se había emborrachado con ellos. Tuvieron que sacarlo al callejón trasero antes de que empezara una pelea con varios clientes.

Tras casi cinco minutos de silencio, su jefe se recostó sobre el respaldo del asiento. Con los brazos cruzados, le dedicó una sonrisa.

—¿Piensas contarme qué ha pasado?

Victoria se lo explicó tal como había ocurrido, ¿qué sentido tenía mentirle? Él escuchó en silencio, mirándola fijamente.

—… entonces, has aparecido tú —finalizó—. Pero de verdad que he intentado solucionarlo yo sola.

—Ajá.

No era una reacción muy esperanzadora. Victoria se apretó las rodillas por debajo de la mesa.

—Puedo pagar su bebida —ofreció torpemente.

—Ay, dulzura… ¿Qué voy a hacer contigo? La semana pasada se te cayó un vaso, unos clientes se quejaron porque te habías negado a servirles… Últimamente me das más problemas que soluciones.

Lo del vaso lo había provocado el propio Andrew al darle una palmada en el culo, pero no podía decirlo. Y ¿lo de los clientes? Iban tan borrachos que Victoria les dijo que no deberían seguir bebiendo. Se lo tomaron francamente mal.

Aun así, llevaba las de perder. Lo vio en la expresión de fastidio de Andrew.

—No te daré más problemas —aseguró en voz baja.

—¿Y por qué debería creerte?

—Porque… te lo prometo.

—Ah, ¡me lo prometes! ¿De qué me vale tu palabra si eres una inútil?

—He intentado que cambiara el pedido —insistió ella, testaruda—. ¡Es lo que nos dijiste que hiciéramos en casos así!

—Pero no lo has conseguido, y ahora tengo un cliente menos por tu culpa.

Por su forma de suspirar, cualquiera habría dicho que Andrew se aburría. Rebuscó en el bolsillo y, al ver que ella no reaccionaba, soltó un gruñido de impaciencia. Victoria se apresuró a ir a por un mechero. Al volver, le encendió lo que fuera que quería fumar. Tenía la otra mano escondida tras su espalda en forma de puño.

—Y luego te atreves a pedirme contratos —murmuró Andrew tras la primera calada.

El humo se le escapó entre las fosas nasales.

—Ya me he cansado de verte —informó entonces—. Venga, vete.

—Pero… dijiste que el contrato…

—Cuando mejores, ya hablaremos de firmar. Y hoy te quedas tú sola a limpiar las mesas, dulzura. Es lo mínimo que puedes hacer.

Victoria bajó lentamente el brazo del mechero.

—¿Algo que decir? —insistió Andrew.

—… No.

—Buena chica.

Victoria dejó el mechero sobre la mesa con un poquito más de fuerza de la necesaria. Apenas había alcanzado la puerta cuando oyó el carraspeo.

—No te olvides de limpiar esto.

Sin siquiera prevenirla, Andrew le lanzó el vaso vacío del manhattan. Victoria lo atrapó como pudo y, furiosa, abandonó el despacho.

Caleb

—¿Conoces a la chica?

La pregunta de Caleb hizo que su compañero volviera a concentrarse. Se había entretenido un rato con un juego molesto y ruidoso del móvil.

Siguió la dirección de su mirada. Quedaba muy poca gente, así que resultaba fácil identificarla. Era la única que permanecía tras la barra, y frotaba un vaso como si intentara despedazarlo.

—No —dijo un muy confuso Axel—. ¿Debería?

—No.

—Entonces ¿por qué preguntas?

Caleb desvió el tema con rapidez.

—El objetivo está dentro del local. Tras esa puerta.

—¿Estás seguro?

—Sí.

—Así que la ratita está escondida… No le servirá de nada.

—Las camareras empiezan a irse —observó Caleb.

—¿Entramos por detrás?

No necesitó responder, porque ambos ya salían del coche. Cruzaron la calle por la zona más alejada posible y, sin ninguna prisa, entraron en el callejón que bordeaba el local. Una vez ocultos en la oscuridad, Caleb se centró en oír. Oír y saber cuánta gente quedaba. Mientras tanto, Axel se sacó la pistola de la chaqueta. Ya sonreía otra vez.

Victoria

Si a ella le molestaba tener que quedarse, a Margo parecía joderle el triple. En cuanto lo oyó, estampó el trapo sobre la barra.

—Y una mierda. Me quedo contigo.

—Andrew se enfadaría todavía más con ella —señaló Daniela—. Aunque podríamos intentar…

—Mejor que no intentéis nada —intervino Victoria, que era la única que todavía llevaba puesto el delantal—. Id a casa, que no pasa nada.

Margo se cruzó de brazos. Dani siguió mirándola con poca convicción.

—Bueno —dijo la primera—, pues manda un mensaje por el grupo cuando salgas de aquí y otro cuando llegues a casa.

—Vale, mamá.

—Qué graciosa, la niña. —Margo hizo un gesto a Daniela, que finalmente se separó de la barra—. Nos vemos mañana, Vic.

—¡Hasta mañana! —deseó la segunda—. Avísanos si necesitas alguna cosa, ¿vale?

Victoria las observó con impotencia. Una vez que desaparecieron, suspiró y empezó a poner las sillas sobre las mesas.

Caleb

Abrió los ojos. Las voces de las camareras empezaban a desaparecer calle abajo. Dentro del local, solo había el movimiento de una persona.

—Se han ido —informó en voz baja.

Axel sonrió ampliamente.

—¿Está dentro?

—Sí. Moviendo… muebles.

—Pues vayamos a echarle una mano.

Victoria

Después de quedarse hasta la medianoche, a Victoria no le apetecía despedirse de su jefe. Terminó de barrer tras la barra, vació la pala en la basura y luego preparó las bolsas para, ya de camino a casa, sacarlas al callejón. Se quitó el delantal, comprobó que nadie le había hablado por el móvil y mandó un mensaje a las chicas.

Grupo: las tres mosqueteras

Vic: Ya salgo, mamis

Margo: mamis, q porno

Dani: No empecéis, por favor

Dejó el móvil y el delantal sobre la barra. Mientras iba a por la chaqueta, se preguntó por qué siempre le tocaban los peores clientes. Daniela tenía a los adolescentes, que, vale, eran un poco insoportables, ¡pero nunca se le encaraban de esa forma! Margo se encargaba de los grupos grandes y a veces la molestaban, pero sabía hacerse respetar.

Y luego estaba Victoria, que tenía al resto: solitarios, malhumorados, parejas a las que debía esperar hasta que se despegaran para poderles preguntar… Los que habían entrado por casualidad y pasaban de todo.

Había pedido a Andrew que redistribuyera las mesas o que, por lo menos, fueran rotatorias. Está claro que no obtuvo el resultado que buscaba. Andrew apreciaba a Margo por su capacidad con los números y porque solía ayudarlo con las cuentas, y tenía una pequeña predilección por Daniela, así que no la pondría con los babosos.

Traducción rápida: los olvidados se iban con la olvidada.

Más de una vez había vuelto llorando a casa —más por la rabia que por otra cosa—, pero tampoco tenía más ofertas de trabajo. Ahí dentro estaba relativamente segura, y Andrew, aunque era un idiota, no iba a echarla a la calle. Además, las propinas estaban bien.

Justo cuando se ajustaba la chaqueta, le pareció oír un ruido en la parte de atrás del local. Juraría que se trataba de la puerta, pero era imposible; la había cerrado con llave.

Espera… ¡¿Otro robo?! ¡Ya los habían atracado dos veces en un mismo mes!

Más irritada que asustada, se agachó para meterse bajo una de las mesas que tenía junto a ella. Si habían entrado a robar, no se jugaría el cuello por cien dólares que ni siquiera eran para ella. Anda y que se arreglara su puñetero jefe.

Ahí escondida, escuchó atentamente para determinar si estaba siendo una paranoica o hacía falta ocultarse todavía mejor. Pasados unos segundos, se decantó por la primera opción.

Sin embargo, un ruido seco y repentino la paralizó en el sitio. Alguien acababa de abrir el despacho de Andrew de una patada, una tan fuerte que la manija de la puerta salió volando al otro lado del local. Mientras la puerta resonaba contra la pared, Victoria contempló cómo la manija se deslizaba hasta quedar junto a su mesa.

Se tapó la boca por instinto, perpleja y asustada. ¿Qué...?

—¡No! ¡Espera!

La voz de Andrew hizo que se cubriera también con la otra mano.

—Cállate.

Esa voz era nueva, baja y tenebrosa. Victoria se encogió, se llevó las rodillas al pecho y recordó que había dejado el móvil sobre la barra. No podía salir a buscarlo.

Justo en ese momento, dos figuras pasaron frente a ella. Sin demasiado esfuerzo, terminaron estampando a una tercera —su jefe— contra una de las mesas que había junto a la barra.

La superficie de su escondite cubría la mitad de la imagen, así que solo alcanzó a ver a las figuras de cintura para abajo. Ambas vestían pantalones y botas de color negro. Una de ellas tenía una pistola en la mano. Un escalofrío empezó a crepitarle por la espina dorsal, y tuvo que luchar contra las ganas de emitir algún ruido.

Caleb

El objetivo estaba llorando y ni siquiera lo habían tocado.

Iba a ser una de *esas* noches. Qué agotamiento.

Tras poner los ojos en blanco, le agarró el cuello de la camiseta y lo retuvo contra la superficie de la mesa. No necesitó más que una mano. El tipo en cuestión era poca cosa; unos cuarenta años, complexión anormalmente delgada, ropa vieja, mejillas hundidas, yemas de los dedos amarillentas, ojos inyectados en sangre... y el olor, claro. Un perfil muy común entre la gente que pedía dinero a su jefe y no lo devolvía a tiempo.

Miró de reojo a Axel. A él no le interesaba analizar a los objetivos, tan solo asegurarse de que nadie los viera. Su compañero cerró los ojos con fuerza y, al abrirlos, Caleb vio que se habían vuelto de color negro. Axel asintió una sola vez.

Bien. Desde ese momento, si alguien paseaba fuera del local, vería una sala vacía.

—Sabes quiénes somos, ¿verdad? —le preguntó Caleb al objetivo.

El hombre se limitó a gimotear, cosa que encantó a Axel. Caleb apartó la mirada, bastante más aburrido, y recorrió el bar con la vista. No tenía nada especial, pero un olor poco habitu…

—Te hemos hecho una pregunta —insistió Axel—. ¿Sabes a quién le debes dinero?

—¡No… n-no tengo…!

—¿No lo tienes? Oooh, qué pena más grande.

—Sawyer necesita su dinero de vuelta —resumió Caleb.

—¡No lo tengo aquí! —insistió el objetivo—. ¡Lo…, eh…, lo invertí y estoy esperando los beneficios! Si me dejáis unos días…

De forma automática, Caleb le cogió un brazo y se lo retorció en un ángulo muy concreto. El hombre gritó con desesperación, pero él ni siquiera parpadeó.

—P-por favor… —Al tipo le caían lágrimas gruesas por la cara—. Solo… solo necesito unos días…

—¿Unos días? —repitió Axel con una risa cruel—. Ya te dimos días de sobra y mi jefe sigue sin su dinero.

—Por favor, ¡tengo familia! —insistió el objetivo, con desesperación. Su corazón acababa de dar un tumbo—. ¡Tengo que mantener…!

Su frase se vio interrumpida por el tirón de Caleb. No usó la fuerza suficiente como para rompérselo, pero tuvo que doler. El chillido fue un buen indicativo de ello.

—No mientas —lo advirtió en voz baja.

—¡N-no miento!

El nuevo tirón fue más brusco. De nuevo, se balanceaba sobre la delgada línea de la rotura. El objetivo chilló de nuevo.

—Yo no intentaría mentir delante del perrito —advirtió Axel con diversión—. Te va a pillar enseguida.

—Necesitamos el dinero —insistió Caleb con calma.

—Si no nos vamos de aquí con el dinero, tendremos que irnos con otra cosa que te gustará mucho menos. Pero somos tan buena gente que te dejaremos elegir.

El tipo sacudió la cabeza, y Caleb se apartó justo a tiempo para que Axel interviniera.

Mientras este cumplía con su parte, Caleb se dio la vuelta y, todavía pendiente de los latidos por si el objetivo mentía, revisó el local con la mirada.

Había un olor que no le encajaba.

Había un móvil y un delantal en la barra. Recogió el primero con curiosidad. El olor no era desagradable, como el del objetivo. Inhaló el delantal con curiosidad. Le resultaba familiar. Y aún estaba cálido. Alguien lo había usado, como mucho, cinco minutos antes. Las camareras se habían ido, así que solo podía elaborar teorías.

Entonces reconoció el olor. Una especie de jabón de lavanda. Ya lo había olido antes, solo que no recordaba cuándo.

Cerró los ojos con fuerza y trató de concentrarse. La risa maníaca de Axel y los gritos del objetivo le causaban distracción, pero acabó por ignorarlos. Y, finalmente, el olor vino a él.

Al abrir los ojos, los clavó en una mesa del fondo del local.

Victoria

Una violenta náusea se apoderó de ella, pero no podía vomitar. Estaba aterrorizada. Los gritos de Andrew, cada vez más desesperados e inhumanos, le llenaron los ojos de lágrimas. Apartó las manos y se abrazó a sí misma con todas sus fuerzas. Tenía los dientes tan apretados que empezaron a dolerle.

A cada alarido, un escalofrío le recorría el cuerpo y le entraban ganas de sollozar. Nunca había oído a una persona tan desesperada. Era... inhumano. Se clavó las uñas en las rodillas, angustiada por encontrar algo de consuelo hasta que aquello terminara, y cerró los ojos.

¿Quiénes eran esos dos? ¿Cuánto dinero querían? Margo había mencionado una vez a un prestamista, pero Victoria no se lo había tomado en serio. Quizá Andrew... Oh, no. Por favor, que no fuera eso. No adoraba a su jefe, pero no quería ver el final de aquella triste historia.

Otro grito llenó la habitación, y ella se encogió bruscamente sobre sí misma. Estuvo a punto de acurrucarse todavía más, pero entonces alguien se acercó a su escondite.

Ni siquiera estaba segura de cómo la había encontrado, pero ahí estaba uno de los delincuentes. Aterrada, retrocedió hasta que tocó con la espalda el soporte de la mesa.

Unas piernas enfundadas en pantalones oscuros, unas botas pesadas..., una mano sosteniendo una pistola. Y todo, delante de su cara.

Con la vista borrosa por las lágrimas, luchó contra la desesperación de una forma muy distinta a la de Andrew. La mano de la pistola ascendió y el sonido le indicó que la habían dejado sobre la mesa. Acto seguido, volvió a aparecer, esta vez vacía. El chico tensó y destensó los dedos con tranquilidad. A cada segundo que pasaba, ella se angustiaba todavía más.

Fue entonces cuando él empezó a empujar la mesa sin hacer ruido.

Victoria se quedó ahí, llorando y abrazándose las rodillas, mientras que él iba desvelándose poco a poco. La camiseta era del mismo color que los pantalones, y la chaqueta abierta, también. Tenía una capucha, pero no la llevaba puesta. Vio la piel bronceada, el cabello oscuro, la mandíbula tensa, los labios apretados, la nariz recta... y los ojos negros. No opacos; negros.

Durante unos segundos, fue incapaz de reaccionar. Estaba paralizada. De no haber sido por el grito de Andrew, probablemente habría permanecido así durante mucho más tiempo.

Por suerte, el instinto de supervivencia la hizo volver a centrarse. Esperó y esperó, aterrorizada y sin dejar de llorar. El chico la observó sin prisa ni reacción. Su mirada no parecía hostil, pero la mente de ella divagaba por el terror. ¿La matarían?, ¿la torturarían como a Andrew?

Había permanecido en silencio tanto tiempo que, sin darse cuenta, dejó de respirar. Estaba a punto de rendirse y pedirle que no le hiciera daño, cuando el chico por fin reaccionó.

Cuando movió el brazo, ella estuvo a punto de echarse hacia atrás. Pero no. Él no hizo el mínimo ademán de causarle daño. Se llevó un dedo a los labios y le indicó, sin emitir un solo ruido, que se mantuviera en silencio.

Victoria parpadeó entre las lágrimas y perpleja al ver que él recolocaba la mesa, recogía la pistola y, acto seguido, daba media vuelta para regresar hacia su compañero.

Estaba tan pasmada que se permitió respirar y, por fin, secarse las lágrimas con las manos.

Error. Horrible error.

Su mano chocó contra una pata de la mesa.

Y..., joder, no podía creerse que fuera a morir en ese puñetero bar.

Caleb

En cuanto oyó el golpe, se quedó muy quieto. Axel se había vuelto con los ojos muy abiertos, y los clavó en la mesa donde la chica permanecía escondida.

Bueno, lo había intentado.

Retrocedió, apartó la mesa de golpe e ignoró el gimoteo desesperado de la chica. La agarró del brazo y, de un tirón, hizo que se incorporara a su lado.

No sentía especial interés en hacerle daño. Después de todo, no tenía nada que ver con el objetivo. Y, sin embargo…, ¿qué remedio le quedaba, ahora que Axel la había visto?

—Por favor… —suplicaba ella, sacudiendo el brazo de forma inútil—. Por favor, no he visto nada, ¡lo prometo!

Ese último grito se acompañó de un fuerte tirón. Un muy desprevenido Caleb estuvo a punto de soltarla. Sorprendido, hizo lo mismo que siempre cuando alguien intentaba escaparse: tiró de su codo con fuerza, le dio la vuelta y pegó la espalda de la chica contra su pecho. Con el otro brazo, le rodeó el cuello y la mantuvo clavada en su lugar. Ella trató de forcejear, pero resultó inútil. La tenía bien sujeta. Con la otra mano ya liberada, todavía sujetaba la pistola. La chica debió de darse cuenta en ese momento, porque se quedó congelada.

En cuanto notó que había dejado de forcejear, él aflojó un poco el agarre, pero no dijo nada. No parecía necesario. Miró abajo. Su pelo castaño olía a lavanda. Otro misterio resuelto.

Empezó a caminar y la chica obedeció, temblando de pies a cabeza. Tenía ambas manos bien sujetas en el brazo que le rodeaba el cuello, pero no trataba de apartarlo. Ni siquiera le clavó las uñas o intentó morderle, cosa muy habitual.

Si tan solo se hubiera quedado quieta…

Axel se separó del objetivo. Ahora, quien le interesaba era ella.

—Mira lo que tenemos aquí —comentó con una gran sonrisa.

El jefe se quedó tumbado, medio inerte. Axel, con salpicaduras de sangre y un cuchillo en la mano, era una imagen que difícilmente olvidaría cualquiera de los presentes.

—¿Dónde te habías metido? —le regañó a la chica, como si hablara con una niña pequeña—. A alguien se le da muy bien el escondite, porque ni siquiera mi colega te había oído.

Puede que la chica no supiera nada de ellos, pero su instinto acertó; en cuanto Axel se le acercó, ella se pegó todavía más a Caleb. Lo hizo con tanto ímpetu que él tuvo que fijar los pies en el suelo para no moverse.

Tras eso, se escondió la pistola en uno de los bolsillos. Axel frunció el ceño.

—¿Qué haces?

—No se moverá.

Lo dijo con tanta convicción que no necesitó que la chica lo secundara. Aun así, ella asintió con desesperación. Supuso que, comparado con Axel, apostar por él parecía sensato.

—Más te vale —le advirtió Axel, y luego pareció acordarse de por qué estaban allí—. He encontrado un regalito para Sawyer, por cierto. ¿Crees que le gustan los Rolex?

Caleb enarcó una ceja. El objetivo gimoteaba. Tenía un brazo lleno de cortes y magulladuras, y su compañero sostenía el reloj de oro que acababa de quitarle.

—Es oro —confirmó Caleb—. Viejo. Mínimo, veinte años. No cubre la deuda.

—Ah, bueno —comentó Axel con ironía—. Por lo menos, hoy le sirve para salvarse. Solo queda una duda…, ¿qué hacemos con nuestra amiguita llorona?

La chica se encogió contra Caleb, que ni se inmutó.

—Sin muertos —recordó.

—Qué tontería.

—Órdenes de Sawyer.

—Pero ¡nos han visto las caras! El gilipollas de la mesa no dirá nada, pero ¿qué hay de ella?

—Tampoco lo hará.

—¿Eres su abogado? Además, ¿quién coño es? ¿Su novia?

Axel se volvió hacia el objetivo y le dio una palmadita en la espalda, a lo que este sollozó en voz baja.

—¿No crees que deberíamos darle una lección a tu novia, para que mantenga la boquita cerrada?

—Es una camarera —replicó Caleb con calma—. Obviamente.

—¿Alguna vez has hecho gritar a una camarera?

—No.

—Pues hoy vamos a descubrir…

—He dicho que no.

Axel podía ser muchas cosas, pero ninguna lo definía como obediente. O sensato. Siempre había sido un celópata ambicioso, y Caleb supo que, al darle una orden, estaba arriesgándose mucho.

Su compañero, ahora sin sonrisa, empezó a abrir y cerrar los puños.

—No estás al mando —le recordó.

—Tú tampoco.

—Por cada vez que te niegues, añadiré un poco de diversión a lo que haré con ella.

Caleb había salido muy pocas veces con Axel, pero sabía qué clase de persona era. Y había límites que ni siquiera él iba a cruzar. No quería empezar un conflicto en medio del bar del objetivo, pero tampoco toleraría ese comportamiento.

—Cuidado —advirtió, todavía en tono calmado.

Axel sospesó sus posibilidades durante unos segundos. Caleb podía oír su corazón acelerado. En cuanto se saltó un latido e hizo un movimiento por acercarse, no dudó un instante. Volvió a sacar la pistola y, en un movimiento igual de rápido que el de su compañero, lo apuntó en el centro del pecho.

Victoria

Contempló la escena con perplejidad. No entendía nada. El chico que la sujetaba estaba apuntando al del pelo blanco. Este último se había quedado muy quieto, y dejó de parecer tan amenazador. Incluso levantó ligeramente las manos.

—¿Qué haces? —preguntó, perplejo.

—Puede que no esté al mando de esta operación, pero tengo más potestad que tú. La próxima vez que reniegues de una orden, será la última.

Pese a la amenaza, Victoria sentía que el brazo que la aprisionaba estaba relajado. Incluso su pulso parecía calmado. La pistola estaba congelada en su mano. Ni un solo temblor. Era… antinatural.

El del pelo blanco, por cierto, soltó una risotada y bajó las manos.

—Solo quería darle una lección. ¿Vas a bajar la pistola de una puta vez?

A Victoria le sorprendió que el chico de pelo blanco no se defendiera. Quizá el que la sujetaba lo intimidaba un poquito. Eso la alivió bastante. Era un desconocido, sí, pero no parecía tener intención de hacerle daño. No tanto como el otro, por lo menos. Dentro de sus posibilidades, era lo mejor a lo que podía aspirar.

—Da dos pasos atrás —indicó el chico de pelo negro.

Tenía una de esas voces graves y roncas, de esas que seguramente nunca han subido un solo decibelio pero que logran acallar a una sala entera.

Desde luego, consiguió acallar al otro chico, que hizo lo que se le ordenaba.

Y, entonces, el que la sujetaba empezó a hablar en el idioma más extraño que había oído en su vida. El otro le dirigió una mirada odiosa a Victoria antes de responder en la misma lengua. Intercambiaron unas cuantas palabras, y el del pelo blanco volvió a mirarla. Esta vez, con aspecto de querer golpearla. Pero no lo hizo. Simplemente se pasó una mano por el cabello y se dirigió a la salida.

El otro, que seguía sujetándola, la soltó y dio la vuelta para plantarse ante ella. Victoria tuvo que echar la cabeza hacia atrás para poder verlo. Esos ojos extrañamente negros encontraron los suyos al instante.

—Una sola palabra de esto, a quien sea —advirtió en apenas un susurro—, y te encontraré.

Ella no respondió. Era incapaz. Él tampoco esperó una respuesta, sino que fue directamente tras su amigo y, justo antes de abandonar el local, la miró por encima del hombro. Fue una especie de advertencia. Y, en cuanto salieron, Victoria tuvo la vaga sensación de que no era la primera vez que la miraba.

2

Caleb

Hora de enfrentarse a las consecuencias del día anterior.

Llamó a la puerta de su jefe y esperó. Podía oír su voz dentro del despacho, por lo que supuso que se encontraba en mitad de una llamada. Si quisiera, podría incluso oír la voz del interlocutor.

En aquella vieja fábrica remodelada, nada era lo que parecía. El exterior ofrecía un aspecto abandonado, con una valla de alambre, paredes caídas, ventanas rotas, olor a basura…, pero el interior no tenía nada que ver: techos altos, columnas, paredes recién pintadas, suelos de piedra lisa, puertas robustas para mantener cierta intimidad…

Se suponía que las paredes eran gruesas para que gente como Caleb no pudiera oír lo que sucedía en el interior. Menuda inutilidad.

Los dos guardias de seguridad lo observaban con intensidad, pero nadie le dirigió la palabra. Lo mismo había sucedido con los otros seis que se había cruzado por el edificio. Todos sabían lo sucedido y no les hacía demasiada gracia. Por suerte, la única opinión que importaba estaba tras esa puerta.

Como si lo hubiera oído, Sawyer aprovechó el momento para abrir de un tirón. Lo miró con el ceño fruncido y Caleb entró en silencio. Su jefe, todavía en medio de la llamada, cerró de un portazo y se acercó a la ventana para darle la espalda.

El despacho de Sawyer era una antigua sala de empleados reconvertida de arriba abajo. Cuadros caros, muebles de lujo, altas estanterías…, el ventanal que daba a las afueras de la ciudad, la lámpara colgando con incrustaciones de oro… Era demasiado ostentoso, pero a Sawyer le gustaba. Solía decir que las visitas debían saber de qué pie calzabas, y aquello les daba una idea de con quién iban a enfrentarse.

Caleb tomó asiento en la silla que había junto al escritorio. Esperó pacientemente a que Sawyer dejara de hablar en inglés por el móvil, claramente irritado. Tardó cuatro minutos más, y entonces colgó sin despedirse, se acercó al escritorio y ocupó el sillón negro tachonado.

—¿Y bien? —Fue lo primero que espetó.

Oh, estaba enfadado. Era de esperar.

Sin dejar de mirarlo, abrió un cajón y sacó un puro. Caleb trató de no torcer el gesto mientras se lo encendía. Sabía que el olor a puro afectaba profundamente a sus sentidos y le hacía sentir incómodo, así que solo recurría a ello cuando estaba especialmente enfadado.

Caleb, pese a la incomodidad, se mantuvo quieto como una estatua.

—¿Qué te ha contado Axel? —preguntó.

—Oh, ¿te crees que tienes algún derecho a hacer tú las preguntas?

—No.

—Perfecto. Dime qué pasó.

Caleb no sabía demasiado de la vida de Sawyer antes de aquel trabajo. Había nacido en algún pueblo de la frontera entre Rusia y Finlandia, hablaba más de seis idiomas, era un genio con los números y controlaba a todo el mundo con una facilidad impresionante. Pero… todo aquello no se lo había dado su pequeño pueblo, sino su padre al mudarse a la ciudad en la que vivían ahora. O eso le había contado, fragmento a fragmento. Ahora su padre estaba muerto, y Sawyer se encargaba del negocio. Siempre decía que era mejor así, porque su padre había sido un hombre demasiado sentimental. Pero Sawyer no, eso estaba claro.

Al haberse pasado toda la vida en esa ciudad, su acento ruso no tenía mucho sentido. Caleb pensó, durante muchos años, que lo forzaba para hacerse el interesante. Sawyer era un hombre muy listo, pero lo perdían las ganas que tenía por llamar la atención. Como si la ropa cara y el pelo rubio engominado no lo hicieran destacar de sobra.

Además, el ojo humano lo consideraba atractivo. Alguna vez, en alguna celebración, se había llevado a Caleb a algún antro en el que todo el mundo se volvía para mirarlo. No debía de tener ni treinta años, pero se comportaba como si llevara cincuenta en el negocio. Según él, al principio no se lo tomaban en serio, y no podía permitirse que lo cuestionaran nunca más.

En ese momento, mientras fumaba el dichoso puro y lo miraba fijamente, parecía mucho mayor.

—No pasó nada grave —dijo Caleb finalmente.

—Explícate.

—Nos ocupamos del objetivo principal, tal como pediste.

Sawyer esbozó una sonrisa cruel e irónica.

—¿Se supone que eso tiene que consolarme?

—No lo sé.

—Os vieron.

—Sí.

—Y no hiciste nada al respecto.

—Era una camarera aterrorizada. No dirá nada.

—¿Y en qué momento traicionaste a tu compañero y lo apuntaste con una pistola?

Así que aquella había sido la explicación de Axel… Caleb trató de no toser cuando el humo del puro le llegó a la cara. Sus fosas nasales ardían como si estuviera inhalando fuego. Qué insoportable.

—No lo traicioné —aseguró.

—¿Entonces?

—¿Te ha contado qué pretendía?

—No puede importarme menos. ¿Y si la pistola se hubiera disparado?

—Esperaría un gracias y volvería a casa.

—¿Tengo cara de estar de humor para bromas?

No, no la tenía. Tampoco era una broma. Caleb consideró si decírselo o no, y, al final, decidió que debía de ser una de esas preguntas retóricas que no necesitaban una respuesta. Algunas veces, distinguirlas era complicado.

—Dijiste que nada de muertos —justificó al final.

Sawyer puso los ojos en blanco.

—Me refería al imbécil que me debía dinero, no a una camarera a la que nadie echaría de menos. ¿Dejaste que se marchara?

—Sí.

Sawyer no se sorprendió por su respuesta directa. Estaba más que acostumbrado a tratar con él. Aun así, su enfado pareció aumentar.

—Le di una advertencia —añadió Caleb.

—Oh, perfecto. ¿Y un chocolate caliente antes de mandarla a la cama?, ¿eso también?

—Mmm…, no.

—¿Se puede saber qué haremos si habla con la policía?

—No lo hará.

—No lo sabes.

—Estaba aterrada —insistió Caleb—. No dirá nada.

—¿Y si le preguntan? Llevó a su jefe al hospital; debió dar una explicación.

—La seguí para comprobarlo, y dijo que se había caído por las escaleras. Como dio positivo en alcohol, se lo creyeron.

Por lo menos, aquella explicación pareció calmar a su jefe, que se inclinó y dejó el puro a medio consumir sobre el cenicero. No lo había apagado, así que el humo siguió flotando entre ellos.

Sawyer no solía estar así de alterado, especialmente con él. Sabía que siempre cumplía con lo que le mandaba, aunque para lograrlo diera alguna que otra vuelta.

Sí que era cierto, sin embargo, que últimamente había estado más alterado de lo normal. Se pasaba el día metido en la fábrica, había reforzado la seguridad, y las llamadas nunca cesaban. Caleb controlaba lo más básico de los idiomas que Sawyer dominaba, así que no estaba muy seguro de qué conversaciones mantenía. Aun así, por el tono, se imaginaba que no era nada bueno.

—¿Cómo podemos estar seguros de que no cambiará de opinión? —preguntó Sawyer entonces—. Matarla sin levantar sospechas sería complicado. Podríamos visitarla.

Caleb se sintió muy ofendido.

—No soy Axel —le recordó—. No me mandes a torturar a nadie.

—Como si nunca lo hubieras hecho. ¿Ahora te crees más que tus compañeros?

—No lo haré.

—¿Porque es una chica?

—Porque no se lo merece.

—Ah, ¿tú decides quién se lo merece? No sabía que tuvieras ese poder.

Sus palabras, teñidas de crueldad, hicieron que Caleb bajara la mirada al escritorio.

—No me digas que te da miedo hacerle daño a una niña —continuó Sawyer.

—No es una niña. Tendrá… veinte años.

—Menos cargo de conciencia para ti, entonces.

—Tiene que haber otra forma.

Pese a que no le veía la cara, supo que estaba mirándolo fijamente. Caleb hizo un esfuerzo por mantener una postura y expresión neutrales, como tantas otras veces, y esperó con paciencia.

Transcurridos unos instantes, Sawyer suspiró.

—Te veo muy convencido —murmuró, ya cansado de la conversación—. Si tan empeñado estás…, habrá que confiar en ti.

Aquello sí que le hizo levantar la cabeza.

—¿Confiar? —preguntó, no muy seguro de aquella conclusión.

—Nunca me has fallado. Si dices que no hará nada, habrá que confiar en ti.

La conversación no estaba yendo como Caleb había planeado. Aquella facilidad para ceder no era habitual y, la simpatía…, mucho menos. Un poco desconfiado, se echó hacia atrás en el asiento.

—Eso sí —comentó Sawyer entonces—, hay que asegurarse de que no dice nada. Síguela, descubre si tiene algún trapo sucio que podamos echarle en cara en caso de emergencia… Ya sabes cómo funciona eso. Y que no te descubra, claro.

—¿Y si lo hace?

—Entonces, gánate su confianza para que no diga nada. —Sawyer se encogió de hombros—. O mátala, que es más rápido.

Caleb se contuvo para no fruncir el ceño. No era la primera vez que le asignaba algo de ese estilo, pero nunca había sido tan ambiguo con las indicaciones. Normalmente buscaba algo muy específico o le daba un plazo máximo para terminar con la misión y pasar a la siguiente.

—¿Durante cuánto tiempo? —preguntó.

—No lo sé, ¿un mes?

—¿Un… mes?

—Debería ser más que suficiente, y no demasiado complicado.

—La queja no es por la dificultad. Pasarme un mes tras ella me parece absurdo.

—Esas son mis condiciones. Si quieres traérmela aquí y que me ocupe yo del problema, también puedes hacerlo.

Extrañado, Caleb frunció el ceño.

—¿Qué soy ahora? —murmuró—, ¿su niñera?

—Quizá descubras que tu vocación siempre ha sido esa, ¿quién sabe?

Sawyer soltó una risotada divertida y luego señaló la puerta.

—Puedes empezar hoy mismo. Y no te atrevas a volver sin resultados, *Kéléb*.

Victoria

Grupo: las tres mosqueteras

Dani: Oye, Vic, ¿estás bien?

Margo: eso

Dani: Llevas varias horas sin responder a los mensajes…
No quiero ser paranoica, pero…

Margo: contesta jdrrrrr

Dani: Con que mandes un emoji está bien

Margo: tambn puedes mandar un sticker gracioso
xro el emoji nos vale

Dani: Tómatelo en serio

Margo: seguro que esta dormida, dejala

Sin embargo, Victoria no estaba dormida. Estaba aterrorizada.

Escondida bajo cuarenta mantas en el sofá del salón-cocina-comedor de Hobbit, era incapaz de pensar en otra cosa que no fuera lo que había sucedido la noche anterior. Sentía que, en cualquier momento, un matón vestido de negro aparecería por la puerta y la torturaría hasta la muerte.

No iba a salir de casa en su puñetera vida.

Pensó que un buen consuelo sería Bigotitos, el gato rojizo con bigotes blancos que había adoptado dos años atrás. Pero no. Tan solo se le acercaba para reclamarle comida, el muy desagradecido.

Como si se hubiera sentido invocado, subió de un salto al respaldo del sofá y se quedó mirándola con sus grandes ojos dorados. Al ver que no reaccionaba, le dio con una patita en el hombro. Una muy frustrada Victoria lo apartó de un manotazo.

—¡Déjame, estoy teniendo una crisis existencial!

Miau.

—¿Quieres que venga yo a molestarte cuando tú tengas alguna?

Miau, miau.

—Pues eso, ¡déjame en paz! Ya sé que tengo que ir a trabajar. Lo sé.

Oh, no, ¿qué iba a hacer? No quería salir de casa. No quería hacer otra cosa que ir a la policía a pedir ayuda, pero…, a la vez, no se atrevía. La última amenaza del matón todavía retumbaba en su cabeza.

¿Qué le daba más miedo?, ¿pedir ayuda y que la persiguieran?, ¿no pedir ayuda y que *quizá* no la persiguieran?

Joder, ¿por qué tuvo que pedir un manhattan ese señor pesado? ¿Por qué tuvo que ser su cliente? ¿Por qué no podían quedarse Margo y Daniela a cerrar con ella? Así habría terminado antes y no habría visto nada.

Qué mala suerte había tenido siempre, joder.

Con resignación y las manos temblorosas, se incorporó y fue a ponerse el uniforme. Estaba aterrorizada, sí, pero no sabía cómo se comportaría Andrew. Y si estaba alterado y se enfadaba con ella por no ir a trabajar, era capaz de echarla.

Era triste, pero no podía arriesgarse.

—Otra victoria para la clase trabajadora —ironizó.

Bigotitos se lamió una pata a modo de respuesta.

Caleb

Se recostó en la pared con el hombro. Ya iba por el tercer cigarrillo y todavía no había logrado que el olor a puro desapareciera.

Tuvo que esperar una hora, pero finalmente la chica salió del edificio. Lo cierto es que lo sorprendió; ir a trabajar después de lo de la noche anterior conllevaba muchas agallas. O mucha inconsciencia.

Caleb la observó alejándose y, una vez la hubo perdido de vista, se aproximó al edificio.

Encontrar su dirección no había resultado difícil; para la cantidad de gente que había en ese bar, su olor era el único mínimamente agradable. Siguió el rastro por la calle, y acabó llegando a un bloque de cuatro pisos, cada uno más destartalado que el anterior. No le parecía una zona muy segura para vivir solo, pero tampoco era su problema.

Una vez en su calle, tan solo tuvo que distinguir su voz. También resultaba bastante característica, porque todos sus vecinos se dedicaban a gritar o hablar a voces, y ella se había pasado el día gimoteando y quejándose en susurros. Vivía en un tercer piso.

Se acercó al portal y, tras asegurarse de que nadie le prestaba atención, llamó a uno de los timbres, al del hombre mayor que había pedido una pizza unos diez minutos antes. Le abrió sin demasiadas preguntas de por medio, y Caleb subió las escaleras con tranquilidad; no había visto cámaras de seguridad.

El rellano del tercer piso tenía un total de cuatro puertas, cero decoración y una cantidad sorprendente de humedades y suciedad. Cualquier detalle era bueno para perfilar a la chica.

Encontrar la puerta por el olor iba a ser complicado —ella podría haber pasado por delante de todas—. Con paciencia, sostuvo la mano por encima de los pomos agrietados. El primero estaba frío. El segundo a la izquierda, sin embargo, conservaba algo de calidez, la que había aplicado ella al volver atrás y recoger el abrigo, seguramente.

Parecía que ya tenía su piso.

Se sacó la ganzúa del bolsillo y, tras unos segundos de juguetear con el cerrojo, oyó el chasquido vencedor. Se metió en la casa, cerró sin hacer ruido y contempló alrededor.

Y… sí, era ridículamente pequeño. Parecía la guarida de un gnomo.

La sala en la que se encontraba ni siquiera podía considerarse una estancia habitable. Era del tamaño de la habitación de Caleb, pero contenía un sofá pequeño, un sillón viejo, un televisor enano sobre un mueble torcido y sujetado con un diccionario por una pata…, por no hablar de la alfombra, llena de zonas rasgadas y de pelos pelirrojos. Curioso, teniendo en cuenta que ella no lo era. Quizá tenía un compañero o compañera de piso. ¿La camarera del bar? No, los pelos eran demasiado cortos.

Contrariado por las condiciones de la casa, contempló de nuevo alrededor y continuó por el diminuto pasillo. Caleb era demasiado alto, y su cabeza iba rozando el techo.

Había una puerta entreabierta en el centro, y un arco abierto al final que daba con el dormitorio. También era diminuto, claro; una ventana ocupaba casi toda la pared de la izquierda —la que veía desde la calle, junto a la del salón—. Disponía de una cama individual en el rincón, una pequeña cómoda, un armario de reducidas dimensiones con una puerta que no cerraba del todo, un espejo de cuerpo entero con una grieta abajo, un escritorio sin silla, una estantería llena de libros y carpetas, una bolsa de deporte bajo la cama…

Pese al tamaño, la organización era excelente. La chica lo había desordenado todo para vestirse, pero luego lo había colocado en su lugar. No había un solo elemento del hogar que estuviera desordenado, y el olor a limpio indicaba que se ocupaba de mantener una higiene muy por encima de la media.

Curioso.

Su nariz lo agradecía, desde luego. Había encontrado cada cosa…

Tras una última inspección, se acercó al escritorio y revisó los elementos de la estantería. O quiso hacerlo, porque un movimiento en la habitación contigua hizo que, automáticamente, sacara la pistola.

No era la chica. No olía a ella más de lo apropiado por ser su casa. Además, no había oído la puerta de entrada del edificio o del piso.

El ruido se repitió. Por la distancia, dedujo que provenía del cuarto de baño.

Caleb regresó al pasillo con la pistola en la mano. Mientras sujetaba la manija, aprovechó para quitar el seguro. La puerta estaba entornada, y nadie la había abierto en un buen rato. Sin embargo, el movimiento persistía.

Cuando se repitió el ruido, ya estaba preparado: abrió la puerta de golpe, levantó la pistola y apuntó a…

… a un gato cagando.

Ambos se contemplaron unos instantes, cada cual con una expresión más neutral que el otro, y el gato emitió un sonidito parecido a un suspiro cuando por fin pudo hacer caca.

Asqueado por el olor, Caleb se apartó de la puerta y volvió a la habitación. Qué gran imagen para empezar.

Victoria

—¡Tú!

El grito acusador de Margo hizo que dejara de meter el dinero en la caja registradora. Les dedicó una mirada de pánico a sus dos amigas y, acto seguido, volvió a concentrarse en su tarea.

Se había librado de ellas durante todo el turno, pero, dos horas más tarde, las tres habían conseguido un momento de tranquilidad. Malditos miércoles y su falta de clientela.

—¡Oye! —insistió Margo, deteniéndose a su lado y tomándola del mentón.

En cuanto Victoria notó que le inspeccionaba la cara, se apartó de un salto.

—¿Qué haces?

—Comprueba que estés bien —explicó Dani con preocupación.

—¿Por qué no iba a estarlo?

—Para empezar —enumeró Margo, indignada—, nos dices que vuelves a casa, pero luego desapareces y, además, dejas de responder a nuestros mensajes durante toda la noche. Ahora, resulta que Andrew ha pasado la noche en el hospital… ¡contigo! Y dice que se ha caído por las escaleras. Tremendo topicazo.

—Pues sí.

Victoria se sintió mal por mentirles, pero ¿cómo podía explicarles lo que había vivido? Andrew se metía en negocios turbios, eso ya lo sabía; no obstante, nunca pensó que fueran tan graves. Dos personas armadas amenazándolo de muerte no era ninguna broma. Y, honestamente, no se atrevía a contradecir al de los ojos negros, que le había advertido que no dijera nada o habría consecuencias.

—Estaba cerrando —dijo de forma automática—, se cayó… Y he estado toda la noche con él.

—Vamos, Vic —insistió Margo.

—¿Por qué no me creéis?

Esta vez miró a Dani, que era mucho más fácil de convencer. Ella torció el gesto.

—A ver…, es un poco extraño.

—Pues es lo que pasó. Estaba borracho, quise acompañarlo a su casa, se resbaló y… lo llevé al hospital. Si no queréis creerme, es vuestro problema.

Más a la defensiva de lo estrictamente necesario, Victoria recogió su bandeja y se apresuró a salir de detrás de la barra. Nunca se había alegrado tanto de tener clientes como cuando apareció una parejita que, pese a sentarse en su zona, apenas le dirigió una mirada.

Cada vez que cerraba los ojos, veía un iris negro, un arma, la mesa moviéndose lentamente para descubrir a su agresor... Y la amenaza de que no dijera nada. Era lo peor de todo. Sin darse cuenta, se había detenido en medio del bar y todo el mundo la miraba. ¿Cómo iba a contárselo a nadie, si todavía no estaba segura de lo que había ocurrido? ¿Cómo iba a arriesgarse de esa forma, si estaba viva de milagro? Necesitaba distraerse. Y urgentemente. Y quizá encerrarse en su casa. Y no volver a salir jamás.

El resto del turno trascurrió con sorprendente velocidad, y Victoria lo agradeció. Andrew no la molestó, no entró ningún matón para asesinarla, sus amigas no insistieron con el tema...

Podría acostumbrarse a esa relativa tranquilidad.

A la hora de cerrar, ayudó a subir las sillas a las mesas y se apresuró a barrer su zona. Dani también lo hizo, tarareando una cancioncita, mientras Margo repasaba el dinero de la caja. Victoria aprovechó para sacar la basura del día anterior y, alarmada por encontrarse sola en el callejón, se apresuró a volver a entrar.

Se arrepintió al instante. Andrew había salido de su despacho y, mientras se apoyaba en la barra con un codo como si revisara que Margo hacía las cosas bien, no perdía a Daniela de vista. Ella fingió que no se daba cuenta, como siempre, y siguió barriendo su zona.

Victoria respiró hondo. Era la primera vez que se cruzaba con Andrew desde que lo había acompañado a casa después del hospital. No sabía qué esperarse. Empezó a quitarse el delantal con manos temblorosas.

Su aspecto resultaba bastante... lamentable. Llevaba un brazo enyesado y sujeto contra el pecho con un cabestrillo. También tenía un ojo azulado que pronto empeoraría, un rasguño feo en la mandíbula y cojeaba como si cada paso doliera una barbaridad.

Pese a todo, no borró la sonrisita empalagosa. Nadie se creería cuánto había gritado la noche anterior.

—Doscientos veinte... doscientos veinticinco... —murmuró Margo, concentrada—. Doscientos treinta... y doscientos treinta y dos. Está todo.

—Es muy poco —observó Andrew.

—Es lo habitual. Los miércoles hay poca gente.

—Mmm…, no te habrás quedado con nada, ¿no?

Aquello iba dirigido a Victoria, que dejó de desatarse el delantal, perpleja. ¿Cómo se atrevía a acusarla después de haber estado toda la noche con él?

—Victoria no haría eso —intervino Dani con suavidad, aunque bastante indignada.

Andrew relajó un poco la expresión.

—Bueno, si tú lo dices…, habrá que creerte. Pero hay que hacer más dinero, chicas. No querréis quedaros sin trabajo.

—Y tú no querrás quedarte sin camareras, ¿no? —atajó Margo.

—Hay muchas jovencitas desesperadas y pocos jefes generosos.

Ninguna dijo nada.

Victoria, por su parte, seguía sorprendida por la capacidad de actuación de su jefe. Es decir…, lo entendía, pero le extrañaba que Andrew no quisiera advertirle de que no era buena idea contar lo que había pasado la noche anterior. Quizá daba por hecho que ella ya lo sabía.

Él se había vuelto de nuevo hacia Dani.

—Has hecho un buen trabajo —le aseguró—. Deja esa escoba, que se encargue una de estas dos.

—Está bien, Andrew… Me gusta encargarme de mi zona.

—Eres un encanto.

Margo, mientras llenaba hojas de cálculo, puso los ojos en blanco.

—Gracias, Andrew —murmuró Daniela de forma escueta.

Había que admirar su capacidad de mantenerse con una sonrisa pese a que claramente quería salir corriendo.

—Oye —insistió él—, ¿qué vas a hacer esta noche? Si tienes un rato libr…

—Nos vamos todas a tomar algo —intervino Margo.

Dani pareció aliviada. Tenía el gran defecto de no saber decir que no.

—¿Todas? —preguntó Andrew, poco convencido.

—Sí, todas.

—¿No puedo ir con vosotras?

—Solo chicas.

—Pero…

—Uf, ¡qué tarde se está haciendo! —interrumpió la pelirroja, lanzándole la hoja de cálculo—. Vamos, chicas, o no llegaremos a la hora de chupitos gratis.

—¡Es verdad! —exclamó Daniela, que, por cierto, era la peor actriz de la historia.

Victoria no dijo nada, pero se apresuró a recoger la chaqueta y salir con las demás. Andrew se quedó mirándolas desde atrás de la barra, pero no hizo ademán de seguirlas. Tampoco es que estuviera muy ágil, claro.

Una vez en la calle, Daniela aplaudió con una sonrisa.

—¡Menos mal! Pensaba que seguiría insistiendo…

—Tienes demasiada paciencia —opinó Margo, y luego miró a su otra amiga—. Oye, ¿estás bien? Normalmente eres la que más habla de las tres.

Era cierto que Victoria estaba muy callada. No se notaba al cien por cien de sus capacidades.

—Estoy muy cansada —murmuró.

Técnicamente, no era mentira.

Ellas no insistieron. Pero, como si la entendieran perfectamente, decidieron acompañarla a casa.

Caleb

Había descubierto unas cuantas cosas interesantes de la señorita codazo-en-la-mesa.

La primera era que tenía un nombre, y era Victoria.

Bonito nombre, aunque su opinión era irrelevante.

La segunda era que tenía una extraña predilección por guardar los detalles de cualquier evento. En sus cajones había billetes de avión, entradas de cine, pases de teatro, incluso vales de museos. Y, por supuesto, un buen montón de fotos de las respectivas salidas. En algunas era más pequeña; en otras, ya más adulta.

Contempló una de las últimas. En ella, llevaba el cabello más largo de lo que le había parecido en el bar. Y, aunque su expresión era más serena, debía tener en cuenta que tan solo la había visto llorando y suplicando por su vida.

No llamaba demasiado la atención, la verdad; pelo castaño claro, piel pálida, ojos grises, cuerpo delgado, altura promedio, ropa de tonos lisos, sonrisa de labios apretados… Nada que no pudiera encontrar en cualquier otra chica de su edad que, por cierto, sí que tenía veinte años.

Aun así, se quedó mirando la foto un buen rato. Hasta que el gato, desde la cama, le bufó. La devolvió con el ceño fruncido.

Concentrado de nuevo en la investigación, se reafirmó en que era una persona extremadamente ordenada: los libros estaban colocados por tamaño y color, las fotos en orden cronológico, las pegatinas de flores de la ventana seguían un patrón muy claro… y todo tenía un factor en común: una imperfección al final. Los platos eran perfectos, pero el último tenía una grieta. Los zapatos estaban ordenados, pero los últimos tenían un corte. Quizá la más llamativa era la de la estantería, ya que el último libro de cada balda sobresalía respecto al resto.

Curioso, muy curioso.

La única excepción era la colección de tazas que guardaba en uno de sus armarios. Parecían de procedencia distinta, pero todas estaban en perfectas condiciones.

Su cama, por otro lado, desprendía un fuerte olor a lavanda. Tan fuerte que, de hecho, Caleb tuvo la tentación de lanzar la almohada por la ventana para que dejara de distraerlo. Pero habría desordenado su perfecto ecosistema rosa y azul celeste. No habría sido muy profesional.

Había encontrado el origen de ese problema en el cuarto de baño. Tal como había sospechado, se trataba de su champú. El gato lo siguió con recelo y, cuando se puso a olisquearlo, se sintió juzgado por sus grandes ojos dorados.

En la cocina solo había encontrado una cosa que le llamara la atención: tenía muy poca comida y mucha bebida. Especialmente infusiones y tés varios. El resto de la estancia le había parecido bastante aburrida.

No esperaba encontrar mucha ropa y no la encontró: jerséis viejos, pantalones desgastados, unas zapatillas blancas muy usadas, unas sandalias… No había botas, ni otro abrigo que no fuera el verde que se había llevado. Lo que sí había —en una cantidad ridícula— eran pijamas. Cada uno con su respectivo estampado de flores, animales o dibujitos infantiles. Por no hablar de los calcetines, todos de gran grosor.

Abrió el último cajón con el ceño fruncido y dudó durante unos instantes.

A ver, podía haber pistas, ¿no? La gente escondía cosas raras en ese tipo de cajones.

Torció el gesto con incomodidad mientras, sin mirar, metía la mano con cuidado en el cajón. Tocó telas que no parecían precisamente de niña pequeña, como los pijamas, pero intentó no prestarles atención.

Llegó al final del cajón, buscó y… nada. Se apresuró a recolocarlo todo y cerrarlo de nuevo, avergonzado.

Y fue entonces cuando oyó la puerta del piso.

Se había distraído tanto con el estúpido cajón que no se fijó en si se acercaban pasos o no. Error de principiante. Menos mal que estaba solo y nadie iba a echárselo en cara.

Consideró sus posibilidades, y enseguida se dio cuenta de que la chica estaba a punto de entrar en el dormitorio. No había tiempo para escaparse por la ventana.

Rápidamente, se metió bajo la cama y encogió las piernas para que no se le vieran los pies. Era ridículamente cort…

Miau.

No podía ser.

Miró hacia arriba. Justo encima de su cabeza, el gato imbécil lo contemplaba con fijeza. Casi parecía estar riéndose en su cara.

Irritado, Caleb trató de apartarlo de un manotazo. Fue una mala decisión, porque el animal entrecerró los ojos como si hubiera aceptado el reto.

¡¡¡Miaaau!!!

Victoria

Dejó las llaves en el cuenco de la encimera y cruzó el pasillo, agotada y todavía un poco tensa. Le extrañó no ver a Bigotitos, pero aun así abrió el armario y colgó su abrigo.

¡Miiiaaauuu, miiiaaauuu!

—¿Bigotitos? —preguntó, preocupada, mientras se desataba las Converse negras—. Hoy no me apetece jugar, lo siento.

Se quitó las zapatillas y las dejó perfectamente alineadas junto al armario. Después se desató el pelo y empezó a desabrocharse el botón de los pantalones.

Caleb

Iba a incumplir lo de «sin muertes», porque ese gato estaba acabando con su paciencia.

Caleb volvió a apartarlo y se ganó un zarpazo que casi le alcanzó un ojo. Quiso estrangularlo. Esquivó otro zarpazo y encogió un poco la cabeza, esperando que así se calmara. Pareció funcionar. Menos mal.

Volvió a centrarse en la chica, pero se arrepintió enseguida. En cuanto vio que se estaba desnudando, clavó la mirada en el colchón, alarmado. De nuevo, menos mal que no tenía ningún compañero.

Fue entonces cuando oyó pasos por el pasillo del edificio. No supo por qué, pero adivinó que se dirigían hacia el piso antes incluso de que llamaran al timbre. La chica volvió a subirse los pantalones, confusa, y fue a abrir. Caleb suspiró con alivio.

Al menos, hasta que olió algo grasiento y oyó una voz masculina que desconocía.

Victoria

—¿Qué haces tú aquí? —preguntó, confusa.

Jamie la contemplaba con una sonrisa y una bolsa con comida rápida manchada de aceite y grasa.

—Margo y Dani dicen que no estás bien, así que te haré compañía.

—Estoy perfectamente.

—Oh, deja de hacerte la dura.

Victoria se apartó para dejarlo pasar. Total, acabaría entrando. Cerró de nuevo y se volvió hacia él.

Jamie era… algo así como su exnovio. Nunca habían llegado a ser pareja de forma oficial, por eso no estaba muy segura de si el término resultaba adecuado. Había sido por él, más que nada, porque ella siempre se había muerto de ganas de llamarlo «novio».

Victoria siempre se había dicho a sí misma que no era personal, que Jamie no era dado a las relaciones, y ya está. Sin embargo, cuando él conoció a otra chica y empezaron a salir, le resultó un poco difícil no sentirse ofendida. Y destrozada. Durante varios meses, entró en el bucle peligroso de emborracharse, llamarle y, al recibir su rechazo, liarse con el primero que pasara por delante.

Varios meses más tarde, Jamie cortó con su novia y decidió volver a hablar con Victoria. Tanto Margo como Dani le dijeron que pasara de él, que no podía ser su paño de lágrimas cada vez que se sintiera solo. Ella querría ser tan fuerte como para decirle que no, pero era incapaz. Así que siempre le respondía.

Esa era su relación: él aparecía cuando quería, hablaban, se acostaban… Jamie, a veces, se quedaba a dormir y a la mañana siguiente actuaba como si nada. Otras veces, se iba a casa directamente.

No era lo ideal, pero era práctico. Además, a Victoria le gustaba estar con él, y más en una noche como aquella.

—¿Y si me cuentas lo que ha ocurrido? —sugirió Jamie, yendo a la nevera y haciéndose con una cerveza.

—Nada.

—¿Y lo de tu jefe?

—¿Cuántas veces tengo que explicarlo? —Suspiró—. Tuve que llevarlo al hospital, pero no pasó nada grave. Y estoy perfectamente.

Como siguiera así de dramática, Meryl Streep iba a mandarle una denuncia por intrusión laboral.

Jamie apoyó la cadera en la encimera y la contempló intrigado. Con esa postura, a Victoria le pareció el triple de atractivo: pelo atado en un pequeño moño, piel morena, ojos claros… Nunca cuestionó por qué la había atraído tanto. Era como un surfista sexy, aunque sin tener ni idea de surf.

—¿Seguro que estás bien? —insistió.

—Que sí. Deja de preguntar, por favor.

—Vale, vale…, solo quería asegurarme. ¿Te apetece salir, entonces?

Victoria negó con la cabeza. Después de lo de la noche anterior, lo último que quería era salir, y menos de noche.

—Prefiero estar tranquila —dijo al final, en voz baja.

Jamie dejó la cerveza en la encimera para acercarse a ella. Victoria levantó la cabeza justo a tiempo para que él le colocara una mano en la nuca y la atrajera con fuerza. Se dejó besar durante unos instantes, y luego Jamie se separó para mirarla.

—¿Por qué siento que necesitas una distracción?

No esperó una respuesta, sino que la besó en la curva del cuello. Ella sonrió.

Caleb

La conversación había sido corta, y el sonido de murmullos y respiraciones agitadas le pareció muy confuso. No entendía nada. ¿Quién era ese chico y por qué apenas habían hablado antes de empezar a hacer cosas raras?

Entonces, oyó pasos acercándose torpemente al pasillo. Pronto se convirtieron en los de una sola persona, y lo entendió cuando los vio aparecer. El tipo había cogido a la tal Victoria en volandas, y la acercó a la cama sin dejar de besuquearse. Caleb hizo un gesto asqueado. Cómo odiaba los sonidos húmedos.

Además, qué poco higiénico era un beso.

Ambos se derrumbaron sobre la cama y la estructura chirrió. Lo que le faltaba ya, que le cayera encima una cama con dos monos en celo haciéndolo sobre ella…

Pero no se cayó. Y le tocó oír el sonido de las succiones y los lametazos más lamentables que había oído en toda la vida. La ropa empezó a volar muy pronto, la veía aparecer paulatinamente por el suelo de la habitación. Entonces él dijo alguna cosa —prefirió no entenderla—, ella se inclinó sobre la mesita y recogió un preservativo. Lo rompieron rápidamente e, instantes después…, empezaron los segundos sonidos más penosos de la historia.

Pero ¿en qué momento de su vida había terminado ahí abajo?

Cerró los ojos con fuerza, tratando de concentrarse en cualquier otra cosa que no fuera esa. Pensó en el inventario de la mansión. Sí, buena elección. Tres pistolas, dos de repuesto. Habría que pedir otra a Sawyer por si acaso. Munición de sobra: tres cajas para él, dos para Bex, más de seis para Iver, que seguro que no había usado ninguna…

—¿Te gusta? —preguntó el chico, con la voz ahogada—. ¿Te gusta?, ¿eh?

Sí, le gustaba. Que se callara de una vez, por favor.

Por si todo aquello fuera poco, el gato imbécil le estampó una patita en la frente.

Y entonces, para su sorpresa, oyó un golpe final. De pronto, el chico empezó a respirar con agitación. Caleb prestó atención, curioso. La chica también respiraba con agitación, pero no de la misma forma.

—¿Qué…? —empezó ella, confusa.

—Joder…, ha sido sin querer.

Silencio. Caleb contempló al gato, que le devolvió la mirada con la misma curiosidad.

—¿Ya? —insistió la chica, y sonaba un poco irritada.

—Es culpa tuya, que estabas…

—Ni se te ocurra.

—Déjame compensarte, entonces.

—No, no. Quita. ¿Qué te pasa?

Hubo movimiento sobre la cama, y la mano de la chica apareció junto a su cabeza. Alarmado, Caleb recogió las bragas que ella se había quitado un momento antes y las arrastró un poco más cerca de su alcance. Ella las recogió. Después, hizo lo mismo con la camiseta.

—No te enfades —empezó él.

—Jamie, ve al grano.

—He vuelto con mi novia.

Y… silencio. Caleb esperó y esperó, pero no sucedió nada. Llegó a pensar que a la chica le daba igual. Y entonces oyó el jadeo.

—Eres… Eres un…

—Lo siento mucho, Vic.

—¿Que lo sientes? —repitió ella, perpleja—. ¡Vete de aquí!

—¡No pensé que terminaríamos…!

—¡¡¡Vete de mi casa!!!

—¡Vic, lo siento, no me…!

—¡¡¡QUE TE VAYAS!!!

Caleb parpadeó, sorprendido, cuando la chica bajó de la cama. Vio que sus pies se movían de forma torpe por el suelo, y luego se dio cuenta de que estaba tirándole del brazo al chico. Él iba recogiendo su ropa como podía por el camino. Seguía desnudo.

—¡Vic, cálmate! —suplicaba.

—¡Y una mierda! —chillaba ella mientras tanto—. ¡Vete de aquí! ¡No quiero volver a verte en mi vida!

—¡Pero…!

La puerta principal se cerró de un golpe, y la voz del chico quedó ahogada. Todavía con una patita en la frente, Caleb vio aparecer a Victoria de nuevo, roja de rabia. Mientras murmuraba insultos, se puso a recoger la ropa que se había quitado.

Y…, oh, no. Sus calcetines estaban bajo la cama, junto a su pierna.

No había forma de sacarlos sin que ella se diera cuenta del intruso. Especialmente, porque ya estaba acercándose a su escondite con las ideas muy claras.

Habría que actuar rápido.

Y, por impulso, agarró al gato con una mano y lo lanzó, propulsado, contra ella.

Victoria

¡MIIIAAAUUU!

Alarmada, Victoria se quedó con una rodilla en el suelo. Bigotitos rebotó contra su cabeza y dio un saltito hacia delante para huir por el pasillo.

—¡Oye! —chilló, todavía alterada—. ¡No me asaltes de esa forma!

Oyó el bufido desde el salón e, irritada, decidió que era hora de dar por terminado el día. A la mierda todo. Fue al cuarto de baño, se quitó la ropa y se metió en la ducha. Solo quería olvidarse de una vez del mundo entero.

Vaya mierda de día.

Caleb

En cuanto oyó el agua repiqueteando sobre el plato de la ducha, suspiró con alivio.

Salió de su escondite, abrió la ventana sin hacer ruido y recorrió la pasarela de incendios en silencio. Al pasar junto a la ventana del salón, vio que el gato imbécil lo observaba con rencor desde el sillón. Caleb se encogió de hombros a modo de disculpa y, acto seguido, bajó de un salto los tres pisos que lo separaban del suelo.

3

Caleb

Pasados unos días, ya empezaba a tener un perfil claro de Victoria:

1. Efectivamente, tenía un problema con el orden. No soportaba que su gato imbécil le moviera las cosas de sitio y, lo primero que hacía al llegar a casa, era recolocarlo todo tal y como le gustaba.

2. Pese a ello, era bastante despistada; llegaba tarde a todos lados y, a veces, se olvidaba de que entraba a trabajar hasta cinco minutos antes de tener que marcharse. Ahí, soltaba una retahíla de palabrotas y se apresuraba a vestirse.

3. Utilizaba muchas palabrotas.

4. Siempre llevaba un espray de pimienta encima. Esto era un dato importante por si algún día tenía que detenerla; habría que protegerse los ojos.

5. Sus amigas se preocupaban más por ella que su familia, de quienes no sabía absolutamente nada. Solo deducía que tenía padres por las fotos que había visto en los estantes.

6. Había pasado los últimos tres días maldiciendo al tal Jamie, que no había vuelto a aparecer. También rechazó todas sus llamadas.

7. Era bastante rencorosa.

Era lunes, su único día libre. Caleb se preguntó si se quedaría en casa leyendo o viendo una película. Pero había estado probándose ropa durante una hora. Nada acababa de gustarle.

Cansado, apoyó un brazo sobre la rodilla y continuó contemplando la ciudad mientras la oía moverse de un lado a otro con piezas de ropa en las manos. Estaba sentado en la escalera de incendios, con la espalda justo al lado de la ventana del salón.

Pronto descubrió que la casa de Victoria era ridículamente vulnerable; y, aunque los primeros días se había propuesto no volver a entrar, pronto incumplió esa norma. Le enervaba encontrarse grifos sin cerrar, luces encendidas, ventanas abiertas… ¿Cómo podía ser tan organizada y desorganizada a la vez? Terminó entrando cada vez que ella se marchaba, para solucionar aquellas cosas; y le sorprendió lo fácil que era moverse por ahí dentro sin que nadie se diera cuenta.

Bueno, nadie menos el gato imbécil, pero a esas alturas ya aceptaba su presencia, con una mirada de rencor.

Cuando Victoria volvió a quitarse la camiseta que llevaba puesta, Caleb suspiró y se pasó una mano por la cara, agotado. Dejó de hacerlo al sentirse observado.

El gato imbécil estaba sentado en el alféizar de la ventana y lo contemplaba desde dentro. Cualquiera diría que lo asesinaba con la mirada.

Victoria

Grupo: las tres mosqueteras

Margo: tamo ready?

Dani: ¿Qué os vais a poner? No quiero ser la única que se arregle :(

Margo: yo he dejado mi vestido de los Oscar en el armario

Dani: Ja, ja... Qué graciosa

Margo: ponte unos pantalones negros y una camiseta bonita eso nunca falla

Dani: No tengo ropa negra

Margo: t dejo unos?

Dani: No, no
No me gusta ir de negro

Margo: lastima, vuelvo a ser la única que parece
que va a un funeral

Vic: Yo iba a ponerme un vestido negro,
pero creo que me lo quitare

Margo: me fallaissssssss

Sí. Un vestido negro era demasiado, ¿verdad? Se lo quitó otra vez y lo lanzó junto con el montón que tenía detrás. Se hizo con unos pantalones ajustados —los más decentes que tenía— y dio unos cuantos saltitos para meterse en ellos. Después, rebuscó la blusa de flores en el montón y se la aplanó como pudo contra el abdomen. Se la colocó, poco convencida, y empezó a abrochar botones.

Dani: NO SÉ QUÉ PONERME

Margo: mi oferta de dejarte ropa de funeral
sigue en pie <3

Vic: Estaras guapa con cualquier cosa, Dani
Ponte esa falda verde, que siempre queda bien

Dani: Gracias :,)

Margo: a mi no me decis esas cosas cabronas

Dani: Tú te lo dices a ti misma

Margo: tener amigas para esto

Hacía mucho que no salía con sus amigas y, aunque con todo lo que había sucedido esos días no era la persona más alegre del mundo, esperaba poder compensarlo con dos o tres cervezas. Necesitaba evadirse un poco de la realidad, olvidarse de matones peligrosos y exnovios gilipollas.

Por lo menos, le gustó el atuendo que se había puesto. Dio una vuelta sobre sí misma para revisarlo bien y luego fue al salón. Bigotitos estaba sentado en el alféizar de la ventana y contemplaba la ciudad con fijeza.

—¿Qué te parece? —le preguntó.

El gato la miró, poco interesado, y luego maulló de forma insistente. Ella suspiró.

—Ya has comido tres veces, Bigotitos, no te pases.

El gato insistió, rascando la ventana con una patita y maullando con fuerza. Victoria fue al cuarto de baño para maquillarse.

Caleb

En cuanto oyó que se marchaba, Caleb enarcó una ceja con superioridad. El gato le bufó, frustrado. Caleb le soltó una bocanada de humo en la cara. Pese a tener un cristal de por medio, el gato dio un salto, presa del pánico.

Victoria

Para cuando llamaron a la puerta, ya se había puesto todo el maquillaje que era capaz de usar sin sentirse disfrazada. Fue a abrir con más ánimos de los que esperaba al empezar a arreglarse. Margo y Daniela la saludaron con grandes sonrisas y entraron en su casa.

Mientras que Margo iba vestida tan ajustada y divina como siempre, Daniela había optado por algo mucho más discreto y de colores claros. Victoria estaba a medio camino entre ambas.

—Bueno. —Margo la miró con expectación—. ¿Lista?

—Me pinto los labios y lista.

A modo de respuesta, la pelirroja se dejó caer en el sofá y se acomodó perezosamente. Daniela, por su lado, sonrió y se acercó a Bigotitos, que ya se había subido al respaldo del sillón para ella. Cuando empezó a acariciarle la espalda, él ronroneó.

Caleb

Mierda, ya le tocaba moverse.

En cuanto las tres chicas bajaron las escaleras, él saltó. Al tocar la acera, se metió en una de las callejuelas contiguas, donde había dejado el coche. Encendió el motor, apoyó la cabeza en el respaldo del asiento y cerró los ojos. Sus voces se volvieron más claras al llegar a la calle, y ahí pudo entender el nombre del local al que se dirigían.

Victoria

Tardó una cerveza y media en empezar a animarse. Estaba segura de que, después, se sentiría todavía más miserable. Si había algo peor que estar mal, era intentar compensarlo con alcohol; cuando se te despejaba la cabeza, te dabas cuenta de que tus problemas seguían siendo igual de graves y, encima, tenías resaca.

Pero decidió que, en ese momento, lo importante no era aquello, sino pasarlo bien con sus dos amigas. Victoria forzó una sonrisa y aceptó meterse en la zona donde todo el mundo estaba bailando.

Caleb

¿Se lo estaba pasando bien o no?

No entendía mucho de expresiones humanas —y mucho menos de sus respectivas emociones—, así que Victoria era un misterio. Sus amigas reían y bailaban. De hecho, todo el mundo en aquel lugar ruidoso y maloliente aparentaba pasárselo en grande. No entendía por qué ella parecía tan cabizbaja.

Apoyó un codo en la barra y, aunque el camarero le preguntó qué quería, siguió concentrado en su trabajo.

Tampoco entendía mucho la función del maquillaje. A Bex, su compañera de casa, le gustaba mucho aplicarse productos parecidos, pero Caleb seguía sin comprender cuál era el objetivo de ocultar las propias facciones. ¿No tenía más sentido usar productos para resaltarlas?

Bueno, quizá no era el momento de mantener ese debate.

Estaba contemplando al trío con aburrimiento cuando, de pronto, sus hombros se tensaron de forma involuntaria. Volvió la cabeza a tanta velocidad que el chico que se le acercaba se detuvo de golpe.

—¡Oye, no me mires así! —pidió—. Solo iba a decirte que no puedes quedarte en la barra sin consumir nada.

Ah, así que era el camarero. Caleb no respondió.

—Mira, estoy en mis diez minutillos libres —prosiguió él—. Veo que miras mucho a esas del fondo. Si hablo con ellas por ti, ¿consumirás algo para que mi jefe me deje en paz?

—No.

—Vamos, no seas tímido. Eres un poco… tenebroso y grandullón…, pero ¡seguro que le gustas a alguna!

—No.

—¿Seguro? Puedo…

—No.

—Bueeeno, venga, yo me encargo. Me debes una, ¿eh?

Caleb frunció todavía más el ceño, pero dejó de hacerlo en cuanto se dio cuenta de que el camarero iba directo al grupito de Victoria.

Victoria

Margo dejó de bailar y clavó la mirada justo detrás de sus amigas. Ambas se volvieron a la vez. Victoria se encontró a un chico que no conocía justo detrás de ella. Llevaba puesta una camiseta con el logo del local.

—¡Hola! —saludó alegremente.

A ella, de hecho. Ni siquiera miró a Dani y Margo.

—Eh…, hola.

—Mira, no te conozco de nada, pero le has gustado a un amigo mío.

Victoria parpadeó con confusión. Especialmente, cuando chico señaló la barra.

—Está justo ahí, en… Espera, ¿dónde se ha metido?

Claramente, no se había metido en la zona de la barra, porque ahí solo había grupitos de gente que los ignoraba completamente. Victoria torció el gesto, un poco decepcionada. No habría estado mal que alguien se fijara en ella. Así restauraría la autoestima que el idiota de Jamie le había quitado.

—Es la peor excusa que he oído para entablar conversación —comentó Margo por detrás de ella.

Incluso Dani sonrió.

—Sí…, no hace falta inventarse nada, podrías hablarle y ya está.

—¡No era una excusa! —aseguró el chico, ofendido—. ¡De verdad que estaba ahí! Habrá ido al baño, no sé.

Victoria observó las colas que se acumulaban junto a las puertas del lavabo, pero, igual que antes, nadie le prestaba la más mínima atención. Revisó la discoteca con la mirada y, entre la gente saltando, las copas que se movían de mano a mano y las voces fuertes con tal de hacerse oír por encima de la música, no pudo divisar nada muy interesante.

Excepto…

Se volvió hacia la entrada de forma inconsciente y la revisó con curiosidad. Pasados unos segundos, no encontró a nadie interesante. O que le prestara atención, al menos.

Suspiró y volvió a mirar a sus amigas, que ya se habían despedido del camarero.

Caleb

Una vez se aseguró de que Victoria volvía a poner la atención en sus amigas, salió de detrás del grupo de chicos que le habían servido de cobertura. Se movió lejos de la entrada y volvió a acercarse a la barra con los dientes apretados.

¿Cómo había podido encontrarlo tan fácilmente en medio de toda aquella gente? ¿Estaba perdiendo facultades y no se había dado cuenta?

El camarero pesado ya había salido del local para disfrutar de su descanso, así que dejó de prestarle atención. Menos mal que su intervención había pasado desapercibida, porque solo le faltaba que Victoria lo reconociera.

Estaba tan centrado en ello que esquivó a una mujer borracha justo antes de que pudiera lanzarle la bebida encima. Cayó al suelo con un estruendo y, aunque todo el mundo se apartó para no salir salpicado, nadie se ofreció a ayudarla. Caleb se agachó y la sujetó de los codos para levantarla. Lo hizo con tanta facilidad que la mujer se quedó medio desorientada. Después, la dejó en uno de los sillones y volvió a fijarse en Victoria.

Mierda, había tardado demasiado. No la veía. Agudizó el oído, pero con aquella masa de gente resultaba muy complicado. Ni siquiera se molestó en intentarlo con el olor; era imposible.

Por suerte, identificó el cabello rojo y llamativo de una de sus amigas. Victoria estaba justo a su lado, con la otra chica. La cola del cuarto de baño. Caleb esquivó a otro camarero y se metió entre la gente para acercárseles.

Victoria

—Tampoco es para tanto.

Daniela negaba rápidamente con la cabeza. Se había quedado lívida nada más ver lo que Margo había sacado del bolso. Dos pastillas pequeñas y redondas.

—¡He dicho que no! —insistió la rubia—. ¡Se os ha ido la cabeza! ¡No podéis hacer… eso!

—¡No grites! —le exigió Margo, irritada—. Y apártate si quieres, que no es obligatorio.

Estaban las tres encerradas en uno de los cubiletes y, aunque con el ruido de la música y de las demás personas del baño no se oía nada, era mejor asegurarse de que nadie las descubría.

—No me puedo creer que estés haciendo esto —continuaba Daniela en voz baja.

—¡Todo el mundo lo hace!

—¡No, no todo el mundo! Vic, por favor, dime que tú no vas a hacer tonterías.

Victoria no decía nada. Al ver las pastillas, se había quedado paralizada. Cualquier día racional se habría negado en redondo. Esa semana, en cambio…, tenía tantas cosas encima…, lo había pasado tan mal…

Quizá… no pasaba nada por probar…, ¿no?

—No me lo puedo creer —murmuró Daniela, llevándose las manos a la cabeza.

—¡Dani, cálmate! —pidió Margo.

—¡No! Me voy a casa.

—Vamos, no te enfades.

—¡Claro que me enfado! Haced lo que queráis, pero yo no me quedaré para verlo.

Margo intentó detenerla del brazo, pero Daniela salió del cubilete hecha una furia. Una vez solas, la pelirroja volvió a echar el pestillo y suspiró.

—Supongo que seremos tú y yo, entonces. Me han dicho que es mejor tomarse media, como no estamos acostumbradas…

—Pero ¿qué es?

—Una poción mágica para pasarlo muy muy bien. ¿De verdad quieres que te responda?

Victoria sacudió la cabeza. Margo se metió una de las pastillas en el bolso y se llevó la otra a los dientes. Con cuidado, la mordió hasta quedarse con una mitad en la boca. Le ofreció otra a Victoria, que abrió la boca y dejó que se la colocara sobre la lengua. Margo sonrió con complacencia, y ambas se la tragaron a la vez.

—¿A que es genial? —preguntó entonces.

—No sé. No siento nada.

—Espérate unos segundos.

—Quizá haya que esperar un poc… un… po…

De pronto, se olvidó de lo que estaba diciendo. Margo empezó a reírse a carcajadas, y Victoria, sin saber cómo reaccionar, sonrió.

—¡Vamos a bailar! —exclamó su amiga, enganchándola del brazo.

Caleb

Aquello había dejado de gustarle.

No sabía qué habían consumido, pero estaba claro que se trataba de algún psicotrópico. Desde su salida del cuarto de baño —ahora solo ella y la pelirroja—, se comportaban de una forma muy distinta. Muy enérgicas. El alcohol no provocaba todo aquello.

Sin saber hasta qué punto debería preocuparse, se acercó un poco más. Dudaba mucho que a Sawyer le importara que la chica tuviera una sobredosis, pero Caleb no quería sentirse responsable. ¿Quién cuidaría del gato imbécil si le pasaba algo malo?

La pelirroja hizo un gesto a dos chicos que bailaban no muy lejos de ellas, y ambos se les acercaron al instante. Los dos parecían interesados en ella, pero uno se dio cuenta de que lo apartaban y se conformó con acercarse a Victoria. Ella apenas le hizo caso, pero aquello no lo persuadió.

Caleb suspiró y se limitó a seguir observando. No se lo estaba pasando nada bien.

Victoria

¡¡¡Jamás se lo había pasado tan bien!!!

No dejaba de saltar, bailar y cantar a gritos. Estaba tan feliz que no podía dejar de sonreírle a Margo, que bailaba junto a ella. Había dos pesados en medio, pero esos le daban igual.

El corazón le latía con fuerza, las luces parpadeaban, los colores parecían más brillantes, la cabeza le daba vueltas… ¡y todo le importaba un bledo! ¿Qué mejor sensación que la indiferencia ante la vida?

Seguía muy animada cuando se acercaron a la barra. Los chicos continuaban con ellas. Victoria hizo gestos frenéticos al camarero de antes, que le sirvió otra cerveza. Mientras le daba un sorbo, reparó en que el chico que se había acoplado con ellas no dejaba de hablarle. Como no había entendido nada, soltó una risita divertida. Quiso decírselo a Margo, pero ella ya estaba ocupada besándose con el otro.

El chico que le había tocado intentó acercarse a ella y decirle algo al oído, pero Victoria lo apartó con diversión.

Caleb

Observó el intercambio social sin terminar de entenderlo demasiado.

Se suponía que la pelirroja estaba interesada en ellos y, por norma social, uno de ellos tenía que acercarse a su amiga, que en este caso era Victoria. Sin embargo, ella no parecía interesada. Ya había apartado al chico borracho tres veces, pero él continuaba insistiendo.

¿No estaba en las normas sociales que, si alguien decía que no, era mejor pasar página e ir a por alguien a quien le interesaras? ¿Por qué el chico seguía insistiendo, entonces?

Quizá no entendiera demasiado de comportamientos humanos, pero sí que supo que aquello no le gustaba. Apretó los labios, molesto.

Victoria

Apretó los labios, molesta. ¿Es que no iba a dejarla en paz? Había empezado haciéndole gracia, pero pronto se le antojó muy cansino. Le dijo a Margo que saldría a tomar el aire, ella preguntó si quería compañía, y Victoria dejó bien claro que no.

Se tambaleó hacia la entrada de la discoteca. Una vez parabas de bailar, todos aquellos efectos dejaban de parecer divertidos y empezaban a dar un poco de vértigo. Se llevó las manos a la cabeza, tratando de estabilizarla. Pronto averiguó que el problema no era que el mundo se moviera, sino que el cerebro le hacía piruetas.

Supo que había llegado fuera porque una oleada de aire frío la serenó un poco. Con una mano apoyada en la pared de la discoteca, agachó la cabeza. Oh, oh. Iba a vomitar. Mejor que no fuera en una discoteca llena de gente.

—¿Ya te vas?

Oh, no. El pesado. La sujetó por los hombros, seguramente para echarle una mano, pero Victoria lo separó de un empujón. Quería estar a solas. Él volvió a intentarlo y ella, justo cuando iba a apartarlo de nuevo, notó la arcada subiéndole por la garganta.

Sí…, le vomitó encima.

Caleb

Se quedó plantado a unos metros de la escena, pasmado. Había salido para ayudar a Victoria a ponerse de pie y no esperaba encontrar al chico de la discoteca con ella. Por no hablar de lo poco que esperaba ver que acababa de vomitarle encima.

Pobre idiota.

El chico se retiró de un salto, asqueado, con la mancha de vómito ya en los pantalones. Victoria intentó apoyarse en él para no perder el equilibrio, pero el chico se había marchado soltando palabrotas en voz baja.

Ella trastrabilló hacia delante y logró el milagro de no caerse encima de su propio vómito. No volvería a tener tanta suerte. En cuanto se tambaleó de nuevo, Caleb actuó más por impulso que por conciencia.

Al llegar junto a Victoria, el chico ya había desaparecido dentro de la discoteca. Ella estaba de rodillas en el suelo. Caleb la sujetó del brazo para que se pusiera de pie, pero se detuvo nada más ver que le venía otra arcada. Tras dudar unos segundos, le sujetó el pelo con una mano. Ella empezó a vomitar otra vez.

El mejor trabajo del mundo.

Victoria

Ya ni siquiera sabía dónde estaba. Solo era consciente del repugnante sabor a vómito que le invadía los sentidos.

Alguien tiró de sus brazos para ponerla en pie y ella se dejó, medio inconsciente. Tuvo que parpadear varias veces para ser capaz de enfocar a su alrededor. Se encontró de frente con un chico que le resultó familiar pero que en esas condiciones no pudo identificar. Le estaba diciendo alguna cosa que no entendió.

Al menos, hasta que la repitió:

—¿Has terminado de vomitar o no?

Victoria intentó encogerse de hombros, pero apenas sentía ninguna parte del cuerpo.

—Lo tomaré como un sí. A casa.

El chico tiró de su brazo para que empezara a andar, pero Victoria apenas podía sostenerse. Por suerte, él la pilló enseguida. Qué buenos reflejos. Victoria empezó a reírse, muy impresionada.

—Joder, eres Spiderman.

—¿Puedes andar? —preguntó. Sonaba molesto.

—Tendrás que llevarme en bracitos, Romeo.

Le sorprendió la facilidad con la que se agachó y la levantó en brazos. Pero no como una princesa, sino como un saco de patatas, sobre el hombro. Contempló el suelo con confusión.

—¡Qué guay! —exclamó entonces.

—Silencio.

—¡¡¡Rooodeeeooo!!!

Caleb

Y pensar que no iba a cobrar nada…

Consideró la posibilidad de que alguien creyera que la secuestraba, pero pronto la descartó. No porque él dijera nada, sino porque, cada vez que se cruzaban con alguien, Victoria empezaba a gritar que por fin se había reencontrado con su novio perdido y se iban a su castillo.

Caleb trató de ignorar su irritante voz arrastrada. No se detuvo hasta llegar al coche. Ella seguía canturreando felizmente sobre su hombro. Él, por su parte, abrió la puerta del copiloto y dejó a la chica en el suelo.

En cuanto la tuvo de pie, Victoria lo contempló sin apenas verlo.

—Igual no debería haberme tomado eso —admitió.

—Pues no. Ha sido una irresponsabilidad.

—Oooh, ya hemos llegado a nuestra primera crisis. Esta relación va viento en popa.

Ignorando sus tonterías, la colocó en el asiento del copiloto. Luego dio la vuelta al coche para sentarse en el del conductor. Tardó un minuto entero en recolocarla.

—No sé qué me he tomado —prosiguió ella mientras Caleb se estiraba para ponerle el cinturón—. Pero, al principio, estaba bien…, ¿sabes? Era genial. ¿Alguna vez te has…?

—MDMA.

—¿Eh?

—Que lo que te has tomado era MDMA. Éxtasis. Como quieras llamarlo. Apestas a ello.

Victoria parpadeó varias veces.

—Pero ¿y tú cómo puedes oler eso? ¿Eres un X-Men?

—No. Y, en todo caso, sería X-Man.

—Qué guay, nunca había conocido a un X-Men.

Caleb suspiró y, finalmente, consiguió atarle el cinturón. Salió del aparcamiento de la discoteca en silencio, aunque notó que ella había apoyado la cabeza en el respaldo del asiento y lo observaba con fijeza.

—Oye —dijo entonces—, yo te conozco, ¿a que sí?

—No.

—Estás mintieeendo…

—Duérmete.

—No tengo sueño, tengo ganas de que me digas por qué te conozco.

—No las tienes.

—¡Oye, no podemos empezar esta relación con mentiras! Te perdono que no seas hablador, porque yo puedo hablar por los dos. Pero no me mientas.

Caleb la ignoró y se metió en la calle principal. Ella continuaba removiéndose con incomodidad. Tardó casi diez minutos en encontrar la postura adecuada, y Caleb se contuvo para no decirle que no le serviría de nada porque ya estaban llegando a su casa.

Y entonces ella apoyó la cabeza en el hombro de Caleb. Él entrecerró los ojos con la vista en la carretera.

—Aparta —advirtió entre dientes.

—Eres muy guapo, ¿eh?

—A-par-ta.

—Y muy antipático, pero bueno, no pasa nada. Te lo perdono. Al menos, eres guapo. Hay gente que no tiene ni eso.

Caleb no respondió, pero sí que aceleró para llegar cuanto antes. Había llevado a cabo muchas misiones, pero ninguna tan molesta como aquella.

—Tengo que acordarme de ti —insistió ella entonces, que seguía mirándolo fijamente—. Mmm…, ¿cómo te llamas? ¿Fuimos al mismo instituto?

—No.

—Dime cómo te llamas.

—No.

—¡Oh, vamos! Yo me llamo…

—… Victoria, sí, lo sé.

—¿Ves como sí que nos conocemos?

Mientras ella emitía una risita triunfal, Caleb se sintió un poco perplejo.

—Has caído en la trampa —insinuó Victoria con diversión—. Venga, me he ganado saber tu nombre.

Él suspiró y lo consideró unos instantes. Al final, llegó a la conclusión de que no iba a acordarse de aquella conversación.

—Caleb.

—Mmm…, bonito nombre. ¿Cuántos años tienes?

—Veintitrés.

—Preciosa edad para un precioso chico, X-Men.

—No me llames así.

—¿Tienes novia?

Él frunció el ceño.

—No.

—Yo podría ser tu novia.

Frunció aún más el ceño.

—No me conoces.

—Pues para eso te pregunto, para conocerte.

—Podrías callarte un rato.

—No, gracias. ¿Tienes novio?, ¿marido?, ¿esposa?, ¿hijos?, ¿gato?, ¿cobaya?

—Nada.

—Yo tengo un gato que se llama Bigotitos. Es un poco amargado, desagradecido y malcriado, pero lo quiero mucho.

—Felicidades.

—¿Tú no tienes nada? ¿Qué hay de los amigos?, ¿tienes amigos?

—Algo así.

—¿Vives con tus amigos?

—Con dos.

—¿Cómo se llam…?

—¿Y si te duermes un rato?

—No, gracias.

Cuando giró en la rotonda, ella aprovechó la curva para apoyarse mejor sobre su hombro. Podría apartarla, pero tampoco le veía la utilidad. No dejaría de ser una preguntona por estar medio metro más alejada de su cuerpo.

—Entonces —continuó Victoria—, estás soltero.

—Sí.

—Yo también.

—Enhorabuena.

—Quizá es una señal para que dejemos de estar solteros los dos juntitos.

Vale, se acabó. Encendió la radio, algo que no hacía nunca, y la subió a tanto volumen como le fue posible sin que le provocara dolor de cabeza. Victoria se distrajo enseguida y, menos mal, empezó a canturrear las canciones que iban sonando.

Una vez llegó a la calle que correspondía, se le hizo un poco extraño aparcar el coche delante de su edificio. Ya se había acostumbrado a esconderlo en los callejones contiguos. Bajó del vehículo, abrió la puerta

69

de Victoria y le quitó el cinturón. Ella soltó una risita cuando se las apañó para salir del coche y ponerse en pie. No duró demasiado, porque entonces rodeó a Caleb por el cuello. Por un breve y tenebroso segundo, pensó que iba a besarlo. Pero no. Se limitó a dar un saltito. No le quedó otra que sujetarla por la espalda y por debajo de las rodillas.

—Mejor. —Sonrió ella—. ¿Ves? Así es como se transporta a una princesa.

El gato imbécil los juzgó desde el sillón, pero no impidió que llevara a su dueña al cuarto de baño. Victoria se sentó en la encimera y empezó a balancear las piernas con pocas preocupaciones. Tenía el maquillaje corrido y manchas de vómito en la blusa, pero no parecía muy incómoda.

—Tienes que lavarte los dientes —comentó él.

—¿Yo?

—Sí. Es lo que requiere el convenio social después de vomitar.

—¿El... qué?

Impaciente, Caleb cogió su cepillo y la pasta de dientes y se lo puso todo en las manos. Victoria contempló ambos objetos como si no supiera qué hacer con ellos, y al final Caleb decidió que no le apetecía esperar. Puso la pasta de dientes en el cepillo, le sujetó la cabeza con la otra mano y empezó a cepillar. Ella se dejó, con los ojos medio cerrados por el sueño.

Como sus compañeros descubrieran que había estado haciendo todo eso, sería el hazmerreír del grupo durante el resto de su vida.

Al menos, Victoria no se quejó mientras él le retiraba el maquillaje con una de las toallitas que encontró bajo el lavabo. Murmuraba para sí misma, pero de manera ausente y sin buscar respuestas.

Al terminar, tiró de sus brazos para bajarla de la encimera. Victoria se movió torpemente hasta llegar a la cama, y allí Caleb le puso el pijama sobre el regazo. Por lo menos, eso sí que empezó a hacerlo sola. Mientras, él fue a la cocina y volvió con un vaso de agua. Victoria enarcó una ceja.

—¿Agua?

—El alcohol deshidrata.

—Ah... Si tú lo dices...

Pateó las zapatillas lejos de su cuerpo y, acto seguido, se quitó la blusa con varios tirones poco suaves. Caleb abrió la boca para seguir hablando, pero luego se dio cuenta de que estaba a solas con una chica en ropa interior. Alarmado, se volvió y se quedó mirando la pared opuesta de la habitación.

¿Qué dictaba la ley social en esos casos?

—Oye… —decía Victoria mientras tanto, poco afectada por su desnudez—. ¿Has visto a la pelirroja que iba conmigo?, ¿la he dejado sola?

—No, ella…

Caleb parpadeó al ver que iba lanzando la ropa en su dirección, como si él fuera a recogerla. Se quedó mirando el sujetador con confusión. En serio, ¿qué decían las normas sociales ante una situación como aquella? Sawyer no le había dado tantas indicaciones.

—¿Ella…? —insistió Victoria.

—Se ha ido en taxi cuando no te ha encontrado.

—Ah, bien. Oye, ¿podrías ayudarme?

Era la primera vez que parecía preguntarlo en serio y no solo para molestar, así que Caleb se volvió. Por lo menos, ya llevaba puesta la parte de arriba del pijama. Con los ojos clavados en el suelo para no ver a una chica medio inconsciente en bragas, Caleb la ayudó rápidamente a ponerse los pantalones del pijama. Ella se le apoyó en los hombros para mantener el equilibrio, y Caleb se sintió un poco ridículo al atarle los cordones rositas a la altura de la cintura.

—Ya está —musitó—. Buenas noch…

—Espera.

—¿Qué? Ya no necesitas nada más.

—¿Puedes quedarte a dormir?

—No.

—¡No es nada raro, pervertido! Es que… no quiero dormir sola.

—Yo sí. Buenas noches.

—¡Porfa!

—Duerme con el gato imbécil.

—No me quiere. Veeenga, ¿vas a hacer que te suplique o qué?

Él no sabía qué hacer. Se sentía… contrariado. Se suponía que había que ayudar a la gente que no se encontrara en buenas condiciones, pero tampoco quería aprovecharse de alguien que no estuviera en sus plenas capacidades. Además, Sawyer decía que no estaba bien hacer suplicar a quienes no iban a torturar.

—Sabes que podría ser un asesino en serie, ¿no? —dijo, al final.

—Me da igual.

—¿En serio? ¿Te da igual que te maten?

—Hazlo cuando no esté despierta y así no me enteraré.

Lo tiró con fuerza de la muñeca, y él, al final, cedió y se quedó sentado en el incómodo y diminuto colchón. Estaba más tieso que un palo, pero a ella no pareció importarle demasiado. De hecho, estiró una mano para alcanzar la de Caleb. Después, entrelazó sus dedos con una sonrisa de satisfacción.

—¿A que no es tan incómodo?

—Sí que lo es.

—Oye, ahora en serio…, ¿de qué nos conocemos?

—Duérmete.

—Si me acuerdo, te avisaré.

—Muy bien.

—Buenas noches, Caleb.

Él no respondió. Simplemente se quedó mirando el armario con fastidio. Esperó pacientemente a que se durmiera, cosa que sucedió unos minutos más tarde, y se aseguró de que su respiración estaba suficientemente acompasada.

Dando su trabajo por finalizado, Caleb le sujetó la muñeca con dos dedos y se zafó con cuidado. Victoria murmuró en sueños, pero no se despertó.

4

Caleb

A veces, Caleb se preguntaba por qué Sawyer no lo dejaba vivir solo. Era perfectamente capaz de existir sin compañía de otros seres vivos.

Pero no.

Estaba obligado a vivir con los dos hermanos cansinos.

En cuanto abrió la puerta de casa, supo que estaba a punto de recibir muchas preguntas. No por la hora, tampoco por su aspecto, sino por el hecho de que no tenía ningún trabajo oficial de Sawyer y, aun así, había salido de casa. Era un hecho histórico. Solo le faltaba que pensaran que ahora tenía vida social.

Ni siquiera se molestó en cerrar la puerta con cuidado. Bex estaba sentada en el salón, y estiró el cuello para comprobar que era él. En cuanto sus miradas se encontraron, ella lo señaló con una uña pintada de negro.

—¡Has vuelto! —exclamó.

—Vivo aquí.

—¡IVER!

Caleb suspiró.

—La casa no es tan grande como para que…

—¡¡¡IIIVEEER!!!

Como con todos los sonidos fuertes, Caleb cerró los ojos y trató de ignorarlo. Arrastraba dolor de cabeza desde la discoteca, pero rematarlo con las voces de Iver y Bex era peor todavía. Necesitaba descansar un poco o la cabeza le estallaría.

Y, por si Bex por sí sola no fuera suficiente, Iver gruñó desde la cocina:

—¡Ahora no!

—¡Caleb ha vuelto!

—¡Que ahora no!

Iver se encontraba delante del horno, con una rodilla en el suelo y una mano en la cabeza. Parecía confuso. Caleb no sabía qué tenía dentro del horno carísimo que le habían pedido a Sawyer el año anterior, pero su amigo parecía muy frustrado.

—No lo entiendo —masculló, repasando el libro de cocina apoyado sobre la pierna—. ¡Le he puesto de todo! ¿No deberían subir?

Caleb lo consideró unos instantes. Podía oler la masa, y oír la crepitación de la superficie de las... ¿magdalenas?

—Le falta levadura —concluyó—. Normalmente, apestan a ella.

Iver, poco sorprendido por la observación, suspiró y apagó el horno.

—Otra masa a la mierda. Malditos humanos y su incapacidad de poner instrucciones precisas...

Su amigo se incorporó. Después se colocó ambas manos en las caderas y se volvió hacia los dos intrusos. Porque Bex, claro, había llegado corriendo y observaba la escena con una gran sonrisa.

Caleb sabía que Iver, si se lo proponía, era igual de letal que cualquier otra persona del grupo. Sin embargo, su actual imagen con manchas de harina, delantal de flores y gorro de cocina, le quitaba un poco de credibilidad.

No entendía por qué le interesaba tanto tener habilidades humanas, pero solía pasar por ese tipo de fases. Había aprendido a tocar la guitarra, había hecho un curso de jardinería y pintado todas las paredes de la casa, además de construir un campo de entrenamiento en el patio trasero... El último descubrimiento era la cocina, el más inútil de todos; no había un solo habitante de la casa que tuviera la necesidad de comer.

Bex tampoco tenía pasatiempos muy útiles. En sus días libres, consumía las horas tirada en el sofá, viendo series y películas humanas. La alternativa era su habitación, donde ponía un vídeo tras otro sobre maquillaje, estilismo y similares. Caleb odiaba las voces de los youtubers en cuestión. Y tampoco lo entendía muy bien. ¿De qué le servía vestirse, maquillarse o cortarse bien el pelo si apenas podían relacionarse con el mundo exterior?

Pero no podía decirlo en voz alta, claro. Primero, porque la convención social dictaba que era maleducado. Segundo, porque ambos se aliarían y empezarían a criticarlo en pareja. No estaba de humor para aguantarlo.

Y mientras pensaba en ello, los tres seguían en la cocina. Bex se había sentado en la encimera con una sonrisa maliciosa, ahora Iver agitaba una cuchara de madera en dirección a Caleb.

—¿Eso que huelo es perfume? —preguntó, desconfiado.

—No sabía que el de los buenos sentidos fueras tú.

—¿Y eso que llevas en el cuello? —intervino Bex, cada vez más encantada—. ¿Es pintalabios?

Otra persona lo habría comprobado por inercia, pero Caleb los conocía bien y sabía que era una trampa.

—No tengo nada en la camiseta —explicó, cansado.

—Vaya, no ha colado.

—Sigue siendo todo muy sospechoso —insistió Iver—. ¿Sawyer sabe que estabas de fiesta?

No tenía claro si podía hablarles de la misión, así que Caleb se encogió de hombros.

—Sawyer no tiene por qué saberlo todo.

Los hermanos intercambiaron una mirada de perplejidad. Bex, incluso, se rio a carcajadas.

—¿Lo has oído? —le preguntó a su hermano.

—Alto y claro. ¿Quién es este y qué han hecho con nuestro amigo?

—Iver, ¡Caleb por fin está alcanzando la pubertad!

—Está desafiando a su papaíto.

—Me pregunto si empezará a hacerse piercings y a salir con gente que su papi no aprobaría.

—O a escuchar música heavy a todo volumen en su hab…

Airado, Caleb decidió que ya se habían burlado lo suficiente y salió de la cocina.

Al llegar a las escaleras del ático —donde estaba su dormitorio— se volvió para encarar a Iver y Bex. Por supuesto, lo habían seguido. Se encontraban dos escalones más abajo, con claras intenciones de no dejar el tema.

En realidad, no eran hermanos. Siempre se habían referido a ellos como mellizos porque eran inseparables, pero no los unía ningún parentesco biológico. De pequeños, habían coincidido en un orfanato y se habían convertido en el apoyo principal del otro. Pasados los años y después de que Sawyer los adoptara, esa relación se había cimentado todavía más. Quizá físicamente no se parecieran demasiado, pero emocionalmente eran uno solo. Y resultaba más que evidente al hablar con ellos.

Ambos tenían las mismas características que cualquier transformado: altos, esbeltos y con la suficiente fuerza física como para defenderse de casi cualquier cosa. Cuando usaban sus habilidades, sus ojos se volvían negros, pero ahora presentaban su color habitual: castaño en el caso de Bex y verde en el de Iver. Bex tenía el cabello rojo y trenzado con cuidado, mientras que Iver lo mantenía corto y descuidado; los labios de Bex eran gruesos y se los pintaba de colores oscuros, mientras que los de Iver eran delgados y siempre los apretaba con indignación; Bex llevaba siempre las uñas pintadas de negro, mientras que Iver se las mordía por los nervios; la piel oscura y lisa de Bex contrastaba con la pálida y pecosa de Iver.

Eso sí, a la hora de incordiar, parecían la misma persona.

—Te noto molesto —comentó Bex, repiqueteando un dedo en la barandilla.

—Sí —la apoyó Iver—. ¿Qué te molesta tanto, Caleb?

—¿Hace falta que responda?

—Es que tenemos curiosidad —comentó la primera.

—Hueles a chica, llegas tarde, esa cara de cansancio... ¿Qué no nos has contado?

—Tenemos dos teorías —siguió Bex.

—Una es que tienes novia.

—... improbable.

—La segunda es que estás metido en un trabajo secreto.

—... muy probable.

—Y la tercera es que tenéis demasiado tiempo libre —terminó Caleb—. Dejadme en paz.

—Entonces ¿es un trabajo? —preguntó Bex con curiosidad—. ¡Nosotros te lo contamos todo! Tenemos derecho a preguntar.

—En realidad —murmuró Iver—, no le contamos tantas cosas.

—Cállate, idiota. ¿No ves que le estoy haciendo chantaje emocional?

—¿A Caleb? Sería más fácil a una piedra.

—¡Deja de interrumpirme!

—¡Has empezado tú!

—¡No me des codazos, que luego lloras cuando te los devuelvo!

—¿Llorar?, ¡¿yo?!

Y empezaron a pelearse, por supuesto. Caleb suspiró y continuó subiendo las escaleras. Lo último que oyó fue el insulto que profirió Iver. Por el ruido, supuso que Bex se las había apañado para lanzarlo por las escaleras.

No, no tenían diez años. Tenían su misma edad.

Caleb llegó a su habitación tras un suspiro de alivio. Lo primero fue lanzar la chaqueta sobre el sillón. Hizo lo mismo con la cinta y la pistola, y estiró los brazos entumecidos. Su ropa olía al molesto champú de Victoria, y la perspectiva de dormir con aquello lo hizo sentir un poco incómodo. Al final, decidió que lo mejor era echarlo todo a lavar.

Por mucho que no fuera estrictamente necesario, esa mañana se había ganado unas cuantas horas de sueño.

Victoria

Grupo: las tres mosqueteras

Dani: Que conste que sigo muy enfadada
Y que todo lo que habéis hecho esta noche es una vergüenza
Y que odio que me pongáis en la posición de hacer
de madre SOLO POR SER UN POCO RESPONSABLE
Pero avisad cuando lleguéis a casa
Y ARREPENTÍOS DE LO QUE HABÉIS HECHO

Margo: cdasbfa

Dani: ¿Eso es una risa o que no puedes escribir?

Margo: cdnfasa

Dani: Entiendo que estás en casa

Margo: 🖤

Dani: ¿Puedes poner un corazón y no puedes
escribir que estás en casa? Vaya tela

Miau.
Mantuvo la cara presionada contra la almohada.

Miaaau.

Victoria trató de ignorarlo, centrada solo en intentar volver a dorm…

MIAAAU.

—¡Cállate ya, gato bigotudo!

MIAU.

—¡Ya sé que no tienes comida, pero paso de levantarme!

MIAU, MIAU.

Victoria se volvió, furiosa, y le lanzó una almohada a la cabeza. El gato salió disparado por el pasillo, maullando cosas que en idioma gatuno no debían de ser insultos.

Pero ¿qué puñetas le había dado Margo? ¿Cómo podía dolerle todo el cuerpo y, a la vez, no sentirlo en absoluto?

Muy poco a poco, consiguió sentarse en el borde de la cama. La cabeza le daba vueltas, pero logró enfocarse a sí misma. Llevaba el pijama puesto, pero no recordaba siquiera haber llegado a casa. ¿La habría traído Margo? No, imposible. Margo siempre terminaba la noche en su casa, con la persona que más le hubiera gustado de la discoteca. Quizá había sido ese chico…, el pesado… Ni siquiera recordaba su cara. Aun así, le parecía poco probable; jamás le diría a un desconocido dónde vivía. Ni siquiera cuando estaba borracha perdida.

Entonces ¿qué? ¿Había vuelto sola? Bien por ella. Otro nivel de independencia desbloqueado.

Se levantó torpemente y, arrastrando los pies, fue a ponerle comida al dichoso Bigotitos. Este le entrecerró los ojos, todavía rencoroso, y no dejó de hacerlo mientras engullía el paté de lata que tanto le gustaba.

Tenía que ser el *premium*. Si le compraba algo más barato, no se lo comía. Era la mayor fuente de gastos de esa casa.

Con un trabajo menos por hacer, Victoria se desplomó sobre el sofá y contempló el techo con resignación. Al menos, la noche anterior se lo había pasado bien. Ya era algo. Después de lo de Jamie, lo necesitaba. No se acordaba de mucho, y Daniela probablemente estaba enfadada con ellas, pero el balance era…

El balance…

No. Había una cosita que no encajaba.

No había vuelto sola. Se incorporó con el ceño fruncido y miró alrededor. Todo parecía estar en orden. El sabor a menta… Fue directa al cuarto de baño.

Victoria tenía muchas manías, cosa que podía ser una dificultad o una bendición. En ese caso, iba a darle una respuesta. Y es que en su ecosistema encontraba la paz. Era muy fácil saber si habían estado en su casa sin permiso, porque todo tenía su lugar y, en cuanto alguien lo tocaba, el equilibrio se perdía.

Así que, ¿por qué el cepillo de dientes estaba apoyado en la izquierda en lugar de la derecha, como ella lo dejaba cada noche?

—¿Tú viste algo? —le preguntó al gato, asomada al pasillo.

Bigotitos se movió para mostrarle el culo mientras seguía comiendo paté.

Había un punto que no encajaba, eso estaba claro. Apoyó las manos en la encimera del baño y se miró fijamente en el espejo. Tenía una imagen en la cabeza, pero no lograba hacerse con ella. Como si estuviera hundida en el agua y fuera incapaz de meter el brazo para rescatarla. Era… muy frustrante.

Hizo memoria, encabezonada. Había salido de la discoteca, mareada. Lo recordaba. Había vomitado, también. Se sintió mucho mejor después de aquello. Y recordaba haber preguntado por Margo. Alguien le dijo que se había ido en taxi y se sintió aliviada. Pero… ¿quién le había dicho eso?

De pronto, dio un respingo y se miró a sí misma. Se sentía como si le hubieran dado una descarga eléctrica. Podía recordarlo. Borroso, sí, pero… podía recordarlo.

Un par de ojos negros la devolvieron a la realidad. A la tenebrosa y triste realidad.

¡¿Uno de los zumbados del bar había estado en su casa?!

Presa del pánico, se llevó una mano al corazón y se revisó a sí misma. No parecía herida, pero la sensación de peligro no desaparecía. En pleno pánico, se preguntó qué querría ese chico de ella. ¿Hacerle daño por lo de Andrew? ¿Matarla?

¿Por qué no lo había hecho, entonces?

Aún aterrada, solo pudo recolocar el cepillo de dientes hacia la derecha.

5

Caleb

Victoria estaba inquieta, pero no podía culparla. Sensibilidad a la luz y al ruido, deshidratación muscular, vértigo, cansancio…, síntomas del consumo excesivo de bebidas alcohólicas. O resaca, coloquialmente hablando. Caleb contemplaba el espectáculo sin dejar de sacudir la cabeza. Tenía ganas de decirle que se lo merecía por inconsciente, pero no podía hablar con ella.

La chica se vistió con manos temblorosas, se aseguró tres veces de que tenía todo lo necesario dentro del bolso y, tras respirar hondo, abrió la puerta para salir de casa. Curiosamente, no se despidió del gato. Incluso Bigotitos pareció sorprendido.

Caleb la siguió a una distancia prudente, como siempre. Ella miró hacia atrás unas cuantas veces, pero era fácil eludirla; los portales, los grupos de gente, incluso la excusa de encenderse el cigarrillo… No lo vio en ningún momento.

Era un poco extraño volver a la rutina después de haber compartido esa noche con ella, pero lo prefería así. No tenía especial interés en ella, pero le caía mejor cuando estaba tensa que cuando se emborrachaba y descontrolaba. Y, de esa manera, se aseguraba de no intervenir nuevamente.

Llegó al bar sin problemas. Caleb se quedó junto a la cristalera, seguro entre las sombras, y apoyó la espalda en la pared. Cualquiera que pasara por su lado consideraría que solo había visto a un chico fumándose un cigarrillo en plena calle. Por dentro, sin embargo, no se perdía detalle de los sonidos que se sucedían dentro del local. La chica todavía estaba a tiempo de contarles a sus amigas lo que había ocurrido unas noches atrás.

La camarera rubia, que tenía la voz dulce y siempre hablaba bajito —cosa que Caleb apreciaba—, saludó a Victoria con un poco de irritación. Seguía enfadada por lo de la otra noche, supuso, y tampoco podía culparla. La pelirroja no dijo nada. Por los gruñidos que emitía —mucho más sonoros y molestos—, dedujo que aún se estaba recuperando.

Bien. La próxima vez se pensarían mejor las tonterías.

Victoria seguía distraída. Además de no haberse despedido del gato imbécil, tampoco habló demasiado con sus dos compañeras. Se equivocó con varios pedidos, se le cayeron dos copas al suelo… No era su mejor día.

En cierto momento, Caleb decidió cambiar de posición y se fue al callejón de atrás. No quería llamar la atención de nadie. Coincidió con la voz irritante del jefe de Victoria, el del Rolex robado, que la llamó a su despacho.

Estaba tentado a escuchar, pero una breve vibración lo obligó a sacar el móvil del bolsillo.

—¿Qué? —preguntó sin mirar quién era.

—Hola a ti también —ironizó Bex.

—¿Qué?

—Iver y yo necesitamos ayuda. Es por un trabajo.

—Ocupado.

—Vaaale, señor empresario, perdona por irrumpir en tu apretada agenda. Es que vamos a interrogar a una mujer. Nos iría bien que nos ayudaras.

—No puedo.

—Sí que puedes.

—Estoy… ocupado.

Bex emitió un sonido de interés. Caleb, frustrado, murmuró:

—¿Dónde?

Mejor ayudarles y que dejaran de preguntarle por su trabajo. Aunque supusiera ausentarse un rato.

Victoria

Después de todo lo que había ocurrido, Andrew le pareció extrañamente inofensivo. Quizá «patético» era un término más apropiado. No ayudaba que fuera recuperándose de la paliza; apenas podía moverse sin hacer muecas de dolor, seguía con un brazo enyesado y tenía la cara hecha un cuadro. Le resultaba gracioso ver cómo intentaba llevarse cigarrillos a los labios sin hacer el ridículo.

Victoria tuvo que contener una sonrisa al imaginarse la cantidad de ceniza que habría dentro del yeso.

—Siento lo de los vasos —dijo ella nada más sentarse—. Hoy estoy un poco…, eh…, descentrada y…

—Oh, no te preocupes. Lo descontamos de tu sueldo y ya está.

—Está bien.

Lo más habitual sería protestar hasta que Andrew la sacara de su despacho, pero estaba muy cansada. Tan cansada que, en el fondo, se preguntaba por qué continuaba aguantando sus tonterías. Podría buscar otro trabajo, uno que estuviera bien pagado y cuyo jefe no fuera un completo imbécil. Sin embargo, en ninguno de ellos tendría a Margo como gestora de las cuentas, y no podría pedir unas cuantas propinas extra para comer, pagarse el alquiler y sobrevivir en general. Aguantar a Andrew, a cambio de eso, parecía un buen precio a pagar. Al menos, la mayoría de las veces.

Pero él no sabía todo eso; la falta de protesta hizo que enarcara una ceja con curiosidad.

—¿Y ya está? —preguntó—. ¿No vas a decirme nada ofensivo?

—¿Para qué?

No le serviría de nada y, honestamente, aún le dolía la cabeza. No quería meterse en más problemas de los que ya tenía encima.

—¿Desde cuándo eres tan dócil? —preguntó Andrew, encantado—. Podría acostumbrarme.

—Es que… —Victoria tragó saliva con dificultad—. Quería hablar de… esa noche… Ya sabes cuál.

Sabía que a Andrew no le gustaría el tema, pero no había imaginado que se tensaría de esa forma. Su jefe la contempló con los ojos muy abiertos. La ceniza del cigarrillo medio consumido le cayó dentro del yeso, pero no pareció darse cuenta.

—No sé de qué hablas —espetó.

—Solo quería…

—¿Es que te has vuelto loca? Lo mejor que puedes hacer es fingir que no existió. Y, desde luego, no se te ocurra volver a sacarme el tema.

—Pero…

—Sal de mi despacho. ¡Ahora mismo!

—P-pero… creo que me están sigui…

—¡No podría importarme menos! ¡Haberlo pensado antes de meterte en mis mierdas! —Furioso, se levantó y señaló la puerta—. ¡Vete ahora mismo de mi despacho!

Ella apenas podía creerse lo que estaba oyendo. Indignada, clavó los dedos en la silla.

—¡No me metí en nada! ¡Intenté ayudarte! Y… ¡ni siquiera habría estado en el bar si no me hubieras obligado a quedarme hasta tarde!

—¿Y por qué lo hice, dulzura? ¿O ya se te ha olvidado que tienes la manía de hincharles las pelotas a todos los clientes que no te dicen lo que quieres oír? ¡Tenemos suerte de seguir vivos! Conténtate con eso y vete de mi despacho. Es la última vez que te lo digo.

—¡No! —saltó ella, también furiosa—. No me iré de aquí hasta que vayamos a la policía.

Para su absoluto asombro, Andrew rodeó la mesa y, con el brazo bueno, la agarró del cuello de la camiseta. Fuera de sí, la atrajo hasta que apenas quedaron a un palmo de distancia. El agarre dolía, pero estaba tan paralizada que apenas se dio cuenta. Tan solo podía ver los ojos de Andrew, inyectados en sangre, y oír su propio corazón retumbándole en los tímpanos.

—¿Quieres ir a la policía? —preguntó él en voz baja, e incluso le dio una sacudida—. Eres aún más idiota de lo que pensaba. No harán una mierda.

—Andrew, no puedo vivir así… Necesito ayud…

—¿Ayuda?, ¿necesitas ayuda? Te diré lo que pasará si vas a la policía: en el mejor de los casos, te matarán y se olvidarán del tema. En el peor, vendrán a por nosotros, a por los dos, y desearemos que nos hubieran matado esa misma noche. ¿Es eso lo que quieres, idiota?

Victoria se quedó paralizada. No sabía si creerse a Andrew. Después de todo, no era una persona que inspirara demasiada confianza. Y, sin embargo, era el único que sabía algo de la gente que lo había amenazado. La idea de ir a la policía en busca de ayuda se le antojaba cada vez más siniestra.

—Ahora —añadió él, furioso—, haz el favor de irte de mi despacho y olvidarte de lo que pasó. Si no lo haces, no solo te despediré, sino que les diré dónde vives para que te cobren a ti la deuda. ¿Me has entendido, Vicky?

Ella no reaccionó. Andrew, frustrado, la sacudió de nuevo.

—Sí —respondió Victoria por fin—. Lo… lo he entendido.

Andrew no dudó un segundo más. En cuanto la oyó, la tiró del cuello hasta sacarla de un tirón del despacho. Victoria aterrizó en el suelo con torpeza, sobre las manos. Se quedó mirando a su jefe, llena de impotencia, pero él se limitó a cerrar de un portazo.

Caleb

Pero ¿qué se había perdido?

El interrogatorio no se encontraba muy lejos de su ubicación, y tuvo la suerte de llegar justo a tiempo. Con apenas una pregunta, la mujer ya se estaba derrumbando. No necesitaba quedarse para ver el resto, así que lo dejó en manos de los mellizos. Ellos seguían preguntándole por su nuevo trabajo, pero Caleb pasó de ellos.

Ahora que había vuelto al bar, contempló a Victoria con perplejidad. Estaba en el suelo, delante de la puerta de su jefe. El corazón le latía a toda velocidad, pero su cuerpo no daba señales de enfrentamiento. Era… ¿miedo?, ¿frustración? Curioso. Había sucedido alguna cosa importante.

Gran parte de los que se encontraban en el bar la miraba, también. Su amiga rubia fue la primera en ir a por ella. Le deslizó un brazo por encima de los hombros, le susurró que no pasaba nada y la acompañó tras la barra. Mientras tanto, la pelirroja les dijo que se encargaría de los clientes, chocó las manos y, con toda la atención sobre ella, anunció que se había acabado el espectáculo.

La chica rubia condujo a Victoria hasta el callejón trasero, donde Caleb ya las esperaba tras una de las esquinas. Desde ahí fuera, era mucho más fácil oírlas. Y olerlas. Victoria seguía apestando a lavanda —aunque él ya empezaba a acostumbrarse—, mientras que la otra olía a gel hidroalcohólico. Debía de ser el que se ponía cada vez que tocaba algo de aspecto sospechoso. En ese bar, muy común.

Oyó que la chica rubia apoyaba a Victoria en la pared del callejón, pero esta se escurrió hasta quedarse sentada. No lloraba, aunque la respiración agitada indicaba que no le faltaba mucho para llegar a ello. ¿Qué le había hecho su jefe que fuera tan malo? Si hubiera sido violencia física, lo habría notado. Tampoco podía intervenir, pero… lo habría notado.

—¿Qué ocurre? —preguntó la rubia—. ¿Qué te ha hecho?

—Nada. Olvídalo.

—Victoria, por favor…, déjate ayudar.

La aludida no respondió, pero todavía respiraba con agitación. Su capacidad de aguantar el llanto le resultaba tan admirable como contraproducente. Según tenía entendido, los humanos necesitaban desahogarse a menudo, especialmente con las emociones que escapaban a su control. Llorar era la forma más rápida de conseguirlo.

—Vamos, no pasa nada —insistió la chica rubia, con preocupación—. Sea lo que sea, seguro que tiene solución.

—No lo creo, Dani…

—¿Cómo no va a tenerla?

—No puedo… —Victoria hizo una pausa, frustrada—. No puedo contarlo, ¿vale?

Daniela también hizo una pausa. Caleb pudo oír cómo contenía la respiración.

—¿Andrew te ha amenazado? —preguntó, preocupada—. ¿Qué te ha hecho?

—¡Nada! Por favor, déjalo, ¿vale? Estoy bien.

Caleb soltó el humo entre los labios. Pese a que intentó oír lo que sucedía en el despacho del jefe de Victoria, solo pudo detectar improperios mal susurrados. Había prestado poca atención a esa sala, pero siempre era más de lo mismo. Solo le sorprendía que la chica estuviera tan alterada mientras que el hombre permanecía como de costumbre.

Entonces, la puerta volvió a abrirse. Por los pasos molestos, supo que salía la amiga pelirroja de la droga.

—Ya he servido a todo el mundo —aseguró tras detenerse al lado de sus dos amigas—. Vale, ¿qué coño ha hecho Andrew? Y, sobre todo, ¿quién lo sujeta mientras yo le parto la cara?

Caleb enarcó una ceja. A Sawyer le caería bien esa chica. Tenían la misma cantidad de diplomacia.

—No ha pasado nada —insistió Victoria, que cada vez sonaba más agotada.

—Vamos, Vic. Si necesitas ayuda, estamos aquí.

—Solo tienes que contárnoslo —añadió Daniela en un tono más conciliador.

Victoria permanecía en silencio. Todo su cuerpo indicaba que ocultaba alguna cosa —respiración agitada, tirones en la ropa, corazón acelerado…, un clásico—, pero Caleb podía imaginarse cuál era.

Se preguntó, por primera vez, si se trataba del tema del que había hablado en el despacho. Se preguntó si había sido tan torpe como para confiar en su jefe, que era un cobarde y probablemente no le había ofrecido ningún tipo de ayuda. Si se trataba del caso…, si empezaba a hablar…

Bueno, no le quedaría más remedio que intervenir.

En el fondo, le resultaba triste. Estaba acostumbrado a seguir a algunas personas durante unos pocos días y terminar ocupándose de ellas porque se iban de la lengua, pero había pasado bastante tiempo tras Victoria. Conocía sus horarios, sus manías, su helado favorito, que se ponía capítulos de series por la noche y siempre se dormía antes de terminarlos, que cada día se preparaba una taza de té al volver del trabajo, que lo primero que hacía al levantarse y antes de acostarse era comprobar que el gato imbécil tuviera comida…

No era una mala persona, tan solo se había visto envuelta en la peor situación posible.

Y, si llegaba el momento…, sí, tendría que ocuparse de ella. Era lo que le había pedido Sawyer, a quien tendría que mandar otro informe, por cierto.

—No podéis ayudarme —concluyó Victoria entonces—. Es… muy complicado.

—Claro que podemos —insistió la pelirroja, testaruda.

—No, en serio, dejadlo.

—Pero… —intentó decir la rubia.

—¿Puedo pediros un favor? —Victoria volvió a tomar el mando de la conversación, ahora más decidida—: ¿Podéis encargaros de mis mesas durante lo que queda de noche? Necesito… volver a casa. Y estar tranquila.

—Claro que sí —le aseguró Daniela—. Pero, si Andrew lo ve…

—Decidle que he sido yo. No pasa nada.

—No estamos preocupadas porque se enfade con nosotras —espetó Margo con irritación—. Nos acojona que vuelva a enfadarse contigo.

—Por favor. Hoy no puedo trabajar.

Su tono apenado fue lo último que necesitaron para convencerse. Al final, ambas accedieron.

Victoria

Hay personas a quienes la desesperación las paraliza. A Victoria, en cambio, la activó por completo.

El turno había sido difícil, pero al menos le había servido para maquinar un plan. No era perfecto, pero era un plan. Y, si iba a tener a un matón entrando y saliendo de su casa, no podía quedarse de brazos cruzados esperando a que la mataran. Mejor atacar que esperar. Esperar era… horrible. La sola perspectiva de volver a casa sin saber qué hacer le producía náuseas.

Y es que, desde esa mañana, había empezado a notar pequeños detalles que por fin tenían explicación: Bigotitos arañando la ventana; el cepillo de dientes; que un día jurara haberse dejado una luz encendida y luego, al volver, encontrarla apagada… Y muchas más cosas que iban sumándose hasta desvelar la posible verdad: había estado en su casa más de una vez. ¿Por qué no la había matado? No estaba segura, pero no iba a quedarse esperando una respuesta.

Andrew no haría nada por ella. La policía no le parecía una apuesta segura, y el riesgo era demasiado grande como para andar apostando. Margo y Daniela eran demasiado valiosas en su vida como para ponerlas en peligro.

La única persona que podía salvarla era ella misma.

Qué dramático, joder.

No estaba dispuesta a pasar una hora más asustada. No iba a cometer el mismo error que unos años atrás. Ahora era adulta y, como adulta, se enfrentaría a ello.

Caleb

Agudizó los sentidos, extrañado, cuando la chica tomó un camino distinto al habitual. En lugar de volver a casa por la avenida, se desvió por uno de los callejones. Una decisión un poco cuestionable, aunque quizá tenía un objetivo. A Caleb no le pareció una buena idea. Era una zona peligrosa y, sola y de noche, podría pasarle cualquier cosa. ¿Y si alguien la seguía?

Es decir, alguien que tuviera malas intenciones.

Es decir…, las suyas tampoco eran tan malas.

Los pasos de Victoria resonaban por las paredes del callejón, y él la siguió sin hacer un solo ruido. Derecha, derecha, izquierda. Indicaciones extrañas, porque se estaba alejando del centro. Desde ahí solo había carretera. Todavía más peligroso, especialmente si no tenía ningún tipo de luz para que la vieran los coches.

El paisaje fue cambiando. Pasó de bares, portales y tiendas cerradas hasta llegar a descampados, verjas, paredes de ladrillos, contenedores y viejas casas destartaladas. Ni una sola persona alrededor, aparte de ellos dos. Cada vez tenía más dudas de lo que estaban haciendo. Y más sospechas, también.

De pronto, los pasos desaparecieron y Caleb agudizó el oído. Había abandonado el pavimento; la única alternativa era que se hubiera metido en alguna casa. Ninguna parecía habitada. ¿Qué hacía ahí dentro?, ¿había quedado con alguna persona? El lugar no era muy convencional.

Supo en qué casa se escondía en cuanto se acercó un poco a una de ellas. La madera protestaba bajo los pies de Victoria, que ascendía por unos escalones. El pomo de la puerta todavía estaba caliente. Caleb lo empujó con sumo cuidado, tratando de no hacer ruido.

Quizá habría podido permanecer en el exterior y escuchar, pero ese día decidió seguirla desde más cerca. No tenía un motivo claro. Simplemente quería asegurarse de que la chica no deliraba, pensando que esa era su casa. No encontraba otra explicación razonable.

Cruzó el vestíbulo, el pasillo, y se acercó a las escaleras de madera. Esquivó estratégicamente el escalón que había crujido bajo el peso de Victoria. Sin hacer un solo ruido, llegó al primer piso, donde se encontró con un largo pasillo lleno de puertas cerradas y una alfombra repleta de polvo. Pudo detectar rápidamente los pasos recién marcados, y los siguió con cuidado.

Una de las puertas estaba entreabierta. Se apoyó con un hombro en la pared y trató de mirar por la rendija, pero era demasiado oscuro incluso para él. Trató de escuchar, pero no oyó nada. Empezó a irritarse. ¿Qué hacía ahí dentro?

Se inclinó un poco más, empujó la puerta y…

Oyó el gruñido incluso antes de que la chica intentara golpearlo. Su cuerpo entrenado se movió hacia un lado. La brisa del bolso le acarició la mejilla… antes de chocar con fuerza contra la pared, justo donde su cabeza se encontraba unos segundos antes.

Quizá, de haber tenido más tiempo, habría inmovilizado a la chica sin pensarlo. Pero actuaba por instinto, y el instinto, en cuanto vio un puño acercándose, le indicó lo único que sabía hacer: defenderse.

El puñetazo de Victoria no llegó a conectarse. Caleb le atrapó la muñeca con agilidad. Después, metió una pierna entre las de ella y la lanzó al suelo con rapidez. La pilló tan de improviso que ella ahogó un grito al caer de espaldas. Caleb cayó sobre ella y le encajó las caderas con ambas

rodillas. La chica seguía retorciéndose. Arañaba, golpeaba, incluso grita-
ba. Él apretó los labios y le agarró una mano para clavársela con fuerza
en el suelo. Si no hubiera sido por la cantidad de ruidos y estímulos,
quizá habría visto el segundo golpe.

Ese sí que encajó. No fue doloroso, pero sí molesto. Y supuso que
para la chica también, porque cuando vio que apenas movía la cabeza,
soltó un siseo frustrado.

Sorprendido por la fuerza bruta que mostraba, Caleb le sujetó la otra
mano de la misma forma. Ahora ya no tenía oportunidad de escapar. Un
alivio, por lo menos.

El pecho de Victoria subía y bajaba a toda velocidad. Su respiración
era agitada. Sus gestos derrochaban adrenalina. El sudor de su frente,
miedo. Estaba aterrorizada, pero no se atrevió a soltarla; no parecía la
clase de persona que se rendía con facilidad.

—¿Has terminado? —preguntó, un poco irritado por el retumbar
ruidoso de su corazón.

Ella abrió aún más los ojos, indignada, e intentó sacudirse. No le
sirvió de nada.

—¿Qué intentas hacer? —preguntó él, que ni siquiera había parpadeado.

—¡¡¡SUÉLTAME!!!

—No.

—Suéltame de una vez o… ¡o te mato!

—No.

—¡¿Me estabas siguiendo?!

—Sí.

—¡Ni se te ocurra ment…!

—He dicho que sí.

La chica dejó de sacudirse para contemplarlo con incredulidad.

—¿Eh? —gimoteó.

—Que sí —confirmó él con paciencia—. Te estaba siguiendo.

—¿Q-qué…?

—¿Tengo que repetirlo? Será la cuarta vez. ¿Tienes algún problema
de comprensión? ¿Te has golpeado la cabeza?

De nuevo, ella permaneció perpleja. Y entonces volvió a sacudirse
con violencia. Caleb suspiró y siguió sujetándola sin apenas usar la
fuerza.

Ya tenía otra cosa que añadir al informe: era una testaruda.

Victoria

Como si seguirla no fuera suficiente…, ¡¡¡encima, tenía la desvergüenza de poner cara de aburrimiento cuando intentaba defenderse!!!

—¡Suéltame! —insistió, fuera de sí.

—Cálmate —repitió el matón.

Era curioso, porque sus manos la sujetaban con fuerza, pero su voz era igual de monótona y calmada que la última vez. Ni siquiera parecía cansado, mientras que ella apenas podía respirar, por el esfuerzo.

—¡No voy a calmarme! —gritó—. ¡Suéltame!

—Tranquilízate, por favor. Tu corazón me empieza a dar jaqueca.

—¿Mi…? ¿Qué…?

—Corazón. Es el músculo que bombea en tu pecho y que se encarga de distribuir…

—¡SÉ LO QUE ES UN CORAZÓN!

—Ah… Entonces, no entiendo la duda.

Por algún motivo, su confusión parecía genuina. Victoria ya no sabía cómo reaccionar. Todavía con la adrenalina por las nubes, solo se le ocurría golpear, morder y patear. Sin embargo, ese plan no había dado muy buenos resultados. Tendría que variarlo un poco. Pero ¿qué? ¿Qué podía decirle?, ¿qué podía hacer?

—Pero ¿tú qué eres? —preguntó al final con voz aguda—. ¿Un loco?, ¿un perturbado?

El chico parpadeó. Encima, tenía el valor de sentirse ofendido.

—Que yo sepa, no.

—¿Y qué coño quieres? ¿Por qué me sigues?

Dejó de luchar, de pronto aterrorizada, cosa que pareció confundirlo todavía más.

—Oh, no. Te has arrepentido, ¿verdad? ¿Has vuelto para matarme?, ¿es eso? ¡Responde!

El chico, no obstante, continuaba sin desvelar demasiado. Por la forma en que la miraba, cualquiera habría jurado que la persona más rara de la situación era ella.

—¿Matarte? —repitió—. No. No ganaría nada.

—¡Dijiste que lo harías!

—Me refería a que, si empezabas a hablar, era una opción que podía contemplar.

—E-entonces… vas a…

En cuanto él enarcó una ceja, casi despectivo, dejó de hablar.

—Si quisiera matarte —replicó con calma—, no estaríamos teniendo esta conversación: ya estarías muerta.

—Ah, bueno, me dejas mucho más tranquila.

—Bien.

—¡Es sarcasmo, imbécil!

Victoria volvió a tratar de liberarse, pero el chico la detuvo con la misma calma que había usado hasta entonces. Estaba a punto de ponerse a llorar otra vez; en este caso, de frustración.

—¿Te ha dicho Andrew que vinieras a por mí? —gimoteó al final—. No tengo dinero, ¿vale?

—No necesito dinero —murmuró él, como si aquello fuera absurdo.

Victoria estaba tan confusa que empezó a sentirse estúpida, y no le gustó demasiado. De hecho, solo aumentaban sus ganas de llorar y dar más puñetazos. Todavía le dolían los nudillos por el último, pero él apenas había parpadeado al recibirlo.

Lo cierto era que una bofetada la habría dejado mucho más satisfecha, pero no había logrado encajarla.

—¿Y bien? —insistió Victoria, ya desesperada—. ¿Cuál es el plan?, ¿me dejarás aquí toda la noche?

—Depende.

—¿De qué?

—De ti. Si te suelto, ¿te quedarás quieta? Deberías saber que puedo volver a inmovilizarte en cualquier momento.

Victoria parpadeó. ¿Por qué le hablaba como si le explicara un problema de matemáticas a un crío?

—Arriésgate a soltarme, entonces.

Él lo consideró unos instantes, mirándola con sus ojos negros y tenebrosos. Entonces, la soltó y se quedó de rodillas sobre ella. Victoria tragó saliva y se acarició las muñecas. Él continuaba con las manos apoyadas junto a su cabeza.

Y por fin vio la oportunidad de oro.

Victoria dobló la pierna y, en un movimiento rápido, hundió la rodilla en sus partes nobles. Y entonces, lejos de permitirle un tiempo de recuperación, le asestó una bofetada con todas sus fuerzas.

Caleb

La sorpresa pudo con él.

Por primera vez en mucho tiempo, se sintió ridículo. Era la clase de error que cometería Axel, no él. Iver, incluso. Pero no él. Si alguien se enterara...

La chica lo empujó como si pretendiera moverlo. Era una idea ridícula, pero se dejó.

Cayó de espaldas al suelo y, cuando parpadeó, se dio cuenta de que la tenía sentada sobre el abdomen. No solo eso, sino que también se puso a agitarle un artilugio extraño en la cara.

—Espray de pimienta, capullo —advirtió en tono de ganadora—. Quietecito o te enchufo.

Caleb procesó la información con cuidado. ¿Pensaba que el espray iba a matarlo o qué? Si con un disparo sería difícil acabar con él, era casi ridículo que esa fuera su arma. Pero, claro, la chica no lo sabía.

A veces, los objetivos hablaban más cuando se creían en el dominio de la situación. Quizá así le diría qué pretendía sacar de todo aquello, o cómo había descubierto que la seguía, por lo menos; tenía que haber sido en la noche de la borrachera desastrosa, pero ¿cómo había hilado que continuaba tras ella?

Decidió tumbarse tranquilo y dejarle creer que tenía el control de la situación.

Victoria

¡Por fin tenía el control de la situación!

La sonrisita quizá era un poco pedante, pero no podía evitarla. Después de todo, ¡había tumbado a ese grandullón! Margo estaría orgullosa de ella. Y Dani, aunque también escandalizada.

El chico —que parecía bastante joven, ahora que lo veía de cerca—, la observaba con la curiosidad de un crítico ante un cuadro. Parecía muy tranquilo, cosa que no le gustaba demasiado. ¿A quién no le daría miedo tener un espray tan cerca de los ojos? Quizá no la veía capaz de soltárselo en la cara. Pues estaba bien equivocado.

Victoria se removió un poco encima de él, incómoda. No sabía cómo proceder después de eso. Ni siquiera había considerado la posibilidad de que aquello saliera bien. Como siempre, se lanzaba a por sus planes incluso antes de pensar en las consecuencias. Y la consecuencia era que tenía a un grandullón tumbado debajo de ella, potencialmente peligroso y, sobre todo, muy tranquilito.

Mientras se recolocaba, notó un bulto extraño en el pecho del matón. No era ninguna experta en los atuendos homologados, pero estaba casi segura de que aquello no era muy buena señal. Con una mano firme en el espray, empezó a bajarle la cremallera de la chaqueta de cuero. Él continuaba mirándola como si estuviera loca.

—¿Tiendes a desnudar a la gente? —preguntó en voz monótona.

—Cállate.

—¿Quieres mi chaqueta? —Sonaba sinceramente confuso—. Podrías haberla pedido directamente y ahorrarte la agresión.

—Que te calles. ¿Te echo un poco de pimienta, a ver si se te limpia el tímpano?

—Los tímpanos no se limpian con pim…

—¡Cállate de una vez!

Irritada, terminó de bajarle la cremallera. Él no se movió. Seguía tumbado, tan tranquilo, observando sus movimientos.

No estaba muy segura de qué esperaba; era algo negro, como toda la ropa que llevaba, pero no se trataba de una cinta elástica. Le cruzaba el pecho, y una de las partes le pasaba por encima del hombro. Sin embargo, lo que más le llamó la atención fue la funda que llevaba pegada a las costillas. Tardó tres segundos de más en reconocer la culata de una pistola.

Iba armado. No entendió por qué, con todo lo que había visto, la pilló tan por sorpresa. Quizá el peligro acababa de volverse real. Quizá la posibilidad de que quisiera matarla ya no era tan loca. ¿Qué sucedería cuando lo soltara? ¿Y si la atacaba? ¿Y si tenía que matarlo para que la dejara tranquila?

Pero, entonces…, ¿aparecería el otro, el del pelo blanco? Ese también daba miedo.

—¿Ibas a dispararme? —musitó con la voz temblorosa.

Era una pregunta un poco estúpida, dadas las circunstancias. ¿Quién puñetas se ponía a hablar con su posible asesino?

El chico, no obstante, mantuvo el temple en todo momento.

—No.

—¿Y esto qué es?, ¿decoración?

—La uso para defenderme.

—Defenderte… ¿de mí?

La forma en que enarcó una ceja fue… un poco ofensiva, la verdad.

—*Tú* no supones un peligro.

Vale, eso era todavía peor. Roja de la vergüenza, la rabia y el miedo, estiró el brazo para hacerse con la pistola. Si no se la tomaba en serio con un espray, tendría que darle miedo de verdad. Y la mejor forma era apropiarse de la pistola. No iba a usarla. No sabía ni cómo se quitaba el seguro. Pero tenerla en la mano suponía un antes y un después en la…

—Quieta.

La voz del chico la detuvo de golpe. ¡Era ridículo! ¡Ella estaba encima! ¡Ella tenía el mando!

—¿Tienes miedo? —preguntó, irritada.

—Aparta la mano.

—¿O qué?

—O tendré que apartarla yo. Te recomiendo la primera opción.

Victoria le mostró el dedo corazón. El chico contempló la acción sin ninguna reacción aparente.

Eso la envalentonó. Sin embargo, en cuanto rozó el frío material, sintió que el grandullón se removía bajo ella. Fue tan rápido que apenas tuvo tiempo para estabilizarse. Iba a tirarla al suelo otra vez. Y en medio de la confusión, solo fue capaz de apretar el espray.

De nuevo, con todos los movimientos fugaces del chico, tardó en procesar lo que sucedía. Que la había agarrado de la muñeca, por ejemplo. Que el contenido del espray había terminado atacando a la inocente pared del fondo. Que el mundo se puso a dar vueltas y, cuando volvió a centrarse, notó una mano sobre la nuca.

Se le escapó un chillido muy ridículo, pero no podía controlarse. Y entonces se quedó sin respiración. De no haber sido por el polvo que le entró en la nariz y la hizo toser, habría tardado mucho más en entender que estaba tirada boca abajo contra la alfombra. Y que el grandullón la sujetaba con fuerza.

Intentó levantarse, pero le resultó imposible. Seguía aprisionada por la nuca y, por si fuera poco, el peso en su espalda no podía ser otra cosa que el matón. Intentó mover las piernas, desesperada, pero fue inútil.

Y, por supuesto, él ni siquiera jadeaba. Ni sudaba. Ni nada. Estaba tan tranquilo como si acabara de llegar.

—¿Has tenido suficiente? —preguntó.

Sonaba tenebrosamente irritado.

Victoria no respondió. Estaba sudando. Y temblando. Y muy nerviosa. Frustrada, apoyó la frente en el suelo y trató de respirar sin tragarse todo el polvo.

Caleb

Bueno, la chica tenía temperamento, eso debía otorgárselo.

—No te soltaré hasta que te calmes —la advirtió mientras ella apoyaba la cabeza en el suelo.

—Contigo encima, dudo que pueda calmarme.

—Lo harás. En cuanto tus latidos se estabilicen, te soltaré.

—¿Mis…? Pero ¿qué dices, zumbado?

Caleb ignoró sus palabras y se acarició la mandíbula. Curiosamente, la bofetada todavía picaba un poco. Apenas recordaba la última vez que habían conseguido asestarle un golpe tan limpio.

Tampoco él estaba muy seguro de cómo proceder. Podía dejar que se fuera, pero ya lo había visto y, encima, debía de saber que la había estado siguiendo. No podría continuar investigándola porque no volvería a ser ella misma; o, peor aún, cabía la posibilidad de que se lo contara a alguien. En tal caso, Sawyer ordenaría matarla. Esperaba no tener que llegar a eso. Curioso.

—Oye —dijo Victoria entonces.

Intentó volver la cabeza, también, pero era imposible. Caleb sabía cómo sujetar a alguien. No la dejaría escapar otra vez.

—Oye —repitió, ya resignada a hablarle al suelo—, lo siento por los golpes, ¿vale? No sé qué quieres de mí, pero… ¡entenderás que quiera defenderme! Y sé guardar un secreto. Lo juro. Fingiré que no vi nada de nada. No tienes que hacerme daño para asegurarte, te lo prometo. Solo…, em…, quería… ¡asegurarme de si alguien me seguía! Estaba volviéndome loca. Y, encima, sin poder contárselo a nadie. ¡Tan solo quería confirmarlo antes de que me mataras! Pero ahora ya sabemos que no vas a matarme…, ¿verdad?

Caleb la escuchó mientras contemplaba su propia mano. Continuaba enredada entre mechones de pelo castaño claro. Agradecía haber fumado mientras la seguía, porque el olor de la chica era imposible de ignorar. Echó la cabeza un poco atrás, molesto.

—¿Verdad? —insistió ella, abrumada.

Sawyer le había dado muchas indicaciones respecto a situaciones de seguimiento, pero no recordaba ninguna norma que le impidiera hablar con el objetivo. Además, debía ganarse su confianza, claro.

Obviamente, no podía mencionar el informe, o que estaba barajando hasta qué punto valía la pena dejarla vivir. No tanto por el secreto, sino para que la chica no entrara en pánico. Los humanos sucumbían a sus emociones demasiado a menudo. Era agotador.

—No puedo fiarme de ti —concluyó.

—Vale, pues… ¡no lo hagas! Pero, por favor, dime qué quieres. Quizá puedo ayudarte y así terminamos con esto.

—Necesito asegurarme de que no le cuentas nada a nadie.

No le había dicho una mentira, pero tampoco la verdad por completo. Odiaba mentir. Se suponía que en su trabajo era habitual, pero siempre dejaba esa parte a sus compañeros.

—¡No lo haré! —aseguró Victoria, afligida—. Te… ¡te lo juro! Por favor, déjame en paz. No hablaré con nadie.

—¿Dejarte en paz? —repitió él, pensativo—. Interesante. Pero no depende de mí.

—Entonces ¿quién manda? ¿Tu jefe?

—Podrías llamarlo así.

—Pareces una persona muy… razonable —prosiguió Victoria en un tono algo más tembloroso, pero también más suave—. Y, si te ha asignado esto, seguro que confía en ti. ¿Podrías decirle que me callaré? Tienes mi palabra.

—Tu palabra no le servirá de mucho. Y no puedo dejar de seguirte hasta que él me libere. Las instrucciones fueron muy claras.

La chica había abierto los ojos y miraba fijamente la pared. Era un gesto muy común cuando un humano se encontraba en situaciones extremas. Caleb lo había visto muchas veces. El instante de resolución en medio de un conflicto; esa pequeña esperanza de que podrás escapar ileso. En conjunto: una idea.

—¿Qué instrucciones te dio? —preguntó Victoria, ahora sin temblores.

—Es confidencial.

—¿Te dijo que me hicieras daño?

—No.

—¿Y mencionó que no pudieras hablar conmigo?

Caleb lo consideró.

—No.

—Entonces… no creo que ponga pegas si me sueltas para que hablemos un momento. No va en contra de las instrucciones que te dio. Y tampoco puedo huir, ¿verdad? Me pillarías enseguida. Así que me quedaré quietecita. E intentaré recuperar todo el oxígeno que les has robado a mis pobres pulmones.

Caleb tardó casi un minuto entero en tomar una decisión. No estaba seguro de cuál era el procedimiento. ¿Qué clase de situación social era esa? Prefería que los objetivos gritaran, lloraran y le insultaran. Ahí, por lo menos, estaba seguro de lo que tenía que hacer. Victoria, no obstante, parecía muy tranquila. Y eso que su corazón latía aún a una velocidad escandalosa.

Al final, con cuidado, se apartó. La chica reaccionó al instante y rodó lejos de él. Después, se incorporó y se quedó sentada con la espalda pegada a la pared del otro lado del pasillo. Se había llevado una mano al pecho y, por el sonido de sus inhalaciones, parecía que recuperaba el aliento. Aunque también podía ser adrenalina. No terminaba de confiar en ella. Y no quería otro golpe.

Caleb, con cuidado, hizo lo propio en la pared opuesta. Una vez sentados —ella con la respiración agitada y una mano en la caja torácica, él con un brazo perezosamente sobre la rodilla—, se miraron el uno al otro.

Victoria tenía polvo en la mejilla, el pelo revuelto y el uniforme manchado. No iba de la mano con su expresión de determinación.

—Entonces —empezó, todavía recuperándose—, ¿tienes que seguirme? ¿Solo es eso?

—Es la parte que te incumbe.

—¿Y hasta cuándo me seguirás?

—No lo sé. Hasta que ya no sea necesario.

Ella analizó sus palabras. A él, su seguridad le pareció bastante admirable; había visto a mucha gente hundirse bajo mucha menos presión.

—Bien —dijo entonces, más centrada—. ¿Y si te digo… lo que sea que estás buscando? Imagino que, si me sigues, es para descubrir algo. Podría ayudarte para que esto termine cuanto antes. Y, entonces, no me matarías, ¿a que no?

—Ahora mismo, no tengo intención de matarte en ninguno de los desenlaces, si es eso lo que te preocupa.

—Vale, qué alivio.

Las palabras eran correctas, pero su tono parecía burlón y Caleb se preguntó a qué venía la sonrisa amarga.

—¿Me dices qué es lo que buscas, para que te ayude? —prosiguió ella.

—No.

—¿No?

—No es una opción viable.

—Que me sigas tampoco es una opción muy viable.

—No tienes elección. Y yo tampoco.

—Pero… me juras que no me harás daño, ¿verdad?

Caleb no creía demasiado en las promesas y el resto de las cosas triviales y morales que regían la convención social de los humanos, pero no quería mentirle ante una pregunta tan importante. Él querría saberlo.

—Si no le cuentas nada a nadie —puntualizó lentamente—, no tendré que hacerte daño.

—¡Vale! Puedo hacerlo. No te preocupes. Y tú… tú podrás seguir con tu vida, y yo con la mía, y le dirás a tu jefe que soy una buena persona y que no necesito que nadie me siga, ¿verdad?

—A mi jefe le da igual que seas una buena persona.

—Bueno, ¡da igual! Vale, haremos eso. —Sonaba como si hablara más para sí misma que para él—. Sí, es un plan. Algo es algo, ¿verdad? Sí…, eso es… Y, em, una cosa más.

—¿Qué?

—Deja de esconderte a mi alrededor, por favor.

Caleb enarcó una ceja, confuso por la petición. Era un poco extraña.

—¿Esconderme?

—No sé cómo lo haces, pero no quiero abrir un armario y encontrarte atrincherado entre mi ropa. Ni que me rompas una ventana. Ni que te metas en el despacho de Andrew a hurtadillas.

—No he hecho ninguna de esas tres cosas.

—¡Da igual! Lo que quiero decir es que…, em…, todo esto sería mucho más fácil si pudiera verte, al menos. En lugar de esconderte, podrías sentarte en el bar. Puedo darte bebidas gratis, si quieres. Las cargaré a mi cuenta. No pasa nada. Es solo que…, por favor…, no me persigas sin que me dé cuenta. Lo detesto.

La petición le parecía cada vez más y más rara. ¿Qué clase de humana era aquella, que no se asustaba ante la perspectiva de que un desconocido supiera todos o la mayoría de los detalles de su vida? ¿Acaso le había golpeado muy fuerte la cabeza contra el suelo y estaba delirando?

—Sentarme en el bar —repitió lentamente—. No lo veo útil.

—Pero ¡haría que yo me sintiera mucho mejor!

—Tu comodidad no parece relevante.

—Porque estás zumbado, pero ese no es el tema. El tema es que yo necesito un pequeño favor y tú necesitas saber cosas de mí, ¿verdad? —No esperó una respuesta—. Bien, pues yo necesito que entres en el bar. Y que Andrew, mi jefe, te vea. Que te vea conmigo, más específicamente. Es muy importante, ¿vale? Sé que parece una tontería, pero me solucionaría muchas cosas. Muchas más de las que te imaginas. Quizá no volvería a amenazarme, siquiera. Y lo único que tendrías que hacer es sentarte en el bar. No es tan difícil, ¿verdad?

Caleb analizó la petición, con varios parpadeos. Hacía mucho tiempo que no hablaba con nadie que no fuera de la familia. A veces, se olvidaba de lo rara que podía resultar la gente.

—¿Por qué querría ayudarte? —preguntó, confuso—. Puedo obtener toda la información que quiera sin tu ayuda.

—Pero sería mucho más fácil con ella, ¿verdad? Andrew no me toma en serio, pero tú… ¡tú eres muy grande! Y tienes ese aire de matón que intimidaría a cualquiera. Además, seguro que se acuerda de ti. Va de duro, pero las ojeras no engañan. Desde entonces, duerme igual de mal que yo. Necesito quitármelo un poco de encima; y tú, querido acosador, necesitas recaudar toda la información posible cuanto antes. ¿No ves que podemos beneficiarnos mutuamente?

—¿Y cómo se aplica la norma cuando esté en tu casa?

Ella abrió mucho los ojos.

—¡¿Cuántas veces has estado en mi casa?!

—Diecinueve.

—¿Qué…?

—Forma parte de mi trabajo.

—¿El qué?, ¡¿espiarme?!

—Yo no espío, solo observo.

—¡¡¡Es lo mismo!!!

—Si no tienes nada que ocultar, ¿por qué te alteras?

—Pero ¿nunca has oído hablar de la privacidad? —De pronto, se quedó lívida—. No me habrás espiado mientras me cambiaba o algo así, ¿no? Por favor, dime que no.

Ofendido, Caleb frunció el ceño.

—Por supuesto que no.

—Oh, perdona por dudar de tu código del honor, señor que se mete en mi casa sin permiso y me persigue por callejones oscuros.

—Te perdono.

Ella sacudió la cabeza. Su lenguaje corporal, pese al tono mordaz, indicaba que se había relajado un poco. Permaneció en silencio unos instantes, abrazándose a sí misma.

—A mí tampoco me gusta seguirte —comentó Caleb—. Es igual de incómodo para los dos.

—Sí, pobrecito, me das una lástima...

—¿Prefieres que diga que no al trabajo y que Axel me sustituya?

Ella se encogió, aterrada.

—¿A quién prefieres? —insistió Caleb.

—A ti.

—Lo suponía.

Victoria

¿Estaba negociando con un posible asesino? Pues sí. Pero las situaciones desesperadas requerían medidas aún más desesperadas.

A ver, ¿qué otra cosa podía hacer? No parecía que el chico quisiera matarla. Por momentos, incluso, le había parecido un poco ingenuo. Hablaba como un robot con instrucciones, así que había decidido atacar por ahí... y había funcionado, más o menos. ¿Era mala persona por aprovecharse de alguien que, claramente, carecía de habilidades sociales? Quizá, pero se trataba de una cuestión de supervivencia.

El chico, a todo esto, continuaba observándola.

—Sigue con tu vida —le recomendó con la misma calma que había mantenido durante toda la conversación—. Anoche me arriesgué al ayudarte, pero volveré a alejarme. No te darás cuenta de que estoy ahí.

—Ya te he dicho que no puedo vivir así.

—Vete a casa, chica. Olvídate de que existo.

—¡No puedo olvidarme de que me persigue un... un...! —Dudó. No parecía un buen momento para insultos—. ¿Qué eres? ¿Un mafioso?, ¿un matón?

Él, otra vez, pareció muy ofendido.

—No.

—¿Entonces…?

—Vete a casa, chica.

—Me llamo Vic, no «chica».

—Te llamas Victoria, no Vic.

—¡Pues llámame Victoria, o Vic, o lo que sea! Pareces mi antiguo profesor de Literatura, joder.

»Mira, tienes dos opciones: puedes llegar a un acuerdo conmigo, en cuyo caso te ayudaré, o puedes intentar seguirme por tu cuenta, pero te aseguro que será mucho más difícil. Tú mismo.

Él la observó con fijeza. Tanta que Victoria empezó a ponerse nerviosa. Quizá era por la penumbra del pasillo o por el pelo oscuro que le caía sobre la frente, pero sus ojos parecían tan negros como aquella primera noche. Negros. Como pozos sin luz ni color. Era… antinatural.

Para cuando él respondió, había trascurrido una eternidad.

—Entiendes que no puedo dejar de seguirte, ¿verdad?

—Podrías decirle a tu jefe que me sigues mientras te vas a…, no sé, lo que sea que hagas para matar el tiempo.

—El tiempo no se mata; es un ente incorpóreo.

—De todos los zumbados que podían tocarme… va y me toca el peor.

—No soy el peor.

—¿Tu amiguito Axel es peor?

El chico frunció el ceño, de nuevo ofendido. Qué sensible, el matón.

—No es mi amiguito.

—Bueno, me la pela. ¿Hacemos un trato sí o no?

—No.

Frustrada, estuvo a punto de darle otro golpe.

—Pues… ¡llamaré a la policía! —lo amenazó.

—Vale.

—¡Lo haré!

—Muy bien.

—¡Ahora mismo!

—Perfecto.

—¡Lo digo en serio!

—Y te creo.

—¡¿Por qué puñetas sigues tan tranquilo?!

—Porque no lo harás. Ahora que me has visto, ya sabes cuáles son las consecuencias. Tienes demasiado miedo.

Frustrada, se pasó las manos por la cara.

Y, entonces, se le ocurrió una última idea. Un último recurso. Si eso no funcionaba…

—El objetivo principal es que cumplas con tu misión, ¿verdad?

Caleb entrecerró los ojos con sospecha.

—Sí.

—¿Por encima de tooodo lo demás?

Él asintió en silencio.

—Entonces no puedes negarte a mi propuesta. Al rechazar mi ayuda, estás retrasando tu misión, cosa que va directamente en contra de las órdenes que te dio tu jefe. Se supone que tienes que cumplir con tu palabra lo antes posible, ¿no? Pues la manera más rápida de conseguirlo es utilizando mi ayuda. Si te niegas, estarás incumpliendo las instrucciones. Estarás traicionando tu propia palabra.

El chico la contempló como si el cerebro le hubiera dado un cortocircuito. Transcurrieron unos segundos, y entonces se puso en pie de un salto. Fue tan rápido que ella se pegó a la pared, asustada.

—Tengo que considerarlo —respondió, pensativo—. Ahora, vete a casa.

—Pero…

No pudo terminar la frase. De pronto, notó que una ligera brisa le agitaba algún que otro mechón de pelo. Volvía a estar sola.

6

Victoria

Está claro que al día siguiente cerró todas las cortinas.

Caleb

El cielo estaba nublado. ¿Por qué cerraba las cortinas?

Victoria

Si no podía evitar que un matón la siguiera, al menos iba a ponérslo difícil.

Caleb

Si creía que poniéndoselo difícil lo evitaría, estaba equivocada.

Victoria

Grupo: las tres mosqueteras

Margo: haciendo chequeo
todo el mundo sigue vivo?

Dani: ¿Estás bien, Vic?

Vic: Genial

Ayer tuve un bajón puntual, perdón

Margo: igual seguías resacosa

Dani: Hablo en serio: ¿estás bien?

Vic: De verdad que sí

Margo: volvemos de fiesta???

Dani: NO

Vic: NO

Margo: 💔

Dejó el móvil, decidida a centrarse en el acosador que aún tenía por ahí fuera.

Era inútil estar ansiosa. Siempre le había parecido un sentimiento muy desaprovechado. ¿De qué le servía pasarlo mal por la espera si, total, solo podía esperar? Cada vez lamentaba más ese puñetero manhattan. Si tan solo hubiera cambiado el vaso, el señor no se habría enfadado y Andrew no la habría castigado.

Lo peor de todo —aparte del pequeño detalle de que la estaban espiando, que ya pintaba bastante turbio— era no saber dónde estaba el matón. Y no saber quién era. ¿Y si tenía un pasado oscuro?, ¿y si había estado en la cárcel?, ¿y si era errático y, aunque pareciera siempre tan tranquilito, en algún momento salía de sus cabales y optaba por secuestrarla?

Quería reírse. Y llorar. Quería ponerse un poco histérica, así, resumiendo. Lo más curioso era que no le nacía. Aun así, la perspectiva de ponérselo difícil era tan divertida que, por momentos, perdía el norte de lo que sucedía en realidad: un matón sabía quién era, dónde vivía, e iba armado. ¿No debería estar más asustada? Daniela lo estaría. Y Margo también, aunque jamás fuera a admitirlo.

Pero… no. Se sentía tensa, pero no aterrorizada. Ni siquiera ella misma lo entendía. ¿Quizá era el instinto de supervivencia, o la adrenalina? O, simplemente, había visto demasiadas cosas fuera de lo común como para asustarse por esa.

Al menos, había asegurado todas y cada una de las entradas de la casa. No existía forma posible de que el matón fuera capaz de…

—¿Por qué las cierras?

Victoria, que transportaba un cesto de ropa sucia, chilló y lo soltó de golpe. La ropa se esparció por la moqueta, y Bigotitos salió corriendo en dirección contraria.

El mafioso había entrado en su casa. Y no solo eso, sino que estaba abriendo las cortinas una a una, como si nada.

En cuanto terminó su ardua tarea, se volvió con los brazos en jarras. La situación era tan surrealista que a ella se le escapó una risa un poco maníaca.

—¿Qué? —preguntó él.

—¿Se puede saber qué haces en mi casa?

—Abrir las cortinas. ¿Es que no lo ves?

De nuevo, lo que habría sonado pasivo-agresivo en cualquier otra persona, en su caso parecía genuino. Como si de verdad se estuviera planteando si la inteligencia de Victoria no alcanzaba ese concepto.

Como ella no decía nada, el chico cruzó el salón con toda la calma del mundo. Para ser tan grandullón, no hacía un solo ruido.

Bigotitos, que había buscado refugio en el respaldo del sillón —su lugar favorito—, erizó la espalda en cuanto se le acercó. El chico se detuvo para contemplarlo, y durante unos instantes tuvieron un pequeño duelo de miradas.

—Gato.

Miau.

—No me mires así.

Miau, miau.

Y ella pensando que la situación no podía volverse más surrealista…

Victoria observó a su gato, que volvía a parecer tranquilo. Se sentía un poco traicionada. ¿Qué hacía hablando con el enemigo? ¡Si ignoraba a todo el mundo!

El chico, a todo esto, se centró de nuevo en ella.

—Em…, hasta luego.

En cuanto vio que se dirigía al pasillo de su habitación, Victoria por fin reaccionó:

—¿Qué…? ¡Oye! ¡Vuelve aquí!

Olvidándose por un momento de la colada sucia, se apresuró a seguirlo. Ya estaba en la habitación, a punto de saltar por la ventana hasta la escalera de incendios. No supo cómo puñetas había conseguido abrirla desde fuera. A esas alturas, preguntárselo le parecía un poco absurdo.

—Espera —repitió.

No creía que el chico fuera a hacerle caso, pero se volvió y la miró por encima del hombro. Todavía tenía una pierna en el marco de la ventana y una mano sujetando la cristalera.

—¿Qué? —preguntó otra vez.

—¿Cómo que «qué»? —repitió Victoria—. ¡No puedes entrar en una casa sin permiso!

—¿No puedo? Acabo de hacerlo.

Quizá fue la frustración. O la impotencia. O ambas cosas. La conclusión es que Victoria, irritada, se acercó y lo agarró del cuello de la camiseta. El chico no se resistió demasiado.

La ventana cayó con un golpe un poco doloroso. Lo único que le faltaba ya era un cristal roto. Su casero, el señor Miller, iba a matarla.

De todas formas, decidió poner su atención en el chico. Lo había empujado hacia la cama, y, pese a que él rebotó un poco al quedarse así sentado, su temple serio no cambió en absoluto.

—No me refiero a que literalmente no puedas entrar —le explicó ella lentamente—, sino a que es… ¡una violación a mi intimidad!

—Tienes que arreglar esta ventana. Si se abriera del todo, no tendría que torcer el cuello cada vez que entro.

—Pero ¿tú me estás oyendo?

Él parpadeó varias veces.

—Sí.

—Entonces ¿por qué me ignoras?

—No puedo ignorarte si te estoy oyen…

—¡Déjalo! Te he dicho que no puedes entrar en mi casa. No puedes. ¿Lo entiendes? ¡Es una falta de respeto! Y, encima, te atreves a pedirme cosas. ¿Quieres que arregle la ventana? Pues ¡claro! ¡Todo lo que me pidas! También puedo prepararte un puñetero té y luego miramos juntos un documental de ballenas.

El matón asintió lentamente. De nuevo, la contemplaba como si ella fuera la rara y él la persona racional.

—Las ballenas son… interesantes —admitió—. Aunque ya sé todo lo que necesito sobre ellas, gracias.

—¡Las ballenas me dan igual!

—Entonces ¿por qué sacas el tema?

—¡Era una ironía! Dios mío. ¿Se puede saber de qué vas? No sé si me estás gastando la peor broma de la historia o si, directamente, estás zumbado. ¿Tengo que llamar a la policía?

—No tienes que hacerlo, no.

—¡Pues debería!

—Tampoco. Tenemos un acuerdo, Victoria.

Oh, encima, su nombre completo. Qué poco acostumbrada estaba a oírlo.

—Llámame Vic.

—No.

—¿No?

—Los apodos son para los amigos. Tú y yo no somos amigos. Lo único que nos une es un acuerdo profesional. Y la convención dicta que, en un entorno profesional, utilizar un apodo es poco adecuado.

—Vale, pues… ¡llámame como quieras, pero no entres en mi casa!

—¿Por qué? Llevo varios días haciéndolo y no te habías dado cuenta. Además, debo decir que estoy un poco impresionado con tu falta de conciencia. Casi todas las veces que he entrado ha sido para apagar un fogón, cerrar un grifo o incluso apagar el televisor. Es como si no tuvieras instinto de supervivencia.

A esas alturas, la pobre Victoria no sabía ni cómo reaccionar. No solo tenía un acosador, sino que encima se atrevía a meterse con ella.

—Vaya —murmuró, tan irónica que las palabras le supieron amargas—, perdóname por no estar concentrada después de que un matón me haya amenazado de muerte.

—¿Muerte? No iba a matarte. Quizá Axel te habría torturado un poco para que hablaras, pero poco más.

Victoria le dirigió una mirada de advertencia que él no pareció captar. No iba a soltar otra ironía. ¿Para qué? Estaba claro que no la entendería. Y ella estaba muy cansada como para ir explicándoselo todo.

—¿Cómo te llamas? —preguntó, agotada—. ¿Puedo saber eso, al menos?

—Ya te lo dije.

—Lo único que recuerdo de esa noche es que te llamé X-Men.

—Que sigue siendo incorrec…

—¿Cómo te llamas?

—No es relevante.

—Es decir, que tú puedes registrar toda mi casa, entrar cuando te dé la gana y parasitar mi vida…, pero yo no puedo saber ni tu nombre.

—Correcto.

En cuanto se levantó, Victoria volvió a sentarlo. Estaba tan frustrada que le daba miedo ponerse a soltar insultos y que él terminara por enfadarse.

—¿Algo más? —preguntó el matón, aburrido.

¡Aburrido! ¡El muy… imbécil! ¡¿Cómo se atrevía?!

—Podría denunciarte.

—Y yo podía secuestrar a tu gato.

—¡No amenaces a Bigotitos! Además, sabe defenderse mejor que tú.

—Tengo mis dudas respecto a la capacidad defensiva del gato, pero no intento asustarte. Tan solo explico cómo son las cosas. Voy a seguir entrando, te guste o no. Forma parte de mi trabajo.

—¡Ni se te ocurra…!

La melodía del móvil la interrumpió. Sonaba… en el salón. Mierda. Seguro que era importante. No tenía muchas llamadas, ni tampoco muchos contactos, así que estaba segura de que no se trataba de ninguna tontería. Ni siquiera en una situación así se atrevía a ignorarlo.

Señaló al chico con un dedo.

—No te muevas.

En cuanto no respondió, supo que desaparecería nada más darle la espalda.

Caleb

Nada más darle la espalda, salió por la ventana.

Había que admitir que la chica era interesante. Todavía no había caído en la locura y, encima, se atrevía a acercarse a él. Sabía que tenía miedo —podía oír su pulso, notar la sudoración fría, el temblor de las manos—; aun así, continuaba enfrentándose a la situación. Era testaruda. No estaba muy seguro de si admirarlo o enfadarse. La gente débil le resultaba mucho más sencilla.

Para cuando Victoria llegó al salón, él ya llevaba un rato sentado en la escalera de incendios. Era su lugar de preferencia: entre las dos ventanas, con la espalda en la pared y la mirada clavada en la ciudad. Desde ese punto no se veía mucho más allá de los edificios cercanos, pero era curioso ver qué hacían los vecinos de Victoria. Una mujer se pasaba una hora diaria en una cinta de correr, un chico no despegaba la vista del ordenador, un hombre con tres perros no dejaba de entrar y salir de su casa, una familia de cinco se pasaba el día discutiendo, una madre con dos hijos se quedaba medio día al teléfono, dos gatos se peleaban constantemente por un lugar en el alféizar de la ventana, un matrimonio mayor se turnaba para elegir qué canal veían…

Se preguntó si los humanos eran conscientes de la sencillez de sus problemas, de lo mucho que todos tenían en común. Tenía entendido que la mayoría se pasaba la vida buscando un lugar al que pertenecer, así que quizá ese punto en común les supondría un consuelo. Pero eran demasiado egocéntricos. No se lo tomarían bien. Una contradicción tras otra.

Victoria conversó durante dos minutos y treinta y seis segundos. No le prestó mucha atención, pero sí que la notó enfadada.

Entonces, oyó sus pasos furiosos en dirección a la ventana del salón. Caleb no necesitó volverse para saber que Victoria se acababa de asomar.

—¿No te he dicho que esperaras ahí dentro? —preguntó, furiosa.

Caleb permaneció callado. Quizá era la mejor forma de que lo dejara en paz.

—¿Hola? —insistió ella—. Podrías responder, por lo menos.

Frustrada, volvió a cerrar la ventana.

Era mejor así.

Durante las dos horas siguientes, Victoria bajó a la lavandería de su calle, leyó un libro en malas condiciones mientras esperaba a que la colada estuviera lista y, al volver, saludó a dos vecinos. Mientras colgaba la ropa en el pequeño tendedero de plástico que había junto a la ventana, Caleb se llevó un cigarrillo a los labios. Había pocas cosas que odiara más que la ropa recién lavada. Los suavizantes tenían el olor más concentrado de la historia.

Para cuando Victoria empezó a prepararse la cena —una lata de alubias que mezcló con tomate y atún—, el sol ya empezaba a ponerse. La gente que paseaba por la calle fue cambiando los jerséis por chaquetones, y las luces del edificio de enfrente empezaron a encenderse. Veía el mismo proceso todos los días.

Victoria llenó una tetera. Pasiflora. Perfecto para la ansiedad. Buena idea.

Estaba observando los tres perros del vecino cuando Victoria volvió a acercarse a la ventana. Esta vez, cuando lo miró, tardó un poco más en hablar:

—¿Sigues ahí? —preguntó, contrariada—. ¡Han pasado varias horas!

—Tres, y cuarenta y un minutos.

—¿No te duele la espalda?

La idea de que pudiera dolerle la espalda le pareció ridícula, pero prefirió no decirlo en voz alta.

—¿Quieres un té? —añadió ella—. He preparado dos tazas.

En esa ocasión, Caleb sí que se volvió para mirarla. Lo hizo con toda su confusión. ¿Té? ¿Estaba invitándolo a tomar un té? ¿Quién se creía que era?, ¿su abuela?

Victoria esperaba una respuesta. Por su lenguaje corporal, quedaba claro que la oferta caducaría en cualquier momento.

Y, sin saber muy bien por qué, aceptó.

Entró por la ventana, sin hacer un solo ruido. Cuando las botas tocaron la moqueta color crema del apartamento, el olor a pasiflora le provocó una mueca. Debería haberse fumado otro cigarrillo. Y, por si fuera poco, Victoria estaba agachada ante el platito de su gato imbécil para darle el paté de ese día. También apestaba.

Caleb llevaba tanto tiempo alejado de la sociedad diaria que, a veces, se olvidaba de que los humanos necesitaban olores químicos para sentirse limpios.

Como siempre, Victoria había dejado la cocina impoluta después de prepararse la cena y el té. Iver podría aprender de ella. Lo único que no terminaba de cuadrarle era el pijama de felpa con dibujos de unicornios. Qué cosa tan innecesaria.

—El té está en la mesita —dijo Victoria.

Caleb no respondió, pero rodeó el sofá y se acomodó en uno de los dos cojines. Se sentía un poco gigante, como si su estatura no estuviera pensada para caber en un mueble tan pequeño. Menos mal que Victoria era pequeñita y no ocupaba mucho espacio.

Como él seguía sin moverse, la chica recogió una de las tacitas y se la puso en la mano. Caleb la olisqueó, poco confiado.

—No tiene veneno —dijo ella, un poco irritada—, si es lo que te preocupa.

—Podría oler el veneno.

—Entonces ¿qué? ¿Ahora no te gusta?

—No lo sé. Nunca he probado un té.

Por primera vez desde que la conocía, Victoria se quedó sin palabras. Hablaba incluso cuando estaba sola. Caleb podría acostumbrarse a que permaneciera en silencio más de un minuto seguido.

—¿Nunca has tomado té? —repitió ella—. Pero ¡si es lo más típico del mundo!

—Pues no. Ni café. Ni sustancias psicotrópicas.

Victoria parpadeó varias veces. Había arrugado la nariz.

—¿Sustancias… qué?

—Drogas. Alcohol, cannabis, heroína… La única de mi lista es la nicotina. Aunque todas son una pérdida de tiempo.

—Así que… fumas.

—Una buena conclusión, teniendo en cuenta que te lo acabo de decir.

Victoria se colocó su taza en el regazo y suspiró.

—Todos los guapos tenéis que fumar…

Caleb se encogió de hombros y, finalmente, le dio un sorbo a la sustancia. Estaba asquerosa. Le llenó los sentidos y le provocó una oleada de repugnancia. Mala idea.

—Vale. —Victoria le arrebató la taza para dejarla otra vez en la mesa—. Déjalo. Solo quería que entraras para interrogarte.

—Ah.

—Es la táctica que usaba mi abuela cuando tenía un problema con alguien.

—¿Tienes un problema conmigo?

—Varios. El primero, que me espías. ¿Te parece poco?

—Depende de cómo lo enfoques, supongo.

—¡Era una pregunta retórica! Mira, da igual. Mejor continuamos con la conversación civilizada. ¿Tienes hambre? He preparado cena para dos y puedo…

—Nunca como.

Ella empezó a reírse, cosa que ya le pareció un poco extraña. Entendió todavía menos que dejara de hacerlo de golpe.

—¿Qué? —preguntó, confuso.

Qué reacciones tan raras tenía esa chica.

—¿No puedes… comer? ¡Es imposible!

—Oh, entiendo la confusión. Sí que puedo, pero no lo necesito. Ni beber.

Victoria seguía contemplándolo con los ojos muy abiertos. Unos ojos muy grandes para una cara tan pequeña, debería añadir. Los tenía de color gris. Le recordaban a la ilustración de un libro que, en sus años en el sótano, había leído una y otra vez. Pero le gustaban más los de Victoria. Tenían muchas más emociones que los de la chica del dibujo. Y eso que él, normalmente, prefería la simplicidad.

—Pero… —Ella buscó las palabras adecuadas—. ¿Se puede saber qué eres? ¿Un vampiro?

—No digas absurdeces.

—Entonces ¿cómo explicas que no necesites comer?

—No lo necesito y punto. Y abre la puerta.

Pese a que la orden era bastante clara, la chica no reaccionó. Seguía contemplándolo con perplejidad. Caleb estuvo tentado a poner mala cara, pero se contuvo para no ofenderla más.

—Abre la puerta —repitió más lentamente.

—¿Por qué…?

El sonido del timbre hizo que Victoria diera un brinco. Tuvo que ser Caleb, con un rápido movimiento, quien rescatara la taza antes de que ella derramara todo el contenido.

Si no hubieran sido los pasos sonoros de quien llamaba al timbre, lo que habría alertado a Caleb sería el olor a alcohol. Fuera quien fuese, apenas se sostenía en pie. No le pareció muy buena señal.

Victoria, todavía actuando en modo automático, se acercó a la puerta de entrada.

—¡Viiic! —insistió la persona del otro lado, tocando el timbre otra vez.

Ese alguien era un chico, uno que él desconocía pero que le recordaba al tipo de sujeto al que tenían que reclamar dinero de vez en cuando.

Como tuviera que aguantar otra escenita húmeda e incómoda, iba a encenderse diez cigarrillos.

Cuando la chica abrió la puerta, Caleb pudo hacerse una imagen mucho más precisa del sujeto en cuestión. Acababa de entrar tambaleándose hasta tal punto que ella tuvo que sujetarlo. Era mayor que Victoria, pero no tanto como aparentaba. Bajo, delgado... Su ropa apestaba a alcohol, y lo único que él oía en sus bolsillos era el tintineo de unas cuantas monedas y de otro contenedor con sonidos mucho más delicados. Agujas, supuso.

¿Quién era ese chico?

Victoria, por lo menos, no pareció sorprendida.

—Hooola, Vic —saludó él con una sonrisita—. Te he traído una plantita de buena fe.

Una que cayó al suelo y que, probablemente, había robado.

La chica echó una mirada a Caleb, un poco sorprendida de que continuara ahí, y se las apañó para cerrar la puerta con un pie. Todavía sujetaba al chico con ambos brazos. Iban a perder el equilibrio en cualquier momento.

—¿Qué haces aquí? —preguntó ella en voz baja—. Ian, ya hablamos de...

—¡No empieces! Me duele la cabeza.

—Me pregunto por qué será.

Victoria lanzó otra mirada a Caleb. Parecía... ¿avergonzada? No lo entendió demasiado bien.

Además, ¿Ian? ¿Por qué no conocía ese nombre? Había mirado todas sus fotos, todos sus contactos, y no reconocía su cara. Tampoco el nombre. ¿Por qué de repente se tomaba tanta confianza, si durante semanas no había aparecido por su vida? No tenía sentido.

El borracho apoyó las manos en los hombros de Victoria para mantener el equilibrio. Fue un gesto muy egoísta, muy poco considerado, y ella tuvo que sujetarse en la encimera para que no se cayeran ambos.

Caleb no entendía muy bien la situación, pero decidió ponerse de pie.

—Necesito un favor —dijo Ian, acercando su cara a la de Victoria—. Uno muuuy pequeñito.

—Ian, ahora no puedo...

—Por favor, Vic. Solo un poco.

—No tengo dinero, ¿vale? Lo siento.

La expresión del borracho cambió al instante. Caleb se les acercó lentamente, sin hacer ruido. Habían pasado de las risas y la jovialidad al enfado más absoluto.

—Mentirosa —le espetó.

—Es la verdad. Acabo de pagar el alquiler y…

—¡Aparta!

El empujón fue flojo debido a su condición; aun así, Victoria retrocedió unos cuantos pasos.

Caleb no estaba muy seguro de hasta qué punto era peligroso, pero le habían enseñado a neutralizar a gente mucho más capacitada que él. Por instinto, cuando el chico dio un paso hacia Victoria, lo agarró del cuello de la camiseta y tiró hacia atrás. Cayó de culo al suelo, soltó un quejido y trató de ponerse en pie, pero no lo logró.

Justo cuando estaba a punto de inmovilizarlo, el grito ahogado procedente de la cocina hizo que se detuviera.

—¡Para! ¿Qué haces? ¡Apártate de él!

Eso sí que lo dejó confuso.

Caleb vio, pasmado, cómo Victoria se acercaba corriendo al borracho para agacharse a su lado. Lo revisó de arriba abajo, comprobando si estaba bien, y luego se volvió de nuevo hacia Caleb. Estaba…

¿Por qué estaba enfadada?

—Te ha empujado —explicó él, como si no fuera suficientemente obvio.

—¿Y qué? ¡Está borracho! ¡No puedes hacerle daño!

—Solo intentaba ayud…

—¡Pues no lo hagas! Nadie te ha pedido ayuda.

Tras ese estallido de furia tan confuso, Victoria volvió a centrarse en el borracho. Seguía en el suelo, parpadeando para mantener la conciencia y tratando de apartar las manos que le acariciaban la cara.

—Ian —insistió ella en un tono mucho más suave—, soy yo. Voy a llevarte a la cama, ¿vale? Ayúdame a ponerte de pie. Eso es… Vamos, hermanito.

¿*Eso* era su hermano?

Caleb los revisó a ambos con la mirada, pero no encontró un solo punto en común que pudiera relacionarlos.

Mientras tanto, el borracho lo señalaba.

—Joder, Vic, tu nuevo novio da miedo. Me cae bien.

Victoria

Como si en esas semanas no hubiera tenido suficiente…, ahora aparecía Ian.

No es que le molestara, pero su hermano podía ser muy complicado. A veces, bajo toda la capa de problemas y dolores de cabeza, se hacía un poco difícil encontrar el amor que deberían tener el uno por el otro.

Ian llevaba muchos años así. Aparecía, pedía dinero y, si no conseguía el suficiente, pasaba unas cuantas noches en casa de su hermana. Podía llegar a ser un poco molesto, pero Victoria prefería eso que no saber de él durante semanas o esperar junto al móvil con el corazón en un puño por si, en algún momento, le llegaban malas noticias. Uno de sus mayores miedos era que, algún día, se metiera en un lío tan grande que ni siquiera él, el experto en librarse de cualquier cosa, pudiera salir ileso.

Victoria recordaba la peor llamada. Había sido poco después de mudarse a ese piso, cuando todavía tenía cajas de cartón arrinconadas junto a la puerta y no había conocido a Margo y Daniela. A las cuatro de la mañana, la habían llamado desde un hospital que se encontraba en la ciudad vecina. Recordaba que iba en pijama, con abrigo y Converse en el vagón de metro, sin saber qué se encontraría. Le habían pasado tantas cosas malas por la cabeza que ni siquiera recordaba el resto del viaje. Para cuando llegó al hospital, ya tenía pensado, incluso, lo que les diría a sus padres en caso de que Ian estuviera realmente mal.

Después de varios días en coma inducido, Ian se recuperó lentamente y pudo irse a casa. A la de Victoria, porque él no tenía ningún lugar al que volver. Tras pasar una semana juntos, había desaparecido otra vez. Victoria había tratado de ponerse en contacto con él, de suplicarle que tuviera cuidado. No había servido de nada. En esa ocasión, no lo había vuelto a ver hasta siete meses más tarde.

Desde entonces, acudía a ella cada vez que se quedaba sin dinero. Sus padres, más listos que ella, habían cerrado ese grifo hacía muchos años, pero Victoria era incapaz de hacerlo. Tenía presente que tan solo incentivaba ese comportamiento, pero también sabía que, si no lo conseguía por ella, encontraría otra forma de hacerse con lo que necesitaba. Y esa idea la aterraba tanto que, con tal de evitarla, prefería arruinarse un poco más.

Dejó a Ian en su cama, todavía murmurando para sí mismo. Hacía muchos años que había aprendido a no escucharlo cuando estaba borracho. Prefería pensar que ninguna de esas cosas iba en serio, que eran producto del alcohol, o de lo que fuera que se metía cuando ella no miraba.

Con paciencia, le quitó los zapatos y la chaqueta y los dejó junto al cesto de la ropa sucia. Pensó en dejarle alguna cosa un poco más limpia, pero Ian ya se había dado la vuelta y roncaba contra su almohada. Como siempre, Victoria lo colocó de lado, lo tapó con la manta y se aseguró de que estaba dormido.

Cuando volvió al salón, el X-Men la miraba de una forma muy particular. La misma que Margo y Daniela cuando veían a su hermano. La misma que sus padres durante todos esos años.

—No es problema tuyo —espetó.

El chico enarcó una ceja.

—Mi problema es vigilarte.

—Mi hermano no tiene nada que ver con esto, así que ni se te ocurra decir algo.

—Como quieras. Cada uno se arruina como quiere.

Hacía mucho tiempo que no se sentía tan juzgada, y le dio especial rabia porque venía de alguien como él. Alguien que, probablemente, tenía muy poco derecho a juzgar las decisiones de los demás. Después de todo, su trabajo era dar palizas y recaudar dinero.

Pero no quería decir todo eso. No quería hablar más. Ian drenaba su energía incluso cuando apenas intercambiaban unas palabras.

—¿Puedes irte? —preguntó directamente.

El chico la contempló unos instantes. Era difícil saber qué estaría pensando.

—Me has invitado a entrar.

—Bueno, pues retiro la invitación. Tengo que cuidar a mi hermano, aunque esté dormido.

—No está dormido.

—Sí que lo está. Acabo de…

—¡Vic!

Se volvió enseguida, por instinto. Su hermano estaba de pie en la entrada del pasillo, todavía descalzo y sin chaqueta, y con el hombro apoyado en la pared. Parecía que iba a caerse en cualquier momento.

—¿Qué pasa? —preguntó ella, preocupada—. ¿Estás bien?

—¿Tienes…, em…, más sábanas?

—Ian, las cambié ayer.

—Pues… no me sirven.

—¿Qué tienen de malo?

—Que acabo de vomitar en ellas.

Y empezó a reírse…, justo antes de caer redondo contra el suelo.

Victoria ahogó un grito, pero se detuvo en cuanto vio que el matón estaba junto a su hermano. De alguna manera, había conseguido llegar hasta él en tiempo récord y ponerle una mano en la cabeza. Pese a que no detuvo el golpe —y sospechaba que podría haberlo hecho—, sí que impidió parte del daño.

Ella, todavía con una mano en el corazón, exhaló un suspiro.

—¿Esto es habitual? —preguntó el chico.

—Es… una larga historia. ¿Crees que puedes llevarlo al sofá?

No estaba muy segura de por qué confiaba en un completo desconocido para encargarse de su hermano, pero, claro…, la alternativa era arrastrarlo hasta donde ella pudiera.

Para su asombro, el chico cogió a su hermano en brazos como si no pesara nada y lo llevó al sofá. Lo dejó caer sin mucho cuidado, pero por lo menos lo había ayudado.

Durante los siguientes diez minutos, Victoria se dedicó a quitar las sábanas otra vez. El cesto de la ropa sucia que había vaciado unas horas antes volvía a estar lleno. Su habitación apestaba a vómito y alcohol. La perfumó un poco, abrió las ventanas e incluso sacó el cesto al pasillo, pero no sirvió de nada.

Cuando volvió al salón, el chico seguía con su hermano. Tanto Bigotitos como él observaban a la bella durmiente como si fuera un experimento. Ian, por su parte, continuaba roncando.

—A ver —planteó ella—, tengo que lavar todo esto y, por motivos obvios, no puedes quedarte en mi casa.

El chico se volvió hacia ella con confusión.

—¿Vas a la lavandería?, ¿ahora?

—Está abierta veinticuatro horas. Y tienes que irte de mi cas…

—Voy contigo.

Bueno…, no le parecía la solución ideal, pero no le apetecía discutir. Y, con lo surrealista que era ya la situación, por lo menos no tendría que pasarse una hora sola.

—Bigotitos —dijo, muy seria—, dale un zarpazo a Ian si intenta escaparse.

Miau, miau.

—Muy bien.

Y así terminó, un viernes por la noche, echando suavizante a sus sábanas mientras el acosador esperaba en una de las sillas de plástico.

Caleb

Por extraño que resultara, pocas veces entraba en negocios abiertos. Era… una sensación muy rara. Se sentía como si estuviera cometiendo un delito, cuando, en realidad, era lo más legal que había hecho en mucho tiempo.

Caleb observó alrededor con curiosidad. La lavandería era sencilla: cristalera a la calle, con letras pintadas de amarillo. Lavandería de Tony. Una señal luminosa indicaba que abría las veinticuatro horas, tal como había indicado Victoria. No distinguió cámaras de seguridad, pero una mujer mayor se encontraba en el fondo de la sala. Leía una revista y se mordisqueaba las pieles sueltas de las uñas. Tres gatos se movían a su alrededor, aunque ninguno le prestó atención. En cuanto a decoración, lo único destacable eran las dos plantas, una en la entrada y otra junto a la señora. Cuatro sillas de plástico estaban empotradas contra la cristalera de la entrada, y contó otras tres en el fondo de la sala. Había cestas de plástico con agujeros, bandejas blancas y seis lavadoras y seis secadoras colocadas en paralelo entre sí. También contempló la máquina de bebidas, en uno de los rincones, pero dudaba que funcionara bien.

Qué raro era ver todo aquello como si fuera un cliente. No podía perderse un solo detalle.

Victoria estaba echándole una cantidad indecente de suavizante a las sábanas. No utilizó el cajetín correspondiente, pero Caleb permaneció en silencio. Observó su espalda mientras ella cerraba la máquina y se agachaba para dar a los botones correspondientes. Después, rebuscó en los bolsillos de la chaqueta para meter unas cuantas monedas en la rendija.

—A esperar —murmuró al terminar.

Caleb contempló sus movimientos con curiosidad. Victoria se secó las manos contra los pantalones del pijama, suspiró y se empezó a tirar del pelo hacia arriba. Acabó haciéndose un moño con una habilidad

118

sorprendente, aunque los primeros mechones de castaño claro de la frente siguieron sueltos porque no llegaban al elástico.

—¿Qué?

No se dio cuenta de lo mucho que la estaba mirando hasta que Victoria graznó la pregunta, muy a la defensiva.

—En tu apartamento hay una lavadora —observó él.

—Rota. Esto sale más barato.

Victoria se acercó y, con un bufido, se dejó caer en la silla que había a su lado. Tenía la mirada clavada en la máquina, que ahora daba vueltas a sus sábanas manchadas. Pese a que la luz que había sobre ellos no dejaba de parpadear, pudo apreciar lo cansada que estaba.

—Deberías descansar —observó.

—Dime algo que no sepa, X-Men.

—Es importante que los humanos durmáis ocho horas diarias. Seis o siete, si no es posible. Mañana tienes trabajo.

—Por favor…, deja de darme consejos. Sé lo que debería hacer, y sé que no lo hago bien, pero no necesito que me lo recuerden.

A Caleb le pareció una petición un poco contraproducente, pero simple. Asintió una vez y permaneció en silencio.

Fue Victoria quien rompió el silencio al volverse hacia él.

—Vale, me voy a morir si no lo pregunto —aseguró—. ¿Se puede saber por qué hablas de los humanos como si fueran una especie aparte? No pareces muy extraterrestre.

¿Por qué iba a ser de otro planeta? Y ¿cómo iba a morirse ella por una cosa tan simple?

—Es que no lo soy —apuntó, confuso.

—Ya, pero vas soltando comentarios sobre no necesitar comer, ni beber…; ahora, lo de los humanos y el dormir… ¿Qué eres? Ya que me estoy tragando todas tus mentiras, me gustaría que las contaras todas.

—No son mentiras.

—Sí, claro.

—La respuesta es afirmativa, pero… siento que no me crees.

—Eres todo un genio.

—Vuelvo a tener la misma sensación.

—Pues demuéstramelo —dijo ella de pronto.

Caleb se volvió para mirarla.

—¿El qué?

—Demuéstrame que no eres humano, venga. Quiero creerte. Impresióname.

Caleb no entendía cómo iba a impresionarse por algo que ya sabía; aun así, consideró una forma de demostrárselo.

—Puedo... notar los olores con mucha intensidad —explicó—. Ahora mismo, los químicos hacen que quiera hundir la cabeza en un cubo de basura. Son insoportables.

Victoria lo contemplaba con las piernas pegadas al pecho y el mentón apoyado en una rodilla. Estaba completamente vuelta hacia él. Todo su lenguaje corporal indicaba que le estaba prestando atención, pero su mirada era de desconfianza.

—¿Y eso qué demuestra?

—Puedo decirte qué tipo de dentífrico usas.

—Has estado en mi casa; lo habrás visto.

—Te lavas las manos con un jabón y la cara con otro —prosiguió él, ahora concentrado en las sensaciones que iban llegándole—. Y usas una crema de manos que no sirve de nada; aun así, tienes la piel muy saludable. Y la crema que te echas en la cara cada noche y luego escondes en el cajón..., rosa mosqueta. Hoy te has puesto mucho menos de lo habitual, pero deduzco que lo has hecho antes de salir con las sábanas, porque tus dedos todavía huelen a ella.

En esa ocasión, Victoria se irguió un poco. Su desconfianza se convertía en confusión.

—¿Qué...?

—También te has duchado. Y has cantado una canción de los ochenta. No sé cuál, porque la música me parece una pérdida de tiempo. El gel era de... manzana verde. El acondicionador era genérico, pero deja un leve olor a químico. Y el champú era de lavanda, ni siquiera necesito olerlo. También hay un ligero olor a quemado, así que asumiré que has intentado cocinar alguna cosa, se te ha quemado y has terminado decantándote por la lata que has abierto y no has podido comerte por culpa de tu hermano.

Ella había entreabierto los labios.

—También puedo oír tu corazón —añadió él, pensativo—. Va más rápido de lo habitual.

No estaba muy seguro de qué esperaba conseguir con ese tipo de revelaciones, pero estaba ofreciéndole exactamente lo que le había pedido: pruebas. Era relativamente sencillo.

Victoria echó la cabeza hacia atrás, estuvo a punto de decir alguna cosa y, al final, soltó una risa que podría haber parecido burlona, pero Caleb supo que era producto de sus nervios.

—Vaaale, estás zumbado.

—No sé cómo puede «zumbarse» alguien.

—Vale, compro tus superargumentos. ¿Qué otros poderes tienes? ¿Puedes volar?

—No.

—¿Y leer mentes?

—No.

—¿Te salen espaditas de los nudillos?

—No.

—¿Lanzas fuego por los ojos? ¿Haces volar cosas con la mente?

Y continuó riéndose, tratando de ocultar los nervios y lo rápido que le latía el corazón. Caleb no entendía nada.

—No —repitió.

—Pues vaya mierda de poderes, ¿no?

—No son poderes.

—Vale, ahora en serio: ¿te crees que soy estúpida?

Caleb enarcó una ceja, pero no dijo nada.

—Cualquier persona que entrara en mi casa podría saber todo eso —añadió ella—. Y tú, que llevas una temporada espiándome, más que nadie.

—No me crees —dedujo.

—Pues no, cielo, no me lo creo.

—¿Qué tiene que ver el cielo en toda esta conversación?

—Es un apodo. Si no me dices tu nombre, tendré que inventarme alguna cosa.

—Mi nombre es irrelevante. —Caleb seguía muy perdido—. En cuanto desaparezca de tu vida, no necesitarás volver a hablar conmigo.

—Oh, pero ¿qué haré sin ti, X-Men? ¿Y si me dejo un grifo abierto?

Era cierto que se trataba de una persona muy torpe. Caleb consideró la posibilidad de visitarla alguna vez, cuando pasara todo. Aunque fuera simplemente para asegurarse de que Victoria tenía aún una casa y no la había destruido sin querer.

—No me he inventado nada —replicó, centrado en lo importante.

—Sigue diciéndotelo hasta que te lo creas.

—Claro que lo creo.

—Pues vale. ¿Cómo prendes que...?

—En reposo, el latido medio de tu corazón es de setenta y dos pulsaciones por minuto. Ochenta y seis en los peores turnos del bar. Noventa y ocho cuando hablas en sueños. Supongo que son pesadillas, porque tus glándulas sudoríparas se disparan y empiezan a temblarte las manos. «No quería hacerlo», repites constantemente. Tu tipo de sangre es cero negativo y esta mañana te has hecho un corte superficial en el dedo índice de la mano derecha; todavía puedo olerla. Tu pulso estaba en setenta latidos cuando he empezado a hablar, pero acaba de subir a ochenta y cinco. En la ducha, siempre cantas la misma canción. No sé cuál es, pero tienes un gusto musical objetivamente anticuado. A ver si la cambias un poco. Hablas sola, también. Lo haces, especialmente, cuando estás tras la barra del bar. Donde, por cierto, insultas a tu jefe en susurros cada vez que sale de la oficina. Tu pulso ya ha alcanzado los noventa y siete. No puedo verte la mano, pero estás jugando con tu chaqueta. Puedo oír la fricción de la tela. Es un poco molesto, la verdad. Gracias por dejar de hacerlo, pero es otro de los vicios que repites constantemente. Y sacudirte el pelo; cada vez que lo haces, dejas una oleada de lavanda detrás de ti. También es muy molesto. Y tu pulso sigue subiendo. Ya debe de estar en ciento cinco. Puedo continuar con los ejemplos, pero voy a parar porque empiezo a temer un paro cardíaco.

La preocupación era genuina. ¿De qué habría servido todo su trabajo si acababa muriéndose de un infarto? Los humanos, respecto al corazón, eran muy frágiles. Mejor no jugar más con él.

Victoria se había quedado con la boca abierta a mitad del discurso. Aún no se había recuperado. Por segunda vez, no tenía ningún tipo de respuesta. Pese a que era muy poco profesional, Caleb sintió una pequeña oleada de orgullo recorriéndole el cuerpo.

—¿Y bien? —preguntó—. ¿Todavía no me crees?

Ella seguía bloqueada. Para cuando encontró una respuesta, parecía más perdida que nunca.

—¿C-cómo...?

—Ya te he dicho cómo.

—P-pero... no puedes... Es imposible que...

—No lo es.

—Pero ¿cómo? ¿Cómo puedes... oler...?

—Puedo hacerlo. Es lo único que deberías saber.

Su mueca mientras intentaba asimilar la información resultaba casi graciosa. Iver y Bex se habrían reído. Caleb, por un momento, se preguntó si debería ser Iver quien estuviera en su lugar. Quizá Victoria tendría menos problemas para empatizar con él. Después de todo, Caleb nunca había sido la mejor persona a la que acudir cuando se trataba de dar explicaciones.

Y entonces ella logró hablar de nuevo:

—¿Seguro que no eres un vampiro?

—Seguro.

—Entonces ¿qué puñetas eres? ¿Un alien? ¿Eres E. T. en versión destroza-hormonas?

—No sé qué es eso, pero asumiré que no.

—¿Qué coño eres?

Caleb permaneció en silencio unos segundos.

—Es mejor que no lo sepas.

Por fin, parecía que lo creía. O que empezaba a hacerlo, por lo menos. Necesitaría un tiempo de asimilación para acabar de meter todas esas ideas en su psique, pero iban por buen camino.

—Por eso me oíste en la casa abandonada —dedujo en voz baja.

—Fue porque eres muy ruidosa.

—No soy muy ruidosa, es que tú tienes… ¡esa cosa rara!

—Y tú eres muy ruidosa. No necesito tener «esa cosa rara» para saberlo.

Nerviosa, se puso a juguetear con los mechones sueltos de su moño. Caleb intentó ignorar el olor a lavanda.

Victoria

Victoria intentó ignorar el nudo de nervios en el estómago. Fue inútil.

Ni siquiera estaba segura de por qué lo creía. A ver, la explicación era acertada, pero… ¡podría habérselo inventado todo! ¿Qué sentido tenía que alguien hiciera todas esas cosas? ¡Ninguno! No. Debía haber otra explicación. O le estaba gastando una broma. Prefería creerse eso último. Prefería creer que, en cualquier momento, aparecería alguien con un ramo de flores.

Pero no. Nadie aparecía. Su única compañía eran la señora del fondo del local, su puñado de gatos y el chico que tenía sentado al lado. Apenas había movido un centímetro de su cuerpo desde que había tomado asiento. Y su mirada de iris oscuros no se había despegado de la suya. Casi nunca la miraba, pero cuando lo hacía… era como verse reflejada en un túnel. Uno que carecía de emociones.

—Dime tu nombre.

No supo de dónde había salido eso, pero de pronto necesitaba saberlo. Necesitaba un punto de cordura.

El chico negó con la cabeza.

—Vale —murmuró ella—, pues no me digas nada. Suéltame toda la charla sobre tus poderes mágicos, pero no me digas tu nombre. Tiene mucho sentido, sí…

Él, como de costumbre, no contestó. Había vuelto a clavar la mirada en la lavadora, y de alguna forma supo que la conversación había terminado.

Victoria volvió a apoyar la cabeza en la rodilla. Estaba agotada.

—Si te duermes —advirtió—, voy a mirar tu carnet de identidad.

—No tengo. Y no duermo.

Ni se molestó en ocultar la carcajada.

—Por supuesto que no duermes.

7

Victoria

Lo último que recordaba era que se había quedado dormida con la cabeza mal apoyada en la silla de plástico. Todavía le dolía el cuello. Y lo primero que había visto esa mañana era que estaba en su cama, con las sábanas limpias. Por supuesto, Ian había desaparecido.

Para tener un matón espiándola, debía admitir que, por lo menos, le echaba una mano.

No se había olvidado de la charla, de ninguna de las tonterías sobre poderes mágicos y demás. Seguía pareciéndole absurdo.

Quizá, por eso, no se tomaba demasiado en serio el peligro que podía suponer cabrear al matón. Y por eso, de camino al trabajo, empezó a meterse en callejones aleatorios.

Caleb

En cuanto se metió en otro callejón mugriento, empezó a plantearse la cordura de la chica.

Victoria

Había perdido la cuenta de los callejones en los que había malgastado el tiempo, pero era divertido.

Caleb

Había tomado cinco bifurcaciones distintas sin motivo aparente. Pensó que se le había desconectado una neurona, pero empezaba a sospechar que simplemente le apetecía molestarlo.

Los humanos y sus ganas de molestar a todo el mundo.

Victoria

Curiosamente, podía notar cuándo la veía y cuándo no. Quizá se estaba volviendo loca y, como él, pensaba que tenía poderes sobrenaturales.

En cuanto notaba que la miraba, se apresuraba a cruzar al siguiente callejón y corretear hasta la esquina. Nunca conseguía llegar al final sin que él la pillara. Y, aun así, no intentaba detenerla. Tenía curiosidad por cuánto tiempo aguantaría sin mandarla a la mierda.

¿Por qué era tan divertido intentar que perdiera la paciencia?

En un momento puntual, dejó de sentir su mirada sobre ella. Tuvo que admitir que estaba un poco decepcionada. ¿Tan rápido había logrado eludirlo? Miró por encima del hombro, divertida, y se apresuró a corretear hasta el siguiente callejón. Si conseguía perderlo del todo, sería un logro personal.

Pero, sorpresa: no.

Mientras miraba hacia atrás, no vio al chico enfadado que se había plantado en medio de su camino. Victoria chocó de frente contra él y, sobresaltada, retrocedió dos pasos. Tardó unos segundos en reconocerlo y calmarse.

El chico, pese al choque, no se había movido un centímetro. Estaba de brazos cruzados, con la chaqueta tensa en los hombros. Como de costumbre, vestía de negro de arriba abajo. Como si el pelo y los ojos no fueran suficiente.

Victoria sonrió y lo saludó con la mano.

—¿Qué tal, X-Men?

Él no le devolvió la alegría.

—¿Qué haces?

—Dar un rodeo.

—Llegarás tarde.

—Solo tienes que espiarme, X-Men, no controlarme.

—No espío —insistió—. Solo observo.

—Pues tu trabajo es observar, no dar órdenes.

—Puedo hacer ambas cosas.

—No me digas.

Quizá sí que había dado con la tecla adecuada. Se planteó, incluso, si molestándolo durante mucho tiempo lograría librarse de él. Sin embargo, estaba segura de que era mucho más paciente que ella.

Aun así, lo intentó. Imitó su posición de brazos cruzados, dio un paso hacia él y levantó un poco la barbilla.

—Oblígame a trabajar.

El chico ni siquiera parpadeó.

Ahora que había tratado un poco más con su curiosa personalidad, empezaba a sacar conclusiones. La primera era que, quizá, no estaba muy acostumbrado a relacionarse con otras personas. No pillaba muchas expresiones, no tenía mucho sentido del humor y su forma de ver las cosas era muy lógica y cuadriculada. La segunda, que no tenía muchas aficiones. La tercera, por supuesto, que estaba como una cabra. Se preguntó quién le había metido el cuento de los poderes en la cabeza; sin duda, él se lo creía al pie de la letra.

El chico, al ver que no hablaría, murmuró:

—Me es indiferente que trabajes o no.

—Pues te veo un poco estresado.

—Me molesta perder el tiempo.

—Ay, ¡pues a mí me encanta!

—Lo que te encanta es molestar.

—Eres un genio, ¿eh?

—Los genios salen de las lámparas, yo no.

¿Eso era un chiste? Por su expresión, dedujo que volvía a ser su incapacidad de entender el humor ajeno.

—Si me acompañas como una persona normal —le propuso ella—, iré directa al trabajo.

—No sé qué es acompañar «como una persona normal».

—Caminar a mi lado, no a veinte metros de distancia. Parece que te vaya a pegar la lepra.

El chico continuó mirándola como si se estuviera planteando si se trataba de una broma o no.

—Puedo caminar a tu lado —concedió.

—Y decirme tu nombre. Ah, no, que eso es…

—Caleb.

Victoria iba a seguir parloteando, pero se detuvo de golpe.

¿Acababa de decírselo? ¿Así, sin más?

—¿Qué?

—Caleb. Ese es mi nombre. ¿Puedes dejar de perder el tiempo de ambos e ir a trabajar?

Honestamente, no pensó que se lo diría. Estaba tan pasmada que, cuando él se apartó e hizo un gesto de impaciencia, se movió de forma automática.

Caleb

Llevaba tanto tiempo caminando lejos de ella que tenerla tan cerca le resultaba muy raro. La cabecita de Victoria asomaba por encima del abrigo gigante y las dos bufandas que se ponía cada vez que salía de casa. Se preguntó qué se sentiría al pasar frío. O calor. Apenas lo recordaba.

La chica no sabía dónde se había metido, así que Caleb le dio indicaciones precisas sobre los callejones y, al cabo de unos minutos, salieron a una calle principal. Se aseguró de que ella siguiera andando delante.

Cuando había aceptado caminar juntos, no era consciente de lo molesto que sería que, cada cinco pasos, ella echara una miradita de curiosidad por encima del hombro. Parecía temer que él escapase en cualquier momento.

A la séptima ocasión, Caleb exhaló un suspiro de irritación.

—¿Puedes centrarte en dónde pisas?

—Es que esto de que camines justo detrás de mí es un poco tenebroso, Caleb.

—Pues no me mires.

—Es que siento que estás justo ahí, Caleb.

—Pues no me sientas.

—Es difícil, Caleb.

—¿Puedes dejar de usar mi nombre al final de cada frase?

—¿Puedes ponerte aquí, a mi ladito?

—No.

—¿En serio?

—Camina y calla.

—«Camina y calla».

Caleb apretó los labios.

—No hablo así.

Por suerte, ella no insistió. Miró hacia delante y, como de costumbre, escondió las manos en los enormes bolsillos del abrigo. Cuando se distraía, Victoria caminaba casi a brincos, como si temiera que sus pies permanecieran mucho tiempo en el suelo. Las bufandas rebotaban a cada paso.

—Caleb —empezó entonces con voz cantarina—. Caaaleb.

—¿Qué?

—Caaaleeeb.

—Es mi nombre, sí.

—Caleeeeeeeeeb…

—Vas a conseguir que lo deteste.

—Caaaaaaaaal…

—Si tienes algo que decir —repuso, molesto—, prefiero que seas más directa.

—Oh, no. No es eso. Es que no lo habría adivinado.

De pronto, dio un saltito y giró el cuerpo entero en el aire. Todo sin detenerse. Se puso a andar de espaldas y a contemplarlo con una sonrisa.

—No te queda bien —explicó—. Te pega un nombre más… raro. Más duro.

Caleb suspiró —ya llevaba cinco suspiros en un día— y la siguió de cerca. También repasaba la acera que iba a pisar en busca de cualquier obstáculo que pudiera matarla. ¿Cómo había sobrevivido tantos años sin ayuda?

—Un nombre no puede ser duro —repuso—. Es solo una palabra.

—Las palabras pueden ser duras. Y flojas.

—¿Y cómo es un nombre duro?

—No sé. ¿Kevin?

—¿Eso es duro?

—Vale, quizá Kevin no. Andras. Una cosa así. Suena a rey de un país místico.

—Es que no soy el rey de ningún país místico.

—Que tú sepas. Anne Hathaway descubrió que era la princesa de Genovia.

—Tienes unas amistades muy extrañas —observó él.

Victoria empezó a reírse. Se reía mucho, teniendo en cuenta que Caleb era su única compañía. Nunca se había considerado demasiado gracioso.

—Bueno —dijo ella entonces—, Caleb está bien. Me gusta.

—Me alegro.

—¡Mírate! Ya usas el sarcasmo como si fuera lo más normal del mundo. Qué rápido has crecido.

Como de costumbre, cuando la conversación con ella se alargaba un poco, empezaba a parecerle absurda.

—¿Puedes caminar hacia delante? —sugirió, impaciente.

Pero ella, también como de costumbre, tenía su propio tema de conversación:

—¿Quién eligió tu nombre? ¿Tu padre, madre…? ¿Tus abuelos?

—Qué pregunta tan poco habitual.

—Lo sé, soy superoriginal. Victoria fue idea de mi padre, e Ian de mi madre. ¿El tuyo?

—Ninguno. Escalón.

Victoria lo esquivó justo a tiempo. Y, aunque eso debería haber ser suficiente como para que anduviera como una persona normal, continuó moviéndose de espaldas.

De verdad, qué poco instinto de supervivencia tenía esa muchacha. Y qué testarudez.

—¿Quién lo eligió, entonces? —insistió.

—No importa.

—Oh, vamos, ¿qué más te da? Ya me has dicho cómo te llamas. Además, desaparecerás en una semana, ¿verdad?

—Más motivos para no compartir nada.

—Oh, Caleb, cuanta más información dejes en blanco, más cosas me inventaré cuando te denuncie en una comisaría.

Empezaba a asumir que esa clase de comentarios eran su forma de mostrar sentido del humor. Cada vez entendía menos las relaciones sociales.

Lentamente, Victoria fue dejando de andar. Para cuando se detuvo, lo hizo delante de él. En el lugar perfecto para encararlo. Caleb suspiró —sexta vez— y bajó la mirada para encontrar la suya. Con las lejanas luces de las farolas, sus ojos parecían mucho más oscuros que de costumbre.

—El bar está a ciento cincuenta y dos metros —indicó.

—Olvídate del bar. ¿Por qué no quieres decirme lo del nombre?

—¿Eres así de insistente en todo?

—En lo que me interesa, sí. ¿Fue un familiar?

—No.

El tono de Caleb empezaba a sonar molesto.

—¿Fue alguien que te crio?

—Supongo.

—¿No te criaron tus padres?

—No.

—Oh.

Por primera vez en toda la tarde, Victoria permaneció en silencio. Lo miraba de una forma un poco rara, como si sintiera… ¿lástima? Caleb no estaba muy acostumbrado a que alguien se apiadara de él, pero no le gustó demasiado.

—Lo siento —murmuró ella.

—¿Por qué? Tú no estabas.

—Y… ya has jodido el momento emotivo.

—Solo era emotivo para ti.

—¿Eligió tu nombre la persona que te crio?

—No lo recuerdo —espetó Caleb de repente—. No me acuerdo, ¿vale? No es que no quiera compartirlo, es que no recuerdo qué pasó. Solo sé que, un día, empezaron a llamarme así y decidí responder a ello. ¿Contenta?

De nuevo, Victoria tardó en responder. Sus grandes ojos grises lo atravesaban casi sin parpadear. Caleb se sentía incómodo.

La única otra persona que se atrevía a mirarlo de esa manera era Sawyer. Pero era distinto, claro. Su jefe, tras contemplarte unos segundos, era capaz de saber cosas que incluso tú mismo desconocías. Pero solo utilizaba esa información para el propio beneficio, para saber por dónde atacar. Victoria, en cambio, no podía ganar nada con todo aquello. ¿De qué le serviría su nombre o cómo se había criado? Era curiosidad. Simple curiosidad.

Qué concepto tan raro.

—¿Cuántos años tienes? —preguntó ella entonces.

—Tres más que tú.

—Veintitrés, entonces. Qué feo, Caleb. Un señor de veintitrés persiguiendo a una jovencita de veinte. Debería darte vergüenza.

—No entiendo qué tiene que ver la vergüenza.

—¿Esa persona que te crio no te enseñó modales?, ¿o expresiones básicas?

—Me enseñó a no hacer preguntas sin sentido. Y me pidió que te siguiera, así que dudo que le importe si tengo modales o no.

Iba a moverse de nuevo, pero Victoria lo detuvo por el brazo. De nuevo, que se tomara la libertad de tocarlo se le hacía tan raro que apenas pudo reaccionar. Normalmente, la gente rehuía de él con bastante facilidad. Quizá Victoria tenía muy poco respeto por su propia existencia.

—Espera —murmuró ella, con la mirada fija todavía más centrada en Caleb—, ¿la persona que te crio es tu jefe?

—Podrías plantearlo así.

—¿Y tus padres?

Ni siquiera Iver y Bexley, que eran dos pesados, se habían atrevido jamás a hacerle tantas preguntas como Victoria. Era un logro que admirar.

—Tengo a Sawyer —explicó él—. Es lo único que importa.

Victoria sospesó el nuevo nombre, pero no dijo nada. Y, por suerte, empezó a moverse nuevamente.

Mientras ella se daba la vuelta y caminaba como una persona normal, Caleb se preguntó si debería haberse callado. No recordaba ninguna instrucción respecto a mantener en secreto la información personal. Aunque, siendo honestos, Sawyer tampoco había contemplado la posibilidad de que se pusiera a entablar conversaciones personales con el objetivo.

Volvió a colocarse tras ella, pero Victoria no tardó en ralentizar el paso para quedar a su lado. Parecía pensativa.

—¿Qué significa tu nombre? —preguntó—. ¿Es religioso o…?

—Es irrelevante.

—Todos los nombres tienen un porqué.

—Es complicado.

—Bueno…, como toda tu vida. No me escandalizaré.

Por suerte, Caleb avistó el bar a lo lejos, casi al final de la calle. Por fin, una excusa para permanecer un rato en silencio. Tanta pregunta empezaba a marearlo.

Victoria le echó varias miraditas antes de llegar al bar, pero no insistió más. Fue un alivio.

Para cuando llegaron a la cristalera llena de manchas, ella parecía mucho menos animada.

Aun así, sacó fuerzas para sonreírle.

—¿Prefieres sentarte en el fondo o en la ventana?

Victoria

Por supuesto, Margo ahogó un grito y empezó a abanicarse con la mano.

—Dani, cariño —exclamó con dramatismo—, sujétame antes de que me caiga de culo. ¿Qué clase de ejemplar acaba de entrar con Vic?

La aludida contuvo una sonrisa mientras se metía tras la barra y rescataba el delantal. Daniela, mientras, intentaba ponerse de puntillas para ver a Caleb entre la masa de gente.

Había elegido ventana, así que estaba al otro lado del local. Victoria le había asignado la mesa más cercana a la salida del callejón, aunque no sabía muy bien por qué. Si quería escaparse, no necesitaba una salida de emergencia. Lo veía bastante capaz de hacerlo sin ningún tipo de ayuda.

Aun así, verlo ahí sentado le resultaba extraño. Les sacaba una cabeza de altura a la mitad de los presentes, y su aspecto gruñón —sumado a la ropa de matón de los noventa— no hacía más que atraer la atención de todo el mundo. Caleb trató de acomodar sus largas piernas bajo la mesa redonda, contempló la superficie y soltó otro suspiro al decidir que no apoyaría los brazos en ella. En su lugar, los cruzó y contempló alrededor como un animal enjaulado.

Victoria entendía por qué nadie —ni siquiera sus amigas— podía dejar de mirarlo. El aura misteriosa daba miedo y atraía a partes iguales. Ni siquiera ella, que ya lo tenía un poco más visto, era capaz de contener su curiosidad.

—Y está en su zona —añadió Margo—. Mírala, qué lista.

Dani por fin había conseguido verlo. Pasó unos segundos con los ojos achinados —la miopía— tratando de distinguir qué tenía de especial. Al final, hizo una mueca.

—Da miedito.

Margo enarcó las cejas varias veces.

—Y por eso nos gusta.

—Qué raritas sois. Los chicos buenos están infravalorados.

—Porque son un aburrimiento.

—¡Mentira! Pueden ser muy graciosos.

Mientras discutían, Victoria comprobó que Ian no le había dicho nada, y se guardó el móvil en el bolsillo trasero. Con el delantal puesto, empezó a recoger todas sus cosas. Bandeja, trapo, libreta… Curiosamente, era la primera vez en mucho tiempo que le apetecía trabajar. Casi como si quisiera demostrarle a Caleb, de alguna forma rara, que era más capaz de lo que él creía. No dejaba de mirarla como si fuera a morirse de un momento a otro por torpeza.

—¿De qué os conocéis?

La pregunta de Margo la hizo volverse. La pelirroja se había apoyado con los codos en la barra y contemplaba a Caleb como un perrito delante de un hueso. Dani ya había vuelto a lo suyo y preparaba unas bebidas, aunque no se perdía detalle de la conversación.

—No nos conocemos tanto —explicó Victoria—. Es…, em…, un amigo lejano.

—Y una mierda. Dime que te has enrollado con él.

—No. Va a pasar unos días en la ciudad, así que…, em…, he decidido traerlo para que no se aburra mucho.

—¿Un amigo lejano que se quedará en tu casa? —repitió Margo, poco convencida—. ¿Y casualmente nunca habías hablado de él?

—Soy una chica misteriosa.

Margo había dejado de prestar atención. Tenía la mirada clavada en la mesa del fondo y el labio inferior entre los dientes. Oh, Victoria había visto esa mirada muchas veces. Y conocía a su amiga. Como solía decir Daniela, no hacía prisioneros. Si se planteaba ir a ligar con Caleb, terminaría saliéndose con la suya.

Notó, sorprendida, que la molestaba. No entendía muy bien el porqué, pero lo hacía.

—¿Crees que le van las chicas lanzadas? —preguntó Margo—. Últimamente, todos los chicos con los que he intentado ligar salían espantados. Les dan miedo las mujeres decididas.

—O les das miedo tú —observó Daniela, divertida.

—Eres taaan preciosa cuando callas, Dani. ¿Por qué no mantienes tu belleza?

—No molestes al pobre chico —le pidió Victoria.

Margo, por fin, desvió la atención hacia ella. Había una mota de curiosidad en sus ojos castaños, como si acabara de descubrir algo nuevo. Victoria no estaba muy segura de lo que era.

Pero entonces su amiga volvió a sonreír.

—A ti el universo te manda gente así… y yo sigo más sola que Andrew.

Daniela se rio.

—No seas mala —la regañó, sin embargo.

—Meterse con Andrew es labor social, no maldad.

—Lo que tú digas.

—Oye, Vic, voy a ver a tu amigo. ¡A ver qué dice!

Lo soltó todo tan seguido que la aludida no tuvo tiempo de reaccionar. Margo ya había salido disparada hacia el matón tenebroso del fondo.

Caleb

El bar era aún peor de lo que recordaba. Aunque quizá era por la gente. Dieciséis personas exactas, sin contar las camareras y el jefe del despacho. Más que suficiente para él. En cuanto pilló a un hombre mirándolo más fijamente de lo necesario, gruñó entre dientes. El sujeto en cuestión se volvió enseguida.

Supuso que necesitaría algo peor que un gruñido para deshacerse de la pelirroja que se le acercaba por la izquierda. La percibió incluso antes de que saliera de detrás de la barra. Había oído toda la conversación, pero conservaba la esperanza de que Victoria la convenciera de que hablar con él era una muy mala idea. Lástima que la pelirroja fuera todavía más testaruda que ella.

Caleb la recibió con una mirada de indiferencia, pero Margo no pareció muy afectada por ello. De hecho, apoyó ambas manos en la silla que había al otro lado de la mesa.

—Hola —lo saludó felizmente.

Él, por supuesto, no respondió. Esperaba que fuera indirecta suficiente. Y, no. De nuevo, los humanos eran incapaces de escuchar su instinto de supervivencia.

—¿Puedo sentarme?

—No.

—Genial.

Y se sentó.

¿Es que no había un solo humano que no fuera insoportable? Con lo tranquilo que había estado hasta ese momento, centrado en sus cosas, y de pronto tenía que aguantar una compañía que no había pedido. Casi prefería las preguntas molestas de Victoria.

Margo entrelazó los dedos y apoyó el mentón en ellos. Su lenguaje corporal era bastante directo. Y muy sencillo de leer. Caleb lo había visto alguna vez con Bex, o incluso con Brendan. Solían ser los que atraían más miradas como aquellas. Él nunca lo había experimentado.

Habría preferido mantener la duda sobre qué se sentía.

—Ya que estoy sentada —insinuó ella—, podríamos hablar un ratito. ¿Qué te parece?

—Me parece que mi camarera es Victoria.

Debería entender que no estaba interesado, pero la sonrisa de Margo no hizo más que ampliarse. Molesto, Caleb echó una ojeada a Victoria. Los observaba desde la barra junto con su otra amiga. Trató de indicarle que necesitaba un rescate rápido, pero ella parecía paralizada. Y molesta.

—Podrías mirarme, al menos —sugirió Margo.

—Estoy más interesado en el local.

—Vale, simpático, relájate un poco. Solo quería decirte una cosa.

Aquello sí que llamó su atención. Caleb se volvió, confuso, hacia ella. La sonrisa coqueta permanecía, pero su mirada era de todo menos agradable. Margo tenía los ojos castaños y los había adornado con dos líneas negras y una capa espesa de máscara de pestañas. Una decisión estética agradable, de no ser porque la mirada que había debajo resultaba mortífera.

—¿Qué? —preguntó, curioso.

Lentamente, Margo paseó el índice por el vaso vacío de la mesa.

—Quería decirte que si le haces daño a mi amiga, cogeré este vasito tan bonito, te lo romperé en la cara y luego te daré una patada en el culo. O quizá lo haga con una botella. Una por cada vez que vea a mi amiga llorando por tu culpa. ¿Qué te parecería?

Vale, quizá la amiga pelirroja no era tan molesta como le había parecido en un principio. Que se preocupara por Victoria lo percibió como una buena señal. De todas las personas de su entorno, era la primera que mostraba un interés real por su bienestar.

Caleb ladeó la cabeza con curiosidad. La chica mantenía actitud coqueta, supuso que pretendía que sus amigas no sospecharan. Le pareció francamente admirable. Y, de nuevo, pensó en lo bien que encajaría en su grupo. Como los demás, tenía habilidad para el engaño y una mala predilección por Caleb.

—Me parecería excesivo —murmuró él—, pero comprensible.

—Bien. Porque Victoria es muy buena chica, y hay mucha gente que se aprovecha de las chicas buenas. Hasta ahora, ha tenido muy mala suerte con los capullos que se cruzaban con ella. No pienso permitir que tú seas el siguiente. No lo serás, ¿verdad?

—No me considero un capullo de flor, si es lo que estás preguntando.

—Oh, por favor. Tienes un cartelito de «vas a tardar diez meses de terapia en superarme» clavado en la frente.

Caleb casi se llevó una mano a la frente, pero desistió enseguida. ¿Lo estaba poniendo a prueba?

—No sé qué has visto en mi cara —replicó—, pero las apariencias engañan.

—No tantas veces. Bueno, ¡si no quieres salir conmigo, hay otras formas de decirlo! Menudo idiota.

El repentino cambio debió de ser por Victoria, que acababa de acercárseles. De una manera que pretendía ser disimulada, empezó a recoger los vasos vacíos que había sobre la mesa para ponerlos en la bandeja. Estaba haciendo un esfuerzo para no entablar contacto visual con ninguno de los dos.

Margo, indignada, se puso de pie y volvió a meter la silla bajo la mesa.

—Indirecta captada —le aseguró a Caleb, irritada—. No volveré a molestarte, ¿eh? Ya veo que no soy tu tipo.

Y se marchó, aparentemente furiosa.

Sí, le caía bien.

Victoria observó la escena con cautela. Una vez a solas, por fin se atrevió a comprobar qué cara tenía Caleb. Pareció aliviada.

—Tus amigas son curiosas —comentó él.

—No te lo tomes a personal… A Margo le encanta ligar. Y hablar de la gente con la que ha ligado, también. Es su hobby.

—Interesante.

—¿Te ha molestado mucho?

—Nada que no pueda manejar.

Victoria lo observó unos segundos más, pero al final asintió.

—¿Qué te traigo, entonces?

Victoria

Por supuesto, Caleb fue pidiendo agua durante todo el turno.

Las horas pasaron mucho más rápido de lo normal, y tuvo la suerte de que la zona estuviera tranquila durante toda la noche. Pocos clientes, grandes propinas. Sus noches favoritas. A Dani le tocaron dos clientes un poco pesados, pero Margo se encargó por ella y enseguida se marcharon. Por lo demás, fue uno de los turnos más calmados que habían experimentado en mucho tiempo.

Caleb no se movió de su mesa. No fue al baño, tampoco salió a fumar. Permanecía sentado, con la mirada clavada en la puerta y la mandíbula sobre un puño. Victoria sabía que prestaba atención a todas las conversaciones que sucedían alrededor, pero nada en su ser lo indicaba. Tan solo se desconcentraba cuando notaba que ella se acercaba. Entonces se volvía cuando aún le faltaban varios pasos, y le ofrecía el vaso que había vaciado en la planta de al lado.

Tenía ganas de volver a casa y, sobre todo, de seguir haciéndole preguntas. Le despertaba muchísima curiosidad. Continuaba sin entender muchas cosas. Qué era, por ejemplo. Porque empezaba a creerse lo de las habilidades. En parte, al menos.

¿Y si se trataba de un experimento fallido, como en las películas de ciencia ficción? Sería interesante, pero lo dudaba. No parecía muy fallido.

Para el final de su turno, llevaba acumulado el doble de preguntas en la cabeza. Recogió la propina de su última mesa y la llevó al tarro de la barra, donde Margo ya hacía las cuentas del día. Dani limpiaba la barra con un trapo que había perfumado. Al verla llegar, sonrió.

—Tu amigo parece un poco aburrido, pero creo que se alegra cuando te acercas a él.

—Si tú lo dices… ¿Podríais encargaros vosotras de cerrar, y yo…?

Dani dio un brinco, y Victoria supo que debía callarse. La rubia era muy expresiva, y ponía siempre una cara muy concreta cuando Andrew se les acercaba. Como si necesitara más pruebas, el olor a tabaco, sudor y alcohol le invadió las fosas nasales.

Por supuesto, Andrew fue directo hacia Victoria. Se detuvo un momento para sonreír a Dani —que fingió que no lo veía— y luego se fijó en ella con el ceño fruncido. Para Victoria no solía haber muchas sonrisas.

—Vicky —saludó frívolamente.

—Andrew.

—¿Cómo estás, dulzura?

—Bien. ¿Por qué?

Andrew no respondió. Se volvió hacia las otras dos chicas con una sonrisa que no le llegó a los ojos.

—Chicas, es todo por hoy.

Margo levantó la mirada con desconfianza.

—Pero si voy por la mit…

—Nos vemos mañana.

La despedida no dejaba lugar a discusión. Margo parecía contrariada, pero Dani terminó por quitarse el delantal y dejarlo en la barra. Al pasar junto a Victoria, le dio un ligero apretón en el brazo.

Una vez a solas, Victoria echó una miradita a la mesa del fondo. Caleb había desaparecido —quién sabía adónde—, y lo prefería así.

El aspecto de su jefe aún era lamentable. Es decir, peor que de costumbre. Los moratones se habían vuelto entre amarillos y azules, estaba mucho más delgado de lo normal y, por algún motivo, llevaba el yeso del brazo lleno de pintadas, frases sin sentido y dibujos borrosos.

Aun así, cuando se plantó frente a Victoria, logró ser intimidante.

—¿Puedo ayudarte en alguna cosa? —preguntó ella, tan casual como pudo.

—En unas cuantas, pero empecemos por la mesa que no has dejado de visitar en todo el turno.

Victoria tardó unos instantes en reaccionar. No por la regañina, sino por la tranquilidad que desprendía Andrew. ¿Es que no recordaba la cara de Caleb? ¿Cuántas veces lo habían amenazado de muerte para olvidarse tan rápidamente de las caras de quienes lo habían hecho por última vez?

—¿Y bien? —insistió Andrew—. No te pago para que ligues.

—Tampoco me pagas cuando trabajo.

No estaba muy segura de dónde había salido eso, pero se arrepintió enseguida.

Andrew endureció la expresión. Tenía dos formas de amenazar: la dulce, que acompañaba con una sonrisa…, y la horrible. Victoria todavía recordaba la última vez que había pisado su despacho y lo asustada que había salido de él. Inconscientemente, retrocedió un paso. Su jefe, sin embargo, no se movió.

—¿Podrías repetir eso último? —preguntó lentamente—. Creo que no te he entendido bien.

—No… no era importante.

—Repítelo.

—Solo quería decir que…, em…, que siento mucho lo de hoy. No se repetirá.

—¿Ves lo fácil que es llevarnos bien? Siempre tienes que complicar las cosas.

Chasqueó la lengua, molesto, y se acercó al tarro de propinas. Margo y Daniela ya habían recogido su parte. Lo que quedaba, que era el presupuesto de compra de Victoria para la semana, estaba a punto de desaparecer en el bolsillo de Andrew.

Él se volcó el contenido en la mano, tan tranquilo.

—Bueno, dulzura, lo dejo en tus manos. Asegúrate de cerrar las dos puertas, ¿eh? Y pasa la fregona, ya que estás. Nos vemos mañana.

No le dio opción a réplica. Lanzó el tarro hacia atrás sin mirar, por lo que Victoria tuvo que recogerlo con las manos temblorosas de la rabia. En cuanto oyó la puerta trasera, aprovechó para soltar su retahíla de insultos no aptos para los oídos de su puñetero jefe.

Estaba en medio del berrinche cuando, al volverse para dejar el tarro, vio a Caleb plantado justo a su lado. El sobresalto fue tan grande que soltó el objeto de golpe.

Por suerte, el X-Men lo recogió con un simple movimiento de muñeca.

—Cuidado —dijo, tan tranquilo—. El cristal se rompe con facilidad.

Victoria, aún con una mano en el corazón, tuvo que reprimir una risotada. ¿Por qué le tocaba lidiar con los más zumbados de la ciudad?

—Gracias —ironizó.

—Sigues haciendo eso de decir algo bueno, pero usando un tono malo. —Caleb enarcó una ceja mientras dejaba el tarro en su lugar—. Deberías trabajarlo; podrías confundir a la gente.

—Sí, es la mayor de mis preocupaciones.

—¿Por qué te llama «dulzura»?

La pregunta la pilló un poco de improviso. Ahora que Caleb hablaba más con ella, se había dado cuenta de que saltaba de un tema a otro sin ton ni son. Además, cuando le costaba entender algo, resultaba evidente por su miradita inquisitiva. Se preguntó cuánto tiempo llevaba dándole vueltas a la pregunta.

Agotada, lanzó el delantal a la barra y empezó a recoger las sillas que Dani no había tenido tiempo de mover.

—No lo sé —tuvo que admitir—. Empezó a hacerlo en cuanto llegué. Y ni se te ocurra colocar ese delantal.

No lo estaba viendo, pero pudo adivinar que Caleb había soltado la prenda de golpe, ofendido.

—Solo lo usa conmigo —añadió a regañadientes—. Tolera a Margo porque lo ayuda con las cuentas, Dani le gusta de una manera un poco tenebrosa… Supongo que, como soy una inútil, conmigo no se esfuerza.

Caleb reflexionó sobre ello, todavía junto a la barra.

—No me pareces inútil —dijo al final—. Aunque no te llamaría «dulzura». Se me ocurren pocos apodos menos apropiados.

—Perdona, pero soy superdulce.

—Quitando el hecho de que literalmente no eres dulce porque ningún humano lo es… Figurativamente, tampoco. Desde que nos conocimos, me has dado una bofetada, una patada y te he oído soltar más insultos que halagos. Por no hablar de tu extraña predisposición por sacar de quicio a todo el mundo, empezando por mí mismo. Tan solo te he visto rasgos de dulzura con tu gato, y es el único que no te hace ni caso. Por curiosidad: ¿suelen gustarte las cosas que no puedes obtener con facilidad? ¿Es por el reto o, simplemente, porque las que llegan de forma sencilla te aburren con rapidez?

Que pregonara todo eso tan tranquilamente no hizo más que cabrear a Victoria. Bastante tenía con todo el mundo como para, encima, tener que aguantar lecciones de un idiota que se creía que era Spiderman con chaqueta de cuero.

Pero no quería darle la razón, así que apretó los dientes en una sonrisa que debió de ser un poco tenebrosa.

—¿Has pensado todo eso tú solito? —preguntó en un tono dulce.

—Por supuesto.

—Es sorprendente, ¿eh?

—Si crees que eso es muy sorprendente, quizá tengas la vara de medir un poco baja. Pero…, gracias, supongo.

Victoria prefirió no responder. ¿Para qué? Solo le serviría para frustrarse más. Y necesitaba terminar cuanto antes en el bar, porque estaba deseando llegar a casa y olvidarse, durante un rato, de toda la humanidad que la rodeaba.

Menos de Caleb, pero eso era otra historia.

—¿Necesitas ayuda?

La pregunta le hizo alzar la mirada. El chico la observaba con la cabeza ladeada. En cualquier otra persona, habría pensado que se trataba de una burla. En su caso, parecía genuino.

—¿Quieres subir sillas y barrer el suelo? —preguntó, poco convencida.

—No es mi mayor ilusión, pero puedo ayudar.

—Pues… como quieras. Aprovecharé para sacar la basura.

Lo que no esperaba era que, en los dos minutos que tardó en recoger las bolsas y sacarlas al callejón de atrás, encontraría todas las sillas subidas y el suelo brillante. O tanto como podía brillar, al menos. Y su delantal, por supuesto, doblado sobre la barra.

Empezaba a creerse lo del Spiderman con chaqueta de cuero.

Caleb estaba de pie tras la barra. Con las manos entrelazadas tras la espalda, parecía un jubilado contemplando unas obras. Pero se limitó a observar las botellas de alcohol que tenían expuestas en las estanterías. Las que nadie pedía jamás porque eran carísimas.

Victoria se le acercó con lo que consideró que sería un poco de sigilo, pero Caleb supo que estaba ahí en todo momento.

—«Sé tú mismo, los demás puestos ya están ocupados» —leyó en voz alta—. Está escrito a mano.

Ella se detuvo a su lado. Nunca se había considerado bajita, pero con Caleb empezaba a tener complejo de gnomo. ¿Cuánto debía de medir?, ¿dos metros?

Aprovechando que estaba un poco más cerca que de costumbre, lo observó con un poco más de atención. Quizá le despertaban curiosidad los poderes que, efectivamente, parecía tener. No estaba muy segura. Una parte de ella seguía pensando que era la mejor broma de la historia.

Aparte de la altura, Caleb no tenía características demasiado destacables. Era atractivo, sí, pero también un poco tenebroso. Algo en su forma de moverse, hablar y observar alrededor demostraba que estaba empeñado en no destacar. Cualquiera diría que le daba miedo ser percibido. Como si prefiriera ir de puntillas por la vida, sin dejar una impresión permanente en nadie. Podría pensar que se debía a su trabajo, pero empezaba a creer que formaba parte de su personalidad.

Y sí, le causaba mucha curiosidad.

—No es tu letra —añadió Caleb, un poco extrañado por la falta de respuesta.

Avergonzada, se volvió hacia la plaquita de tela que había en la base de la estantería.

—Lo encontramos en uno de los cajones —explicó—. Bueno, Dani lo encontró. Le gustó mucho, así que Margo lo clavó en la pared sin que Andrew se enterara. Es una frase de Oscar Wilde.

Caleb le dirigió una mirada inquisitiva, por lo que se avergonzó aún más.

—Me gusta mucho leer —dijo, incómoda—. Bueno, me gustaba más antes, pero…

—¿Ya no te gusta?

—A ver, sí, pero no es lo mismo. Ahora tengo menos tiempo.

Sabía que Caleb continuaba observándola. Esos ojos oscuros eran difíciles de ignorar. Aun así, trató de comportarse de la forma más natural posible.

Por suerte, él decidió no insistir.

—Sabes que las botellas están llenas de agua, ¿verdad?

Al menos, aquello dibujó una sonrisa en la expresión tensa de Victoria.

—Sí…, lo sé.

—Están llenas de polvo. Debe de hacer, por lo menos, un año que nadie las toca.

—También lo sé. Durante una temporada, Andrew se dedicó a recoger las botellas más caras de las basuras de otros bares. Las traía, nos hacía limpiarlas, llenarlas de agua… Solo las tenemos expuestas para que la gente crea que tenemos alcohol de calidad.

—¿Y qué haces si te piden alguna botella?

—Hinchar el precio hasta que el cliente desiste. Créeme…, tampoco insisten tanto.

Caleb enarcó una ceja.

—Así que no solo debe dinero, sino que también estafa a la gente.

—Veo que empieza a ganarse tu cariño.

—Para nada. No me gusta ese hombre. —Hizo una pausa—. Y no me gusta que te ponga apodos.

—Tranquilo, señor guardaespaldas. Tampoco es que sea un insulto.

—Es inapropiado. Los apodos cariñosos son para las parejas, no para las empleadas.

—Pues yo te llamo X-Men y no te quejas mucho.

—X-Men no es cariñoso.

—Te lo digo con todo mi amor.

—Pues tienes muy poco amor.

Fue tan contundente que ella empezó a reírse. Caleb se volvió, un poco sobresaltado por el sonido. Por su rostro, cualquiera diría que acababa de crecerle una segunda cabeza y no sabía qué hacer con ello.

—Ese dinero que había en el recipiente de cristal —añadió él, ignorando la risita—, ¿no era tuyo?

Victoria dejó de reírse para encogerse de hombros.

—Lo era.

—Te está robando.

—Es mi jefe.

—Reclámaselo. Es tu dinero.

Ella volvió a encogerse de hombros.

—¿Y qué quieres que haga? No tengo superpoderes, no intimido mucho… Si fuera tú, probablemente sería más fácil.

—Mmm…

El sonidito de pensar era tan poco Caleb que estuvo tentada a reírse otra vez, pero entonces se quedó sin palabras. Y sin expresiones. Totalmente en blanco. Porque Caleb, con toda la calma del mundo, se sacó el dinero del bolsillo y se lo ofreció con una mano. Era el mismo dinero que Andrew había robado del bote.

Perpleja, Victoria contempló los billetes unos instantes. Entonces, lo miró a él. Quizá solo se trataba de su propia sorpresa, pero habría jurado que estaba un poco avergonzado.

—¿Le has quitado el dinero? —preguntó con un hilo de voz—. ¿Cómo…?

—¿Crees que no puedo quitárselo sin que se dé cuenta? Es un poco ofensivo.

—N-no… A ver… Quiero decir…

Cerró los ojos un momento, reformateando.

—¿Por qué lo has hecho?

—Es tu dinero.

Tan contundente como de costumbre.

Victoria, al fin, reaccionó y aceptó sus bien ganadas propinas. No era mucho, pero le venían de perlas si quería ahorrar un poco para el alquiler de ese mes. Y para comer esa semana, que también era importante. Un poco nerviosa, dobló los billetes con cuidado y se los guardó en el bolsillo de los pantalones.

—Gracias —murmuró.

Eso de agradecer no era lo suyo. Si su hermano hubiera estado presente, probablemente habría estallado en carcajadas. Pero Caleb apenas reaccionó. Se limitó a asentir una vez y, luego, señaló la salida.

—¿Tienes que hacer alguna cosa más o podemos irnos?

—¿Ya hablamos en plural? Joder, qué rápido avanza esta relación.

Soltó una risita malvada. Sabía que Caleb no correspondería, pero el silencio se le hizo un poco tenso. No entendió el porqué hasta que vio que su cara; aunque fuera por una pequeña fracción de segundo, había cambiado un poco.

—¿Qué pas…?

De pronto, Caleb estaba pegado a ella. Y no solo eso, sino que le había colocado una mano sobre la boca para acallarla. Victoria se quedó muy quieta. Y muy nerviosa. Aunque hubiera querido hacer ruido, probablemente habría sido incapaz de encontrar sus propias cuerdas vocales.

Curiosa, levantó la mirada para buscar la de Caleb, pero él estaba concentrado en otra cosa. Victoria no sabía exactamente cuál y podría haberse preocupado, pero lo cierto era que estaba analizando su propia reacción por el pequeño contacto que habían establecido. ¿Por qué se había puesto tan nerviosa? ¿Qué tenía?, ¿quince años?

Y entonces la magia se rompió. Caleb quitó la mano y se movió para quedar justo frente a ella.

—¿Le debes dinero a Sawyer? —preguntó directamente.

Victoria seguía un poco ida, así que no respondió inmediatamente. ¿Por qué sonaba tan tenso?

—¿Yo?

—Sí, tú. Rápido.

—Claro que no, ¿de qué…?

—¿Le has pedido un préstamo a alguien?

—¿Te crees que si tuviera un préstamo, necesitaría las propinas con tanta desesperación?

Había sonado un poco patética, pero supuso que lo había convencido. Caleb apretó los dientes. Con lo sereno que estaba siempre, le parecía todo un acontecimiento que le temblara un músculo de la mandíbula.

—¿Qué pasa? —susurró ella, sin saber por qué bajaba la voz.

Honestamente, pensó que no le respondería.

—Dos chicos de Sawyer —dijo, sin embargo—. Están viniendo hacia aquí.

—¿Crees que Andrew…?

Ni siquiera había terminado la pregunta cuando notó que algo le impulsaba los brazos hacia atrás. El peso sobre el hombro le indicó que Caleb no solo le había puesto el abrigo a toda velocidad, sino que le había colgado el bolso. Y con la cremallera hacia la cadera, justo como lo hacía ella cada día. Si no hubieran estado en una situación tan tensa, le habría parecido una ternura.

Pero él se movía a gran velocidad. De pronto, había apagado todas las luces. El ruido del cerrojo le indicó que se había encargado de la

145

puerta principal. Lo único que pudo procesar fue que, después de eso, le dejó el manojo de llaves en la mano.

—Vamos —instó.

Volvió a moverse sin esperar una respuesta. Con su brazo bien sujeto, Caleb fue rápidamente hacia la puerta trasera y los sacó a ambos del bar. Victoria estaba tan perpleja ante la situación que tardó unos cuantos intentos en encontrar la llave para cerrar la otra salida. Caleb esperó con impaciencia, mirando un punto concreto del callejón.

—¿Estamos escapando de ellos? —preguntó, ahora ya un poco asustada—. ¿Es el mismo del otro día?

—No es Axel. Y, por mucho que escapáramos, terminarían encontrándote.

—Entonces ¿qué…?

—Si van a por ti, que te encuentren en medio de la calle. Que no sepan dónde trabajas. O dónde vives.

Le pareció… absurdamente lógico. Quizá lo habría analizado más a fondo, pero Caleb ya la había cogido del brazo y la arrastraba por el callejón.

Victoria se dejó llevar como un muñeco de trapo. No confiaba demasiado en él, pero parecía tan decidido que era difícil discutirle las decisiones. Además, sabía más del tema que ella. Y, de haber querido llevarla a una trampa, había tenido mil oportunidades más.

Así que decidió confiar, sí. O dejarse llevar, más bien.

Caleb se movía tan rápido que tuvo que correr tras él. Para cuando se detuvo, no sabía dónde estaban y la respiración se le agolpaba en la garganta. Mareada, contempló alrededor con curiosidad. No se encontraban cerca de su casa, eso seguro. De hecho, por el ruido del mar, dedujo que habrían ido en dirección opuesta.

Ese callejón era mucho más amplio que el del bar, formaba parte de un barrio poco recomendable, rodeado de muros altos y vallas que protegían la múltiple cantidad de casas del vecindario. No había nadie por la calle. Quizá era por el frío, o quizá porque eran las tantas de la madrugada.

Caleb levantó la mirada. Pareció ver alguna cosa en uno de los muros de ladrillo que los aprisionaban, pero Victoria solo veía oscuridad. La única zona iluminada era la que alcanzaba la bombilla de la casa de su izquierda, y tampoco ayudaba mucho. Un poco tensa, estuvo tentada a esconderse tras uno de los contenedores viejos que había en la callejuela.

Pero Caleb aún le sujetaba el brazo. Y seguía delante de ella.

—¿Dónde están? —susurró Victoria.

—Llegarán en diez segundos.

Que Caleb estuviera tenso era… preocupante, la verdad. Tan solo aumentaba su nerviosismo. Empezó a sentir su propio corazón acelerado en los tímpanos y, por un segundo, se preguntó si desconcentraría a Caleb.

—Escóndete detrás de mí —indicó él sin mirarla.

—¿Te crees que necesito…?

En cuanto oyó el sonido de alguien aterrizando en el suelo cerca de ella, le faltaron segundos para esconderse detrás de él.

A la mierda el orgullo. ¡No quería que la mataran!

Caleb, a diferencia de ella, no reaccionó. Ya estaba girado hacia a la persona, como si la hubiera esperado. Victoria, todavía asomada tras él, se atrevió a mirar de quién se trataba.

Con la poca luz que les brindaba la bombillita, no distinguía muy bien los rasgos del chico que había aparecido en el callejón. Lo primero que notó fue que, como en Caleb, su altura llamaba la atención. También debía de tener una edad similar. La primera diferencia era que estaba mucho más delgado que su guardaespaldas. Y que su pelo, en lugar de ser negro como el carbón, era de un rubio oscuro. Lo llevaba rapado en ambos lados de la cabeza, dejándolo crecer solo en el centro. Y, según le pareció, esbozaba una pequeña sonrisa.

Pero todo aquello quedó al margen en cuanto avanzó un paso y la luz le bañó el rostro. Victoria se llevó una mano a la boca sin querer. El chico tenía una cicatriz horrenda. Le cruzaba la cara desde un ojo hasta la comisura del labio. Ese ojo, a diferencia del otro, era de un azul aguado que parecía blanco. Su ceja tenía una pequeña marca. Y su nariz, que en otro momento debía de ser recta, se había quedado torcida para siempre.

Y, como si él no bastara, otra figura emergió a su lado. Había sido mucho más sigilosa. Y se movía de una forma mucho más felina, sin hacer un solo ruido. Era una chica. No había cicatrices visibles, pero el cabello llamaba la atención; era de un rojo muy intenso, parecido al de la sangre, y se lo había atado en pequeñas trenzas pegadas a la raíz. Tenía la piel oscura, las facciones delicadas y, como sus compañeros, vestía de negro y era mucho más alta que cualquier otra persona.

Ella, a diferencia de su compañero, no sonreía. De hecho…, ¿acababa de hacer una pompita con un chicle?

Ambos se detuvieron a una distancia prudente. Y, aunque quizá eran imaginaciones suyas, a Victoria le pareció que estaban sorprendidos.

—¿Qué haces aquí? —preguntó el chico de la cicatriz.

Se dirigía exclusivamente a Caleb, y este estaba muy tranquilo, dadas las circunstancias.

—¿Qué haces delante de la chica? —preguntó ella, a su vez—. No me digas que este era el gran encargo de Sawyer: hacer de niñera.

Vale, quizá era un mal momento para pensar en ello, pero Victoria se sintió un poco ofendida por el tono.

El de la cicatriz se movió disimuladamente a un lado. Por primera vez, la observaba a ella. A diferencia del de pelo blanco de la primera noche, no vio maldad en él. Tan solo… ¿curiosidad? Victoria trató de devolverle la mirada, pero sus ojos dispares terminaron por intimidarla y decidió fijarse en la chica.

Ella, sin embargo, seguía centrada en Caleb. Se había colocado una mano en la cadera y sonreía como si tuviera el control absoluto de la situación.

—La necesitamos —indicó, tan tranquila.

—Lo siento —respondió Caleb al fin—, pero no.

Si la chica se sorprendió, lo disimuló muy bien.

—Esto es lo más tierno que he visto en la vida. Por favor, Iver, no te pongas a llorar de la emoción, pero Caleb tiene novia.

—Un día histórico.

—Mágico.

—Único.

—¿Qué queréis? —intervino Caleb, bastante menos divertido.

—Nos manda Sawyer —indicó Iver.

—Para hablar con tu cachorrito.

Victoria observó la reacción de Caleb. Por alguna razón, la alivió que pareciera tan perdido como ella.

—No tiene deudas —indicó con calma.

La chica chasqueó la lengua.

—Ella no, pero un familiar sí. No podemos encontrarlo, así que…

No terminó la frase, pero Victoria había dejado de escuchar. Lo primero que pensó fue que se trataba de Andrew; ya la había amenazado una vez. Y, sin embargo, enseguida supo que no se trataba de él. Sería incapaz de cometer algo así y callárselo durante mucho tiempo.

Se oyó murmurar a sí misma.

—Ian.

Ahora sí, la atención de los dos intrusos se centró en ella. La chica era la única que la analizaba por primera vez. Como su compañero, tampoco parecía especialmente agresiva; aun así, resultaba intimidante.

—Correcto —indicó—. Ahora, sé un buen cachorrito y dinos dónde está.

Caleb

Sabía que ese chico no iba a traer nada bueno. Estaba seguro de ello. Y deseaba decirlo con todas sus fuerzas, pero los hermanos empezarían a burlarse. Por alguna extraña razón, la idea de que lo hicieran delante de Victoria lo incomodaba.

Por lo menos, que Sawyer mandara a Iver y Bex indicaba que no quería nada sangriento. Para esos trabajos ya estaban Axel y Brendan. Los mellizos, en cambio, eran mucho más discretos. Igual que él.

La expresión de Victoria le dijo todo lo que necesitaba saber: estaba perpleja. Quizá, pese a sus múltiples defectos, su hermano jamás la había metido en un embrollo de ese nivel. Y es que deberle dinero a Sawyer resultaba peligroso. Muy peligroso.

Alarmada, ella buscó su mirada. Se le hizo un poco extraño, porque le dio la sensación de que buscaba su consejo de manera sigilosa. Casi como si confiara en él. Supuso que, dadas las circunstancias, era mejor confiar en él que en dos desconocidos.

—No sé dónde está —susurró ella atropelladamente.

Si lo supiera, tampoco lo diría. Aunque, en esa ocasión, se la creyó.

Caleb dirigió una breve mirada a los mellizos y asintió de manera casi imperceptible.

—Una lástima —comentó Bex, poco afectada—. Por Caleb, digo. No veas cómo se va a enfadar Sawyer si sabe que estás confraternizando con una deudora…

—Pero está aquí por él —observó Iver, que no había despegado los ojos de Victoria desde su llegada—. ¿Por qué estás con ella?

—No puedo hablar de ello.

—Así que es un caso importante, ¿eh?

—Me pregunto por qué será tan secreto —murmuró Bex con diversión—. No debe dinero, porque ya lo habrías reclamado. Tampoco se la ve muy fuerte, así que dudo que Sawyer quiera quitársela de en medio. Lo que me lleva a preguntarme...: ¿ha visto alguna cosita que no debería haber visto?

—Buena deducción —comentó Iver—. ¿Qué has visto, cachorrito? Puedes contárnoslo.

Victoria, que siempre hablaba sin parar, había tomado la sabia decisión de no pronunciar palabra. Menos mal.

Sin embargo, Iver continuaba observándola con intensidad. Su ojo bueno seguía sin oscurecerse; aun así, Caleb se sentía un poco inquieto. No lo entendió, pero tenía la necesidad de meterse en medio e impedírselo. Quizá se debía a su instinto de protección. O quizá, simplemente, empezaba a estar harto del encuentro. Fuera lo que fuese, no le gustó la sensación.

Iver debió de darse cuenta, porque por fin se centró en él. Lo hizo con media sonrisita. La habitual.

—Tranquilo, Romeo —indicó—, no voy a hacerle nada.

—A no ser que ella quiera —añadió Bex, encantada con la situación.

—Os ha dicho que no sabe nada de Ian.

Los mellizos intercambiaron una mirada. Pese a vivir con ellos, Caleb solía tener dificultad para comprender qué se decían de aquella forma. Curiosamente, siempre se entendían más así que hablando en voz alta.

Fuera cual fuese la conclusión, ambos se volvieron a la vez.

—Tendremos que buscar al yonqui, entonces —se lamentó Bex.

—Si sabes algo de él —añadió Iver, dando un paso hacia ella—, avísanos enseguida. O si te cansas del aburrido de Caleb y buscas a alguien mejor para hacerte de niñera. Mi hermana podrá ayudarte, porque a mí no me has caído bien.

Victoria frunció los labios, ofendida.

—Lo mismo digo.

Iver sonrió ampliamente. Su hermana, por otro lado, se rio.

—¡Tan simpática como su novio!

—¿Quién iba a pensar que viviríamos para ver a Caleb con una chica?

—Sawyer estará encantado.

—No —los advirtió Caleb.

Tenía la suerte —desgracia, a veces— de conocerlos de sobra. Una palabra era más que suficiente para dejar claro lo que pensaba y sentía. Y, aunque en el fondo sabía que nunca lo traicionarían de esa manera, le pareció importante destacar que Sawyer no podía saber nada de todo eso.

Bex se movió deprisa, como de costumbre. Podría haberla detenido, pero decidió no hacerlo. Se acercó a Victoria con una pequeña sonrisa y, sin mediar palabra, la observó de cerca. Victoria dio un respingo, pero tampoco se apartó. De alguna forma, la tranquilizaba el hecho de que Caleb no se asustara.

—¿Puedo? —preguntó Bexley con calma.

Victoria no sabía a qué estaba accediendo, pero tampoco ahora se apartó. Y la otra, con toda la calma del mundo, le clavó un dedo en el mentón para levantárselo un poco y nivelar sus miradas. El ritmo cardíaco de ambas había aumentado. Los ojos de Bex se volvieron completamente negros. Por los de Victoria cruzó una sombra rápida.

Cuando volvió a apartarse de ella, esbozó una sonrisa que no dejó entrever absolutamente nada. Sin embargo, la mirada que le lanzó a Caleb fue significativa. Había visto alguna cosa importante.

—Bueno, habrá que encontrar a Ian —comentó Bex como si nada—. Nos vendría bien un rastreador, Caleb.

—No puedo ayudaros hasta que Sawyer me libere.

—Entonces, vuelta a empezar. —Iver suspiró, tan perezoso como siempre—. Vamos, Bex.

—No me digas lo que tengo que hacer.

—Pues no esperes a que te lo diga y hazlo.

Ella le sacó la lengua y, tan habilidosa como siempre, saltó a un lado. Caleb vio cómo se movía en el aire para aterrizar en lo alto del muro. Con un equilibrio perfecto, empezó a caminar tranquilamente hacia la boca del callejón. Iver, por su lado, se despidió con un asentimiento y se alejó silbando una cancioncita.

8

Victoria

Su casa nunca le había parecido tan agradable. Tan calentita. Tan segura. Todavía con los dedos temblorosos, abrió la puerta y la cerró rápidamente tras de sí. Ahí dentro, todo seguía igual. Su orden perfecto. Su gato gruñón, ahora tumbado en la butaca. El olor a teína. Todo perfecto.

Menos… el grandullón que tenía sentado en el sofá.

Ya ni siquiera se molestaba en preguntarse cómo había subido tan rápido.

Caleb estaba sentado con las manos entrelazadas y la espalda recta. La viva imagen de la calma.

—El corazón te late muy deprisa —observó, tan tranquilo.

Porque, obviamente, Victoria estaba de todo menos tranquila. Furiosa —o aterrorizada, no lo tenía muy claro—, se quitó el abrigo y lo lanzó al suelo, justo donde había dejado caer las llaves unos segundos atrás. Estaba tan alterada que ni siquiera se molestó en ordenarlo.

—¡¿Y te extraña?! —preguntó, a gritos.

Caleb parpadeó dos veces. Debía de equivaler al respingo por el susto de una persona normal.

—No grites —le pidió—. Es muy desagradable.

—Oh, ¿te parece desagradable? ¡Pobrecito! ¡¡¡Pues yo tengo a dos psicópatas detrás de mí, Caleb!!! ¡Me parece mucho más grave!

Mientras hablaba, Victoria empezó a dar vueltas por el salón. Bigotitos se había despertado de la siesta y la contemplaba con confusión. Caleb, por su parte, seguía un poco incómodo por el nivel de ruido.

—No son psicópatas.

—¿Y tú qué sabes?

—Viven conmigo. Me habría dado cuenta.

—¿*Eso* eran tus compañeros de piso?

Hubo algo en su tono que confundió todavía más al matón.

—Sí.

—Y todos trabajáis para Sawyer o como se llame.

—Depende de cómo describas un trabajo. No es remunerado.

—Oh, qué bien. Lo haces por placer. Genial. Perfecto. Me dejas muuucho más tranquila. El matón que va pegando a la gente por puñetero placer.

Por primera vez, tuvo la impresión de que la expresión de Caleb cambiaba. Fue tan sutil que, de no haber estado tan centrada en ello, probablemente le habría pasado por alto. Pero no eran imaginaciones suyas; había entrecerrado ligeramente los ojos.

Todo un acontecimiento.

—Nunca me has visto golpear a nadie —murmuró Caleb.

Una vez más, ese tono era nuevo. ¿Estaba enfadado?, ¿ofendido? ¡Pues mejor! Ya era hora de que empezara a alterarse un poco. Victoria estaba harta de ser la única histérica del dúo.

—Oh, eres un matón pacífico —ironizó con malicia.

—Según recuerdo, tú eres la única que ha golpeado a otra persona. A mí, concretamente.

—¡Porque me estabas siguiendo!

—Y hace veinte minutos te he ayudado. De nada.

—¿«De nada»? —repitió—. ¡Tu amigo le rompió el brazo a mi jefe!

—Axel no es mi amigo.

—¡Me da igual! Si te juntas con la peor persona del mundo, ¿en qué te conviertes? No puedes ser neutral en todo. No elegir también es una puñetera elección.

De nuevo, un pequeño parpadeo de furia cruzó su cara. Caleb permanecía sentado, en una postura calmada, pero su aura estaba cambiando.

Si conseguía que se cabreara, iba a tomárselo como un logro personal.

—Juzgas muy deprisa a la gente —observó él en voz baja.

—¿Y por qué no iba a hacerlo? Tu puñetero trabajo es seguirme, pero ¿la mala soy yo por decirte la verdad?

—¿Cómo estás tan segura de que esa es la verdad? Apenas tienes datos.

—Tengo los suficientes. Y también tengo, por cierto, a tus dos puñeteros amigos detrás de mí por una deuda.

—La deuda no es tuya.

—¿Y qué? ¿Te crees que a esos dos sociópatas les importa?

—Cada vez das un diagnóstico distinto… ¿Tienes alguna potestad para ir dictaminando trastornos de la personalidad o es una afición inofensiva?

Victoria dejó de moverse. Estaba a punto de lanzarle algún objeto punzante a la cabeza, pero terminó por volverse lentamente hacia él. Caleb le devolvió la mirada, muy serio y con los dientes apretados de manera mal disimulada. Ella, por su parte, había apretado los puños.

—¿Es que no entiendes lo que es una ironía? —preguntó entre dientes—. ¿O hablar de forma no literal?

—Sé lo que es —se defendió Caleb—. Pero me parece una pérdida de tiempo.

—Joder, es como hablar con un androide.

—No entiendo la relación.

Agotada, apenas se dio cuenta de que hacía lo que siempre le había parecido insoportable en la actitud de su madre: echar los brazos al aire y, en medio de la discusión, darse la vuelta para taparse la cara con las manos. Siempre lo detestó. Era una forma indirecta de llamarla «insoportable», y no había otra palabra que le calara tanto.

—¿Qué te pasa?

Alarmada, retrocedió y chocó contra la pared del salón. Caleb se le había acercado a una velocidad alarmante y, por supuesto, sin un solo ruido. La preguntita justo encima de su cabeza, tan repentina, casi le provocó un infarto.

Caleb observó la reacción sin siquiera parpadear.

—¡No te acerques sin hacer ruido! —le exigió Victoria, todavía con una mano en el corazón—. ¡Es… tenebroso!

—No he evitado hacer ruido.

—Pues… ¡ese es el problema! ¡Eres rarito sin siquiera intentarlo! Nunca haces ruido, puedes moverte a una velocidad imposible, oyes a la gente antes incluso de que se acerque a un radio de veinte metros…, ¡puedes reconocer el olor de cualquier cosa que me haya echado encima una semana atrás! ¿Se puede saber qué coño eres?

Caleb, como de costumbre, escuchó el discurso sin mover un solo músculo. Eso sí, tardó más de lo habitual en responder:

—Diferente a ti, supongo.

—¡Qué gran respuesta!

—Em…, gracias.

—Caleb, ¡es sarcasmo!

—¿Y no puedes hablar como una persona normal?

—¡¿No puedes ser tú una persona normal?!

—No.

—¡Qué bien, entonces! Ya somos dos raritos felices y unidos.

—No pareces muy feliz.

—¡Madre mía! ¡Claro que…!

En cuanto él se volvió hacia la puerta, ella calló de golpe. No estaba muy segura del motivo, pero se le pasó todo el enfado. O, más bien, se transformó en terror.

—¿Quién es? —preguntó con un hilo de voz.

—No son Bexley e Iver.

Ojalá el suspiro de alivio no hubiera sido tan evidente. Por lo menos, Caleb hizo como si no lo hubiera oído. Seguía concentrado en la puerta.

—Una mujer. Es mayor. Acaba de salir de su piso, justo delante de tu puerta.

Oh, ella. Victoria cerró los ojos por un instante. No sabía si estaba en condiciones de hablar con la señora Gilbert. No quería volcarle todas sus frustraciones.

—Abre —añadió Caleb—. Creo que quiere hablar contigo.

—Gracias, secretario.

No entendía el sarcasmo, pero ¿cómo iba a frenarlo? Era su única vía de comunicación.

Pese a lo poco que le apetecía hablar, le abrió la puerta a la señora Gilbert. Ni siquiera se molestó en esperar a que llamara, lo que debió de resultarle un poco extraño. La pilló justo cuando acercaba el puño a la puerta.

Un poco sorprendida, la mujer dio un paso atrás.

Victoria nunca le había preguntado su edad —tenía modales—, pero suponía que rondaba los ochenta años. Era pequeñita y siempre caminaba encorvada; sin embargo, tenía la energía de una cría. Y siempre usaba las escaleras, jamás el ascensor. Su pelo canoso estaba atado en un moño perenne del cual nunca se escapaba un solo mechón.

Durante las primeras semanas en ese piso, Victoria no se había cruzado demasiado con ella. Fue una noche, cuando se iba a trabajar de muy mal humor, que la señora Gilbert le preguntó si estaba bien al cruzarse ambas en el pasillo. Victoria, que no era muy dada a hablar con desconocidos, decidió confiar en ella. Y era lo más parecido a una abuela que había tenido, desde que la suya había fallecido.

—Hola, cielo —la saludó ella con una sonrisa un poco tensa—. ¿Va todo bien? He oído gritos y me he preocupado un poco.

Victoria quiso contárselo todo, pero no podía meter a esa pobre mujer en el embrollo. Así que, en lugar de decir nada, forzó una sonrisa.

—Todo bien.

—¿Segura? Ayer vi a tu hermano y…, bueno, no quiero ser entrometida, pero si necesitas alguna cosa ya sabes que me tienes justo al otro lado del pasillo. Puedo…

La mujer se quedó a media frase. Victoria tardó unos segundos en darse cuenta de que estaba mirando por encima de su hombro. Se volvió, extrañada, y quedó aún más sorprendida al ver que Caleb no había desaparecido. De hecho, estaba de pie justo detrás de ella y taladraba a la pobre anciana con la mirada.

—Oh. —La señora Gilbert parpadeó varias veces—. Oooh, perdón. No sabía que tuvieras visita.

—No es una visita —le aseguró Victoria, de mal humor—, es un dolor de cabeza constante.

Caleb le dirigió una fugaz mirada de irritación, pero no dijo nada.

—Un placer conocerte —añadió la señora Gilbert—. Y…, em, perdón por interrumpir.

—No ha interrumpido nada. De hecho, estaba a punto de echarlo a patadas.

La mujer asintió con poca convicción. Al menos, al principio. Entonces pareció que entendía la situación incluso mejor que ellos. Con una pequeña sonrisa, asintió de forma totalmente distinta.

—Ah, ya entiendo. Os dejaré solos, entonces. Victoria, cielo, avísame si necesitas alguna cosa, ¿está bien?

—Le pediré ayuda cuando necesite deshacerme del cadáver del grandullón.

La mujer, lejos de escandalizarse, soltó una risita y se apresuró a volver a su casa.

Una vez a solas, Victoria cerró de un portazo y se volvió hacia el invasor de hogares. Caleb seguía contemplando la puerta cerrada como si pudiera ver a través de ella.

Un momento… ¿Y si podía ver a través de ella? Esperaba que no.

—¿Qué haces? —preguntó Victoria entre dientes.

—Tu vecina… es curiosa.

—Es una mujer mayor. Déjala en paz.

Pareció que Caleb iba a contradecirla, pero optó por quedarse callado. En medio del silencio, bajó la vista hacia ella.

—¿Por qué estás tan enfadada? —preguntó.

—Porque todavía no me has dicho qué puñetas eres.

—Oh, eso.

—Sí, eso.

—No soy nada especial.

—¿Es de nacimiento? —insistió ella—. ¿Tus amigos hacen lo mismo que tú?

—Axel no es mi…

—Ya me entiendes. ¿Todos hacen lo mismo que tú?

—No. Cada uno tiene su propia habilidad.

—¿Y la tuya es…?

—Mis… sentidos están un poco más desarrollados de lo habitual.

—«Un poco». —Victoria tuvo que aguantarse una risotada—. ¿Y por qué no puedes dormir?

—*Puedo* dormir, pero no lo necesito. Algunas veces, si estoy muy cansado o relajado, me permito hacerlo.

—Y lo mismo con la comida y la bebida, ¿no?

—Correcto.

Por lo menos, empezaba a obtener un poco de información. Ya decidiría más tarde si se la creía o no.

Agotada después del ataque de histeria, se dejó caer en el sofá y echó la cabeza hacia atrás. Hacía mucho tiempo que no se sentía tan cansada. Caleb, mientras tanto, se acomodó en el sillón sin molestar a Bigotitos, que seguía tumbado sobre su respaldo.

—Gato.

Miau.

—Entonces… —prosiguió ella— ¿cuántos sois? Quiero decir, em…, ¿cuánta gente hay con esas habilidades?

—No lo sé.

—Es decir, que hay muchos.

—Es decir, que no lo sé. Desconozco el número exacto.

—¿Y todos pueden hacer lo mismo que tú?

—No.

Por la manera de decirlo, cualquiera habría asegurado que la suposición lo ofendía. Victoria contuvo una sonrisa.

—¿Entonces?

—Cada uno tiene su propia habilidad. Axel es capaz de crear ilusiones, Iver puede detectar y manipular emociones…

—¿Y eso de qué sirve para luchar contra los malos?

—Los… ¿qué?

—Ya sabes, en plan superhéroes.

La última palabra hizo que Caleb torciera disimuladamente el gesto.

—Son más útiles de lo que parece —aseguró—. Imagina que intentas sacarle información a alguien. Si Iver detectara un solo trazo de miedo, podría convertirlo en verdadero terror. Y Axel podría mantenerlo atrapado en una pesadilla durante todo el tiempo que quisiera.

—Vaaale…, suena horrible. ¿Y la chica?

—Bex no suele participar en esa clase de trabajos. Su habilidad es… más útil en otros contextos. Es capaz de ver fragmentos del futuro, pero no puede elegir cuáles. Y tampoco los ve de forma muy clara. Son, más bien…, como una profecía.

Victoria asentía como si todo aquello fuera normal, pero lo cierto es que estaba un poco paralizada. Todavía recordaba a Bexley ante ella, con su sonrisa significativa y esos ojos que, por un momento, se habían vuelto completamente negros.

—Lo que me ha hecho antes… —empezó.

—Sí, era eso.

—¿Y qué ha visto?

—No lo sé. Si aceptas un consejo, nunca quieras saberlo.

—Pero ¡todo el mundo quiere saber su futuro!

—Hasta que lo saben. Y, por supuesto, nunca es el que desean.

—¿Lo dices por experiencia?

Caleb permaneció en silencio. En el transcurso de la conversación, había vuelto a ponerse su máscara inexpresiva y, de nuevo, era imposible saber qué pensaba.

—Vete a dormir —concluyó—. Mañana tienes que trabajar.

—Ya empieza papá con su sermón.

Antes de que pudiera decirle que no era su padre, decidió ponerse en pie.

—Necesito un té.

Caleb

¿Por qué le estaba contando tantas cosas?

Siendo completamente honesto, no estaba seguro de si podía darle tanta información. Nunca pasaba tanto tiempo con una persona ajena al grupo como para tener que ocultarse. Y todo su trabajo operaba al margen de la ley, por lo que nunca se había planteado si sus habilidades también tenían que hacerlo. Sabía que los humanos no aceptaban con facilidad que un hecho se saliera de lo que ellos consideraban habitual, pero parecía que Victoria lo iba encajando bastante bien.

De nuevo, se preguntó si debería preocuparse por su falta de alarma.

El gato ronroneó sobre el respaldo del sillón. Quizá se sentía un poco abandonado, pero Caleb no iba a ponerle un solo dedo encima. Como si lo supusiera, el bicho empezó a darle golpecitos en la cabeza con una pata.

Estaba a punto de exigirle que se detuviera cuando, de pronto, el corazón de Victoria dio un tumbo. Los instintos de Caleb actuaron por encima del razonamiento, y enseguida estuvo a su lado, en la cocina. Ya sabía que no le gustaba que se le acercara sin hacer ruido, pero no podía evitarlo.

—¿Qué pasa? —preguntó en alerta.

Pero Victoria no estaba en peligro. Tan solo había abierto un armario de la cocina y contemplaba una colección de tazas de distintos materiales y colores. Ninguna parecía tener relación con la anterior, pero las había colocado de forma sumamente ordenada, como ya había advertido él el primer día.

Intentó entender por qué estaba alterada, pero fue incapaz.

—Falta una de mis tazas —susurró ella, abatida.

—¿Era tu favorita?

Victoria no respondió de forma inmediata. Cerró el armario y, con los dientes apretados, apoyó la frente en él.

—Es… *Era* de mi abuela —explicó, todavía en voz baja—. La colección entera.

Caleb sintió que, con esa información, debería entender la situación. Pero no era así.

—Es una colección un poco extraña —observó.

Victoria sonrió con tristeza y se separó del armario.

—No es una colección formal, sino la suya. Durante muchos años, viajó a muchos lugares del mundo y nos trajo regalos tanto a Ian como a mí. En mi caso siempre eran bolas de Navidad y tacitas de té. Era lo que compartíamos. Lo que nos gustaba hacer juntas. Murió hace dos años, y me las dejó todas a mí. Sabía que mis padres las tendrían escondidas en un armario, y que mi hermano las vendería. Justo como ha hecho con una de ellas.

En silencio, Victoria se cruzó de brazos y apoyó la cadera en la encimera. Era curioso que, estando tan visiblemente alterada, hiciera tanto esfuerzo en fingir que le daba igual. ¿Por qué intentaba esconder sus emociones de tristeza? No parecía tener ningún problema con enseñar las de furia.

—¿Crees que Ian la ha vendido? —preguntó Caleb al final.

—Estoy segura. Es la tercera vez que lo hace. Algunas de ellas son únicas. No sé cuánto le habrán dado, pero espero que sea mucho.

Caleb no entendía muy bien la dependencia emocional con los objetos, así que tuvo que conjeturar. Y la primera conclusión, obviamente, fue que no se trataba de las tazas. Se trataba de la relación con su abuela. Quizá era lo único que tenía de ella. Y, a pesar de no ser un humano, podía llegar a empatizar con ello.

Quizá por eso las palabras se le escaparon antes de poder detenerlas:

—¿Quieres que busque a tu hermano?

Victoria levantó la cabeza para mirarlo. Pensó que estaría contenta, pero parecía desconfiada. Y extrañada.

—¿Por qué harías algo así?

—¿Lo quieres o no?

En esa ocasión, lo consideró de verdad. Victoria era una persona muy expresiva, así que no necesitaba rebuscar en sus sentidos para saber qué estaba pensando. En ese caso, vio fragmentos de muchas emociones distintas. Esperanza, incluso.

—No —dijo, sin embargo, y volvió a parecer abatida—. No vale la pena. Ya la habrá vendido.

—¿Y vas a permitirlo?

Otra emoción. Un estallido de irritación.

—Si pudiera controlarse, no lo haría.

—Y por eso deberías ser tú quién lo frenara.

Sospechó que, en otra situación, Victoria le habría dicho que no llevaba la razón y habría empezado a exponer todos los motivos de forma muy alterada. No obstante, ese día estaba cansada. Lo veía en su expresión. Se lo notaba en los gestos.

—No quiero hablar de esto —aseguró—. Me voy a dormir. ¿Puedes...?

—Sí.

Ella asintió una vez y, sin mediar palabra, le llenó el cuenco de comida al gato. En cuanto se aseguró de que todo estaba bien, se dirigió hacia el pasillo.

Caleb observó el proceso sin decir nada. Sentía que debería ofrecerle algún tipo de consuelo, pero no estaba muy seguro de cómo guiarlo. Después de todo, nunca había tenido que hacerlo.

Victoria se volvió justo cuando él cruzaba al otro lado de la ventana.

—¿Es que no puedes salir por la puerta?

—Perdería mi encanto.

La frase no era suya; la había leído en algún libro, en algún momento. No estaba muy seguro de por qué la recordaba. Pero hizo sonreír a Victoria, y supuso que había sido una buena elección.

—Solo por curiosidad —añadió ella—, ¿te quedas ahí fuera toda la noche?

—En cuanto te duermes, me marcho.

—Qué gran consuelo.

Pese a la ironía, asintió una vez con la cabeza.

—Buenas noches, X-Men.

Caleb no respondió. Esperó a que ella se retirara y, finalmente, salió de su casa.

9

Victoria

Para cuando Caleb la encontró, iba por el tercer callejón. Cruzó la esquina con una sonrisita malvada…, que se le borró en cuanto lo vio plantado ante ella.

Con la ropa negra, el pelo y los ojos oscuros y la considerable altura, cualquiera habría salido corriendo. Especialmente en medio de un callejón oscuro. Victoria, en cambio, empezaba a acostumbrarse. Después de haber pasado un tiempo con él, ¿qué remedio le quedaba?

—¿Otra vez por los callejones? —preguntó, de mal humor.

—Es divertido.

—No tenemos el mismo concepto de diversión.

Como de costumbre, Caleb se echó hacia atrás y señaló el camino de vuelta. Pese a que lo hacía con muy mala cara, Victoria soltó una risita. En cuanto se puso a andar hacia la calle principal, él se colocó a su lado.

—¿Sabes qué, X-Men? —preguntó—. Creo que yo también tengo un supersentido de esos.

—Lo dudo.

—Puedo notar tu mirada penetrante y tenebrosa sobre mí. Y puedo notar cuándo no la tengo encima.

—No es tenebrosa.

—Es decir, que sé cuándo me estás mirando y cuándo no.

—Ajá.

—Podría estar en tu banda de locos. ¿Qué me dices?

Al principio de su extraña relación acosador-acosada, Caleb hacía el esfuerzo de responder a sus preguntas. Y, si no lo hacía, se inventaba alguna excusa para evitarlas con elegancia. Ahora, con un poco más de confianza, ya no se tomaba tantas formalidades y, muchas veces, cortaba las conversaciones.

—A casa —le indicó.

—Si quieres que vaya a casa, deja de andar detrás de mí.

—Si dejaras de hablar tanto, yo dejaría de andar detrás de ti.

—Mírate, fingiendo que no te gusta lo que te cuento.

—Ve a casa o echaré al gato imbécil.

—Si el pobre Bigotitos te oyera decir esas cosas tan feas…, ¡con lo que te quiere!

—Dudo que se ofenda mucho.

—Pues no. Es un gato muy independiente. Además, ya te dije que sabe defenderse.

—Tengo mis dudas.

—Puedes probar a atacarlo.

—Nunca me he peleado con un gato y, honestamente, prefiero que siga así.

Caleb

¿En qué momento se había acostumbrado tanto a esas conversaciones absurdas?

Tras un mes con el mismo trabajo, empezaba a tener sus dudas sobre la finalidad de todo lo que hacía. En algún momento había dejado de observar a Victoria para empezar a formar parte de su vida diaria. No estaba bien. Sabía que, en algún otro momento, Sawyer le llamaría y tendría que olvidarse de hablar con ella de nuevo. No sería un gran drama, pero lo preocuparía un poco que Victoria fuera incapaz de sobrevivir sola. Y su gato también.

Hablando de Sawyer… Qué extraño le resultaba que siguiera sin pedirle explicaciones. Desde aquella vez en su despacho, no había vuelto a reclamar sus habilidades. Sabía que no debía contactar con Sawyer sin que él le hablara primero, pero esos días había estado a punto de hacerlo.

Victoria emergió en la calle principal. Iba andando con las manos en los bolsillos y silbando una melodía que él desconocía. Por lo menos, era un poco armoniosa. Caleb aprovechó para encenderse un cigarrillo. La chica le echó una miradita de reproche, como siempre, pero no le dijo nada.

De hecho, había estado muy callada desde la visita de su hermano. Para la cantidad de protestas que solía proferir, ese día se mostraba inusualmente calmada. O triste, más bien. Caleb lo veía cada vez que ella bajaba la guardia. Pensó en preguntarle cómo se encontraba, pero le parecía una idea bastante inútil; ¿cómo iba a estar? Mal, lógicamente.

Toda aquella tontería de los callejones había surgido después de su turno en el bar, y eso que había sido bastante intenso; al ser fin de semana, había muchos más clientes que de costumbre. Además, su jefe estuvo muy presente durante toda la jornada. A Victoria no le hacía mucho caso; parecía más interesado en la rubia con cara de cervatillo asustado. Pese a ello, solo llamaba «dulzura» a una de ellas. Seguía sin comprenderlo. Tampoco entendía muy bien por qué lo molestaba, si no lo afectaba en nada.

—Oye, X-Men.

La voz de Victoria hizo que su mirada, inmediatamente, se clavara en ella.

—¿Sí?

—¿También tienes supervelocidad?

—… No entiendo la pregunta.

—Quiero decir, siempre te mueves muy deprisa, ¿no?

—Supongo.

—Yo también soy muy rápida —comentó, orgullosa de sí misma—. Era la más veloz de toooda mi clase.

—Pues tus compañeros tenían un problema en las piernas o te dejaban ganar.

—Mírate, ¡haciendo bromas! Cómo has crecido.

—A casa.

—Sí, mi capitán.

Por suerte, no le ocasionó más problemas en todo el camino. De nuevo, cuando se quedó en silencio, la sonrisa se transformó en una mirada perdida.

Una vez en el edificio, Caleb se rezagó sin hacer ruido y permitió que ella entrara a su ritmo. Como cada día, saltó a la escalera de incendios y la ascendió rápidamente. Una vez en el tercer piso, se acercó a la primera ventana del salón y la abrió de un empujón. Antes de que llegara Victoria, que era tan lenta como el resto de los humanos, aprovechó para revisar el móvil. Nada de Sawyer.

Al entrar, la primera acción de Victoria fue comprobar que el gato tuviera comida y bebida, como siempre. El pequeño desagradecido continuaba en el respaldo del sillón, tan tranquilo como de costumbre. Cuando Caleb fue a sentarse a su lado, la bola de pelo le enseñó las zarpas.

—Quita, gato imbécil.

Bigotitos volvió a bufar, pero en esta ocasión Caleb lo cogió con una mano y lo lanzó al suelo. La caída apenas era de veinte centímetros, pero se puso a maullar como si hubiera intentado asesinarlo.

Al no recibir la respuesta que quería, el gato imbécil salió corriendo por el pasillo.

—Deja de llamarlo «imbécil» —exigió Victoria desde la cocina—. Tiene sentimientos, ¿sabes?

—Es un gato —dijo él, ya junto a ella.

—Y tú eres un bicho raro, pero supongo que también tendrás tus inquietudes.

Caleb sintió algo muy extraño. Una especie de tirantez antinatural en las mejillas. Fue momentáneo, pero lo identificó enseguida. Y eso que hacía mucho tiempo que no se molestaba en hacerlo. Alarmado, recobró su expresión de seriedad.

¿Acababa de… sonreír?

Victoria

Acababa de sonreír, ¿verdad? ¡¿Verdad?! No había sido su mente enferma. Caleb había sonreído.

Estaba preparando la tetera, pero la impresión la dejó de piedra. Había sido apenas una sombra. Un deje de relajación. Aun así, se sentía como si hubiera logrado algo imposible. Como si quisiera gritarle a todo el mundo que lo había visto. Justo como cuando se había sacado el diploma del instituto, solo que un poco menos majestuoso. Y sin testigos.

Oh, cómo desearía poder hablarlo con Margo y Dani. Continuaban preguntando por él, pero, pasada la novedad, ya no eran ni la mitad de curiosas que antes. Y Victoria desearía contárselo todo. Desearía poder compartir todo aquello con alguien. Pero, además de no atreverse, no quería meter a sus amigas en un lío como el suyo.

Mientras pensaba en todo aquello, la sonrisa ya había quedado completamente olvidada. Caleb había vuelto a su temple serio, y su mirada de ojos oscuros se deslizaba con rapidez por el salón. Cuando hacía esas cosas, Victoria suponía que estaba escuchando a los vecinos. Se preguntó si era así.

Caleb

¿Por qué el vecino de al lado tenía que gritar tanto para hablar por teléfono? Qué gente tan agotadora. ¿No eran capaces de mantener una conversación neutral y a un volumen aceptable?

El de arriba le caía mejor. Tenía muchas alfombras —así que no pisaba muy fuerte—, hablaba en un tono relajado —como debía ser— y su única compañía era un perro viejo al que sacaba a pasear tres veces cada día. Ambos estaban todo el día durmiendo, comiendo y viendo la televisión. Eso, claro, cuando no aparecían sus nietos, que eran mucho más molestos. La adolescente de abajo no le gustaba en absoluto. Apenas hablaba con sus padres, pero se pasaba el día encerrada en su habitación y, como mínimo, tenía cuatro ataques de locura por semana. Podían variar entre cortarse mechones de pelo, poner música a todo volumen o ver maratones de las mismas películas una y otra vez.

En ese momento, parecía que eran los únicos vecinos presentes. Además, los sonidos de Victoria lo distrajeron un poco. O, más bien, los olores. Había abierto una botella con un hedor muy desagradable. Tequila. Asqueroso.

—¿Vas a emborracharte? —preguntó Caleb.

—*Vamos* a emborracharnos.

—Si esto es una respuesta al malestar por tu hermano, no me parec…

—Haz el favor de no arruinar el ambiente.

Un poco ofendido, observó sus movimientos con curiosidad. Victoria se acercaba a él con dos vasos de cristal pequeños, la botella en la otra mano y una gran sonrisa en los labios. Dejó todo el material sobre la mesita del salón y, acto seguido, se sentó en el sofá.

—¿Te gusta el tequila? —preguntó ella—. No tengo limón, pero podemos usar sal, si quieres. ¿Cómo te gusta más?

—No lo sé.

—¿No sabes el orden?

—No… Nunca he bebido alcohol. No sé cómo me gusta más.

Victoria se detuvo con los vasitos a medio llenar. Tras vacilar, terminó con el proceso.

—Parece una buena noche para empezar. Si te apetece, claro.

Caleb no estaba muy seguro de si le apetecía, pero empezaba a sentir curiosidad. Bex bebía alguna que otra vez. Iver no, pero lo había probado. Era el único que nunca sucumbía a esa clase de situaciones, y de pronto se preguntó qué tenía de malo hacer lo mismo que los demás.

—Unos cuantos de estos y estaremos medio muertos —comentó Victoria al cerrar la botella.

—No quiero estar medio muerto.

—Es una expresión, X-Men. Venga, ¡bebe y vente al lado oscuro!

—¿Oscuro? Tienes una lámpara al lado.

Ella suspiró. Lo hacía mucho.

—Bebe o no bebas, pero toma una decisión antes de que me tire por la ventana.

—No dejaría que lo hicieras.

—Oh, qué romántico.

—Práctico, más bien. Me quedaría sin trabajo.

—Vale, a la mierda.

Victoria se acercó el vasito a los labios y echó la cabeza hacia atrás. Caleb no entendió muy bien por qué se lo bebía de un trago y no en varios, como con cualquier otra bebida del mundo. Aun así, decidió no comentarlo.

Mientras Victoria se rellenaba el vaso, él acercó el suyo. El olor era aún más desagradable desde cerca. De nuevo, se preguntó por qué los humanos se sometían a un sabor tan poco ortodoxo por tan solo unas pocas horas de inhibición.

—¡Ya lo tengo! —saltó Victoria entonces.

—¿El qué?

—¡Una idea! Podríamos jugar a «yo nunca».

—¿Tú nunca, qué?

—¡Es el nombre del juego! Ven aquí.

Caleb no estaba muy acostumbrado a recibir órdenes, sin embargo, decidió obedecer. Todavía con el vasito diminuto en la mano, fue a sentarse con ella en el sofá. Victoria se había cruzado de piernas y se había vuelto de cuerpo entero hacia él para verlo mejor. Toda la situación era un poco extraña. ¿Qué clase de contexto social era aquel?

—Es muy sencillo —explicó ella—. Uno de nosotros dice que nunca ha hecho una cosa y, si el otro la ha hecho, tiene que beber. Y nos vamos turnando.

—¡¿Dónde está la parte divertida?!

—Pues… ¡emborracharse es divertido!

—Y peligroso.

—Ya me entiendes. Venga, empieza tú.

—¿Yo?

—¡Sí, vamos! Yo nunca…

Caleb lo consideró unos instantes.

—Yo nunca… he bebido alcohol.

Había seguido las instrucciones, pero Victoria torció el gesto. No lo entendía.

—Buen intento —murmuró ella—. ¿No puedes decir algo más interesante?

—Puedo intentarlo.

—¡Vale! Sorpréndeme.

¿Sorprenderla? Bueno, tenía un amplio catálogo de cosas que podían sorprenderla. Al menos, eso sería más fácil.

—Yo nunca he tenido que monitorear los latidos y controlar la respiración de un sujeto durante un interrogatorio mientras Iver lo sujetaba para que no pudiera escapar.

Por un momento, hubo silencio absoluto. Victoria lo contemplaba con el vasito en la mano y una ceja enarcada.

—Tiene que ser algo que *no* hayas hecho —recalcó.

—Y no lo he hecho. Era Bex, no Iver.

—Oh, por favor… Empezaré yo.

—¿Qué tiene de malo lo que he dicho? —protestó Caleb, ofendido. ¡Había seguido las normas!

—Déjame enseñarte por dónde suele ir este juego —insistió ella—. Yo nunca… he tenido una pareja que me durara más de un mes.

Ninguno de los dos bebió. Caleb no tuvo que pensárselo demasiado.

—Lo imaginaba —comentó Victoria—. Vale, te toca.

—Yo nunca… he tenido pareja.

Durante unos instantes, ella volvió a mirarlo como si lo que decía fuera ilógico. Caleb se sintió un poco incómodo. Especialmente, porque ella sí que bebió.

—¿Nunca? —repitió Victoria.

—No.

—Oh, bueno…, no pasa nada.

—Ya sé que no pasa nada. ¿Para qué querría perder el tiempo conectando a nivel emocional con otro ser vivo?

—Y ya ha vuelto mi X-Men favorito. Me toca. Yo nunca me he inventado tener habilidades especiales.

Caleb permaneció quieto, como en la anterior pregunta. Victoria entrecerró los ojos, pero no insistió.

—Siento que solo has sacado el juego como excusa para interrogarme —observó él.

—Qué suposición tan cruel. Te toca.

—Yo nunca he mentido.

En esa ocasión, la chica lo contempló con incredulidad. Incluso soltó una carcajada, como si esperara que aquello fuera una broma. Pero no lo era. Caleb, tan serio como siempre, observó su reacción con mucha curiosidad. Sabía que, entre humanos, no era estrictamente necesario ser honesto todo el tiempo.

—¿Nunca? —preguntó Victoria tras beberse su vaso—. Es imposible.

—No lo es.

—¿Ni una mentirita pequeñita?

—Es incorrecto y no hago cosas incorrectas.

—También es divertido, pero como tú veas. Yo nunca…

En esta ocasión, quizá fruto del alcohol, Victoria dudó unos instantes. Caleb sospechaba que tenía muchas frases en la cabeza, pero no conseguía decidirse por ninguna.

—Yo nunca… he querido matar a la pobre e indefensa Victoria.

Caleb estuvo tentado a enarcar una ceja, pero al final se limitó a no beber. ¿Quién se pensaba que era? ¿Axel?, ¿Brendan?

—¿Este juego es una excusa para asegurarte de que estás fuera de peligro? —le preguntó, un poco ofendido.

—Puede ser.

—¿Para qué? Puedes preguntármelo directamente. Ya te he dicho que no miento.

Victoria iba a responder, pero acabó sacudiendo la cabeza y tapando la botella.

—Vale, ya he conseguido lo que quería. Y encima has hecho que emborracharse se vuelva aburrido.

—Mejor; el alcohol afecta a las funciones cerebrales.

—Tú sí que afectas a mis funciones cerebrales.

Caleb se preguntó cómo era posible que él provocara una reacción química en su cerebro. Quizá era una de esas frases sinsentido que le gustaban tanto.

Ella tampoco añadió nada. Simplemente fue a guardarlo todo y, un poco afectada por el alcohol recién ingerido, se dirigió al dormitorio dando tumbos. Caleb escuchó sus movimientos con curiosidad. Al menos, hasta que oyó el sonido del cinturón deshaciéndose. Ahí, empezó a mover la mirada por la habitación en busca de una distracción.

Al final, lo único que dedujo es que el gato imbécil lo miraba fijamente. Quizá estaba empezando a delirar, pero diría que había esbozado una sonrisita burlona.

—¿Qué?

Miau.

—No estaba escuchando.

... *Miaaau.*

—Gato imbécil.

Miau, miau.

Victoria volvió poco después. Se había atado el pelo en un moño mal hecho y, por supuesto, llevaba uno de sus pijamas con estampados histriónicos. En esa ocasión, tocaban caballos y pastelitos rosas.

—¿Por qué nunca usas pijamas lisos?

A modo de respuesta, Victoria dio un respingo y se miró a sí misma.

—¿No te gusta?

—No.

—Pues quítamelo.

Ella sonrió ampliamente, pero él simplemente frunció el ceño.

Qué chica más rara.

Victoria

Qué chico más raro, de verdad.

Ahora que llevaba el pijama puesto y se sentía un poco mejor consigo misma, aprovechó para prepararse un poco de té. Ni siquiera le ofreció uno a Caleb. ¿Para qué, si iba a despreciarlo?

Al abrir el armario, sintió una oleada de rabia contra su hermano. Una muy puntual y corta que enseguida desapareció, como de costumbre. Decidió que no era el momento de enfadarse. De nuevo, ¿para qué?

Cuando volvió al sofá, Caleb seguía en la misma posición que antes, solo que observaba a Bigotitos. Cualquiera diría que tenían su propia forma de comunicarse y que, de alguna forma, conseguían entenderse.

—Bueno, X-Men —comentó ella—, hoy te he hecho pocas preguntas.

Caleb no se volvió para mirarla, pero ella enseguida supo que había contenido las ganas de poner los ojos en blanco. O lo que fuera su equivalente de persona rarita.

—¿Pocas? —repitió en voz baja.

—Me gusta mucho hablar. Y me gusta intercambiar preguntas.

—Lo he notado.

—Pues creo que te preguntaré por…

—¿Quién es Jamie?

Victoria se quedó a medio camino de tomar un sorbo del té. No estaba segura de si era por la pregunta o por la forma en que él se había vuelto para observarla.

Un poco desubicada, dejó de nuevo la taza en la mesa.

—¿Acabas… de hacerme una pregunta?

—Has hablado de intercambiar preguntas, ¿no?

—Sí, pero…, em…

A ver, ¿cómo iba a hablarle de Jamie? Primero, no quería hacerlo. Segundo, dudaba mucho que él fuera a entenderlo. Era tan cuadriculado y correcto que, si empezaba a contárselo, iba a mirarla como si estuviera loca. Y no le apetecía que lo hiciera respecto a ese tema de conversación. Bastante desquiciada se sentía ya sin su ayuda.

Sin embargo, la expresión de Caleb —obviando la parte de que no solía tenerla—, era de curiosidad. Le causaba curiosidad saber quién era Jamie. No supo cómo tomárselo.

—¿Por qué preguntas por él?

—Alguna vez has mencionado su nombre en sueños.

—¿Hablo en sueños?

—A veces.

«Bueno, nunca te vas a dormir sin saber una cosa nueva sobre ti misma, ¿no?». O eso se dijo ella, que todavía trataba de recuperarse de la impresión.

—Es mi exnovio.

—Ah.

—Y… no recuerdo la mayoría de mis sueños, así que no sé por qué soñé con él.

—Ah —repitió—. ¿Y por qué es tu expareja y no tu pareja?

—¿A qué viene tanto interés en el tema?

—Las relaciones humanas son interesantes —comentó Caleb, pensativo—. Hacéis que las cosas más simples se vuelvan complicadas. Es… curioso.

—Vaaale, intentaré pensar que me hablas como a un ser humano y no como a un experimento social. No salgo con Jamie porque, con él, todo era complicado. Y puede que siga sintiendo algo por él, pero la parte negativa siempre cubría la positiva.

Caleb asintió lentamente.

—Así que por eso se rompen las relaciones. Por falta de positivismo.

—A ver, es un poco más complicado. A veces, las cosas buenas son tan potentes que te olvidas de las malas, y terminas en una relación de mierda durante años porque no sabes hacer balance.

—¿Eso te pasó?

—Más o menos, señor cotilla. ¿Y tú qué? Has dicho que nunca has tenido pareja.

—No.

—No me extraña. Si eres así de simpático con todo el mundo…

—Rara vez tengo la oportunidad de ser simpático. Mi trabajo consiste en rastrear a la gente y llevarla con Sawyer, no en hablar con ella.

En realidad, Victoria sabía la respuesta incluso antes de que se la dijera. Tan solo se lo había preguntado porque no le gustaba hablar de Jamie y quería desviar el tema. A veces, pese a odiarlo mucho, cuando hablaba de él acababa recordando las cosas bonitas. No le apetecía terminar esa noche llamándole para que se pasara por su casa. Y menos con el cotilla oyéndolos desde la escalera de incendios.

Por eso, cuando vio que Caleb estaba a punto de formular otra pregunta, se apresuró a interrumpirlo:

—¿Nunca has besado a nadie?

Él parpadeó lentamente, como si la pregunta fuera absurda.

—No.

—¿Y lo harías?

—Qué asco.

Para su sorpresa, se le escapó una carcajada. Caleb observó la reacción con un cierto toque de sorpresa. Lo hacía siempre que ella se reía, como si fuera lo más extraño del mundo.

—Entonces, nunca has sentido ese *querer* a alguien.

—Bueno…, no entiendo el término. Me parece un concepto muy abstracto. Ni siquiera los poetas, que para vosotros son los máximos exponentes en relaciones interpersonales y emocionales, han sido capaces de describirlo con precisión.

—Enhorabuena, acabas de hacer que el amor me parezca aburrido.

172

—No es aburrido —opinó Caleb—, pero creo que es mucho más simple de lo que intentáis hacer ver al mundo. Es un estímulo. Y los humanos os volvéis adictos a los estímulos con suma facilidad. Os gusta romper la monotonía. Y os gusta satisfacer vuestro sentimiento de pertenencia, percepción y aceptación ajena. En el fondo, que queráis sentiros *amados* tiene lógica, pero tan solo es una forma de suplir todas vuestras carencias.

Victoria se preguntó por qué había escondido el tequila tan pronto.

—Una visión muy romántica.

—Es realista. ¿O sabrías decirme lo que significa «querer a alguien»?

—Pues… no sé.

—¿No querías a Jamie?

—A ver, supongo que sí, pero… Nunca sentí ese clic, ¿sabes?

Como siempre que introducía un nuevo término, Caleb parpadeó como si se le hubiera reformateado el disco duro.

—¿Clic?

—Oh, vamos. Si has leído sobre el amor romántico, sabes lo que es. Cuando sientes mariposillas en el estómago, te tiemblan las piernas, no puedes pensar con claridad… Cuando conoces a alguien y se te hace imposible concebir la idea de que te has pasado toda una vida sin esa persona. Eso es el clic.

—Ah. El clic es dependencia emocional.

—¡Que no! Es… un sentimiento muy concreto. Cuando era más pequeña, me pasaba horas y horas leyendo libros y viendo películas románticas. Siempre quise que me sucediera a mí. Como si, por el simple hecho de querer a alguien, se terminaran todos mis problemas. Como si, con tener a alguien que me quisiera, ya estuviera salvada. Los protagonistas siempre sentían ese clic. Y, con los años, me he dado cuenta de que quizá nunca llegue a sentirlo. Ni siquiera me gustó nadie hasta que apareció Jamie. Y estaba tan ilusionada con la perspectiva de que fuera él, de que sería para siempre, que lo idealicé demasiado. Y luego me di cuenta de que no era perfecto. Y de que, aunque me encantaba la idea de que estuviera conmigo, no lo quería. Y…, en el fondo, siempre tuve la sensación de que me pedía mucho más de lo que yo le podía devolver.

Victoria permaneció en silencio unos segundos. O quizá fueron minutos, no lo sabía. Llevaba tanto tiempo evitando el tema con sus amigas que nunca se había puesto a analizarlo a fondo. Y, ahora que por fin tenía la oportunidad de decirlo en voz alta, se había quedado con una sensación un poco agridulce.

Caleb tampoco dijo nada. Ni tan solo la miraba. De alguna forma, se sintió como si intentara dejarle un poco de intimidad. Era... curiosamente tierno.

Caleb

La conversación se volvía... curiosamente interesante.

Aunque ver a Victoria en un estado de vulnerabilidad resultaba un hecho un poco extraño. Como ver a Iver llorando. O a Bex enamorada. A veces, según qué emociones no iban muy ligadas a la imagen que tenías de una persona. Y Victoria era tan irónica, tan bromista, que a veces se le olvidaba que todo consistía en una profunda capa para proteger su vulnerabilidad.

Todo aquello no iría en el informe. No entendió por qué, pero esa fue su primera conclusión.

La segunda fue que, aunque no sabía qué hacer en una situación de vulnerabilidad, por una vez sus instintos habían actuado por él. Se contempló las manos como si fueran lo más interesante del mundo, aunque de fondo oía el corazón irregular de Victoria. Y su respiración contenida. Rasgos habituales en personas que intentaban reprimir una emoción con muchas ganas. Solo que, en ese contexto, a él no le habría importado que la liberara.

Curioso. Con lo poco que le gustaban las emociones humanas...

—¿En serio nunca te ha gustado nadie? —preguntó ella entonces.

—Dudo que alguna vez haya querido a alguna persona.

Ahora que la conversación se había reanudado, se atrevió a mirarla de nuevo. Victoria se había abrazado a un cojín y lo observaba con confusión. Volvía a tener unos mechones de pelo sueltos en la frente. Formaban el cuadro perfecto para la arruga que se le había marcado entre las cejas.

—¿A nadie? —repitió—. Es imposible.

—No lo es.

—¡Claro que sí! El amor no solo se da en una pareja, también..., no sé, puedes querer a tus amigos. O a tu familia. A ese tal Sawyer, incluso. Es... algo así como tu figura paterna, ¿no?

Figura paterna. Caleb apretó los labios otra vez, solo que por un motivo muy distinto.

—No —murmuró—. Es diferente.

No estaba seguro de qué era, pero Victoria había visto algo distinto en él. Ella cambió a una expresión de arrepentimiento. ¿Cabía la posibilidad de que, por primera ver, temiera haber hecho la pregunta incorrecta?

Le invadió una sensación muy extraña. Una que tardó en catalogar como culpabilidad. ¿Por qué se sentía culpable?

—Sawyer no podría ser mi padre —añadió.

¿Y por qué daba explicaciones?

—Pero… fue quien te crio, ¿no? —preguntó Victoria con suavidad.

—Me refiero a que… no podría ser el padre de nadie. No sabe cómo hacerlo. Y ningún niño se merece un padre como Sawyer.

De nuevo, sentía la necesidad de explicarse. Quizá, por la forma en que esos ojos grises seguían clavados en él. Y porque, por primera vez en mucho tiempo, no sabía controlar sus propias reacciones. No se dio cuenta de que se frotaba las manos hasta qué dejó de hacerlo. Incómodo, clavó la mirada en la pared. Trató de concentrarse en algún estímulo, pero ahora todos estaban focalizados en Sawyer. En la voz de Sawyer. En el sótano. En la silla. En los libros.

Incómodo, trató de relajar los hombros. Imposible. Estallidos de recuerdos acudían a su memoria sin parar. No sabía cómo detenerlos.

—Una vez me preguntaste qué significa mi nombre —murmuró entonces.

Pese a que no la miraba, oyó el suave roce de Victoria contra el sofá cuando asintió con la cabeza.

—Caleb no es mi nombre.

—¿No lo es? ¿Entonces…?

—No tengo nombre. Nunca se molestaron en ponerme uno. Lo más parecido es la palabra que usa Sawyer pera referirse a mí. *Kéléb*.

Ella analizó la palabra, aún más perdida.

—¿Qué idioma es ese?

—No estoy muy seguro. Sawyer habla tantos idiomas que resulta difícil saber con cuál se está refiriendo a ti.

—Pues… el idioma en el que hablaste cuando nos conocimos, ¿verdad? El que usabas para hablar con tu compañero.

—No, eso es distinto. De pequeños, Sawyer nos hizo aprender un idioma único para comunicarnos entre nosotros. No tiene nombre. Tampoco lo habla nadie más que nuestro grupo. Y…, no lo sé, creo que es una mezcla de varios idiomas que conoce él.

175

Por fin se atrevió a mirarla. Victoria contemplaba su expresión con los ojos muy abiertos. Por primera vez, parecía creerse la información que le estaba dando. Y no solo se la creía, sino que era incapaz de procesarla.

—¿Y qué significa *Kéléb*?

Él apretó la mandíbula. Victoria reaccionó enseguida y con alarma.

—Lo siento. Si no quieres hablar de ello…

—Significa «perro». Por mis habilidades. Siempre le ha hecho mucha gracia.

Casi deseó que Victoria hiciera un comentario sinsentido. Uno de esos que le gustaban tanto. Pero no. Su silencio era incómodo; y su mirada, cargada de lástima, demoledora. No quería darle lástima.

—La mayoría de nuestros nombres equivalen al nombre de un animal —prosiguió—. Los demás han conservado el original, pero yo decidí cambiarlo un poco. Cuando conocí a Iver…, no sabía hablar demasiado bien, así que lo pronunciaba como «Caleb». Y acabé acostumbrándome a ello. Incluso llegó a gustarme. Por lo menos, Iver no lo usaba como un insulto.

Durante unos instantes, ambos permanecieron en silencio. Caleb había vuelto a frotarse las manos sin darse cuenta.

Y entonces notó una pequeña presión en el hombro. Su primer instinto fue apartarse de un salto, pero, afortunadamente, se contuvo a tiempo. Tan solo era la mano de Victoria, tratando de darle un poco de consuelo.

Fue una sensación… desconocida. No estaba acostumbrado a que nadie lo tocara. Y, sobre todo, no estaba acostumbrado a permitir que le pusieran una mano encima. El contacto lo hizo sentir incómodo, fuera de lugar y… reconfortado, por algún motivo que desconocía. Tan solo se trataba una mano en su hombro y la presión era mínima, pero reconfortante.

—A mí me gusta Caleb —murmuró Victoria—. Es un nombre bonito. Lo que importa no es cómo llegó a ti, sino lo que has hecho después.

Caleb seguía tenso por la mano en su espalda. Quizá por eso le extrañó tanto que sus hombros se relajaran. ¿Qué le sucedía?

—No sé si quieres saber todo lo que he hecho después —aseguró en voz baja.

—Te sorprendería lo que soy capaz de aguantar.

—Ya me he dado cuenta.

No lo decía de forma figurada; Victoria era bastante más dura de lo que podía parecer a simple vista. Y él siempre había apreciado aquella cualidad en la gente.

Entonces, Victoria retiró la mano. Con ese simple gesto, también rompió el momento que se había creado durante esos pocos minutos. Él se tensó de nuevo, y ella se puso en pie. Cada uno volvía a ser él mismo, apartado del otro. No entendió por qué lo incomodaba esa perspectiva.

—Debería irme a dormir —comentó Victoria—. Ya se me ha enfriado el té.

Caleb no dijo nada, pero observó sus movimientos mientras dejaba la taza en el fregadero. En silencio, Victoria volvió junto a él y le acarició la espalda a Bigotitos. Por supuesto, se había parado a ver si tenía comida y bebida de sobra.

La última mirada fue para él. La acompañó de una sonrisa.

—Buenas noches, X-Men.

Caleb no sabía qué añadir, y terminó por apartar la vista.

Victoria

Dormirse le resultó casi imposible. Quizá porque sabía que Caleb seguía en su casa. O porque aún daba vueltas a todas sus preguntas y respuestas.

Mientras acariciaba a Bigotitos, que se había tumbado sobre ella, se preguntó por qué quería averiguar tanto de ese chico. Después de todo, aquella relación había empezado con la vívida imagen de la tortura de Andrew. Y había continuado al espiarla. Debería estar asustada, ¿verdad? O, por lo menos, un poco tensa.

En algunos momentos todavía dudaba, pero en otros… sentía ternura. Cuando esa noche, después de dejar el abrigo y las llaves tiradas en el suelo, se despertó con la agradable sorpresa de que Caleb lo había recogido todo para ponerlo como a ella le gustaba. O al no tener que andar sola cuando iba y volvía del trabajo. O, incluso, cuando un día la atacó un dolor de cabeza insoportable y, mágicamente, se encontró un paquete de aspirinas encima de la mesita del salón.

Luego descubrió que Caleb las había robado, pero el detalle seguía siendo bonito.

Un poco confusa con el cambio de actitud respecto a la situación, Victoria volvió a moverse en busca de una posición cómoda. Bigotitos maulló, harto de que se agitara. Tardó más de una hora en quedarse dormida.

Caleb

No debería haber hablado tanto. Era lo único que podía pensar, una hora y media más tarde. No debería haber dado tantos detalles. ¿Qué haría si Sawyer se enteraba? Era poco probable, pero con Sawyer nunca se sabía.

Y su miedo no era lo que pudiera pasarle a él. Después de todo, Sawyer lo necesitaba y, aunque lo castigara, nunca sería tan severo como con una humana. Pero ¿y a ella? ¿Qué le haría a ella si se enteraba de que sabía tanto sobre sus vidas?

Debería volver a casa y dejar de pensar en ello. Sabía que regodearse en errores no servía de nada, porque ya los había cometido.

Y estaba a punto de marcharse cuando oyó el grito ahogado de Victoria.

Llegó a su habitación incluso antes de que terminara de proferirlo. Con la mirada, buscó el peligro en cada rincón del dormitorio. No había nada. Tan solo el gato, que continuaba tumbado a su lado y se lamía una pata.

Ah, otra pesadilla.

Parecía peor que las anteriores. Victoria tenía sueños muy vívidos y, de vez en cuando, pasaba minutos enteros temblando y gimoteando. Sin embargo, nunca había oído que su corazón retumbara con tanta fuerza. Ni que el sudor frío se le extendiera por el cuerpo con tanta rapidez.

Caleb apoyó la frente en el marco de la puerta, frustrado. Debía irse. No era problema suyo. Su trabajo no consistía en contarle nada, ni en ayudarla, ni en consolarla cuando tenía pesadillas; solo debía vigilarla. ¿Por qué no podía irse a su casa de una vez?

Al final, por supuesto, se acercó a ella.

El gato imbécil dejó de lamerse una pata en cuanto su compañera empezó a removerse. Ahora miraba a Caleb como si esperara que él hiciera alguna cosa. Su mirada de ojos dorados siguió cada movimiento con sigilo, incluso se apartó para dejarle espacio.

En realidad, mientras se sentaba a su lado, Caleb se dio cuenta de que no sabía qué hacer. Despertarla parecía una mala idea. Se le ocurría otra cosa, pero... ¿cuánto hacía que no lo intentaba?

Mientras ella inspiraba hondo y volvía a murmurar sinsentidos, Caleb se miró las manos y dudó. ¿Y si le causaba daño? Pero… ¿y si no hacer nada le causaba aún más daño? No sabía qué le pasaba por la cabeza, pero, evidentemente, nada bueno. Ni siquiera era comparable con sus anteriores pesadillas.

Caleb apretó los puños y volvió a abrirlos. Con las manos un poco más relajadas, se centró en Victoria. En sus ojos cerrados con fuerza. En sus labios entreabiertos. En las perlas de sudor frío que le coronaban la raíz del pelo. Lentamente, acercó la mano a su frente y le apartó los mechones de cabello castaño. Después, colocó la palma sobre sus ojos. Victoria se tensó todavía más ante el contacto, pero él trató de ignorarlo.

Una vez se concentró, entendió algunas de las palabras que decía. No tenían sentido. Eran murmullos cortados. Estaban cargados de culpabilidad. Apretó los dientes con fuerza. Las sienes le dolían.

—No pasa nada —murmuró—. Sigue durmiendo. No pasa nada.

En cuanto lo dijo por segunda vez, la cabeza empezó a dolerle de verdad. Una sensación muy extraña para alguien que no acostumbraba a sentir dolor físico. Trató de aguantarlo tanto como pudo. O tanto como necesitara Victoria, más bien.

Y entonces el cuerpo de ella se relajó. Los murmullos fueron desapareciendo y, finalmente, soltó un suspiro que le relajó incluso el ritmo del corazón. Lentamente, Caleb retiró la mano y la contempló unos instantes. Lo que fuera que la atormentaba, acababa de desaparecer.

El gato, por cierto, continuaba mirándolo fijamente. Por una vez, no parecía que se burlara de él.

El dolor de cabeza se hizo insoportable a medio camino de casa. No había usado esa habilidad desde el incidente de Iver, y su cuerpo no estaba reaccionando bien. Estuvo a punto de detener el coche varias veces, pero las ansias de llegar eran mucho más grandes que el dolor.

Una vez hubo cruzado la puerta principal, Iver y Bex supieron que algo iba mal. Ni siquiera se molestaron en comentar algo al respecto. Caleb lo agradeció, porque así pudo subir a su habitación de inmediato.

Con los ojos cerrados con fuerza, se quitó la chaqueta y la cinta elástica. Dejó todo el contenido de los bolsillos sobre la cama, todavía aguantándose las ganas de soltar una maldición. Le dolía todo. El ruido de las llaves tintineando… por poco hizo que se desmayara.

—¿Qué has hecho?

La voz de Bex llegó como un latigazo en el cerebro. Caleb tragó saliva, se tomó unos instantes y, finalmente, fue capaz de encontrar su propia voz.

—Nada.

—¿Quieres que llame a Iver? Quizá te pueda ayudar.

—No.

Aun así, Bexley no se movió de la puerta de su habitación. Pese a que no la veía, sabía que estaba preocupada.

—¿Estás enfadado porque usé mi habilidad con tu cachorrito?

Bueno, que pensara que su estado era enfado y no dolor… ayudaba. Caleb decidió seguir esa narrativa. Tras un asentimiento, se volvió hacia ella.

—Llegamos a un trato —murmuró de mala gana, aguantándose aún el dolor—. Dijimos que no usaríamos nuestras habilidades con nadie de la familia.

—Ella no forma parte de la familia.

—No, pero yo sí. Y estaba conmigo.

—¿Y cómo sé que tú no escuchas todas nuestras conversaciones?

—Porque me parecen banales y aburridas.

Bex soltó una risita divertida.

Mientras Caleb ordenaba sus cosas como podía, ella permaneció en silencio. La risa se había transformado en una pequeña sonrisa que no le cubría toda la expresión.

—Vi cosas muy interesantes en su cabecita —comentó.

—No quiero saberlas.

—¿Seguro? Aparecías en muchas de ellas.

Caleb vaciló un momento, pero luego lanzó la camiseta dentro del cesto de la ropa sucia como si nada. Por supuesto, Bex lo notó enseguida.

—¿Tanto miedo te da el futuro?

—No es miedo. Nadie debería saber lo que va a sucederle.

—¿Por eso nunca has querido saber qué vi en el tuyo?

Esa conversación se estaba alargando mucho más de lo necesario. Un poco irritado, Caleb escondió la pistola en la mesita de noche.

—¿Te gustaría a ti saber el tuyo? —preguntó de mala gana.

—No.

—Exacto.

—Caleb…, tengo que preguntarte una cosa. Y necesito que seas sincero.

Al menos, aquello sí que captó su atención. Dejó de pensar en su insoportable dolor de cabeza y se centró en ella. Bex ya no sonreía.

—¿Qué? —preguntó él.

—El cachorrito y tú…

—Se llama Victoria.

—Pues Victoria. Necesito asegurarme de que no incumplirás la cuarta regla con ella.

¿Bex hablando de reglas? ¿Y de *esas*, específicamente? Hacía tantos años que nadie las sacaba a relucir que, por un instante, Caleb no entendió a qué se refería.

—No voy a prometerte una tontería.

La respuesta dejó a su compañera un poco preocupada. Lo vio en su mirada. Y en cada detalle de su cuerpo tenso.

—¿Qué? —ladró él, ya un poco frustrado.

—Nada. Es que… Nada.

—No quiero saber qué viste en su futuro, Bex.

Ella esbozó una sonrisa llena de amargura.

—No…, no quieres saberlo.

10

Caleb

Por la mañana, el dolor remitió.

Victoria

Por la mañana, se sentía mucho mejor.

Caleb

Su móvil estaba sonando. Sawyer, por fin.

Victoria

Bigotitos se estiraba a su lado, perezoso y adormilado. Hora de darle de comer.

Caleb

—¿Qué tal con la chica? —preguntó su jefe.

Fue su modo de saludarlo, y él no supo qué decir. Esperaba una llamada, sí, pero no tan directa.

—Tengo bastantes detalles.

—Quiero el informe para mañana por la mañana.

—No hay problema.

—Así me gusta. Lo que me recuerda… que tengo una buena noticia para ti.

Caleb, de nuevo, no supo qué decir.

—¿Cuál? —preguntó al final.

—Tu trabajo ha terminado, puedes volver a los encargos de siempre.

Victoria

Sintió una presión muy extraña en el pecho. Como si hubiera alguna cosa que no iba bien. Y, sin embargo, su casa estaba tranquila y solitaria.

Y entonces lo entendió. ¿Dónde se encontraba Caleb?

Caleb

Permaneció en silencio tanto tiempo que Sawyer, al otro lado de la línea, empezó a extrañarse.

—Pensé que estarías más contento.

Y él también. Por eso no entendió su propia reacción. ¿Por qué se sentía como si hubiera dejado una cosa a medias?

—No me lo esperaba —admitió en voz baja.

—¿No? Llevas un mes tras ella. Creo que ya has cumplido como niñera. ¿Qué te parecería un trabajo sencillo? Tengo a un deudor cerca de tu zona. Podrías ir esta misma noche.

De nuevo, Caleb permaneció en silencio. Ni siquiera se había levantado de la cama, tan solo contemplaba el techo. Apretó los labios.

—Sí —se obligó a decir—. Está bien.

Victoria

Quizá estaba ocupado. O eso se dijo durante toda la mañana. Incluso se asomó varias veces a la escalera de incendios, pero siempre la encontraba vacía.

Un rato más tarde, a punto de volver a asomarse, le vibró el móvil.

Grupo: las tres mosqueteras

> **Margo:** han abierto un nuevo restaurante de sushi, bueno bonito barato vamos?

Dani: La última vez que fuimos a un restaurante de los tuyos, terminé con una gastroenteritis

Margo: y cómo sabes que no fue por otra cosa???

Dani: PORQUE EL PESCADO CRUDO EN MAL ESTADO NO SUELE SER UNA BUENA ELECCIÓN

Margo: pues yo staba perfecta

Vic: Porque estás hecha de veneno y no te afecta

Dani: Jajaja

Margo: me ire con otras amigas y os arrepentireis de todo este daño tan innecesario

Vic: Te queremos, pero no tanto como para que elijas restaurantes

Dani: Eso, eso

Al terminar la conversación, Victoria echó la cabeza hacia atrás. Tras unos instantes de duda, se asomó otra vez a la ventana. No había nadie.

Caleb

No debía despedirse de ella. El trabajo había terminado y, por lo tanto, cualquier lazo que los uniera acababa de desaparecer. Ahora podía volver a su vida habitual. Podía olvidarse de todo lo que había aprendido. Y, sobre todo, de ella.

Victoria

Por la tarde, tampoco apareció.

Caleb

Era lo mejor.

Victoria

Durante el turno del bar, empezó a preguntarse si le había ocurrido algo malo.

Caleb

Era… lo mejor.

Victoria

Por la noche, se planteó si volvería a verlo.

Caleb

Sí.
Era lo mejor.

11

Sawyer

Seguía repiqueteando un dedo sobre el móvil. Y pensaba, claro. Esa había sido su principal actividad durante todas aquellas semanas de encierro voluntario. Algunas veces, se preguntaba si se estaba cruzando la fina línea que separaba la precaución de la paranoia. Por la forma en que sus guardias lo miraban, se hacía una idea.

Se detuvo justo antes de morderse el interior de la mejilla. Su padre le había enseñado a no hacerlo. Con ese gesto que parecía todavía más infantil de lo que ya era. No podía parecer un niño. No después de tanto tiempo imponiéndose para que la gente no lo subestimara; no en un momento en el que todo dependía de que tomara las decisiones correctas.

En cuanto el guardia llamó a la puerta, Sawyer giró la silla para encararla. No necesitó decir nada para que esta se abriera y apareciera uno de sus chicos.

Axel no era su favorito. De hecho, no le caía particularmente bien. Era impulsivo, desorganizado y, honestamente, sucio. Tan solo podía cederle los trabajos más torpes, los que no requerían especial discreción. O esos en los que la suma no subía tanto como para preocuparse de si el sujeto vivía o moría. Al adoptarlo, supo que se metía en un problema perpetuo. Sin embargo, su habilidad resultaba útil. Y que no tuviera escrúpulos para usarla, todavía más.

No era su favorito, no. Pero, en casos como aquel, no necesitaba que el chico le cayera especialmente bien. Tan solo que fuera efectivo.

—Siéntate —le ordenó.

Axel lo hizo. Siempre supo que le daba miedo, quizá porque existía la posibilidad de que lo echara del grupo. O que lo separara de Brendan. Fuera lo que fuese, servía para que, dentro de la locura, mantuviera las ideas claras.

El chico se colocó ambas manos en las rodillas, un gesto habitual con el que prevenir que se movieran de arriba abajo sin parar. Quería ocultar su nerviosismo. Pobre idiota.

—¿Querías… algo? —preguntó el recién llegado, confuso.

Sawyer contuvo las ganas de suspirar. Si algo lo molestaba más que las estupideces, eran las preguntas innecesarias. Apenas habían empezado la charla y ya se arrepentía de haber pedido a Axel.

—Sí. Llevas un mes y medio sin encargos.

El aludido parpadeó varias veces. Después, se pasó una mano por el pelo teñido de blanco. Otro detalle que Sawyer nunca había soportado. Qué poco elegante.

—Creo que Caleb ha estado ocupado —trató de justificarse—. Y…, em…, nunca salgo sin compañero.

—Lo sé. Soy el que elige vuestros encargos.

—Oh, claro…

—Era una forma de introducir el tema de conversación —prosiguió Sawyer, ya harto de los balbuceos—. Ha llegado el momento de que demuestres que puedes trabajar solo.

—¿Sin Caleb?

En esa ocasión, no contuvo las ganas de poner los ojos en blanco.

—*Solo* —repitió.

—Oh.

—Hay un encargo pendiente. Se trata de un tema delicado. Quizá tengamos una única oportunidad de llevarlo a cabo, así que necesito a alguien que, a la hora de la verdad, no dude.

—No lo haré —aseguró enseguida.

Prácticamente estaba sentado al borde de la silla. Sawyer suspiró. Todos se creían adultos, pero, en el fondo, eran niños en busca de aprobación.

Sin embargo, era justo lo que buscaba. Por eso había llamado a Axel y no a ninguno de los demás.

—Bien. —Sonrió con los labios apretados—. Eso quería oír.

—¿Cuál es el encargo? —Por su forma de preguntar, cualquiera habría dicho que Axel estaba a punto de salir corriendo para ponerse a ello—. ¿Cuántas personas habrá?

—Una chica. Vive sola, así que debería ser fácil.

—¿Una chica sola? —repitió, un poco decepcionado—. Pensé que era algo importante.

—Si no fuera importante, no lo habría calificado como tal.

De nuevo irritado por su incompetencia perpetua, Sawyer arrastró una carpeta por encima de la mesa. Axel se hizo con ella en cuanto él dejó de tocarla, como si le diera miedo quitársela antes de tiempo.

Mientras este leía rápidamente la hoja de información que había recibido, Sawyer sacó un cigarrillo y se lo llevó a los labios. Notaba la boca seca; últimamente, había fumado mucho más que de costumbre, debía controlarse. O quizá se preocuparía de ello una vez el trabajo se hubiera completado.

—¿Qué hago con ella? —preguntó Axel, confuso.

Sawyer se detuvo a mitad de camino de acercarse el mechero.

—¿Su cara no te resulta familiar?

—Em…, ¿debería?

Por cosas como aquella, prefería a Caleb.

—Es la chica del bar. La que os vio tanto a ti como a tu compañero.

—Oh… ¡Oh! Es verdad.

—Sí, es verdad. —De nuevo, el tono condescendiente—. Tienes toda la información que necesitas. Mátala.

Una frase que habría escandalizado a otra persona, pero que a Axel apenas lo hizo parpadear. Continuó leyendo la hoja con sumo interés y terminó por asentir con entusiasmo.

—¿Cuándo?

—Cuanto antes.

—Lo haré. No hay problema.

—No lo esperaba. —Otra sonrisa de labios apretados—. Cumple con este encargo y me pensaré mejor tu petición respecto a Brendan.

Axel asintió, de nuevo con fervor. Se le había iluminado la mirada. Con el papel apretado firmemente en la mano, se incorporó y salió del despacho.

Una vez a solas en la oficina, Sawyer por fin se encendió el cigarrillo.

12

Victoria

Despertó sobresaltada. Tenía el cuerpo cubierto de sudor frío y las mejillas húmedas. Síntomas de una pesadilla previa. Podía imaginarse cuál había sido. Desde que Caleb había desaparecido de su vida, le parecía mucho más intensa.

Lo que le faltaba ya… Pillarse del rarito con poderes.

Y, peor aún, echarlo de menos.

Con los músculos tensos, se incorporó y avanzó lentamente hacia el cuarto de baño. Necesitaba una ducha.

Y, mientras esperaba a que el agua se calentara, se preguntó cómo estaría Caleb. Si también se sentiría raro. Si también le habría costado volver a su rutina de siempre.

Caleb

Había abierto la ventana. El viento era un cuchillo de hielo, pero su piel no podía absorber aquella temperatura. Para él, apenas era una caricia. Una brisa sinsentido. Como había hecho en varias ocasiones esos días, quiso sentir frío. Y dolor. Incluso emociones.

Contempló el patio trasero. La hierba. Los árboles. La casita que, unos años atrás, habían construido en la copa de uno de ellos. Recordaba haber pasado poco tiempo en ella, pero siempre le había parecido un lugar seguro. Uno que, por lo menos, se alejaba de lo único que siempre había conocido.

Al sentir una gota de agua en la mejilla, se preguntó si había llorado alguna vez. Curioso, porque nunca se lo había planteado.

Mientras cerraba la ventana, se preguntó cómo estaría Victoria. Si también le habría costado volver a su rutina de siempre.

Victoria

En cuanto abrió la puerta de la ducha, se escapó un vaho de vapor que la envolvió de arriba abajo. Odiaba tener frío, así que se apresuró a envolverse en una toalla de florecitas moradas. Su favorita. Después, se miró en el espejo.

Tenía aspecto de estar cansada. Quizá debido a la pesadilla. O quizá, de alguna forma extraña, se sentía un poco sola. Como si faltara alguien en aquel apartamento, aunque fuera en la escalera de incendios.

Era absurdo. Totalmente absurdo. Irritada, empezó a secarse el pelo con una toalla. No se le pasó por alto que Bigotitos entraba corriendo en el cuarto de baño para esconderse entre sus piernas. Nunca le habían gustado las tormentas. Y mucho menos cuando venían de la mano de truenos como el que acababa de sonar.

Caleb

Para alguien que odiaba los sonidos fuertes, una tormenta podía traducirse como el verdadero infierno. Irritado por el trueno que acababa de sonar, empezó a frotarse las sienes.

Victoria

Y…, mierda, se había quedado sin pijamas.

Una vocecilla en su cabeza le dijo que, si no esperara para lavarlos todos a la vez, quizá siempre tendría uno en el armario. Pero entonces no ahorraría agua. Y cada monedita conservada era una monedita que podía gastarse en comida *premium* para Bigotitos.

Al final, se puso una camiseta ancha y unos pantalones de deporte. Los que le había regalado Margo para que fuera al gimnasio con ella, pero que al final nunca había llegado a usar. No eran tan suaves como sus pijamas.

Un nuevo trueno hizo que buscara al gato con la mirada. Lo encontró enredado en sus sábanas, temblando de pies a cabeza. Con una mueca de lástima, Victoria lo cogió en brazos, todavía envuelto, y le escondió la cabeza en su propio cuello. Había leído, poco después de adoptarlo, que los gatos podían calmarse con el latido del corazón de los dueños. Esperaba que funcionara.

Mientras Bigotitos se relajaba, ella contempló la ventana, la que seguía rota, la que probablemente no volvería a darle ninguna visita no deseada. Con un poco de nostalgia, recordó que no tenía ninguna forma de contactar con Caleb.

Caleb

Los truenos le resultaban insoportables. No podía aguantarlos un segundo más. Consideró la posibilidad de bajar al sótano, incluso. Aquel era el nivel de desesperación.

Pero no hizo falta. En cuanto llegó a la planta baja, se encontró de frente con los mellizos. Estaban sentados en el sofá del salón, uno con los brazos cruzados y la otra con los pies apoyados en la mesita. La elección había sido una película de vaqueros en blanco y negro, de esas que Iver veía constantemente. Otro detalle que Caleb nunca había entendido por completo.

—¿Estás bien? —le preguntó Iver.

Sin siquiera mirarlo, podía sentir la tensión que emanaba.

Al no recibir respuesta, su amigo le echó una ojeada de preocupación. Su ojo bueno lo analizó con cautela, buscando la raíz del problema. Puede que no la encontrara. O puede que encontrara demasiadas. En todo caso, su postura se tensó un poco más.

Su hermana, al notarlo, pausó la película y se centró en ellos.

—¿Qué pasa? —preguntó.

—No lo sé —admitió Iver—. Quizá piensa en su cachorrito. ¿Vas a abrazarla para que no la asusten los truenitos?

—Y a cantarle una cancioncita de amor —añadió Bex.

—Pobre. ¿Te imaginas cómo sería que él cantara?

—Peor que los truenos, seguro.

Caleb no respondió. La tormenta había amainado un poco, de forma apenas perceptible, pero lo suficiente como para que pudiera volver a pensar con claridad. Contuvo un suspiro de alivio.

—No, en serio —insistió Iver—, ¿qué te pasa?

—¿Sigues enfadado por la deuda de su hermano? —preguntó Bex, a su vez—. ¡Solo hacíamos nuestro trabajo!

—Y yo solo hacía el mío —respondió Caleb al fin—. ¿Habéis encontrado a Ian?

Su amiga negó con la cabeza.

—Sawyer nos dijo que lo dejáramos estar, que tenía otros planes respecto a esa deuda.

—Y Axel ha estado muy subidito desde esta mañana, así que se lo habrá pasado a él.

—¿Te imaginas a Axel trabajando solo?

—Es como soltar a Godzilla en un supermercado.

—En la sección de frutería.

—¿Por qué frutería?

—No sé. Me ha hecho gracia imaginármelo lanzando bananas.

Mientras ellos hablaban, Caleb había desconectado completamente de la conversación. Varios puntos carecían de sentido. Y cuando empezaban a cobrarlo, se volvían todavía peores.

Sawyer no perdonaba deudas.

Axel no trabajaba solo.

Y él ya no vigilaba a Victoria.

Sentía que había una conexión. Un detalle que se le estaba pasando por alto y que daría sentido a toda la historia. No obstante, estaba en blanco. El dolor de cabeza no lo ayudaba. Y que no tuviera información directa de Sawyer, menos. En la llamada ya le percibió una actitud poco habitual, pero… ¿todo el resto?

Lo invadió un sentimiento… particular. ¿Culpabilidad? No. ¿Por qué iba a sentirse culpable? No tenía nada que ver con la chica. Tan solo había trabajado junto a ella durante un mes y medio. Si Sawyer deseaba proceder con ese encargo con otra persona, no debería involucrarse.

Aunque… ¿Axel?, ¿a solas? No era un perfil habitual para objetivos discretos. Para vigilar sin ser visto. Para recaudar información. Era más bien la clase de medio al que acudías para…

De pronto, sintió un escalofrío. Una sensación totalmente nueva, porque no recordaba haber sufrido uno en la vida.

—¿Qué pasa? —insistió Iver, ahora un poco preocupado.

—No lo sé —admitió él.

Y, aun así, lo siguiente que hizo fue salir de casa.

Victoria

Cómo odiaba las tormentas. Y los fuegos artificiales. Y cualquier cosa que perturbara la paz de su pobre Bigotitos, al que dejó escondido entre almohadas y sábanas.

No pudo recuperar el sueño. Entre la tormenta, la pesadilla y la sensación extraña de que le faltaba algo, le resultaba imposible. Así que fue directa a la cocina y, tras comprobar que eran las tres de la mañana, terminó por hacerse un té. La peor idea del mundo para alguien que no podía conciliar el sueño, pero ya había tirado la toalla.

Estaba llenando una de sus tacitas, la de Calcuta, cuando oyó el inconfundible sonido de la ventana abriéndose de un golpe. El ruido de los cristales temblando la hizo a ella estremecerse de arriba abajo. La puñetera tormenta. Como se rompiera, su casero iba a...

—Tenemos que irnos.

Si la ventana no había bastado, la voz de Caleb justo al lado de su cabeza podría haberle provocado un infarto. Alarmada, soltó la tetera de golpe y el contenido se derramó en la encimera. La única suerte fue que no se rompiera.

Efectivamente, el X-Men estaba de pie justo detrás de ella. Se había quedado tan pasmada que apenas pudo procesar que, por una vez, no llevaba chaqueta. Y que tenía marcas de gotas de lluvia esparcidas por la camiseta de manga corta.

—¿Qué...? —trató de preguntar.

—Tenemos que irnos —repitió él.

La urgencia de su voz la pilló un poco por sorpresa. No estaba acostumbrada a que sonara tan preocupado. Y, aun así, en medio del *shock* inicial, trató de recoger la tetera.

Caleb debió de considerar que estaba perdiendo el tiempo, porque la cogió de la muñeca y, sin dudarlo, tiró de ella hacia el pasillo. Para cuando ella quiso darse cuenta, ya estaban en la habitación.

—Pero ¿se puede saber qué haces aquí? ¡No me...!

Más perdida se quedó cuando vio que la arrastraba directamente hacia la ventana. Victoria sospechaba que podría haberla sacado por la fuerza, pero, cuando plantó los pies en el suelo, él se detuvo y la miró con impaciencia.

—Pero ¿se te ha ido la pinza?

—Nos vamos. Ahora.

Bueeeno, era difícil discutir con alguien que te miraba como si tuviera toda la intención de lanzarte por la ventana. Y más con alguien como Caleb, que cuando se irritaba daba un poco de miédito.

—No puedo irme —insistió ella—. Bigotitos…

—Volveré a por él.

—¡No puedo dejarlo solo cuando tiene tanto miedo! ¿Y si le ocurre algo malo? ¿Y si…?

Antes de que pudiera terminar la frase, Caleb soltó lo que supuso que sería una maldición en su idioma raro. Acto seguido, fue a por el pobre Bigotitos y se lo cargó en el brazo. Pese a que el animalillo se puso a maullar en señal de protesta, Caleb le hizo caso omiso.

—No hay tiempo —explicó, muy serio—. Agárrate fuerte.

—¿Agarrarme dónde?

Debió de suponer que se refería a él, porque lo siguiente que supo fue que el mundo se había vuelto del revés. Y que, por algún motivo que seguía sin comprender, Caleb se la había cargado sobre el hombro.

Pasmada, Victoria encontró la mirada de Bigotitos tras su espalda. Incluso el gato se había quedado sin maullidos.

No fue totalmente consciente de lo que sucedía hasta que, de pronto, empezó a sentir las gotas de lluvia y el aire frío.

—Caleb. —Su voz sonó temblorosa, aterrada—. Más te vale no hacer lo que creo que vas a hacer.

—¿Estás bien sujeta?

—¡No te atrevas a…!

MIIIAAAUUU.

—¡AAAH!

De no haber sido por los truenos, probablemente toda la ciudad habría oído sus gritos de pánico.

Y es que Caleb, con toda la calma del mundo, había saltado desde el tercer piso.

Fue la eternidad más corta de su vida. Durante unos instantes que se alargaron hasta la locura más absoluta, sintió el vacío de su estómago. La tensión de sus músculos. El viento en la cara, echándole el pelo hacia atrás. Se agarró con tal fuerza al cuerpo de Caleb que creyó que le había atravesado la piel con las uñas, pero sospechaba que las zarpas de Bigotitos habían sido mucho peores.

Y entonces el X-Men aterrizó en el suelo. Fue brusco y repentino, pero mucho más suave de lo que habría podido imaginar. El golpe contra el abdomen la dejó sin respiración unos segundos, y llegó a pensar que continuaba soñando. Fueron las gotas de lluvia, cuya frialdad ya apenas notaba, las que la despertaron de nuevo.

—¿Sigues viva? —le preguntó Caleb.

—N-no…, yo… no…

—Bien.

Y echó a andar con ambos en brazos.

Llegaron a un coche desconocido en un intervalo que no tenía sentido alguno. O quizá ella seguía en *shock* y era incapaz de controlar el tiempo. Fuera como fuese; a continuación, supo que Caleb la había sentado en el asiento del copiloto y daba la vuelta al coche con el pobre Bigotitos en brazos.

A este lo dejó en el asiento trasero. El gato estaba tan tieso que, cuando le puso el cinturón de seguridad, apenas reaccionó.

Y entonces ya tenía a Caleb sentado a su lado. No solo eso, sino que ya había sido capaz de arrancar, dar marcha atrás y salir del callejón con un solo movimiento de volante. El acelerón fue brusco, pero, comparado con el salto anterior, Victoria apenas lo sintió.

La pregunta de Caleb, hecha con tanta casualidad, fue la que la sacó de su ensoñación:

—¿Estás bien?

La pobre Victoria, que se debatía entre una neumonía, un infarto y un ataque de pánico…, no estaba bien.

Se volvió hacia él, furiosa.

—Pero ¡¿qué coño te pasa?!

Pese a su grito, Caleb no reaccionó. Seguía con la mirada clavada en la carretera. Y, por cierto, conducía a una velocidad que, en cualquier otra ocasión, quizá también le habría provocado un infarto.

—¿Estás bien? —repitió con calma.

—¡¡¡Pues claro que no estoy bien!!! ¡Acabas de saltar tres puñeteros pisos conmigo sobre el hombro! ¡Y después de desaparecer durante varios días!

—Correcto.

—¡Podríamos haber muerto!

—Si hubiera habido una mínima posibilidad de morir, no habría saltado.

—¡Pues la gente normal, cuando salta tres pisos, suele matarse!

—Pueden sobrevivir con las rodillas fractur…

Por primera vez desde que se conocían, Caleb se dio cuenta de que no era el momento de dar una lección. A pesar de que no había visto la mirada que Victoria le estaba echando, pareció que se encogía un poco y apretaba el volante.

—Era necesario —concluyó, ya no tan seguro.

—¿El qué? ¡No me has explicado nada!

—Primero tenemos que alejarnos de tu casa.

Caleb

Que Victoria no hiciera más preguntas era toda una novedad; quizá, a causa del enfado, porque se pasó el resto del camino con los brazos cruzados y el corazón acelerado. El gato, todavía paralizado en el asiento trasero, pareció soltar algún que otro suspiro de alivio.

No se arrepentía de lo que había hecho. Era para protegerla. De haberse quedado mucho más tiempo en aquella zona, Axel la habría encontrado. Y, por lo que había estado escuchando y viendo, parecía que nadie los había seguido. La ejecución no había sido elegante, pero sí efectiva.

Menos mal que no había puesto la dirección exacta en el informe. Bendito el momento en que escribió que no había encontrado nada relevante y, por lo tanto, era innecesaria. Bendito el momento en que Sawyer no se la había reclamado.

Lo peor era saber que no sería una solución definitiva. Tendría que dejarla sola en algún momento. O Axel la encontraría en cualquier otro. Imaginarse a Axel haciéndole lo mismo que a… No, no iba a permitirlo. No podía.

Debían ser listos. Y debía asegurarse de que Victoria podía serlo en nombre de ambos, porque él iba a tener muchas más distracciones.

—¿Cuánto tiempo seguido puedes correr? —preguntó.

Ella tardó unos segundos en responder. Con una mirada de agotamiento, prácticamente le atravesó el cráneo.

—¿De qué puñetas hablas ahora?

—Responde. Por favor.

Tras un suspiro, Victoria descruzó los brazos para frotarse la cara con las manos.

—No lo sé. No soy muy deportista.

—Pues deberemos mejorarlo.

—¿El qué?

—Tu capacidad de resistencia. Llegados a cierto punto, tu vida puede depender de ello. Y de saber defenderte sola.

—Pero si ahora llevo guardaespaldas, X-Men.

—No estaré aquí para siempre. Cuando todo esto termine, volverás a estar sola.

Victoria pareció entender que hablaba en serio, porque se le borró la sonrisa cansada y —supuso él— irónica. Su corazón se aceleró de nuevo. Miedo.

No quería asustarla, pero… ¿qué remedio?

—Tienes que aprender a defenderte —insistió—. Odio decirte esto, pero eres una chica joven y preciosa, y vives sola en un barrio que no es precisamente el más seguro de la ciudad. Por no hablar del lugar donde trabajas. No debería ser así, pero, aunque no fuera por Axel, algún día podrías necesitar defenderte para sobrevivir. ¿Lo entiendes?

Esperó una respuesta.

Y… siguió esperando.

¿Había sido muy duro? Contaba con que no, aunque le costaba mucho entender en qué punto empezaba la dureza y terminaba la sinceridad. Y la preocupación. Porque, sí, estaba preocupado. Qué curioso.

Ya impaciente, le echó una ojeada. Victoria se había quedado con los labios entreabiertos.

—¿Crees que soy preciosa? —preguntó.

Madre mía. ¿Es que esa chica tenía el instinto de supervivencia enquistado? ¿No había oído toda la parte del peligro y, sobre todo, de Axel?

—¿Esa es tu conclusión? —preguntó, molesto.

—¿Lo crees o no?

—No es que lo crea, es que lo eres.

Seguía un poco escandalizado porque hubiera ignorado el resto de la información. Supuso que, dadas las circunstancias, continuaba en estado de *shock* y era incapaz de reaccionar con naturalidad.

Victoria volvió a fijar la vista hacia delante. Sin su mirada sobre él, Caleb sintió que se le relajaban un poco los hombros.

—Nunca me habían llamado «preciosa» —admitió en voz baja—. «Guapa», sí. Alguna que otra vez. Pero nunca «preciosa».

Él estaba tentado a insistir en la seguridad. Al final, decidió dejarlo hasta que Victoria estuviera más centrada.

—«Preciosa» y «guapa» son conceptos totalmente distintos.

—Es casi lo mismo.

—No. Cualquiera puede ser guapa, pero casi nadie puede ser preciosa.

Ya no sabía ni de qué hablaba, pero era lo más honesto que podía aportar. Y, además, parecía que a Victoria le estaba gustando. Su ritmo cardíaco iba disminuyendo a la vez que su pequeña sonrisa aumentaba.

Por fortuna, llegaron a la vieja granja antes de que pudieran seguir tratando temas banales.

Victoria, al ver que aparcaba, se asomó mejor a la ventanilla para observar la casa que tenía enfrente. Parecía… ¿sorprendida?, ¿impresionada? Caleb estaba muy familiarizado con los adjetivos negativos, pero los positivos lo tenían un poco perdido.

—¿Vives aquí? —preguntó ella.

—Sí.

—Joder.

—Vamos.

Caleb era mucho más rápido que ella, así que recogió al gato bajo un brazo y dio la vuelta al coche. Estaba tentado a volver a cargarse a Victoria sobre el hombro, pero dudaba que fuera a tomárselo demasiado bien. Además, a esas alturas le parecía un poco innecesario.

Aun así, quería que fueran rápidos, por lo que abrió la puerta y le ofreció la mano libre.

Por la cara de Victoria, cualquiera diría que aquello era lo más raro que le había sucedido en todo el día. Y había saltado de un tercer piso. Para una humana, debería ser un hecho bastante remarcable.

Finalmente, aceptó su mano. Era más pequeña que la de Caleb. De nuevo, deseó poder sentir la temperatura exterior, solo por saber si estaba cálida o fría. Solo por… curiosidad.

Victoria

En cuanto entraron en la casa, Caleb dejó a Bigotitos en el suelo. Pese a que este no sabía dónde se encontraba, se apresuró a meterse en una sala contigua para empezar a investigar. Por lo menos, se había olvidado de la tormenta.

Bajo otro contexto, Victoria se habría atrevido a mirar alrededor. A investigar la casa como su gato, a ver dónde vivía Caleb, si algún elemento de los que la rodeaban servía para explicar su singular actitud. En esa ocasión, no obstante, fue incapaz de fijarse en nada.

Caleb cerró la puerta principal tras echar una ojeada al exterior. Mientras se ocupaba de asegurarla con una alarmante cantidad de cerrojos, Victoria se vio distraída por un sonido muy particular. Uno que, en cualquier otra casa, no le habría llamado la atención en absoluto. En esa, sin embargo, se sintió como si aquella locura se multiplicara.

De forma inconsciente, se metió en la sala opuesta a la de Bigotitos. Una cocina. Una muy grande, por el análisis superficial que logró en esos pocos instantes. Lo que más captaba su atención no era el decorado, sino el chico que removía el contenido de una sartén mientras tarareaba felizmente y movía el culo de un lado a otro.

Curiosamente, lo que más le impactó fue el delantal que llevaba. Rosa con puntos blancos. No porque fuera totalmente en contra de la estética que había visto en otras ocasiones, sino porque podría ser suyo.

Bueno…, ver al chico de la cicatriz tarareando y bailando mientras cocinaba no estaba en su lista de predicciones del año. Pero, analizándolo bien, prefería esa versión antes que la del callejón.

Estaba tan distraído que no se percató de su presencia. Quien sí lo hizo fue la chica, Bexley, que se encontraba sentada en un taburete junto a la isla y hojeaba una revista sin prestarle mucha atención. A diferencia de su hermano, ella sí que llevaba puesta su ropa habitual.

Victoria —que la última vez apenas se había atrevido a mirarla a la cara—, estaba tan ensimismada que permitió que sus miradas conectaran. Se olvidó, incluso, de que quizá Bexley podía usar sus poderes otra vez. Pero sus ojos permanecieron del mismo color castaño. No hubo rastro de la pequeña sombra oscura que las había cubierto al verle el futuro.

—¿Qué…? —musitó la pelirroja—. ¿Caleb?

Quizá estuviera enfadada, pero sonaba mucho más horrorizada que furiosa. No supo si aquello era todavía peor.

—¡La princesa ha vuelto a casa! —canturreó Iver, concentrado aún en su receta—. Después de la salida dramática, pensábamos que no te veríamos más hasta que el carruaje se transformara en una calabaza gigan…

A media frase, el chico se dio la vuelta. Y ahí se quedó la media frase, porque jamás llegó a terminarla. Tan solo contempló a Victoria, con la mandíbula desencajada y la sartén todavía en la mano. De hecho, estaba tan pasmado que el contenido estuvo al borde de derramarse, pero no se percató de ello.

—¿Qué…? —repitió, igual que su hermana.

—¿Qué has hecho? —susurró Bex—. ¿Qué hace el cachorrito aquí?

Caleb apretó los labios.

—No la llames así.

Y Victoria, que todavía no se había ubicado y seguía en estado de parálisis emocional pasajera, hizo lo peor posible en una situación como aquella.

Empezó a reírse del delantal.

Lentamente, todos se volvieron hacia ella. No tardaron en deducir cuál era el origen de su risa histérica y llena de pánico. Bex fue la primera y, para su asombro, apretó los labios para ocultar una sonrisa. Caleb se limitó a suspirar.

Iver, en cambio, clavó tal mirada tenebrosa en ella que se le cortó la risa. Y la respiración, ya de paso.

—¿De qué te ríes?

Ya no se reía, pero no pareció importarle mucho.

—De nada —aseguró en un hilo de voz.

—No, no. Ahora, te acercas aquí y me dices qué te ha hecho tanta gracia.

—No la asustes —intervino Caleb, muy serio.

Iver, indignado, la señaló con la mano abierta.

—¡Se estaba riendo de mí!

—No tienes ninguna prueba convincente de que fueras el motivo de su risa, así que cálmate.

La situación iba alcanzando nuevos grados de surrealismo. De repente, Iver lanzó la sartén llena contra el fregadero. De forma milagrosa, el contenido terminó desapareciendo por donde correspondía.

—Pues vale —espetó, furioso, mientras se desataba el delantal—. La próxima vez, que cocine vuestra puñetera humana.

Bexley se señaló.

—¡Yo no he dicho nada!

—¡Te has reído y, por lo tanto, has elegido bando!

—Pero… ¡es que era gracioso!

—Tu pelo sin trenzas sí que es gracioso. Pareces Lord Farquaad.

—Gilipollas. ¡Y tú pareces Shaggy!

—¡Al menos, mi personaje es divertido!

Desde luego, la segunda impresión de los mellizos era más positiva que la primera. O menos tenebrosa.

Bex se volvió de nuevo para observar a los recién llegados. Victoria se vio reflejada en ese gesto; pasar de discutir con tu hermano a olvidarlo completamente y centrarte en un objetivo común.

—Hermanito —murmuró Bex con media sonrisita—, ¿por qué discutimos entre nosotros?

—Porque es lo único que sabemos hacer.

—Y lo único que sabe hacer Caleb es seguir las normas.

—Oooh… Verdad. —Iver imitó su sonrisa—. Y acaba de incumplir una, ¿no?

—Una muuuy gorda.

—¿Qué pensará Sawyer?

—Con nosotros le daría igual.

—Pero ¿con su niño favorito?

—Uuuf, estará furioso.

—Perfecto para pedirle una subida de sueldo.

Pese a que intentaban provocarlo, Caleb apenas reaccionó. Victoria había ido echándole ojeadas llenas de curiosidad y temor, pero él permanecía tan impasible como de costumbre. Su mirada le recordaba a la que había mantenido durante sus primeros días juntos; esa que, por un tiempo, ella había considerado como de indiferencia. Ahora tenía la teoría de que tan solo la fingía.

Los hermanos empezaron a reírse. Para cuando terminaron con la diversión, ambos estaban observando la reacción de Caleb. Victoria supuso que entonces se dieron cuenta de que su amigo no sonreía. Ni se unía a las bromas. Poco a poco, las sonrisas se fueron evaporando y dejaron paso a expresiones mucho más confusas y…, sí, de temor.

Oh, si ellos estaban asustados…, ¿qué puñetas iba a hacer ella?

—¿Qué? —preguntó Iver.

La diversión había quedado completamente olvidada.

—Despacho —musitó Caleb.

Con tan solo esa palabra, desapareció de la cocina con una velocidad que Victoria no consiguió captar con su pobre mirada de humana. Parpadeó varias veces. Logró captar el intercambio silencioso entre los dos hermanos antes de que Iver desapareciera, a una velocidad más normal, tras Caleb.

Y, así, se quedó a solas con Bex.

Por estúpido que sonara, que hubiera otra chica en toda aquella ecuación le daba un poco de tranquilidad. No tenía sentido; en el fondo, Bexley formaba parte del grupo de X-Men y podía ser tan mala como Axel. Pero, ya que Caleb confiaba en ella, Victoria se sintió algo más segura.

Ahora que estaban solas, la pobre humana no sabía qué hacer. Tras un ademán de decir alguna frase ingeniosa, acabó por cerrar la boca y mirar alrededor. Podía sentir los ojos castaños de Bexley analizando cada centímetro de su expresión.

—Em... —murmuró Victoria—. Bonita casa.

La chica no respondió de inmediato. De hecho, continuó analizándola con la expresión seria. Y entonces, por suerte, cerró la revista y se puso de pie.

—¿Tienes hambre? Hay un poco de todo.

Victoria no tenía hambre. De hecho, no sentía absolutamente nada más que ansiedad. Si comía algo, temía vomitarlo en cuestión de segundos.

Sin embargo, comer le pareció mejor alternativa que quedarse ahí plantada sin nada que hacer. Se sentía lo suficientemente desesperada como para arriesgarse.

—Cualquier cosa está bien.

—¿Pescado al horno? Creo que lo ha hecho esta tarde. Tiene patatas y... ¿verduras, creo? Sí, creo que son verduras.

—Perfecto.

—Genial. Siéntate donde quieras.

Y eso hizo. Lentamente, se subió a uno de aquellos taburetes color crema. Eran mullidos, tapizados y con las patas de madera brillante. Seguro que uno solo valía lo mismo que su alquiler mensual.

Mientras miraba cómo Bexley sacaba la bandeja de la nevera y le servía una ración en un plato, no pudo hacer otra cosa que sentirse fuera de lugar. La cocina era inmensa. Y, ahora que tenía un poco más de tiempo para analizarla, empezó a intimidarla un poco. Techos altos, lámpara de tiras alargadas, encimera de mármol, electrodomésticos blancos, suelos de porcelana, todo tipo de accesorios para hacer cualquier receta que se les pudiera ocurrir... Incluso la puerta del fondo, que parecía llevar al jardín trasero, era del tamaño de una de las paredes de su casa.

Sí…, se sentía fuera de lugar. Como era lógico.

Victoria recordaba la casa de sus padres, que era lo más cercano al lujo que había tenido en la vida. Se trataba de una construcción urbana, de fachada azul y tejado gris, dos pisos, sótano para la caldera y jardín trasero con una barbacoa que habían heredado de su abuelo. Tenía una habitación solo para ella —aunque pequeña— y a veces montaban fiestas en el salón, que contaba con un sofá y una chimenea. El hecho de meter a treinta personas en su casa ya la había coronado entre sus compañeros como la más privilegiada de la clase. Se preguntó qué pensarían si vieran aquella casa tan grande.

El sonido del plato contra la encimera la devolvió a la realidad. Bex acababa de dejárselo con pocas ganas, junto a los cubiertos, la servilleta y un vaso de agua. También le acercó el salero.

—Iver no suele comerse lo que cocina —dijo ella, casi como si se disculpara—. No siempre calcula bien las cantidades de especias.

—Oh, em…, gracias.

—Si no fuera tan amargado, seguro que se alegraría de tener a alguien que pruebe sus platos.

Victoria no supo qué decir, así que se limitó a contemplar su plato. Olía bien. Muy muy bien. Merluza perfectamente dorada con patatas, tomates y espárragos. Incluso tenía un toque de limón. Le recordó a la receta que solía prepararle su vecina, la señora Gilbert. Aquello hizo que se planteara si ella estaría bien, aunque no tuviera nada que ver con su situación.

—¿No te apetece? —preguntó Bex.

La aludida asintió y, rápidamente, se metió comida en la boca. No tenía hambre, pero estaba tan delicioso que se le escapó un murmullo de aprobación. Por lo menos, pareció que Bex se quedaba satisfecha.

El señor cicatriz-tenebrosa-y-delantales-graciosos resultó ser un buen cocinero. ¿Quién lo habría dicho?

—No quiero sonar entrometida —murmuró Victoria mientras cortaba un poco más de pescado—. Pero…, em…, ¿por qué cocináis si no…?

—¿Si no comemos? A mi hermano le gusta. Y, aunque no lo necesitemos, de vez en cuando podemos disfrutar de alguna cosita. Mi favorito es el pastel de chocolate. Creo que encontró la receta en uno de los libros de la casa.

Victoria asintió. De nuevo, la miraba fijamente y se sintió un poco intimidada. Temía que volviera a verle el futuro. O algo peor. Nerviosa, se apresuró a meterse una porción un poco demasiado grande en la boca. Así, al menos, tenía una excusa para no hablar.

Bex seguía observándola con curiosidad. Se había apoyado con el codo al otro lado de la isla. Por lo menos, no parecía hostil.

—Estás muy informada de nuestras costumbres —observó entonces—. ¿Caleb te ha dicho que no comemos?

Victoria no supo qué contestar. Quizá la había cagado. Quizá debería haberse callado.

Por suerte, Bex se encogió de hombros y desvió un poco el tema.

—La vida nunca dejará de sorprenderme… ¿Cómo has conseguido que Caleb te cuente tantas cosas?

—Pues… ¿preguntándole?

Para su sorpresa, ella empezó a reírse. De nuevo, quiso creer que era tan genuina como sonaba.

—Buena sugerencia —murmuró—. No te ofendas por las preguntas, ¿eh? Es que mi amigo no es, precisamente, la persona más conversadora del mundo.

—Yo hablo por los dos.

Esta vez, cuando Bex se rio, Victoria la acompañó con una pequeña sonrisa.

—Eso está bien —opinó la pelirroja—. Si te ha traído hasta aquí, debes de caerle bien. Podría meterse en un buen lío, ¿sabes? Está prohibido.

—¿Prohibido? Pero… es vuestra casa.

—Aquí no hay nada *nuestro*, querida. Todo es de nuestro jefe.

—Y… ¿podría echar a Caleb?

Por un momento, pareció que Bex iba a reírse ante tal absurdez. Luego se acordó de con quién estaba hablando, miró mejor a Victoria y mantuvo una expresión casual, no tan bien lograda como las de Caleb.

—Sí, podría echarlo —terminó por decir.

Victoria no se lo creyó, claro. ¿Por qué toda aquella gente se creía que, por ser humana, era estúpida? No sabía mucho de ese tal Sawyer, pero parecía peligroso.

Lo que le faltaba ya…, preocuparse por el X-Men. Como si no tuviera suficiente con preocuparse por sí misma y Bigotitos.

—¿Caleb te ha hablado de él? —preguntó entonces Bex.

Por primera vez en esa la conversación, sonaba intrigada. Como si, de verdad, quisiera saber la respuesta.

Victoria decidió medir muy bien sus palabras.

—Nunca ha entrado en detalles.

—Espero que nunca tengas que conocerlo; no le caerías muy bien.

—¿Por ser humana?

—Por ser chica, querida.

Al ver su expresión, Bex soltó una risotada mucho más amarga que las anteriores.

—Por algo soy la única chica del grupo. Se cree que las mujeres somos el cáncer del mundo. Se cabrearía mucho más porque fueras tú que porque se hubiera traído a un humano a casa. Sigo sin entender por qué coño me acogió en su momento. Quizá solo lo hizo porque era la única forma de acoger también a Iver.

—Quizá sea por tu habilidad.

Bex ya no la miraba. Con los ojos clavados en algún punto difuso de la pared, esbozó una pequeña sonrisa que no iluminó su expresión.

—Ten cuidado con Sawyer, cachorrito —murmuró—. No es la clase de persona a la que quieres cabrear. Ni siquiera teniendo a alguien como Caleb de tu parte.

Silencio. Victoria había dejado de comer y ahora la observaba con un creciente temor en el abdomen.

Y entonces se volvió como si no hubiera sucedido nada.

—Come tranquila. Si me necesitas, estoy en el salón. Justo ahí delante.

Caleb

Nunca usaban el despacho, así que Iver supo que se trataba de una conversación seria. Una que no quería tener delante de Victoria, aunque tarde o temprano debería hablar con ella. Caleb podría haber llamado a Bex, pero sospechaba que Victoria preferiría quedarse con ella que con el amargado de Iver.

Era una sala objetivamente práctica, con una cristalera que daba al exterior trasero de la casa, con una mesa de roble, una alfombra llena de polvo y varias estanterías. Podría servir para cualquier cosa. Solía ser el despacho de Sawyer en aquellos tiempos en que todos vivían ahí. Que nadie lo hubiera usado tras su marcha se debía, quizá, a una muestra de respeto. O de miedo.

Iver se dirigió a uno de los dos sillones viejos junto a la estantería. Al sentarse, emitió un sonido bastante característico, de mueble que no se ha usado en mucho tiempo.

Su primera pregunta, por supuesto, no fue la más amable.

—¿Cuánto tiempo tendré que aguantar a la humana mugrosa?

Caleb pensó en su propia reacción al ver a Bigotitos. Quizá no era el mejor momento para comentarle que también había un gato.

—No es mugrosa —dijo al final—. Se ducha cada día.

—Sigues sin responder a la pregunta.

—Porque no tengo respuesta. Ha sido… improvisado.

—Vaya, vaya. Caleb improvisando. Y yo que pensaba que lo había visto todo en este grupo de raritos.

Caleb no respondió. Le sorprendió lo mucho que necesitaba una distracción para no pensar en sus nervios; era una sensación nueva. Otra más. Inquieto, se acercó a la ventana y contempló las gotas de lluvia resbalando contra el cristal. Pese a que ya no había truenos, el sonido de esos pequeños impactos seguía produciéndole una punzada de jaqueca.

—Vale, me pongo serio —murmuró Iver—. ¿Qué pasa?, ¿quieres que la relaje un poco? Estaba acojonada.

—No.

—¿Entonces?

—Sawyer ha asignado a Axel para su caso. Creo que… quiere deshacerse de ella.

Iver no respondió de inmediato, pero Caleb pudo oír cómo la respiración se le agolpaba de un modo casi imperceptible en la garganta. Quizá fuera por la mención de Axel, pero sospechaba que también se debía a la noticia.

—¿Por qué a él? —preguntó.

Siempre evitaba cautelosamente mencionar su nombre. Casi como si, de pronunciarlo, fuera a aparecer en cualquier momento.

—No lo sé.

—Caleb…, ¿cuál era tu objetivo con ella?

—Sawyer me dijo…

—Sí, te dijo que no podías hablar de ello, pero ya lo has hecho. Y la humana está aquí. ¿Qué más podemos perder?

Tenía razón. Por una vez, Caleb no era quien hablaba con la certeza más absoluta. Sintió una pequeña punzada de vergüenza.

—Axel y yo teníamos un trabajo con un deudor —explicó, volviéndose hacia su amigo—. Andrew Berry. Veinte mil. Llevaba tres meses sin pagar lo que le correspondía. Borracho, drogadicto, dueño de un local en ruinas que usa como tapadera para ponerse en contacto con sus clientes…

—Perfil habitual.

—Sí. Iba a ser un trabajo fácil. Sin muertes. Había que meterle miedo, por eso le sugerí a Sawyer que fuera Axel quien me acompañara y no vosotros. Le pareció bien, así que nos acercamos una vez cerró la jornada. Pensé que las camareras se habían marchado, pero…

—¿Se te pasó por alto que una seguía dentro?

La incredulidad de Iver no hizo más que acrecentar su vergüenza. Qué sensación tan… desagradable.

—Me despisté —replicó en voz baja.

—¿Tú?

—Sí, yo.

—Ya, ya, pero… ¿tú?, ¿despistado?

—Fue un mal día, ¿vale?

—Yaaa, pero…

—Sawyer me había tenido todo el día en la fábrica —estalló, un poco irritado—. Estaba convencido de que alguien había entrado sin permiso. Quería que encontrara su olor, alguna pista…, lo que fuera. No había nada. La única prueba era que le faltaban botellas de vino en la bodega. Estaba cansado. Y estaba con Axel, que no me ayudaba a concentrarme. Alguien tenía que ocuparse de que no matara al hombre antes de que nos diera el dinero.

Iver se recostó en el sillón con los brazos cruzados.

—Y la humana seguía en el bar —murmuró.

—Sí. Estaba bajo una mesa, escondida. Le indiqué que guardara silencio, pero… Axel acabó por descubrirla. No sé qué quería hacerle. Creo que iba a matarla. —Por algún motivo, tuvo que hacer una pausa—. Lo impedí y, a modo de castigo, Sawyer ordenó que la vigilara de cerca.

—Que encontraras material para una posible amenaza —dedujo Iver.

—Era un trabajo sencillo. En un solo día ya tenía todo lo que necesitaba.

—Pero… has estado con ese trabajo durante un mes.

—Un mes y doce días.

—Nadie necesita tanto tiempo.

—Exacto.

Iver se pasó la mano distraídamente por la cara. Como siempre que lo hacía, su pulgar terminó trazando la línea de la cicatriz. Caleb observó el gesto sin mediar palabra.

Cada vez que pensaba en el día del incidente, se sentía igual que cuando había separado a Axel del cuerpo de su amigo. La sangre, brillante y roja. El olor metálico, a sudor. A miedo. La adrenalina de Axel. Los gritos de Bex. El cuerpo de Iver. Ese horrible momento en el que su corazón había empezado a latir muy por debajo de su ritmo habitual.

Tampoco conseguía olvidar la media sonrisa de Brendan. La forma en que Axel se había vuelto hacia él, desesperado, en busca de… ¿qué? ¿Aprobación?, ¿apoyo?

Caleb decidió apartar esos pensamientos. No era el momento.

—Lo único que se me ocurre —murmuró Iver— es que ha intentado quitarte de en medio durante un mes.

—Un mes y doce días.

—Que sí. ¿Has hecho algo que pudiera cabrear a nuestro querido Sawyer?

—No.

—Lo bueno de tus respuestas es que siempre son precisas.

Como de costumbre, Caleb no estaba seguro de si aquello había sido una broma o no.

—La otra posibilidad —continuó Iver— es que Sawyer haya hecho algo que pudiera cabrearte a ti.

—Es poco probable.

—¿Que te cabrees?

—Sí. Como mucho… se tratará de algo de lo que no quiere que me entere.

—Puede ser —concedió Iver—. Una cosita que solo puedas detectar tú, entonces. La chica no ha sido más que una excusa para mantenerte ocupado.

Caleb quiso añadir que Sawyer raramente tomaba decisiones sin comentarlas con algún miembro del grupo, pero no estaba cien por cien seguro. Después de todo, Axel tenía más información que ellos. Brendan también podía tenerla. Y ninguno de los dos era la clase de persona que se molestaría en buscarle la moralidad a una decisión.

—Te has traído a la humana para que no la maten —concluyó Iver entonces.

—Sí.

—¿Por qué?

Era una buena pregunta.

—Para que no la maten.

—Sí, eso he dicho. ¿Y a ti por qué te importa?

De nuevo, era una buena pregunta.

—Victoria no me… disgusta —murmuró al final.

Iver enarcó una ceja. La de la herida. La respuesta le generaba aún más preguntas.

—Necesito que Sawyer no se entere —añadió Caleb.

—Obviamente. Si lo hace, estamos los tres muertos. Muchas gracias por traerla aquí con nosotros.

Ironía, supuso. Se había dado cuenta de que, en la mayoría de las ocasiones de duda, se trataba de ironía o estupidez. E Iver no era tan estúpido.

—Debería dormir un rato —murmuró Caleb—. Los humanos necesitan una cantidad indecente de tiempo para descansar.

—Qué bonito.

Encontró a Victoria en la isla de la cocina. Por el olor, dedujo que había cenado pescado. Y debía de tener hambre, porque estaba mojando trozos de pan en la poca salsa que quedaba en el plato. Bex, por su lado, hojeaba la misma revista de antes, solo que en un taburete distinto.

—El idiota cocina muy bien —observó Victoria.

Caleb no supo qué decirle. No era la persona más idónea para opinar sobre el sabor de la comida.

—Deberías descansar —observó—. Y secarte.

—Tú estás el triple de mojado que yo.

Mientras lo decía, se metió un trozo de pan un poco grande en la boca. Y, por supuesto, se puso a masticar con la boca abierta. Caleb suspiró.

—Yo no puedo enfermar. Vamos.

—Pero…

—Ve con él —murmuró Bex—. Cuando se pone en modo doctor, no hay quien lo pare.

Victoria se metió todo el pan que le quedaba en la boca y llevó el plato vacío al fregadero. Cuando volvió junto a él, seguía masticando.

—Podrías ahogarte —murmuró él.

Ella se encogió de hombros.

Caleb no sabía dónde acomodarla. Tenían muchas habitaciones en la casa. Siete de ellas, con camas. Pero olían a humedad, y dudaba que eso la ayudara a descansar. La alternativa era uno de los dormitorios y, como ninguno de los hermanos iba a cederle el suyo, solo quedaba una opción.

Mientras subían las escaleras, se preguntó si debía darle algún tipo de explicación. Sería mejor por la mañana, cuando hubiera descansado y tuviera el cerebro un poco más activo. No parecía que ella tuviera intenciones de hacerle preguntas, desde luego. Debía de estar agotada.

—Espero que Bex no te haya incomodado —dijo, porque la norma social dictaba que tanto silencio podía resultar incómodo.

—¿Eh? No, no… Ha sido muy simpática.

¿«Simpática»? Interesante.

—¿Te ha pedido que me dijeras eso?

—Claro que no. Además, es difícil que no diga lo que pienso.

—Lo he notado.

—Mi madre opina que es uno de mis mayores defectos.

—Yo creo que es una de tus mayores virtudes.

—¿En serio?

—Sí. Me ayuda a entender muchas cosas.

—En ese caso…, ¡de nada!

Caleb no recordaba haberle dado las gracias, así que no respondió.

Por fortuna, habían llegado al ático y, aunque Victoria respiraba con agitación, ya no tenía ninguna queja que ofrecer. Caleb abrió la puerta para ella, que entró observando alrededor con poco interés.

—¿Es tu habitación? —preguntó tras un bostezo.

—Sí.

—Qué… grande.

—¿No te gusta?

Era una posibilidad que Caleb no había contemplado. ¿Hasta qué punto la estética afectaba a la calidad del descanso?

Sin embargo, la expresión de Victoria no era de desagrado. Contenía una sonrisa encantadora.

—¿Es una broma? —preguntó—. ¡Claro que me gusta! Es… ¡un puñetero paraíso!

—Ah.

—¡Mira esas ventanas! Se puede ver todo el bosque. Y… ¡esos armarios! ¿Sabes lo que daría por tener mi propio vestidor? ¡Y eso! ¡Tienes una puñetera chimenea delante de la cama!

Parecía que iba a seguir hablando, pero se detuvo al plantarse delante de la cama. Cualquiera diría que estaba experimentando una visión. Alguna cosa que explicara la boca abierta y la expresión de sorpresa absoluta.

—Vaya cama —murmuró tras un silbido.

Y, sin mediar palabra, soltó una risita un poco infantil y se lanzó directa sobre el colchón.

Caleb se mantuvo a un lado. Observó —un poco contrariado— cómo Victoria rebotaba sobre su cama. En uno de los rebotes, dio la vuelta y estiró los brazos y las piernas tanto como pudo.

—¿Qué haces? —preguntó, confuso.

—¡Disfrutar de tu vida llena de lujos! Nunca, en toda mi vida, había visto una cama tan grande.

—Oh.

Jamás había pensado en lo grande o pequeña que podía ser una cama. Aunque, pensándolo bien, la suya era mucho más grande que la de ella. La sorpresa tenía sentido.

De pronto, Victoria se incorporó y se dirigió a la ventana. Caleb pensó que iba a abrirla, pero se conformó con pegar la nariz al cristal para ver lo que había al otro lado. Se le estaba formando un vaho por el aliento, así que dudó que pudiera alcanzar a distinguir muchas cosas.

—¿Te gusta? —preguntó, sin saber qué otra cosa decir.

—¡Me encanta!

—Menos mal.

—La única duda que me queda es… —Victoria se volvió con un poco de desconfianza—, ¿dónde duermo?

A veces, Caleb tenía serias dudas sobre su capacidad de razonamiento.

—En la cama.

—Ya, imaginaba que no dormiría en un ataúd. Pero… ¿y tú?

—Yo no duermo. La cama es para ti sola.

—Ah. Aaah…

Tras esos sonidos, Victoria se quedó en silencio. Había vuelto a la cama y ahora estaba sentada en ella con las piernas cruzadas. A Caleb se le hizo… un poco extraño. No recordaba la última vez que alguien había pasado tanto tiempo en su habitación. Que Victoria se estuviera tomando tantas libertades era una novedad, pero no le resultó desagradable. Curioso.

—Bueno —murmuró ella—, ¿vas a darme alguna explicación?

—¿Sobre el funcionamiento de la cama?

—Sobre por qué estoy aquí y cuándo podré volver.

Ah, eso.

—No.

Victoria borró la sonrisa de golpe.

—Tengo derecho a saberlo —insistió.

—No estamos discutiendo tu derecho sobre la información, sino si quiero darte explicaciones.

—Oh, por favor… Son las tantas de la madrugada, no empieces con el discurso de doctor Amor.

—¿Qué…?

—Déjalo —interrumpió ella—. Te has pasado días sin aparecer y, de repente, me secuestras. Quiero saber por qué me has arrastrado fuera de mi casa. Y ni se te ocurra decirme que, en realidad, me has llevado sobre el hombro.

Él, que había abierto la boca para indicarlo, la cerró de nuevo. Que lo conociera tanto empezaba a ser un problema.

—A ti te gusta la lógica —dijo Victoria en un tono más calmado—. Pues, por *lógica*, no puedo quedarme aquí sin ningún tipo de explicación. Además, si tengo que defenderme de alguna cosa, deberé saber a qué me enfrento.

Efectivamente, tenía sentido. Caleb se metió las manos en los bolsillos húmedos.

—Aún no estoy seguro —admitió—. Prefiero que descanses mientras yo intento descubrir todo lo que pueda. Y, cuando tenga una respuesta certera, te la explicaré.

Para su sorpresa, Victoria no insistió de inmediato. Seguía contemplándolo con los ojos entrecerrados y un ritmo cardíaco bastante estable. No estaba asustada ni nerviosa. Era una buena señal.

—¿Confías en mí? —insistió él.

—No sé. Apenas te conozco.

—Me conoces más que la mayoría de la gente de mi vida.

—¿En serio?

—¿Confías en mí? —insistió.

Victoria entendía mejor los argumentos basados en emociones que en la lógica. Quizá, si conseguía que se calmara con una falsa sensación de esperanza, lograría que descansara un poco. Aunque la sensación no sería del todo falsa, claro. Después de todo, no estaba mintiendo.

—A veces —respondió por fin.

A Caleb no le gustaban las respuestas imprecisas. Apretó los labios.

—¿Cuántas veces?

—Pues… el noventa y nueve por ciento de ellas.

—Bien. Pues no te aferres al uno por ciento restante y descansa.

Ella, todavía observándolo, terminó por asentir con la cabeza.

—Está bien —accedió—. Me esperaré hasta mañana. Si me prometes que Bigotitos estará bien.

—Puedo garantizarlo, sí.

—Entonces, esperaré.

—Bi…

—Con una condición.

Caleb tuvo que contener un suspiro. Claro que no podía ser tan sencillo.

—¿Qué condición?

—Cuando mañana me despierte y empieces a contarme lo que ha sucedido, quiero que también me expliques qué puñetas eres, por qué vives con esos dos y por qué tienes poderes especiales de X-Men. Y no es negociable. O lo haces, o me voy a mi casa con Bigotitos.

Lo primero que pensó Caleb fue que no debía acceder. Lo segundo…, ¿por qué se dedicaba a negociar con Victoria sobre su bienestar? Ella debería ser la más interesada en el tema. Si no quería permanecer a salvo, ¿por qué tenía que molestarse él en hacerlo?

Sin embargo, la idea de dejar que alguien muriera en manos de Axel sin hacer nada resultaba… extenuante. No provocaba una sensación agradable. Y no estaba seguro de si podría vivir con esa sensación. Con tal de ahorrársela, era capaz de darle alguna que otra explicación a Victoria.

—No sé si eres consciente de lo que me estás pidiendo —explicó al final.

—Lo tengo muy claro.

—No. El simple hecho de saberlo podría ponerte en más peligro aún.

—¿Más? —Ella soltó una risotada—. Se supone que ya estamos en modo desesperación. ¿O no?

Quizá tenía razón. Sawyer ya quería librarse de ella.

—Déjame meditarlo —murmuró.

—No es negoci…

—Voy a meditarlo —insistió él, esta vez en un tono un poco más duro—. Duerme. Necesito que tu cerebro esté descansado y repuesto.

—Qué romántico.

No lo era. Caleb frunció el ceño. Ella, al verlo, empezó a reírse con muy poco humor.

—Buenas noches, Caleb.

—Mmm.

Victoria

No entendía nada. Estaba agotada, mojada… Por lo menos, tenía el estómago lleno. Pero aún no estaba muy segura de si todo aquello era un sueño o sucedía de verdad.

Además, Caleb tampoco se había ido de la habitación. Estaba ahí, plantado junto a la puerta, como desde que habían entrado. Físicamente lo veía tan incómodo que cualquiera habría dicho que la habitación era de ella, no de él.

—¿Por qué haces esto por mí? —Se oyó preguntar a sí misma.

Mientras lo pronunciaba, supo que no obtendría una respuesta clara y directa. Caleb podía ser muy lógico y preciso, pero también era un experto en eludir preguntas que no le gustaban. O que no entendía del todo.

Y, tal como había sospechado, él se limitó a ladear la cabeza y a retomar las indicaciones.

—Puedes usar toda la casa. Aunque preferiría que no salieras de la finca. Es fácil perderse.

—Ya… No tenía pensado hacerlo.

Debía admitir que estaba un poco decepcionada. Por una vez, había esperado una respuesta un poco más directa.

—No acabo de entender por qué haces esto por mí —insistió, un poco inútilmente—. Es todo tan… raro.

—¿A qué te refieres?

—¡A todo esto! No vas a traficar con mis órganos, ¿verdad?

Y él sonrió.

Un momento… ¡Él *sonrió*!

Estaba tan pasmada que apenas procesó la imagen y… ya había desaparecido. Se sintió como cuando, de pequeña, subió al tejado con Ian para ver estrellas fugaces. Por mucho que le había jurado y perjurado haber descubierto una, su hermano no la creyó porque a él se le había escapado. Si le contara a alguien que había conseguido que el X-Men sonriera, obtendría los mismos resultados.

Pero esa imagen era suya. Y lo sintió como un logro personal.

Quizá debería tener más aficiones, porque no podía sentirse tan bien con una simple sonrisa.

—No voy a vender tus órganos —aseguró él—. Me sorprende un poco que esa sea tu primera conclusión.

—Quizá lo tenía en mente.

—Quizá es lo que tú harías.

—Dependería de cómo me pagaran.

Y, entonces…, ¡otra sonrisa!

En esta ocasión, fue suficientemente larga como para que pudiera guardarla en la memoria. Y para que no tuviera que preguntarse a sí misma si había ocurrido o había sido producto de su imaginación.

Caleb era una persona… atractiva. No lo calificaría como «guapo». No de forma convencional, por lo menos. Tenía los rasgos marcados, demasiado duros como para entrar en la categoría delicada de belleza que solía adjudicarse a los chicos que veía en las redes sociales. Lo que más la sorprendió fue que su sonrisa —aunque muy pequeñita y casi de timidez— le relajara tanto la expresión. Por un momento, dejaba de ser el matón tenebroso que había ido a su casa, y se convertía en una persona mucho más cercana. Mucho más simpática. Incluso se atrevería a calificarlo como «dulce».

Él debió de darse cuenta de que el silencio se había alargado demasiado, porque señaló el armario. De nuevo, su expresión era hosca.

—Si necesitas ropa, siéntete libre de usar lo que necesites. Y si quieres ducharte o proceder con algún ritual de cuidado humano, ahí está el cuarto de baño.

—Solo tú consigues que ir a mear suene a experimento científico.

Caleb parpadeó unas cuantas veces, calibrando la broma.

—Descansa. —Fue la conclusión.

—¿Ya te vas?

Quizá sonó un poquito más necesitada de lo que habría querido.

Incluso él, que leía las emociones humanas como un pajarito hojeando una revista, se quedó un poco parado.

—¿Necesitas alguna cosa más?

—Em…, no.

—Entonces, descansa.

Y sin darle opción a decir nada más, Caleb se marchó rápidamente de la habitación y cerró la puerta tras de sí. Qué romántico era siempre.

13

Margo

Cómo odiaba los turnos de noche. Cómo odiaba trabajar, en general.

No era la primera vez que trabajaba de camarera. Cuando vivía en casa de sus padres, nunca necesitó ganar su propio dinero, pero Margo no siempre hacía las cosas por necesidad. Como bien decía uno de sus padres, siempre tomaba decisiones de cara a la galería. Para demostrar alguna cosa. Para probar alguna teoría. Para infundirse valor a sí misma.

Había empezado a trabajar en una cafetería a los quince años, cuando todavía era ilegal que tuviera un contrato. Por suerte, nadie le había hecho firmar nada y, aunque aquello daba pie a que a veces abusaran de ella y le pagaran menos horas, le había permitido disponer de su propio dinero e independizarse un poco de su familia. El jefe era algo tocón; las compañeras, un poco desagradables, y los clientes nunca la miraban a los ojos, pero ella quería sentirse útil. Siempre había sospechado que el mundo tenía mucho por ofrecer a quienes consiguieran llegar a él. Como si debieras demostrar que te merecías las cosas para que te llegaran las oportunidades.

En el trabajo, pronto había pasado a ser la que dirigía a todo el mundo. En el instituto, siempre había sabido que aquella era su única opción. Bastante tenía con ser la única con dos hombres como figuras paternas. Los comentarios empezaron a destiempo, y terminaron en cuanto Margo, en medio de una clase de Biología, le estampó un microscopio en la cara a Teddy Hawthorne. Las consecuencias consistieron en una bronca de sus padres, que eran partidarios de ignorar aquella clase de comentarios, y tuvo que pagar —con sus propios ahorros— la reposición del microscopio roto.

A medida que pasaban los años, Margo se dio cuenta de que nunca había conectado con sus compañeros porque era incapaz de verlos como algo más que un medio para un fin. Le parecían simples. Poco interesantes. Tardaría más en darse cuenta de que, en realidad, solo admiraba a aquellos que podían hacer cosas que quedaran fuera de su alcance.

Y, aunque sonara pedante, ella era capaz de hacer casi todo lo que se proponía. Así que la gente no se quedaba mucho tiempo en su vida; cambiaba a menudo de grupo de amigos, de pareja, de persona con quien enrollarse en las fiestas… Todo era pasajero. Y efímero. Y aburrido.

Había estudiado una formación profesional porque era lo que le tocaba y, sobre todo, porque no quería meterse en una universidad durante tantos años. Sus padres tenían títulos —uno era director de *marketing* y el otro se dedicaba a las finanzas— y siempre estuvieron muy orgullosos de ello. Ella no quería recorrer ese camino. O quizá solo quería desmarcarse de la brillante carrera que habían seguido sus padres. Quería hacer algo destacable sin sus mismos recursos. Quería demostrarles que ella no necesitaba tanto para tener mucho más.

El camino se había truncado un poco al llegar a la ciudad. Había encontrado trabajo tras una incómoda entrevista con Andrew, compartía piso con tres chicas que no le caían particularmente bien, y su idea de tiempo libre consistía en meterse en un bar cualquiera, sentarse en la barra y esperar a que algún chico se le acercara para ver si le interesaba liarse con él o volver sola a casa —pero con copas gratis—. Y el tiempo pasaba. Y, aunque echaba currículums en todas partes para ver si alguien la contrataba para algún trabajo relacionado con la contabilidad, nadie quería a una empleada sin experiencia. O sin título universitario.

Como ir a la universidad le supondría tener que dejar el orgullo a un lado y admitir que se había equivocado, continuaba trabajando en el bar. Y, por primera vez en la vida, disfrutaba de la compañía de dos personas. Daniela y Victoria. No la aburrían. Quizá era porque no pasaba tanto tiempo con ellas como con el resto de las personas de su vida, pero le gustaban. Daniela era sumamente inteligente y, cuando perdía la timidez, tenía un sentido del humor que la estimulaba. Victoria era la clase de amiga a la que podías contar cualquier cosa con la seguridad de que jamás se enteraría nadie. La clase de amiga que se apuntaría a un plan que odiaba con tal de que no tuvieras que hacerlo sola.

Y por eso aquella noche estaba inquieta. Victoria no había aparecido.

Era un turno tranquilo. Apenas habían tenido movimiento en la zona de Daniela, que pasaba el rato limpiando vasos y mesas. Margo aprovechaba las pausas para repasar las cuentas siempre erróneas de Andrew. Y, por el rabillo del ojo, iba mirando el delantal doblado de Victoria.

Habían intentado llamarla, pero nada. Andrew había preguntado por ella, así que tampoco tenía ni idea. ¿Desaparecer sin ningún tipo de información? Aquello no era habitual. Y sí, estaba preocupada. No más que Daniela, que llevaba todo el turno tratando de contactarla.

—¿Y si le ha pasado algo malo? —preguntó con vocecilla de aterrorizada.

Margo, como siempre, decidió restarle importancia para evitar un posible infarto. Y eso que ella también estaba asustada.

—Estará enferma o algo así.

—¿Y no nos avisa?, ¿ni nos responde a las llamadas?, ¿ni a los mensajes del grupo?

—Dani, puede estar dormida.

—O puede estar mal.

—Te llama una clienta.

Daniela le dirigió una mirada de advertencia, como si le dijera a Margo que se había dado cuenta de que intentaba desviar el tema. Aun así, tuvo que llevarle la cuenta a la señora del fondo.

Margo aprovechó esos minutos en que Daniela no la veía para llamar a Victoria por tercera vez.

—No sé dónde te has metido —murmuró tras el pitido del contestador—, pero haz el favor de llamar. Daniela está preocupada. Si necesitas alguna cosa, podemos ayudarte. Tú… llámanos. A cualquiera de las dos.

Se sintió ridícula. ¿Por qué no admitía que ella también estaba preocupada? Siempre vertía esa clase de sentimientos sobre Daniela, como si fuera la única persona emocional del grupo. Como si de este modo se hiciera más fuerte a sí misma, cuando en realidad estaba igual de asustada.

Pero Victoria no llamó. Tampoco lo hizo cuando Andrew, muy enfadado, le dejó un mensaje en el contestador advirtiéndole sobre su delicada posición laboral si seguía faltando sin avisar.

Para cuando empezaron a cerrar el bar, Margo tenía una sensación muy incómoda en la parte baja del abdomen. Sabía que había pasado algo malo. No podía explicar el porqué, era una corazonada, pero sabía que Victoria necesitaba ayuda, y ella no podría dársela. Le resultaba… terrorífico.

Estaba pensando en ello cuando salió a tirar la basura. Los contenedores se encontraban en el callejón de atrás, así que dejó la puerta semiabierta para poder entrar sin tener que rodear el edificio. Daniela seguía dentro, subiendo las sillas a las mesas para barrer la suciedad que se había acumulado en su día libre.

Mientras cerraba la tapa del cubo, tuvo la sensación de que la observaban. Fue desagradable, como si todos sus instintos le pidieran una alerta inmediata. Y, sin embargo, se volvió con la misma calma que habría tenido en el bar.

Un chico estaba apoyado junto a la puerta trasera. Por su postura —hombro en la pared, brazos cruzados—, cualquiera habría dicho que estaba totalmente calmado. Aun así, había un deje de tensión. Quizá era debido a la propia preocupación de Margo, que somatizaba todos esos sentimientos desagradables y los lanzaba sobre un desconocido. O quizá se trataba de su instinto, que a veces juzgaba mucho mejor que ella.

De hecho, al mirarlo bien, vio que era la clase de tío con el que se iría de una discoteca y que al día siguiente le provocaría una oleada de autodesprecio. Media sonrisita, pelo corto y teñido de blanco, mejillas hundidas, ropa negra... Haría que cualquier padre echara los brazos al cielo y se preguntara qué había hecho mal en la educación de su hija.

—Si quieres entrar en el bar —explicó Margo—, está cerrado.

El chico continuaba observándola. Pese a la media sonrisa, sus ojos permanecían totalmente inexpresivos. Era... un poco extraño.

Como seguía sin responder, Margo asumió que se trataba de un borracho —o algo peor— que se había escondido por ahí atrás para estar tranquilo. Era bastante habitual. Decidió pasar de él y volver a la puerta. Solo que, al rozarla con la punta de los dedos, se dio cuenta de que la habían cerrado de nuevo. El viento. El puto viento. Cómo le jodía tener que dar la vuelta para...

—Margo, ¿verdad?

Las palabras del chico hicieron que se volviera, un poco asustada. ¿La conocía? Se habían liado, seguro. Lo que le faltaba.

Él debió de darse cuenta de que se había puesto a la defensiva, porque ofreció una sonrisa más amplia —no por ello más sincera— y se sacó una cartera del bolsillo. Tenía una placa con su foto y su nombre. Keven Stewart.

—Tranquila, soy policía —aclaró él, adoptando una postura un poco más casual—. Trabajo en la división de investigación.

Margo, tras revisar la placa con ojo crítico, se relajó un poco y asintió. No sabía qué decir. ¿Se había metido en algún lío? ¿La habían visto esa noche, en la discoteca, con las pastillas? Era lo único que se le ocurría. Eso, y la cantidad indecente de multas por aparcar en lugares donde no debería haber aparcado. Pero dudaba que mandaran a un inspector por ese motivo.

—Estoy buscando a una de tus compañeras —aclaró él tras un momento de silencio—. Victoria, se llama.

Oh, no. ¿Qué puñetas había hecho su amiga? ¿Por qué la buscaba un policía? No entendía nada.

Su primer instinto fue decir que no la conocía. Aunque, si estaba ahí, sabía que sí que la conocía. Y probablemente sabía muchas más cosas. Le daba miedo mentirle a un poli. Bastantes líos tenía como para, encima, meterse en uno nuevo.

Así que eligió sus palabras con mucho cuidado:

—No ha venido a trabajar.

—Qué conveniente.

Margo dio un paso atrás de forma inconsciente. No le gustaba ese chico.

—Estará enferma —añadió, un poco menos calmada.

—Así que no sabes por qué no ha venido.

—¿Puedo preguntar qué ha pasado? —inquirió ella—. Si esto es por algo relacionado con el bar, no creo que…

—Está relacionado con Victoria. ¿Se ha puesto en contacto contigo en los últimos dos días?

El tono había cambiado. Pasó de ser formal a autoritario. Margo se iba poniendo nerviosa.

—No.

—¿Con tu compañera o tu jefe?

—No. No sabemos nada.

—Sabes que mentirle a un policía puede llevar a consecuencias muy graves, ¿verdad?

Margo tragó saliva. No mentía, pero evitaba estratégicamente dar ningún tipo de información.

—Lo sé. No he mentido.

El chico la observó unos instantes. Ahora que no sonreía, parecía mucho más peligroso que antes. Como si se hubiera quitado una máscara. Como si ya no temiera mostrar la peor parte de sí mismo.

—Bien —dijo, simplemente, y recuperó la media sonrisa—. Supongo, entonces, que no sabes dónde se encuentra ahora mismo.

—No.

—Si está enferma, estará en su casa.

Ella no supo qué decir, pero no fue necesario. Él hizo una leve inclinación de cabeza.

—Gracias, Margo. Hasta la próxima.

Se marchó antes de que pudiera responderle.

Margo permaneció de pie unos segundos, dubitativa y tratando de adivinar en qué lío se habría metido Victoria. ¿Policía? Seguro que estaba relacionado con su hermano. Nunca le había inspirado confianza. Seguro que era todo culpa suya, pero Victoria aceptaba, de nuevo, la responsabilidad. Como siempre.

Enfadada, se apartó de la puerta. Pero entonces se dio cuenta de que había estado abierta en todo momento. No entendía nada; la había visto cerrada. Confusa, tiró de la manija y se metió en el bar.

Cuando estaba a punto de entrar, vio una cartera en el suelo. Una muy vieja y usada que, por el olor, dedujo que acababa de salir de un contenedor de basura de ese mismo callejón. Solo que se encontraba justo donde se había postrado el chico unos segundos antes. Y, aunque sentía que era la misma que le había enseñado, esta no tenía ninguna placa policial.

14

Caleb

Se le había olvidado un pequeño detalle: pedirle las llaves a Victoria. Aunque, pensándolo bien, nunca había supuesto un problema.

Mientras ella dormía, aprovechó para volver a su piso y asegurarse de que no había entrado nadie. No encontró señales de intrusión. Aunque podía significar que Axel continuaba sin saber hacer su trabajo, como era habitual. La única ventaja que tendrían en todo aquel problema era su inutilidad.

Fue directo a la habitación de Victoria y, tras sacar la bolsa de deporte de debajo de la cama, abrió el armario.

A ver, ¿qué se ponía alguien para enfrentarse a un peligro de muerte?

Tras pensarlo unos instantes, terminó por elegir unas mallas, una sudadera con cordones y unas zapatillas. Las mismas que llevaba siempre. Estaban un poco desgastadas y podía resbalar con ellas, así que quizá debería sugerirle que comprara unas nuevas. Los vaqueros no le parecieron una buena opción, pero también terminaron en la bolsa. Igual que una camiseta de manga corta. Tras dudar unos segundos, metió también uno de sus pijamas psicodélicos. Y le seguía pareciendo poco, así que escogió un jersey color verde. Eso le recordó que tendría que recoger el abrigo verde militar que siempre llevaba puesto. Y la bufanda. En cuanto a ropa interior, se limitó a coger un puñado del cajón y lanzarlo a la bolsa sin mirar.

Menos mal que el gato imbécil no estaba, o se habría reído de él con la mirada.

La siguiente parada fue en el salón. El abrigo, las bufandas, el bolso con sus cosas… También cogió dos tacitas de su armario, las que le parecieron más caras, solo para asegurarse de que Ian no volvía a por ellas. Estarían mucho más seguras en su casa. Un paquete de té, una bolsa de comida de gato que apestaba a…, bueno, a comida procesada de gato. No entendía cómo podía comérselo.

Estaba a punto de marcharse cuando vio una plantita junto al televisor. Nunca le había dado la mayor importancia. De hecho, sabiendo que la había traído Ian, probablemente la había arrancado de algún lugar para meterla en una maceta. Y estaba más seca que el Sáhara.

Tras ponerle un poco de agua, optó por guardársela bajo el brazo.

¿En qué momento había pasado de sujetar pistolas a sujetar plantitas?

No tenía nada más que hacer. Si se llevaba muchas más cosas, Axel podría sospechar que alguien había dado el aviso a Victoria y aumentaría el peligro. Se aseguró de no arreglar nada. Todo sumaba, en la mentira.

Ya se había encaminado hacia la habitación cuando oyó el característico sonido de la puerta de la señora Gilbert. Consideró ignorarla para no levantar sospechas, pero luego lo pensó mejor; Victoria confiaba en ella. Además, la última vez que la había visto, le había parecido una persona confiable. No solía guiarse por algo tan banal como el instinto, pero… tenía una idea.

Caleb abrió la puerta antes de que ella pudiera llamar, por lo que la cazó con la guardia baja. La señora, un poco perpleja, retrocedió un paso y lo miró de arriba abajo.

—Oh, hola —dijo, recuperándose—, pensé que eras Victoria. Anoche oí ruidos un poco raros y estaba preocupada.

Como en muchos humanos, su frase sonaba más a pregunta que a declaración.

—Victoria estará unos días fuera de casa —explicó en un tono que no dejaba paso a respuesta alguna.

—¿Ella?, ¿fuera de casa?

—Sí.

—No es muy habitual.

El ritmo cardíaco aumentó. Su mirada se volvió desconfiada. Incluso, aunque no se diera cuenta, había apretado un poco los puños. Estaba asustada.

—Está bien —aseguró Caleb.

—¿Y por qué debería confiar en ti? Apenas te conozco, jovencito. Y, hasta hace unos días, Victoria tampoco lo hacía.

—Es una larga historia.

—Una que no me gusta nada —masculló ella—. ¿Dónde está Victoria? ¿Qué le has hecho?

Para ser una señora mayor, tenía bastante más valor que mucha gente con la que se había enfrentado antes. Le recordaba a la actitud de Victoria. Y, de la misma forma, despertó un poco de respeto en él.

Así que, en lugar de darle una respuesta vaga y cerrarle la puerta en la cara, decidió tomar una decisión tan cuestionable como impulsiva.

—Está en peligro —soltó.

La mujer enarcó las cejas. No se esperaba una respuesta tan directa.

—¿Está...?

—La están buscando, así que la he llevado a un lugar seguro para que no puedan hacerle daño. Vendrán a su casa en cualquier momento. Victoria necesita esconderse lo más lejos posible. Y, cuando le pregunten, tiene que decirles que está de vacaciones. Que se ha ido con sus padres porque su madre está muy enferma y necesita que la cuiden. ¿Lo comprende?

Caleb tendía a soltar mucha información —y muchas órdenes— a una velocidad poco adaptada al cerebro humano. La mujer, sin embargo, parecía haberlo entendido a la perfección. Ahora solo faltaba que confiara en él.

—¿Y cómo sé que está bien?

—Puedo decirle que la llame cuando sea seguro.

—¿Y cómo sé que tú no eres el peligro?

—Porque he venido aquí, haciendo una maleta y recogiendo una planta, cuando podría estar matándola para complacer a mi jefe.

No esperaba convencerla tan rápido, pero la mujer contempló la planta como si fuera una prueba de fuego. Al volverse hacia él, su expresión se había relajado un poco.

—Si le has hecho daño...

—No le haré daño —aseguró—. No sé muy bien por qué, pero es una idea que... me desagrada.

De nuevo, la mujer lo observó durante lo que le pareció una eternidad. Había algo en su mirada, en su forma de analizarlo, que lo hizo sentirse un poco expuesto. La gente no solía atreverse a mirarlo de manera tan descarada. Y, cuando lo hacían, siempre era por un periodo de tiempo limitado. Ella, sin embargo, parecía ver alguna cosa que a él se le escapaba; alguna reafirmación que, finalmente, la hizo retroceder un paso y dejarlo salir de casa.

—Cuídala —dijo.

No, *ordenó*.

Caleb asintió una vez; decidido, cerró la puerta y se encaminó por el pasillo. Sabía que la mujer seguía inmóvil. No obstante, tardó unos segundos en hablar:

—¿Caleb? —murmuró.

Él se detuvo, un poco molesto por tanta interrupción, y la miró por encima del hombro.

—Usted no está en peligro —le aseguró él.

—No es eso.

Para su asombro, decía la verdad. No estaba preocupada por eso, pero había algo que no la dejaba respirar con regularidad.

—¿Entonces? —preguntó Caleb, con curiosidad.

—Me preguntaba si…

No llegó a terminar la frase. En cuanto se percató de lo que iba a decir, la mujer sacudió la cabeza y esbozó media sonrisa.

—Dile a Victoria que me llame tan pronto como sea posible.

Pese a que sabía que aquello no era todo, Caleb asintió una vez más y fue directo a las escaleras.

Por algún motivo que desconocía, colocó la planta en el asiento del copiloto. Y, por otro que desconocía aún más, le puso el cinturón de seguridad.

Victoria

Vale. Tenía hambre. Y le daba vergüenza asaltar la nevera. Mala combinación de elementos.

No recordaba mucho de lo que había hecho la noche anterior. Aparte de ir al baño, alucinar con la bañera de hidromasaje y darse una triste ducha rápida. Después había hurgado en el armario hasta encontrar la única pieza de ropa de colores que tenía Caleb. Sin apenas mirarla, se la había pasado por la cabeza húmeda y se había tirado sobre la cama. Y, desde entonces, habían trascurrido más de nueve horas. Ni siquiera recordaba haber estado tan cansada.

Ya había amanecido. Se preguntó qué hora era y, lamentablemente, recordó que había dejado el móvil en la encimera de la cocina. Tendría que bajar sí o sí. Esperaba que, por lo menos, Caleb ya hubiera vuelto a casa. O que Bex estuviera por ahí. Iver le inspiraba menos confianza. O más miedo.

Se miró en el espejo y, tras una ojeada, decidió atarse el pelo. Tan solo tenía consigo los pantalones sueltos, los calcetines y la camiseta que le había robado a Caleb. Ni siquiera había podido cambiarse de bragas, la pobre.

La camiseta en cuestión era más curiosa de lo que recordaba. O quizá ahora disponía de más energía para analizarla. Era de su talla, cosa que la despistó un poco, porque a Caleb le quedaría diminuta. Pese a que la base era blanca, estaba repleta de manos de todos los colores y tamaños. Parecía… una camiseta de campamento. Una de esas que te llevas de recuerdo por el mejor verano de tu vida.

Aunque, claro, le resultaba un poco complicado imaginarse a Caleb en un campamento. O haciendo una de esas camisetas. Una imagen curiosa.

Decidió no darle más importancia y bajar la escalera, que contaba con muchos menos escalones de lo que le había parecido la noche anterior. Tres pisos. No estaba mal. Menuda casa. Estaba llena de lámparas, alfombras y cuadros viejos. Todo perfectamente cuidado. Y muy impersonal. No había fotos, ni decoración personal, ni señales de que alguien hubiera vivido ahí. Parecía un decorado de revista.

La cocina, tal como recordaba, se encontraba en la planta baja. Pasó por delante de la puerta principal, pero ni siquiera se planteó salir corriendo. ¿Para qué? No se iría sin Bigotitos —que seguía perdido en ese laberinto de paredes blancas y alfombras rojas— y, aunque se fueran juntos, ¿adónde iría? Ni siquiera tenía claro a qué peligro podía enfrentarse. Y, muy a su pesar, confiaba en Caleb.

No parecía que hubiera nadie, cosa que la tranquilizó un poco. Entró en la cocina con un poquito más de confianza. La nevera evocaba su nombre para que se acercara a robar alguna cosa. Tenía tanta hambre…

Y, efectivamente, la cocina estaba vacía. ¡Bien!

Se acercó a la nevera con una gran sonrisa. Estaba a rebosar. Algunos productos continuaban envasados, pero lo que más abundaba eran los recipientes llenos de comida. Cenas, postres, desayunos… Había de todo. El paraíso.

Ya casi estaba saboreando la fiambrera de macarrones con queso cuando, de la nada, una mano empujó la puerta de la nevera. Lo hizo con tanta fuerza que ella dio un salto atrás, aterrada.

—Aparta tus sucias manos de mi nevera, humana.

Iver la había pillado tan por sorpresa que ella terminó de culo en el suelo. Un poco humillante.

—¡Me has dado un susto de muerte! —protestó.

—Solo será de muerte si vuelves a tocar *mi* nevera.

Victoria odiaba sentirse humillada. Como todo el mundo, supuso. Solo que ella, cuando se sentía en desventaja, tendía a ponerse a la defensiva y a empeorar todas las situaciones en las que se encontraba.

—¿*Tu* nevera? —repitió—. Que yo sepa, también es de Caleb.

—Soy el único que cocina, así que es mía.

—¿No se supone que no coméis? —sugirió, irritada.

—¿Y qué? ¿Tengo que renunciar a cocinar, por ese detallito?

El detallito de no necesitar alimento parecía importante, pero Victoria no quiso insistir.

Apoyó las manos en el mármol y, torpemente, consiguió ponerse de nuevo en pie. Iver la observaba como si fuera una cucaracha a la que quisiera aplastar. Por suerte, todavía no se había decidido a hacerle daño.

Las dos veces que habían estado juntos era de noche. En esa ocasión, Victoria pudo ver la cicatriz a plena luz del día. Lo primero que pensó fue que se trataba de una herida mucho más profunda de lo que había considerado. Lo segundo, que tuvo que ser dolorosa. No solo le hundía parcialmente el hueso de la ceja, sino que le marcaba un surco en la nariz. Debió de romperse el puente, por lo menos. Y ni siquiera se atrevía a contemplar el ojo ciego que le había dejado, que parecía verla con mucha más atención que el otro.

—¿Se puede saber qué coño miras?

El tono de Iver, mucho más agresivo que el anterior, le advirtió que quizá debería disimular un poco más.

—N-nada…

Iver torció el gesto. Era una reacción bastante más humana que las de Caleb, porque enseguida supo que estaba incómodo. Y enfadado. Quizá la cicatriz le recordaba un asunto delicado. Se sintió un poco culpable por haberla mirado tan fijamente.

—No toques mis cosas, cachorrito —prosiguió él—. No me gustaría decirle a Caleb que he tenido que encerrarte en el sótano.

—Tengo hambre.

—Pues sal al patio trasero y come hierba. Es muy sana. Pregúntaselo a los conejos.

Y, a modo de amenaza, apoyó la espalda en la nevera para contemplarla con una ceja enarcada.

Victoria habría desistido en cualquier otra ocasión. De hecho, ya se le había quitado el hambre. Sin embargo, no quería darle el placer de alejarse tan deprisa. Tenía el orgullo tan herido que, por un momento, se olvidó de que ese chico podría matarla con un solo chasquido de dedos.

—Pero ¿quién eres tú? —preguntó, irritada—. ¿El dictador de la casa?

—Sí.

—Caleb dijo que hiciera lo que quisiera.

—Pues vete a su habitación. Mi jerarquía culinaria deja bien claro que los humanos roñosos no toquen *mi* comida.

—Entonces… ¡le diré a Caleb que me has matado de hambre!

—Qué exagerada.

—¡Y también a Bex!

—A mi hermana le importa un bledo que te mueras.

—¡Mentira! Le caigo bien.

—Pues a mí no.

—Pues me da igual, porque no me gustas.

—Ni tú a mí, humana mohosa.

—¡Que te quites!

—Quítame tú. Si es que te atreves.

Supo que era mala idea antes incluso de moverse. Aun así, hizo el triste intento de tirarle del brazo para apartarlo de la nevera. No solo se quedó quieto, ni siquiera descruzó los brazos. Qué humillante.

Roja de rabia, Victoria apretó los puños.

—¿A que voy a por mi espray de pimienta?

—¿A que te provoco tal enfado que solo serás capaz de gritar y llorar?

—¡No vale! ¡Yo no tengo… poderes raros!

—Mira cómo lloro por ti.

Victoria se vio interrumpida por el ruido de la puerta. Y, oh, qué visión fue ver a Caleb entrando en casa. Llevaba una bolsa de deporte sobre el hombro y una plantita bajo el brazo. Los contempló con su habitual inexpresión.

—¿Qué hacéis? —preguntó con desconfianza.

El ruido de la puerta había atraído a Bigotitos, que salió de su escondite y correteó para ver de quién se trataba. O eso pensó Victoria, porque entonces entró en la cocina con interés.

Por la confianza con la que se movía por la casa, cualquiera diría que ya vivía allí.

—¡Bigotitos! —exclamó Victoria—. ¿Dónde te habías metido?

El gato anaranjado se detuvo, la miró con desprecio, y prosiguió su camino hacia la despensa.

Victoria sintió que se le tensaban los hombros. Especialmente cuando oyó la risita de Iver.

—Parece que tu bola de pelo te odia tanto como yo.

Ella le dedicó una mirada furiosa. Una de esas que —esperaba— le dejaran saber lo mucho que lo detestaba.

—Victoria —dijo entonces Caleb, un poco alarmado—, cálmate. Tu corazón va a toda…

—¡Dile al idiota de tu amigo que me deje comer algo!

Se sentía como una niña con una rabieta, pero le dio igual. Llevaba demasiada tensión acumulada. Le habían pasado demasiadas cosas. Mucho había tardado en volverse loca.

Caleb los miró a ambos. Parecía un profesor cansado de sus alumnos rebeldes. Al final, exhaló un suspiro.

—Iver —dijo lentamente—, deja de hacer tonterías.

—Solo he dejado claras las normas de la casa.

—¡No es verdad! —saltó Victoria—. ¡Ha dicho que usaría sus poderes de rarito contra mí!

Iver torció el gesto.

—Chivata.

—Imbécil.

—No me caes bien.

—Te jodes.

—Deja que haga lo que quiera —interrumpió Caleb.

—¡No! No tengo por qué hacer nada por una puñetera humana.

—Iver —insistió Caleb en un tono serio.

El aludido apretó los labios. Tenía la misma rabieta que Victoria. Al final, espetó unas cuantas palabras en su idioma rarito que, por el contexto, no parecieron demasiado agradables. Caleb le respondió en el mismo lenguaje, solo que en un tono más relajado. Y así empezó una discusión de la cual Victoria no pudo sacar nada en claro. Bueno, sí, que al final Iver echó los brazos al aire y se marchó de la cocina. Lo siguiente que oyó fue un portazo en la sala contigua. Por lo menos, los había dejado a solas.

Ella no desperdició un segundo; en cuanto tuvo la oportunidad, abrió la nevera y sacó la fiambrera de macarrones con queso. Ni siquiera se molestó en calentarlos, sino que quitó la tapa y se puso a abrir cajones hasta hacerse con un tenedor. El primer mordisco supo a gloria.

Caleb, mientras, observaba todo aquello con una ligera expresión de sorpresa.

—A veces —murmuró—, se me olvida lo mucho que los humanos necesitáis recursos externos para seguir respirando.

Victoria le habría respondido, pero estaba centrada en la bolsa que acababa de dejar en el suelo de mármol. Y la plantita que reposaba sobre la encimera.

—¿Qué has traído?

—Ropa. Y la planta, que estaba seca.

—Perdóname, papá.

—No soy tu padre —repuso, un poco perdido—. Cuando puedas, tendrás que llamar a tu vecina. Se cree que te tengo secuestrada.

Lo dijo con mucha calma. Victoria dejó de masticar por un momento.

—¿Está en peligro?

—No.

Caleb no era un hombre de muchas palabras, pero siempre estaba seguro de las pocas que usaba. Sintió que la invadía una oleada de tranquilidad.

—¿Has traído el uniforme del bar? —preguntó.

—No.

—Pero…

—Si no puedes quedarte en tu casa, tampoco puedes ir a trabajar.

Victoria pinchó un puñado de macarrones, irritada.

—No puedes decirme lo que tengo que hacer.

—Pero puedo hacer sugerencias. Y, si quieres continuar viva, te sugiero que dejes de protestar.

—Oh, perdona, ¿tengo cara de necesitar un padre? Porque ya tengo uno, gracias. Voy a trabajar. Necesito la pasta. Y ni se te ocurra decirme que ya estoy comiendo pasta.

Caleb, que ya había abierto la boca, la cerró de nuevo y frunció el ceño.

Ella aprovechó la pausa y salió de la cocina para ir a la sala contigua. Supuso que era un salón, y acertó. Uno bastante bonito, por cierto. Tenía dos sofás marrones, una alfombra tan blanca e impoluta como las paredes, una gran cristalera que daba al patio delantero de la casa, e incluso una zona al fondo con varias estanterías y dos sillones. El televisor, por algún motivo, era muy anticuado. Todavía tenía forma de cajita.

Iver, que se había refugiado en uno de los sillones, soltó un gruñido de molestia y movió el mueble para darles la espalda. Victoria pasó de él y se dejó caer en uno de los sofás. Bigotitos la había seguido con interés, así que sujetó un macarrón para que lamiera el quesito. Lo hizo con mucha alegría.

Caleb también la había seguido, solo que él se mantuvo de pie al lado del sofá. Su expresión empezaba a resultarle familiar: la ponía cada vez que ella tomaba la decisión equivocada y quería hacérselo saber.

—¿Qué? —preguntó, molesta.

—Creo que no eres del todo consciente de lo que te espera si vuelves.

—Pues no. Si no me lo explicas, ¿cómo voy a saberlo?

A modo de respuesta, él se sentó en la mesita de café, frente a ella, y apoyó los codos en las rodillas. Llevaba la misma ropa que la noche anterior. Y, si eso fuera posible, Victoria habría creído que estaba agotado.

—¿Recuerdas a Axel? —preguntó.

—Difícil olvidarlo.

—Pues… todavía no estoy seguro, pero creo que Sawyer le ha encargado que vaya a por ti.

Victoria, que aún sujetaba el macarrón para que Bigotitos lo mordisqueara, trató de procesar esa nueva información. Recordaba a Axel. Vaya si lo hacía. Había protagonizado más de una pesadilla. Y más de algún pensamiento intrusivo. No tenía del todo claro qué implicaba que fuera a por ella. O, mejor dicho, no quería imaginárselo. Era demasiado tenebroso.

—Es imposible —dijo en un tono que, para su sorpresa, resultó bastante tembloroso—. Yo no tengo ninguna deuda.

—No creo que tenga que ver con las deudas.

—Pero… tiene que ser por eso. La deuda de mi hermano, ¿te acuerdas?

Caleb la miraba como si no quisiera romper la burbuja que acababa de crearse, pero, aun así, tuviera que hacerla explotar.

—No sé cuál es el motivo —admitió—. Me he pasado toda la noche de un lado a otro. Sawyer no se ha movido de la fábrica, y Axel ha estado en el bar, pero no parece que haya encontrado tu casa. Nuestra única suerte es que es un inútil.

Iver soltó un sonidito burlón de fondo.

Ella, por su parte, no acababa de asumir que tuviera el peligro encima. Esbozó una sonrisa nerviosa —o eso creyó— y negó con la cabeza una vez más.

—No puedo parar mi vida porque un zumbado esté detrás de mí, Caleb.

—Creo que no entiendes el pelig…

—¡Madre mía! En serio, ¿tanto te preocupa un chico cualquiera, por muy enfadado que esté? Se supone que tú eres mi X-Men. Y… ¡y yo tengo un espray de pimienta y sé defenderme! Formamos un buen equipo. Vamos a machacarlo en cuanto aparezca.

Sabía que era una tontería. Y, de no haberlo sabido, las miradas que recibió de Caleb, Bigotitos e Iver se lo habrían confirmado. Pero ¿qué otra cosa podía hacer?

—Podría quitarme a Axel de encima —murmuró Caleb—, pero entonces mandarían a otro. Y a otro más. No conoces a Sawyer. Yo sí.

—¿Y por qué no vamos a por Sawyer? ¿Te da miedo?

—No estoy preocupado por mí.

En otro contexto, quizá le habría parecido lo más bonito que había oído en mucho tiempo. Pero sonaba a regaño. Avergonzada, contempló la fiambrera llena de macarrones. No sabía qué hacer. Estaba tensa. Y tenía miedo. Y sentía el peso de mucha responsabilidad sobre los hombros. ¿En qué momento había terminado en aquella casa? Unos días atrás tenía una vida normal y corriente. Y pensar que alguna vez se había quejado de ella…

—Entiendo que tu trabajo es importante —siguió Caleb al ver que no respondía—, pero Axel ya ha visitado el local una vez. Lo mejor es que faltes. Quizá solo sea durante una semana. En cuanto sepamos qué pasa, podremos encontrar una solución.

—¿Y si me despiden?

—Tu vida está en juego, Victoria.

—Oh, por favor…

—¿Qué?

—¿Tienes la menor idea de lo difícil que es conseguir dinero cuando no tienes nada? Entiendo que para ti sea una chorrada porque nunca te ha faltado, pero para mí es importante. Dentro de una semana, o de un mes, o de lo que sea, volverás a tu vida de matón como si nada, pero yo terminaré en la calle. Así que, sí, me preocupa mi trabajo. Lamento si te parece que mis prioridades son una mierda, pero estoy pensando en el futuro. Uno en el que Bigotitos y yo tenemos que comer. Y necesitamos un puñetero techo.

Caleb absorbió toda la información sin parpadear. Muchos de sus rasgos resultaban irritantes, pero, a su favor, escuchaba muy bien. Sus expresiones no siempre eran las más empáticas, pero nunca había hecho que Victoria se sintiera invalidada. Siempre parecía tener en cuenta todas sus preocupaciones.

Y… quizá solo estaba pensando en eso para evitar la sensación horrible de que iba a morir en cualquier momento.

—¿No tienes contrato? —preguntó él entonces.

—¿Eso es lo que te parece más destacable del discurso? —Tras un suspiro, continuó hablando—: Cuando empecé, acababa de mudarme y nunca había trabajado de camarera. No conocía a nadie, no tenía experiencia… Andrew me ofreció un sueldo medianamente razonable a cambio de un mes de prueba. Y el mes se convirtió en un año. Y ahora ya no sé cómo pedirle un puñetero contrato. Si me echa, ¿quién sabe cuánto tardaré en encontrar otra cosa? Nadie quiere a una cría sin experiencia demostrable.

Ya se le había pasado el hambre. Dejó la fiambrera sobre la mesita, cansada. Bigotitos no tardó en meter la cabeza entre los macarrones.

Caleb la miraba fijamente. Era curioso pensar que, en alguna ocasión, esos ojos oscuros le habían dado tanto miedo. Ahora solo le causaban curiosidad.

—Puedo hablar con él —propuso, un poco más irritado que antes—. Le diré que te firme un contrato o…

—¿O lo matas? —sugirió ella tras una sonrisa irónica—. Si necesito ayuda, la pediré.

—Está claro que la necesitas.

—No te ofendas, X-Men, pero he sobrevivido bastantes años sin ti.

—Sigo sin saber cómo.

Estuvo a punto de ofenderse. A puntito. Y entonces se dio cuenta de que no lo decía en serio. Se trataba de una… ¿broma? Qué raro. Era tan inusual como ver a un perro haciendo el pino puente.

—Puedo arreglar mis problemas solita —aseguró ella, un poco menos enfadada—. Y tú tienes los tuyos propios.

—Lamento decirte que tú eres el mayor de ellos.

—Cada vez me dices cosas más bonitas. ¿Ahora soy tu problema?

—Pero eres mi problema favorito.

¡Otra broma! Increíble. Victoria estuvo a punto de sonreír, pero se contuvo a tiempo. Sentía que, si tomaba la decisión equivocada, rompería toda la magia que se había creado en ese pequeño círculo que habían formado en un momento.

Fue Iver quien interrumpió la conversación: se puso de pie, fingió una arcada y salió del salón con aspecto irritado.

—No le hagas caso —le recomendó Caleb, que ya había vuelto a su semblante habitual—. Puedo enseñarte un movimiento de defensa, por si te molesta.

—Oh, me sé uno. Y si no funciona, puedo darle un puñetazo en los huevos.

—¿Y si no tiene testículos?

—Puñetazo en la teta.

—¿Y si tampoco tiene pechos?

—Pues puñetazo en el cuello y salgo corriendo. ¿O tampoco tiene cuello?

Caleb enarcó una ceja, poco convencido, pero no dijo nada.

—Tienes toda la casa a tu disposición —la informó—. También la nevera.

—Genial.

—Te veré más tarde.

Espera, ¿ya se iba?

Más por impulso que por otra cosa, Victoria lo detuvo por la muñeca. Caleb contempló el gesto con una expresión casi horrorizada, por lo que volvió a soltarlo de golpe. Oh, no. ¿La había cagado?

—¿Te vas? —preguntó, ahora nerviosa.

—Tengo que hablar con Sawyer para saber qué está pasando.

—Pero… ¿eso no es peligroso? ¿No debería acompañarte alguien?

—Sawyer nunca me haría daño.

Ella no estaba tan segura, pero no quiso discutir.

—A ver si descubres alguna cosa, entonces —murmuró.

Caleb asintió una vez, como siempre. Lo habitual también era que se marchara sin decir nada más, sin siquiera mirarla, pero en esa ocasión se rezagó un poco. Fue apenas perceptible, pero Victoria lo notó.

Intercambiaron una breve mirada que no supo descifrar, y entonces él se marchó.

Caleb

Se sentía como si hiciera un año que no visitaba la fábrica. Y no solo eso, sino que le resultó un lugar totalmente ajeno. Uno desconocido y hostil.

En otras ocasiones, tan solo era el lugar donde se enteraba del trabajo que le habían designado. Ahora, sin embargo, había cambiado; y no estaba seguro de cómo, pero ya no era lo mismo.

Quizá se sentía traicionado. ¿Eso era posible? Había leído sobre esa emoción, pero no estaba muy seguro de cómo se sentiría en carne propia. Sawyer no había contado con él para una misión en la que él debería haber sido el responsable. Tenía derecho a sentirse desplazado. A tener un poco de rencor. O eso se decía a sí mismo.

Bajó del coche y, todavía con las llaves en la mano, avanzó lentamente por el camino de asfalto destrozado por los años. Olía a humedad. Y a madera vieja. Y a todas esas cosas desagradables que llegaban cuando el tiempo pasaba y nadie se encargaba de nada. Sabía que lo estaban observando. Notaba las miradas de, mínimo, seis personas. Pero nadie lo detuvo. Era una buena señal, supuso. Si lo consideraran un traidor, ya estaría muerto.

Caleb empujó las puertas de hierro y recorrió la primera sala de la fábrica. Observó las altas columnas, la galería superior, los cristales rotos… Tardó unos minutos en llegar a la planta superior, donde lo esperaban dos guardias. Pese a las miradas de desconfianza, abrieron la puerta sin hacer ninguna pregunta.

Y ahí el paisaje cambió por completo. Los cristales rotos se volvieron vitrales; el papel de pared deshecho se volvió pintura perfectamente perfilada; el yeso del suelo, losas perfectamente colocadas… Incluso olía distinto. A ambientador químico. A tabaco. A alcohol, incluso.

Se encontró a otros diez guardias por el camino, y a cuatro más frente al despacho de Sawyer. Lo esperaban con la puerta abierta. Y su jefe, en el extremo opuesto, estaba sentado al escritorio con los brazos cruzados y expresión de concentración. En cuanto lo vio aparecer, para la sorpresa de Caleb, esbozó una gran sonrisa.

Las sonrisas de Sawyer eran, en su mayoría, muy mala señal.

—Mi chico favorito —dijo con alegría—. Ven, siéntate. Cerrad la puerta.

Caleb hizo lo propio, todavía extrañado por la bienvenida. Se sentó en su lugar habitual, pero Sawyer no se movió del escritorio. Parecía disfrutar del hecho de estar sentado por encima de su nivel. De hecho, lo observaba con la sonrisa aún más acentuada.

Por fuera, parecía que todo iba bien. Vestía una camisa verde, unos pantalones negros, unos zapatos perfectamente abrillantados, tenía el pelo rubio echado hacia atrás, estaba recién afeitado... Sin embargo, algunos detalles no eran tan habituales. No se había puesto su colonia habitual, esa que Caleb odiaba por la cantidad indecente que se echaba encima. Tampoco olía a tabaco. O a puro. No terminaba de... encajar.

—Estás de buen humor —observó Caleb una vez cerraron la puerta.

—¿Por qué no iba a estarlo?

—Estos últimos meses te he notado... más tenso de lo habitual.

Sawyer no reprimió su sonrisa, pero sí que pareció un poco más forzada.

—Todos tenemos malas rachas —murmuró—. ¿Por qué no me das uno de tus cigarrillos? He terminado los míos.

Otra cosa que no encajaba. Sawyer, el rey de la organización, no era la clase de persona que terminaba algo y no tenía más de repuesto.

Un poco confuso, Caleb se sacó el paquete de tabaco del bolsillo y se lo dio. Sawyer cogió dos cigarrillos. Tras colocarse uno en los labios, le ofreció el otro. Caleb aceptó. También aceptó que se lo encendiera sin preguntar.

Una pequeña nube de humo empezó a envolverlos. Nunca antes había fumado con Sawyer.

—Siento haber venido sin avisar —murmuró Caleb entonces.

Sawyer sonrió y soltó el humo lentamente por la nariz.

—No hace falta que te disculpes. Ven cuando quieras.

—Ah...

—Tengo buenas noticias.

—¿Cuáles?

—Podrías fingir un poco de entusiasmo, ¿eh? No te matará.

Tras reírse de su propio chiste, Sawyer se adelantó y le colocó una mano en el hombro. No fue un gesto cariñoso. De hecho —y pese a ser humano—, resultó un agarre demasiado fuerte como para considerarse casual. Caleb se tensó de forma imperceptible, pero Sawyer no movió un solo dedo.

—Digamos que tenía un problema —prosiguió—, y empiezo a ver la luz al final del túnel. Creo que sé cómo solucionarlo.

—¿Y puedo ayudar?

En lugar de responder, Sawyer ladeó ligeramente la cabeza.

—No estás aquí para hablar de mis problemas —repuso—. ¿Qué pasa, *Kéléb*? Jamás te habías presentado sin avisar.

Y era cierto. Había considerado la posibilidad de llamarle para no levantar sospechas, pero ya prácticamente se encontraba en la fábrica. No solía ser tan descuidado. Estaba perdiendo facultades.

—Llevo un tiempo sin trabajo —dijo al final—. Me preguntaba por qué.

—Todos merecemos unas vacaciones.

—No tan largas.

—Has estado mucho tiempo tras Victoria. Te mereces un descanso.

Oír ese nombre en los labios de Sawyer le pareció incorrecto. Como si lo estuviera envenenando. Caleb sintió una punzada de culpabilidad por pensar tan mal de él. ¿Qué diría si lo supiera?

—Quiero un trabajo nuevo —murmuró en tono neutral—. Incluso si es con Axel como compañero.

—Axel estará ocupado durante unos días.

—Podría ayudarlo.

—No, no puedes. La única alternativa es ponerte con Brendan, y dudo mucho que te apetezca.

Caleb sintió otra punzada mucho más desagradable que la anterior. Era mejor no decir nada respecto a Brendan.

—Así que ahora Axel tiene trabajos en solitario.

—No me digas que estás celoso.

Estuvo a punto de negarlo, pero no le pareció una mala estrategia. Los celos eran lógicos. Se trataba de una buena excusa para sacar el tema e indagar un poco más.

—Estoy *preocupado* —aclaró—. Es impulsivo y poco eficaz.

—Todo trabajo tiene su persona idónea.

—¿Y qué es tan importante para que le hayas llamado a él y no a mí?

Sawyer tardó unos instantes en responder. Unos segundos en que observó a Caleb con una intensidad inesperada. Temió que supiera la verdad. Que viera en su expresión lo que le ocultaba. Pero su jefe, igual que él, era sumamente bueno enmascarando sus emociones. Tan solo pudo devolverle la mirada con la esperanza de que no sospechara nada.

Entonces, esbozó la misma sonrisa que lucía cuando había entrado en su despacho.

—Sabes que confío en ti, ¿verdad?

Era una pregunta… poco usual. Caleb frunció ligeramente el ceño.

—¿Por qué preguntas eso?

—Porque quiero dejarlo claro. Confío en ti. Cuando se trata de un trabajo importante, siempre eres la primera persona a la que acudo. Si necesito consultarle un problema importante a alguien, eres la primera opción. Lo sabes, ¿verdad?

Caleb no lo tenía tan claro. Siempre que salía de ese despacho lo hacía con más preguntas que respuestas. Y no siempre conocía el porqué de los encargos de Sawyer. Como el día que lo había tenido dando vueltas por la fábrica en busca de señales de intrusos. O como ese otro en el que le había pedido que estuviera todo el día en su despacho y que Caleb no había llegado a descubrir el motivo.

Y, aun así, Sawyer le gustaba. Sí que confiaba en él y en sus decisiones. El inconveniente no residía en la desconfianza, sino en que era una persona movida por sus propios miedos. En cuanto alguien suponía un problema, decidía quitárselo de delante y no le daba más vueltas. Pero Caleb estaba seguro de que, con el tiempo, entendería que Victoria no era un problema. Que podían confiar en ella. Tan solo necesitaba tiempo. Y que Sawyer estuviera en una situación mental mucho menos agitada.

—Lo sé —dijo finalmente.

Pese a que la respuesta había sido la que quería, el agarre de Sawyer se volvió más sofocante. Caleb, que ya tenía dificultades lidiando con un contacto casual, sintió que una burbuja de angustia le crecía en el estómago.

—Entonces —murmuró su jefe—, me gustaría que tú también confiaras en mí.

—Lo hago.

—Perfecto. Ahora, dime qué haces aquí.

Caleb tragó saliva. ¿Por qué no podía soltarle el hombro? Lentamente, se llevó el cigarrillo a los labios para ganar tiempo.

—Estoy preocupado —admitió antes de soltar el humo—. Últimamente…, te comportas de una forma muy poco habitual.

—Ya te he dicho que tenía un problema, pero ahora sé cómo solucionarlo.

—¿Y cuál es la solución?

Sawyer, para su sorpresa, soltó una risotada y, al fin, dejó de apretarle el hombro. Bajó de la mesa sin su elegancia habitual y, con parsimonia, la rodeó para dejarse caer en su silla de siempre. De nuevo, en lugar de adoptar una de sus posturas formales, se limitó a estirarse sobre el asiento y colocar un tobillo sobre la rodilla.

—Creo que lo sabes —murmuró finalmente.

—¿El qué?

—Axel se va a encargar de la chica. Por eso estás aquí, ¿no?

Caleb no supo qué decir. Pensó que el momento de la verdad sería mucho más tenso, pero veía a Sawyer tan tranquilo como cuando había llegado a la fábrica. Incluso esbozaba una sonrisa de medio lado.

—Sí —admitió.

—No me digas que te has encariñado.

—Es inofensiva —admitió—. Y... tiene muchos problemas. Dudo que quiera meterse en más.

—Así que te has encariñado —repitió Sawyer tras poner los ojos en blanco—. ¿Vas a pedirme que no la mate?

—No pretendo cuestionar tus decisiones, pero creo que esta se ha tomado en una situación de tensión y estrés.

—Oh, qué bien. Nunca había tenido terapeuta.

—No soy terapeuta, pero te conozco desde hace mucho tiempo.

—¿Y crees que si estuviera en otra situación, no la mataría?

—Estoy seguro.

La conversación estaba funcionando como él quería. Todo iba mucho mejor de lo que había esperado antes de llegar. Incluso su cuerpo, que había permanecido en tensión varias horas, empezaba a relajarse.

Pero entonces Sawyer volvió a ser el de siempre.

—Tengo una reunión en unos minutos —aclaró, apagando el cigarrillo medio consumido en un cenicero de plata—, vete antes de que empiece.

La sonrisa se le había borrado, su actitud había cambiado y, con parsimonia, había vuelto a ponerse de pie. Para cuando Caleb se incorporó, ya lo tenía justo delante.

Pese a que Sawyer era más bajo que él, cuando lo miraba de esa forma parecía sacarle una cabeza entera. Esta vez sin sonrisa, le agarró la cara por la mandíbula. No fue un gesto agradable. Sus dedos parecían garras. Caleb luchó contra el impulso de echarse hacia atrás.

—¿Crees que estoy en una situación de tensión y estrés? —preguntó su jefe—. Estás aquí para hacer lo que yo te diga, no al revés. Si quiero que la chica muera, morirá. Si quiero que viva, vivirá. Y no se te ocurra entrometerte o iré a por tus queridos mellizos. Ya hace mucho que no me sirven para nada.

Caleb le mantuvo la mirada. No podía hacer otra cosa, además de sentir la burbujeante sensación de furia creciendo en su interior. Hacía mucho que Sawyer no le hablaba así. Desde que era pequeño. Con cualquier otra persona, habría reaccionado. Con él, se sintió como si volviera a tener diez años.

—Tensión y estrés —repitió Sawyer, y soltó una risa entre dientes—. Yo decido cuándo estoy tenso y estresado, no tú. No te olvides de cuál es tu lugar, *Kéléb*.

Y, tras aquello, lo soltó con la misma brusquedad con la que lo había cogido. Caleb dio un paso atrás y, con los puños apretados, salió de su despacho.

15

Victoria

—¿Qué es esa cosa?

Bexley había aparecido poco después de la salida de Caleb. Se había encontrado a su hermano de brazos cruzados en la cocina y a Victoria de brazos cruzados en el salón.

Ah, y a Bigotitos lamiéndose una patita en la entrada.

Victoria se deslizó por el sofá hasta que pudo asomarse a la entrada.

—Es mi gato —aclaró.

—Ya veo. ¿Dónde está Iver?

—En la cocina, cabreado.

—¡No estoy cabreado! —gritó desde la cocina, cabreado.

Bex lanzó una mirada a la puerta de la cocina, otra al gato y una última a Victoria. Parecía sumamente divertida.

—Me extraña mucho que no se haya quejado —admitió finalmente—. Iver les tiene pánico a los gatos.

—¡No le temo a nada! —espetó él.

—¿A los gatos? —repitió Victoria, sorprendida.

—De pequeño, uno le mordió un dedo y se ha quedado traumatizado de por vida.

—¡No me mordió un dedo!, ¡intentó arrancarme media mano!

Su hermana pasó de él y se agachó delante de Bigotitos. Para la sorpresa de Victoria, fue muy delicada y le ofreció una mano antes de intentar acariciarlo. El gato la olisqueó con desconfianza y, tras una breve inspección, se acercó un poco más para que le acariciara la cabeza.

—Le has caído bien —observó Victoria.

—Oh, me encantan las mascotas. Ojalá pudiéramos tener una.

El gato decidió que ya había sido suficiente; tras unas cuantas caricias, salió corriendo hacia el salón y se acurrucó junto a Victoria, que le pasó un brazo por encima.

—Lo siento —murmuró ella—, no es muy amigable.

—Tienes debilidad por los bichos con problemas sociales, ¿eh? El gato, Caleb…

Estuvo a punto de decir que Caleb no era tan *especialito*, pero se detuvo enseguida. ¿A quién pretendía engañar?

Como si se hubiera sentido invocado, la puerta se abrió de nuevo. Caleb entró en la casa con una cara muy poco habitual en él. No porque fuera buena o mala, sino porque era muy… expresiva. Estaba enfadado. Muy enfadado. Incluso Bex se reincorporó para mirarlo.

Quizá no ayudó que Bigotitos, más contento que nunca, correteara hacia él y empezara a frotarse con su pierna. Caleb torció el gesto.

—Quita, bicho.

—¡No lo llames «bicho»! —protestó Victoria.

Bex miró mejor a su amigo y, al final, decidió meterse en la cocina con Iver. Victoria supuso que no quería molestar a un Caleb enfadado. O quizá no quería entrometerse en su camino. Fuera como fuese, los había dejado solos y ella no sabía cómo lidiar con un X-Men cabreado. No recordaba la última vez que lo había visto así.

Él se quitó la chaqueta con un gesto de impaciencia y, en lugar de colocarla en el perchero, la lanzó sobre el sillón. Victoria observó el proceso con atención, y Caleb debió de darse cuenta.

—¿Qué? —masculló.

—Nada. Bonita camiseta. Muy… negra.

—Gracias. Bonita camiseta. Muy mía.

—¡Me dijiste que usara lo que quisiera!

—Y tuviste que encontrar esa cosa.

Victoria se miró a sí misma mientras él se dejaba caer en el sillón. No le parecía una camiseta fea. Poco habitual para Caleb, sí, pero no fea.

Bigotitos, que seguía probando su suerte, se subió al respaldo del sillón y chocó la cola contra la mejilla de Caleb. Por fortuna, este último decidió ignorarlo.

—¿Quieres que te la devuelva? —preguntó Victoria, precavida.

—Por mí, puedes quemarla.

—Vaaale… Alguien está de mal humor. ¿Qué tiene de malo la camiseta?

—Que es horrible.

Victoria quería interrogarlo con todas sus fuerzas. Aquella animadversión no podía ser por un puñado de colores. No se lo creía.

Y, para su mayor asombro, él continuó hablando sin que tuviera que preguntarle nada.

—Es lo único que conservo de mi vida anterior.

No esperaba esa clase de confesión. De hecho, no esperaba que dijera nada, así que estaba muy perdida en cuanto a respuestas. Necesitaba decir alguna cosa. Necesitaba tirar del pequeño hilo que le había brindado.

—Parece... de campamento —observó.

—Quizá lo sea.

—¿No lo sabes?

—No sé nada. No lo recuerdo. Y, honestamente, prefiero no recordarlo. Dudo que fuera mucho mejor que... que todo lo que ha pasado antes de que me convirtiera en *esto*.

Ella, que sentía que ya había presionado suficiente, decidió cambiar un poco el rumbo de la conversación.

—Supongo que lo de Sawyer no ha salido bien —murmuró.

—Pues no.

—Pero..., si te sirve de algo, me alegra que hayas vuelto sano y salvo.

Caleb no la miró. Tenía la vista clavada en algún punto de la habitación. Parecía... triste. Y enfadado. Y contenía muchas otras emociones negativas que no supo descifrar. Con cualquier otra persona, Victoria se habría acercado a darle un abrazo. Con él, en cambio, temía que aquello tan solo empeorara las cosas.

Cuando por fin respondió, lo hizo todavía con la mirada perdida.

—Sí que sirve de algo —murmuró.

—¿Puedo preguntarte si estás bien?

De pronto, Caleb levantó la mirada para encontrar la suya. Tenía una intensidad muy poco habitual en él. Victoria quiso moverse, pero no podía. Se había quedado completamente clavada en el sitio. Y con un ligero cosquilleo de nervios en las puntas de los dedos.

—Ven conmigo —dijo finalmente, más decidido de lo que esperaba—. Quiero enseñarte una cosa.

La facilidad con la que le habría dicho que sí fue un poco preocupante. ¿En qué momento se había olvidado de su propio instinto de supervivencia?

—¿Qué cosa? —preguntó, más por orgullo propio que por miedo.

—Me dijiste que querías saber qué soy. Y he decidido que quiero contártelo.

—Oh.

—Aunque me llama la atención que te intereses más por eso que por Axel.

—Saber qué eres me dará más información sobre Axel —le aclaró ella, aunque ni siquiera se le había pasado por la cabeza—. Entonces ¿qué eres? ¿Un vampiro, alien, medusa…?

—¿Medusa?

—Serías la medusa más sexy que he visto en mi vida.

—Voy a pasar por alto que me has llamado «celentéreo».

—También te he llamado «sexy», X-Men.

—Es irrelevante.

—Veo que seguimos tan románticos como de costumbre.

Caleb, como era habitual, no parecía estar de humor para sus bromas y frases hechas. Se incorporó tan rápido que Bigotitos maulló en señal de protesta. El maullido no había terminado y él ya estaba de pie ante Victoria, ofreciéndole una mano.

—Vamos —insistió él.

Y, por supuesto, aceptó la mano. ¿A quién pretendía engañar?

Caleb

Estaba enfadado, sí. ¿A quién pretendía engañar?

¿Cómo se atrevía Sawyer a amenazar a sus amigos? ¿Cómo se atrevía a cogerlo del cuello de esa forma? Estaba furioso. Hacía mucho que no contenía una emoción como esa. No sabía cómo gestionarla. No sabía qué hacer. Pero, de pronto, se sintió como uno de aquellos adolescentes sobre los que tanto había leído. Como si estuviera cometiendo una acción solo para contradecir a su figura paterna. Como si, enseñándole lo que iba a mostrarle a Victoria, le estuviera devolviendo el golpe.

Se sintió infantil y estúpido. No era la clase de persona que tomaba decisiones como esa. No actuaba con impulsividad ni ponía a nadie en peligro. ¿Qué le sucedía últimamente?

Aun así, tenía claro que quería enseñárselo todo. Quería que supiera la verdad. No entendió el motivo, pero le parecía importante. Más allá de lo que sintiera respecto a Sawyer, había querido hacerlo durante mucho tiempo. Merecía la verdad. Y más si iba a enfrentarse a Axel en algún momento.

Para tener la mano tan pequeña, ejercía bastante fuerza en la de Caleb. Debían de ser los nervios. Tenía ganas de saberlo. Nunca había conocido a nadie con ese nivel de curiosidad.

Tras cruzar el vestíbulo, Caleb se detuvo ante la puerta del sótano. Estaba debajo de las escaleras, cerrada desde hacía mucho tiempo. No dudó al abrirla de par en par y empezar a bajar los escalones de madera.

—¿Adónde vamos? —preguntó Victoria tras él.

Pese al temor en su voz, no había dejado de seguirlo.

—Confía en mí.

Finalmente, llegaron a la base de las escaleras, donde los esperaba otra puerta. Era de hierro, igual que la tapa que había junto a la manija. Caleb la retiró y marcó las cuatro cifras con la velocidad a la que estaba acostumbrado; estaba seguro de que Victoria no las habría captado. El temor no era que entrara sin él, sino que se quedara encerrada allí sin querer.

La puerta daba a otra sala cuadrada, mucho más pequeña, que desembocaba en un pasillo largo y oscuro. La única iluminación era la solitaria bombillita que colgaba del techo y que no dejaba de parpadear.

Ella le soltó la mano y, temerosa, se detuvo en el marco de la puerta.

—Caleb —murmuró—, no vas a matarme, ¿verdad?

El aludido se volvió para mirarla por encima del hombro. Estuvo tentado a sonreír.

—No.

—Y tampoco vas a intentar secuestrarme, supongo.

—Hoy no.

—¿Eso ha sido una broma o tengo que preocuparme?

—Broma.

Su respuesta fue una risita un poco nerviosa.

—Qué rápido aprendes, X-Men.

—Tengo una buena maestra.

La elección de la broma había sido la correcta. Por primera vez, se sintió como si sus habilidades sociales —por reducidas que fueran—, sirvieran para alguna cosa positiva. Victoria relajó los hombros y soltó una risita. A él le gustaba que se riera con sus bromas. Nunca antes se había considerado gracioso.

Victoria

Bueno…, ¿qué era la vida sin un poco de riesgo? Sus padres no habían criado a una aburrida. Además, su curiosidad ya había superado a su sentido común.

Todavía un poco tensa, avanzó por la sala y dio un pequeño brinco al oír que Caleb cerraba la puerta que habían cruzado. Hora de la verdad. Si iba a morir, por lo menos la mataría alguien que le gust... ¡que le caía bien!

Estaba a punto de pisar la primera baldosa del pasillo cuando, alarmada, se dio cuenta de que estaba lleno de polvo. Hacía mucho tiempo que nadie pasaba por ahí. Caleb, parado a su lado, la contempló con un poco de cansancio.

—No voy a hacerte daño —repitió—. Lo prometo.

—¡No es eso! Bueno, también, pero... voy con mis únicos calcetines de abejorros.

—¿Qué?

—Pues que les tengo mucho aprecio. No quiero que se llenen de suciedad.

Por primera vez, Caleb pareció darse cuenta de que iba descalza. Intercambió una mirada entre su cara y sus pies, como si tratara de unir conceptos.

—¿Por qué no llevas zapatos?

—Porque dijiste que me sintiera como en casa, y yo en mi casa voy descalza.

—Muy útil.

—Perdóname, Indiana Jones, no sabía que bajaríamos a las catacumbas.

Caleb no se rio, pero ella se conformó con saber que había sido una broma graciosa.

—Se me ocurre una cosa —insinuó Victoria entonces.

—¿Cuál?

—Tienes una espaldita muy bonita y muy grande.

—Oh.

Y aunque pensaba que iba a mandarla a la mierda, Caleb se dio la vuelta y se quedó ahí plantado, esperando que subiera.

Sinceramente, no esperaba un sí de inmediato, pero no iba a quejarse de los resultados.

Sin embargo, tenía un reto por delante. Caleb era altísimo. ¿Qué pretendía?, ¿que saltara como un mono araña?

Con más voluntad que estrategia, Victoria colocó ambas manos en sus hombros y calculó el salto.

Debería haber escuchado más durante las clases de gimnasia, pero

¿cómo iba a saber que algún día le sería útil? Tras una palabrota, tiró de él hacia los escalones. Caleb se movió de espaldas como un muñeco de trapo.

Con dos escalones bajo los pies, aquello parecía mucho más viable. Contó hasta tres en voz alta y, finalmente, saltó hacia delante. Fue como chocarse con un bloque de hormigón. Ya imaginaba que Caleb estaba durito por todos lados —no se quejaba—, pero es que ni siquiera se había movido para mantener el equilibrio. De hecho, tampoco la sujetó cuando ella le rodeó con las piernas y los brazos. Simplemente se puso a andar con la tranquilidad de quien no sostiene sesenta kilos sobre la espalda.

Victoria, que se agarraba como podía a él, consiguió asomar la cabeza por encima de su hombro.

—Muy cómodo —murmuró.

—Gracias.

—Ya que estamos, ¿podrías explicarme por qué puñetas tus amigos y tú sois tan altos?

—Estamos de camino hacia todas las explicaciones, Victoria.

—Ah…, así que tiene que ver con eso. No sabía si el proceso de *casting* incluía una altura mínima.

—No sé de qué *casting* hablas. Pero sí; tiene que ver con ello.

—¿Vuestra sangre es de gigante?

—Los gigantes no existen.

—Hace poco pensaba que la gente como tú tampoco existía.

—Todavía no sabes qué es la gente como yo.

Victoria enarcó una ceja, divertida.

—Ya tenías mi curiosidad, pero ahora tienes mi interés.

—Siempre lo he tenido —repuso él.

Vaaale, ¿qué estaba pasando?

Se asomó un poco mejor, pasmada, y casi cayó de culo cuando vio que él intentaba ocultar una sombra de sonrisita.

—¿Estás coqueteando conmigo? —preguntó, un poco más escandalizada de lo que debería.

—Piensa lo que quieras.

—¿Tenías que hacerlo en un sótano mugriento?

—No hay muchas opciones.

Sin palabras.

Simplemente, sin palabras.

¿Acaso se había caído en las escaleras, se había golpeado y ahora deliraba? ¿Estaba soñando?

No podía creérselo. ¡Estaba coqueteando!

A punto de decir algo más, se detuvo al ver que la expresión de Caleb volvía a ser tan seria como de costumbre. Entraban en la parte del pasillo que no cubría la bombilla. Por lo tanto, la luz iba desapareciendo lentamente. Cada paso era más oscuro que el anterior.

Victoria tuvo la esperanza de que, poco a poco, recuperaran la luz. No fue así. La oscuridad los envolvió por completo y no pudo ver nada más. Ni siquiera oía los pasos de Caleb. ¿Era cosa suya o incluso la corriente se había vuelto más fría? La piel de los brazos se le erizó y, un poco asustada, apretó las manos en su camiseta.

—¿Tú puedes…? —empezó.

—Sí, puedo ver.

—Menos mal.

Ni siquiera se planteó el motivo. Se le pegó a la espalda, más tensa de lo que le gustaría. Aunque estuviera subida encima de él, la idea de caerse y quedarse ahí abajo, olvidada, la tenía en completa alerta.

—¿Falta mucho? —preguntó.

—No.

—¿Seguro?

De pronto, Caleb se detuvo. Al volverse para mirarla, Victoria notó la suave caricia de su pelo contra el mentón. Nerviosa —y temerosa—, tragó saliva.

—¿Tienes miedo?

No sonaba burlón. De hecho, parecía sorprendido.

—No —mintió.

—Yo creo que sí.

Eso sí que había sonado a broma. La primera vez que se ponía burlón y coqueto, y tenía que ser en un puñetero sótano sin iluminación.

—No tengo miedo —repitió, tratando de convencerse a sí misma.

—Pues bájate un momento.

—Ni se te ocurra soltarme.

—No te estoy sujetando.

—¡Ya me has entendido!

—No era broma; necesito que te bajes un momento.

Victoria sintió que la sangre le abandonaba el rostro. Aterrorizada, empezó a negar con la cabeza.

—Confía en mí —murmuró Caleb—. Es solo un momento.

Ella, de nuevo, decidió no moverse. Y entonces sintió que sus músculos obedecían a la petición sin el permiso de su pobre cerebro angustiado. De pronto, estaba de pie en esa sala oscura, sin nadie alrededor, sin ningún punto de apoyo, y sin ver nada. Le temblaban los puños. Los apretó con fuerza, tratando de hacerse la valiente. El corazón le latía con mucha fuerza. Si la abandonaba allí, al menos Caleb tendría que aguantar los latidos frenéticos de su corazón; esperaba que le produjeran una buena jaqueca.

—Sigo aquí —dijo Caleb.

No dijo nada, pero estaba aliviada. No sonaba muy lejano. Decidió concentrarse en el entorno. En la brisa helada que sentía en los brazos. En el suelo de madera que tenía bajo los calcetines de abejorros. En el olor a humedad, a madera y…, en general, a lugar cerrado.

—¿Caleb? —murmuró, abriendo y cerrando los puños.

—No te muevas. Solo será un momento.

—Te juro que, como me abandones aquí abajo…

—Nunca lo haría. Solo necesito un momento más.

Así que se mantuvo en el sitio, aterrada y ciega, y por primera vez se percató de un pequeño detalle: podía oír los pasos de Caleb. Nunca los había oído. Lo que significaba que él estaba pisando fuerte a propósito, que estaba haciendo ruido para que ella supiera dónde se encontraba en cada momento.

No se había alejado demasiado.

Sintió que se le relajaban un poco las manos. Trató de respirar hondo y calmarse. El corazón, por lo menos, ya no le latía con tanta fuerza.

Y entonces oyó un pequeño chasquido. Seguido de una lámpara gigante que iluminó la habitación en la que se encontraban, entera.

La luz fue tan intensa y repentina que se cubrió los ojos de forma involuntaria. Al destapárselos, entendió que no estaban en el pasillo. Victoria se encontraba en el centro de una habitación hexagonal mucho más grande de lo que había esperado, y Caleb estaba al otro lado de la sala, con un brazo metido entre dos estanterías, mirándola para ver su reacción.

Y ella…, bueno, no estaba muy segura de cuál podía ser la reacción adecuada. Observó el alrededor con los ojos muy abiertos. Había estanterías. Muchísimas. Cubrían por completo las viejas paredes pintadas de color burdeos. Contenían libros de todos tipos y tamaños, algunos más nuevos y otros amarillentos por el paso de los años, algunos cubiertos de polvo, otros mucho mejor cuidados. El suelo era de madera, tal como había sospechado, solo que mucho más viejo que el resto de la casa. En cuanto dio un paso vacilante, crujió bajo sus pies.

Pronto se encontró con una alfombra redonda y negra que marcaba el centro de la sala. Sobre ella tan solo había una silla. Era robusta, con grilletes de cuero en ambos brazos y piernas, los cuatro desgastados y estirados por el paso del tiempo y por la fuerza que se había ejercido sobre ellos.

Con la respiración agolpada en la base de la garganta, descubrió que la habitación también tenía una mesa con una silla. Y una cama individual y vieja entre dos estanterías. Todo era individual. Todo. Y, aunque la puerta de hierro reforzado estaba abierta para ellos, enseguida dedujo que, una vez cerrada, sería imposible derribarla.

Victoria buscó lentamente la mirada de Caleb. Por primera vez, no trataba de ocultar su expresión sombría.

—¿Qué es esto? —preguntó ella con un hilo de voz—. ¿Es…? ¿Qué es? ¿Y quién vive aquí?

—Nadie. Ha estado vacío unos cuantos años.

Todavía horrorizada, Victoria trató de respirar con regularidad. Era complicado. Con un dedo tembloroso, trazó la línea de una de las ataduras de cuero. Estaba áspero. Cuanto más tirara la persona atada, más iba a doler.

Y, en medio del horror y de las ganas de salir corriendo, encontró su humor maltrecho.

—No eres un Christian Grey que quiere hacerme cosas raras, ¿verdad?

—¿Es un amigo tuyo?

La risa de Victoria sonó un poco histérica. Se sentía… sucia. Quería alejarse de aquella sala. Y de la silla. Especialmente de la silla. Retrocedió unos pasos y, aún perdida, se acercó a Caleb. Este permanecía en un rincón, con los hombros tensos y la mirada clavada en el centro de la sala. Intentaba contenerse, pero estaba claro que él tampoco quería pasar mucho tiempo ahí abajo.

—Hacía mucho que no bajaba —murmuró, pensativo.

—¿Cuánto tiempo?

Enseguida supo que había formulado la pregunta correcta. Caleb encontró por fin su mirada. Estaba ensombrecida y oscura.

—Desde que viví aquí.

Caleb

Odió esa expresión de lástima. La detestó. Apenas interactuaba con humanos, así que solo estaba acostumbrado al odio y al miedo. La lástima suponía algo totalmente nuevo. Y no le gustó en absoluto.

Incómodo, se acercó un poco más a la silla del centro. Era curioso que, al verla, apenas pudiera sentir algo más que cansancio. Durante muchos años, no se había atrevido a bajar. Ni siquiera cuando quería alguno de los libros que recordaba con un extraño apego.

Respiró hondo. Victoria se había acercado a él y, aunque permanecía a su lado, no intentó tocarlo, tampoco invadió su espacio. Tan solo esperaba una explicación.

—No sé por dónde empezar —admitió en voz baja.

—Por donde creas que es mejor.

Caleb esbozó lo que pareció una sonrisa, pero pronto la borró. Hacía mucho tiempo que no hablaba de todo aquello. En la familia nadie quería recordarlo.

—Antes de empezar, tienes que entender que Sawyer tiene una teoría. Todos, al crecer, destacamos más en algún ámbito o en alguna habilidad. Hay personas que, sin embargo, desarrollan sus habilidades muchísimo más que el resto. Algunas aptitudes son más útiles, otras más intensas… Dos niños pueden destacar en lo mismo, pero uno puede hacerlo con mucha más fuerza que el otro. No sé si me estás escuchando o solo me miras fijamente.

—Te miro fijamente porque estoy flipando. Pero…, sí, sigue hablando.

Caleb asintió una vez.

—Hay personas como Sawyer que se dedican a buscar a esos niños con… habilidades especiales. «Extraños», los llaman.

»Los ayudan a desarrollar sus habilidades. No hay muchos métodos para lograrlo. A él se lo enseñó su familia, por lo que sé. Su padre se dedicaba a lo mismo y, tras unos cuantos años lidiando con sus clientes él solo, decidió empezar a buscar niños con habilidades especiales a los que poder criar para, un día, ayudarlos.

—Es decir…, explotarlos.

—Eso es subjetivo. La parte objetiva es que empezaron a buscar en orfanatos, a niños que no tuvieran familia ni prospecto de futuro. Les dieron una nueva oportunidad.

Sabía que Victoria no estaba de acuerdo con él. Lo vio en su mirada, y en sus gestos, y en su forma de apretar los labios. Aun así, no paró de hablar:

—A mí me encontraron así. No era muy hábil, socialmente hablando, pero… tenía un don especial para saber cosas que los demás no entendían. Sabía dónde estaba la gente aunque no pudiera verla. Podía diferenciar muchas cosas por el olor. También era capaz de ver cosas que estaban a una distancia imposible para el ojo humano.

»Sawyer vino a mí cuando tenía… ocho años, creo. No lo recuerdo muy bien. Me hizo una serie de preguntas, las mismas que nos hacía a todos, y por primera vez pude hablar de lo que me pasaba sin que me tomaran por un lunático. Me creyó. Palabra por palabra. Y ni siquiera tuvo que decir nada. Lo único que supe fue que, una semana más tarde, había firmado los papeles para mi adopción.

Recordaba ese día. Recordaba estar sentado en la parte de atrás del coche más lujoso que había visto en su vida. Y el olor a limpio. Y a la colonia de Sawyer. Y la falta de ruido del resto de los huérfanos. Y la tranquilidad que le supuso. El resto de los recuerdos se fragmentaban y confundían.

—Hizo que mis habilidades mejoraran —concluyó Caleb—. Me dio una casa, una familia… Y empecé a trabajar para él.

—Espera —intervino Victoria—. ¿Te estás saltando una parte de la historia?

—Es insignificante.

—Qué suerte, porque me encantan las cosas insignificantes.

Caleb apretó los dientes.

—No es… una historia bonita.

—No necesito que sea bonita.

Caleb la contempló unos instantes. No entendía por qué ocultaba información de esa manera. Por qué estaba tan empeñado en que ella no pasara un mal rato. Él conocía la vida de Victoria y tenía información de lo que había sido antes de que se conocieran; ella no era una persona que hubiera crecido entre algodones e historias bonitas, podía aguantar aquello y mucho más. Y, sin embargo, Caleb sentía una extraña necesidad de protegerla que no terminaba de entender.

—Para desarrollar las habilidades —murmuró finalmente— existe un proceso muy concreto. Necesitas que el sujeto experimente emociones muy fuertes. Estimular sus sentidos al máximo.

—¿Emociones? —repitió Victoria—. Como… ¿tristeza?

—Supongo que podría funcionar, pero el método más rápido es el dolor. A un nivel lo suficientemente alto, estimula tanto los sentidos que te conviertes en un recipiente vacío. Tan solo puedes concentrarte en ello. Y, gracias a eso, dejas de poner trabas a tu habilidad. Es un proceso largo, complicado y extenuante, pero funciona. Sawyer se refiere a él como «la vigía», aunque… a mí nunca me ha gustado ese nombre.

Acababa de soltar muchos datos, pero Victoria había empalidecido a la primera frase. Contempló la silla con los labios entreabiertos. El corazón volvía a latirle de forma irregular.

—Es decir… —murmuró ella—, que usaste esta silla.

—Todos lo hicimos.

—Caleb…

—No necesito tu lástima.

—¿Cuántos años tenías?

—No importa.

—Dímelo.

Estuvo a punto de eludir la pregunta otra vez, pero finalmente respondió:

—No lo recuerdo. Fue poco después de llegar.

—Es decir…, unos ocho años.

El horror en su voz le hizo advertir que nunca, en toda su vida, había puesto en duda los métodos de Sawyer. Nunca los había observado desde un prisma negativo. Para él, había sido lo que le tocaba pasar a cambio de tener las habilidades que había perfeccionado.

—Apenas lo recuerdo —aclaró, un poco preocupado por el ritmo irregular de su corazón.

—Caleb… Eras solo un niño.

—Apenas lo recuerdo —repitió, incómodo.

—¡No importa! —saltó de repente—. ¡Te… te torturó!

—No era… Fue para…

—Por el amor de Dios, da igual para qué fuera. ¿Qué te hizo?

—Nada que no pudiera soportar. O no estaría aquí.

Pero sí que le resultó, en muchas ocasiones, insoportable. Recordaba el miedo. La incomprensión ante la situación. Las palabras de Sawyer, diciéndole que solo sería temporal, que pronto desaparecería el dolor. Y no le pareció temporal. Le pareció eterno. El dolor en las muñecas y en los tobillos. El sonido de la madera. El olor metálico e insoportable.

—Era un mal necesario —repitió—. Si no hubiera hecho lo que hizo, ahora no podría controlar mis habilidades. Y algunas son muy peligrosas, Victoria. Al principio, cuando las estimulas, es difícil… controlarlas y que no se sobrepongan a tu voluntad.

Victoria

Odiaba a Sawyer.

Lo detestaba. No quería ni verlo, porque sabía que, en cuanto le pusiera cara, el odio sería todavía mayor. Y le importaba un bledo que Caleb lo considerara un mal necesario, o que siguiera empeñado en que Sawyer tan solo tomaba las decisiones que nadie quería tomar. Lo odiaba profundamente.

Un pobre niño de ocho años… Ni siquiera podía pensar en el resto. Bex, Iver… Un escalofrío le recorrió la espina dorsal.

—Para mí fue muy complicado —prosiguió Caleb, aunque parecía que hablaba desde un lugar muy lejano—. No podía controlar lo que oía y lo que no. Cada paso me destrozaba la cabeza. Cada susurro. Sentía que iban a estallarme los tímpanos en cualquier momento. Los demás… aprendieron a lidiar con ello mucho antes. Mi vigía fue mucho más larga que la de los demás. Sawyer bajaba tres horas cada día, siempre acompañado de algún guardia, y me traía comida y bebida. Me hacía preguntas, también. El entrenamiento empezaba después, una vez se había asegurado de que estaba en condiciones de continuar.

—¿Y cuando se iba? —preguntó Victoria, que no podía dejar de mirar la silla—. ¿Con quién hablabas?

—El objetivo de estar aquí abajo era que no hubiera contacto con nadie. Y Sawyer… Supongo que no creía que sobreviviría, así que mantenía cierta distancia. Intentaba que no hubiera implicación emocional.

Victoria sintió el impulso de insultarlo otra vez, pero se contuvo.

—¿Cuánto tiempo estuviste aquí abajo? —preguntó—. ¿Cuánto tiempo te tuvo incomunicado y torturado?

—Victoria…

—¿Cuánto?

—Seis años.

Ella alzó la mirada, perpleja. Pensó que diría «semanas», incluso «meses». Seis años le parecía una cantidad de tiempo desorbitada. Una eternidad. Y para un niño…

La expresión de Caleb ya no podía engañarla; aquello no lo dejaba tan indiferente como pretendía mostrar. Estaba tenso. Y observaba sus reacciones como si no supiera qué esperar de ellas.

—¿Por eso no entiendes las frases hechas, las ironías…? —murmuró ella en voz baja—. ¿Porque te pasaste seis años sin relacionarte con nadie?

—Es… una teoría aceptable, supongo.

—Oh, Caleb… Soy la peor persona del mundo. Me he burlado de ti mil veces…

—No pasa nada.

—Sí que pasa. Lo siento mucho, no sabía…

—Iver y Bex llegaron mientras estaba aquí abajo —la interrumpió bruscamente—. Ellos lo tuvieron más fácil. Especialmente Iver. Bex, en cambio, tuvo que trabajar un poco más. Cuando ve el futuro, puede sentir las mismas emociones que la persona a quien está visionando. Le resultaba insoportable. Pero ellos hicieron la vigía juntos. Creo que el hecho de estar unos meses aquí abajo, juntos, terminó de cimentar el vínculo que tienen.

»Cuando cumplí quince años, ellos salieron. Supongo que Sawyer quería hacerme un regalo. Sentía mucha curiosidad por conocerlos y…, bueno, no tenía muchos amigos. Los únicos que había en la casa eran Axel, Anya y Brendan, y no lograba encajar con ninguno. Quería… amigos, aunque suene banal. Y, por suerte, Iver y Bex resultaron ser perfectos para ejercer ese papel.

A Victoria se le acumulaban las preguntas. Tantas… que no sabía ni por cuál empezar. Cerró los ojos, tratando de ignorar la silla, y terminó por centrarse de nuevo en él.

Al final, optó por el camino más fácil.

—Nunca habías mencionado a Brendan y a Anya. ¿También son… como tú?

—Sí.

—¿Y su vigía?

—La de Brendan fue la más corta. Sawyer siempre decía que era el más capacitado del grupo. —Su tono se volvió un poco agrio, pero se recuperó enseguida—. Apenas duró dos semanas. Anya, que vino después de nosotros, también estuvo poco tiempo. Dudo que llegara al mes.

—¿Y Axel?

—Él fue distinto. Cuando llegó, ya tenía la habilidad muy desarrollada. Mucho más que el resto.

Victoria asintió lentamente, como si comprendiera la implicación que eso suponía.

—¿Cómo pudo hacerlo?

—Bueno, las habilidades se provocan con emociones fuertes, y Axel tuvo una vida muy complicada. Las personas con las que vivía… digamos que ayudaron a que su habilidad se desarrollara antes de tiempo.

Detestó sentir lástima por alguien como Axel, a quien debía odiar. Por alguien que la estaba persiguiendo. Que quería hacerle daño. Él no sentiría empatía por ella, estaba segura.

—¿Por qué no viven con vosotros? —preguntó.

—Sawyer quiere que cubramos toda la ciudad. Tiene varias casas como esta, y deberían vivir tres personas en cada una. Pero como somos menos de los que esperaba cuando empezó todo esto, solo ocupamos dos. Algunas veces coincidimos en trabajos comunes, o en lugares ubicados entre su zona y la nuestra. Como tu bar, por ejemplo.

—Y… ¿hay más gente en la ciudad con vuestras habilidades?

—No lo creo. Normalmente, cuando se eligen niños con habilidades, se suele hacer por tandas. Eligen a personas del mismo rango de edad y, una vez dejan de trabajar, se busca a una nueva generación. —Hubo un pequeño cambio de tono, a uno más agradable—. Sawyer nos contaba historias sobre ellos. Hubo una mujer que podía hablar con los muertos, un hombre que tenía control sobre el fuego, otra podía saltar en el tiempo… No sé si eran historias reales o se las inventaba para entretenernos, pero… me gustaba oírlo hablar.

Tras aquello, la mirada de Caleb había cambiado. Parecía… nostálgico. Victoria lo observó con curiosidad y en silencio, respetando la pequeña atmósfera que acababa de crear. Cuando se relajaba y dejaba de fingir que todo le daba igual, cuando se permitía tener sentimientos y emociones como cualquier otro, parecía una persona completamente distinta. Una buena persona. Observó cómo sus labios se curvaban ligeramente hacia arriba, cómo se le relajaba la mirada, cómo su expresión —que solía alejar a la gente— se transformaba en una bienvenida.

Y entonces debió de acordarse de dónde estaba, porque la miró con seriedad.

—Creo que ya tienes bastante información por hoy.

—Por hoy.

—Por hoy, sí.

—Queda implícito que todo esto es secreto, supongo.

—Tampoco iba a creerme nadie.

Y, por primera vez, Caleb sonrió sin pretensiones, sin intentar ocultarlo. Simplemente, sonrió para ella.

Sin embargo, duró poco. No porque quisiera ocultar esa emoción, sino porque él empezó a parpadear con confusión.

—¿Por qué se te ha acelerado el corazón?

—¿Eh…? No sé. Por nada. Miedo a la oscuridad.

—Ahora se te ha acelerado más.

—¿Y si volvemos a un lugar iluminado?

Caleb dudó unos instantes, pero al final asintió una vez y, tras apagar la luz, se acercó a Victoria para que se subiese de nuevo a su espalda. En esta ocasión, la sujetó para que no se cayera.

16

Victoria

Dos días después de llegar a casa de Caleb, había tenido tiempo de sobra para reflexionar sobre todo lo que le había sucedido. La lista era corta y surrealista:

1. No era una pesadilla.
2. Un chico con superpoderes y poco cariño por la vida ajena quería matarla.
3. No podía contactar con nadie.
4. Ni trabajar.
5. Ni siquiera podía visitar su puñetera casa.
6. Estaba conviviendo con tres X-Men con superpoderes.
7. Uno de ellos empezaba a despertarle cositas que no debería despertarle un X-Men con superpoderes.
8. Estaba zumbada, ¿verdad?

Su manera de lidiar con la situación fue permanecer en la absoluta negación, darse un baño de espuma, explorar un poco la casa, comerse la mitad de las fiambreras de Iver, ver una película con Bexley y darle de beber a la plantita.

También había perseguido a Iver con Bigotitos en brazos. Los gritos fueron muy graciosos. Sí, eso fue divertido.

Y Bigotitos, por su parte, solo se despegaba de ella cuando aparecía Caleb; el gato también parecía sentir cosas que no debería despertarle un X-Men con superpoderes.

En ese momento, estaba tumbada en la gigantesca cama de Caleb, y el gato, por supuesto, roncaba junto a ella. Victoria le acariciaba la espalda con la mirada perdida en el techo. No sabía cómo debía sentirse. Ni qué debía hacer. Nunca habían amenazado su vida. Tampoco había conocido a personas con poderes. Era todo… bastante novedoso. Y no había una línea de atención al cliente donde aclarar dudas.

—¿Tú también echas de menos a Dani y a Margo? —murmuró Victoria.

El gato roncó todavía más fuerte.

—No creo que vaya a responderte.

Alarmados, tanto Victoria como Bigotitos levantaron la cabeza. Caleb estaba de pie en la puerta, con los brazos cruzados y la cabeza ladeada. Por segunda vez, había dejado la chaqueta y simplemente llevaba puesta una camiseta de manga corta de color verde militar. Tampoco llevaba la pistola.

—¿Cuánto hace que estás ahí? —preguntó ella, aún alarmada.

—Un minuto y cuarenta y tres segundos.

—Gracias por ser tan específico.

—De nada.

Mientras ella volvía a tumbarse, Bigotitos se acercó a Caleb contoneándose. En cuanto llegó al borde de la cama, arqueó la espalda y le hizo ojitos para que lo acariciara. El aludido, no obstante, se limitó a torcer el gesto.

—Quita, bicho.

Miau.

—No me caes bien.

Bigotitos le bufó, resentido, y bajó de la cama de un salto. Con su orgullo gatuno herido, abandonó la habitación. De haber podido, seguramente habría dado un portazo.

Caleb ignoró el pequeño acto de rebeldía y se acercó a la cama. Victoria dudaba mucho que fuera a tumbarse con ella, pero al menos se sentó al borde para acompañarla.

Seguía siendo extraño pasar tanto tiempo con él.

—¿Echas de menos a tus amigas? —preguntó Caleb con suavidad.

—Echo de menos muchas cosas —tuvo que admitir—. Pero prefiero estar nostálgica que muerta.

—Gracias por ser tan específica.

—¿No podría decirles que estoy bien, al menos?

—Por su seguridad, es mejor que no.

—Seguro que Margo ya ha activado un dispositivo de búsqueda. No sé si te acuerdas de ella —añadió—, es la que…

—La pelirroja, sí. Me acuerdo.

Victoria sintió un pinchazo un poco amargo en el abdomen. Irritada, se cruzó de brazos y volvió a fijar la vista en el techo. A ver, igual era un poco infantil, pero… ¡tenía mucho tiempo para pensar! Aquello amargaría a cualquiera.

—Claro que te acuerdas —murmuró de mala gana—. Todo el mundo se acuerda de Margo.

Siempre había ido de esa manera. Victoria podía ser tan guapa como quisiera; jamás llamaría la atención como su amiga. Si se les acercaba alguien en un bar, era para hablar con Margo. Si Jamie estaba en la misma sala que ella, apenas miraba a Victoria. Y ella odiaba echarle la culpa a su amiga. Después de todo, no hacía nada para provocarlo. Aun así, inevitablemente sentía un toque de amargura.

Lo único que le sorprendió fue que, en el caso de Caleb, le afectara tanto. Sentía la rabia fluyéndole por las venas. De alguna manera, le gustaba que Caleb y ella compartieran tantas cosas que, para el resto del mundo, eran privadas. Compartían un entorno en el que nadie más podía entrar. Un espacio seguro. Y la posibilidad de que él se fijara en otra persona rompía por completo esa burbuja.

Caleb, por cierto, no entendía su silencio.

—¿Por qué no iba a acordarme? —preguntó al fin.

—No sé. A todos os gustan las pelirrojas.

—¿Qué tiene que ver el color de pelo con que me acuerde de ella?

Victoria quiso hundir la cabeza en una almohada.

—La gente tiene sus preferencias, ¿no? Pelo rubio, pelirrojo, castaño, corto, largo…

—¿Por qué hablamos de preferencias capilares?

—Por nada.

—Oh. ¿Insinúas que puede atraerme por su color de pelo?

La pregunta, tan inocente, hizo que la cara de Victoria se volviera del mismo tono que la melena de Margo.

—No estoy informado sobre el tema —prosiguió él, muy pensativo—, pero creo que la atracción debería basarse en algo más que la estética capilar. ¿De qué sirve que alguien tenga el pelo rubio si no te gusta su forma de ser?

—Muy… profundo.

—¿Qué te gusta a ti?

Victoria parpadeó varias veces y, alarmada, se volvió para mirar a Caleb. Él seguía contemplándola con tanta curiosidad como inocencia.

—¿Eh?

—¿Cómo te gusta a ti la gente? —insistió—. Tengo entendido que hay un amplio abanico de sexualidades y preferencias entre las que elegir.

—Oh. Em… Soy heterosexual, si es lo que preguntas.

—¿Y cuál es tu preferencia capilar?

Ante la absurdidad de la situación, no pudo hacer más que empezar a reírse. Caleb pareció todavía más confuso.

—No tengo preferencia capilar —concluyó ella—. Lo que me gusta son los personajes de los libros. ¿Puedo elegir uno?

—No, no vale.

—¿Por qué no?

—Porque me refiero a tus expectativas reales.

—Mis expectativas están basadas en libros, Caleb. Por eso estoy sola.

—No estás sola.

Por un momento, creyó que le hacía un comentario bonito y enternecedor. Luego se dio cuenta de que, literalmente, insinuaba que él también se encontraba en la habitación.

—Sé que no estoy sola —replicó—. Me refiero a que no tengo pareja.

—Tienes al orangután que te visitó una vez en el piso.

—¿Qué…? Jamie no es ningún orangután. Y tampoco es mi pareja.

Caleb enarcó una ceja, poco convencido.

—¿Cuándo fue tu primer beso? —preguntó de repente.

—Pero… ¿a qué vienen tantas preguntas?

—Tú siempre las haces. Quería volver las tornas.

Victoria, que no sabía ni de qué color estaba su cara, se recostó de nuevo y repiqueteó los dedos contra el abdomen.

—Fue a los diecinueve.

—Con Jamie —dedujo él.

—Sí.

¿Por qué hablar de Jamie le resultaba tan incómodo? No lo entendía. Si fuera otro en vez de Caleb, ella evitaría el asunto para que no se sintiera incómodo. Pero era Caleb; él no se sentía celoso. De hecho, seguía preguntando sobre ese tipo de temas como si se tratara de un experimento científico.

Durante unos instantes, se permitió imaginarse a Jamie y Caleb en una misma habitación. Uno frente al otro. Y, aunque las comparaciones son horribles, no pudo reprimir una pequeña sonrisa de diversión. Eran tan distintos… Y, sin embargo, sabía que toda su atención estaría centrada en uno de ellos. Y no era, precisamente, la opción humana y tranquila. Siempre había preferido el riesgo.

Por eso estaba en esa puñetera situación y no en su casa, bajo diez mantitas.

—Se te ha acelerado el pulso.

El comentario del X-Men la volvió a centrar.

—¿Sí?

—Sí. ¿Es porque hablas de *Jamie*?

Seguía pronunciando su nombre como si fuera un reproche.

—No es justo que yo no pueda oír tu pulso —murmuró—. Juegas con ventaja.

—¿Te molesta?

—No lo sé. Es un poco… invasivo.

Caleb permaneció en silencio y ella se arrepintió de sus palabras.

—Si pudiera evitarlo —murmuró—, lo haría. No intento invadir tu privacidad.

Quiso decirle que no lo pensaba, pero sospechaba que Caleb no buscaba consuelo. Raramente lo hacía.

En lugar de decir nada, se incorporó hasta quedar sentada. Pese a que la cabeza de él quedaba por encima de la suya, estaban mucho más alineados que cuando se encontraban de pie. Victoria lo observó unos instantes. Sus ojos negros. Para el miedo que le habían dado al principio, ahora le gustaban mucho.

—Debe de ser agotador oírlo todo —comentó—. Y olerlo, y todo lo demás.

Caleb apretó ligeramente los labios.

—A veces, fumo para que el humo, por desagradable que sea, se trague todos los demás olores. Tener un descanso es agradable.

—Cuando Bex me hizo esa cosa rara…, sus ojos se volvieron negros. Tú eres el único que siempre los tiene así.

—No sé dejar de usar mis habilidades, Victoria.

Vaya…, eso tampoco lo había pensado. Lo meditó unos instantes. Ninguno de los dos rompió el contacto visual.

—¿De qué color eran antes?

—No lo sé. Rara vez consigo que mis sentidos se relajen lo suficiente como para saberlo. Y tampoco guardo tantos recuerdos de mi vida anterior.

¿Era cosa suya o, últimamente, le contaba muchísimas más cosas? Debía de estar de buen humor. Y Victoria, por supuesto, lo aprovecharía.

—¿Nunca has tenido curiosidad por besar a alguien?

Mierda. ¿Eso lo había dicho en voz alta o lo había pensado?

Debió de ser la primera, porque Caleb ladeó ligeramente la cabeza. Como de costumbre, estaba considerándolo de forma lógica y seria. Era como interactuar con un gato que acababa de transformarse en humano.

Y entonces, mientras ella se debatía entre morirse o no de vergüenza, Caleb cambió su expresión por completo. Mucho más serio, se volvió hacia una pared y frunció el ceño.

—¿Qué? —preguntó Victoria, asustada.

—Un ruido.

—Quizá sean Bex o Iver.

—No. Son pasos humanos. Dos personas. Fuera de la casa.

Antes de que pudiera responderle, Caleb tiró de su brazo y la bajó de la cama. Victoria, que apenas se había ubicado en el espacio-tiempo, dejó que la bajara por las escaleras. Llegaron abajo mucho antes de lo que habría pensado. Para cuando la soltó, todavía se tambaleaba. Y eso que ya habían llegado a la cocina.

Bex e Iver se encontraban en la misma postura que el primer día: uno cocinando y la otra leyendo. Solo que, en esta ocasión, era un libro y no una revista. Al ver la expresión de Caleb, ambos detuvieron sus actividades y se pusieron en alerta.

—¿Cuántos? —preguntó Bex directamente.

—Dos. Victoria, quédate con Iver.

—Pero… —dijeron los dos aludidos a la vez.

Tarde. Los demás ya estaban en la puerta.

Genial.

Quedarse con Iver ya era malo, pero tener que esperar sin información, era peor. Al menos, parecía que él sentía exactamente lo mismo.

—Quizá los maten —sugirió Iver.

—Entonces, nos matarían a nosotros también.

—Qué suerte, ¿eh?

Victoria trató de ignorarlo y fue a sentarse en el taburete que Bex había dejado libre. No podía ayudarlos y, si salía de casa, terminaría entorpeciendo más la situación. La única alternativa, esperar. Y odiaba tener que esperar a la gente.

Iver apagó los fogones y dejó el cazo sobre la encimera. Estaba cocinando alguna cosa salada, supuso por el olor. Y, aunque se hiciera el duro, se había quedado claramente preocupado. Se frotaba las manos contra el delantal rosa y ni siquiera pretendía seguir cocinando. Ansioso, apoyó la cadera en la encimera.

—Podrías salir con ellos —sugirió entonces—. Igual, si te secuestran, a nosotros nos dejarán en paz.

—Qué dulce eres.

—Como si tú fueras muy agradable.

—Lo suficiente como para que tu amigo quiera mantenerme con vida.

—Mi amigo ha estado paranoico desde que llegaste a su vida. Eres una influencia tóxica.

Victoria puso los ojos en blanco. Lo que le faltaba.

—¿Y cómo es normalmente? —preguntó, más por curiosidad que por ganas de hablar con él.

—Diferente.

—Qué concreto.

—Si tú no estuvieras —finalizó Iver—, nos diría que ha oído algo fuera. Luego, subiría a su habitación y pasaría de nosotros.

Tras eso, volvió a darle la espalda.

—Más os vale que sea cuestión de vida o muerte —añadió en voz baja—. He dejado mi *omelette* a medias.

Caleb

—Te noto un poco tenso, amigo mío.

Pese al tono de burla de Bex, ella también lo estaba. Podía notarlo. Incluso había sacado la pistola y la mantenía firmemente apretada en la mano.

Llegaron a la carretera frente a la entrada de la vieja granja. Los ruidos habían desaparecido. O, más bien, se camuflaban entre los sonidos propios de aquella zona. Con tantos estímulos, le resultaba difícil diferenciar los pasos de una persona. O de dos.

—Tengo motivos para estar tenso —murmuró Caleb.

—Los tiene la humana, en realidad. ¿En qué momento sus problemas se han vuelto tuyos?

Era… una buena pregunta. A la cual no tenía respuesta.

Bex debió de verlo, porque se detuvo y, con el cañón de la pistola, se apartó un mechón de pelo rojo de la frente. Solía hacer esa clase de cosas, como si no temiera por su propia vida. Caleb se detuvo junto a ella. Con tanta prisa, ni siquiera había cogido su pistola. Otro fallo. ¿Cuándo se había vuelto tan torpe?

—Crees que es Axel —continuó Bex—, o incluso Sawyer. Hace años que no han pasado por aquí. No empezarán a hacerlo ahora.

—Lo harán con una buena excusa.

—Sawyer está enfadado contigo, vale, pero no desconfía hasta este punto. Si creyera que tienes a la humana escondida, ya estaríamos todos muertos.

—Os amenazó.

—Por quinta vez este año, sí. Nunca creería que la tienes aquí. Ni siquiera yo acabo de creérmelo. De todos los que estamos en esta familia de raritos, eres el último que rompería las normas.

Caleb, de nuevo, sintió una punzada de culpabilidad. No entendía por qué estaba haciendo lo que hacía. O por qué, últimamente, buscaba excusas para quedarse a solas con Victoria. Era absurdo. Tan absurdo como la conversación que habían tenido justo antes en su habitación. Y tan absurdo como lo mucho que le desagradaba ese tal Jamie. No se entendía a sí mismo. En resumen: qué absurdo, todo.

—Ya es tarde para arrepentirse —murmuró.

—¿Eso te dices a ti mismo cuando incumples las normas de Sawyer?

Caleb contempló a Bex. Era una de las pocas personas del mundo a las que consideraba su amiga y, sin embargo, a veces no la aguantaba. Se preguntó si eso también formaba parte de las relaciones sociales.

—¿A qué viene eso ahora? —masculló.

—Solo quería señalarlo.

—Señalado queda.

—Sé que la llevaste al sótano, también. Norma número dos: no relacionarse con nadie fuera de la familia.

—¿Te lo estás pasando bien?

—Número tres: no traer externos a casa. Otra norma incumplida.

—¿Qué iba a hacer? No podía abandonarla.

—Número cuatro: no salir de la ciudad bajo ningún concepto. Número cinco: si te pillan, estás solo. No puedes contar nada.

—Buen recordatorio.

—¿Eso ha sido ironía? Veo que Victoria te ha enseñado muchas más cosas de las que creía.

—Sigo manteniendo las dos últimas normas —murmuró él.

—Oh, pero me he dejado la más importante. La primera. La favorita de Sawyer.

—No la he incumplido.

—Número uno: nadie está por delante de la familia.

—No la he incumplido —repitió Caleb, molesto.

—Si la familia fuera más importante que tu cachorrito, no estaríamos metidos en este problema.

—No la llames así. Y no he incumplido nada; seguiré trabajando para Sawyer.

Bex soltó una carcajada. Él, que había intentado centrarse de nuevo en los sonidos, sintió que empezaba a enfadarse.

—No sé qué te parece tan gracioso —murmuró.

—¿En serio crees que esa norma es por el trabajo? Es para que, si algún día tienes que parar una bala, elijas proteger a Sawyer y no a tu cachorrito. Honestamente, Caleb, si eso pasara ahora mismo…, ¿de verdad salvarías a Sawyer?

Caleb ya no la miraba. Tenía la vista clavada en su propio coche. En la luz de la vieja granja. En la silueta de Victoria, que podía adivinarse tras las cortinas de la cocina. La voz de Iver, que ahora hacía algún comentario sarcástico. No supo por qué estaba tan fascinado en todos aquellos detalles. Su única teoría era que se trataba de una buena excusa para no pensar en las palabras de Bex.

Ella suspiró.

—Eso pensaba.

—No he dicho nada —murmuró Caleb.

—Y con eso lo has dicho todo.

La conversación había llegado a su fin. Menos mal. Concentrado de nuevo, cerró los ojos y escuchó. Con tantos sonidos alrededor, era difícil discernir nada claro. Y, sin embargo, alguna cosa no encajaba. El sonido de arrastre. De alguien que se tambaleaba junto a los arbustos.

Al abrir los ojos, ya sabía dónde buscar.

Victoria

—¿Cómo era Caleb de pequeñito?

Iver, que estaba leyendo un libro de recetas, le echó una ojeada de aviso por encima de las páginas.

—No me interesa hablar contigo —la informó.

—Pues te aguantas. ¿Cómo era?

—Aburrido, como ahora.

—Caleb no es aburrido —saltó enseguida, irritada—. Que sea menos lanzado que otras personas no le hace…

En cuanto se dio cuenta de que Iver le echaba una miradita —esta vez más significativa—, calló de golpe. Incluso se había puesto de pie, así que volvió a sentarse.

—Lo que me faltaba por ver —murmuró él—. No me gusta hablar de los demás, cachorrito. Yo soy mucho más interesante.

—Y mucho más humilde, por lo que veo.

—La humildad es aburrida.

—Vale, pues…

—Te enseñó el sótano, ¿verdad?

La pregunta de Iver —que era más bien una afirmación— la pilló un poco desprevenida. Victoria tragó saliva. No sabía si podía decirlo. Si estaría traicionando a Caleb. Era lo último que pretendía.

—No hace falta que respondas —murmuró él, pasando página—. Tenía la esperanza de que nadie volviera a abrir esa puerta. Por lo menos, esta vez sigue vacío. Podríamos encerrar a nuestro jefe.

Para la devoción que solía mostrar Caleb hacia Sawyer, le sorprendió que Iver se expresara de una forma tan despectiva. Quizá él no se sentía tan apegado. O había pasado suficiente tiempo alejado de Sawyer y entendía que todo aquello era un horror.

—Estar encerrado ahí abajo… —murmuró Victoria con honestidad— debió de ser un infierno.

Por primera vez desde que lo conocía, Iver cambió su expresión pedante y odiosa por una un poco más relajada. Le echó una mirada con el perfil bueno y se encogió de hombros.

—Para mí fue más llevadero. Estaba con Bex. A veces me pone de los nervios, pero en aquel entonces… Bueno, me alegro de haberla tenido.

—Bex me cae bien.

—Bex le cae bien a todo el mundo. El insoportable suelo ser yo.

—Estoy de acuerdo.

Iver esbozó media sonrisa y pasó a la siguiente página. No lo veía tan tenso como al inicio de la conversación.

—¿Cómo descubriste tu habilidad? —preguntó Victoria, curiosa.

No esperaba una respuesta; aun así, la obtuvo.

—Siempre se me dio bien leer a la gente. Tenía… mucha facilidad para entender cómo se sentía y cómo solucionarlo. El problema era que, a veces, empatizaba demasiado y me abrumaba. En un orfanato no sueles encontrarte sentimientos muy positivos —aseguró en voz baja, y luego pasó de página sin llegar a leer nada—. Una noche, Bex se cayó por las escaleras. No nos conocíamos mucho, pero fui el único que se acercó a ayudarla. Se había dislocado la muñeca y le dolía como el puto infierno. No dejaba de llorar. Intenté consolarla y, cuando quise darme cuenta, había hecho que desapareciera todo su miedo. Aún sentía dolor, pero no estaba asustada. Y desde ese momento empezamos a vernos más a menudo.

A Victoria le resultaba curioso imaginarse a aquellas personas tan altas y peligrosas siendo niños indefensos. Y, sin embargo, no le costaba en absoluto ver la humanidad que había en ellos. Sus defectos y virtudes, sus miedos, sus puntos débiles y sus caras más empáticas. Era… curioso.

—Bex siempre lo supo —añadió, ya sin fingir que leía su libro de recetas y centrado en ella—. Siempre me decía: «No vayas por ahí, que tropezarás con esa piedra y te harás daño en la rodilla». Nunca le hacía caso, pero debí hacerlo, porque no fallaba. Apenas recuerdo cosas de esa época, aparte del día que Sawyer vino a hacernos preguntas. Y nos adoptó, claro.

—Caleb me contó una historia parecida —murmuró ella.

—Todos tenemos historias similares, sí. Puede que Sawyer no me caiga muy bien, pero no sé dónde estaríamos de no haber sido por él.

Victoria lo observó fascinada. Seguía pareciéndole increíble que tuvieran esa clase de habilidades. Y la velocidad. Y la fuerza. Y la capacidad de no dormir o comer. Era… sobrehumano.

—¿Y tú qué, cachorrito? —preguntó Iver—. ¿Cuál sería tu habilidad?

No iba a mentir y decir que no lo había pensado. De hecho, le había rondado por su cabeza desde que había visto ese sótano. Ojalá ella tuviera una habilidad. Pero, si la tenía, seguro que era negativa. O inútil.

—No lo sé —admitió.

—Siempre hay pistas —observó Iver—. ¿Nunca has vivido una situación totalmente extraña, sin explicación aparente, y has sentido que tú eras la causa?

Victoria apretó los puños en su regazo. Con la isla delante, Iver no podía verlo. Pero sí que sentía los nervios que crecían en todo su cuerpo.

Y la tensión. Esperó que no fuera así, que estuviera distraído y no se interesara por ello.

—No lo sé —repitió—. Si pudiera elegir…, creo que me quedaría con la habilidad de Bex.

—Ahora estoy celoso, cachorrito.

—Oh, vamos. ¿Tú no querrías ver el futuro?

Iver lo consideró unos instantes.

—Creo que ningún futuro es como lo esperamos. Además, he visto la gente que pide visiones a mi hermana. En cuanto saben una cosa negativa, son incapaces de disfrutar de las positivas. Es como si toda su vida se redujera a ese momento concreto. Y como no saben cuándo llegará, la desesperación los consume.

Victoria relajó los puños y los colocó, de nuevo, sobre la encimera. Iver parecía perdido en sus pensamientos.

—Bex te contó lo que vio en mi futuro —murmuró ella—, ¿verdad?

—Sí.

Nerviosa, repiqueteó los dedos sobre el mármol.

—¿Podrías decírmelo?

—No.

La respuesta fue tan contundente que se quedó sin palabras.

—¿Por qué no? —preguntó al fin.

—Porque nadie quiere saber su futuro. Hace que pierdas la noción del presente.

No era suficiente. Necesitaba saberlo. Y, además, Iver era la persona de la casa menos preocupada por sus sentimientos. Si alguien iba a decírselo, sería él.

—¿Puedes decirme, al menos, si era bueno o malo?

Iver la observó con intensidad. Como si la midiera. Como si calculara cuán duro podía ser el golpe que era capaz de soportar.

—Había partes buenas —dijo tras un silencio—. Muy muy buenas. La mayoría lo eran.

—¿Y las otras?

Iver esbozó una sonrisa de labios apretados.

—Sé que no te gusto mucho, pero hazme caso: vive tu presente y sé feliz con él. No vuelvas a interesarte por el futuro. Tienes cosas muy bonitas por delante. No dejes que se empañen con las malas.

En esa ocasión, sí que se puso a leer las recetas.

Caleb

La persona entre los arbustos no era Axel. Tampoco Sawyer. Era un chico de unos veinticinco años. Estaba tirado boca abajo con los brazos y las piernas estirados. Apestaba a alcohol. En una mano sujetaba una mochila púrpura que parecía más de niño que de adulto.

Incluso tenía el dibujo de una esponja amarilla con pantalones y una espátula.

—Parece Iver —comentó Bex, divertida.

Caleb se acuclilló junto al chico, que roncaba de forma sonora contra la hierba. Su olor desagradable le resultó familiar.

—Un borracho —añadió Bex—. ¿Cómo ha llegado hasta aquí? El bar más cercano está a veinte minutos en coche.

Y era el de Victoria, por cierto.

—Quizá lo hayan dejado tirado —observó ella—. Podemos dejarlo en la carretera para que duerma la mona y mañana se vaya a su casa.

—No.

—¿Lo conoces?

—Sí. Es el hermano de Victoria.

Reconocía esa tonalidad de pelo —lo que le recordó a la conversación sobre la atracción capilar—. También esas manos delgadas. Y ese cuerpo larguirucho. La última vez que lo había visto, estaba tirado sobre una cama y tuvo que acompañar a Victoria a lavar sus sábanas por el vómito que había echado sobre ellas.

Caleb hizo una mueca de desagrado. Bex, al notarlo, sonrió.

—Parece que tendremos que llenar otra plaza en la guardería.

Victoria

Como Iver había decidido que no quería hablar más, Victoria se paseaba por la cocina con los brazos cruzados y la curiosidad por las nubes. Se preguntaba si Bex y Caleb necesitarían ayuda. Si algo había salido mal. Ojalá pudiera echarles una ma...

En cuanto oyó la puerta principal, se apresuró a acercarse para ver qué sucedía. Por suerte, no era un asesino que la persiguiera, porque lo habría tenido bastante fácil. Eran ellos dos, solo que Caleb transportaba a alguien sobre el hombro como si fuera un saco de patatas mientras que Bex se guardaba la pistola en el elástico del pecho.

—¿Has pedido un paquete urgente? —le preguntó, divertida.

Victoria no entendió nada. Al menos, hasta que Caleb soltó el saco de patatas sobre el sofá y distinguió sus facciones.

—¡Ian! ¿Qué…?

Alarmada, se acercó a toda velocidad para acuclillarse a su lado. Le acunó el rostro con las manos, totalmente absorta. Ian había dejado de afeitarse otra vez y llevaba parches de barba corta esparcidos por la mandíbula y el bigote. Hacía mucho que no se cambiaba de ropa y, sobre todo, que no se duchaba. Apestaba a alcohol. Y, por si todo aquello fuera poco, tenía marcas de heridas ya cerradas en la ceja y el labio.

Iver y Bex observaban la escena, poco impresionados. Caleb, en cambio, parecía más taciturno.

—Estaba en los arbustos —explicó de mal humor.

—Ian —insistió Victoria, centrada tan solo en su hermano—. Ian, ¿me oyes? ¡Despierta!

Por suerte, no fue uno de esos días en los que tardaba horas en despertarse. Gracias a las sacudidas de su hermana, Ian abrió los ojos lentamente. Estaba desorientado. Confuso, parpadeó y trató de enfocar alguna imagen del entorno. Tardó unos segundos en reconocer a su hermana y esbozar una mueca de dolor.

—Joder, Vic… ¿Dónde estabas? Llevo días buscándote.

—¿Se puede saber qué te ha pasado? ¡Estás herido!

—No grites —protestó—. Me duele todo.

Victoria empezó a tocarle la cara como si, de aquella forma, fuera a obtener respuestas. Lo único que sacó en claro era que estaba helado. ¿Cuántas horas llevaba ahí fuera? Horrorizada, se quitó la sudadera que llevaba sobre la camiseta y se apresuró a taparlo. Ian murmuró algo indescifrable y se cubrió mejor.

—¿Con quién te has peleado? —insistió ella, preocupada—. Por favor, dime que no te has metido en otro lío.

—No me peleé con nadie. ¡*Ellos* se pelearon *conmigo*! Solo quería un sitio en la barra… ¡y no me dejaban espacio! Tenía que hacerme respetar.

—¿Qué coño eres, Ian?, ¿un perro marcando territorio?

—Ya estás gritando otra vez…

—¿Cómo has llegado aquí? —intervino Caleb.

Su tono era duro. El mismo que había usado aquella primera noche con Andrew. Victoria le echó una mirada de advertencia. ¿Acaso no veía que su hermano no estaba en condiciones para explicarse? A saber lo que le había ocurrido para llegar hasta ahí…

Aun así, Ian se incorporó lentamente y consiguió sentarse. La sudadera le resbaló por el cuerpo hasta terminar en el suelo, pero ni siquiera se dio cuenta.

Victoria contempló el lamentable aspecto de su hermano. Estaba más delgado que la última vez, tenía las ojeras más pronunciadas y la piel amarillenta. Tuvo que contener las ganas de volver a taparlo.

—Es una buena pregunta —observó Ian—. Hace unos días, fui a casa de mi hermana y me dije: «Oye, ¿seguirá con su novio tenebroso?». Así que llamé al timbre con la esperanza de que estuvieras, pero nadie abrió. Y luego una señora mayor me echó del pasillo a escobazos. Me quedé en la calle sin saber qué hacer. Y creo que me metí un chute tremendo, porque me pareció verte con mi hermana bajo un brazo y la bola de pelo bajo el otro… ¡saltando tres pisos! ¿Os lo podéis creer?

Sí, podían.

Iver y Bex intercambiaron una mirada silenciosa. Caleb, en cambio, mantenía su postura defensiva.

—No has respondido —gruñó.

—Ah, sí. Bueno, la cosa es que estuve unas horas analizando mi vida. Luego, se me ocurrió seguir la carretera por la que os habíais ido. No es que tenga muchas direcciones, así que empecé a andar y a andar… Y, no sé, esta es una de las pocas casas de la zona. Menos mal que me he quedado dormido en este jardín y no en otro, ¿eh? Habría sido raro.

Tras eso, soltó una risita divertida que nadie acompañó. Ian los repasó a todos con la mirada en busca de aliados. No consiguió ninguno.

—Joooder —dijo de repente—. Menuda cicatriz, tío. Eso no te lo has hecho montando en bici, ¿eh?

Iver torció el gesto y se volvió hacia Victoria.

—Controla a tu yonqui.

—¡No lo llames así! —protestó ella.

—Y tú… —Ian señaló a Bex, que enarcó una ceja—. Tú no estás mal, ¿eh? Me gusta el rollo alternativo, no te voy a engañar.

—El sentimiento no es mutuo.

—Ian —intervino Victoria—, ¿se puede saber qué quieres?

—Oh, eso. Necesito un poquiiito de dinero. Muy poquito. Para salir de un problemilla muy pequeñito.

Por supuesto, se trataba de dinero. Victoria ya no sabía ni cómo sentirse. Ni siquiera tenía dinero encima.

Entonces se dio cuenta de que había traído una mochila. Era púrpura y tenía un Bob Esponja gigante. Para ser de Ian, estaba bastante bien conservada.

Con el ceño fruncido, se la quitó de un tirón y se apresuró a abrirla.

—Oye —protestó su hermano—, ¡suelta eso o…!

En cuanto hizo ademán de arrebatársela, Caleb lo devolvió a su lugar de un empujón. Pese a que el contacto había sido ínfimo, Ian rebotó con violencia.

Victoria, que en otro momento habría protestado, estaba ocupada revisando la mochila. Había ropa de niño pequeño. También un paquete de galletitas abierto y a medio comer. Y, justo al lado…

—¿Eso es mi portátil?

—¿Eh? Em…, puede ser.

—¡Ian!

—Ya te he dicho que necesitaba dinero.

—¡Y has entrado a robar en mi casa!

—¡No es robar! —espetó él de pronto—. Me lo debes.

Victoria le sostuvo la mirada, airada. De pronto, una parte oscura y retorcida de ella se alegraba del empujón que acababa de recibir. La otra, en cambio, se sentía tremendamente culpable por ello.

—¿De quién es todo esto? —preguntó al final.

—¿El qué?

—¡Todas estas… cosas de niño!

—Son mías.

—Y una mierda. Ian, ¿has robado la mochila de un niño?

Su hermano no respondió, y aquello le provocó otra oleada de ira.

No, no quería caer en eso. No quería cabrearse de esa manera. Muy furiosa, cerró la mochila de nuevo y se la colgó del hombro. Era demasiado bajuno incluso para Ian. Y necesitaba un momento a solas antes de explotar y estamparle el portátil en la cara. Llena de impotencia, se dirigió a las escaleras.

—¡Espera! —exclamó Bex—. ¿Qué hacemos con *esto*?

—¡Lo que queráis!

Caleb

En cuanto Victoria salió del salón, el gato imbécil se apresuró a seguirla. Quizá no le gustaba mucho, pero era un buen compañero. Y adoraba a Victoria. Aquello sumaba puntos.

Caleb estuvo a punto de hacer lo mismo que él, pero tenía un problema más acuciante. Un problema que se había sentado con las piernas cruzadas en su sofá.

El hermano de Victoria soltó una risita y se recostó mejor.

—Tú eres mi nuevo cuñado, ¿no? —preguntó, divertido—. Deberías ir a consolarla.

Tanto Bex como Iver permanecieron en silencio. Se mantenían a un paso de distancia, pero podían percibir la tensión que emanaba de su amigo. Debieron de decidir, al unísono, que no actuarían hasta que él diera el primer paso.

—No has venido solo —dijo Caleb en voz baja.

Pese a que su tono era amenazador, Ian agrandó la sonrisa.

—Qué observador.

—¿Dónde está la otra persona?

—No sé de qué me hablas.

—Lo sabes perfectamente. Y no sé cómo has conseguido llegar hasta aquí, pero no me creo una sola palabra de tu historia.

—Vaya…, y yo que quería una buena relación con mi nuevo cuñado.

Caleb permaneció impasible y decidió centrarse en sus constantes vitales. Ian aparentaba tranquilidad, pero su pulso era irregular y la respiración se mantenía a una intensidad poco habitual. Podría deberse al alcohol o la droga que hubiera consumido y que le dilataba las pupilas, pero lo dudaba. Estaba mintiendo.

—Puedo encargarme yo —intervino Iver—. Hagamos que deje de parlotear y empiece a gritar.

—Estoy de acuerdo —murmuró Bex.

Caleb, sin embargo, tuvo que negar con la cabeza. Victoria no se lo perdonaría, porque, por algún motivo, le tenía cariño a su hermano. Otra convención humana que él no entendía: querer a la familia aunque fueran unos imbéciles.

Debería matarlo. Sería lo prudente. Y, aun así, sería incapaz de contarle a Victoria que lo había hecho.

—Llevémoslo al sótano —dijo al final.

Sus dos amigos se volvieron hacia él como si hubiera enloquecido. Iver lo hizo con especial rabia.

—¿Al sótano? —espetó—. Hay que matarlo directamente.

—No deberíamos encerrar a nadie ahí abajo —opinó Bex—. Pero tampoco hace falta matarlo. Hay que descubrir cómo ha llegado hasta aquí.

—¿Y a quién le importa? ¿Es que se merece algo bueno? Míralo. Le roba a su propia hermana. Y a un crío.

Durante toda la conversación, la mirada de Ian permaneció sobre la de Caleb. La sonrisa era petulante, provocadora. Estaba deseando que estallara, que se enfadara con él para ir corriendo a Victoria y contárselo.

Desde ese momento, supo que siempre lo detestaría.

Caleb, pese a sentirse tentado a reaccionar, respiró hondo y señaló el vestíbulo.

—Empieza a moverte.

—No lo creo, cuñado. Vic no dejará que me eches.

—Victoria no está. Vamos.

—No os quedaréis con la mochila.

—Puedes moverte por tus propios medios —murmuró Bex, mirándolo con fijeza—, o puedo obligarte.

Quizá fue porque no lo había dicho Caleb, pero Ian perdió la sonrisa. Acababa de darse cuenta de que aquello iba totalmente en serio. Caleb pensó que intentaría huir, pero se limitó a levantarse con lentitud y a dirigirse —dando tumbos— hacia el vestíbulo.

—Victoria sabrá que me has encerrado —aseguró, malhumorado—. En cuanto estemos a solas, le contaré todo lo que me has hecho.

—Entonces, no sucederá en un futuro cercano —murmuró Caleb.

Ya estaban en el umbral de la puerta. Ian se volvió hacia él y, pese a que Caleb le sacaba un palmo de altura y varios centímetros de músculo, se encaró como si tuviera toda la seguridad de que ganaría aquella pelea.

Por suerte, no lanzó un golpe. Se limitó a mirarlo. Y, de tan cerca, Caleb lo vio con más detalle. Los ojos de Ian eran grises y acuosos, mientras que los de Victoria le recordaban al color del cielo justo antes de una tormenta. El pelo de Ian era marrón y apagado, mientras que el de Victoria, cuando se encontraba bajo el sol, emitía brillos de diferentes tonalidades de castaño. La piel pálida de Ian era amarillenta, mientras que la de Victoria se ruborizaba a una velocidad un poco alarmante. Todo lo que le causaba rechazo de Ian era lo que le despertaba curiosidad por Victoria.

El idiota sonrió y avanzó otro paso. A esas alturas, ya prácticamente tenía que echar la cabeza hacia atrás para mirarlo.

—No puedes impedir que vea a mi hermana.

Su respuesta habitual habría sido lanzarlo al sótano de un empujón, pero se había propuesto ser algo más racional. O, mejor dicho, no era lo que Victoria esperaría de él y no quería hacerlo.

Si tan solo pudiera volver a esa tranquila época en la que no le importaba la opinión de nadie…

—Tu hermana te quiere —dijo lentamente—. No lo entiendo, pero me toca respetarlo. Incluso cuando la manipulas o entras en su casa sin permiso.

—Veo que nos entendemos.

—No. —Caleb dio un paso hacia él—. No nos entendemos. Yo no soy Victoria. Y, aunque se enfade conmigo, si vuelves a llevarte algo que no sea tuyo, no reaccionaré como ella. No soy tan paciente. Nunca lo he sido, y te aseguro que no empezaré a serlo por ti. ¿Lo has entendido?

El idiota le mantuvo la mirada durante unos segundos. Ya no sonreía.

—Te he hecho una pregunta —repuso Caleb.

Ian enarcó una ceja con diversión.

—Entendido, capitán.

—Muévete.

—¿Y qué harás si no lo hag…?

Ni siquiera había terminado la frase cuando Iver lo tiró con fuerza del hombro. Ian trastrabilló hacia atrás, sorprendido, y lo encontró el puño de Bex. El golpe fue seco. Y duro. Caleb pudo oír el crujido del hueso de la nariz; le quedaría cicatriz. Ni siquiera quería imaginarse lo que habría provocado de haber usado toda su fuerza.

Ian, desorientado, gimoteó con horror y sorpresa. A los mellizos no pareció importarles demasiado, porque Iver volvió a tirar de él. Esta vez, del cuello de su camiseta llena de manchas. El hermano de Victoria intentó protegerse la cara con las manos, pero no tuvo que parar ningún otro puñetazo. Riendo, Bex le dio un golpecito con la bota en las piernas. Estaba tan asustado que intentó encogerlas con desesperación.

—Alguien ya no es tan valiente —comentó ella.

—¿Cuánto crees que nos durará ahí abajo? —preguntó Iver, aún con el puño apretado en la tela.

—¿Dos, tres días?

—Eres demasiado positivo.

—Es verdad… El último no duró ni tres horas.

—Hay que tener cuidado con este, hermanita.

—Queremos que nos dure una buena temporada.

—¿Dónde queda la diversión si se mueren desangrados?

—Tranquilo —añadió ella, inclinándose hacia Ian—, vamos a asegurarnos de que no te aburras.

Caleb oía el retumbar insoportable de su corazón. Veía, también, las caras de sus amigos. Nunca se había fijado en lo mucho que cambiaban en función de a quién se dirigían. Con él nunca habían sido así. Ni siquiera con Victoria. Cuando trabajaban, en cambio, parecían personas totalmente distintas. Ni el propio Caleb querría ser el objetivo de la risita de Iver, o de los círculos que ahora Bex recorría alrededor de Ian. Se alegró, en sus adentros, de que los mellizos estuvieran de su parte y nunca tuviera que preocuparse de que le hicieran daño a Victoria.

—Espera —dijo Ian entonces, señalando a Caleb—. ¡Era broma! No voy a decirle nada a Victoria. Voy a…

Iver resopló y, de un tirón, abrió la puerta del sótano y lanzó a Ian escaleras abajo. Los golpes y rebotes resonaron con tanta fuerza que incluso un humano los habría oído.

—¿Sigues vivo? —preguntó Iver, asomando la cabeza—. Espero que sí, pajarillo.

Mientras él bajaba los escalones y silbaba una canción, Bex se volvió hacia Caleb.

—¿Qué haces todavía aquí? Vete a ver a tu cachorrito.

—Tiene nombre.

—Vete a ver a Victoria, entonces. Tú encárgate de consolarla, que nosotros nos ocupamos de la parte divertida.

No era una mala idea. Y, sobre todo, era la excusa perfecta para salir de ahí.

Victoria

Contempló la mochila sin saber qué hacer. Le habría gustado saber de dónde la había sacado y devolverla, como de costumbre. No sería la primera vez que tenía que ir tras los pasos de Ian para enmendar sus errores. Solo que, en esa situación, se le antojaba mucho más cansado de lo habitual.

—Siendo tú, me extraña que no le hayas echado espray de pimienta.

Por lo menos, la voz de Caleb no la pilló desprevenida, como de costumbre. Lo estaba esperando, aunque fuera inconscientemente.

—¿Todavía me guardas rencor por eso? —preguntó, un poco más animada.

—Tengo buena memoria.

—Que es la forma bonita de decir que eres un rencoroso.

Estaba sentada en su cama dándole la espalda; no supo que Caleb se le acercaba hasta que apareció en su campo visual. Tan sigiloso como de costumbre, se sentó a su lado, en el borde de la cama, dejando a Bigotitos entre ambos.

El gato, que también era muy rencoroso, le dirigió una mirada de advertencia.

—Sospecho que vas a enfadarte —murmuró Caleb con cautela—, pero está en el sótano.

Victoria no estaba tan segura. Después de todo, ella también había querido encerrarlo muchas veces. La única diferencia era que no encontraba el valor para enfrentarse a Ian. Volvió la mirada al portátil, que ahora reposaba en su regazo.

—¿Está bien?

—Em…, sí.

—No suenas muy seguro.

—Te puedo garantizar que sobrevivirá tanto como tú quieras.

No era un gran consuelo. Pero, teniendo en cuenta el peligro de que se hubiera plantado allí, Victoria casi sintió alivio.

—Vale —murmuró—. Siento que me haya seguido hasta aquí.

—No eres responsable de sus decisiones.

—Bueno…, si dejara de darle dinero, dejaría de buscarme. Según cómo lo mires, soy bastante responsable.

Cualquier otra persona le habría dicho que no pensara eso, que no tenía la culpa de nada. Caleb, sin embargo, no era así. Si debía decir una verdad, aunque doliera, la decía. Era una de las cosas que más le gustaban de él. De esa forma, no se veía obligada a leer entre líneas. Lo que obtenía era lo que había. Le suponía… un descanso.

Por eso dejó que el silencio se alargara mientras él meditaba.

—¿Por qué lo ayudas? —preguntó al fin.

—Es… una historia complicada.

—¿Más que la mía?

—Vale, no tanto.

—Lo suponía.

Victoria reprimió una sonrisa. Caleb solo usaba esa clase de bromas cuando notaba que ella estaba desanimada o asustada. Aunque no lo supiera, era un gesto muy considerado.

—Imagínate que soy una superhumana con poderes mágicos —murmuró ella, levantando la vista—. ¿Qué harías si te dijera eso? ¿Te pensarías que estoy loca o saldrías corriendo?

Caleb enarcó una ceja.

—No son poderes mágicos.

—Pues habilidades especiales, Calebsito.

—No me llames… eso.

—¿Prefieres X-Men?

—No. Pero pareces más animada.

Victoria esbozó una sonrisa de medio lado y dejó el portátil a un lado. Bigotitos, que siempre pareció tener una predilección especial por él, fue directo a tumbarse encima de la tapa. No entendía cómo podía estar cómodo.

—¿Has subido a animarme? —preguntó finalmente.

Él la contempló unos instantes.

—Creo que sí.

—Qué amable.

—No es un gesto amable. Creo que responde a un interés personal bastante más egoísta. Aunque todavía no tengo claro cuál es.

Victoria quería montarse una novela en la cabeza. Quería pensar que el interés era por ella. Pero no era tan estúpida como para engañarse de esa manera. Probablemente, Caleb no sabía gestionar sus preocupaciones y por eso seguía actuando de forma errática. Y protectora, también. No iba a quejarse.

—Gracias por encargarte de Ian —murmuró entonces—. Si te sirve de consuelo, sé que no va a decirle nada a nadie.

—¿Cómo puedes estar tan segura?

—Ian es la clase de persona que guarda secretos a cambio de favores. Si dijera algo, sería después de amenazarnos con contarlo. Y todo eso dando por hecho que mañana se acuerde, que es poco probable.

—¿Hay algún lugar al que suela acudir donde podamos encontrarlo?

—No… Por lo poco que sé, desaparece durante meses, gasta todo su dinero y se queda en cualquier lugar que pueda interesarle. Ni siquiera tengo claro que esté en la ciudad.

—Quizá algún día tenga que buscarlo. Espero que no suponga un problema.

Con qué casualidad se comentaba en aquella casa que querían amenazar de muerte a alguien.

Victoria no pudo evitarlo y se rio. Empezó como un murmullo, pero acabó siendo una risa genuina y cansada. Una en la que vertía toda la tensión y los nervios acumulados durante el rato de espera e incertidumbre. Caleb la observaba. Al principio, se sorprendió ante la reacción. Después, fue cambiando hasta esbozar una pequeña sonrisa que, viniendo de él, era ya todo un logro de empatía.

Victoria dejó de reír, pero no borró la sonrisa. Todo aquello le resultaba tan surrealista…

—Lo siento —murmuró—, ya no sé ni lo que hago.

—No te disculpes; prefiero que te rías a que estés triste.

—Muy bonito. Cada vez pareces más humano, X-Men.

—¿Tú crees?

La pregunta sonaba genuinamente a sorpresa. Victoria volvió a encogerse de hombros.

—La primera vez que hablamos no parecías tan sociable.

—Porque te apunté con una pistola.

—Sí, bueno…, intentemos olvidar esos detalles, por bonitos que sean.

—No se me da bien olvidar a propósito.

—Es una expre… Meh, déjalo.

Ella, que todavía sonreía, apoyó las manos en el colchón y balanceó las piernas de forma casual. Tardó unos instantes en ver que Caleb continuaba observándola. Parecía más reflexivo que divertido. Como de costumbre, se había quedado con algún detalle y necesitaba desgranarlo.

—¿Qué pasa? —preguntó Victoria directamente.

—¿Crees que me estoy volviendo más humano?

—Oh…, era una broma.

—No sonaba a broma. Es… una observación interesante.

—¿Lo es?

—Sí. —Caleb ladeó la cabeza—. Puede que no tenga mucha práctica en relaciones humanas, emociones y procesos de maduración, pero sí que me sé toda la teoría. Y sé que me he perdido muchas cosas que, quizá, empiezo a descubrir ahora. Últimamente, siento emociones que nunca había experimentado. Es difícil denominarlas, pero juraría que están relacionadas contigo, porque solo las siento cuando estamos a solas.

Victoria parpadeó una vez. Y dos. Y tres.

—Eh… Vuelves a hablar como un científico loco.

—No es ninguna locura. De hecho, ahora mismo tengo una mezcla de emociones muy confusa. ¿Tú también?

A ver…

¿Qué le preguntaba, exactamente?

Victoria lo pensó una vez. Y dos. Y tres. Y, mientras, continuaba parpadeando. No sabía qué decir. Estaba casi segura de que lo entendía, pero… ¿y si no era lo que ella pensaba y hacía el ridículo? Tampoco sería la primera vez.

—Puede —dijo, precavida—. Tendrás que ser más específico.

Caleb no dejaba de mirarla y, aunque se sentía un poco intimidada, le gustaba. Ella tampoco podía dejar de hacerlo.

Nerviosa, apretó ligeramente los dedos contra las sábanas.

—Es…

Él volvió a dudar.

—Es una sensación muy concreta. Como si quisiera pasar más tiempo contigo, a solas, y como si apartarme de tu lado fuera incómodo. También parezco tener una predilección extraña por tocarte, cuando, honestamente, no soy muy dado a mantener el contacto con otros seres vivos. ¿Eso es normal o debería preocuparme?

Victoria volvió a parpadear varias veces. Ella, la lanzada, la que nunca temía a nada y era la más desvergonzada de su grupo, se había quedado sin palabras. Tan solo podía notar que el corazón se le había acelerado. Caleb elevó ligeramente las comisuras de los labios. También lo había oído.

—Tus respuestas fisiológicas hablan más que tú —observó.

—No sé…

Oh, por favor, ¿a quién pretendía engañar?

—Caleb —dijo lentamente, con precaución—, todas esas cosas tienen un nombre, pero… me gustaría que, al decírtelo, no te asustaras.

—Es difícil que me asuste.

—Vale, pues… ¿Puede ser que…? Solo es una teoría, ¿eh? Pero… ¿puede ser que te sientas un poco atraído por… mí?

No sabía qué esperar. Quizá había dado el salto mortal más alto de su vida.

Hacía mucho tiempo que no se sentía tan nerviosa. Y Caleb no ayudaba, porque estaba absorbiendo la información con la expresión de un besugo.

Pasaron los segundos. Un minuto. Dos. La habitación empezaba a parecer pequeña y, sobre todo, con falta de oxígeno. Victoria carraspeó, tensa como nunca, y siguió esperando.

—¿Crees que me gustas? —concluyó Caleb al fin.

—B-bueno, a ver… No es que me crea…

—Los humanos suelen determinar el «gustar» como un sentimiento positivo. ¿Por qué te pones nerviosa?

—Porque yo… Tú… Eh…

—¿Qué suele proceder después de teorizar sobre si alguien te gusta? —preguntó, tan tranquilo—. ¿Cuál es el siguiente paso?

—A ver, no hay *pasos* como tal…

—¿Qué es lo habitual, entonces?

—Pues…, em…, supongo que podrías darle un beso a la otra persona, pero no cre…

En cuanto notó los labios de Caleb sobre los suyos, se quedó completamente paralizada.

Fue tan súbito, tan repentino, que no supo cómo reaccionar. De pronto, notaba una dulce calidez en los labios. Un olor familiar. Una sensación agradable en el cuerpo. Una electricidad muy característica en las puntas de los dedos. Las reacciones impulsivas de encoger ligeramente las piernas y cerrar las manos en puños. Y el nudo de nervios en el abdomen. Oh, eso fue lo peor. El estómago le dio un vuelco tan fuerte como eufórico.

Y todo eso pasó en tan solo tres segundos. Los que tardó Caleb en separarse de ella. No apartó el rostro inmediatamente. Todavía paralizada, lo único que pudo hacer fue devolver la mirada a aquellos dos pozos oscuros.

—Mmm… —murmuró él, pensativo.

Victoria, cómo no, parpadeó varias veces. Se había olvidado incluso de cómo se respiraba. Especialmente cuando él, aún analizándolo, se pasó la lengua por los labios como si estuviera probando sus propias percepciones.

—Creo que tu teoría es cierta, Victoria —concluyó.

Y, tras eso, se incorporó y fue directo a la puerta.

Victoria, al quedarse a solas, consiguió mirar a Bigotitos. De no haber sido un gato, habría jurado que tenía la mandíbula desencajada.

17

Caleb

La idea era que Victoria se quedara dormida y, al bajar, Caleb pudiera interrogar a Ian junto con los mellizos.

Esa era la idea, claro. La realidad, en cambio...

—¡¿Que lo habéis perdido?! —repitió Caleb, pasmado.

Pocas veces en su vida había alzado la voz, pero aquella tenía que ser una de ellas. Se sentía como un padre regañando a sus dos hijos. Y es que Bex e Iver, ante él, mantenían los brazos cruzados y las cabezas agachadas. Un gesto que podría considerarse tierno si no hubiera sido porque ambos tenían manchas de sangre en los brazos y el torso. Bex, incluso, en la cara.

—No se ha perdido —aclaró ella, malhumorada—. Se ha escapado.

—¿Cómo se va a escapar del sótano?

—Es una buena pregunta —sugirió Iver con una sonrisa tensa—. A la que responderemos después de la publicid...

—No tiene gracia —sentenció Caleb—. ¿Cómo se os ha podido escapar?

No obtuvo respuesta. De hecho, se miraban entre ellos como si esperaran que el otro diera el primer paso para ofrecerla.

—No lo sabemos —dijo Bex finalmente—. De la misma forma que llegó a la casa, supongo.

Iver, como no quería otra regañina, se limitó a encogerse de hombros.

Así que Caleb no pudo descansar en toda la noche. Mientras Victoria dormía, él paseó por el exterior de la casa. Buscaba pistas, pruebas, señales... Y no había nada. Ni de Ian ni de su acompañante, porque estaba seguro de que no había logrado todo aquello a solas. Dos pares de pasos. Podría jurar haberlos oído, de haber creído en cosas tan banales como el poder de la palabra.

Aun así, no encontró absolutamente nada.

Menudo fracaso.

Frustrado, había terminado por subirse al coche y dar una vuelta por la ciudad. Pasó por el bar de Victoria, donde las cosas seguían como de costumbre, y también por su casa. No había indicios de que Axel hubiera pasado por ahí. Por el momento.

Al volver, ya eran las diez de la mañana. Era un día soleado, de esos que Iver solía considerar perfectos para salir a matar a alguien. La clase de broma que —incluso ahora que identificaba el sarcasmo— no le causaba demasiada gracia.

Iver continuaba enfadado por la presencia de Victoria y del gato, y por la intrusión de su hermano. Esa mañana no bajó a preparar un desayuno que tan solo podrían comer esos que tanto detestaba, sino que se encerró en su habitación y encendió el estéreo a todo volumen. Era una manera de irritar a Caleb, pero él estaba tan distraído que apenas le dio importancia.

Bex sí que había bajado a la cocina. Tenía la mala costumbre de pintarse ahí las uñas; en ese momento se delineaba rayas rojas encima del esmalte negro. El olor era bastante desagradable.

—Buenos días, Caleb —murmuró sin alzar la mirada—. ¿Dónde estabas?, ¿jurando tu venganza por nuestra inutilidad como vigilantes?

—Comprobando que Axel no haya matado a nadie.

—Uf, buena suerte.

—No lo ha hecho.

—Menos mal que también es un inútil.

Caleb soltó un bufido que podría considerarse una risa entre dientes.

—Sí, menos mal.

Bexley, que cuando se pintaba las uñas no osaba levantar la cabeza y desconcentrarse, se irguió de un respingo. Caleb se sintió un poco observado. Y juzgado.

—¿Qué?

—¿Acabas de… reírte?

Quizá sí. No se había dado cuenta. Confuso por la reacción, se encogió de hombros. Ya empezaba a reconocer ese sentimiento. Vergüenza. Le pasaba siempre que alguien destacaba un comportamiento poco habitual en él. Por algún motivo, solo le causaban vergüenza los sentimientos que deberían ser motivo de alegría.

—No —dijo.

—Sí.

—No.

—¡Te has reído!

—Es una reacción normal.

—Para cualquier otro ser vivo, sí. Pero… ¿para ti?

Sentía que Bex quería llegar a algún punto en concreto, aunque no acababa de entenderlo.

—Ha pasado alguna cosita bonita —insinuó ella entonces—. Estás de muy buen humor.

—¿Crees que estoy de buen humor? —preguntó, sorprendido—. Es posible. Ayer besé a Victoria.

Bex parpadeó varias veces, igual que Victoria el día anterior. ¿Qué le sucedía a todo el mundo con los parpadeos?

Pensó que sería una reacción momentánea, pero el silencio se alargó. Llegó a un punto bastante incómodo.

—Fue agradable —prosiguió él entonces—. Me sentí como si alguien derramara un líquido cálido y agradable por todo mi cuerpo. Y, teniendo en cuenta que no podemos sentir ningún tipo de temperatura, es un concepto interesante.

Bexley seguía mirándole como si le hubiera crecido una segunda cabeza en mitad de la conversación.

—¿Qué? —preguntó ella con un hilo de voz.

—No sé qué parte te puede resultar confusa, la verdad.

—Es… No es… —Cerró los ojos unos segundos—. ¿*Tú* has besado a *alguien*?

—No a *alguien*. A Victoria.

—¿Y te gustó?

—Sí.

Bex abrió la boca y no se molestó en cerrarla. Qué reacciones tan exageradas.

—Vale —murmuró, tratando de recuperarse—, creo que ya lo he visto todo en la vida.

—¿Eso es bueno o malo?

—No lo sé. A ver…, si te gustó, está bien. ¿A ella también le gustó? Caleb ladeó la cabeza, pensativo.

—Asumí que sí, pero no se lo pregunté.

—¿Y la besaste tú?

—Sí.

—¿Sin su consentimiento?

De nuevo, Caleb se quedó sin saber qué decir. No era algo muy propio en él. Normalmente, cuando no hablaba era porque no le apetecía, no porque se hubiera quedado sin conocimientos que aportar.

—No lo sé… —empezó, confuso—. Creo que sí. Me marché enseguida, así que no sé…

—¡¿Te marchaste enseguida?!

—Bex, mi buen humor empieza a desvanecerse.

—Pero ¿qué clase de persona besa a otra y luego se marcha sin decir nada?

—No lo sé. Confieso que no conozco los parámetros de…

—¡Olvídate de los parámetros y ve a buscarla ahora mismo!

Caleb se sentía como un niño que se había portado mal. Dio media vuelta, estuvo a punto de dirigirse a las escaleras, y se detuvo de forma abrupta. El olor de Victoria, tan característico, seguía flotando en la habitación. Pero no era reciente. Y no oía su respiración en el dormitorio. Tan solo la del gato.

Alarmado, volvió la cabeza en diferentes direcciones para tratar de encontrarla. Solo logró distraerlo la risita de Bex.

—Está en el porche de atrás, Romeo. Relájate un poco.

Victoria

Lo único que podía hacer en el dormitorio era contemplar las musarañas, así que decidió explorar un poco. Según Caleb, estaría segura mientras no saliera del perímetro de la casa. La cabaña del patio trasero entraba en el acuerdo.

La había visto el primer día, por la ventana. Se había olvidado de ella, pero el aburrimiento terminó venciendo la batalla. Por lo menos, Bex no le había puesto pegas para que saliera a dar una vuelta.

Era una casa del árbol de las de toda la vida. Por el color de la madera, debía de llevar ahí unos años, pero estaba muy bien construida. Con su escalerita pegada al tronco del árbol, bombillas en las ramas y una habitación cerrada en la copa. La trampilla estaba cerrada, pero se preguntó si conseguiría abrirla. Y si lograría no caerse, claro.

Estaba a punto de ascender cuando alguien carraspeó junto a su cabeza. De no haber estado tan acostumbrada a esos sustos, quizá se habría sorprendido.

—Buenos días, Caleb.

—¿Qué haces?

—Investigar.

¿Sería muy vergonzoso admitir que apenas había dormido? Se había hecho muchas preguntas durante la noche. *Muchas*. También recreaba la escena en su mente una y otra vez. Solo que, en algunas de las variantes, se veía a sí misma en escenarios distintos: en la proa del Titanic, en el campo de *Orgullo y prejuicio*, en el puñetero castillo de Hogwarts... Cada recreación tenía menos sentido que la anterior, así que finalmente había tratado de dormirse. Lo había conseguido a ratos, en medio de sueños extraños y ojeadas a la puerta. Una parte de ella, deseaba que reapareciera. La otra, prefería un momento de paz.

Hacía tanto tiempo que no fantaseaba... Desde que había escrito ese libro en el último de año de instituto. Volver a ello era agradable.

Caleb permaneció en silencio un buen rato. Tanto que ella empezó a preguntarse si debería decir alguna cosa. Terminó por mirarlo y, tal y como sospechaba, se puso el triple de nerviosa. Tan solo podía verle los labios. Y revivir la escena. Avergonzada, bajó la mirada hasta su pecho. Sí, aquella zona era más segura.

—Estás muy callado —observó en voz baja.

—Quería hablar contigo, pero no sé cómo sacar el tema sin incomodarte.

—Oh, tranquilo..., nunca he estado más cómoda.

—Bien.

Podía sentir la tensión emanando de Caleb, que no era muy habitual. Con cautela, se atrevió a lanzarle una miradita. Estaba en medio de un debate interno.

—¿Estás enfadada conmigo? —preguntó entonces.

Victoria, por un momento, se olvidó de los nervios y lo miró a los ojos. ¿Enfadada? Se lo esperaba todo, menos eso.

—¿Yo?

—Sí. He hablado con Bex. No..., mmm..., no estoy muy familiarizado con el consentimiento a la hora de besar a otra persona. O con la necesidad de quedarme para hacer tertulia después del beso.

—¿Ter... tulia?

—Charla, conversación, coloquio... ¿Mejor?

—Sé lo que es. Lo que no entiendo es qué tiene que ver conmigo.

—Bex dice que debí pedirte permiso. Y que no debí marcharme tan...

—Caleb —intervino—, está bien.

Pese a que él nunca lo admitiría, le pareció que se le relajaban los hombros como si alguien los hubiera soltado de golpe.

—¿Está bien? —repitió.

—Sí. Ambas cosas.

—Entonces ¿te gustó?

—¿Eh?

—¿Te gustó? ¿Fue agradable? ¿Lo disfrutaste?

—¿Podemos hablar de otra cosa antes de que implosione?

Caleb enarcó las cejas y la miró de arriba abajo, como si realmente temiera que implosionara. En cuanto entendió que era una broma, exhaló un suspiro de alivio.

—¿Puedo subir a la casa del árbol? —preguntó Victoria entonces—. Sin caerme, espero.

—Estaré abajo para que no te mates.

—Gracias. Muy romántico.

Caleb permaneció de pie junto a las escaleras mientras ella, envalentonada, empezaba a subir escalones. Resultó mucho más fácil de lo que parecía desde abajo, y enseguida llegó a la trampilla. Estaba abierta. Se apoyó con ambas manos en el borde y, de un empujón, logró sentarse en el suelo de la cabaña.

Era bastante más pequeña de lo que habría esperado, pero le gustó al instante. No por las dos ventanitas de cristal ni por la mesa con dos sillas pequeñas, no por los cojines ni por la alfombra llena de polvo. Fue porque, a diferencia del resto de la casa, allí sí que había objetos personales. Tenía… alma, de alguna manera. Libros esparcidos por el suelo, por la mesa, y en un pequeño carrito de metal aparcado al fondo. También vio algún cómic y más de un disco de música totalmente desconocida para ella.

Espera, ¿eso eran fotos?

Llena de curiosidad, se incorporó y fue a sentarse en uno de los cojines. Había fotos instantáneas, sí. Tan solo tres. Una de ellas era de la cabaña a medio construir. Otra, de un hombre rubio y bastante atractivo que tenía un martillo en la mano y sonreía a la cámara con cierto reto en la mirada.

La tercera resultó ser su favorita. Caleb, Iver y Bex sentados en el interior de la cabaña. Iver sujetaba la cámara y, aunque no sonreía, quedaba claro que se lo estaba pasando bien. Bex estaba sentada en la mesita de madera, con las piernas colgando. Caleb permanecía arrinconado en uno de los cojines y tenía abierto un libro de Agatha Christie cuyo título no alcanzaba a distinguir. Los tres iban en pijama y, como mucho, debían de tener quince o dieciséis años. Parecían muy jovencitos, y eso que no había trascurrido mucho tiempo. Caleb estaba más delgado y llevaba el pelo más largo, Bex no se había trenzado el suyo, pero ya empezaba a jugar con el maquillaje, e Iver llevaba puesta una capucha con dos orejas de conejito. Qué poco… ellos.

—Suponía que irías directamente a por las fotos.

Caleb ya estaba sentado en el cojín que tenía al lado. Victoria comparó la foto con la imagen que tenía delante y esbozó una sonrisa.

—¿Agatha Christie?

Para su sorpresa, él se removió un poco. ¿Le daba vergüenza? Qué adorable.

—No había mucho para elegir —murmuró—. Era lo que teníamos en el sótano.

—Oye, que no te juzgo. Yo me pasé media adolescencia leyendo y…

Se quedó callada unos instantes. No supo por qué hacía esa pausa tan innecesaria. Después de todo, Caleb ya sabía mucho más de ella que la mayoría de sus amigas.

—Y escribiendo —finalizó en un tono un poco más amargo.

Él, como de costumbre, la observó con curiosidad y no la presionó para obtener más información.

—Me gustaba escribir ciencia ficción —añadió ella, un poco más envalentonada.

—¿Y ya no?

—No tengo tiempo.

—Podrías hacerlo estos días.

—Es que, con un asesino persiguiéndome, no consigo concentrarme.

Él esbozó media sonrisa.

—Tiene sentido —murmuró—. ¿Te gusta la cabaña?

—¡Me encanta! ¿Cuánto hacía que nadie subía?

—Unos cuantos años.

—Oh, Caleb…, ¡esto es una joya! Las joyas no se abandonan.

Él contempló el entorno. No parecía tan convencido.

—Solo es una casa del árbol.

—¡Cualquier niño soñaría con tener una! Yo misma, por ejemplo. ¿Cuántas cosas hay por aquí que no me hayas enseñado? ¿Otro sótano tenebroso?, ¿una caseta de gnomos?, ¿un establo con unicornios?

—Mmm… No.

—Lástima.

—Pero tenemos un campo de tiro.

—¿Un…? —Victoria dio un respingo—. ¿De esos para disparar?

—Es lo que suele significar, sí.

—¡Tienes que enseñármelo!

Caleb se limitó a señalar una de las ventanitas. La que daba al bosque, concretamente. A Victoria le faltó tiempo para quedarse de rodillas y pegar la nariz al cristal. Tal como había dicho, descubrió una pequeña zona sin tantos árboles en la que alguien había allanado el terreno. Divisó dos figuras en los árboles. Los objetivos, supuso. Estaban medio despegados y corroídos por el tiempo.

—No debéis de usarlo mucho —murmuró.

—Intentamos no pasar mucho tiempo en esta casa.

—¿Y si llegara alguien nuevo a quien entrenar?

—No va a suceder.

—Vaya, veo que estás seguro.

Caleb permaneció en silencio unos segundos.

—Ya te dije que esto funciona por generaciones. Nosotros ya estamos completos.

Ella, que seguía contemplando el campo de tiro, sintió una corazonada. Fue algo en el tono de voz del X-Men. Inquisitiva, se separó del cristal y volvió a sentarse en el cojín, junto a él.

Caleb tenía las piernas dobladas y los brazos apoyados en las rodillas. De nuevo, no llevaba la chaqueta o la pistola; aun así, su tamaño era considerable para un espacio tan pequeño. Incluso el cojín parecía quedarle pequeño. Como un gigante en una casa de muñecas. Y, por algún motivo, tan solo consiguió que ella lo viera con más ternura.

—¿Por qué siento que no me lo estás contando todo?

Él se contemplaba los dedos, con los que jugaba de forma distraída. Un gesto nervioso. Aquello también era una novedad.

—Lo que te conté en el sótano es solo una parte del proceso —murmuró—. Después de la vigía, llega la transformación. Y esa es la más complicada.

—Así que hay una transformación en hombre lobo.

—No.

—Es broma.

—¿Te lo cuento?

—Sí, perdón.

—El motivo por el que somos tan pocos —prosiguió con la mirada perdida en sus propias manos— es que solo hay una forma de finalizar el proceso. Necesitas encontrar a alguien cuya habilidad sea provocarlo.

—¿Hay una habilidad solo para eso?

—Sí. Es muy singular y peligrosa, así que, aunque encuentres a alguien que la posea, cabe la posibilidad de que no funcione.

—Y tú conoces a alguien que la tiene.

Para su sorpresa, Caleb apretó la mandíbula. Que no la mirara le resultó un poco desconcertante. Solía ser reservado, pero no tanto. Empezó a preocuparle que hubiera sacado un tema muy delicado.

—¿Ese alguien os transformó a todos?

—Sí.

—Y ahí es cuando dejasteis de comer, beber, dormir... Alcanzasteis esta altura, esta velocidad...

—Y más resistencia física. Es difícil que nos hieran de gravedad, y tenemos la capacidad de sanar mucho antes que los humanos.

—Bueno..., por lo menos, eso explica lo de saltar tres pisos.

Caleb por fin abandonó el semblante serio y sonrió. No fue un gesto muy sincero, pero se relajó un poco.

—Sí..., fue por eso.

—Entonces, aunque te diera un puñetazo, ¿no te haría daño?

—Lo tendrías complicado. Espero que no lo pongas en práctica.

—Depende de cómo te comportes.

—¿Broma?

—Broma. —Fue el turno de Victoria para sonreír—. Aunque siempre te puedo robar la pistolita y volverme loca. Espera, ¿podría hacerte daño?

—Obviamente.

—¿Y una flecha de amor en el corazón?

Caleb por fin la miró.

—Si me clavaras una flecha en el corazón, me matarías.

—O te enamoraría.

—Tienes un humor muy extraño.

Ella negó con la cabeza. Finalmente, decidió retomar el tema anterior.

—¿Puedo preguntar en qué consiste la transformación?

Caleb suspiró. Lo había hecho unas cuantas veces.

—No entiendo el funcionamiento exacto —confesó—. Solo sé que es complicado. El sujeto tiene que estar tumbado e inmovilizado. Hay un momento de dolor que… es mayor del que puedas imaginarte. Pero es breve. Como un estallido. Entonces, se supone que empieza la transformación. Y, dependiendo del cuerpo del sujeto, puede salir muy bien o muy mal.

—¿En qué sentido?

—No todo el mundo sobrevive.

Victoria, que se había tomado la conversación con más curiosidad que temor, echó la cabeza hacia atrás con alarma.

—Espera…, ¿podrías haber muerto?

—No lo hice. Fui capaz de soportarlo. Y todos los demás también. Pero vimos a unos cuantos que no. Sawyer acabó por desistir y, tras una transformación especialmente peligrosa, decidió que era mejor mantenerlo en los que estamos ahora.

—Qué considerado —murmuró ella.

Caleb no dijo nada durante lo que pareció una eternidad. Victoria, por su parte, se preguntó sobre qué estaría reflexionando; podía tratarse de la transformación, de la vez en que salió especialmente mal o incluso del propio Sawyer.

Pronto descubrió que era la última opción.

—Sawyer no es tan malo como crees —masculló.

—Seguro que el torturador de niños tiene un precioso mundo interior, sí.

—¿Puedes dejar la ironía durante cinco minutos? Es… frustrante.

—Perdón —murmuró Victoria—. Pero no puedes pretender que me guste un…, bueno, supongo que tampoco quieres que suelte insultos.

—Preferiría que no. Y no tiene por qué caerte mal.

—Es que no me cae mal. Lo odio.

Caleb sacudió la cabeza, pero no añadió más. Estaba inmerso en su propia mente.

—Espera —dijo Victoria entonces—, ¿Sawyer es este?

Volvió a recoger la foto del hombre rubio. Caleb le echó una ojeada y asintió una sola vez.

—Vaya, por fin le pongo cara.

Era más joven de lo que esperaba. Debía de tener, como mucho, diez años más que ellos. Y, por algún motivo, parecía un modelo de revista. Mandíbula cuadrada, ojos claros, rubio natural, camisa remangada hasta los codos, aura magnética de te-voy-a-arruinar-la-vida-pero-te-va-a-encantar. Menos mal que nunca se lo presentaría a Margo, porque sería la clase de tío por el que caería directa y sin titubeos. Lo que le faltaba…, un mafioso.

—¿Por qué todos los cabrones están buenos? —masculló—. El mundo es un misterio.

Caleb volvió a removerse.

—Perdón. No quería insul…

—¿Te parece atractivo?

Ah, así que se trataba de eso. La pilló tan desprevenida que no supo cómo tomarse la pregunta.

—Objetivamente…, sí, lo es. Pero preferiría lanzarme contra Axel que acercarme a él, te lo aseguro.

Aquello le provocó una sonrisa. Y, como parecía un poco más relajado, Victoria también sonrió.

Quizá se relajó demasiado, porque el filtro que tenía entre la boca y el cerebro, durante unos instantes, desapareció.

—¿Y si me convirtiera en una de vosotros?

Caleb se irguió como si acabara de recibir un latigazo. Tenía el horror escrito en cada poro de su ser.

—¿Qué?

—¡Podría tener una habilidad! Y ser indestructible, tenebrosa y sexy como tú. Seguro que pasaría la prueba esa de transformación. Y ya no necesitarías protegerme, porque… ¡podría defenderme yo solita! Lo único que no sé es qué habilidad tendría.

—Y nunca lo sabremos.

La brusquedad de su tono la pilló un poco desprevenida. Hablaba totalmente en serio. Y estaba muy enfadado.

—Solo es una broma.

—Pues no hace gracia. ¿Querrías abandonar tu vida?, ¿estar atada a Sawyer para siempre?

—No me importaría estar atada a ti.

Por primera vez en mucho tiempo, Victoria se arrepintió de su broma. No era el momento. Y lo vio en cuanto él se volvió hacia ella, furioso.

—Sawyer no es una broma.

—Sawyer me importa un bledo.

—Victoria, para.

—¿Por qué?

—Porque podría hacerte daño.

—Pues que lo intente. Estaré esperándolo con el espray de pimienta en una mano y Bigotitos en la otra. A ver si tiene valor de hacerme nada.

—Victoria…

—Iré a su casa y fiu fiiiuuu. Codazo, codazo, patada y, ¡PAM!, tumbado en el suelo. *Ciao*, Sawyer. No ha sido un puñetero place…

—¡Basta!

El grito la echó hacia atrás. Nunca había oído un grito de Caleb. Normalmente, con sus susurros ya tenía más que suficiente para hacer que una habitación repleta guardara silencio.

Se asustó, sí. No por el posible peligro, sino porque supo que acababa de cruzar una línea muy fina y peligrosa. Y, por consiguiente, acababa de hacerle daño.

No supo qué decir. De pronto, la atmósfera de la cabaña se le antojó pesada y densa. Y se sentía fuera de lugar. Como una especie invasora. Caleb continuaba mirándola con la mandíbula tensa y los labios apretados.

—Tú no conoces a Sawyer —añadió en voz baja—. Crees que puedes juzgarlo, cuando no tienes ni la menor idea de lo que ha pasado y lo que lo ha llevado a ser como es. Me encontró cuando nadie más me quería. De no haber sido por él, yo no sería nada. No tendría nada.

En cuanto Caleb empezó a ponerse de pie, ella actuó más por impulso que voluntad propia; le atrapó la mano a tal velocidad que la sorprendió y, de alguna manera, consiguió detenerlo.

—Sé que crees que le debes muchas cosas… —empezó.

—No es que lo crea. Es que lo sé.

Que usara la misma frase que cuando la había llamado «preciosa» dolió. Y mucho. Victoria sintió el burbujeo de la rabia hirviendo en su interior. Sintió, también, que su mano apretaba el agarre.

—¿Qué le debes a alguien que te llama *Kéléb*? —espetó en voz baja.

Quizá solo quería ejercer el mismo daño que había recibido. Quizá habló sin pensar. Fuera lo que fuese, logró que Caleb se tensara de pies a cabeza.

Lentamente, se volvió hacia ella. Su expresión era totalmente nueva. No era enfado, ni rabia, tampoco irritación. Era dolor.

—No uses esa palabra —le pidió en voz baja.

El arrepentimiento llegó casi tan rápido como la rabia. Victoria trató de decir alguna cosa, pero se detuvo en cuanto él hizo otro ademán de marcharse. Frustrada consigo misma, con él y con todo, se adelantó un poco más y atrapó su otra mano. A esas alturas, estaba sentada sobre sus tobillos, justo delante de él. Caleb desistió de nuevo y se quedó sentado, pero no entabló contacto visual. Tenía la cabeza agachada.

—No quería usarla —aseguró ella—. Nunca lo haría. Lo siento. Es solo que… estoy… Joder, estoy muy superada por la situación, ¿vale? Lo admito. Axel quiere hacerme daño, Sawyer también, de repente descubro que tú y tus amigos sois… lo que sea que seáis. Tengo los nervios a flor de piel y lo he pagado un poco contigo, pero… el problema no eres tú. Es lo que te ha sucedido. Y sé que crees que es lo que te tocaba vivir, pero… ¿quién sabe quién podrías ser en otra vida, sin todo esto? Eres la persona más inteligente que conozco, Caleb. No necesitas a nadie para brillar. Ni a Sawyer ni a mí. Y pronto, cuando vuelva a mi vida y tú vuelvas a la tuya, verás que es verdad.

No supo de dónde había salido todo aquel discurso, pero surtió efecto. Caleb elevó la mirada hasta encontrar la suya. Ya no intentaba librarse de su agarre o marcharse.

—¿Cuando vuelvas a tu vida? —repitió lentamente.

—Tú mismo dijiste que no siempre ibas a estar conmigo, y lo entiendo, pero…

—No quiero que salgas de mi vida.

Victoria, que iba a proseguir con su discurso, se lo tragó enterito. Aquello le interesaba mucho más.

—¿No? —preguntó.

—Me… gusta que estés aquí.

Si se hubiera tratado de otra persona, quizá no le habría afectado tanto. Pero… ¿Caleb? Él no decía nada que no sintiera de verdad. Era sincero hasta el extremo. Y, si le decía que disfrutaba de su presencia, significaba que ya no podía guardárselo más tiempo.

—¿Quieres que me quede? —quiso asegurarse.

Parecía que solo sabía repetir palabras como un loro, pero es que era incapaz de procesar ninguna otra información.

Caleb, por su parte, ni siquiera titubeaba.

—Sí.

—Pero… siempre te quejas de lo insoportable que te resulta tenerme alrededor.

—Es mucho más insoportable cuando no estás.

Y Victoria, negadora empedernida del romanticismo, la que siempre renegaba de los discursos cursis en las películas, la que se había pasado toda la adolescencia leyendo las historias de amor de otras personas, la que, en el fondo, siempre había querido vivir su propia historia…, no pudo aguantarlo más.

Se le acercó. Lo hizo lentamente para darle a él margen de respuesta, para que pudiera apartarse. Pero no lo hizo. Tampoco rompió el contacto visual. La observaba como si analizara cada gesto y, sin embargo, tuviera la seguridad de no querer pararlo. Victoria logró arrastrar las rodillas hasta que estuvo sentada entre sus piernas. Tras un momento de duda, le acunó el rostro con las manos. Caleb parpadeó; era evidente que no estaba acostumbrado a esa clase de contacto. Y, sin embargo, seguía sin apartarse.

Victoria se había besado con unas cuantas personas. En algunas ocasiones deseaba olvidarlas. En otras, se había llevado una sorpresa. Pero nunca había iniciado un beso del que no supiera qué esperar e, igualmente, le provocara tantas sensaciones distintas. Estaba tensa y nerviosa, pero también ansiosa y feliz. Una mezcla muy extraña que, en cuanto unió sus labios, estalló en forma de corriente eléctrica.

Caleb se mantuvo quieto. Ella cerró los ojos. Sus labios estaban más fríos que la última vez, pero también más suaves. Menos tensos. Se separó un momento, comprobó que él continuaba sin moverse, y volvió a lanzarse.

En esta ocasión, mantuvo sus labios unidos durante más tiempo. El suficiente como para que él colocara una mano tras su cabeza. Victoria trató de separarse, pero Caleb la mantuvo en su lugar. De hecho, se inclinó hacia ella. Y se olvidó de dónde estaban, de la conversación y de todo lo que no fuera el beso. Lentamente, abrió los labios sobre los suyos. Caleb correspondió enseguida. Y ella, envalentonada, se atrevió a acariciarle el labio inferior con la punta de la lengua. No sabía qué esperaba, pero de repente tenía un brazo firme y duro en la espalda. Sintió el tirón sin oponer resistencia, y de pronto se encontró sentada sobre una pierna de Caleb. Sus propias manos habían bajado sin que se diera cuenta, y ya reposaban en su pecho. Mientras ladeaba la cabeza y se atrevía a acariciarle la lengua, se dio cuenta de que los latidos frenéticos no procedían solamente de su propio pecho, sino que también los sentía bajo los dedos.

No habría sabido decir cuánto tiempo pasaron de esa manera. Con un beso que, aunque había empezado de forma inocente y precavida, pronto se convirtió en todo lo contrario. El aura de la cabaña cambió con ellos. Parecía más calurosa y, sobre todo, más pequeña. Caleb apretó la mano en torno a su pelo. Seguía teniéndola aprisionada con el otro brazo, y ella hacía todo lo posible para arquearse y facilitarle el acceso a su boca.

Fue Victoria quien rompió el beso. Lo hizo de golpe, sin querer pensarlo. Tampoco quería mirarlo a los ojos, así que soltó una bocanada de aire y apoyó la frente en la curva de su cuello. No podía respirar. Y, por el retumbar que sentía aún bajo sus dedos, supuso que él estaba exactamente igual.

Transcurrieron unos segundos en los que nadie se movió. Ni siquiera él, que solía ser el primero en romper momentos como ese.

Casi como si la hubiera oído, murmuró:

—Deberíamos volver.

Victoria no pudo hacer más que sonreír, agitada.

—Por favor…, no arruines el momento.

—Oh. Perdón.

Caleb

Qué…, mmm…

Qué curioso.

Qué… sensación tan concreta.

Contempló una de las ventanas de la cabaña sin saber qué hacer. En esa ocasión, dejaría que ella iniciara la tertulia posterior. Y casi agradeció el hecho de no moverse, porque no sabía ni cómo hacerlo. Se le había olvidado. ¿Acaso los besos hacían que perdieras inteligencia motriz? Nunca se lo había preguntado. Y en ninguno de los libros que había leído sobre el tema se mencionaba.

Estaba sentada sobre él. Pese a que apenas notaba su peso, sí que sentía su calidez. Otro concepto curioso para alguien que no percibía la temperatura externa. Quizá estaba somatizando. No era capaz de asegurarlo. Sin embargo, tenía claro que se trataba de una sensación… agradable. No le apetecía moverse. Tampoco le apetecía que ella se moviera. Le gustaba tener un brazo alrededor de su cuerpo. Y una mano en su pelo, que le rozaba la piel como si fuera una caricia de seda. Y su cara escondida en el cuello, donde sentía un cosquilleo extraño cada vez que hablaba y, especialmente, cada vez que sonreía.

Miró su propia mano, envuelta en una capa de mechones de color castaño claro, y aflojó el agarre. ¿Y si le había hecho daño? Victoria no se había quejado, así que supuso que no era el caso. Estiró los dedos, observando cómo los mechones resbalaban lentamente, y repitió el proceso. En algún momento empezó a acariciarle la cabeza. No supo si era lo correcto, pero lo parecía. Y, por la forma en que ella se pegó todavía más a su cuerpo, supuso que le gustaba.

—¿Así se siente la gente con los besos? —preguntó él entonces.

Para su sorpresa, Victoria empezó a reírse y se separó de él. Temió, por un momento, que fuera a ponerse de pie. Pero se limitó a dejar sus rostros a la misma altura. Estaba tan cerca que Caleb podía ver las pequeñas pecas que le cubrían la nariz. Y sus ojos grises. Y sus labios, que estaban más rojos que de costumbre.

Y… aquello sí que lo dejó sin palabras, porque de pronto quiso besarla otra vez.

Pero ¿qué estaba pasando?

—Cuando es un buen beso, quizá —murmuró Victoria con diversión.

—Empiezo a entender muchos libros.

De nuevo, logró hacerla reír. Era… otra sensación curiosa. Sonrió porque no supo qué más decir. Le gustaba mucho que se lo pasara bien con él.

—Me lo tomaré como un cumplido —aseguró Victoria—. ¿Estás… bien?

—Estoy…

¿Cómo definirlo con una sola palabra? Le parecía un desperdicio. Sentía demasiadas cosas como para ofrecer un resumen tan corto. Y, sin embargo, consiguió pronunciar una palabra en el idioma que Sawyer les había enseñado.

—*Zayad* —repitió ella, extrañada—. No sé qué significa.

—Es… ¿ávido?

Victoria enarcó una ceja. De nuevo, parecía haberle gustado.

—Ávido —repitió, sopesando la palabra—. Enséñame otra.

De nuevo, le vinieron tantas a la mente que no supo con cuál quedarse.

—*Moy pogibel* —murmuró finalmente.

—¿Qué es?

—Lo que serás para mí.

—Oh, no puedes soltarme la cursilada del siglo y no explicarla.

—Es… —Caleb dudó—. Es el término que usamos cuando uno de nosotros necesita ayuda. Cuando sabe que no puede seguir solo con un trabajo. Como si… estuviera perdido.

—Así que soy tu perdición.

Aquello no le provocó una sonrisa.

—Creo que esa no me ha gustado —añadió en voz baja.

—A mí tampoco. Lo siento, debería haberte enseñado otra. Lo… siento por esta situación.

Ella estuvo a punto de responder, pero se detuvo a tiempo. Parecía haber advertido un cambio en el tono.

—¿Cómo que lo sientes? —preguntó—. ¿A qué te refieres con eso último?

—Bueno…, no debería besarte. No ha sido muy profesional.

Si hasta ahora había usado las palabras correctas, de pronto sintió que iba en dirección contraria, a toda velocidad y sin frenos. Victoria se echó ligeramente hacia atrás. Su expresión ya no era de satisfacción, ni de felicidad. Era de tensión.

Oh, no.

Victoria

Oh, no. Otra vez, no.

No quería ilusionarse. Sabía que había sido un error. Que, si se dejaba llevar demasiado, terminaría por romper otra vez la burbuja y volvería a la realidad de una patada.

—«Profesional» —repitió lentamente—. Esa palabra se usa en un contexto de trabajo, Caleb.

—Esto es un contexto de trabajo.

De haber sido posible, Caleb habría oído la grieta que acababa de hacerle en el corazón.

Apretó los labios, furiosa. Más consigo misma que con él. ¿Qué estaba haciendo? ¿En qué momento le había parecido una buena idea? Estaba en medio de una pesadilla y solo podía pensar en besuquearse con alguien que, claramente, no la había besado por placer, sino porque sentía que era lo correcto. Le pareció una humillación mucho peor que el típico capullo que, después de acostarte con él, no vuelve a dirigirte la palabra. Por lo menos, con ellos, se sentía validada para enfadarse. Con Caleb, en cambio, solo era capaz de frustrarse consigo misma.

—¿*Esto* —remarcó, señalándose a sí misma y luego a él— es un trabajo?

—Bueno, a ver… Es lo mejor…, ¿no?

—¿Mejor para quién?, ¿para ti?

Caleb no respondió. Se había quedado lívido. Pero Victoria no se permitió sentir lástima. Bastante tenía con su propia humillación como para preocuparse de no hacerle daño a él.

Frustrada y con el orgullo herido, se separó de él y se incorporó de un salto. Quería salir de esa cabaña. Quería alejarse de él. Y eso hizo.

Sabía que Caleb la seguía de cerca, pero no le importó y fue directa hacia la puerta de la cocina. Lo peor era que no tenía adónde ir. Si volvía a casa, la matarían. Si se quedaba, tendría que encerrarse en su puñetera habitación. De pronto, se sintió atrapada. Y frustrada. Y le escocían los ojos. Y le dolían los puños de lo mucho que los estaba apretando. Tonta. Era una tonta.

Para cuando llegaron a la cocina, Caleb trató de sujetarle la muñeca. Ella la apartó de un manotazo.

—¡Déjame en paz! —espetó, furiosa.

Por suerte, le hizo caso.

Caleb

Iver batía huevos con parsimonia. En cuanto Victoria se puso a ascender los escalones, soltó un silbido de diversión.

—Joder. ¿Qué has hecho?

Pues… no lo tenía muy claro. Un momento atrás, todo parecía estar bien. Había sido lo del trabajo. Pero… ¿acaso no era cierto? ¿Desde cuándo la verdad dolía tanto?

Sin saber qué otra cosa hacer, se sentó en un taburete. Tenía los hombros hundidos y una sensación muy desagradable en el pecho. Y no ayudaba que Iver siguiera batiendo huevos y observándolo con media sonrisa.

—Drama en el paraíso —comentó.

—Cállate.

—Estaba muy cabreada, ¿eh?

—Lo he notado.

—No, no. Estaba *muy* cabreada. Y muy dolida. Suelo ignorar las emociones de los demás, pero cuando son así de fuertes… ¿Qué has hecho?

—Nada.

—Nadie se pone así por *nada*.

Caleb apoyó la cabeza en un puño. Iver cocinaba mientras él rumiaba, buscando las palabras adecuadas para explicárselo sin entrar en demasiados detalles.

Al final, dedujo que era imposible.

—Nos hemos besado.

Iver, al fin, dejó de batir los huevos.

—¿Tú?

—Sí.

—¡¿Tú?!

—Que sí. ¿Por qué reaccionas igual que Bex? Sois muy molestos.

Iver enarcó las cejas. Por una vez, dejó de ser un pesado y decidió empatizar con su amigo. De manera pausada, dejó el cuenco en la encimera y se acercó a él.

—¿Qué has hecho *después* del beso?

—Pues… le estaba acariciando el pelo.

—Qué asco.

—Y luego me he disculpado porque besarnos ha sido muy poco profesional.

Silencio.

Al menos, hasta que Iver empezó a reírse. Y no con discreción, no. Estalló en carcajadas. Unas muy molestas y sonoras. Caleb contempló a su amigo con expresión funesta y, pacientemente, esperó a que terminara.

Como iba a dejar de emitir sonidos en un futuro cercano, murmuró:

—No sé qué te hace tanta gracia.

—Oh, por favor, dime que no lo has soltado así de bruto.

—No entiendo cuál es el problema.

—Joooder, y luego Bex me llama a mí insensible.

—¿Me vas a explicar…?

—Tío —remarcó lentamente, gesticulando en cada palabra—, no puedes besar a alguien y luego decirle que es tu puñetero trabajo. ¿De verdad no entiendes por qué se ha enfadado? Porque a mí me parece bastante razonable. Básicamente, le has dicho que es un error.

Caleb no supo qué responder. Esperaba un poco de apoyo, pero pronto dedujo que no iba a recibirlo. Igual tenía razón y habían sido unas palabras muy desafortunadas. No había esperado que se lo tomaría así. No había insinuado que fuera un error… Tan solo había dicho que estaba preocupado.

De nuevo, las relaciones humanas lo abrumaban.

—¿Y qué puedo hacer? —preguntó, totalmente perdido.

—¿Me lo preguntas a mí?

—Eres el único que hay por aquí.

—Pues consúltaselo a Bex. Odio los dramas de pareja. Prefiero mis *omelettes*; son deliciosas y no dan tantos dolores de cabeza. Todo ventajas.

Y, dicho esto, continuó batiendo sus huevos.

Victoria

En cuanto oyó los golpecitos en la puerta, sintió otra oleada de furia explosiva.

Abrió la puerta solo para tener la satisfacción de cerrársela otra vez. Y eso que, pensándolo bien, estaba en su dormitorio.

Efectivamente, se trataba de Caleb. Jugueteaba con sus manos como un niño que está a punto de ser regañado y no sabe por qué. Que no lo supiera tan solo aumentaba su rabia. ¿Cómo podía no verlo? ¿Tan ciego estaba?

—¿Qué? —espetó ella.

Caleb, ante el tono, torció el gesto.

—Noto cierto tono de enfado.

No era posible.

No. Era. Posible.

Furiosa, cerró de un portazo y soltó un gruñido tan infantil como liberador. Estuvo tentada a darle una patada a la madera, pero se contuvo a tiempo.

Y, al volverse, casi se murió del infarto. Caleb estaba sentado en la cama, y la ventana estaba abierta de par en par.

—No me cierres la puerta en la cara —protestó.

—Pero ¿cómo…?

—Es de muy mala educación.

—¿Educación? —repitió, ya furiosa—. ¿Me vas a dar putas lecciones de educación *ahora*?

—Si es necesario, sí. Y aprovecho para añadir que dices muchas palabrotas.

—¡Vete a la mierda!

—No sé cómo llegar.

—Caleb —pronunció lentamente, a punto de estallar—, vete antes de que vaya a por un cuchillo.

—¿Broma?

—¡No! Más te vale correr.

—Victoria…, no quería ofenderte.

—¡No estoy ofendida! —le espetó, ofendidísima.

Lo que estaba era frenética. Necesitaba hacer algo con su vida. Algo que no la dejara ahí plantada en medio de aquella conversación incómoda y desagradable. Y que le hiciera sentir que, por lo menos, estaba recuperando el orgullo que había perdido en esa cabaña.

Optó por cerrar la ventana de un golpe. Los pobres cristales temblaron, pero ninguno de los dos le dio importancia.

Caleb se incorporó con parsimonia. Parecía un bombero acercándose a un incendio.

—Siento haber usado la palabra inadecuada —empezó con calma.

—Oh, menos mal que lo sientes…

—Pero sigo pensando lo mismo.

—¿Esta es tu forma de arreglar las cosas? Porque te aseguro que lo estás empeorando.

—Lo que quiero decir —intervino, más decidido— es que no sé cómo gestionar todo esto. Mi vida entera se ha basado en trabajos con objetivos inmediatos. Nunca he tenido una respuesta tan… *humana*. No sé qué es lo correcto. No tengo ni la menor idea.

Ella, que quería seguir enfadada un rato más, terminó por respirar hondo y aflojar sus propios puños. Odiaba que la mirara como un cachorrito empapado por la lluvia. Qué cabrón. ¿Cómo iba a enfadarse, así?

—Me has llamado *trabajo* —recalcó, dolida.

—Lo sé. No ha sido… apropiado. No te veo como un trabajo.

—Entonces ¿por qué lo dices?

Caleb apartó la mirada y, como siempre, reflexionó sobre ello.

—No te conviene acercarte tanto a mí —concluyó con cierta tristeza—. Llegará un momento en el que uno de los dos saldrá perjudicado.

—Oh, por favor, ¿me vas a venir con el discurso de que eres demasiado peligroso para mí? Superé esa fase hace diez años.

—No…, em…, no sé de qué hablas.

—De que soy mayorcita para saber lo que me conviene y lo que no. Deja de protegerme. En esto, por lo menos, tengo más experiencia que tú.

Caleb la observó en silencio. Finalmente, sacudió la cabeza.

—Podrías enseñarme a ser tan optimista, entonces.

—Es que ser pesimista no suele ayudar mucho, ¿sabes? Solo hace que me preocupe de las cosas antes de que sucedan. En el mundo normal, a eso lo llamamos «ansiedad».

Como siempre que soltaba una frase como aquella, Caleb trató de encontrarle el significado durante un rato.

Pasados unos minutos, debió de decidir que no era importante.

—¿Sigues enfadada? —preguntó.

—Sí.

—¿Sigues queriendo clavarme cuchillos?

—Ahora me conformo con tenedores.

—Oh… Creo que voy por buen camino, entonces.

Victoria, aunque quería conservar el semblante serio un rato más, empezó a reírse. No fue tan alegre como otras risas, pero le sirvió para desahogarse un poco.

—Esto es surrealista —murmuró.

—¿Qué parte?

—Todo. Que vengas aquí a disculparte porque no sabes qué otra cosa hacer.

—Es que no lo sé. No sé qué prosigue a una situación como esta.

—Pues mira, yo tampoco. Si fueras un chico normal, te pediría una cita, pero…

—Vale.

Ella, que aún sonreía, dejó de hacerlo.

—Vale, ¿qué?

—Que tengamos una cita. Como… un chico normal, y todo eso.

De nuevo, se quedó sin palabras. Era un poco escandaloso lo mucho que solía pasarle últimamente.

—¿Quieres tener una cita? —cuestionó, pasmada.

—Es lo que procede.

—Ya, pero… Las citas suelen ser en sitios públicos. Yo no puedo salir de aquí.

—¿Quieres hacerlo?, ¿salir?

—Bueno…, no sé, estaría bien.

—Podría intentarlo. Y que no fuera peligroso. Creo que puedo, sí.

Victoria no supo qué decir. Y aún menos cuando él, sorprendentemente patoso, se le acercó y la sujetó de los hombros. Cualquiera diría que le estaba haciendo una inspección médica, pero pronto dedujo que era su forma de intentar ser romántico.

Tras un silencio un poco incómodo, se inclinó y le dio un breve beso en la boca. Victoria estaba tan perpleja que ni siquiera se lo devolvió.

—Pues… mañana tendremos una cita —concluyó él—. Em…, descansa, y todo eso.

Tan torpemente como la había besado, se apresuró a salir de la habitación.

18

Victoria

Quizá no debería estar tan ilusionada, pero... ¡tenía una cita con su X-Men!

Vale. Había tenido citas antes. Algunas. Bastantes. ¡No pasaba nada!

Y también querían matarla, pero ¡tampoco pasaba nada!

Lo más surrealista era tener que arreglarse en la habitación de Caleb. Le quitaba un poco de magia al asunto. Con un montón de ropa a sus espaldas, no dejaba de descartar prendas de entre las que él le había traído y lo que Bex le había prestado.

Se contempló a sí misma en el espejo de la pared. Acababa de ponerse una camiseta con transparencias, de Bex, pero no terminaba de convencerla. Con un resoplido, voló junto a todo lo demás.

—Joder —masculló—. ¿Por qué nada me queda bien, Bigotitos?

El pobre Bigotitos se asomó ente el montón de ropa descartada. Tenía un sujetador sobre la cabeza.

Miau.

—No sé.

Miau, miau.

—Sí..., debería relajarme un poco.

El gato pareció suspirar.

A ver..., ¡no pasaba nada! Todavía faltaban veinte minutos para que Caleb subiera a buscarla. Había tiempo. Todo iría bien. Estaría divina. No pasaba nada. Aunque..., no. Las bragas de Rapunzel no parecían una buena opción. Dudaba que fuera a verlas, pero era una cuestión de confianza. Necesitaba otras. ¿Las blancas, sin nada especial? Aburridas, pero seguras.

Bex le había dejado una falda negra. Le gustó. También tenía su propio cinturón. Menos mal. El atuendo iba tomando forma. ¿Qué más? Ah, sí. Una camiseta. Importante. Ir con las «bubis» al aire no era apropiado para una primera cita.

Optó por una blusa azul. Se la abotonó con una sonrisita, balanceándose de un lado a otro por la habitación. Bigotitos la juzgaba y negaba con la cabecita peluda, aún con el sujetador sobre la cabeza.

Caleb

—No.

Caleb se contempló a sí mismo.

—¿No? —repitió.

—No —insistió Bex—. No vas a ponerte eso.

—¿Por qué no? Es lo de siempre.

—¡Pues por eso! Madre mía…, que tenga que venir yo a daros clases de vestuario… Ven aquí.

Iver estaba sentado en su cama. Eso de que le invadieran el dormitorio no le hacía mucha gracia, pero parecía disfrutar del espectáculo.

Mientras tanto, Caleb dejó que Bex le arrancara la camiseta sin mucha delicadeza. Torció el gesto, pero a ella no le importó demasiado. Continuaba buscando en el montón de camisetas que habían reunido. Todas eran negras. O azul oscuro. O verde oscuro. O de algún otro color, por supuesto, oscuro.

—Qué mal gusto tenéis —farfullaba ella.

—Me gustan los colores sencillos —protestó Caleb.

—Silencio. Ponte esto, esto, esto… y *esto*. Tendrá que servir. Ah, y ni se te ocurra llevarte la pistola.

Caleb soltó todo el montón que le había dado, escandalizado.

—¿Quieres que la deje?

—Es una cita, Caleb, no una misión secreta para la armada.

—¿Y si hay algún problema?

—Llévate condones —le sugirió Iver—. Por si no lo hay.

Victoria

¿Pelo atado o suelto?

—¿Tú qué crees? —le preguntó a Bigotitos.

El pobre gato seguía acompañándola por todas las habitaciones de la casa. En esa ocasión, estaba sentado en el lavabo y se lamía una patita. Dejó de hacerlo para mirarla fijamente, bufar y volver a lamerse.

—Sí, suelto.

Caleb

¿Con pistola o sin pistola?

—¿Tú qué crees? —le preguntó a Iver.

El pobre chico seguía acompañándolo por todas las habitaciones de la casa. En esa ocasión, estaba sentado en el sofá y jugaba con el móvil. Dejó de hacerlo para mirarlo fijamente, bufar y reírse.

—Sin pistola —confirmó Caleb.

Victoria

La plantita estaba regada, Bigotitos tenía comida, ella lucía mínimamente presentable…

Solo faltaba el X-Men.

No podía esperar. Era incapaz. Acabó bajando las escaleras antes de la hora que habían acordado. Por suerte, Caleb también estaba listo.

Lo encontró en la entrada, con las manos tras la espalda y la cabeza agachada. Daba vueltas en silencio. La viva imagen de un jubilado ansioso. Y Victoria, que se había preparado mentalmente para la ocasión, no pudo hacer más que sorprenderse.

Estaba muy distinto. Nada de ropa negra, ni botas militares, ni cintas, ni pistolas. Simplemente, una camiseta de manga corta de color azul —¡como ella!—, unos vaqueros y unas zapatillas. Nada del matón que había conocido esa primera noche. Tan solo… Caleb. Era un buen cambio.

Sabía que la había oído bajar; aun así no alzó la mirada.

—¿Nos vamos? —sugirió.

—¿Estás nervioso?

—No tengo la pistola. Me siento desnudo.

—Con un poco de suerte, pronto ambos nos sentiremos así.

Victoria se rio de su propia broma, pero Caleb no correspondió. Al menos, eso sí que continuaba como siempre.

—¿No vas a decirme que estoy preciosa? —sugirió ella, todavía en los escalones—. Es lo que dicta la norma social.

Caleb suspiró y levantó la mirada. Por enésima vez, deseó saber qué sucedía, porque su expresión, desde luego, no era demasiado reveladora. Tan solo la observó unos instantes y emitió un sonido que podría considerarse una sombra de risa.

—¿Qué? —preguntó ella.

—Hemos elegido el azul.

—Porque somos muy románticos.

—O porque nos gusta el azul.

Victoria terminó de bajar los escalones y se plantó a su lado. Estaba mucho más contenta de lo que jamás querría admitir.

—He pensado en unos cuantos sitios —dijo ella—. Vamos a empezar por uno facilito para que no te agobies, ¿vale?

—¿Cuál es?

—El cine.

Caleb

Cómo detestaba las aglomeraciones.

Victoria, por lo menos, sabía adónde se dirigía. Le había atrapado la mano nada más conseguir entradas, y era la encargada de guiarlos entre la marea de gente. La cual, por cierto, no dejaba de volver la cabeza y observar a Caleb con curiosidad. Les sacaba una cabeza de altura a las personas más altas de la sala. Y, aunque ese día no iba de negro, seguía sintiéndose amenazador.

Por suerte, Victoria no quiso comprar comida de dudoso olor y calidad. Fue directa a una gran sala cuya pantalla era gigantesca. Los asientos estaban agrupados en filas de veinte personas.

Una prisión de entretenimiento. Lo primero que buscó Caleb fue la salida de emergencia. Solo por si acaso.

Sus asientos estaban en la octava fila. El tres y el cuatro. Nada más sentarse, Victoria le ofreció una radiante sonrisa. Al menos, alguien se lo estaba pasando bien.

Pese a que las luces empezaban a apagarse, sus compañeros de sala no paraban de hablar entre sí. Un gesto muy molesto para la gente que, como Caleb, podía oír cada respiración que emitían. Qué poca consideración.

—¿Alguna vez has visto una película? —preguntó Victoria entonces.

Pese a que hacía mucho que no se lavaba con su champú, seguía oliendo a lavanda. O quizá era solo su imaginación. Pero le sirvió para concentrarse en ella y no en la mezcla de olores de todo tipo acumulada en la sala.

—Unas pocas —admitió—. Las que les gustan a los mellizos.

—¿Cuáles son?

—A Bex le encantan las películas de terror. A Iver, las de vaqueros. Suelen ser en blanco y negro.

—Las de abuelos —dedujo ella, divertida—. Iver y mi abuela se habrían llevado bien. Les gustan las mismas películas, cocinar, los delantales con florecillas, el color rosa…

Caleb, que había estado escuchando con atención, se distrajo con la súbita oscuridad que les rodeó. Alguien había apagado el resto de las luces. Estaba a punto de ponerse de pie, pero Victoria lo detuvo con una mano.

—Tranquilo —susurró—. Es porque empieza la película.

—¿Y tiene que ser a oscuras?

Ya había identificado dos salidas de emergencia más. De nuevo, solo por si acaso.

—Con las luces apagadas, se ve mejor —aclaró Victoria.

—¿Y prefieres la calidad cinematográfica que la seguridad de ver qué sucede a tu alrededor? Qué inusuales sois los humanos. Este lugar no tiene sentido.

—Mira, ahora pondrán tráilers de otras películas. A ver si te gusta alguno.

Caleb no sabía qué era un tráiler ni le importaba. Cuando se iluminó la pantalla, hizo lo posible por fijar la atención en ella. Malditos olores. Malditos susurros. Maldita sala cerrada y oscura. ¿Qué hacían allí? Con lo bien que estarían en su casa, con el gato imbécil como única compañía…

Para su absoluta sorpresa, Victoria supo que estaba tenso nada más mirarlo. No era habitual que la gente de su entorno lo percibiera. Y, aunque se sintió un poco expuesto, le gustó que le sujetara la mano. También le gustó que apoyara la cabeza en su hombro. Oh, sí, podía hacer de almohada. Se le daba mejor que fingir que todo aquello le gustaba.

—Mírate —murmuró ella—, casi pareces un chico normal.

—¿Qué vamos a ver?

Su risita le dio mala espina.

—La nueva de los X-Men.

Victoria

Tuvo que admitir que, durante un buen rato, llegó a pensar que aquello había sido un error. Caleb lo estaba pasando mal. Cada vez que había una explosión de sonido, un estallido de colores o un gesto rápido de los actores, se tensaba de pies a cabeza. Por mucho que tratara de ocultar su incomodidad, había empezado a preocuparla.

A los diez minutos, estuvo a punto de ponerse de pie y marcharse.

No obstante, a los treinta, la actitud de Caleb empezó a cambiar. Pareció que centraba la atención en el argumento, o en los actores, bueno, en la pantalla. Su interés llegó a tal punto que, cuando ella le volvió a apoyar la cabeza en el hombro, Caleb la apartó para concentrarse mejor.

Para cuando encendieron las luces, Caleb estaba totalmente absorto. Victoria le echó una ojeada divertida y se incorporó. Con los créditos de fondo, le ofreció una mano.

—¿Vamos, X-Men?

—Pero… ¿ya está?

—¿Eh?

—¿Se ha terminado?

—Eso parece.

—¡No puede acabar así!

Victoria dio un brinco, alarmada. Se había levantado tan deprisa que la pilló desprevenida. Y, además, su voz airada atrajo algunas miradas de curiosos.

—¡Es injusto! —insistió él—. Han cerrado la película sin decirnos cómo termina el conflicto. ¡Quiero saber qué pasa después!

—Sí…, es un recurso bastante habitual. Para dejarte con las ganas.

—No estoy de acuerdo.

—Pero sirve para que quieras ver la siguiente, ¿no? Podemos volver el año que viene.

Él entreabrió los labios, pasmado.

—¡¿Tengo que esperar un año entero?!

313

—Em... Si todo va bien, sí.

Caleb soltó una maldición entre dientes, molesto, mientras ella se reía. Abandonaron la sala con las manos unidas, y los empleados del cine les sonrieron al pasar.

Por lo menos, hasta que Caleb se liberó del contacto para detenerse ante uno de ellos.

Oh, no.

Victoria no sabía qué esperar; desde luego, no que Caleb agarrara al pobre chico por el cuello de la camiseta. Mientras lo levantaba varios centímetros del suelo, ella ahogó un grito.

—¡Caleb!

—¡Dime qué pasa en la próxima película! —le exigió, indignado.

El pobre chico estaba completamente rojo. Tan solo podía sacudirse y levantar las manos en señal de rendición.

—¡Dímelo! —insistió Caleb.

—¡N-no lo sé, señor!

—¡Sí que lo sabes!

Victoria, de fondo, tiraba con todas sus fuerzas de su brazo. Era como intentar mover un bloque de mármol.

—¡Caleb! —insistió—. ¡Suéltalo!

—¡Quiero que me diga lo que pasa!

—¡No lo sabe! ¡Suéltalo ahora mismo!

Finalmente, enfurruñado, soltó al pobre chico. Cayó al suelo como un muñeco de trapo, y todos sus compañeros retrocedieron varios pasos.

Mientras intentaba recuperarse, Caleb lo señaló con un dedo acusador.

—La próxima vez, no me dejes con el suspense.

—¡No lo haremos! —chilló, aterrado.

Mientras salían del cine, Caleb continuaba insistiendo en que el empleado debía de saber más de lo que decía, porque el corazón le latía muy deprisa. Victoria no quiso aclararle que era por el terror, así que simplemente le dio la razón. Por lo menos, eso lo calmó un poco.

Estaba claro que con él no se aburriría. Era un punto positivo.

—Siguiente parada —anunció para cambiar de tema—: ¡el parque!

Caleb le dirigió una mirada de hastío.

—¿El parque?

—Hace un día precioso. Vamos a disfrutar del solecito.

—El sol provoca eritemas, quemaduras y aumenta las posibilidades de padecer…

—Caleb.

—… Vale.

Caleb

El parque era tan insustancial como sonaba.

No lograba entender qué hacían ahí, sentados en la hierba y viendo pasear a perros, niños y señores con bicicleta. Se sentía un poco inútil. ¿Por qué había que ir a un parque a tomar el sol? Lo había en todos lados.

Victoria, de nuevo, disfrutaba del día. Se había tumbado —pese a sus advertencias sobre la presencia de hormigas y todo tipo de insectos— sin muchas preocupaciones. Tenía la cabeza apoyada en su regazo y los ojos cerrados.

Por lo menos, podía mirarla sin que se diera cuenta. Le gustaba observar a Victoria. Cada vez que lo hacía, descubría un detalle inadvertido hasta el momento. Como en esa ocasión, que identificó un lunar bajo su mentón. Le deslizó el pulgar por encima. Ella no se movió. Estaba poco familiarizado con el contacto físico, pero le gustaba tocarla sin tener que dar explicaciones. Era… curioso, como casi todo desde que se habían conocido.

—¿En esto consisten las citas? —preguntó Caleb—. ¿En tumbarse y no decir nada?

—Podemos hablar.

—Vale. Habla.

Victoria se rio y abrió sus grandes ojos grises. Le gustaban sus ojos. Quizá por eso siempre se pasaba un rato contemplándolos.

—¿Sabes en qué me he fijado? —preguntó ella.

—No.

—Eres el único de todo el grupo que se mueve sin hacer ruido. Los demás lo consiguen, de vez en cuando…, pero tú lo haces siempre.

—Oh. Sawyer me enseñó.

Como siempre que pronunciaba ese nombre, Victoria torció el gesto. Aunque, para la sorpresa de él, decidió no hacer ningún comentario despectivo.

—¿Y cómo lo aprendió él?

—Por su padre. Era espía, o eso nos ha contado siempre. Le enseñó a moverse sin llamar la atención, a elegir sus contactos, a formular las preguntas adecuadas, a usar un arma…

—Y luego Sawyer te enseñó todo eso a ti.

—Sí. Siempre se centró más en mi educación que en la del resto.

No lo dijo con orgullo. Ni siquiera con pedantería. Era un hecho, simplemente. Y, a veces, desearía que no hubiera estado tan enfocado en él. Aunque eso nunca lo admitiría en voz alta.

—Mi madre siempre se quejaba de mí —murmuró Victoria con una mueca—. Decía que no andaba de forma femenina.

—¿Qué es una forma femenina de andar?

—No sé. Moviendo el culo, supongo. Y yo le decía: «Mamá, no muevo el culo porque apenas hay nada que mover, no me deprimas más».

—A mí me parece que tienes el culo muy proporcionado con el resto de tu anatomía.

—Gracias. Es un consuelo.

—¿Broma?

—Más o menos.

—Nunca me has hablado de tus padres —comentó él con curiosidad.

Había visto fotos, pero Victoria no los había mencionado en ninguna conversación. Teniendo en cuenta la importancia de la familia en la vida de cualquier humano, era un hecho destacable.

—Es que tampoco hay mucho que comentar sobre ellos —admitió ella—. Son muy aburridos.

—No estoy muy familiarizado con lo aburrido —le recordó—. Seguro que me resulta interesante.

Victoria lo observó unos instantes. Al final, se acomodó mejor y empezó a hablar:

—A mamá le encanta la repostería. Tiene una panadería en la que ha trabajado desde hace…, bueno, no sé cuántos años. Muchos. Antes de que yo naciera. Hace galletas, panecillos, magdalenas, dónuts… De todo. A veces traía las sobras a casa para que Ian y yo tuviéramos postre.

—¿Te gustan los pasteles?

—No mucho. Lo que me gustaba era el momento de comerlos con mi hermano.

Caleb asintió lentamente.

—¿Y tu padre?

—Es ferretero. No por vocación, pero, oye…, es un buen empleo y nunca se ha quejado. Tiene una excusa para hablar con la gente, que le encanta, y a veces hace cosas chulas que le regala a la gente del barrio. Lo que más le gusta es pescar. Va casi todos los domingos con sus amigos.

—¿Y contigo?

—No, no. Como tenga que matar a un pobre pez, me muero yo después.

Caleb sonrió. Qué extraño haber terminado tan cerca de alguien como Victoria. Él, que había vivido casi todos sus años entre violencia y pocas palabras. De nuevo, le resultaba refrescante. Una perspectiva totalmente distinta.

—Hace mucho que no hablo con ellos —confesó Victoria—. Debería llamarles.

—Podrían llamarte ellos a ti.

—¿Ellos? ¡Ja! Ni se molestan. Saben que no los respondería. Les sale más rentable ahorrarse el tiempo y esperar a que lo haga yo.

Sentía curiosidad, claro. Pero sabía que no debía preguntar. Si ella no entraba en detalles, le parecía inadecuado seguir buscándolos.

—Y luego está Ian —finalizó Victoria con un suspiro—. A él ya lo conoces de sobra.

—No me gusta que te tenses.

—Ya, bueno, es que es… muy complicado. Puede que no lo parezca, pero Ian era el niño perfecto. Y el mimado de mis padres. Siempre le daban todo lo que pedía. Supongo que por eso es incapaz de aceptar un no por respuesta.

Tras aquella última confesión, Victoria le ofreció una nueva sonrisa.

—¿A qué vienen tantas preguntas?

—Quiero saber más de ti.

—Me siento halagada.

Él se encogió de hombros.

—Eres la única persona de la que he querido saber tantas cosas. Supongo que es un halago.

Victoria

La última parada de la noche fue en un restaurante. Uno guarro, como a ella le gustaban. De esos con suelo pegajoso, mesas cojas y camareros gritones. Pidieron una hamburguesa cada uno, la especialidad de la casa. Caleb, por supuesto, se puso a dictar todos y cada uno de los peligros de comer algo en aquel estado. Mientras, Victoria trataba de masticar el bocado gigante que acababa de dar.

Ya anochecía, y le dio la sensación de que Caleb estaba mucho más tranquilo que por la tarde. Quizá le había gustado ser normal por un día. Ojalá pudieran serlo siempre. Ojalá volver a su vida de siempre no supusiera perderlo a él.

Trató de no pensar en ello. Después de todo, estaba en una cita y tenía que disfrutarla.

Aun así, hizo el camino de vuelta en silencio. Miraba por la ventanilla, pensativa, mientras los árboles se difuminaban ante sus ojos. Caleb le echó más de una miradita curiosa, pero respetó la atmósfera del momento y no intervino.

Para cuando llegaron a la granja, Victoria sentía que el día había trascurrido muy deprisa. Y se le antojaba triste, porque habría deseado disfrutar un poquito más de ese tiempo alejada de la realidad. Donde no existía Sawyer, ni Axel, ni Andrew, ni tenía que esconderse.

Entraron en casa y, tras un suspiro, se dejó caer en el sofá. Supuso que Bigotitos estaría con Bex, porque no había ni rastro de él.

—¿Estás bien?

La voz de Caleb sonaba preocupada, así que ella sonrió.

—Sí. Es solo que… me lo he pasado genial.

—¿Y eso te pone triste?

—Me pone triste que se acabe.

—Oh. —Caleb vaciló—. Pero… no se ha acabado.

—¿No?

—No lo sé. Se supone que tú eres la experta en citas. ¿Qué procede una vez llegas a casa?

Lo tenía bastante claro, pero también tenía claro que él no querría oírlo. O quizá sí. Fuera como fuese, no lo diría en voz alta. Era atrevida, pero no tanto. Y no quería provocarle un trauma.

—Podríamos terminarla en mi bar —bromeó.

Al mencionar el trabajo, pensó en sus amigas. Y en su móvil. No había dejado de sonar desde el primer día. Algunas veces era Margo, otras Dani; incluso hubo una de Jamie. Oh, y las de Andrew. Esas sí que la mantenían en tensión. Iba a quedarse sin trabajo. Y, como no tuviera cuidado, también sin vida.

Y ella quejándose de su existencia aburrida… Ya podría volver a serlo.

—¿Tantas ganas tienes de ver a tus amigas?

Caleb se las había apañado para sentarse a su lado. A esas alturas, ni siquiera se planteaba cómo conseguía hacerlo.

—Sí. Estarán preocupadas. Y mi jefe… Mejor ni pensarlo.

—Podría ir a hablar con él.

—Seguro que a Axel no le parece nada sospechoso que aparezcas por ahí justo cuando estoy desaparecida…

—Sé perfectamente si Axel estará o no —repuso él, confuso—. Si te dije que dejaras de ir a trabajar no fue por si aparecía, sino para que los demás no pudieran darle pistas sobre dónde te encontrabas.

—¿Y si vamos a hablar con su jefe?

La pregunta no salió de la boca de Victoria, que dio tal respingo que casi se agarró del techo. En algún momento, Iver había aparecido y se había sentado a su otro lado.

Puñeteros X-Men y su habilidad para aparecer de la nada.

—¿«Vamos»? —repitió Caleb.

—¿Qué pasa? Estoy aburrido.

—Y por eso quieres que arriesguemos nuestras vidas.

—¿Tienes algún plan mejor?

—Esperad —intervino Victoria, que todavía se recuperaba del susto—, ¿estáis hablando en serio? ¿Iremos al bar?

Iver sonrió ampliamente. Caleb, sin embargo, frunció aún más el ceño.

—Podría hablar con Andrew —comentó ella—. Y mis amigas verán que sigo viva. ¡No es mala idea!

—Es la peor idea de la historia —masculló Caleb.

Iver sacudió la cabeza.

—Ya está el amargado amargando.

—No estoy amargado —protestó Caleb con amargura.

Victoria, mientras ellos discutían, ya se había decidido. Necesitaba salir de ahí. Y tener a dos X-Men de su parte le parecía un buen método.

Necesitaba decirles a sus amigas que seguía viva. Que no las había dejado de lado.

Encantada, pasó los brazos por encima de ambos y los apretujó. Mientras que Caleb se dejó a regañadientes, Iver se apartó como un gato enfurruñado.

—No me toques, humana mohos…

—Iver —advirtió su amigo.

—Podemos ir —insistió Victoria, retomando el tema—. ¡Es una buena idea, de verdad! Solo tengo que saludar a mis amigas y hablar un momento con Andrew para asegurarme de que no me despida.

—Guay. —Iver sonrió—. ¿Quién es Andrew?

—Mi jefe.

—Oooh. ¿Es un trabajo de paliza?

Victoria abrió mucho los ojos, alarmada.

—¡No!

—Pues vaya aburrimiento.

Caleb necesitó, exactamente, trece minutos de insistencia por parte de ambos. Victoria no esperaba la colaboración de Iver, pero tampoco iba a protestar. Debió ser lo único que terminó por convencer al X-Men, que fue al coche a regañadientes.

Y ella… ¡estaba eufórica! Y nerviosa. No sabía cómo sentirse. Le parecía que había llegado a aquella casa mil años atrás. Tenía ganas de recordarse a sí misma que seguía siendo humana, y que podría recuperar su vida anterior. Y le apetecía, para variar, un poco de normalidad a su alrededor.

El viaje en coche no resultó demasiado conversacional. Estaba sentada en el asiento del copiloto, jugando con los cordones de la sudadera. Se había puesto la camiseta de colores debajo, pero no le quedaba muy claro el motivo. También se había atado el pelo y se había puesto una gorra. No parecía ella. Aunque, pensándolo bien, ese era el plan, y la única condición que había puesto Caleb a cambio de pasar unos minutos en el bar.

Iver había tomado asiento detrás de ellos. Era de esas personas que, cuando se aburrían, no se podían quedar quietas. Se inclinaba sobre una ventanilla, se apoyaba en el respaldo de sus asientos, se estiraba para cambiar de emisora… Caleb fingía no darse cuenta, pero Victoria pronto se puso nerviosa.

—Oye, humana —dijo Iver de pronto.

Victoria suspiró.

—Te estoy hablando —insistió él

—Pues llámame por mi nombre.

—Es que no sé cómo te llamas.

—Victoria.

—Oye, *cachorrito.*

—Eres un idiota.

—Puedo sentir tus nervios flotando por tooodo el coche.

—Qué bien.

—¿Quieres que te ponga histérica?

—No, gracias.

—Sería divertido.

—Para ti.

—Exacto. Puedo hacerlo sin tu permiso, también.

—Y yo podría sacarte del coche —intervino Caleb.

Y ahí terminó la charla.

Cuando finalmente llegaron al bar, Caleb aparcó junto al callejón trasero. Victoria se preguntó cuántas veces lo habría hecho. Prefería no averiguarlo.

Además, estaba nerviosa. No sabía qué esperar de su jefe, o de sus amigas, y desconocía qué consecuencias podría conllevar esa salida. Tensa, bajó del coche y se subió la cremallera de la sudadera.

Sus pintorescos acompañantes, por supuesto, ya se le habían colocado uno a cada lado. Parecían guardaespaldas.

—¿Cuál es el plan? —preguntó Iver.

Caleb miró a Victoria, a la espera de una respuesta. Ella tampoco lo tenía claro.

—Sentaos en alguna mesa —dijo al final—. Pero… entrad por la puerta principal, o parecerá extraño. Yo estaré en el despacho. Tardaré lo menos posible.

Caleb asintió una sola vez. Iver resopló y entrelazó los dedos tras su cabeza.

—Suena aburrido —comentó.

Aun así, rodeó el edificio con parsimonia. Victoria esperó a que se alejara lo suficiente como para tener un momento de intimidad y, precavida, tiró de la mano de Caleb. El aludido la contempló con curiosidad.

—¿Todo bien? —preguntó.

—Sí. Es solo que…, em…, no entres en el despacho, ¿vale?

Caleb enarcó una ceja.

—¿Qué quieres decir?

—Que sé manejar a Andrew. Y, a veces, amenaza y todas esas cosas, pero nunca llega a hacerlas. Así que, oigas lo que oigas, no entres. Lo último que necesito es que te reconozca y se ponga aún más histérico.

Caleb siguió mirándola como si nada de aquello tuviera sentido alguno. De hecho, incluso, se mostró un poco ofendido.

—No puedo asegurártelo.

—Pues danos cinco minutos a solas, por lo menos.

No esperó a que le respondiera, porque sabía que odiaría su respuesta. Tras echarle una última mirada de advertencia, empujó la puerta trasera del bar.

Caleb

Mientras rodeaba el local, oyó las exclamaciones agudas de las dos amigas de Victoria. Daniela sonaba preocupada, mientras que Margo no se molestaba en ocultar su enfado. Las preguntas volaron. Los reproches, todavía más. Y Victoria solo podía asegurarles que estaba bien, que no pasaba nada. Por suerte, no mencionó nada que no pudiera decir.

Para no tener experiencia en interrogatorios, se le daban bastante bien.

Iver lo esperaba dentro del bar. Se había sentado en una de las mesas más apartadas, con el tobillo sobre la rodilla y la espalda mal apoyada en el respaldo. Si ya había gente que lo miraba, la cifra se multiplicó en cuanto Caleb se colocó frente a él. Dos gigantes amenazadores llamaban la atención a cualquiera. Y sumándoles la cicatriz de Iver, aún más.

Victoria continuaba dando explicaciones. Hubo un momento en el que Margo mencionó a un policía que la había buscado en el bar, y Caleb tuvo que contener una sonrisa amarga. ¿Cuántas veces iba a usar Axel ese método? Qué poco innovador.

Por suerte, Victoria superó la prueba de sus amigas y, tras unos minutos de preguntas, logró llegar a la puerta de Andrew. Caleb sintió que se le tensaban los hombros.

La idea de que fuera sola… lo incomodaba. Y mucho. Pero Victoria llevaba razón; si él entraba, no habría posibilidad de mantener una conversación civilizada.

Mientras Iver revisaba la carta con expresión de aburrimiento, Caleb entrelazó los dedos y clavó la mirada en la mesa. Oír la voz de Victoria por encima del resto del bar era un poco complicado, pero la conocía tan bien que no la perdió. Igual que su olor. Aunque se alejara de la ciudad, tenía su aroma tan metido en la cabeza que sería capaz de encontrarla. De nuevo, qué sentimiento tan curioso.

Oyó el saludo tenso. El reproche de Andrew. La respuesta de Victoria. Por el momento, la cosa iba bien.

—Mírate, todo preocupadito.

Caleb echó una ojeada su amigo.

—¿Te estás burlando?

—Es divertido. ¿Sabes lo difícil que resulta percibir tus emociones? Y te lo dice un experto en el tema. Ni siquiera recuerdo la última vez que pude acceder a alguna de tus sensaciones.

Caleb estuvo a punto de responder, pero unos pasos se aproximaban a ellos. Por la velocidad y el peso, dedujo que eran de Daniela. Y así fue. Se había acercado a la mesa con la vista perdida en su libreta.

—Buenas noches, chicos —murmuró—. Me llamo Daniela y seré la encargada de la mesa. ¿Habéis visto alguna cosa que os…?

En cuanto alzó la mirada, se quedó sin habla. Caleb no tuvo claro si se debía a su aspecto general o, simplemente, a la cicatriz de Iver. Dedujo que era por lo segundo, porque la chica la miraba fijamente, pasmada. Ni siquiera pudo disimular.

Iver, como de costumbre, no levantó la vista. Fingió que no se daba cuenta. Y eso que, muy probablemente, percibía su horror en primera persona.

—Pues… —murmuró, poco afectado— hoy nos sentimos muy salvajes. Dos vasitos de agua, *please*.

La chica seguía paralizada. No reaccionó hasta que Caleb carraspeó. Entonces, alarmada y avergonzada, se apresuró a recoger las dos cartas de la mesa. Intentó hacerlo tan deprisa que uno se le cayó al suelo. Su rostro enrojeció el triple y el corazón le empezó a latir más deprisa. Caleb suspiró. Qué torpe era la humanidad.

En cuanto se agachó para recoger la carta, Daniela se encontró de frente con la cara de Iver, que lo había hecho por ella. Se la ofreció con media sonrisa amarga.

—¿Algún problema?

—¡No! —chilló ella, arrebatándosela—. ¡No, ninguno! Yo…, em…, ¡ahora mismo vuelvo!

Si no se marchó corriendo, fue porque no había suficiente espacio físico.

En cuanto estuvo tras la barra, Iver se rio entre dientes.

—¿Tienes que asustar a todo el mundo? —preguntó Caleb de mala gana.

—Es que es divertido. ¿Has visto la cara que ponía?

—He oído su corazón.

—¿Cuántos vasos de agua crees que puedo pedir antes de que me eche?

—Pocos.

—A ver hasta qué punto consigo acelerarle el corazón.

—Iver —lo advirtió.

Su amigo resopló de la forma más ruidosa posible y echó la cabeza hacia atrás.

—¿Y a ti qué te importa? —protestó.

—Es amiga de Victoria.

—¿Y te da miedo que tu cachorrito se enfade?

—Debería darte miedo a ti. Como te dé una patada, te quedarás sin descendencia.

Iver empezó a reírse de forma ruidosa. Hizo que varias cabezas se volvieran hacia ellos con curiosidad —y un toque de temor—. No pareció importarle.

—Es guapa —observó, como siempre, tratando de provocar al prójimo.

—¿Victoria? Lo sé.

—Muy bonito, pero me refiero a la camarera.

—También es humana.

—No veo que a ti te haya supuesto un problema.

—Es distinto.

—Bueeeno, tranquilo. Está al otro lado del bar y aún noto el miedo que le ha dado la cicatriz. —Hizo una pausa para encogerse de hombros—. Lástima. Me gusta pensar que me aporta un toque enigmático.

Caleb no respondió. Y, de una sola mirada, Iver entendió que era porque Daniela volvía a acercárseles. Continuaba enrojecida, pero el corazón le aleteaba con más calma. Además, puso especial empeño en mirar tan solo los vasos que dejaba en la mesa.

Iver encontró la mirada de Caleb. Se lo estaba pasando en grande. Enarcó una ceja, como si lo retara, a lo que recibió una mirada de advertencia.

La camarera, mientras, seguía esforzándose en no mirarlos.

—Que lo disfrut…

—Oye, espera.

Daniela se atrevió por fin a alzar la vista, aunque la centró solo en Iver.

Caleb empezaba a sentirse como un figurante sin frase.

—¿Tienes alguna recomendación? —preguntó Iver, todo inocencia—. Creo que, con el agua, no será suficiente.

La chica dudó un tiempo un poco exagerado, teniendo en cuenta que trabajaba en ese local. Seguramente, por los nervios. Y…, madre mía, tenía el pulso disparado. Como no se alejara pronto, Caleb empezaría con el dolor de cabeza.

—Em…

Pese al primer intento, Daniela tuvo que carraspear para encontrar su voz.

—Si os apetece alguna cosa con alcohol, el manhattan está muy bien. Ha habido algunas quejas sobre su tamaño, pero… es bastante popular. Tiene matices amargos y dulces.

—Oh, me encantan las cosas dulces.

Caleb puso, disimuladamente, los ojos en blanco.

Mientras, Iver seguía sonriendo y Daniela seguía alcanzando nuevos niveles de rubor.

—Oh —dijo, simplemente.

—¿Es tu favorito?

—B-bueno…, em…, no está mal.

—Podría venir otro día y probarlo.

—Ah, em…, es…

—Y tú podrías pedirte otro.

—Es que… no puedo beber mientras…, ummm…, trabajo y eso.

—Si tú no se lo cuentas a nadie, yo tampoco.

Daniela se quedó ahí plantada con los labios entreabiertos. Y, por suerte, un hombre le hizo un gesto con impaciencia. No desaprovechó la oportunidad de salir corriendo.

Una vez a solas, Caleb contempló a su amigo con una ceja enarcada.

—¿Qué? —protestó Iver, encantado.

—No la molestes.

—¡Es que tengo dudas gastronómicas!

—Estamos aquí por Victoria.

—*Tú* estás aquí por la cachorrita. Yo estoy pasándomelo genial.

—Iver, deja de…

Se quedó sin habla a media frase. Una distracción. No, un olor. Uno muy característico. Venía de fuera del bar. Y, como el de Victoria, lo distinguía a la perfección.

Oh, no.

Iver dejó de sonreír al instante.

—¿Axel? —preguntó directamente.

—No.

Tenía todo el cuerpo en tensión. ¿Qué hacía ahí?

—Vigila a Victoria por mí —dijo al final, con la mirada aún clavada en la puerta.

—Joder, ¿vas a confiar en mí? Sí que estás preocupado.

No sabía hasta qué punto llevaba razón.

Caleb salió del bar a toda velocidad. Incluso se olvidó de ocultarla ante los inocentes ojos humanos del local. Una vez fuera, inspiró con fuerza y se volvió hacia la derecha. Estaba a tres calles de distancia. Y se acercaba muy deprisa.

Se encontraron a dos callejones del bar.

Caleb se volvió automáticamente hacia la pared poco iluminada. Había una figura con un pie y la espalda apoyados en ella. Tenía un cigarrillo entre los labios y en ese momento inhalaba una calada. Toda su ropa era negra. Y, tras tanto tiempo, no había cambiado en absoluto.

Sabía que su tensión era notable, pero fue incapaz de ocultarla. Más aún cuando Brendan lo divisó y esbozó una lenta y deliberada sonrisa. Tiró el cigarrillo al suelo y, con cierto desgarro, se separó de la pared.

Pese a la velocidad que ambos podían alcanzar, Brendan se tomó su tiempo. Y disfrutó de cada segundo. Para cuando se plantó ante él, Caleb se sintió todavía peor. Hacía años que no veía su mismo rostro en otro cuerpo. Los mismos que llevaba sin ver a su hermano gemelo.

Victoria

—Es decir —murmuró Andrew—, que me pides días libres cuando los dos sabemos perfectamente que no te los mereces…

Sí que se los merecía. Capullo.

—… no te molestas en decirme por qué no has aparecido en toda la semana…

Ni le importaba. Capullo.

—… y ahora quieres, por adelantado, un sueldo que no te has ganado…

Sí que se lo había ganado. Capullo.

—… ¿es una broma, Vicky?

Victoria apretó los puños por debajo de la mesa. Antes de hablar, hizo el ejercicio mental de contar hasta diez y tranquilizarse.

Capullo.

—Sé que es mucho —dijo al fin—. Pero… se trata de una emergencia.

—¿Qué clase de emergencia?

—Es…, em…, privado.

—¿Y para qué necesitas el dinero?

Pero ¿en qué momento había empezado a interesarse por la vida de sus camareras? Andrew era un pesado, no un entrometido. Jamás le había hecho preguntas sobre su vida. Simplemente, se negaba a hacerle ningún favor.

Victoria sabía que discutir por ello resultaba inútil; tenía las de perder. Lo mejor era seguirle la corriente, suplicar un poco y acabar cuanto antes.

—Tengo que pagar el alquiler —aclaró.

No era mentira. Llevaba pocos días en casa de Caleb, pero alguien tendría que pagarle el alquiler al señor Miller. No iba a pedir el dinero, así que mejor ganarse un adelanto.

—¿Cuánto es? —preguntó Andrew.

—Más de lo que debería.

—Eso no es una respuesta, Vicky.

—Pero es la verdad.

Su jefe la observó en silencio. Cuando pretendía intimidar a alguien, solía usar ese gesto. Victoria se preguntó si realmente estaba reflexionando o si repasaba la lista de la compra. Se creía ambas cosas.

—Mmm… —murmuró Andrew al final—. Sabes que te aprecio mucho, dulzura.

Y ya volvía ese estúpido apodo. ¿Por qué no podía llamarla Vic, como todo el mundo?

Bueno…, todo el mundo menos Caleb. ¡Pero el X-Men le gustaba y Andrew le daba grima!

—Verte metida en problemas… —prosiguió él— ¡me parte el corazón! Después de todo, eres mi favorita.

Pues no quería ni imaginarse cómo debía de tratar a las demás.

—Gracias —dijo, sin embargo.

—No te despediré, dulzura. Y sí, voy a guardarte tu parte de las propinas. No hay problema.

Victoria se tensó. No podía ser tan fácil. Con Andrew, nunca lo era.

Su jefe se levantó y, con tranquilidad, paseó por el despacho. Pese a que había pasado una buena temporada desde la noche de la paliza, aún llevaba una rodilla vendada y, por lo tanto, cojeaba. Era difícil tomárselo en serio.

Al menos, hasta que se inclinó sobre ella y sonrió. Victoria entrecerró los ojos.

—¿Qué quieres a cambio? —le preguntó, desconfiada.

—¿Ves por qué eres mi favorita?

Y, a continuación, se dio dos toquecitos en la mejilla. En la sucia mejilla llena de vello creciente y otras cosas en las que ella no quería ni pensar.

—Si quieres tu puesto y el adelanto —continuó él—, quiero que te tragues el orgullo.

Oh, quería un beso en la mejilla.

Uf… Casi habría preferido que dijera que no.

Victoria, irritada, frunció los labios y le dio un beso casto y rápido en la mejilla. Apenas le había rozado la piel. Apestaba a whisky.

Su jefe, sin embargo, chasqueó la lengua.

—He dado dos toques.

Tenía los puños tan apretados que las uñas ya habían atravesado la piel. Si no hubiera estado tan concentrada en no darle un puñetazo, quizá lo habría notado.

Tan rápido como pudo, le dio un segundo beso. Se apartó incluso antes que con el primero. Si pedía otro, iba a darle un codazo en los huevos.

Pero no fue así. Andrew se echó hacia atrás con una sonrisa de satisfacción.

—¿A que no era tan difícil?

—¿Puedo irme ya?

—Cuando quieras. Aquí, ya sobras.

No se molestó en despedirse. Cogió el dinero que habían acordado, que seguía encima de la mesa, y salió del despacho hecha una furia.

Agradeció que sus amigas estuvieran ocupadas, porque no se sentía preparada para otra ronda de preguntas. Se sentía mal. Y sucia. Y rabiosa. Y quería golpear algo. O a alguien. No lo tenía muy claro. Tan solo sabía que estaba aliviada por conservar su trabajo y, a la vez, cabreada por la humillación. Lo odiaba muchísimo. Casi tanto como al puñetero Sawyer.

Encontró a Iver en una mesa de la zona de Daniela, pero no había rastro del X-Men. Confusa, decidió sentarse con él.

—¿Dónde está Caleb?

Iver se volvió hacia ella, ofendido.

—Yo estoy bien, ¿eh? Gracias por el interés.

—No estoy de humor. ¿Dónde está?

—Se ha ido a ponerte los cuernos.

—Idiota.

Victoria se hizo con uno de los vasos de agua y le dio un trago. No tenía sed, pero era incapaz de quedarse quieta. Se sentía frenética. Quería irse. Quería llorar. Quería…

Quería…

Oh.

Una sensación de alivio cubrió su cuerpo como una manta en pleno invierno. Continuaba irritada, pero la furia había desaparecido. Y el asco. Y la sensación de humillación. Ahora, tan solo se sentía cansada. Y, por algún motivo, tranquila.

Confusa, se volvió hacia Iver. Sus ojos claros estaban totalmente cubiertos de una capa oscura.

—¿Mejor? —preguntó con media sonrisa.

Victoria, que normalmente soltaba más ironías que palabras, no pudo hacer más que asentir.

—Sí…, mejor.

—Por una vez, he decidido usar mi habilidad para el bien. Creo que estoy madurando.

—Gracias, Iver.

Él pretendió que no lo había oído y se recostó en el asiento. Victoria, más tranquila, aprovechó para fijarse mejor en él. Aún le picaba la curiosidad esa cicatriz, pero no se atrevía a preguntar acerca de ella. Y más ahora que la había ayudado.

—¿Puedes hacer eso con cualquiera? —preguntó al final.

—Sí, pero termina doliendo. Especialmente cuando se trata de una emoción muy potente. Percibirlas es fácil. Ni siquiera tengo que intentarlo. Cambiarlas…, eso es otra cosa.

—Es decir…, que puedes percibir lo que siente toda la gente de la sala.

Iver se volvió con cierto interés.

Tras titubear un momento, apoyó los codos en la mesa y juntó la cabeza con la de Victoria. Parecían dos conspiradores.

Disimuladamente, paseó la mirada por el bar. Ambos se fijaron, a la vez, en el cliente que Daniela atendía en ese momento. Era un hombre mayor, malhumorado, que protestaba por haber tenido que esperar la cuenta demasiado rato.

—Nervios, malhumor, hastío… —murmuró Iver—. Alguien está estresadito.

—Que se joda.

—No podría estar más de acuerdo. Elige una de las que te he dicho y vamos a potenciarla un poco, a ver qué pasa.

Victoria esbozó media sonrisa malvada.

—Nervios —dijo al final.

El ojo bueno de Iver se volvió negro al instante.

—Empiezas a caerme bien, cachorrito.

Caleb

Cuatro años sin ver a su hermano gemelo… y no lo había echado de menos ni un solo día.

Al contemplar a Brendan le pareció que se veía reflejado en el agua; la imagen era similar, pero nunca exacta.

Él era más expresivo —nunca para bien—, tenía una forma de moverse mucho más desgarbada y la sonrisa despectiva jamás abandonaba su rostro.

De pequeños, casi no se los distinguía. Sawyer los confundía constantemente. E incluso ahora que ambos eran adultos resultaba difícil. La única suerte estaba en que, al apenas coincidir, resultaba sencillo saber de quién se trataba en cada momento.

—¿Qué haces aquí? —preguntó Caleb en tono calmado.

Brendan le ofreció la sonrisa petulante de siempre e hizo un gesto para que lo siguiera. Su hermano no quería hacerlo, pero no le quedaba más remedio. ¿Cómo iba a asegurarse, si no, de que se mantenía alejado de Victoria?

De un salto, Brendan llegó a lo alto del muro y lo recorrió sin ningún tipo de cuidado. Caleb lo siguió de cerca. Era como ver a un lobo guiando a un gato sigiloso.

—Has mejorado —observó Brendan—. ¿Cómo me has oído llegar?

—Ha sido por el olor.

—Vaya, intentaré no tomármelo como un insulto.

No hacía falta preguntar por qué estaba allí; era por Victoria. Si ya era malo que Sawyer la tuviera tan presente…, en el caso de Brendan lo consideraba devastador.

Su jefe era peligroso, pero siempre tenía un discurso lógico y perfectamente planeado; Caleb podía prever sus movimientos y su forma de pensar. Su hermano era todo lo contrario. Se movía por impulsos, por sensaciones y jamás pensaba en las consecuencias. Podía convertirse en su mejor aliado y en su peor enemigo en el transcurso de una sola conversación.

Tenso de pies a cabeza, Caleb se mantuvo pegado a su espalda.

—¿No vas a decir nada? —murmuró Brendan—. Bueno, no hace falta. Siempre he sido el más hablador. Se llama Victoria, ¿verdad?

Caleb ni siquiera contempló la posibilidad de mentir. Con su hermano, no serviría de nada.

—¿Quieres conocerla? —preguntó, de nuevo con calma.

Brendan emitió una risotada seca y carente de humor. Había llegado al final del muro. Se acuclilló con la sonrisa perenne y, con parsimonia, apoyó un brazo en la rodilla. Tenía la mirada clavada en la cristalera del bar de Victoria, donde ambos podían verla sentada junto a Iver.

Por lo menos, ellos estaban pasando un buen rato.

—Sé que no me dejarías acercarme a ella ni con las manos atadas —murmuró Brendan sin apartar la mirada—. Aunque tengo curiosidad. ¿Cuánta gente hay detrás de ella? Menudo furor. Quería verla.

—No hay nada que ver.

—¿No? Incumpliste las normas y dejaste viva a una testigo, empezaste una relación con ella cuando se suponía que tenías que vigilarla, impides que Sawyer la mate, consigues que Axel no la encuentre… y aquí estás, con ella, traicionando a tu querido jefe.

Hizo una pausa mientras observaba a Victoria con interés; después, miró a su hermano por encima del hombro. Había un brillo malicioso en el rostro de Brendan.

—Como comprenderás, quería ver qué tiene tan especial como para que estéis todos revolucionados. Incluso tú, que eres incapaz de sentir nada.

Caleb recibió el golpe sin reaccionar. Y es que eso buscaba Brendan, precisamente. Al no conseguirlo, se volvió de nuevo hacia el bar.

—No parece gran cosa —añadió, decepcionado.

—¿Cómo sabías que estábamos aquí?

—Axel mencionó el lugar y supuse que, tarde o temprano, debería venir. Tengo más paciencia que él. He esperado un poco y…, mírate, aquí estás. Tan previsible como siempre. Una lástima. Prefiero los retos.

Caleb sabía que era un error. Que no debía decir nada.

Pero… no pudo evitarlo.

—Mantente alejado de ella —advirtió en voz baja.

—¿Por qué? —preguntó su hermano, desinteresado—. ¿Porque te la follas?

—Cállate.

—Qué fino te has vuelto. ¿O siempre has sido así? La verdad es que no me acuerdo de cómo eras antes del sótano.

De nuevo, supo que la pausa era deliberada. Quería que Caleb explotara. Como seguía sin obtener resultados, Brendan suspiró y ladeó la cabeza. Todavía analizaba el bar.

—Axel no sabe que estás con ella. Y Sawyer tampoco. Par de inútiles… Yo lo supe en cuanto me contó la historia. Era tan obvio que se volvió aburrido. Pero, ya que estoy aquí, podrías presentármela.

—Mantente alejado de ella —repitió Caleb en un tono mucho más bajo.

—Relájate, hermanito; por ahora, tengo más curiosidad que interés. Si quisiera hacerle daño, ya estaría muerta.

—Y, si quisieras decirle todo esto a Sawyer o a Axel, también lo habrías hecho.

Brendan soltó otra risa áspera.

—¿Qué te hace pensar que quiero hablar con ellos? Las cosas son mucho más divertidas cuando solo somos tú y yo.

—¿Qué quieres, Brendan?

Por fin, se incorporó y encaró a su hermano. Caleb nunca se había sentido intimidado por su presencia, pero comprendía por qué los demás lo hacían; Brendan no era la clase de persona con la que alguien querría verse involucrado. Cada poro de su cuerpo mandaba señales de alerta.

Con parsimonia, Brendan metió la mano en el bolsillo de Caleb. Este último no movió un solo músculo, y dejó que su hermano le robara la cajetilla de tabaco. Tras ponerse un cigarrillo entre los labios y encendérselo con su propio mechero, lo guardó todo en su propia chaqueta.

—No lo sé —murmuró tranquilamente—. ¿Qué puedo querer? Aparte de conocerla.

—No.

—Puedes presentármela tú o puedo presentarme yo solo.

—No.

Brendan sonrió y exhaló el humo deliberadamente contra la cara de Caleb. Este ni siquiera parpadeó.

—¿Y qué harás al respecto, *Kéléb*?

No dijo nada. Tampoco era necesario. Se conocían lo suficiente como para que ambos supieran la respuesta.

Brendan mantuvo su mirada y, tras una última calada, sonrió y asintió una vez con la cabeza.

—Ya nos veremos, hermanito.

Y, sin decir nada más, bajó del muro de un salto. Caleb oyó sus pasos por el callejón y, una vez su olor se alejó lo suficiente, se permitió exhalar de nuevo. Ni siquiera se había dado cuenta de que había dejado de respirar.

Permaneció allí unos segundos. Los suficientes como para recomponerse y evitar preguntas. No podía decírselo a Victoria, y mucho menos a Iver. Bastante tenía con haberle hablado tanto de Axel, prefería ahorrarle un nuevo dolor de cabeza.

Lo que no esperaba era que, al entrar en el bar, se encontrara a sus compañeros entre risitas malvadas y cuchicheos. Ambos observaban a un cliente que, a pesar de estar solo, aporreaba la mesa y propinaba insultos a cualquiera que se le acercara.

Caleb se plantó a su lado con los labios apretados. Levantaron la cabeza al unísono.

—¡Caleb! —exclamó Iver con inocencia—. ¡Qué pronto has vuelto!

—¿Qué hacéis?

—Hablamos de los valores de propiedad de la zona —explicó Victoria con una sonrisa.

—Es un tema interesante —asintió Iver.

—De rabiosa actualidad.

—Totalmente.

Caleb, que no estaba de humor para aguantar tonterías, señaló la puerta.

—Hora de marcharnos.

Victoria, en cuanto se dio cuenta de que tenían prisa, se apresuró a volver con sus amigas. Les tocó esperar varios minutos más de despedida.

19

Victoria

Despertó con el peso de Bigotitos sobre el pecho. Por eso, quizá, tardó unos instantes en acordarse de por qué no estaba en su piso, en su habitación y en su cama. Y, aunque el dormitorio de Caleb era mil veces mejor que el suyo, la invadió una sensación de nostalgia muy desagradable.

Bajó las escaleras todavía en pijama, con el pelo atado en un moño mal hecho y un ojo medio cerrado por las legañas. No olía a comida recién hecha y supuso que Iver seguía en huelga como cocinero. Y, por la falta de una presencia justo detrás de ella, dedujo que Caleb no se encontraba en casa.

La única que estaba resultó ser Bex. Sentada en el sofá del salón, tecleaba en el portátil a una velocidad que, para cualquier otra persona, resultaría alarmante. Victoria ya había empezado a acostumbrarse.

—Buenos días —murmuró la recién llegada.

—Hola. —Bex no despegó la mirada de la pantalla—. ¿Qué tal has dormido, cachorrito?

—Bien, bien… Mejor, ahora que he hablado con mis amigas.

—Qué concepto tan extraño. «Amigas».

Victoria se dejó caer en el sillón tras un sonoro resoplido.

—¿Qué escribes? —preguntó con curiosidad.

—Un informe de misión. Tenemos una red especial por la que solo podemos comunicarnos con Sawyer.

Por supuesto. Totalmente normal.

—Iver está arriba, durmiendo —prosiguió—. El encargo resultó ser un poco más duro de lo que esperábamos. Y el interrogatorio, también. Tuvo que gastar casi toda su energía en los dos sujetos que nos asignaron.

—¿Y Caleb?

—Él siempre tiene trabajos nuevos. Es el más ocupado de todos.

Pese a decirlo en un tono casual, Victoria notó un subtono de rencor. Bex debió de deducir que había sido poco discreta, porque sonrió de medio lado.

—A mí solo me asignan las cosas *fáciles*. Sawyer no confía demasiado en mis habilidades. Se cree que las chicas estamos en el mundo para adornarlo.

Bueno, aquello explicaba por qué no había otras chicas en el grupo. Victoria se preguntó si parte de la animadversión que Sawyer parecía sentir contra ella se debía a un motivo tan idiota como ese.

—Menudo imbécil —concluyó.

—¿Quieres un consejo? No digas eso delante de Caleb.

—Oh, ya lo he hecho. Varias veces.

Por fin, Bex dejó de teclear y se centró en ella.

—¿Y no le importó?

—Al principio.

—Ya… veo.

Ver a Bex sorprendida no era algo muy habitual, así que no pudo evitar la pregunta:

—¿Debería preocuparme?

—No. —Ella empezó a reírse—. En absoluto. Puede que para ti sea normal, pero… Iver y yo nos hemos dado cuenta del cambio.

—¿Qué cambio?

—El que has provocado en Caleb. No sé qué has hecho, pero espero que no dejes de hacerlo.

Debió ser toda la dosis de amor que necesitaba Bex esa mañana, porque tras eso no volvió a abrir la boca. Victoria trató de sacar conversación, pero, al darse cuenta de que era unidireccional, fue a la cocina a prepararse un café. Después, rebuscó en la nevera para comprobar si Iver le había dejado alguna cosa hecha. Tenía pocas esperanzas, pero encontró unos gofres y un bote de sirope.

Tras engullirlos como si su vida dependiera de ello, decidió terminarse el café en el patio trasero. De nuevo, hacía un buen día, y no quería desaprovecharlo. Se quedó de pie en la entrada del jardín, cerró los ojos y disfrutó de la cálida sensación del sol contra su piel. Cuando tu vida está en peligro, disfrutas más de los pequeños detalles. Y eso hizo, tras darle otro sorbo al café tibio que quedaba en la taza.

Fue una cuestión de instinto. Se sintió… observada. Con cierta sorpresa, volvió la cabeza para comprobar si Bex la había seguido. No era así, pero había alguien sentado en los escalones del porche. Al identificar a Caleb, tuvo que contener un suspiro de alivio.

—Vaya, vaya. Mira quién ha decidido volver a casa. Ya me preguntaba dónde te habías metido.

Debería haberse alarmado por la falta de respuesta y, sin embargo, lo que despertó todas sus alarmas fue la postura. Caleb estaba sentado con desgarbo, la chaqueta desabrochada y el cabello despeinado de una manera muy particular. Y la forma de mirarla… Diría que estaba aburrido, pero enseguida supo que formaba parte de una actuación barata. Le estaba prestando mucha atención. Además, esos ojos oscuros…

La pregunta se le escapó antes de que pudiera sopesarla.

—¿Quién eres?

Quizá no tenía sentido, pero siempre se fiaba de su instinto. Y, en ese momento, sentía que aquel no era su X-Men.

Por lo menos, logró que el chico sonriera. Lo hizo de forma pausada, deliberada. Como si estuviera satisfecho con su duda. Se había incorporado y, con el mismo gesto de aburrimiento, fue acercándose lentamente hacia ella.

No adoptó una postura amenazadora, pero Victoria se sintió insegura de todos modos. Se quedó quieta, con ambas manos en torno a la taza, y se preguntó cuán fuerte tendría que gritar para que Bex la oyera. O Iver, que aún dormía.

El chico llegó a su altura y, todavía sonriente, empezó a dar vueltas a su alrededor. No dejaba de mirarla de arriba abajo. La analizaba como un lobo a su presa. Hacía mucho tiempo que no se sentía tan expuesta. Y tan impotente.

—Mmm… —murmuró al fin—. Esperaba una cosa… distinta.

No. Su voz fue la última confirmación que necesitaba. Aquel no era Caleb. Puede que la voz de su X-Men resultara distante, fría…, pero siempre había una extraña calidez en cada palabra, cierta sensación de seguridad. Ese chico, en cambio, sonaba despectivo, cortante y, honestamente, poco interesado.

—No estoy sola —lo advirtió.

Por lo menos, no le temblaba la voz. Un pequeño consuelo.

El chico se rio entre dientes. Estaba detrás de ella.

—Lo sé. Pero estoy aquí para verte a ti.

Volvió a moverse hasta quedar ante Victoria. Ya no la miraba de arriba abajo, pero ella sospechó que había analizado cada detalle de su anatomía. Se sentía como si, solo con eso, él pudiera saber cuán alto podía gritar, cuán fuerte golpear y cuán rápido correr. Apretó los dedos en torno a la taza.

—¿Eres Axel? —preguntó finalmente.

Entonces el chico reaccionó. Enarcó ambas cejas con perplejidad.

—¿Axel? —repitió, ofendido—. No me cabrees tan rápido, haz el favor.

—Tienes los ojos negros y eres una copia de Caleb —murmuró ella, hablando tan deprisa que apenas se la entendía—. ¿Estás… usando tu habilidad?

—¿Y cómo sabes que no soy Caleb?

Buena pregunta. Victoria dudó.

—Simplemente, lo sé.

Y era cierto. No entendía su propio proceso de razonamiento, pero lo tenía clarísimo.

El chico ladeó la cabeza. Por fin había dejado la expresión de aburrimiento y parecía ligeramente interesado.

—Eres menos estúpida de lo que esperaba.

—Vaya…, gracias.

Igual no tocaba ponerse sarcástica en aquel momento, pero no pudo evitarlo. Puñeteros nervios.

—Pero sí que eres menos interesante —prosiguió él—. Con la cantidad de gente a la que has revolucionado… Me esperaba a una chica menos mundana.

—¿Eres Axel o no?

—No. Aunque no es una mala deducción. Podría serlo. Si Axel fuera listo, que no es el caso.

Así que se había quedado sin argumentos. Tampoco entendía por qué había decidido creerlo. Podría ser él y mentir. ¿Qué le impedía engañarla?

—No te han hablado de mí —dedujo él entonces, con cierta diversión—. Me llamo Brendan. Quería presentarme oficialmente en nombre de toda la familia. Después de todo, creo que ahora somos cuñados.

¿Brendan? Sí…, había oído ese nombre. Siempre de pasada y con poco detalle. Empezaba a entender el motivo.

Y mientras asimilaba la información que acababa de recibir, la puerta de la cocina se abrió de un golpe. Ver a Iver y a Bex fue lo más dulce que le había ocurrido en mucho tiempo. De la impresión, soltó la taza sin querer y el café sobrante se derramó sobre la hierba. Fue la única que le prestó atención, porque los mellizos tenían la mirada clavada sobre Brendan.

Este ni siquiera se había vuelto para encararlos, pero sí que puso los ojos en blanco.

—Buenos días, chicos.

Victoria pensó que habían bajado al identificar a Brendan, pero pronto descubrió que no era así. Seguramente, Iver había notado su miedo y avisado a su hermana. E identificó el momento exacto en el que entendieron que aquel no era Caleb. Bex fue la primera. Se llevó una mano a la chaqueta, donde guardaba la pistola. Iver bajó tres escalones de golpe. Y Brendan, tan tranquilo, se volvió con las manos en alto y una gran sonrisa.

¿Cómo no se habían enterado hasta ese momento de que no era Caleb? Ella lo había visto enseguida. No entendía nada.

—Tranquilidad —anunció Brendan—. Solo quería conocer al cachorrito.

—Solo nosotros la llamamos «cachorrito» —le aclaró Iver.

—Oh, ¿la habéis adoptado? ¿Tan deprisa? Qué decepción se llevará el pobre Sawyer.

Para entonces, Bex había sacado la pistola y lo apuntaba en el pecho. Por la expresión de Brendan, cualquiera diría que no se había dado cuenta. Continuaba tan tranquilo como al llegar.

—Vete —lo advirtió ella.

—Justo cuando empezábamos a pasarlo bien…

Aun así, se volvió para dedicarle una sonrisa a Victoria. Una que contenía de todo menos buenas intenciones. Estiró la mano hacia ella y, aunque la chica quiso salir corriendo, dejó que le diera una palmadita en la mejilla.

—Nos veremos en otro momento, cachorrito. Tenemos muchas cosas de las que hablar.

Caleb

De nuevo, se había pasado la noche entera vigilando a Sawyer. Y a Axel. Lo que más le sorprendió fue que el segundo ni siquiera había salido de casa. Nadie diría que estaba en medio de un encargo. Sawyer, en cambio, seguía obsesionado con la seguridad de la fábrica. Había doblado los guardias, incluso había colocado a varios en la parte de la bodega, donde tan solo guardaba botellas de vino.

Le pareció curioso, pero no intervino. Y se aseguró de que nadie lo viera.

Llegó a casa a media mañana. El olor de Victoria seguía presente, igual que el del café, que le pareció especialmente fuerte. Bex estaba en el salón, centrada en su portátil, mientras que Iver dormía en su propia habitación, o hacía lo que podía para conseguirlo. Decidió ir primero a ver cómo estaba él.

Lo que más lo sorprendió fue encontrar allí a Victoria, sigilosa, en el dormitorio de Iver.

No había advertido su presencia, y no acababa de entender por qué se movía de puntillas. Al menos, hasta que vio que el gato imbécil se había subido a la cama de Iver. Contemplaba a su dueña con aburrimiento, sin interés alguno en moverse. Victoria, por su parte, le chistaba y susurraba que bajara de ahí.

—¡Como se despierte —susurró en tono furioso—, te va a matar!

Miau.

Ella chistó, furiosa.

—Está más dormido de lo que parece —le aseguró Caleb.

Victoria se volvió de un salto, alarmada. Lo contempló unos instantes y, al final, pareció calmarse un poco. Qué reacción tan extraña. Creía que ya había superado la fase de asustarse por sus apariciones.

—¿Cómo lo sabes? —preguntó ella.

—Porque cuando entras en un estado de inconsciencia profundo, la respiración cambia. No va a despertarse.

Sus palabras la habían aliviado. Victoria cruzó la habitación sin tanto sigilo y recogió al gato. Este bufó, furioso, cuando lo dejó en el suelo del pasillo. No tardó en salir corriendo en busca de Bex.

Caleb cerró la puerta a su espalda y analizó a Victoria. Parecía más alterada de lo que recordaba, y se preguntó si era por su cita del día anterior. Después del primer beso, también se había mostrado nerviosa. Debía de ser una reacción normal.

—Iver está cansado —le explicó para que se calmara—. Cuando sobrecargamos nuestras habilidades hasta el extremo, es como si el cuerpo colapsara. En el mejor de los casos, equivale a un agotamiento muy similar al de los humanos.

—¿Y en el peor?

Caleb no supo cómo aclarárselo. Dirigió una breve mirada a la puerta de su amigo. Victoria frunció el ceño.

—¿Podría… morir?

—Podría, pero solo en casos muy extremos. Y ahora está bien.

—Pero ¿es habitual?

—No —aseguró—. De hecho, yo nunca lo he visto. Ha habido casos que estaban peligrosamente cerca, aunque…

Al ver su expresión, se arrepintió de haberlo dicho. Victoria era como una investigadora privada; en cuanto alguien le cedía un dato, hacía lo posible por extraer la máxima cantidad de información posible.

—¿Por ejemplo? —preguntó.

Caleb se propuso no contarle nada, pero enseguida supo que era inútil. Tal como sucedía con su hermano, a Victoria no se le podía mentir con facilidad. Además, él era un pésimo mentiroso.

—Cuando Axel le hirió el ojo —murmuró al final—. Me arriesgué… más de lo que debería.

Victoria lo contemplaba con todo el interés de su pequeño ser.

—¿Qué tiene que ver tu habilidad con la herida?

—Es… una historia un poco larga, pero tengo dos habilidades.

Ella sopesó la información sin reaccionar. De haber sido posible, habría oído los engranajes de su cabeza funcionando a toda velocidad.

—¿Dos? —repitió.

—No es habitual. De hecho, soy el único que ha podido desarrollarlas. Creo que es porque Sawyer me tuvo ahí abajo mucho más tiempo que al resto. No la controlo tanto como la otra, pero… consiste en una especie de habilidad de calma. Como un bálsamo. Puedo calmar el dolor de una persona que esté sufriendo, pero no sirve para nada más. Sawyer no deja que la use, porque es muy sencillo dejarse llevar por ella. Pero sabía que Iver estaba en peligro, así que… no lo pensé. Traté de curar su dolor para que Bex tuviera tiempo de ayudarlo. Fue tan estúpido como adecuado, porque sirvió. De no haber sido por ello…

Hizo una pausa. Nunca había hablado del incidente. Bex se alteraba nada más pensar en ello, e Iver actuaba como si nunca hubiera sucedido. Fue la última vez que toda la familia —Sawyer, Brendan y Axel incluidos— estuvo en la misma habitación. Años más tarde, parecía que nadie había sido capaz de olvidarlo.

—Me pasé mucho tiempo en mi habitación —confesó sin saber por qué—. No podía moverme. Me costaba respirar. Y… sentía el dolor de Iver, aunque suene extraño. Era como si lo hubiera absorbido. Notaba que iba a perder el ojo de un momento a otro, y que, si lo conservaba, perdería la conciencia. Además, no sabía si Iver estaba bien… Fueron unos días complicados.

Sabía que esas palabras no bastaban para describirlo, pero no le apetecía entrar en más detalles. Demasiado había hablado ya del tema. Esperaba que Victoria no quisiera saber más.

Y así fue. Ella lo contemplaba con preocupación, aunque en silencio. Tras unos instantes de titubeo, se adelantó y tomó una mano entre las suyas. Fue un gesto… cálido. Y, a pesar de que a Caleb las muestras de afecto le parecían una de las cosas más inútiles de la convención humana, empezó a entender por qué servían de consuelo.

—Eres un buen amigo —concluyó ella.

—Gracias.

—Lo digo en serio, Caleb. Eres un buen amigo.

Esa segunda vez, sus palabras tomaron mucho más peso. El aludido bajó la mirada, incapaz de sostenérsela.

—¿Te apetece que veamos otra película? —sugirió ella entonces.

Victoria

A ver, sí, se sentía un poco culpable por no decirle nada sobre Brendan. Tenía toda la intención, pero tras la charla sobre la cicatriz, lo veía tan decaído… No supo cómo sacar el tema. Y, como Iver y Bex hacían lo mismo, supuso que era mejor callarse.

Pasaron el resto de la mañana viendo las películas de vaqueros de Iver; después, Caleb se sentó en un taburete de la cocina para contemplarla mientras ella se preparaba alguna cosa de comer. Cómo se notaba que Iver estaba fuera de combate…

Por mucho que lo intentó, su X-Men seguía metido en sus propios mundos, pensativo y distante. No era por falta confianza, sino por la incapacidad de comunicar cómo se sentía. O, por lo menos, eso quiso pensar ella. Llegaron a un punto en el que no insistió más, y cuando Caleb se tumbó en su cama y entrelazó los dedos tras la nuca, ella decidió que necesitaba un momento a solas.

—Oye —murmuró—, ¿te importa que use la bañera?

Él, confuso, la miró como si acabara de acordarse de su existencia.

—Por supuesto.

—Creo que tú también necesitas un baño.

—Estoy bien.

Y, tras eso, dio la conversación por finalizada.

Victoria entró en el cuarto de baño con pocas ganas. Pese a que ya había hablado con sus amigas y con su jefe, se sentía mal por no poder explicarles nada. Se sentía fuera de lugar. Sí, ese era el término correcto. Inútil. No podía ayudarse a sí misma, tampoco a la gente que la rodeaba. Cada vez la abordaban más dudas sobre su propia capacidad resolutiva. Quizá, si fuera un poco más como Margo —o incluso Ian—, nadie tendría que preocuparse por ella. Ni protegerla. Quizá entonces ella podría proteger a los demás.

Dejó la ropa tirada de cualquier forma, sin prestarle demasiada atención. Mientras, la bañera iba llenándose de agua caliente. Nunca se había dado un baño. Lo más parecido era la piscina hinchable de sus padres, la misma que ella trató de mover un verano y pinchó sin querer. No compraron otra, así que hasta ahí llegó la aventura acuática en casa de sus padres. Sí que había ido a la playa, pero no era lo mismo; ahora quería sentirse un poquito lujosa.

Al tumbarse, sintió cómo todas sus preocupaciones se marchaban flotando en el agua. Empezaba a entender por qué la gente rica siempre estaba tranquila. Si tan solo pudiera vivir así el resto de su…

—Dejar la ropa así es de mala educación.

Tenía que ser una broma.

Victoria se volvió lentamente. En su mente, fue un movimiento similar al de la niña de *El Exorcista*. Lo primero que procesó fue que Caleb estaba de pie en la puerta, con los brazos en jarras y el ceño fruncido. Lo segundo, que ella estaba desnuda. Y metida en el agua. Y pasmada.

Al no tener una respuesta, Caleb soltó un sonido de exasperación y se puso a recoger toda la ropa para doblarla. Ella contempló el proceso con los ojos muy abiertos, todavía incapaz de reaccionar.

—Iver dice que parezco un padre —iba protestando—, pero ¿cómo no voy a parecerlo?

—Caleb…

—Os comportáis como niños pequeños.

—Caleb.

—Y eso lo dice alguien que apenas tiene conocimientos sobre el tema.

—¡Caleb!

El grito, por fin, le dio a entender que aquella situación no era correcta. Caleb se volvió, con los pantalones aún en la mano. Tuvo el valor de parecer ofendido.

—¿A qué viene el grito? —preguntó.

—¿Que a qué...? ¡¿Se puede saber qué haces aquí?!

—Ordenar tu ropa.

—No. ¿Qué haces *aquí*, en el *baño*?

De nuevo, se mostró confuso. Dejó los pantalones —doblados— con cuidado en la encimera.

—Es mi baño —observó.

—¡Y mi privacidad!

—Pero... me has dicho que yo también entrara.

—¡No! ¡Te he dicho que tú también necesitabas uno!

Por su expresión, dedujo que todavía no entendía la diferencia. De verdad, con lo listo que era y lo mucho que le costaba comprender según qué cosas...

—¿Estás enfadada? —preguntó al fin.

Victoria, sin darse cuenta, había encogido las piernas y tenía las rodillas apretadas contra el pecho. Lo cierto era que no, no lo estaba. Ni siquiera tenía vergüenza. Caleb era tan lógico que, si no le decía que entrara corriendo y le metiera mano, ni siquiera se iba a molestar en mirarla.

—No —dijo al final—. Pero deberías llamar a la puerta.

—Oh.

—Es una cuestión de privacidad.

—¿Porque vas desnuda?

—Sí. Es uno de los principales motivos.

—Oh —repitió.

—O te vas, o te metes en la bañe...

Por un momento, se había olvidado de su incapacidad para entender las bromas. O las ironías. O cualquier cosa que no fuera una expresión literal y exacta.

Se detuvo a media frase, pero ya era muy tarde. Con los ojos muy abiertos, vio cómo Caleb se contemplaba a sí mismo. Tras encogerse de hombros, empezó a desabrocharse la chaqueta. Lo siguiente fue deshacerse la hebilla del cinturón. Victoria se encontraba tan sorprendida que tardó un poquito demasiado en reaccionar.

—¡E-espera...!

344

Caleb se detuvo al instante, todavía sujetando el cinturón.

—¿Qué?

—Que…, em…

—¿No acabas de decir que me meta?

—Bueno, sí, pero…

—¿Broma?

A ver, esa era la intención, pero si insistía taaanto…

Caleb continuaba esperando una respuesta, así que ella terminó por encogerse de hombros. Y fue toda la información que necesitó él para terminar de quitarse la ropa.

¿Aquello estaba pasando de verdad o Brendan le había dado un golpe en la cabeza y lo soñaba?

Apartó la mirada de forma instintiva, aunque estaba casi segura de que a él no le habría importado que lo viera. Pareció que transcurría una eternidad hasta que, por fin, apareció en su campo visual. Mientras se hundía en el agua, ella notó que las mejillas se le teñían de rojo y, de nuevo, bajó la vista hacia sus rodillas.

Sin darse cuenta, se había encogido tanto que estaba sentadita en un rincón tan pequeño como podía. Caleb, por su parte, ocupaba la mitad exacta para dejarle la otra a ella. Muy educado.

—¿Estás bien? —preguntó entonces.

Victoria no sabía ni cómo mirarlo. De nuevo, se suponía que era ella quien tenía experiencia y no debía dejarse intimidar por tonterías como esa. Y, sin embargo, se sentía totalmente nueva. Como si nunca hubiera experimentado algo parecido.

—Sí —murmuró.

—Mmm… Es curioso.

—¿El qué?

—Que, casi siempre que estamos a solas, repites los mismos procesos; se te acumula la sangre en las mejillas, apartas la mirada, se te acelera el pulso y, al preguntarte si estás bien, me dices que sí.

—Gracias por ser tan… gráfico.

—De nada.

Espera un momento.

¿Se estaba burlando de ella?

Victoria levantó lentamente la mirada. Tal como había sospechado, se encontró de frente con una pequeña sonrisa divertida.

—Hay sitio para dos —añadió Caleb en el mismo tono.

Pero ¿cómo se atrevía a retarla? ¡A ella, su maestra del mal! ¡La que le había enseñado todo lo que conocía sobre ofender y bromear! Qué vergüenza.

Al final, decidió imitar su postura, solo que con los brazos cruzados. Ante todo, estaba a la defensiva.

Caleb no dijo nada durante un rato. Tenía los brazos apoyados en los bordes de la bañera. Lentamente, trazaba círculos con el índice en la superficie del agua. Si hubiera sido cualquier otra persona, podría haber pensado que la provocaba. Al tratarse de él, dedujo que estaba comprobando cómo se sentía ahí metido.

—¿Te has puesto nerviosa? —preguntó entonces.

—No.

—Si quieres mentir bien, deberías aprender a controlar tu pulso.

—No estaba mint…

Bueno, ¿a quién pretendía engañar?

—Yo también sé cuándo mientes —le aclaró, irritada.

Sin embargo, no estaba irritada del todo. Había un cierto sentimiento de cabreo, pero también de diversión. Y de alegría al ver que Caleb, por fin, salía un poco del caparazón en el que se había metido toda la tarde.

—¿Lo sabes? —preguntó, esta vez interesado.

—Sí.

—Me extraña, porque nunca te he mentido.

Podía ser cierto. Y, de hecho, se lo creía. Aunque enseguida se acordó de Brendan. Un hermano gemelo formaba una parte importante de su historia, y jamás la había mencionado.

—No mientes —murmuró—, pero tampoco cuentas toda la verdad.

Caleb ladeó la cabeza. Cuando trataba de entender un concepto, era su gesto más habitual.

—Te has tensado —observó.

—Y tú también.

—Es difícil que lo notes.

—Pues lo hago. Sé que, cuando te tensas, aprietas los labios. Cuando te pones nervioso, no me miras a los ojos. Cuando te sientes culpable, hablas mucho más de lo normal. Cuando sientes que estoy enfadada y no sabes por qué, no dejas de mirarme fijamente. Y, cuando te digo alguna cosa a la que no estás acostumbrado, ladeas la cabeza e intentas entenderla.

No esperaba que le saliera un discurso tan elaborado, pero se sintió muy orgullosa de sí misma. Especialmente cuando Caleb irguió la cabeza.

Tras unos segundos de silencio, fue el primero en intervenir:

—¿Cómo puedes saber todo eso? Sawyer lleva toda la vida conmigo y todavía le cuesta entenderme.

—Quizá no te observa con suficiente atención.

Le gustó que su expresión se relajara. Pese a que Caleb hizo un esfuerzo inicial por ocultarlo, esbozó una pequeña sonrisa.

—Conocerte es... muy estimulante —dijo él al fin.

—Me lo tomaré como un...

—Cumplido, sí. Lo es. Pensaba que los humanos erais mucho más simples, pero siempre vuelves a sorprenderme. Cada vez que creo saberlo todo de ti, aparece una cosa nueva que me deja sin palabras.

Victoria trató de no sonreír como una engreída, pero le resultaba complicado. Disimuladamente, ese chico le lanzaba los mejores piropos que había recibido en la vida.

—Dicen que nunca terminas de conocer a la gente —explicó ella entonces.

—Puede que sea cierto. Aunque, honestamente, pensé que los nervios solo formaban parte de primeras experiencias. Ya hemos pasado mucho tiempo juntos y, sin embargo, tus reacciones cada vez son más fuertes.

—Ya... Quizá ayudaría que no lo dijeras en voz alta.

—Tan solo explico mi punto de vista. Y me cuesta entenderlo. ¿Son nervios por... miedo?

—No. Te aseguro que no.

—¿Entonces?

Qué fáciles eran las cosas cuando no había que dar tantas explicaciones. Pero debía admitir que, en el fondo, le gustaba que dejaran las cosas tan claras. Ponerlo todo sobre la mesa le daba un punto de seguridad con el que nunca antes había contado. Así, por lo menos, tenía claro lo que sentía y no se veía obligada a imaginarse cuáles eran los sentimientos de la otra persona.

—Me siento... ¿*zayad*?

Caleb parpadeó varias veces. Y, entonces, esbozó una sonrisa mucho más grande que las anteriores. No esperaba una reacción tan positiva.

Obviamente, el pulso se le disparó otra puñetera vez.

—¿Lo recuerdas? —preguntó con cierta sorpresa.

—Pues claro.

—¿Así te sientes conmigo?

—Más o menos, sí.

De nuevo, pareció gustarle aquella respuesta. Caleb mantuvo la sonrisa, solo que con los labios apretados.

—Si lo que te intimida es lo que pueda pasar —prosiguió—, no tienes por qué temer; ambos marcamos las pautas que queramos seguir.

Era una forma de hablar muy lógica y aplastante, pero Victoria sintió una punzada de dolor en el orgullo. Sabía que no era su intención, pero tampoco quería que le hablaran como si fuera una niña pequeña. Odiaba que la infantilizaran. Bastante tenía con su trabajo.

—¿Intimidada, yo? —preguntó—. Más quisieras, X-Men.

Caleb enarcó una ceja. Al principio, sorprendido. Luego, volvió a esbozar la misma sonrisa que al inicio de la conversación.

—Acércate, entonces —concluyó.

—¿Qué?

A modo de respuesta, sacó una mano del agua y le indicó, con el mismo dedo con el que había trazado círculos, que se le acercara.

Victoria se sintió un poco rara al hacerlo tan deprisa. ¿No se había propuesto hacerse la dura? Pero ahí se encontraba, desdoblando las piernas sin dudarlo un segundo. En la bañera, deslizándose un poco más cerca. No estaba muy segura de si quería que volviera a sentarse sobre él, tal como había hecho unos días atrás en la cabaña. Terminó sentándose sobre sus tobillos justo delante de él, entre sus piernas, pero sin tocarse el uno al otro.

Y, aun así, estaban tan cerca… Victoria tragó saliva, más nerviosa de lo que querría admitir, mientras le sostenía la mirada. Aún la sorprendía que un día le hubiera parecido amenazadora. Ahora, podría vivir dentro de esos ojos oscuros sin problema.

—Ya estoy aquí —anunció, fingiendo toda la seguridad de la historia—. ¿Ahora, qué?

Caleb sonrió con diversión. Una sonrisa de verdad, de esas tan amplias que te achinan los ojos y sacan a relucir los dientes. Una que nunca le había enseñado. Menos mal que no la mantuvo mucho tiempo, o no habría sabido cómo volver a hablar.

—No lo sé —admitió él—. Se supone que tú eres la experta en este tipo de situaciones.

—Bueno, tanto como experta…

—Sabes más que yo, desde luego.

—O no. ¿Quién sabe lo que has hecho tú?

—Te lo diría, pero… no voy contando a la gente con la que me acuesto.

Durante unos segundos, Victoria se quedó paralizada. Le había dicho que jamás había besado a nadie, pero nunca mencionó el aspecto sexual. No entendió por qué la afectaba. Ella misma había estado con otras personas antes que él. Y, sin embargo, pudo sentir que un puño se cerraba en torno a su pobre corazón.

Luego, se dio cuenta de que tan solo se burlaba de ella.

Se habría enfadado, pero un sonidito muy característico la distrajo por completo. Una risa. La risa de Caleb. Fue corta y bastante casta, pero era una risa divertida y animada. Lo contempló como si hubiera presenciado un milagro. Ni siquiera se atrevió a moverse muy deprisa, solo por si acaso.

En cuanto la risa se apagó, el enfado de Victoria reapareció.

—¡No te burles de mí!

—Tú siempre lo haces.

—Pero… ¡yo lo hago con cariño!

—¿Y yo no?

—¿Has estado con alguien? —preguntó, porque ya no podía aguantar la curiosidad—. En el aspecto… ¿sexual?

La pausa de Caleb resultó demasiado reflexiva. Y, sin embargo, terminó sacudiendo la cabeza.

—Nunca me ha interesado.

Esa confesión estaba al nivel de una bomba atómica, pero no dejó pasar el tiempo necesario como para que ella pudiera comentar al respecto.

—¿Cuántos, tú? —añadió.

—Uno.

—Mmm… No es que dude de ti, pero tu pulso acaba de traicionarte.

—Bueno, uno y medio. Y, antes de que pienses que me acosté con medio ser humano, hubo un chico después de Jamie que… Em… No llegamos muy lejos. Fue en una fiesta. Estábamos pasando un buen rato, pero de pronto me metió la mano en su pantalón y cortó toda la magia.

Caleb frunció el ceño. Intentaba entenderlo.

—¿Te hizo sentir… incómoda?

—¿Eh? No, no. Es que… Creo que, comparado con Jamie, me parecía muy poco mágico. Ahí, en una fiesta, con toda la gente alrededor… Sentí que me merecía algo más formal. Así que lo rechacé. Aunque, eso sí, estuvimos besándonos toda la noche.

Caleb analizó la información con la precisión de un cirujano. Era un poco surrealista que pensara tanto en una situación como aquella, en la que ambos estaban desnudos y…

Casi como si hubiera leído sus pensamientos, Caleb se inclinó hacia delante a su velocidad habitual. Victoria, que a esas alturas ya ni se sorprendía, no pudo hacer otra cosa que quedarse en el sitio y sostenerle la mirada. Se había inclinado sobre ella. De hecho, le había pasado un brazo alrededor de la cintura. No trataba de empujarla. Tan solo se mantuvo así, en esa posición.

Vale…, calma.

Solo era un chico desnudo.

No pasaba nada. ¡En sus sueños, ya había vivido esa situación muchas veces!

Control. Seguridad. Calma.

—Quizá estoy sobreanalizando mis emociones —comentó Caleb al fin.

—¿Qué… parte?

—Cada vez que mencionas a Jamie o a alguna otra persona que te haya ofrecido algo que yo no puedo ofrecerte, siento un pinchazo muy incómodo en el pecho. No es doloroso, pero sí muy incómodo. Me gustaría dejar de sentirlo.

Victoria no pudo evitar una risita divertida. Él, por su parte, continuaba rumiando.

—Bienvenido al mundo de los celos —murmuró ella.

—Celos. Mmm… No es lógico; ninguno de ellos forma ya parte de tu vida.

—Si quieres entender los sentimientos, deberías saber que no siempre son lógicos y racionales.

—Oh.

—¿Nunca te habías sentido celoso?

—Nunca me había importado nada.

Podría haber sido una frase hecha, pero enseguida supo que lo decía en serio. Y, de nuevo, le resultaba difícil no esbozar una sonrisita triunfal. ¿Cómo no iba a hacerlo? Ojalá nunca parara de decir aquellas cosas.

—Así que no —prosiguió Caleb—. Nunca me había sentido celoso de nadie ni de nada. Aunque tampoco le he interesado tanto a alguien como para mantener una relación similar a la que tengo contigo.

—Oh, lo dudo mucho. Seguro que no te diste cuenta y alguien se interesó por ti.

Pretendía ser un halago, pero Caleb se mostró desconfiado con que ella dudara de su palabra.

—¿Por qué?

—Porque nadie podría olvidar esos ojos.

—Son poco habituales.

—No me refiero a eso. Y, si dejas la lógica por un momento, creo que entenderás lo que te digo.

Después de todo, ella había estado pensando en esos ojos oscuros tras su primer encuentro. Y, honestamente, no se había llevado una gran imagen de Caleb. ¿Cómo no iba a recordarlos alguien a quien no le diera miedo?

Él analizó sus palabras con calma. Por fin pareció entenderla, porque esbozó una pequeña sonrisa que juraría que expresaba timidez.

—¿Eso crees?

—Oh, por favor. Eres guapísimo.

—¿Crees que soy guapísimo? —quiso saber, sorprendido.

Le gustó la sonrisita encantada. Le gustó, también, cómo le hizo sentir.

—Sé que lo eres —recalcó, divertida—. Todo de negro, pelo oscuro, ojos especiales, aire de malote… Eres la peor pesadilla de cualquier padre. Y la mejor fantasía de cualquier persona que no esté en sus cabales, como yo.

Él no borró la sonrisa. Recorrió su rostro con la mirada y la reposó, de nuevo, en sus ojos.

—Nunca me habían halagado así.

—Quizá intimidas tanto que nadie se atreve a decírtelo.

—Tú lo has hecho.

—Porque dejaste de intimidarme hace mucho tiempo, X-Men.

No era del todo cierto; sí que la intimidaba, solo que por otros motivos. Al principio, era el temor a que le causara daño físico. En ese momento, la preocupaba más el plano emocional.

Pero una chica tenía derecho a mantener ciertos secretos para hacerse la misteriosa.

—Además —murmuró, desesperada por añadir algo más—, tenía que devolverte el cumplido. Una vez me llamaste «preciosa».

—Lo sé.

—¿Te gusta más «precioso» que «guapísimo»? —trató de bromear, con el nudo de nervios cada vez más grande—. A mí me gustan los dos.

—Yo prefiero no elegir.

—¿No?

—Ninguno te hace justicia.

Joder.

Vale.

Guau.

Victoria no pudo hacer otra cosa que parpadear y tratar de encajar el cumplido. ¿Por qué nunca estaba preparada para esa clase de halagos? De estarlo, sería capaz de responder con alguna cosilla ingeniosa. Con alguna broma que disolviera la tensión del ambiente.

Aunque, por otra parte…, ¿quería disolverla? Se mordió el labio inferior. Estaba acostumbrada a evitar los halagos como si fueran flechas, pero ¿por qué? Le gustaba que le dijera esas cosas. Y le gustaba, también, no tener que ser la persona más ingeniosa de la historia para parecerle interesante.

—Puedo sentir cuánto piensas —murmuró Caleb con cierta diversión.

—Me haces pensar mucho. En tus palabras de idiomas raros, por ejemplo.

—También tengo mucho vocabulario en este —aseguró, muy orgulloso de sí mismo—. Aunque, a veces, intento no usarlo porque la gente lo considera pedante.

—Yo no te considero pedante.

—Lo sé. Y, dicho esto, siento que estás buscando cumplidos.

Ella se encogió de hombros. De nuevo, contuvo las ganas de descartarlo con una broma.

—Tengo curiosidad por saber cómo me ves —admitió.

Él se rio. La segunda vez en muy poco rato. Aunque, en esa ocasión, fue una risa distinta. Una mucho más suave y ronca que, de haber sido posible, habría jurado que le reverberaba bajo cada centímetro de la piel. Lo hizo en su corazón, desde luego, porque continuaba latiendo sin control.

Se preguntó hasta qué punto Caleb podía oírlo. Si era molesto. Casi como si quisiera calmar sus preocupaciones, Caleb deslizó el dedo pulgar por ese punto de su cuello donde notaba su propio pulso.

—¿Cómo te veo? —remarcó, en voz alta.

—Ahora, creo que eres tú quien busca que le suplique.

—No —aseguró—. Tú eres distinta. Simplemente…, tienes otro tipo de belleza.

—¿De qué tipo?

—De un tipo mucho más… etéreo.

Casi empezó a reírse, más por los nervios que debido al humor. Claro que Caleb iba a usar la única palabra que no había oído en la vida.

—No sé qué significa —admitió.

—Significa «sutil». E «intangible». Y «perfecto».

No reírse como una niña fue una tarea complicada.

¿Podían quedarse a vivir en esa bañera, por favor? ¿Para siempre? ¿Por favor, por favor, por favor?

—Tanto halago no te pega, X-Men.

—No te estoy halagando; estoy diciendo la verdad.

¿Quién habría pensado que la misma persona que la apuntaba con una pistola podría provocarle todas aquellas cosas? Su adolescente interior, la que seguía leyendo libros hasta que las ojeras le llegaban a los pies, estaba dando piruetas por su mente.

Para entonces, Caleb había subido un poco más la mano. Era lo suficientemente grande como para que la palma le cubriera parte del cuello y de la mejilla. Victoria sintió que el pulgar, el mismo que había acariciado su pulso, le rozaba la comisura de los labios. Caleb, de hecho, los estaba mirando.

—¿Puedo…? —empezó.

—No tienes que pedir permiso —le aseguró ella.

—Pero…, a veces, no sé leer muy bien las señales.

—Caleb, mírame.

Su voz sonó mucho más segura de lo que esperaba. Y él lo hizo. Victoria aprovechó para acercarse un poco más.

—Me conoces y eres un chico muy listo —aseguró en voz baja—. ¿Crees que me apetece que me beses?

Caleb la contempló unos instantes.

—Sí.

—Entonces, deja la lógica de lado y fíate de tu instinto.

—No… no sé si sabré hacerlo.

—Ahora mismo, estás siendo perfecto.

No esperó que sus palabras tendrían tanto peso, pero Caleb la miró de una forma muy especial. Como si la viera por primera vez. Le provocó una sensación muy agradable.

Y, por suerte, la besó justo después.

Resultó un roce muy dulce, pero, para ella, insuficiente. Victoria, envalentonada, se elevó un poco más y le dejó un beso suave en la comisura de los labios. Otro en el lado opuesto. Luego se lo dio en el centro y, apoyada en las rodillas, abrió la boca. Cuando Caleb la rodeó con los brazos, el agua de la bañera se agitó y salpicó las baldosas del cuarto de baño. Nadie pareció darse cuenta. Victoria ya prácticamente se había olvidado de dónde estaban, y de que ambos se encontraban desnudos. O era muy consciente de ello. Todavía no estaba muy segura de qué resultaba peor.

Sin embargo, cuando el beso empezó a volverse un poco más intenso, Caleb se apartó. Lo hizo rápidamente. Tanto que ella apenas había tenido tiempo de abrir los ojos cuando, de pronto, se percató de que él tenía el ceño fruncido.

—¿Qué? —preguntó, sorprendida.

Oh, por favor, que no empezara con el discurso de la profesionalidad.

—¿A qué hueles? —preguntó entonces.

Victoria dudó. No sabía a qué se refería.

Y, entonces, se acordó. Brendan. Unas horas antes. Oh, no. Que volviera el discurso de la profesionalidad, por favor. Era mucho menos grave.

Como se había quedado muy quieta, Caleb empezó a sospechar.

—Ha pasado una cosa —confesó ella—. Quería decírtela, pero… como has estado todo el día tan distante…

—¿Qué es?

Su voz no sonaba brusca, pero estaba preocupado. Se sintió todavía más culpable.

—Em… Esta mañana, Brendan ha estado aquí.

No obtuvo una reacción inmediata. Tan solo vio que la arruga que se le había formado entre las cejas empezaba a relajarse. Y no precisamente para suavizar su expresión.

—¿Qué? —preguntó en voz baja.

—Estaba… en el patio y…, em… No sé qué quería, pero Bex e Iver han conseguido que se fuera, así que…

Al parecer, no necesitaba más información.

Para lo cabreado que estaba, la sorprendió que se la quitara de encima con tanta suavidad. Y más a esa velocidad. Victoria se encontró a sí misma sentada en el centro de bañera, sola. Tan solo supo que se había marchado porque había desaparecido una de las toallas y la puerta estaba abierta.

Caleb

Llegó al salón en tiempo récord. Solo había tenido la decencia de ponerse unos pantalones y una camiseta. Todavía le goteaba el pelo. No pudo importarle menos.

Ambos mellizos se encontraban en la cocina. Bex se había apoyado con una cadera en la encimera y probaba la salsa que Iver, a su lado, cocinaba. En cuanto la degustó, le devolvió la cucharita.

—Le falta sal —observó.

—¿Sal? —repitió Iver, muy ofendido—. No tienes ni idea.

—Aprende a encajar una crítica.

—Aprende a...

—¿Por qué nadie ha dicho nada de Brendan? —espetó Caleb, enfadado.

Ambos se volvieron a la vez. No parecían sorprendidos. En cuanto intercambiaron una mirada, supo que se estaban retando para ver quién hablaba antes.

—¿Y bien? —insistió con impaciencia.

Iver ya se había vuelto hacia él. En cuanto el ojo bueno se le tiñó de negro y a Caleb se le relajaron los puños, el enfado se multiplicó.

—¡No hagas eso! —advirtió.

Su amigo suspiró. El ojo retomó su color verde habitual.

—Intentaba ayudar —aseguró con calma.

—Pues ayúdame explicándome qué hacía aquí, qué quería y por qué nadie me ha dicho nada.

Como Iver ya había hablado, le dio un ligero codazo a su hermana. Ella soltó una palabrota entre dientes.

—Vale —dijo, con las manos alzadas—, creo que es un buen momento para que todos respiremos hondo y nos calmemos. Victoria está bien, que es lo importante.

—¡Y Brendan también! —saltó Caleb—. ¿Es que se os ha olvidado cómo es? ¿A ti también?

Esa última pregunta fue para Iver. Enseguida supo que había cruzado un límite, porque este tensó la mandíbula.

—Cuidado —advirtió su amigo.

—¿El mismo que has tenido tú?

—¡Chicos! —intervino Bex.

Los pasos apresurados de Victoria habían sido tan sonoros como de costumbre. Por lo menos, su aparición fue la excusa perfecta para apartar la mirada de su amigo, que seguía tenso de pies a cabeza.

Victoria se había vestido torpemente con la camiseta multicolor y los mismos pantalones de algodón que usaba para dormir. Tenía el pelo empapado e iba descalza. Durante un breve momento, lo distrajo la posibilidad de que se resfriase. Luego, se preguntó si, al estar enfadado, debería ignorarlo.

—Vale —anunció ella, que pretendía calmar la situación, pero no dejaba de gesticular como si fuera la más alterada de la sala—, no sé qué estás pensando, pero te aseguro que Iver y Bex vinieron enseguida. Es que… salí sola al patio, estaba ahí sentado y creí…

—Que era yo.

Sí, una posibilidad que había cruzado la mente de Caleb más de una vez. ¿Y si Brendan se hacía pasar por él?, ¿cómo iba a proteger a nadie de sí mismo?

—Pero —retomó ella— luego vi que no eras tú y me saltaron todas las alarmas. Y entonces aparecieron ellos, así que no ha sucedido nada. Quería decir algo, lo prometo, pero es que…

En cuanto vio que todo el mundo la miraba, Victoria dejó de hablar. Caleb estaba seguro de que, en su cabeza, ella repasaba ahora cada palabra para saber en qué momento había metido la pata. Pero no se trataba de eso.

—¿Sabías que no era él? —preguntó Bex por fin.

El propio Caleb estaba sin palabras. La contemplaba con los labios entreabiertos, sin saber qué hacer.

Victoria echó una ojeada a todo el mundo, insegura.

—He dudado —admitió—, pero de cerca era tan obvio…

—¿Obvio? —repitió Iver con voz chillona—. ¿Qué cojones?

La pobre Victoria, de nuevo, repasó a todos los presentes. Buscaba una respuesta. Y, aunque también miró a Caleb, este no pudo hacer más que contemplarla.

De no haber estado tan distraído, quizá habría advertido que Brendan se encontraba con ellos. Lo hizo muy tarde. *Demasiado* tarde. Volvió la cabeza de forma automática para descubrirlo sentado en uno de los taburetes. Por un momento, tan solo pudo preguntarse cómo se le había pasado por alto. Después, se dio cuenta de que, simplemente, no estaba acostumbrado a distraerse con tanta facilidad.

Para entonces, todo el mundo era consciente de su presencia. Los mellizos adoptaron posturas más tensas por instinto, mientras que Victoria contemplaba la situación sin saber qué hacer.

—Hola —sonrió Brendan—. Creo que he llegado en mal momento.

Por fin, Caleb logró reaccionar. Su primer instinto fue ponerse delante de Victoria. El segundo, sentirse estúpido. Y torpe. ¿Cómo había dejado pasar la presencia de Brendan?

—¿Qué haces aquí? —espetó Bex.

Brendan seguía sentado con la mandíbula apoyada en un puño. Como de costumbre, parecía más aburrido que interesado.

Qué raro era verlo en aquella casa. Y en la misma sala que sus amigos. Caleb sintió una mezcla muy extraña de tensión, peligro y nostalgia. No se entendía a sí mismo.

—Ya os he dicho que nos veríamos pronto —protestó él, aparentando confusión—. Así que, aquí estoy. Tenemos que hablar.

—¿Cómo has entrado sin que lo notara? —preguntó Caleb.

Su hermano le dirigió una sonrisa tan maliciosa como divertida.

—He descubierto que, cuando está tu humana, eludirte resulta muy sencillo.

Victoria seguía tras él, pero se movió para ver qué sucedía. Como de costumbre, su curiosidad era mucho más grande que su instinto de supervivencia. Si tan solo saliera corriendo y Caleb pudiera contener a su hermano…

Aunque, pensándolo bien, Brendan continuaba sentado. No parecía que fuera a moverse. Sus niveles de adrenalina eran… normales. Estables. Estaba *demasiado* tranquilo.

—Somos tres contra uno —lo advirtió Bex.

—¿Y qué? No voy a pelearme con nadie.

—Siempre prefieres que los demás peleen por ti —gruñó Iver.

Brendan lo miró como si acabara de reparar en su presencia. Era un gesto habitual que, por supuesto, encendía a Iver como una antorcha. Ya estaba rojo de rabia.

—Oh —dijo Brendan, decepcionado—, ¿aún estás vivo?

—Para tu desgracia.

—Y mi aburrimiento.

—Déjalo en paz —advirtió Bex.

—Tranquila, no he venido por el intento de mascota al que llamas «hermano».

Mientras que Iver se tensaba como si fuera a saltar sobre él, Brendan se limitó a sonreír a su hermano.

—Tengo que hablar con tu cachorrito.

—No la llames así.

—¿Sawyer puede llamarte «perro» y yo no puedo llamarla «cachorrito»?

Caleb sintió que se tensaba todavía más, pero se distrajo un momento cuando notó que la pequeña mano de Victoria se acercaba a su brazo. Efectivamente, un segundo después lo sujetó de la muñeca para asomarse y observar a Brendan. Pese a su temor, sostenía la compostura con mucha habilidad.

—¿Hablar de qué? —preguntó con cautela.

Mientras que Brendan sonreía, Caleb apretó los puños. Estaba logrando justo lo que quería.

—Victoria —advirtió en voz baja.

—Quiero saberlo.

—Quiere saberlo —dijo Brendan, como si no la hubieran oído—. Deja que sea libre, hermanito.

—No —insistió Caleb.

—Me temo que no puedes decirle lo que puede y no puede hacer.

Tras eso, le ofreció una sonrisa encantadora a Victoria.

—Creo que estaremos más cómodos en el patio trasero. Tráete a tu guardaespaldas, si no consigues librarte de él.

En cuanto Caleb vio que Victoria iba a seguirlo, la sujetó de los hombros y la obligó a mirarlo. ¿Qué le ocurría? ¿Tanto instinto suicida tenía que no activaba sus alarmas de supervivencia?

Antes de que pudiera decir nada, Victoria levantó un dedo. Era un gesto nuevo, pero dejaba bien claro lo que quería decir.

—Quiero oír lo que tenga que decir —aclaró, y no dio paso a discusión alguna.

Y, claro, Caleb la siguió de cerca. No dejaba de maldecir en voz baja.

Victoria

No creyó que todo el mundo la seguiría, pero de pronto tenía tres guardaespaldas. Victoria continuó avanzando con los mellizos y Caleb tras ella. No se sentía tan segura como pretendía, pero sí que tenía mucha curiosidad. Pese a desconocer la historia de Brendan, nadie se tomaba tantas molestias por una tontería. Y, honestamente, necesitaba toda la ayuda que pudiera recibir. Incluso cuando venía del gemelo malvado de Caleb.

Él, por cierto, era el que más pegado se mantenía a su espalda. Emanaba irritación por cada poro de su ser.

—¿Qué quieres? —espetó Caleb.

Brendan se detuvo a unos pasos de los escalones. Cuando se volvió hacia ellos, lo hizo con la casualidad de quien ha salido a ver qué tiempo hace.

—¿De ti? Nada. Esta conversación es entre ella y yo. No te metas, hermanito.

Su *hermanito* apretó tanto los labios que se le pusieron blancos. Vale, hora de intervenir.

—¿Y bien? —preguntó ella—. ¿Quieres algo o solo has venido a molestar?

—No es mi intención, pero tiendo a hacerlo incluso cuando no lo intento.

—¿Qué quieres? —insistió Victoria.

Brendan se encogió de hombros. Tenía las manos metidas en los bolsillos y la chaqueta desabrochada. No llevaba puesta la misma cinta que los demás y, por lo tanto, no asomaba ninguna pistola. Victoria supuso que no llegaría muy lejos sin ir armado.

—He estado pensando mucho en esta situación —aclaró finalmente—. En ti, concretamente.

—¿Y qué tienes que pensar tanto sobre ella? —masculló Caleb.

—A ver… Sawyer lleva meses actuando de forma mucho más errática de lo habitual, te aparta de su lado para vigilar a una humana, tú empiezas a enrollarte con ella, de pronto quiere matarla sin que nadie se entere… Qué casualidad, ¿verdad? Es todo tan discreto que no me extraña que nadie haya decidido atar cabos.

Victoria sintió una punzada dolorosa en el orgullo, pero no dijo nada.

—Sawyer nunca da explicaciones —replicó Iver entonces—. Además, ya estaba raro antes de que llegara Victoria.

—Veo que soy el único con pensamiento lógico.

—¿Crees que una humana puede hacer que Sawyer pierda el sueño? —intervino Bex, y luego miró a la humana en cuestión—. Sin ofender.

Brendan, por su parte, observó a Victoria con curiosidad. Por una vez, no parecía burlón.

—Dudo que sea solo por ella. Pero sí. Creo que tiene algo que ver.

—Me sorprendería bastante —murmuró la aludida—. Ni siquiera nos conocemos.

—Incorrecto. Tú no sabes nada de él, pero él lo sabe todo de ti. Gracias al informe que le hizo tu novio, entre otras cosas.

Caleb se tensó de manera imperceptible. Especialmente, cuando Victoria le dirigió una miradita incriminatoria.

—¿Le hiciste un informe?

—No... No tenía nada importante.

—Aunque me encantaría ver cómo os matáis —intervino Brendan con una sonrisa—, nos estamos desviando de la conclusión. Y es que creo que Sawyer te tiene miedo, cachorrito.

De todas las cosas que había oído esos últimos meses, aquella le parecía la más absurda. Victoria se rio con muy pocas ganas. Sus tres acompañantes, en cambio, mantenían un temple serio. Caleb incluso había apartado la mirada. Estaba segura de que se había puesto a analizar cada palabra de su hermano.

—Lo dudo mucho —aseguró ella al final—. Mírame.

—Te veo y tengo las mismas dudas, pero... ¿no crees que se ha tomado muchas molestias para deshacerse de ti?

—Solo porque Caleb me ha ayudado.

—De nuevo, te estás desviando de la conclusión.

—¿Que es...?

—Creo que tienes una habilidad lo suficientemente peligrosa como para asustar a Sawyer.

Victoria contempló a Brendan durante lo que pareció una eternidad. Se había quedado sin palabras. Sin nada que aportar. Ni siquiera una broma o una risa nerviosa.

¿Ella...?

Había bromeado sobre el tema, sí. Había insinuado, incluso, que deberían probarla para ver si podía hacer algo útil. Pero de ahí a hablar de una habilidad en un tono tan serio…

¿Podía ser que ella…?

—No —dijo Caleb de repente, sacándola de su ínfimo momento de ensoñación—. Ni se te ocurra insinuarlo.

—¿Por qué no? —Brendan enarcó una ceja—. Tú también lo has pensado, estoy seguro.

Victoria se volvió al instante. Por la expresión de culpabilidad en el rostro de Caleb, supo que era cierto. ¿Por qué no había dicho nada?

—No ha mostrado indicios —intervino Bex, que parecía la más calmada de la situación—. Sawyer siempre nos elegía porque ya veía señales de nuestras habilidades.

—Bueno, ¿y alguien se ha molestado en preguntarle al cachorrito?

Y, por supuesto, todos se volvieron hacia la pobre Victoria. Ella, que en cualquier otra ocasión habría enrojecido, no podía hacer más que mantenerse congelada en su lugar.

—¿Se te ocurre alguna cosa? —insistió Brendan tras avanzar hacia ella—. Cualquier cosa que se haya salido de lo normal, que sintieras que la habías provocado, pero no pudieras explicar cómo.

Ella entreabrió los labios. No quería mirar a Caleb. Si lo hacía, él sabría la verdad. Además, acababa de perder sus cuerdas vocales. Hasta que las encontrara, era incapaz de mediar palabra.

—Me lo tomaré como un sí —murmuró Iver sin ocultar su curiosidad.

Brendan aplaudió una sola vez y, tras repasarlos a todos con la mirada, esbozó una gran sonrisa.

—Bueno, ¿a qué estamos esperando? Manos a la obra, cachorrito.

20

Victoria

—Entonces —murmuró Bex—, habrá que descubrir cuál es tu habilidad.

Una idea muy simple con una ejecución bastante complicada, sí.

Habían vuelto todos a la cocina. Mientras que ella y los mellizos ocupaban los tres taburetes, Caleb y Brendan se mantenían el margen. El primero, porque daba vueltas con las manos tras la espalda —la viva imagen del estrés—, el segundo, porque no le habían dejado fumar dentro de la casa y estaba echando el humo por la puerta del patio trasero.

Era un poco complicado tomárselo en serio si sacaba la cabeza por el patio tras cada calada, pero Victoria estaba inquieta. Y asustada. Y de todo. No había esperado que aquella situación derivara en ese momento. De hecho, nunca había pensado que volvería a hablar de ello.

Iver era el único que parecía motivado.

—¿Empezamos ya con la tortura?

Caleb dejó de andar de golpe y lo señaló.

—Nada de tortura.

—Aburrido.

—Por una vez —intervino Brendan—, estamos de acuerdo. Tendremos que sacarle las emociones fuertes.

—Hay muchas opciones —opinó Bex—. Sawyer empezaba siempre con los ejercicios básicos.

Hablaban y hablaban, pero la única que debería estar opinando permanecía callada. Victoria se contemplaba las manos sobre la encimera. No entendía cómo ella, que no tenía nada especial y se consideraba una inútil en el cuerpo a cuerpo, podía intimidar al puñetero Al Capone de Sawyer.

—¿Victoria? —dijo Bex entonces—, ¿estás bien?

—Sí…, creo.

—Piensa en alguna cosa que estuviera fuera de lo común. Algo que pudieras hacer y los demás no entendieran.

—O algo que siempre se te haya dado bien —añadió Iver.

—Supongo que irritar a los demás no cuenta.

Mientras ella se reía, presa del pánico, los demás permanecieron impasibles. Brendan fue el único que le ofreció una sonrisa.

—No. Y el sentido del humor tampoco cuenta.

—Pues… no se me ocurre nada.

—A lo mejor no tiene habilidades —sugirió Caleb, que no dejaba de dar vueltas.

Su hermano le echó una ojeada.

—Ya te gustaría.

Victoria negó de nuevo con la cabeza. Sí que se le ocurría una cosa, pero no quería hablar de ella. La única vez que la había mencionado fue una noche, cuando volvía del trabajo junto a Daniela. Era la única persona que le había inspirado la confianza suficiente como para contárselo. Y, sin embargo, ahora era incapaz de repetirlo.

Tras unos instantes de silencio, Iver suspiró y atrajo toda la atención de la sala.

—Se me ocurre un método para sentir emociones fuertes, pero no creo que vaya a gustaros.

Caleb, de nuevo, dejó de moverse y le dedicó una mirada sombría.

—¿Cuál?

—Si encontramos un recuerdo doloroso, podría provocarle un sentimiento lo suficientemente extremo como para…

—No.

—Debería decidirlo ella, hermanito —opinó Brendan.

Caleb apretó los labios y miró a Victoria. Pese a lo enfadado que estaba, su expresión era casi de súplica.

—Es demasiado —le aseguró en voz baja.

—¿Lo es? —intervino Brendan de nuevo—. Es más dura de lo que crees.

—¿Y me lo dices tú, que acabas de conocerla?

—Chicos —cortó Bex—, no es vuestra decisión. Victoria, haremos lo que tú quieras.

Era un consuelo tenerla como apoyo, pero… Victoria no estaba segura de lo que quería. Pese a que odiaba el apodo, sí que se sentía como un cachorrito. Uno pequeño y perdido en una marea que no había visto llegar.

Finalmente, logró centrarse y mirar a Iver.

—¿Dolería mucho?

Caleb soltó lo que Victoria interpretó como una maldición en su idioma raro, pero todos decidieron ignorarlo.

—Será difícil —admitió Iver con seriedad—. Tendrás que concentrarte en un recuerdo doloroso y cualquier sentimiento negativo va a llevarte al extremo. Ni siquiera tienes que contármelo, si no quieres. Lo único que necesito es la emoción que te cause.

Victoria tragó saliva, aterrada. Que todo el mundo la mirara no ayudaba demasiado.

—La otra alternativa es el dolor físico —intervino Bex—. En mi caso... fue así. Lo superé. Seguro que tú también podrías.

—Pero ¿durante cuánto tiempo?

—Depende de cada persona —murmuró su hermano—. Y también de su habilidad. Yo quizá tardaría veinte días y tú veinte meses.

Victoria permaneció con la mirada en sus manos. Hasta que Caleb se metió en su campo visual. Se había acercado a su velocidad habitual, y mantenía el rostro alineado con el suyo. Ni siquiera se molestó en ocultar la preocupación.

—Mírame —le dijo en voz baja—, no tienes por qué acceder. Todo esto es una teoría de Brendan, y no tenemos ninguna garantía de que sirva de algo. No sabes a lo que estás accediendo.

—Tú mismo dijiste que es un mal necesario. Y te enfadaste cuando yo lo consideré un horror.

—Sí, pero... esto es distinto.

—¿Por qué?, ¿porque se trata de mí?

Su pequeño tono de reprimenda sirvió para que Caleb exhalara un gruñido bastante impropio en él. Tras cerrar los ojos unos instantes, volvió a mirarla con preocupación.

—Estarás atada a quien te convierta —advirtió—. Y no habrá vuelta atrás. Será para siempre.

—Como todos vosotros.

—A nosotros nos convirtió alguien externo. Tu caso sería distinto.

—¿Por qué?

—Porque estarás atada a mí —aclaró Brendan con media sonrisa.

Caleb apretó tanto la mandíbula que le tembló un músculo. Seguro que había estado buscando la forma más suave de decirlo; pero su hermano, tan tranquilo, acababa de soltarlo como si fuera lo más divertido de la historia.

—¿Qué? —preguntó ella en voz baja.

—¿No te han hablado de mi habilidad? —preguntó Brendan, todavía con esa media sonrisa—. Tengo una bastante… inusual. La única de mi generación. La de transformación.

—¿Y si me conviertes…?

—Estarás atada emocionalmente a mí para el resto de tu bonita existencia, cachorrito.

A Caleb le seguía palpitando un músculo de la mandíbula. Victoria, que en otra ocasión habría tratado de calmarlo, no pudo hacer otra cosa que contemplarlo con la boca abierta.

Por un momento, se preguntó si aquel era el motivo por el que Brendan iba tan a su aire. Si Sawyer temía que le diera la espalda porque, en tal caso, perdería, la posibilidad de incorporar a nuevos integrantes en su ejército personal.

—Cuando ellos se transformaron —continuó Brendan—, yo todavía no tenía mi habilidad perfeccionada. Sawyer no quiso arriesgarse y usó a quien se había encargado de la antigua generación. Murió hace unos años.

—¿Y qué ocurre si muere la persona que te ha transformado?

—El vínculo se va diluyendo con los años. Si te transformara y me mataran al instante, probablemente morirías conmigo. Lo que me da la seguridad de que, gracias a ti, mi hermanito me protegerá uno o dos años. Un gran consuelo, ¿eh?

Victoria no estaba de humor para sus bromas. Jugueteó con los dedos, muy tensa.

—Entonces… sería la primera —dedujo.

—Segunda. —La sonrisita de Brendan se acentuó—. La primera… no salió muy bien.

Su tono era de despreocupación, pero el ambiente de la habitación cambió. Incluso la sonrisa de Brendan, normalmente tan espontánea, se notaba ahora mucho más forzada.

—¿Qué implica eso de estar atados? —preguntó ella.

—Todo lo que sientas, dónde estés, con quién, por qué… Lo sabré. Y a ti te pasará lo mismo conmigo. Al menos, al principio. No sé qué se sentirá al cabo de un tiempo, pero dudo que lleguemos a sobrevivir para comprobarlo.

—Un gran consuelo —masculló Iver.

—Habrá que ser honesto, ¿no?

—No tanto —opinó Bex.

Caleb era el único que permanecía en silencio. Tenía la mirada clavada en Victoria. De nuevo, parecía suplicarle que no hiciera ninguna tontería. Pero, desgraciadamente, esa era su especialidad.

Él debió de entenderlo, porque de pronto se irguió y señaló la puerta.

—Tenemos que hablar —aseguró—. A solas.

—Se viene una bronca —bromeó Brendan, pero nadie le hizo caso.

Caleb

Una vez en su habitación, se arrepintió de haberle pedido un momento a solas. Estaba claro que era el pretexto perfecto para que Victoria se confundiera todavía más.

Observó su figura, de espaldas junto a la ventana. Victoria llevaba puesta la camiseta de colores —debía de gustarle mucho—, unos pantalones anchos. El pelo húmedo se le empezaba a secar sobre los hombros. Intuía que, desde que se conocieron, había crecido un poco. No entendió por qué le llamaba la atención ese detalle.

Ahí, con la luz de frente, Victoria lucía más etérea que nunca. La luz difuminaba los trazos de su figura, allí donde empezaba y terminaba su silueta. Parecía que flotara sobre los rayos de sol. Su piel resplandecía. Y el pelo le brillaba con varias tonalidades que nunca antes había visto.

Quiso decírselo, pero no sabía si sería un buen momento. Aunque a ella le gustaran esos comentarios, le resultaba difícil saber cuándo eran adecuados y cuándo no.

Al final, solo se le ocurrió señalar una cosa:

—Puedes decir que no.

Victoria tardó casi un minuto en volverse y mirarlo por encima del hombro. Estaba más seria que nunca.

—Puedo decir que sí —opinó.

—Si quieres mi opinión…

Tras una sonrisa sin humor, contempló de nuevo el exterior y, por lo tanto, le dio la espalda.

—Conozco tu opinión, X-Men.

—Entonces ¿por qué no me haces caso? Es la decisión más lógica posible.

—Porque, como bien sabes, no siempre me muevo por la lógica.

Caleb apretó los dientes. Lo hacía con tanta fuerza que le dolía la mandíbula, pero no pudo importarle menos. Estaba harto. Necesitaba una respuesta. Y, sobre todo, necesitaba que fuera negativa.

Mientras ambos permanecían en silencio, el sol se ponía lentamente. La luz se desvaneció de la habitación, que quedó bañada en un tono anaranjado. Caleb sabía que él no tendría problemas para ver en la oscuridad, pero ella sí. Y, sin embargo, continuaba allí inmóvil.

—Si fuera como tú —dijo de pronto, con la mirada perdida en el bosque—, no volvería a tener pesadillas.

Caleb soltó todo el aire que había estado aguantando sin darse cuenta.

—Tu vida entera sería una pesadilla —aseguró.

—Podría defenderme.

—Yo puedo defenderte —intervino Caleb con cierta vehemencia—. Todas las veces que quieras.

—¿Y si no quiero que me defiendas para siempre?

Él no supo qué decir. No había contemplado esa posibilidad. Y lo preocupaba. Sobre todo porque Victoria no mostraba sus constantes habituales; nunca la había notado tan tranquila ante un tema tan tenso. Cuando rumiaba, solía acelerársele el pulso, tragaba saliva sin cesar y jugueteaba con su ropa. Ahora, sin embargo, se limitaba a contemplar el exterior sin ninguna expresión fuera de lo normal.

—¿Qué quieres decir? —preguntó Caleb al fin.

—No tienes ni idea de lo que es vivir como un humano indefenso —aseguró ella en voz baja—. Me paso la mitad de mi vida trabajando y, aunque intento aprovechar la otra mitad para disfrutar, nunca lo consigo. Me despierto, trabajo, vuelvo a casa, me encargo de la lavadora, la cena o lo que toque, y me duermo. Y así continuamente. Estoy cansada y no puedo descansar. Todo me da miedo y no puedo defenderme. Si Andrew decide que no me quiere en su bar, me quedo en la calle. Si Ian quiere dinero, tengo que dárselo. Si vuelvo a casa y alguien decide atacarme, no puedo hacer nada. Y, mientras tengo miedo, la vida pasa y me doy cuenta de que no he hecho nada; de que todas las cosas que me gustaban se han ido perdiendo por el camino, y de que, de pronto, he cumplido veinte años y sigo sin saber quién soy. Y ¿por qué? Porque siempre me ha dado demasiado miedo descubrirlo.

»Mi abuela se pasó toda la vida tratando de entenderse. Viajó a decenas de países, trabajó en decenas de cosas… Y, sin embargo, cuando murió, lo único que quedó de ella fue un armario lleno de ropa, una caja hasta arriba de tazas que no pudo compartir con nadie y un diario repleto de sueños sin cumplir. Y ese es mi futuro, Caleb. El de todos los humanos. No puedo hacer otra cosa que luchar contra lo inevitable: ser consciente de que algún día despertaré sabiendo que ya no me queda tiempo para hacer todo aquello que, de pequeña, me ayudaba a seguir adelante. Se me ha pasado la vida y sigo sin saber quién coño soy. Y sin dejar de tener pesadillas. Y en un trabajo que no me gusta, para darle todo mi dinero a alguien que se lo gasta en dañarse. Y se me pasa la vida, mirando por encima del hombro cada vez que vuelvo a casa.

Tras aquellas palabras, permaneció en silencio unos segundos. Al volverse hacia él, parecía mucho más triste de lo que esperaba.

—No sabes lo que es eso —aseguró ella en voz baja—. Y, créeme, no hay opinión que valore por encima de la tuya, pero… ¿Y si esto es lo que he estado buscando durante todo este tiempo?

Caleb deseaba tener algo que añadir. Algo que la ayudara. Y, sin embargo, solo podía contemplarla.

—Transformarte no solucionará todos tus problemas —aseguró en voz baja.

—No. La que solucionará todos mis problemas soy yo misma. Y, para eso, la transformación ayudaría. ¿Qué son unos meses en ese sótano a cambio de toda una vida sin miedos?

En cuanto mencionó el sótano, Caleb sintió un escalofrío. El segundo que había tenido en la vida. Lo detestó tanto como el primero.

—No bajes —le pidió en voz baja.

—Sé que es peligroso…

—No. No podría soportar verte ahí abajo.

Ella enarcó ligeramente las cejas, y Caleb se asustó ante la certeza que tenía. No podría soportarlo. Había visto a demasiados amigos pasarlo mal en esa silla. Imaginarse a Victoria allí era la última chispa antes de la llamarada.

De pronto, ella se le acercó. Caleb permanecía sentado en la cama, así que la contempló sin saber qué hacer. Por una vez, tuvo que echar la cabeza hacia atrás para mirar a otra persona. Era un cambio que no lo molestaba.

Victoria le acunó la cara con las manos. De nuevo, un cambio agradable. Le gustaba la sensación de sus dedos acariciándole la piel. Le gustaba la delicadeza de su tacto.

—Gracias por ser tan honesto conmigo —murmuró ella—. Y gracias por dejarme ver un lado de ti que sé que no enseñas a todo el mundo.

Caleb nunca lo había contemplado de esa manera, y le provocó un poco de vergüenza.

Pero ella ignoró el gesto y, con suavidad, apoyó la frente sobre la suya.

—¿Puedo preguntarte una cosa?

Caleb quiso asentir, pero sin romper el contacto que habían creado.

—Sí —murmuró.

—¿Te arrepientes de lo que pasó esa noche, en el bar? ¿De todo lo que ha ocurrido después?

Lo que le sorprendió no fue la pregunta, sino lo seguro que estaba de la respuesta.

—No.

—¿Ni siquiera con todos los problemas que han ido apareciendo por…?

—No —repitió, contundente—. No cambiaría nada.

Por una vez, no analizó si la respuesta era acertada. Se limitó a decir lo que pensaba.

Seguramente, Victoria deseaba oír eso, porque sonrió y se separó de él. Lo hizo durante un instante, porque entonces se inclinó y unió sus labios.

Caleb seguía sin acostumbrarse a aquello de los besos, pero le gustaban más cuando ella tomaba la iniciativa. Le gustaba cómo lo hacía sentir, también. Y la forma en que su cuerpo adquiría vida propia, dejando de calcular cada movimiento. Era una liberación. Como en ese momento, que notó que sus brazos la rodeaban con suavidad. Ella se dejó atraer, no habían separado los labios; de alguna manera, acabó de pie entre sus piernas. Y con los brazos alrededor de su cuello.

Caleb recordaba cómo había sido el beso en la cabaña. Aquel le parecía similar. Tenía la misma sensación de ahogo, de calor satisfactorio. Y era incapaz de separarse de ella. O de oír lo que sucedía a su alrededor. O de oler nada que no fuera lavanda. Tantos años fumando para ocultar el olor…, y resultó que el mejor método era besar a Victoria.

Se tensó al notar que ella bajaba las manos por su pecho. Aun así, Victoria no se detuvo y también inclinó la cabeza para besarle el cuello. Fue un gesto simple, dulce, y se separó nada más hacerlo. Había esbozado una pequeña sonrisa. Caleb, en cambio, era incapaz de hacer algo más que mirarla.

—Bueno, X-Men —murmuró ella—. Te diría que subamos esto a una audiencia de más de dieciocho años, pero…

—Vale.

Su avidez los sorprendió a ambos. Especialmente a Victoria.

—¿Qué? —murmuró ella.

—Que… hagamos lo que quieras. Lo que sea.

—Caleb, no sé si…

—¿En serio me dirás que quieres protegerme?, ¿no acabas de soltarme un discurso de que no debería protegerte?

Victoria esbozó una pequeña sonrisa. Luego, sin embargo, negó con la cabeza.

—Siento arruinar la fiesta, pero no tengo condones.

—¿Y qué?

—Que no quiero quedarme embarazada ni pillar un herpes. Sin ofender, ¿eh?

Caleb quiso reírse. Quizá, a causa de los nervios.

—Victoria —dijo lentamente—, no puedo reproducirme. Y, como ya mencioné una vez, tampoco puedo contraer ninguna enfermedad. Agradezco tu precaución, porque no es algo que suelas hacer, pero…, en este caso, es innecesaria.

—Oh.

No entendía por qué no lo besaba otra vez. Consideró si sería apropiado que la besara él, y entonces recordó que ella le había dado permiso para hacerlo. Si sentía que era lo correcto, tenía consentimiento. Y le pareció que sí. Probó con un beso corto. Ella parecía satisfecha.

Envalentonado, volvió a intentarlo. Esta vez, no fue tan corto.

Victoria

No sabía cómo sentirse. Llevaba tanto tiempo anticipando ese momento, imaginándose cómo sería, que no tenía ni la menor idea de qué debía esperar.

Tras ese beso largo, Victoria se separó y pegó su frente a la de Caleb. Tenía la respiración agitada e irregular, mientras que él se mantenía tan sereno como de costumbre. Aun con los ojos cerrados, sabía que la estaba mirando, que observaba cada gesto como si esperara una reacción.

Victoria, todavía con los ojos cerrados, volvió a colocar una mano en su pecho. Podía sentir su corazón latiendo bajo la palma. Pese a su aparente tranquilidad, latía con más fuerza que de costumbre. Puede que no fuera una X-Men, pero conocía más a Caleb que él mismo. Estaba nervioso. Y ansioso. Justo como ella.

No dijo nada. ¿De qué servía, a esas alturas? Deslizó la mano por su pecho, por el abdomen. Estaba fuerte, pero su piel permanecía cálida y le provocaba una extraña sensación de bienvenida. Caleb esperó a que ella terminara la inspección, y cuando Victoria le tiró del borde de la camiseta, él se separó para quitársela, sin pensarlo. Por primera vez en la historia, la lanzó al aire sin preocuparse de dónde quedaba y se centró de nuevo en la chica que la acompañaba.

Victoria ascendió entonces por su pecho hasta alcanzar el cuello. Y la nuca. Y tiró de él hacia sí. Caleb se dejó, hasta que sus labios volvieron a unirse, y ella se sorprendió al notar que su mano libre se movía para empezar a desabrocharse los pantalones. De alguna forma, logró quitárselos. La camiseta fue justo detrás. En ese momento, él la observaba con su fijeza habitual, solo que había en su rostro una expresión nueva. Oh, lo que habría dado para saber qué cruzaba por su mente.

Ella le alcanzó la mano y, con suavidad, se la colocó en la mejilla. Y en el cuello. Y en el hombro. Y lo soltó para hacerle ver que eso le gustaba, pero para entonces él ya había tomado la iniciativa. Victoria contuvo la respiración al notar que él le exploraba la piel tal como ella había hecho. Eran caricias superficiales, no las concentraba en ninguna parte concreta, pero su corazón se había disparado. Y él podía oírlo. Quizá, por eso, se detuvo con la mano sobre este y la contempló con curiosidad.

Victoria ni siquiera estaba desnuda, pero se sintió vulnerable. Y desprotegida. Sintió que él veía ahora una parte suya que nunca antes le había mostrado. Sintió que se derribaba una muralla que no estaba segura de haber construido.

—¿Qué pasa? —preguntó ella en un susurro sin saber muy bien por qué.

Caleb no le ofreció una respuesta inmediata. Continuó observándola con esa intensidad que todavía no sabía cómo tomarse, con la mano en el corazón y la cabeza ligeramente ladeada.

Ella casi dejó que las inseguridades se apoderaran de su cuerpo. Casi. Porque entonces sintió que la levantaban por los aires y, de pronto, quedaba sentada sobre Caleb. Abrió la boca para protestar, pero tan solo encontró un beso. Uno que no dio lugar a titubeos. Abrumada por la oleada de sensaciones, Victoria trató de rodearle el cuello con los brazos, pero era incapaz de moverse. Y entonces ya no la besaba en la boca. Bajó la mirada, sorprendida, para encontrarse con una mata de pelo oscuro descendiendo por su cuerpo. Caleb le fue dejando un rastro cálido y húmedo en el cuello, la clavícula y entre los pechos, justo donde antes había apoyado la mano.

Ella ya no estaba interesada en hablar, tan solo podía observar. Observar cómo él se dejaba llevar. Creyó decir alguna cosa, pero no estaba segura de si el sonido había escapado de sus labios o solo había resonado en su mente. Consiguió hundirle los dedos en la melena oscura, tirar de los mechones, y entonces vio cómo su sujetador desaparecía. Cómo la tela se veía sustituida por la boca de Caleb. Cómo el rastro cálido se le extendía por todo el cuerpo, desde las raíces del pelo hasta los dedos de los pies. Con los labios entreabiertos, observó cada gesto, cada caricia, cada sonido que profería su boca cuando se separaba de su cuerpo.

No podía más. En cuanto Caleb se separó para ver su expresión, Victoria tiró de él hacia arriba para volver a encontrar su boca. Sintió sus brazos rodeándola, e hizo lo propio. Necesitaba estar tan pegada a él como le fuera físicamente posible. Meterse en su cuerpo y convertirse en uno, si es que era posible. Tan solo logró que sus pechos quedaran pegados. Y sus caderas. Y sus bocas. Sus bocas solo se separaban para que Victoria recuperara el aliento y, en un momento dado, ella puso una mano entre ambos cuerpos. La deslizó con más velocidad de la que le habría gustado, pero había perdido la paciencia. De alguna forma, consiguió deshacerle la hebilla del cinturón. Y el botón. Y la cremallera. Y, cuando por fin metió la mano en sus pantalones, sintió que el cuerpo de Caleb se tensaba por completo durante unos milisegundos. Unos en los que él apretó las manos en su espalda y su muslo, y entonces separó sus bocas para tomar una fuerte inhalación. Con una sonrisa, Victoria empezó a acariciarlo. Esta vez, logró hacerlo con lentitud. Y disfrutó de cada expresión del rostro de él, todavía con los ojos cerrados y la frente apoyada en la suya.

Pasados unos instantes, Victoria se apoyó en las rodillas y se deshizo de su propia ropa interior. No sabía qué esperar de Caleb, pero sonrió al ver que él hacía lo mismo. De hecho, se había inclinado hacia atrás para clavar los codos en la cama. Ella le rodeó el cuello con un brazo para sostenerse, y con ayuda de la otra mano se colocó en ese punto mágico en el que sabía que se sentiría bien. Para cuando empezó a descender, volvían a tener las frentes pegadas.

Empezó a moverse sin un ritmo fijo, sin mucho control y sin ganas de parar. Esta vez, las respiraciones de ambos estaban igual de desenfrenadas. Aquello le provocó una sonrisa. Al menos, hasta que volvió a moverse. Oh, hacía tanto que no se sentía tan bien. Que no sentía ese punto de anticipación en la parte baja del estómago, creciendo y creciendo hasta que la mente quedaba en blanco. Lo había sentido unas cuantas veces. Y, sin embargo, esa parecía diferente. Más real y, al mismo tiempo, más alejada del mundo real.

La sensación seguía aumentando. Caleb se dejó caer sobre la espalda, con ella aún sujeta contra el pecho. Podía sentir su mano enredándosele entre los mechones de pelo, la otra deslizándose por su espalda, sus dedos apretándole la piel. Ella tan solo podía mantener las uñas clavadas en las sábanas, a cada lado de la cabeza de Caleb. Lo que había empezado como un nidito de nervios en el abdomen no dejaba de crecer, y se extendía por todas y cada una de sus venas, y por los huesos y músculos. Especialmente los que él estaba acariciando.

De pronto, Victoria sintió que su espalda chocaba contra el colchón. Quiso reírse, iba acostumbrándose a que la moviera de esa manera, pero toda risa se desvaneció en cuanto la mano de Caleb se coló entre sus piernas. Y en cuanto la boca se hizo camino en su cuello. Victoria sentía su peso sobre ella, pero solo fue capaz de cerrar los ojos y dejarse llevar. Y entonces la sensación se duplicó. Y triplicó. Y multipli…

Tuvo la vaga sensación de decir algo en mitad del estallido —debió de ser gracioso, porque al abrir los ojos, él sonreía—, pero no estaba segura de qué había sido. Tan solo sabía que él volvía a colocarse entre sus piernas. Victoria lo abrazó como pudo con todas sus extensiones, y entonces él se apoyó con un brazo junto a su cabeza y de nuevo quedaron unidos. El movimiento no fue tan irregular y torpe como cuando ella había estado encima. De hecho, cada empujón la hacía agarrarse con fuerza en sus hombros. Y su cuello. Y sus brazos. Y solo podía oír los sonidos de sus besos y sus respiraciones agitadas, y el de sus cuerpos cada vez que se encontraban, y tener esa sensación de calma placentera que permanecía en su cuerpo mientras él le hundía la cara en el cuello y se movía cada vez más rápido.

En algún momento, Caleb tensó los hombros, hizo ademán de sujetar a Victoria y terminó agarrándose al cabecero de la cama. Lo hizo con mucha fuerza. La suficiente como para que la mano se quedara allí marcada. Y entonces permaneció muy quieto. Y contuvo la respiración.

Para cuando ambos decidieron que no podían más, había trascurrido un buen rato. Victoria estaba tumbada sobre la cama, contemplando el techo. Su pecho subía y bajaba a toda velocidad. Las mejillas, enrojecidas. A su lado, Caleb respiraba un poco más calmado y lucía una pequeña sonrisa en los labios.

—Ahora entiendo muchas cosas —murmuró.

Ella se rio. Divertida, dio la vuelta para apoyarse sobre los brazos. Caleb, a su lado, la miró.

—¿Y bien? —preguntó este—. ¿Qué tal?

—¿Estás buscando halagos, X-Men?

—Estoy buscando una opinión constructiva sobre lo que acaba de pasar. Tendré que saber si debo mejorar en algún aspecto, ¿no?

—Creo que ya te he dicho todo lo que tenía que decirte.

—Puede ser —concedió él—. ¿Cómo te sientes?

—*Zayad.*

Ante su expresión de sorpresa, Victoria volvió a reírse. Todavía le dolía el labio inferior. Lo había mordido durante mucho tiempo. Él debió de notarlo, porque se inclinó hacia delante y lo besó con una ternura que la dejó sin palabras.

Y fue justo ahí, en ese instante, que la función de su cerebro que se encargaba de modular las palabras antes de lanzarlas al mundo… se fue de vacaciones.

—Te quiero.

Casi al instante en que lo dijo, cambió el ambiente de la habitación.

Caleb, que había estirado el brazo para acariciarle el labio inferior, lo apartó como si acabara de recibir una descarga eléctrica. De hecho, todo su cuerpo se había tensado con violencia. Levantó la mirada para encontrar la suya. Estaba tan horrorizado que no se molestó en ocultar su expresión.

Oh, no, no, no…

Mierda, ¿por qué nunca sabía cuándo callarse?

Victoria sintió que su cara enrojecía. O emblanquecía. No estaba muy segura. Pero una oleada de pánico la atravesó de arriba abajo.

—Eh… —intentó decir—. No… no es…

—¿Qué has dicho?

—¡Nada! No he dicho nada.

Pero, cuando intentó acercarse a él, Caleb se apartó como si el mínimo roce fuera a confirmar todas sus pesadillas.

—No, no me quieres —dijo, de pronto horrorizado—. No puedes quererme, Victoria.

Y ella, que no sabía qué hacer, que estaba sucumbiendo a la locura, murmuró:

—No puedes impedírmelo.

Caleb volvió a observarla durante lo que pareció una pequeña eternidad.

Y, entonces, se descubrió sola en la cama. Se había puesto de pie. Cuando logró divisarlo, vio que se vestía a toda velocidad.

Todo el calor que la había acompañado, de pronto, se transformó en un cubo de agua gélida. Caleb siguió vistiéndose sin mirarla. Recogió la chaqueta. Recogió la cinta y la pistola. Y no la miraba. Le daba la espalda.

—Mierda —masculló de pronto, todavía sin mirarla—. Mierda, Victoria.

La aludida solo podía contemplarlo. Tenía ganas de llorar.

—No tienes por qué irte —le aseguró en voz baja.

Se sintió patética.

Especialmente cuando Caleb se volvió y la miró fijamente. Cualquier calidez acababa de desaparecer.

—Sí, sí que tengo que hacerlo.

Ese tono la había asustado muchas veces, pero nunca le había dolido como aquella. Victoria se mordió el labio inferior. De pronto, el dolor no le importaba.

—¿Por qué? —consiguió preguntar, sin querer una respuesta.

—Porque esto… esto no…

Él cerró los ojos y sacudió la cabeza.

—Es culpa mía. No debí dejar que llegara tan lejos.

—Pero…

—No —la cortó Caleb, sin mirarla—. Tengo que irme. Ahora. Lo… lo siento.

Victoria parpadeó y, cuando quiso darse cuenta, él ya no estaba.

Caleb

¿Quererlo? ¿A él?

Nunca había sentido pánico, pero estaba seguro de que aquello era parecido. No podía quererlo. No a él. No con... con todo lo que tenía encima. ¿Cómo iba a quererlo? Nadie lo quería. Ni él quería a nadie. Era mejor así. Más fácil. Para él y para todos.

No sabía adónde se dirigía, pero necesitaba salir de esa habitación. Y de la casa. Acabó en su coche, aunque no llegó a subirse. Apoyó la espalda en la puerta y hundió la cara en las manos. ¿Qué acababa de hacer? ¿Cómo había llegado tan lejos?

—Habéis follado.

Caleb suspiró y apartó las manos. Brendan, de pie ante él, lo observaba con media sonrisita de satisfacción.

—Vaaaya —insistió—. Y ha estado bien, ¿eh? Qué malote.

—¿Tienes que decirlo así?

—Es un gran momento. Mi hermanito ha probado el pecado.

—Cállate, Brendan.

—Bueno, ¿ha valido la pena el riesgo? Aunque tengas cara de culo, creo que sí.

Caleb deseó tener los poderes que había visto en aquella película con Victoria. De ser así, con la mirada que acababa de echarle, le habría hecho explotar la cabeza.

—¿Qué haces aquí? —preguntó entonces—. ¿Has dejado que durmiera un rato?

—No.

—Ah... Así que te has asustado.

No iba a decirle a Brendan lo que acababa de oír, aunque fuera tentador. Bastante tenía con que supiera tanto de ellos.

—No me digas que le tienes miedo al compromiso —bromeó su hermano.

—Nunca podría salir bien, Brendan.

—¿Por qué no?

—Por lo que te pasó a ti con Anya.

La risa de Brendan se congeló al instante. Pese a pretender disimularlo, su expresión se había vuelto sombría.

—¿Qué te hace pensar que no ocurriría lo mismo? —insistió Caleb.

—Tu cachorrito es más fuerte de lo que crees. Más que Anya. Por eso ella está muerta y Victoria va a matar a Sawyer.

Caleb no pudo evitar sorprenderse. Aquello era frívolo incluso para su hermano. Había pasado años junto a Anya. Habían vivido mil aventuras, situaciones y problemas. Y siempre estaban juntos. Siempre. Que fuera capaz de hablar de su muerte como si tan solo hubiera sido un desperdicio...

—Sé que duele más de lo que quieres admitir —murmuró.

Brendan trató de esbozar una sonrisa, pero solo le salió una especie de mueca irónica.

—Anya nunca debería haber entrado en nuestro mundo. No estaba preparada.

—¿Y Victoria sí?

—Más de lo que tú crees.

—No puedes estar seguro.

—No —concedió Brendan—. Supongo que el tiempo me dará la razón. O hará que termine junto a Anya.

Victoria

Puñetero X-Men.

Estúpido, capullo y puñetero X-Men.

¡Se había ido corriendo! ¡¡¡Corriendo!!!

Lanzó una almohada por el dormitorio. Bigotitos, que se había asomado desde la puerta, bufó con rencor.

—¡Déjame en paz! —gritó Victoria.

¿Miau, miau?

—¡Bigotitos, lo digo en serio!

¡Miau!

Pero a ella no podía darle más igual. Llevaba tanto rato aguantándose las ganas de llorar que era incapaz de sentir nada positivo. Se sentía patética, y vulnerable, y triste. Había abierto su corazón y tan solo había conseguido que la dejaran tirada. Justo cuando por fin se sentía elegida, el mundo volvía a recordarle que nunca había tenido nada especial. Que no era la clase de persona para la que empieza una historia de amor.

Bajó las escaleras sin un rumbo fijo. No quería hablar con ellos. No quería estar con nadie. El único destino que se le ocurrió fue la casa del árbol, y tuvo la inmensa suerte de no encontrarse con nadie de camino hacia allí. Quería desaparecer. Necesitaba hundir la cabeza en un cojín y fingir que se encontraba en su casa, tranquila y con la única preocupación de llegar a fin de mes.

Sin embargo, la dejó atrás y continuó andando hacia el campo de tiro. Para entonces, las lágrimas habían empezado a brotar. Lágrimas de humillación, de impotencia, de rabia. De creerse una estúpida. Las limpió con furia. Se avergonzaba de sí misma y, a la vez, se apiadaba de su propia reacción. Ni siquiera se entendía.

Pronto se cansó de andar y se agachó. Hundió la cara en las manos, frustrada, y emitió el gruñido más primitivo que había soltado en su vida. Por lo menos, sirvió de consuelo.

En cuanto notó que alguien se detenía a su lado, apartó las manos con un suspiro.

—Déjame en paz —murmuró.

Sin embargo, en cuanto alzó la vista, no reconoció a ninguno de los habitantes de la casa. Ni siquiera a Brendan. En cuanto reconoció el pelo blanco, sintió que el corazón se le detenía.

Axel, por su parte, se limitó a sonreír.

21

Axel

Estaba nervioso, pero ella no podía notarlo. Victoria, o como se llamara. Quizá era mejor no saberlo. Quizá era mejor no pensar en ello. Haría su trabajo y volvería a casa, y Sawyer estaría contento, y Brendan podría entrar de nuevo en el grupo.

La chica observaba sus movimientos, todavía agachada. La había encontrado llorando a una distancia prudente de la casa. A la suficiente como para que, si no gritaban, Caleb no pudiera oírlos. Llevaba puesta una camiseta de colores y unos pantalones anchos. Y estaba despeinada. Había tenido un mal día, y no sabía que empeoraría aún más.

Axel apretó el cuchillo. Si quería discreción, la pistola no era una opción. Tendría que ser rápido. Un corte en el cuello sería lo mejor; impediría que gritara y la mataría a una velocidad decente. Sawyer no había mencionado nada sobre el sufrimiento, tan solo que muriera. Y aquello le resultaba fácil.

—¿Sabes qué? —murmuró—. Encontrarte no ha sido nada fácil.

Ella continuaba observándolo. Tenía los ojos grandes y grises. Como los de un cachorrito que te mira sin entender lo que sucede. Y realmente, no parecía entenderlo. Quizá por la sorpresa. O por el terror. Le gustó que se asustara tanto ante su presencia. No lo había olvidado. Y él, por fin, podría librarse de ella. Debería haberlo hecho esa primera noche en el bar de su jefe. Haría lo que Caleb no supo hacer.

Le sudaban las manos, así que apretó aún más el cuchillo. Ella dirigió una breve mirada al arma, pero siguió sin moverse. Estaba acuclillada junto a uno de los árboles, con los labios entreabiertos y las mejillas rasgadas por las lágrimas. Le parecía una visión un tanto patética. Aunque, honestamente, Axel prefería a los paralizados que a los luchadores. Era mucho más fácil. Y, aunque había personas como Brendan, que se recreaban en la parte del sufrimiento, él siempre había sido más práctico.

La chica por fin reaccionó.

—Los demás… —intentó decir en un hilo de voz.

—Los demás están ocupados, sí. No te preocupes; me he asegurado de que nadie nos moleste.

Lo cierto es que tampoco se había matado a buscarla. Lo veía tan fácil que, con un plan en mente, no iba a seguirla a todos lados. Había visitado su trabajo, ubicado la zona donde podía quedar su casa y solo tuvo que esperar. La primera sospecha de que algo sucedía había surgido tras la ausencia de Brendan. Que saliera sin decirle adónde se dirigía no era habitual; que lo hubiera hecho dos noches seguidas, le parecía incluso insultante. No se había atrevido a seguirlo, no quería cabrearlo, pero… ¿adónde podía ir Brendan, más allá de los sitios que frecuentaban juntos?

Se sintió traicionado, sí. Sabía en qué consistía su misión y, aun así, no lo había ayudado. Quizá lo estaba poniendo a prueba, ¿no?; quizá quería entretenerse mientras dejaba que Axel hiciera el trabajo sucio. Pues no iba a decepcionarlo. Ni a él ni a Sawyer.

—Axel —dijo ella de pronto—, antes de que…

—¿Vas a decirme que no tengo por qué hacerlo?, ¿que tengo otras opciones?

Era una noción un poco estúpida, pero también divertida. Nunca había pasado tanto tiempo con un sujeto como para que le suplicaran. Lo había visto en las películas, se lo habían contado…, pero él nunca lo había vivido.

Pese a la tranquilidad que intentaba aparentar, le temblaban las manos. Le dio una vuelta al cuchillo sin mirarlo. Necesitaba hacer algo. Lo que fuera. Tenía que matarla. Cuanto antes.

—No tienes por qué hacerlo —dijo ella en voz baja, serena.

—Qué sorpresa.

—Sé lo que te hizo Sawyer. Sé que los demás nunca te han tratado bien. Pero… esta es tu oportunidad de demostrarles que no eres como ellos creen, que puedes pensar por ti mismo.

Axel quiso reírse, pero tan solo le salió una sonrisa amarga.

¿Quién se creía que era? Observó mejor a la chica. Lentamente, se había incorporado, pero no intentaba salir corriendo. De probar su suerte, podría meterla en una pesadilla sin fin. Podría hacerlo. Y, entonces, se callaría de una puta vez.

—No tienes por qué hacerlo —insistió ella.

—¿Y si quiero hacerlo? ¿Y si lo *disfruto*?

Ella tragó saliva. Su serenidad era falsa. Su calma, también. Tan solo lograba enervar todavía más a Axel. Debería acabar con ella cuanto antes. Quería borrarle esa expresión de seguridad del rostro. Quería quitársela y convertirla en terror.

—Sawyer no es nadie —insistió la chica con cautela—. Sin vosotros, no tiene nada.

—¿Eso te dices a ti misma?

—Es lo que sé. Tan solo es humano, como yo. Vosotros, en cambio… ¿Por qué elegirlo a él?

—¿Y por qué elegirte a ti? ¿Crees que tu novio lo haría?

Había estado probando con unas cuantas preguntas, y por fin había dado con la tecla adecuada. La chica perdió entonces un poco de compostura. Su aspecto sereno se resquebrajó, y debajo no había otra cosa que miedo. E impotencia. Y rabia. Sus sentimientos favoritos. Axel sonrió de medio lado. Por fin sabía por dónde atacar.

—¿Qué tienes tú que no pueda ofrecerme Sawyer? ¿De verdad te crees que perdería a un padre para ganar a una humana?

La chica no respondió. Cuando Axel dio un paso hacia ella, tampoco se movió. Apretaba el cuchillo con tanta fuerza que se le habían quedado los nudillos blancos. Tenía que hacerlo. Tenía que hacerlo.

—¿Cuántas veces te ha demostrado Caleb que confía en ti? ¿Cuántas cosas te ha dicho que puedas creerte? ¿Ha mencionado su informe?, ¿ese en el que me dio todo lo que necesitaba para encontrarte?, ¿en el que nos contó tus fobias, tus filias y todo lo que había descubierto sobre ti?

A esas alturas, ya había llegado junto a ella. No la miró a los ojos. No era más que un saco de sangre. Pronto, estaría en el suelo. Pronto, no sería un ser vivo. No tenía que mirarla. Tenía que hacerlo.

Con los dientes apretados, acercó el cuchillo a la cara de la chica. Que no se moviera lo decepcionó un poco, por lo que apartó un mechón de pelo con la punta. Estaba tan afilada que formó una línea roja. Ella contuvo la respiración. Seguía sin moverse.

—¿Has pensado que, en algún momento, deberá elegir entre protegerte a ti o a los mellizos? —prosiguió en voz baja, fascinado con el corte que acababa de hacer—. Entonces ¿qué pasará contigo? Voy a hacerte un favor. Vas a morir pensando que te quiere y no vivirás para saber que es mentira.

La humana se movió deprisa, pero no lo suficiente. Vio el puño acercándose a cámara lenta y, tras un resoplido burlón, él le agarró el pelo en un puño. La chica emitió un sonido de protesta y dolor, pero no impidió que tirara de ella hacia abajo. Consiguió que arqueara la espalda en un ángulo doloroso. Pensó en continuar tirando, pero optó por acercársela. En cuanto su espalda chocó contra él, consideró la posibilidad de degollarla y terminar con todo aquello.

—¿Te creías que eso serviría para algo? —preguntó, sin embargo.

Quería ver hasta dónde era capaz de llegar. Una parte oscura y retorcida de su ser deseaba ver cómo luchaba hasta descubrir, impotente, que no tenía nada que hacer. Nada iba a sacarla de aquella situación. El desenlace sería su muerte, de una forma u otra.

De nuevo, la falta de reacción le provocó una respuesta muy agresiva. Descubrió que lo molestaba, sí. Después de tantos años soportando las burlas de su *familia*, no iba a tolerar que una humana pusiera su fuerza en entredicho.

Así que tiró de su pelo otra vez, ahora para estamparle la cabeza contra el árbol.

La soltó nada más golpearla, y ella cayó al suelo con un gemido de dolor. La corteza se había manchado de sangre. Mientras ella se arrastraba como podía, Axel se acercó y pasó el dedo por la pintura que acababa de crear. Con curiosidad, frotó la mancha roja entre sus dedos.

La chica seguía en el suelo. La miró con desinterés. Si ese golpe conseguía tumbarla, no aguantaría tanto como había esperado. Vio cómo clavaba una mano en el suelo e intentaba arrastrarse lejos de él. Para entonces, ya tenía la mitad de la cara cubierta en sangre.

—¿Qué voy a hacer contigo? —se preguntó en voz alta.

¿Qué haría Brendan? Probablemente, pasárselo bien. Pero Axel, pese a lo que pretendía, no conseguía disfrutar de aquella situación. La humana le causaba aburrimiento, no interés. Y, además, era demasiado débil como para elaborar nada creativo. En cuanto le hiciera un corte profundo, el saco de sangre se vaciaría enseguida. Y, aunque Sawyer estaría contento, Axel se sentiría como si no hubiera probado lo que quería demostrar con ese caso. Su primer caso en solitario. Tenía que hacerse valer. Tenía que hacerlo.

Con parsimonia, se acercó a ella y clavó los pies a cada lado de su cuerpo. Ella continuaba gimoteando y sangrando. Era una imagen bastante patética.

Axel se acuclilló sobre ella.

—Duele, ¿eh? —murmuró con una sonrisa—. Pero… puedes aguantar más. Sí, sí que puedes.

Se incorporó. Le fascinaba ver cómo intentaba arrastrarse de un modo tan inútil. Todavía no estaba rota. Todavía tenía esperanza. Sintió un dolor muy singular en las sienes. El que sentía cada vez que se burlaban de él. ¿Eso era lo que estaba haciendo la humana?, ¿se burlaba de él?

Con más fuerza de la necesaria, Axel echó la pierna hacia atrás y le asestó una patada en el abdomen. En cuanto vio que su cuerpo chocaba contra el árbol con violencia, se arrepintió. Podría haberla matado. Y, si moría, lo haría con dignidad. No podía permitirlo.

Tenía. Que. Hacerlo.

Ella se había encogido junto al árbol, pero no le dio tiempo de recuperarse. De un tirón, volvió a tumbarla boca arriba. Intentaba respirar con desesperación, con las manos encogidas en dos puños y las piernas dobladas por el dolor. Axel sonrió y se sentó sobre su abdomen, ese que acababa de patear. Le gustó ver cómo ella trataba de buscar su mirada, desesperada y con la mitad de la cara llena de sangre. Aun así, no encontró sus ojos. Axel tan solo miraba su nariz, o su herida, o sus mejillas ahora manchadas por las lágrimas.

—No llores —dijo, ladeando la cabeza—. ¿Qué va a pensar *Kéléb* cuando te encuentre? Querrás que se piense que eres fuerte. Que has muerto con dignidad.

Con la punta del cuchillo, le apartó otro mechón de pelo. No quería tocarla. Tenía que hacer lo que debía hacer. Nada más.

—Mírate —murmuró Axel—. ¿Qué más podemos hacer para que, quien te encuentre, jamás consiga olvidarte? ¿Qué podríamos… cortar?

Era una posibilidad que no había contemplado. Le sorprendió notar una gota de sudor bajándole por el cuello. Molesto, la limpió con el dorso de la mano libre. Su corazón latía con fuerza. No más que el de la chica, que entrecerraba los ojos y aún trataba de recuperar la respiración.

Tenía que mirarlo. Quería ver el dolor, y el miedo. Quería verlo todo.

—¿Un dedo? —insistió—. Podríamos cortarte un pezón. Seguro que mandaría un mensaje bastante claro. O… ¿la lengua? Así dejaría de oírte.

Ella mantenía ahora los ojos cerrados. Axel empezó a frustrarse. Le agarró el brazo con violencia y rabia. Lo sostenía entre ambos, para que ella lo viera; pero Victoria mantenía los ojos cerrados y la determinación de no abrirlos.

—¿No quieres verlo? —preguntó—. Una lástima. Podríamos empezar por un dedo, entonces. El meñique parece una buena opción.

Y entonces ella por fin abrió los ojos. Axel tenía la mirada clavada en su objetivo, pero sabía que lo miraba. Y que controlaba cada gesto. Se hizo con su mano y, torpemente, contempló cada uno de sus dedos.

O, al menos, el único que había extendido ella. El dedo corazón.

Sorprendido, la miró por primera vez a los ojos. Los tenía abiertos y clavados en él.

—Que... te... jodan...

Durante unos instantes, no reaccionó. Era la primera cosa inesperada del día.

Y entonces sintió una oleada de rabia. De furia. Quería matarla. Quería hacerlo con sus propias manos. Lanzó el cuchillo a un lado y la agarró del cuello. Ese frágil cuello de humana. Ese que apenas iba a durar un segundo bajo sus dedos. Ella no apartó la mirada. Respiraba con dificultad, pero no cesaba. Seguía insistiendo. Seguía teniendo...

¡¡¡MIIIIIIIIIAAAAAAAAAUUUUUUUUU!!!

Axel, que debería estar preparado para cualquier enemigo, no anticipó el gato naranja que le saltó a la cara.

Cayó al suelo con torpeza, tratando de quitárselo de encima. No veía nada. Tan solo sentía zarpazos y mordiscos mucho más duros de lo que habría imaginado. Incluso le pareció que le atravesaban la piel. Trató de agarrarlo con una mano mientras, con la otra, buscaba a tientas su cuchillo.

Y entonces el gato desapareció. Axel trató de llevarse una mano a la cara para comprobar los daños, pero entonces vio a la humana. Estaba de pie sobre él. Había esbozado una sonrisa en medio de las lágrimas y la sangre.

—Capullo —murmuró.

Y le estampó una piedra contra la cabeza.

22

Victoria

Nunca había sentido tanto dolor. Por primera vez en su vida, al despertar en ese bosque, deseó haber muerto. Fue por una milésima de segundo. Un horrible y tenebroso segundo. Pero es que no podía soportarlo.
Dolía demasiado. No podía ver nada. Ni oír. Ni sentir. Tan solo había
dolor. Y el dolor era de color rojo y le oscurecía la vista.

Iver la llevaba en brazos. Quiso pensar que Bigotitos había ido a
buscarlos, muy determinado. Fue algo que le hizo mucha gracia, pese
a las circunstancias. Trató de reírse, pero solo emitió un gimoteo. Sí que
alcanzó a ver, por lo menos, que Bex apartaba todo lo que había en una
superficie. Fue justo donde Iver la dejó con delicadeza.

—Joder —murmuraba—, hay mucha sangre.

—Cállate —siseó su hermana.

—Es que... ¡hay mucha sangre! Sé provocar heridas, pero no sé
cómo coño se cierr...

—¡Cállate, Iver!

Cuando Iver hizo el gesto de apartarse, Victoria le atrapó la muñeca.
Creyó que iba a desmayarse por el dolor, pero estaba aguantando. Y podía
aguantar un poco más para decir una palabra. O un nombre, más bien.

—Da... Dani...

Iver se agachó enseguida para escucharla. Al entender el nombre,
pareció todavía más confuso.

—¿Sabrá curarte? —preguntó enseguida.

Ella no pudo responder, pero Iver volvía a hablar. Aquello, desgraciadamente, ya escapó a la comprensión de Victoria.

Caleb

No entendía en qué momento le había parecido una buena idea subirse
al coche y alejarse de la casa, pero lo necesitaba. A Brendan no lo nece-

sitaba tanto, pero se había apuntado al plan de todas maneras. En esos momentos, mientras cruzaban el camino de tierra que llevaba hacia la carretera principal, su hermano mantenía las piernas apoyadas en el salpicadero e iba cambiando de emisora. Caleb no sabía qué clase de música buscaba, pero estaba claro que no la encontraba.

—Deja de cambiar —gruñó.

—Es que no encuentro nada que me guste.

—Y yo necesito silencio.

—Aaah… Pues qué mala suerte, porque no lo vas a tener.

—Brendan, en serio, cállate.

—¿Por qué? ¿No quieres hablar de lo que acaba de pasar?

—No.

—¿No tienes preguntas sobre anatomía?

—No.

—Veo que sigues tan hablador como de costumbre. Yo…

Y se puso a divagar sin rumbo. Caleb había dejado de prestarle atención. Le bastaba todo lo que le rondaba en la cabeza, como para preocuparse también de lo que su hermano fuera a contarle. Lo único que tenía claro era que quería alejarse un rato de sus amigos y, sobre todo, de Victoria. Necesitaba aclararse. Y, de paso, comprobar qué hacían Axel y Sawyer. Tan solo para estar seguro.

—Te está sonando el móvil —observó Brendan entonces.

—Lo sé.

—Suponía que podías oírlo, pero yo aviso por si acaso.

—Brendan…

—Que me calle, sí.

Caleb suspiró y se centró en lo que tenía delante. Todavía sentía el olor de Victoria por todo su cuerpo. Quería detestarlo para que todo aquello le resultara más sencillo, pero le encantaba. Y odiaba que le encantara. ¿Por qué las cosas no podían ser más sencillas?, ¿por qué no podía volver a su vida solitaria donde solo importaba terminar una misión para empezar una nue…?

Detuvo el coche tan de golpe que Brendan, que no se había puesto cinturón —a pesar de las insistencias de su hermano—, se vio impulsado hacia delante. Eso podría haber resultado cómico a ojos humanos, pero para Caleb apenas tuvo importancia. Estaba concentrado en un sonido característico: ruedas de coche girando a toda velocidad, mucho más adelante. Incluso notó el inconfundible olor de neumático quemado.

—¡Joder! —espetó Brendan—. ¡Ten un poco de cuidado!

De lo enrabietado que estaba, sus mejillas habían enrojecido. Caleb, de nuevo, apenas le prestó atención. No sonaba como el coche de Sawyer, cuyo ruido tenía metido en lo más profundo del cerebro. Axel no tenía vehículo propio y dudaba que se hiciera con uno para llegar a su casa. No era tan estúpido.

Caleb mantuvo el coche aparcado a un lado del camino de tierra. Fue entonces cuando vio aparecer un vehículo antiguo, de llantas renovadas y con el limpiacristales lleno de hojas secas. Y, dentro de él, a Margo conduciendo y a Daniela a su lado, agarrada con todas sus extremidades.

Victoria

Había contenido los gimoteos durante un rato, pero ya le parecía absurdo. ¿Por qué contenerse? Necesitaba llorar. Urgentemente. Necesitaba gritar. Sí. Lo que necesitaba era gritar.

Pero entonces alguien apareció en su campo visual. El pelo rubio, los ojos grandes, una mirada de terror absoluto. Daniela. Y, justo a su lado, Margo se cubría la boca con una mano.

—¿Qué…? —empezó la pelirroja.

—¡Dinos qué hacer! —exigió Bex desde un lugar muy lejano.

Daniela seguía contemplándola. Durante un instante demasiado largo, pareció que no iba a responder, que se quedaría congelada para siempre. Por suerte, no fue así y logró reaccionar a tiempo.

—Necesito que alguien la…

Un golpe. Uno fuerte. Victoria se habría movido, pero era incapaz de hacerlo. Solo podía contemplar el techo, incapaz de enfocar nada que no estuviera justo delante de ella. Los bordes de su visión iban oscureciéndose a cada segundo que pasaba. A esas alturas, apenas veía a Daniela.

Supo que alguien se le había acercado porque notó una mano sobre los ojos. Casi al instante, otra mano la apartó de un golpe.

—¡Ni se te ocurra! —advirtió Bex.

Por fin pudo enfocar la cara de quien acababa de llegar. Era Caleb. Estaba inclinado sobre ella y le sujetaba la cabeza. Dijo alguna cosa, pero ella fue incapaz de encontrarle sentido. Parecía asustado. Se echó el pelo hacia atrás en un gesto nervioso, y Victoria vio que dejaba un rastro de su propia sangre en la frente.

Entonces, la voz de Daniela se alzó por encima de las demás:

—Necesito que os apartéis.

Caleb le dirigió una mirada de advertencia, pero finalmente dio un paso atrás. Las manos de su amiga eran suaves y cariñosas. Un contraste curioso entre lo que había sentido hasta ese momento.

La tocaba, pero no estaba segura de dónde. Sentía tanto dolor que no distinguía qué punto era peor. No se notaba una de las piernas. Le dolía la frente. Y el hombro. El hombro le dolía muchísimo. Al no sentir la mano izquierda, empezó a desesperarse. No le dolía, y eso era lo peor: la incertidumbre de no saber por qué no dolía.

—… costilla rota —entendió en la voz de Daniela—. Luxación en el hombro. Y necesitaré puntos para la herida de la frente.

—¿Qué hay que hacer? —preguntó Caleb casi al instante.

Daniela, que nunca se atrevía a alzar la voz, se puso a dar instrucciones. Victoria apenas las entendía, pero todos los demás se movían a gran velocidad por la habitación. Brendan era el único que permanecía quieto en un rincón, observando el proceso con la fascinación de quien ve un documental sin apenas prestarle atención. Incluso Margo, que estaba pálida de pies a cabeza, aparecía de vez en cuando y ofrecía palabras de consuelo.

—Ahora —dijo Daniela entonces.

Iver apareció en su campo visual. Le sujetaba el hombro bueno y la miraba a los ojos. Victoria también lo miró. El ojo bueno se había vuelto negro y… el miedo empezó a desaparecer. Todo lo que sentía se estaba evaporando. El dolor seguía ahí, pero no estaba asustada. Dani sabía lo que hacía. Dani, por las mañanas, trabajaba en un hospital. Sabía lo que hacía. Sabía lo que…

—Sujétala —dijo Daniela de pronto—. Necesito que no se mueva.

Sintió una extraña presión en el pecho, pero su mirada continuaba clavada en los ojos de Iver. No podía moverse. Ni siquiera cuando oyó una disculpa y alguien tiró de su brazo. Estaba ensimismada. Estaba hipnotizada.

—¡Ah! —gritó Iver de repente, y se apartó de ella—. ¡Mierda!

—¡Iver! —lo advirtió Caleb.

—¡Déjame apartarme un poco! ¡Duele una puñetera barbaridad!

Para entonces, Daniela le acunaba la cara con una mano. Victoria alcanzó a ver una sonrisa, y entonces le derramaron algo por encima de la sien. Algo frío. Era lo único que sentía.

Logró enfocar a Iver otra vez. Estaba apoyado al final de la mesa. Sus manos apretaban la madera con tanta fuerza que empezaba a abrirle grietas, y le palpitaba una vena del cuello. Pese a todo, y pese a la mueca de dolor, no dejaba de mirarla. Victoria se sentía como en una nube. Flotaba.

Dani trabajaba a toda velocidad. Tenía una aguja en la mano y ponía cara de concentración. Margo estaba justo detrás de ella, y le daba cosas cada vez que se las pedía. No supo identificar qué objetos eran. Brendan permanecía al margen. Bex le sujetaba los tobillos. Caleb, las muñecas.

Su mirada encontró la del último. Estaba preocupado, y tenía manchas de sangre en la cara. Victoria quiso preocuparse, o sonreír, o llorar, pero no podía sentir nada.

—N-no… no puedo… —dijo Iver entonces.

—Solo un poco más —insistió Bex—. Vamos, Iver, tú puedes.

—No… no puedo… no…

Tan pronto como había subido, Victoria bajó de la nube.

El dolor apareció tan fuerte y tan repentinamente que le pareció mucho peor que cuando había llegado a la cocina. Su primer impulso fue retorcerse, pero la tenían bien sujeta. Desesperada, empezó a jadear y a mover la cabeza. Necesitaba salir de ahí. Miró a Caleb. Le suplicó con la mirada. Le pareció que también conseguía suplicarle con su voz. Él había girado la cabeza y evitaba mirarla a los ojos. Un músculo latía en su mandíbula.

Daniela seguía trabajando. Victoria sintió las lágrimas resbalándole por la cara. Especialmente cuando una punzada de dolor agudo le atravesó el cuerpo entero.

Y, justo entonces, no pudo aguantarlo más y se desmayó.

Caleb

—Está bien —les aseguró Daniela con voz suave—. Ya podéis soltarla.

Caleb fue el primero en hacerlo y, sobre todo, el primero en apartarse varios pasos. Aprovechó que la puerta de la cocina estaba abierta para salir al porche. Necesitaba aire. El olor a sangre le bloqueaba todos los sentidos, y la mirada de Victoria lo perseguía. Se sentía culpable, y sucio, y como si la hubiera traicionado.

A cada herida que había visto, la rabia había ido en aumento hasta transformarse en furia. Por primera vez en su vida, deseó matar a alguien. Y no solo a alguien, sino a un miembro de su familia. De su propia familia. Quería matarlo. Quería causarle daño. De repente, Sawyer ya no le importaba. Tan solo podía ver las heridas. Y sentir el olor a sangre. Y oír los gritos de Victoria.

Tomó una bocanada de aire. Necesitaba respirar. Todo aquello había ido creciendo mientras la sujetaba, pero, ahora que estaba solo, tan solo sentía dolor. Dolor por no haber estado ahí. Por haber sido tan estúpido como para dejarla sola. Por escapar cuando debía quedarse con ella. Si no hubiera escapado, Victoria estaría bien. Era culpa suya. Era culpa suy…

No, no era el momento de pensar en ello.

Volvió a entrar. No sabía qué hacer para echarle una mano a Daniela, pero necesitaba sentirse útil.

—¿Qué tal vas? —le preguntó.

—Ya casi está. Necesitaré una venda.

Bex fue la primera en salir disparada de la cocina. Hasta ese momento, había permanecido junto a su hermano, el cual estaba sentado en un taburete con la cara entre las manos. Caleb decidió acercarse a él con precaución.

—Gracias —murmuró.

Su amigo no respondió, pero le pareció que asentía con la cabeza.

Brendan seguía en su rincón, con los brazos cruzados y una pierna apoyada en la pared. Observaba a Victoria con curiosidad, pero sin interés. Era el único que no había colaborado en absolutamente nada. Incluso Margo, la amiga pelirroja, le había ido dando todas las herramientas necesarias a Daniela. Y eso que había estado conteniendo una arcada durante todo el proceso.

—Ya está —confirmó Daniela entonces—. Ahora… hay que vendarle el hombro para que no pueda moverlo. Deberíamos quitarle la sangre, primero.

Eso último lo dijo mirando a Caleb. Parecía preguntarle, sin palabras, quién se encargaría de ello. Él entendió que quisiera ocuparse ella misma, pero sintió una necesidad egoísta e imperiosa de no volver a dejar a Victoria.

—Me encargo yo —dijo al fin.

—Ten cuidado con la cabeza —le pidió Margo.

Daniela se limitó a asentir y apartarse para que pudiera coger a su amiga en brazos.

Nunca se había desplazado tan despacio. Temía que cualquier movimiento, gesto o roce la hiriera aún más. Tardó casi cinco minutos en alcanzar el ático, pero estaba tan concentrado que le parecieron veinte. Abrió la puerta con el codo y llevó a Victoria a la bañera.

Una vez tumbada, trató de quitarle la ropa sin mirarla. No podía ver las heridas. Cada vez que divisaba una, Caleb sentía la necesidad de cubrirle los ojos con ambas manos. Y, aunque era una buena solución, le daba miedo herirla todavía más. No estaba tan acostumbrado a usar esa habilidad como para confiar cien por cien en ella.

Para cuando Victoria abrió los ojos, ya había empezado a llenar la bañera. No tenía ni idea de cómo calcular la temperatura, así que trató de estimar el grado de inclinación que necesitaría la manija de control para que fuera agradable. Esperaba haber acertado.

Ella rumiaba, dolorida. Lo primero que hizo fue llevarse una mano a la cabeza. Caleb la detuvo con toda la suavidad que pudo.

—Es mejor que no lo toques.

Victoria murmuró como si lo hubiera entendido. Con los ojos cerrados de nuevo, se removió en la poca agua que se había acumulado.

Caleb, que solía ser el rey del orden, se quitó la chaqueta, la cinta y la pistola para lanzarlas de cualquier manera sobre las baldosas del baño.

—Duele… —murmuró ella entonces.

—Lo sé.

Caleb quiso decirle que pronto dejaría de hacerlo, pero era incapaz de mentir. Desesperado por hacer alguna cosa, se inclinó de nuevo a su lado, de rodillas. Acercó las manos a su cabeza, pero al final no se atrevió a tocarla y las dejó suspendidas en el aire.

—Sé que duele —añadió—. Tengo que quitarte la sangre, ¿vale?

Victoria volvió a abrir los ojos. Ni siquiera se miró a sí misma. Fijó toda su atención en Caleb. Y él, que esperaba tener que consolarla otra vez, se vio sorprendido por la peor expresión posible.

—Ni se te ocurra tocarme —masculló ella.

¿En serio? ¿Tenía que ser rencorosa justo en ese momento?

Sabía que no debía enfadarse con ella, pero estaba tan frustrado y alterado que no pudo evitar el ceño fruncido.

—No es el momento —aseguró él.

—Vete a la mierda. O corriendo. Eso se te da muy bien…

Caleb la ignoró por completo y se hizo con una esponja que nunca había utilizado. Bex las compraba a decenas, porque, según ella, había una para cada parte del cuerpo. Él no sabía para cuál servía aquella, pero tenía bastante claro que no podrían usarla más.

—¿La temperatura está bien? —preguntó mientras hundía la esponja en el agua—. ¿Estás bien? ¿Necesitas alguna cosa?

—Un poco más… fría.

—Tiene que ser tibia. Lo siento, pero es por tu bien.

Victoria gimoteó en señal de protesta, pero él volvió a ignorarla. Lo hacía lo mejor que podía.

Una vez el nivel del agua la cubrió hasta el cuello, llenó la esponja del jabón neutro que también le había robado a Bex y empezó a enjabonarla. La primera zona fue el cuello. Por lo menos, no protestaba y parecía que no le dolía demasiado.

En algún momento, Victoria abrió los ojos de nuevo. No decía nada. Tan solo contemplaba el proceso de limpieza, a él o la pared que tenía delante. Según parecía, le costaba mantenerse despierta, pero de momento lo estaba logrando. Caleb le ofreció una pequeña sonrisa. Tenía una fuerza de voluntad que cualquier otra persona envidiaría. Era increíble.

Trató el brazo malo con tanta delicadeza como pudo. Victoria hizo unas cuantas muecas, pero no se apartó. Tampoco cuando le limpió las costillas. Cuando se encargaba del brazo bueno, ella por fin encontró su propia voz:

—¿Dónde está Axel?

—Se ha ido antes de que llegáramos. Bex e Iver casi lo alcanzan, pero han decidido que curarte era bastante más acuciante.

—«Acuciante» —repitió ella con una risa que le provocó otra mueca.

—El gato imb… —Caleb se cortó a media frase—. El gato te ha encontrado.

—No, Caleb… El gato me ha salvado. Si no hubiera sido por él, estaría muerta.

Él dejó de enjabonar durante unos instantes.

—¿Cómo? —preguntó al fin.

—Apareció cuando Axel intentaba… No importa. Apareció. Se lanzó sobre Axel y lo retuvo el tiempo suficiente como para que yo pudiera defenderme. Si no hubiera sido por él…

Caleb, lentamente, retomó su tarea. Ese gato…

—Siento haberme ido. —Se oyó decir a sí mismo—. Lo siento muchísimo.

Victoria apartó la mirada y la clavó, de nuevo, en la pared. No tenía
ningún tipo de expresión. Y sus labios, que normalmente se curvaban en
una sonrisa, permanecieron rectos y pálidos.

—Si no lo hubiera hecho… —prosiguió Caleb, porque por una vez
en su vida necesitaba llenar el silencio—, ahora no estarías así.

En cuanto Victoria enarcó una ceja, supo que no había usado las
palabras correctas.

—¿Solo te arrepientes de haberte ido por eso?

—Bueno…

—Por favor…, quédate un rato en silencio, Caleb.

Caleb, impotente, la observó unos segundos y al final aceptó trabajar
en silencio. Lo hizo de forma concienzuda, limpiando cada centímetro
de piel, debajo de sus uñas, alrededor de las heridas… Victoria mantuvo
la vista en la pared. En ningún momento se volvió hacia él. Y eso que
Caleb, de vez en cuando, buscaba su mirada.

—Solo me falta tu cara —murmuró entonces.

Victoria volvió la cabeza, pero mantuvo la mirada clavada en su pecho. Y, aunque Caleb sabía que lo merecía, sintió un ardor muy incómodo en el pecho.

Con tanta delicadeza como podía, le sujetó el mentón y empezó a
limpiar. Mandíbula, mejillas, orejas, nariz… Pasó por debajo del ojo
amoratado y, al llegar a la frente, tragó saliva. El corte recién cosido parecía doloroso. En lugar de usar la esponja, limpió esa zona con toquecitos del pulgar.

—Ya está —murmuró finalmente.

Victoria alzó la mirada. Él no sabía si encontraría dolor, miedo o
rabia. Resultó que no era ninguna de aquellas opciones; tan solo había
agotamiento.

—Necesito una toalla —murmuró.

Caleb fue a por ella a tanta velocidad como pudo. Había recogido su
toalla más grande, la gris, que también era la más suave. No sabía si
Victoria querría que la llevara en brazos, así que se quedó de pie hasta
que ella determinara si era capaz de levantarse sola.

Resultó que sí, por lo que Caleb extendió la toalla y esperó a que
Victoria, lentamente, se incorporara y se envolviera en ella. Había
mantenido la idea de no sujetarla para no recibir una bofetada, pero

ella estaba tan débil que tuvo que aguantarla. Por suerte, no opuso resistencia.

La dejó en la cama. Ella seguía abrazada a la toalla. El color había vuelto a sus labios, y su corazón por fin empezaba a latir a una velocidad un poco menos preocupante.

—Tengo que vendarte el hombro —explicó él.

—¿El… hombro?

—Sí.

Victoria suspiró.

—¿Sabes hacerlo?

—Sawyer me enseñó.

Victoria sacudió la cabeza.

—Cómo no…

Caleb decidió ignorar el tono. Con cuidado, le apartó la toalla y sacó la venda que se había guardado en el bolsillo. Victoria observó el proceso sin decir nada. Le dio varias vueltas al brazo izquierdo, y en una de ellas pasó la cinta por debajo de la otra axila para envolverle el torso. Finalmente, dio una última vuelta y tiró de la cinta.

—¿Muy apretado? —preguntó.

—Está bien.

Terminó de ponérsela sin decir nada. Después, se dirigió al armario. Apenas lo había abierto cuando ella soltó una risa amarga.

—No, Caleb.

—¿Qué?

—No voy a ponerme nada tuyo.

Caleb, irritado, se volvió para mirarla.

—¿Te parece que es el momento?

—Sí.

—No lo es.

—No voy a…

—¡Me da igual lo enfadada que estés! —saltó de pronto, y Victoria enarcó las cejas—. No es una cuestión de enfado, ni de orgullo. Se trata de tu propia salud. ¿Puedes olvidarte, por un momento, de lo que ha pasado y aceptar la ayuda?

Victoria siguió contemplándolo un minuto entero. Estaba perpleja. Caleb aprovechó la distracción para sacar una camiseta cualquiera. De color negro, por supuesto. También alcanzó unos pantalones cortos con elástico. Tendría que servir.

—Es todo un poco grande —observó Caleb mientras lo dejaba, bien doblado, justo a su lado—, pero creo que servirá. Si quieres, puedo ayudarte a...

—Estaba segura de que iba a morir...

El susurro fue tan flojo que, por un momento, Caleb consideró la posibilidad de haberlo imaginado. Pero no. Victoria lo había dicho, todavía con la cabeza agachada y las manos apretadas en la toalla.

Se acuclilló delante de ella. No sabía qué hacer para que se sintiera mejor, y aquello lo estaba volviendo loco.

—Ahora estás a salvo —aseguró Caleb.

—No lo sabes.

—Sí que lo sé, porque no me iré a ninguna parte.

Ella sacudió la cabeza.

—No puedo quedarme aquí eternamente.

—Claro que puedes, Victoria, te lo...

—No. No puedo quedarme aquí, contigo, después de lo que ha pasado.

Caleb no supo qué decir. ¿Por qué era tan difícil encontrar las palabras necesarias?

—Si lo que te incomoda es mi presencia —murmuró al final—, puedo quedarme en el salón hasta que decidas que quieres volver a verme.

—Caleb..., no es eso.

—¿Entonces?

—Lo que me incomoda es querer a alguien que sale corriendo nada más oírlo.

Él apretó los dientes.

—Ya te he dicho que lo siento.

Como Victoria no volvió a hablar, decidió ayudarla con la camiseta y los pantalones. Se los puso con delicadeza y, sobre todo, sin colaboración. Ella apenas lo miraba. Y apenas parecía consciente de sus propios movimientos. El único momento de contacto fue cuando Victoria apoyó las manos en sus hombros para mantener el equilibrio. Intentó que no le afectara, pero era imposible. Tras atarle los pantalones, la ayudó a sentarse otra vez. Le pasó la camiseta con suavidad. Cuando su rostro emergió en el cuello de la tela, lo estaba mirando.

Justo cuando quiso apartarse, el puño de Victoria se cerró en torno a su camiseta. Caleb tragó saliva.

—¿Qué necesitas?

Ella no respondió de inmediato. Por primera vez en toda la conversación, lo miraba sin ocultar la propia vulnerabilidad.

—¿Qué me decías en tu idioma? —preguntó entonces.

Caleb trató de echarse hacia atrás, pero el puño de Victoria, por débil que fuera, lo mantuvo en el sitio.

—Repetiste varias veces las mismas palabras —insistió con cierta vehemencia—. ¿Qué eran?

No iba a decírselo. No podía.

—Caleb…, por favor.

Él cerró los ojos por un momento.

—*Yahbli teblya.*

Victoria lo observó con los ojos muy abiertos, como si intentara encontrar sentido a aquellas dos palabras inocentes. Todavía no le había soltado la camiseta.

—¿Qué significa?

—Nada importante.

—Dímelo.

—Puedes preguntarle a cualquier persona de esta casa.

—Quiero saberlo de ti.

—Entonces, nunca lo sabrás.

Durante unos instantes de silencio, se miraron entre sí. Y, por primera vez en su vida, Caleb sintió que sostenerle la mirada a otra persona era sumamente complicado.

23

Victoria

Qué… bizarro, todo.

Había dormido tantas horas que solo tenía recuerdos aislados de haber despertado en la habitación de Caleb. Daniela y Margo estaban con ella en cada una de esas ocasiones. Algunas veces, dormían en su misma cama. En otras, interrumpían su conversación para preguntarle cómo estaba.

Quiso decirles que todo aquello tenía una explicación, pero pronto descubrió que Iver y Bex ya se habían encargado de esa parte. Daniela estaba aterrada, y Margo se comportaba como si no se creyera absolutamente nada. Victoria querría no creérselo y vivir en el desconocimiento, pero esa oportunidad ya había quedado muy atrás.

—Así que —dijo Margo una de esas tardes, mientras las tres permanecían tumbadas en la cama de Caleb—, tengo que asumir que hay gente con superpoderes y seguir con mi vida como si nada.

—Básicamente —murmuró Victoria.

No dejaba de acariciarse las vendas, pensativa.

—Yo prefiero no creérmelo —aseguró Daniela en un hilito de voz—. Así que, si podemos dejar el tema…

—Pero si viste al rarito de la cicatriz usando sus poderes —protestó Margo.

—¡No estamos seguras de que fuera por eso!

—¿Y qué anestesió a Victoria?, ¿el poder del amor?

—¡La pérdida de sangre! —le aseguró Dani con vehemencia—. ¿Podemos dejar el tema, por favor, y centrarnos en cómo está nuestra amiga?

En cuanto hizo ademán de tocarla, Bigotitos se metió en medio de su camino para inspeccionarla. Tras un maullido de aprobación, Dani prosiguió con su trabajo.

Durante esos días, el gato no se había separado de su lado. Cada vez que aparecía alguien, iba directo a la puerta para comprobar que no hubiera peligro. A Iver le gruñía igual, pero a Bex la aceptaba con un contoneo. Caleb, por suerte, no intentó subir en ningún momento. Sin embargo, sospechaba que no dejaba de preguntar por ella.

No volvieron a verse hasta unos días más tarde, cuando Victoria se sentía un poco recuperada, aunque dolorida. Brendan apareció en el marco de la puerta, tan tranquilo, para hablar con ella. Lo que había empezado como una pregunta trivial sobre cómo estaba, terminó en algo mucho más serio.

—Es el momento perfecto para iniciar la vigía —le dijo en voz baja, aunque Caleb podría oírlo igual.

Margo, al otro lado del dormitorio, emitió un bufido.

—¿Qué dice este de vigilar?

—Vigía —le aclaró Daniela—. Yo tampoco sé qué es.

—Algo raro de gente con poderes mágicos.

—¡Sigo sin creérmelo!

—Y yo tampoco, pero al menos puedo bromear sobre ello.

—Es el momento perfecto —insistió Brendan—. Ya has sufrido dolor físico de sobra. Ahora solo debemos potenciarlo.

Victoria era la primera que se apuntaba a todos los planes disparatados, se moría de ganas de desarrollar una habilidad y no volver a sufrir como lo había hecho. Y, sin embargo, negó con la cabeza.

Si Brendan se sintió decepcionado, lo disimuló bastante bien.

Caleb

No soportaba quedarse un segundo más en esa casa, sin verla. Acabaría por matar a alguien, y, teniendo en cuenta que ahí estaba rodeado de amigos, quizá era mejor salir de casa.

Se había ofrecido a acompañar a Margo y a Daniela unas cuantas veces, pero poco más podía aportar a la ecuación. No se atrevía a subir a su dormitorio. Bastante tenía Victoria con recuperarse; no quería darle más preocupaciones.

Aunque… podía hacer otras cosas, claro.

Cuando salió del coche, todavía llovía. Fue una de las pocas veces en las que le dio igual que sonaran truenos, porque tenía un objetivo tan fijo que apenas le prestaba atención a nada más. Cruzó la calle, abrió la puerta y entró en el bar de Victoria sin mirar a nadie.

Sintió que los clientes le dirigían miradas de temor, pero nadie lo detuvo. Ni siquiera los camareros que trabajaban durante los turnos en que Victoria y sus amigas se quedaban en casa. Todo el mundo vio cómo iba al despacho de Andrew; sin embargo, nadie hizo nada para frenarlo.

El olor era desagradable. Sudor, marihuana y whisky. Le habría gustado decir que era la primera vez que percibía esa mezcla, pero mentiría.

Abrió la puerta sin llamar. Andrew, que estaba sentado en el centro de la sala con los pies sobre el escritorio, dio tal respingo que su silla cayó hacia atrás. Mientras él gimoteaba, confuso, Caleb se le acercó y agarró el respaldo de la silla. Con apenas esfuerzo, lo enderezó.

Para entonces, Andrew estaba agarrado con todas sus fuerzas a la silla. Había echado la cabeza hacia atrás y miraba a Caleb como si el demonio se hubiera materializado ante él.

—¿Qué…? —intentó decir, tembloroso de pies a cabeza—. ¿Q-qué haces tú aquí? ¡Ya pagué mi deuda!

Como se pusiera a lloriquear otra vez, Caleb finalizaría lo que había empezado aquella noche.

En medio del caos, Andrew había lanzado su cigarrillo al aire. Caleb aprovechó para pisarlo mientras se le acercaba más. El horror de su expresión se multiplicó, y Caleb temió que volviera a caerse de espaldas.

—No estoy aquí por ninguna deuda —aclaró—. Quiero hablar sobre una empleada.

—¿Eh?

—Victoria.

Andrew tardó una cantidad ridícula de tiempo en responder:

—¿Qué tienes tú que ver con mi Vicky?

Caleb se había propuesto mantener la calma, pero se lo estaba poniendo complicado.

—¿Tu Vicky? —repitió, irritado.

No era suya. De hecho, no tenía nada que ver con él. Le resultó tan molesto que, incluso, se olvidó de la calma que se había prometido a sí mismo. No fue una reacción de la que sentirse orgulloso —más propia de Bex o Iver—, pero empujó la silla de una patada y, antes de que llegara al suelo, le agarró el cuello de la camisa. La silla cayó de un duro golpe, pero él se mantuvo en el aire como un muñequito.

Igual que aquella primera noche, su reacción inicial fue el llanto. Caleb odiaba los gimoteos. Le retumbaban dentro de la cabeza.

—No llores —le exigió.

Andrew, que no dejaba de gimotear, se tragó el llanto y mantuvo un puchero.

—Vale —dijo en voz muy bajita.

—Y dejemos algo muy claro: es tu empleada, así que deja de referirte a ella con una confianza que roza la mala educación. Es impropio de un ambiente laboral y puede llevar a un rendimiento desfavorecedor.

—¿Q-qué...?

—Y deja de llamarla «dulzura» —añadió, enfurruñado—. Me pone de los nervios.

Con lo primero no había reaccionado, pero con lo segundo empezó a asentir con todas sus ganas. Por fin había entendido algo.

—¡No se lo diré! —aseguró con la voz aguda—. ¡Lo juro por mi perro!

—No tienes perro.

—Pues... ¡lo juro por mi bar!

—No es tuyo, es de tu padre, que vive en otra ciudad y te cobra dos mil dólares al mes por el alquiler. Cuando le mandes la próxima carta de felicitación navideña, asegúrate de darle las gracias; es un precio muy asequible.

—¿Cómo...?

—¿Cómo lo sé todo? Porque te investigué. Sé que esto no es más que una tapadera para hacer tus intercambios, y que has pagado a costa de deberle dinero a otra persona. Sé que no aseguras a tus empleadas porque no quieres que descubran lo que haces a sus espaldas. También sé cuánto dinero le debes a cada una. Y, ahora que hemos dejado todos estos puntos claros, vamos a hablar.

Caleb levantó la silla con la pierna y, con delicadeza, dejó a Andrew sentadito otra vez. Incluso le dio una palmada en el hombro para alisarle la camiseta. Aprovechó la pausa tensa para rodear el escritorio y ocupar el otro lugar.

Cuando se centró de nuevo en Andrew, tuvo la impresión de que este pensaba que estaba completamente loco.

—¿Hablar? —repitió con un hilo de voz.

—Sí. Victoria no vendrá a trabajar en un tiempo, pero tú no vas a despedirla porque es una buena empleada y, honestamente, se ha ganado unas buenas vacaciones.

Andrew lo miraba fijamente. Su expresión era la viva mezcla del miedo y la perplejidad.

—¿Verdad? —insistió Caleb tras enarcar una ceja.

—Sí, sí, sí… P-pues claro. ¡Que vuelva cuando quiera, será bienvenida!

—Perfecto. Margo y Daniela también merecen unas vacaciones. Y les vas a pagar todo el dinero que les debes para que estén tranquilas.

—C-claro…

—Y, ya que estamos, vamos a hablar de sus tres contratos. De la falta de ellos, concretamente. Sé cuáles son los motivos, pero tienes dinero de sobra para hacerles un acuerdo digno a cada una.

—Bueno…, em…, iba a hacérselo, pero…

—Cuando quieras, entonces.

Andrew se quedó momentáneamente perplejo.

—¿Ahora?

—Ahora y delante de mí. Y date prisa, que tengo otros encargos.

Victoria

Ese día, decidió bajar las escaleras. Tenía hambre y, además, podía moverse. Era lenta, sí, pero no inútil. Y necesitaba un poco de aire fresco.

Fue la primera vez que Iver se ofreció a ayudarla sin mediar palabra. Y como sus amigas ya habían vuelto a casa, agradeció que le echara una mano. Terminaron los dos sentados en los escalones del porche. Iver tenía los brazos cruzados y Victoria sostenía un plato de macarrones con queso sobre las rodillas. Agradecida, se metió un puñado en la boca. Estaban recién hechos.

—Gracias —murmuró con la boca llena.

—No son para ti. Es que me aburría.

—Seguro… Y justo has elegido lo que siempre robo.

—Casualidad.

—Seeeguuurooo…

Iver esbozó una pequeña sonrisa, pero no dijo nada. Seguía contemplando la casa del árbol. Victoria aprovechó para pinchar más macarrones.

—¿Cuándo vas a perdonar a Caleb? —preguntó él entonces.

—Cuando nos veamos, probablemente.

Victoria masticó lo que tenía en la boca, pensativa. Hacía mucho tiempo que no pasaba un rato a solas con Iver. Lo que le recordaba…

—Gracias por lo que hiciste ese día.

Como siempre que recibía un halago, Iver se encogió de hombros y le restó importancia.

—No fue nada.

—Sí que fue. Y mucho. Gracias por… por hacer todo lo que pudiste y más.

De nuevo, él permaneció en silencio.

—Tus amigas aún no se creen que tengamos habilidades —murmuró entonces. Parecía divertido—. ¿Y si les provoco una histeria pasajera para que dejen de dudarlo?

—Ni se te ocurra, Iver.

—Con lo divertido que sería…

—Ni. Se. Te. Ocurra.

A modo de respuesta, resopló.

Caleb

En cuanto aparcó el coche delante de la zona abandonada de la fábrica, cerró los ojos. No había nadie en el entorno. Bien. Sawyer y toda su seguridad estarían al otro lado. En teoría, no tendría ningún problema.

En cuanto empezó a avanzar, un olor asquerosamente familiar le inundó las fosas nasales. Hacía mucho que no visitaba esa parte de la fábrica. Habría deseado no volver allí. Abrió la puerta y cruzó el pasillo desierto sin emitir un solo ruido. Ni siquiera se molestó en mirar alrededor. O en comprobar que, efectivamente, estarían a solas. Fue directo a por su objetivo.

Y ahí estaba.

Axel lo vio a través del espejo. Estaba en el cuarto de baño, delante del espejo, inclinado y dándose toquecitos en la herida de una oreja. Por su forma, Caleb dedujo que había sido un mordisco gatuno. Y, de hecho, tenía marcas similares en toda la cara y el cuello.

El gato, efectivamente, se había quedado a gusto.

En cuanto lo reconoció, Axel se dio la vuelta. Se había quedado lívido. Soltó el algodón que sostenía y, lentamente, alzó ambas manos.

—Cálmate —le pidió en voz baja—. No tienes por qué…

Sí, sí que tenía por qué.

Caleb cruzó la estancia en dos únicas zancadas, lo agarró de la nuca y le estampó la cabeza contra la encimera. Justo como él había hecho con Victoria contra el árbol. Esperaba que doliera de la misma manera.

Se sintió tentado a repetir el movimiento. No una ni dos veces, sino muchas. Muchísimas. Tratando de controlarse, soltó a Axel y se apartó de su cuerpo. Había caído al suelo con un golpe sordo, y jadeaba de dolor. Tenía una brecha en la frente. Un hilo de sangre le recorría la cara.

En cuanto vio que Caleb volvía a acercarse, trató de protegerse la cabeza con las manos.

—¡Espera…!

Quizá era inmaduro, pero, honestamente…, esa patada en las costillas fue lo más satisfactorio que había hecho en mucho tiempo.

La que vino después, directa a la cara, fue improvisación.

Caleb, de nuevo, respiró hondo y se apartó varios pasos. No podía matarlo. Si lo hacía, Victoria se convertiría en un objetivo el triple de atrayente. Debía controlarse. El objetivo era hacerle el mismo daño que él había causado, y eso iba a hacer. Eso, y nada más.

Para entonces, Axel estaba doblado de dolor. La herida de la frente no dejaba de chorrear. Era mucho peor que la de Victoria.

Le daba igual. Se lo merecía. Eso fue repitiéndose a sí mismo.

—¿Qué te había hecho Victoria? —espetó, tratando de controlar su propio enfado—. Podrías haber ido a por mí. Podrías haberme avisado. Incluso podrías haberla matado directamente. Pero no. Querías ir a por ella. Querías hacerle daño porque sabes que no puede defenderse de alguien como nosotros.

—Si me matas… —logró pronunciar.

—Ella no te había hecho nada —le dijo en voz baja, furioso—. Podrías haber ido a por mí. Podrías haberme intentado hacer daño a mí, pero optaste por ir a por una chica que estaba completamente sola.

—Si me matas… —consiguió gruñir Axel—, Sawyer te matará a ti.

—He tenido claro que moriría desde el momento en que quise protegerla.

No era del todo cierto, pero Caleb no estaba en condiciones de medir su nivel de sinceridad. Tan solo quería sentirse útil. Sentir que hacía algo por Victoria. Y, pese a que pensó que aquello le daría satisfacción, lo único que sentía era cansancio. Quería volver a casa. Quería estar con ella.

Pese a que había planeado mantener aquella tensión durante mucho más tiempo, Caleb terminó por sacar la pistola de la cinta y apuntarlo en la cabeza. Axel, que continuaba con el rostro escondido entre las manos, se quedó congelado en el sitio. Se le había acelerado el pulso con violencia.

—Sawyer ya me quiere matar —murmuró Caleb—, ¿qué más puedo perder?

—¡Espera!

—Cállate, Axel.

—¡No! ¡Espera! ¡No le he contado nada!

Caleb, que iba a terminar aquello con un golpe seco de culata de pistola, analizó esas últimas palabras unos instantes. Su pulso estaba acelerado y la sudoración disparada, pero conocía a Axel lo suficiente como para saber cuándo mentía y cuándo estaba simplemente espantado. Sospechaba que, en aquella ocasión, se trataba de lo segundo. Y eso que, en el fondo, deseaba tener una excusa para volarle la cabeza.

—¿Por qué no? —preguntó al fin—. ¿Orgullo?

Axel no respondió de forma inmediata; a su manera también era una respuesta.

—No quieres decepcionarlo —adivinó Caleb en tono aburrido—. Pasan los años y sigues siendo el mismo niño que llegó a la familia en último lugar.

De nuevo, Axel no dijo nada. Mantenía la cabeza agachada y los hombros tensos. Caleb, que se sentía tentado a mantenerlo así durante un poco más, guardó el arma. Pese a que lo había oído, Axel no se movió un centímetro.

—No es solo por eso —murmuró—. ¿Qué te ofreció a cambio?

—Nada.

—Sigo a tiempo de dispararte.

—Cabrón.

—¿Qué te ofreció a cambio?

Axel maldijo en voz baja. No quería admitirlo. Aquello tan solo aumentaba la curiosidad de Caleb.

—Me prometió que Brendan volvería a formar parte de la familia —dijo finalmente.

De todas las cosas que se le podían ocurrir, aquella era la más absurda. Caleb quiso esbozar una sonrisa despectiva, pero estaba tan cansado que ni siquiera le salió. Se limitó a sacudir la cabeza.

—Así que quieres que vuelva —murmuró.

—Obviamente.

—¿Y has pensado que igual no ha vuelto porque no ha querido?

Axel, de nuevo, permaneció en completo silencio.

Desde el accidente de Anya, Brendan no formaba parte del grupo. Sawyer ya no le permitía trabajar con ellos, ni le pasaba dinero, ni le ofrecía protección de ningún tipo. Y, aunque al resto les parecía una posibilidad terrorífica, a Brendan no le importaba demasiado. No era la clase de persona que quisiera someterse a las órdenes de otra. Prefería estar solo, aunque conllevara menos privilegios.

Y todo eso lo sabía porque era su hermano. Axel, si se molestara en preguntarle y no en centrarse en el romance absurdo que siempre había tenido dentro de la cabeza, probablemente también lo vería.

—Claro que quiere —murmuró entonces—. ¿Cómo no va a…?

—Si realmente crees que Brendan volvería a trabajar para Sawyer…, es que estás más perdido de lo que suponía.

Caleb no dijo nada más. Había terminado lo que se había propuesto y, aunque no podía matarlo, sentía una extraña satisfacción en el pecho al saber que Axel era tan infeliz como ellos.

Además, él no era el verdadero enemigo, tan solo un idiota que se había encontrado de frente con un problema mucho mayor que ellos. Aún sentía rabia y furia por la paliza, aún veía los golpes de Victoria, pero también sabía que vivir con ello sería mucho más difícil que quitárselo de en medio.

—La próxima vez que te acerques a uno de nosotros —murmuró Caleb, abrochándose la chaqueta—, será la última.

Axel no respondió. Mantuvo la cabeza agachada, incluso tras quedarse solo.

Victoria

De nuevo, dormitaba en la habitación. No abrió los ojos hasta que sintió una suave sacudida en el hombro bueno. De alguna forma supo que era Caleb, incluso antes de verlo.

Efectivamente, estaba sentado en el borde de la cama, con una camiseta negra, y unos pantalones y unas botas del mismo color. Tenía una bandeja de comida en el regazo. Y una expresión de cachorrito arrepentido.

—Te he traído la cena.

Victoria se incorporó como pudo. El hombro todavía le dolía una barbaridad. Echó una ojeada a Bigotitos, que seguía tumbado a su lado. Desde el incidente, había dejado de contonearse con Caleb y estaba totalmente centrado en cuidar de ella. Hacía que se sintiera querida, aunque sonara absurdo. Se sentía aceptada.

Caleb le puso la bandeja en el regazo con sumo cuidado. También había traído un vaso de agua, pero lo dejó en la mesita de noche.

—Gracias —murmuró de mala gana.

Se preguntó qué quería. Porque algo debía de querer, si aparecía ahí arriba por primera vez en una semana. Aun así, cortó algunos pedacitos de carne para llevárselos a la boca. Como de costumbre, estaba deliciosa, aunque la faltaba un poco de sal. Y, también como de costumbre, Caleb había añadido un salero a la bandeja.

—Iver está encantado —murmuró él tras poner los ojos en blanco—. Por fin tiene a alguien a quien cocinarle todo el día.

Victoria quiso responder, pero luego recordó que seguía enfadada y se limitó a echarle una miradita rencorosa.

Durante un rato, permanecieron en silencio. Victoria comía y bebía sin alzar la vista del plato, y Caleb mantenía los brazos apoyados en las rodillas. Estaba pensativo, pero no parecía tener muchas ganas de hablar con ella.

—¿Qué quieres? —preguntó Victoria, ya impaciente.

—Ver si estás bien.

—Eso lo podrías haber hecho cualquier otro día.

—No sabía si querrías verme. Además…, quería contarte que he hablado con Andrew.

Victoria dejó de cortar la carne para echarle una ojeada, un poco pasmada. ¿Con Andrew?

—¿Para qué?

A modo de respuesta, Caleb se sacó un papel del bolsillo y lo desdobló con cuidado. Después, lo dejó entre ambos, sobre la colcha.

Victoria no se fiaba demasiado; aun así, colocó la bandeja junto a Bigotitos para hacerse con el papel. Fuera lo que fuese, debía ser importante. Lo leyó a la defensiva, con el ceño fruncido y pocas ganas de mostrarse receptiva. Aunque, a medida que iba entendiendo lo que tenía delante, su expresión cambiaba sin que pudiera evitarlo.

—Es tu contrato.

Ella levantó la mirada. Como de costumbre, Caleb se sentía avergonzado y mantenía la suya clavada en las propias manos.

—¿Qué? —preguntó por fin.

—Deberías leerlo con calma, analizar si te gustan las condiciones… Si estás de acuerdo, fírmalo y se lo llevaré a tu jefe.

Todo aquello tenía mucho sentido, pero Victoria no reaccionaba. Tan solo podía alternar la mirada entre él y la hoja de papel.

—¿Por qué has hecho esto? —logró formular.

Caleb alzó la mirada de golpe.

—¿No te gusta?

—¡No! Es decir…

¿Cómo explicárselo? Victoria emitió un sonidito de frustración.

—¿Por qué lo has hecho?, ¿sientes que me debes algo?

—¿Qué?

—¿Sientes que tienes que protegerme o algo así? ¿Es una cuestión de masculinidad frágil?, ¿de sentirte útil?

—No entien…

—¿Por qué no me dejas sola, Caleb?

Por primera vez en toda aquella semana en que se habían ignorado mutuamente, le pareció que estaba alcanzando el límite de la paciencia de su compañero. Y es que a Caleb, que solía disimular tan bien, le volvía latir una vena en el cuello.

—Lo he hecho porque quería —dijo, irritado.

—Oh, qué buen chico…

—Sé que eso es broma —espetó de repente—. Si no te gusta, es tan fácil como devolverlo y…

—¡Cállate!

—No quiero callarme.

—¡Pues vete a hablar con otra persona!

—Quiero hablar contigo.

—¡Pues te jodes, Caleb! Si quieres hablar conmigo, no me eches un polvo y luego salgas corriendo.

—¡No fue así!

—Fue exactamente así. ¡Vete!

—No.

—¡Que te vayas!

—No.

—¡CALEB!

—¡No!

Y ahí inició un silencioso duelo de miradas mortíferas.

—¿No eres capaz de hablar las cosas como una adulta? —preguntó Caleb, molesto.

—¿Me lo dices tú, precisamente?

—Sí, porque soy el único de la habitación. No quería irme de esa forma, Victoria.

—Pues lo hiciste.

—Fue… un acto impulsivo muy impropio de mí. Y muy incorrecto. Lo siento.

Victoria apartó la mirada. Se sentía humillada. Y a alguien tan orgulloso como ella le resultaba muy difícil obviar esa sensación.

—Gracias por disculparte, de verdad, —murmuró—, pero eso no cambia nada.

—¿Qué es lo que te molesta?, ¿que me fuera? No va a pasar otra vez.

—Ya, seguro…

—No va a pasar —insistió—. Y si lo que temes es que me arrepienta de lo que ocurrió antes entre nosotros…, no es así. Nunca me arrepentiría de ello.

De nuevo, esas palabras bonitas para las que no estaba preparada. En cualquier otra ocasión, habría logrado que desfalleciera. Ahora, en cambio, tan solo logró sentirse un poco más blandita. El enfado no había desaparecido.

—Pues vale —murmuró, toda madurez y resolución.

—No me arrepiento de lo anterior, tampoco. La parte de «etéreo», la cita, todas las conversaciones que tuvimos en tu piso… Es real. Y, aunque pudiera, no lo cambiaría.

—Caleb…, deja de hablar.

Ya no lo pedía con agresividad. Ahora temía que llegara a aflojar tanto como para olvidarse de cómo había empezado el enfado.

—Solo quiero saber por qué te fuiste —murmuró finalmente—. Qué te asustó tanto.

Pese a que no lo miraba, supo que Caleb había asentido. Una sola vez, como siempre.

—Creo que… que se volvió muy real —explicó con torpeza—. Cuando estoy contigo, olvidarme de mis responsabilidades es sencillo. Me permito no pensar en Sawyer ni en las cosas que puede hacernos si algún día se entera. Me permito desconectar, por… por así decirlo. Pero, cuando dijiste eso, me di cuenta de que aquello ya no era una forma de desconexión. Ya no hay vuelta atrás.

»Algún día se enterará —añadió en voz baja—, lo sé, pero… estaremos preparados. Y ahora no lo estamos.

Victoria por fin le devolvió la mirada.

—¿No lo estamos?

—Tú estás herida, y todos los demás, distraídos con tu recuperación. Además, no me atrevo a alejarme mucho tiempo de casa hasta que sepa que te encuentras a salvo.

—Gracias, Romeo, pero te recuerdo que Bigotitos y yo nos defendimos solos.

Caleb le sostuvo la mirada y, aunque parecía que iba a protestar, terminó por esbozar una pequeña sonrisa.

—Me habría gustado verlo.

—Creo que es la excusa perfecta para que empieces a tratarlo mejor.

Caleb le dirigió una breve mirada de incomodidad. Bigotitos, por su parte, levantó bien la cabeza para mostrarle lo orgulloso que se sentía de sí mismo.

—Antes le he tocado la cabeza sin insultarlo —explicó entonces con una mueca—. Se me ha hecho… extraño. Quizá no sea tan imbécil como pensaba.

Victoria sonrió para sí misma. Al menos, ese ambiente resultaba mucho más sostenible que la tensión mantenida durante todos esos días. Pese a que le gustaba prolongar su enfado y remarcar que era una rencorosa, tuvo que admitir que la reconciliación le quitaba un peso de los hombros.

Por algún motivo, aquella conversación inocente le recordó otra cosa muy distinta; de no ser porque en aquel momento Caleb estaba más receptivo a las explicaciones, quizá no se habría atrevido a preguntársela.

—Me gustaría saber una cosa —murmuró.

Caleb se volvió hacia ella a toda velocidad, como siempre.

—¿Cuál?

—Alguna vez…, Bex ha mencionado que a Sawyer no le gustan mucho las chicas.

—Oh, sí… Eso.

—Sí.

—Es una larga historia.

—Tengo tiempo de sobra.

Pareció que iba a negarse otra vez, pero aceptó. Tras acomodarse mejor en la cama, apoyado con los codos, Caleb sopesó la forma más fácil de explicárselo. O eso supuso Victoria.

—No creo que no le gusten —le aclaró al fin—. Después de todo, aceptó a dos en el grupo.

—Bex y Anya.

—Sí…

—Aunque a Anya no la conozco.

Caleb mantuvo la mirada clavada en la ventana unos segundos. Estaba claro que no le gustaba demasiado tocar el tema.

—Fue la penúltima en llegar al grupo —explicó—. Idea de Bex. La conocía del orfanato, y decía que debía tener una habilidad muy especial, ya que estar con ella era agradable y siempre le causaba mucha paz. Sawyer probó a hacerle las mismas preguntas que a todos, la bajó al sótano… Y, a pesar de que desarrolló una habilidad, no la consideraba suficientemente útil.

—¿Cuál era?

—Curación —murmuró, aunque no parecía convencido—. Curación *emocional*. Podía hacer que enfocaras un recuerdo doloroso con calma, que olvidaras una herida muy grave, eliminar cualquier sentimiento negativo… Estar con ella resultaba muy agradable. De alguna manera, sentías que tenía efecto, incluso antes de que pasara por la vigía. Aunque…, de nuevo, a Sawyer no le parecía útil.

Victoria apenas podía creérselo.

—Pero ¡si es maravilloso! Lo único malo es que los pobres psicólogos se quedarían sin trabajo.

—Supongo —concedió Caleb—, pero Sawyer no le veía utilidad para el trabajo.

—Bueno…, ¿y qué pasó?, ¿la echó?

Él apretó ligeramente los labios.

—No inmediatamente. Tras su vigía llegó la de Axel, así que se olvidó de ella una temporada. En ese tiempo, Brendan y ella empezaron a sentirse más unidos. Axel, al salir, conectó con Brendan de inmediato. Creo que se sentía un poco amenazado por la relación que compartían. Fue él quien sugirió a Sawyer que era hora de decidir qué harían con ella.

—Me sorprende que vuestro jefe acepte que le digan qué tiene que hacer.

—No lo hace —aseguró Caleb con ligera diversión—. Pero, en ese momento, necesitaba tomar una decisión.

Victoria asintió lentamente.

—¿Y tú no entras en la ecuación? —preguntó entonces—. Después de todo, Brendan es tu hermano.

—No nos llevamos bien. Y, entonces, todavía menos. Somos… demasiado distintos. Yo prefería estar con los mellizos, y él con personas como Axel, que le dice lo que quiere oír, o como Anya… Aunque ese es otro tema. Ella, a veces, intentaba que reinara la paz y tuviéramos mejor relación, pero nunca servía de nada. —Caleb sacudió la cabeza—. Era… era muy buena persona. Demasiado buena para este mundo. Se merecía algo mejor.

Pronto se dio cuenta de que hablaba en pasado. Y, además, en un tono muy sombrío. Aun así, no quiso destacarlo.

—Desde que la conoció, Brendan se volvió un poquito menos insoportable —admitió Caleb—. El amor idiotiza.

—Tú sí que idiotizas.

—Creo que es una broma, pero no importa. La cosa es que Sawyer decidió que su habilidad no bastaba, y que debía deshacerse de ella. No de esa manera —añadió al ver la expresión de Victoria—. Una mujer de la antigua generación posee la habilidad de borrar recuerdos. Ocultarlos, más bien. Contactó con ella para que le quitara toda la información que guardaba sobre nosotros y nuestro mundo. Después, quería devolverla al orfanato.

—A una niña de… ¿cuántos? ¿Catorce años?

—Trece.

Victoria quería contener las ganas de insultar, pero era complicado. ¿Cómo no iba a enfadarse?

—Cuando crearon a Sawyer —murmuró ella de mala gana—, se dejaron la especia de empatía en la despensa.

—No sé si entiendo tu símil culinario.

—Da igual… ¿Qué hizo Brendan? Imagino que no le haría mucha gracia.

—No —admitió Caleb con una mueca—. Por primera vez en mucho tiempo, se acercó a mí para pedirme ayuda. Quería escaparse con ella y asegurarse de que nadie los seguía. El problema es que no puedes escapar de alguien como Sawyer. Y que Sawyer, consciente de todo lo que sabíamos, no iba a descansar hasta encontrarlos. Como esa opción quedaba descartada, solo había otra.

—Transformarla —dedujo Victoria.

—Sí. Brendan no tenía ninguna práctica, pero estaba tan desesperado que…, bueno, no lo pensó. Y, como ya imaginarás, fue un desastre.

Victoria bajó la mirada.

—¿Falleció?

—Sí.

—Lo siento, Caleb.

—No era mi pareja.

—Pero era tu amiga, y tu compañera. Debió ser duro.

Él se limitó a apretar los labios y, como siempre, fingir que nada le afectaba.

—Una vez me preguntaste por qué tengo los ojos negros —prosiguió—. En mi caso, es porque no dejo de usar mi habilidad. Pero los de Brendan también llevan años de ese mismo color. Cambió en cuanto usó su habilidad por primera vez y, desde que Anya murió, no han vuelto a su color natural.

»Brendan… cambió. Se volvió mucho más hostil, mucho menos empático. Nos trataba como si tuviéramos la culpa de lo que había sucedido. Especialmente a Bex. Le decía que, de haber querido, podría haberlo visto en su futuro. Poco después del incidente de Anya, Iver decidió que ya había aguantado lo suficiente y defendió a su hermana. También fue la noche en que Axel defendió a Brendan. Y así acabó con esa cicatriz en la cara. Después de aquello, Sawyer les asignó una casa distinta a la nuestra. Desde entonces no hemos vuelto a estar todos juntos.

—¿Cuánto hacía que no veías a tu hermano?

—Ocho años.

Era muchísimo. Victoria trató de disimular su expresión de horror.

—Quizá esta sea la oportunidad de recuperar la relación con él, ¿no? Ahora que ha pasado tanto tiempo…

—Brendan nunca será el mismo.

—Quizá pueda. El tiempo cura esa clase de heridas.

—No todas. Algunas dejan una cicatriz demasiado profunda. Por muchos años que pasen, nunca será capaz de perdonarse a sí mismo.

Le parecía un concepto… trágico. Para Victoria, Brendan no era más que la persona que se había mantenido al margen cada vez que necesitaban ayuda. La que solo aparecía cuando podía aprovecharse de alguna situación. Poco más. Todo aquello, por lo menos, la ayudaba a entenderlo mejor. Aun conociendo la historia, no le gustaba más o menos, porque seguía pareciéndole nefasto.

—¿Qué hizo Sawyer al enterarse? —preguntó entonces.

Caleb suspiró sin mirarla.

—No se enfadó. Simplemente le dijo a Brendan que no se sintiera culpable. Que, de haber sobrevivido a la transformación, él mismo la habría matado, así que estaría muerta de todos modos.

Victoria entreabrió los labios. El golpe era tan duro que lo había sentido incluso ella, que no tenía nada que ver.

—¿Cómo pudo…?

—Sawyer y Brendan se detestan. De hecho, Brendan lo aprovechó para dejar de trabajar con él, y Sawyer lo aprovechó para apartarlo del grupo. Siempre se han odiado. Y, si era capaz de matar a Anya porque suponía una distracción para Brendan…, ¿qué crees que haría contigo y conmigo?

Era una buena pregunta. Una buena y tenebrosa pregunta. Por primera vez en el transcurso de aquella conversación, se sostenían la mirada. Victoria quiso decirle que nunca se enteraría, que estarían a salvo. Pero… ni siquiera ella era capaz de engañarse hasta tal punto.

—No puede decidir sobre nuestras vidas —concluyó.

Caleb esbozó una sonrisa un poco triste.

—Desgraciadamente, sí que puede.

—Entonces… ¿qué? ¿Se acabó todo esto?

—No.

—¿Qué quieres hacer, Caleb?

Durante lo que pareció una eternidad, él no dijo nada. Simplemente la miraba y reflexionaba sin mover un solo músculo. Por primera vez en aquella semana, Victoria sintió que se dejaba llevar por esos ojos oscuros. Volvió a sentir que le gustaría vivir en ellos.

—No lo sé —admitió Caleb finalmente—. Lo único que tengo claro es que no quiero alejarme de ti, así que… podemos descartar esa opción.

Quería resistirse, pero terminó por esbozar una sonrisita muy feliz.

—Si me prometes que no volverás a huir sin hablar conmigo —murmuró—, te perdonaré.

Pensó que Caleb le aseguraría que sí, que no huiría. Sin embargo, torció el gesto.

—Las palabras banales no me parecen un buen segur…

—Promesa de meñique, entonces.

Y estiró la mano hacia él con el meñique extendido. Estaba mortalmente seria.

Caleb contempló el gesto como si, en lugar de alargar el brazo, le acabara de crecer otra cabeza. Parpadeó varias veces, alternó la mirada entre su cara y el meñique, y trazó una mueca.

—¿Qué es eso?

—Una promesa de meñique. Cruzamos meñiques y te comprometes.

—Ah… Es lo mismo que una promesa normal.

—No. Si incumples esta, uno de los dos va a morir.

—¿Cómo te vas a morir por…?

—¡Que la hagas!

El grito le provocó un respingo. Caleb se apresuró a ofrecerle el meñique. Victoria dudaba que hubiera entendido el significado, pero al menos parecía dispuesto. Ella lo enganchó con el suyo. Estaba encantada.

—Bien —dijo, muy digna—. Estás oficialmente perdonado. Más o menos.

—Has dicho que me perdonarías del todo.

—Pero fuiste un capullo, así que tengo derecho constitucional a seguir enfadada, como mínimo, dos o tres días más. Hasta entonces, te jodes y sufres.

—Pero…

—No es discutible.

Pensó que insistiría, pero entonces Caleb esbozó media sonrisa.

—Muy bien. No lo entiendo, pero vale.

—Perfecto. Ahora, déjame cenar tranquila, X-Men.

24

Caleb

—No deberíamos ir —opinó Bex.

Caleb deseó verlo tan claro como ella. Y como Victoria, que asentía sentada en uno de los taburetes.

Había bajado de la habitación para comer, y a Iver le habían faltado manos para ponerse a preparar un plato estrella. Se sentía encantado con que alguien apreciara sus esfuerzos culinarios.

Las heridas seguían frescas y, aunque Daniela le había quitado los puntos de la frente, aún estaba cubierta de moretones y con el brazo inmovilizado. Por algún motivo, lo que más le molestaba era no poder atarse el pelo. Se pasaba el rato apartándoselo de la cara con la mano buena. Debía de ser muy frustrante, porque Caleb la oía maldecir incluso a tres pisos de distancia.

En esos momentos, Iver revisaba su libro de recetas y pasaba de todo el mundo. Bex daba tumbos por la cocina e insistía en que ir a la fábrica era una muy mala idea. Más que nada, porque aquella mañana Sawyer los había citado a ella y a Caleb para una reunión. No sería la primera vez que trabajaban juntos, pero Bex no se fiaba, prefería mantenerse alejada de él. Decía que podía ser una trampa, que deberían ignorarlo. Según Caleb, si lo ignoraban, solo incrementarían sus sospechas.

—Si nos ha citado —insistió ella—, es que sabe alguna cosa.

—O no —opinó Caleb—. Axel dijo que no contaría nada, y no mentía.

—¿Te fías de alguien como Axel, que cambia de opinión cuatro veces cada día?

Brendan permanecía en el fondo de la cocina. De nuevo, fumaba y echaba el humo por la puerta entreabierta.

—No dirá nada —le aseguró con toda la calma del mundo—. Tendría que admitir que una humana lo ha derrotado, y que ha fracasado en su primera misión en solitario. Esperará, se recuperará y luego volverá a intentarlo.

—Qué gran consuelo —murmuró Victoria.

El gato no tan imbécil, como de costumbre, estaba sentado en el taburete que tenía al lado. Continuaba siempre cerca de ella. De alguna manera, a Caleb le daba bastante tranquilidad.

—No deberíamos ir —insistió Bex.

—Podéis ir armados —opinó Iver, pasando página—. Si os atacan, os quitáis de encima a sus guardias.

—Sí, hermanito. Seguro que veinte guardias no pueden hacer nada contra dos idiotas.

—Si a alguien le interesa mi opinión —dijo Victoria entonces—, creo que es una mala idea.

—¡Gracias! —exclamó Bex—. Alguien con sentido común.

Brendan, todavía en el fondo de la sala, emitió un soplido burlón.

—¿Sentido común? Se metió sola en un bosque.

—Cállate —musitó Victoria—. También podéis buscar un punto común. Preguntarle qué quiere o algo así.

—No funciona así —aseguró Caleb en voz baja—. Si nos cita, acudimos sin preguntas. De hacerlo, le parecería extraño.

—¿Y suele citaros en la fábrica?

—¡No! —respondió Bex—. Ahí está la cosa: si siempre nos llama para darnos una misión, ¿por qué quiere que vayamos a verlo en persona? ¿De verdad soy la única a quien le parece una trampa?

Caleb estaba de acuerdo, pero… ¿hasta qué punto era irracional que siguiera confiando en Sawyer? Si sospechara alguna cosa, no actuaría con tantos preámbulos. Era capaz de presentarse en su casa, quemarla desde los cimientos y matarlos a todos. No entendía por qué necesitaría separarlos. Y, sobre todo, por qué los citaría en un lugar para apartarlos de los otros. Era más sencillo atacarlos por separado, sí. No obstante, sabía que Sawyer no le haría algo así.

—Lleva mucho tiempo obsesionado con que alguien está entrando en la bodega —dijo, convencido—. Quizá solo quiera que lo investiguemos.

—¿Y de qué le sirve entonces mi habilidad? —preguntó Bex.

—Mmm… No estoy seguro. Podría ser, simplemente, porque prefiere que no lo haga solo.

—¿En serio? ¿Después de haber trabajado solo durante meses?

—Espera —intervino Victoria, señalándolos con el tenedor—, ¿hace *meses* que alguien entra en su mansión de villano?

Como nadie quería responder, Caleb se encogió de hombros.

—Eso cree él. Yo tengo mis dudas.

—¿Y cuál es tu teoría, doctor Amor?

—Que lleva unos meses obsesionado con que alguien quiere hacerle daño, antes incluso de que empezara todo esto. En la bodega faltaban botellas, sí, pero… es un sótano con ventanucos del tamaño de mi brazo. La única forma de entrar es por la puerta trasera, y las cámaras de seguridad no captaron a nadie. Tampoco olía a nada especial. Mi teoría es que lo ha hecho un guardia, o el propio Sawyer y no lo recuerda.

Pese a que le parecía un buen argumento, la mueca de Victoria era de dubitación.

—Nadie se pone paranoico por nada —aseguró—. ¿No puede haber entrado alguien con habilidades de X-Men?

—Tenemos controlados a todos los extraños de la ciudad. Ninguno tiene una habilidad que le permitiera entrar en un lugar vigilado sin ser visto.

Pese a todo, Victoria no estaba del todo convencida.

—No sé —murmuró—. Puede que no conozca a Sawyer como vosotros, pero… parece esa clase de persona muy consciente de qué supone un peligro real y qué no. Dudo que se haya encerrado en su fábrica por un motivo cualquiera.

—¿Por qué habláis de lo zumbado que está Sawyer? —preguntó Iver, perdido.

—Solo digo… —insistió ella, encogiéndose de hombros— que quizá no sea tanta locura como pensáis. ¿Y si estuviera relacionado con todas las tonterías que ha hecho desde entonces? Como querer matarme, por ejemplo… Si se supone que desconoce la relación que tengo con vosotros, ¿por qué tiene tanta prisa por deshacerse de mí? Y sí, puede que lo sospeche, pero… ¿no sería más fácil interrogaros o algo así?

Caleb la contempló con curiosidad. No iba del todo equivocada. De hecho, él mismo no se había planteado esas preguntas porque le parecían absurdas. Pero, en voz alta, empezaban a cobrar un poco de sentido.

—No es una tontería.

La voz de Brendan hizo que todos se volvieran hacia él. Como había terminado de fumar, volvió a acercarse a ellos con las manos en los bolsillos.

—¿Estamos de acuerdo? —preguntó Victoria con una alegría exagerada.

—No eres ni la mitad de graciosa de lo que crees —le aseguró Brendan, y luego continuó hablando—: Saber quién ha estado entrando podría ayudar.

—¡Pues ve tú! —exclamó Bex—. ¿Por qué tiene que llamarme a mí, que no tengo nada que ver?

—No lo sé —admitió Caleb—. Pero…, si vamos, deberíamos salir de casa cuanto antes.

Ella aún dudaba. Él entendía su miedo. Después de todo, Sawyer nunca la había tratado especialmente bien. Si tenía que deshacerse de alguien del grupo, era lógico pensar que le tocaría a ella; y era injusto, también.

—Está bien —accedió en voz baja—. Pero… vamos con precaución.

Victoria

Como de costumbre, deseó que Caleb no tuviera que irse. O que, al menos, ella pudiera marcharse con ellos. Quedarse a solas con Iver y Brendan no era la mejor perspectiva de la historia. De hecho, eran las dos personas de la casa que menos aprecio le tenían. Aunque con Iver, últimamente, había enterrado el hacha de guerra.

—Bueno —murmuró Brendan al cabo de unos minutos—, no es mal momento para…

En cuanto Iver cerró el libro de un golpe, ambos se volvieron hacia él.

—Como vuelvas a hablar de la puñetera vigía —advirtió—, empezaré a romper cosas.

—Es una sugerencia.

—Una que repites cada día, pesado.

—Vuelve a llamarme «pesado» y…

—Aunque me encanta el drama —intervino Victoria, harta de ambos—, ¿podéis callaros durante cinco minutos seguidos? Ya sé que es el momento de la vigía, o de como se llame, pero…

Se acalló a sí misma porque, para su sorpresa, no sabía cómo terminar la frase. Tan solo tenía claro que no quería hacerlo. Se decía a sí misma que no era el momento adecuado, pero no estaba segura de cuándo lo sería. Quizá solo estaba asustada por lo que acababa de suceder, por haber experimentado en primera persona el verdadero dolor. No quería volver a vivirlo.

—Pero ¿qué? —preguntó Brendan.

De nuevo, ella no supo qué decir.

—¿Qué quieres hacerle? —intervino Iver entonces—. Creo que ya ha tenido bastante tortura por una temporada.

—Precisamente por eso; deberíamos darle las gracias a Axel por habernos ayudado.

—Oh, sí —ironizó Victoria—. Mañana le mando una postal agradeciéndole los servicios prestados. ¿Eres idiota o lo finges?

Brendan no era la clase de persona que se tomaba los insultos a la ligera. Y, sin embargo, con los de Victoria siempre hacía oídos sordos. Ella suponía que simplemente quería caerle bien y convencerla de que se transformara. Fuera lo que fuese, no iba a desperdiciarlo.

—Puedo llamar a Daniela para que me reabra la herida de la frente —sugirió de mal humor—. Y a Margo, para que me dé otra patada en las costillas.

—Eso —intervino Iver—, dile a tu amiguita rubia que vuelva.

Brendan lo contempló un momento, claramente harto.

—¿Por qué te gusta alguien que parece un cervatillo asustado?

—¿Por qué no?

—Puedes ir olvidándote de Daniela —advirtió Victoria, de mal humor.

—No eres su madre.

—Y tú no eres un buen partido.

Pensó que Iver pasaría de ella, como siempre, pero se llevó una mano al pecho. Brendan, por su parte, había soltado una risita malvada.

—Tiene razón —observó.

—¿Qué insinúas? —preguntó Iver, por su parte.

—Que necesita a un buen chico —argumentó ella.

—¡Y lo soy!

—Iver…, podrías torturarme hasta la muerte.

—Pero ¡elijo no hacerlo!

—Oh, ¡muchas gracias!

—No te metas en nuestra relación —la advirtió, resentido.

—Os habéis visto tres veces.

—El amor verdadero va poco a poco.

Brendan empezaba a hartarse de la conversación.

—¿Podemos olvidarnos de humanas inútiles? Solo conseguirás distraerte y tener el triple de problemas. Mira a Caleb, por ejemplo.

Victoria le dirigió una mirada de rencor.

—Gracias, ¿eh?

—No me disculparé por decir la verdad.

—¡Tu opinión no es «la verdad»!

—Oh, por favor… Caleb se ha pasado la vida tranquilito y sin ninguna preocupación, y de repente tiene tres infartos al día.

Victoria sintió la tentación de clavarle el tenedor en una oreja, así que se metió un puñado de comida en la boca para distraerse. Lo que le faltaba, ya… Ganarse otro enemigo. Como si no tuviera suficientes.

—Bueno —concluyó Brendan—, volvamos al tema de la vigía.

Pese a que Iver resopló, él lo ignoró categóricamente.

—Deberíamos ponernos a ello cuanto antes —prosiguió—. Acabas de pasar por una situación traumática, por un dolor físico bastante extremo, y te tenemos a mano. No habrá ninguna situación mejor que esta.

—¿Has pensado que quizá yo no quiera hacerlo?

—Es irrelevante.

—A mí me parece bastante relevante.

—O no. La vigía no tiene por qué ser voluntaria, cachorrito; puedo provocártela. De hecho…

—Cállate —lo interrumpió Iver, irritado—. Aquí nadie le va a provocar nada a nadie. A ver, tú, ¿qué es lo que te da miedo de la vigía?, ¿perder varios meses de tu vida aquí encerrada?, ¿perder el trabajo?, ¿a tus amigas?, ¿a tu familia?, ¿quedarte sola y ser torturada sin absolutamente ningún resultado positivo?

—… es un buen resumen, sí.

—Pues ¡no pienses en eso!

—Gracias, Iver.

—De nada. Estoy aquí para ayudar.

Mientras transcurría aquella conversación, Brendan había permanecido en absoluto silencio. Que no hablara no solía ser muy buena señal, porque normalmente significaba que tenía otras cosas en mente que quizá no quería compartir. Victoria le dirigió una mirada de sospecha.

—¿Qué pasa?

—Nada.

En cuanto Brendan apoyó los brazos en la isla, Bigotitos se inclinó hacia delante y erizó el pelo. Claramente, no se fiaba de él. La cosa es que Brendan fingió no darse cuenta, y el que se apartó fue Iver. Dio un brinco hacia atrás y, de hecho, lanzó el libro al aire.

—¡Dile al bicho que se calme! —exigió.

—¡Está calmado! —replicó Victoria.

—¡Está loco! ¡Mírale los ojos de desquiciado!

El gato, como si pudiera entenderlo, le bufó con irritación. Iver dio otro brinco hacia atrás.

Brendan seguía inclinado junto a ellos. Ahora, observaba a Victoria con un deje de curiosidad.

—Deja de mirarme así —advirtió ella, incómoda.

—¿Quieres mucho a tu gato?

La pregunta la pilló por sorpresa. Victoria, confusa, intercambió una mirada con Bigotitos. No solo lo quería, sino que era su mejor compañero. Su mejor amigo. Su familia, desde que había llegado a aquella ciudad tan hostil.

—Claro que sí —concluyó.

—Si le pasara algo malo…, ¿podrías vivir contigo misma?

Ella, que iba a responder, se quedó callada. No le gustaba aquella conversación. Ni ese tono de voz. Ni la mirada que le estaba echando.

—Brendan… —empezó a advertirlo.

—Lo siento, pero necesito resultados y no quieres colaborar. Y tu habilidad es más importante que un gato.

El movimiento fue tan rápido que Victoria no pudo frenar a Brendan a tiempo. De pronto, había agarrado a Bigotitos por el cuello y lo sostenía a su lado. No solo eso, sino que había sacado la pistola y apuntaba a su cabecita peluda. Victoria ahogó un grito. Su corazón, durante un momento, había dejado de latir. Y se había olvidado de todo lo que no fuera Bigotitos retorciéndose, aterrado, mientras Brendan lo apuntaba con la pistola.

Nunca había sentido ese nivel de pánico. Ni siquiera cuando Axel había estado a punto de matarla.

Se lanzó encima de la isla sin siquiera calcular sus movimientos, y tuvo la suerte de chocar de frente con Brendan. Ni siquiera podía pensar, tan solo actuaba. Y consiguió lanzarse sobre él a tiempo, justo cuando quitaba el seguro de la pistola. Aun así, continuaba sujetando a Bigotitos. Victoria, desesperada, agarró el brazo con el que sujetaba la pistola, para detenerlo.

Y, casi al instante en que le rozó la piel, hubo un cambio. Uno que no supo dónde empezaba ni terminaba, pero que Brendan también notó. Pudo verlo en sus ojos, que pasaron de la determinación a la más absoluta confusión. Victoria, pese a no saber lo que hacía, le apretó el brazo con mucha más fuerza.

De pronto, se notó ligera y liberada. Como si hubiera cambiado de sitio. Como si hubiera salido flotando hasta un lugar distinto. Primero le pareció que estaba en una granja. Lo percibía en el olor, en el sol quemándole la piel, en el sonido de niños jugando a lo lejos. Enseguida desapareció y se encontró con una imagen muy clara. Una cara que conocía, pero que no pertenecía a Caleb. Estaba viendo a Brendan. No…, estaba viendo un reflejo, como si fuera el propio Brendan. Una versión mucho más joven y mucho menos lúgubre que la actual. Tenía los ojos azules.

Sintió un dolor muy singular en la cabeza. Como si alguien le hubiera atravesado las sienes. De alguna forma, sabía que se trataba del propio Brendan resistiéndose. Su primer impulso podría haber sido el de apartarse, pero la idea de que Bigotitos saliera herido la hizo mantenerse agarrada a su brazo.

Las visiones se volvieron mucho más confusas y dispersas. Veía fragmentos de instantes, sentía retazos de furia, tristeza, impotencia… Victoria cerró los ojos con fuerza. No sabía cómo detenerlo. Se sentía como si hubiera caído de cabeza en el túnel de *Alicia en el país de las maravillas*. Cuando los abrió de nuevo, las imágenes se mezclaban con otras y terminaban creando una vorágine confusa en la que solo percibía impotencia y dolor.

De pronto, alguien apareció ante ella. Una chica. Era bajita, con el pelo oscuro y la piel morena, pendientes dorados y un jersey rosa. La miraba con sus grandes ojos tristes. Podía notar sus manos en las suyas. Podía sentir el dolor de Brendan.

—Cuando me vaya… —murmuraba ella.

—No. —Victoria movía los labios, pero quien hablaba era Brendan—. Deja el tema, Anya, porque no va a pasar. Encontraremos una solución y…

La imagen se volvió borrosa. De pronto, Anya lloraba. Le hablaba, pero no podía oírla. Y el dolor. Victoria bajó la mirada y vio sus propias manos, que no eran suyas, llenas de sangre. Sintió que su respiración, que no era suya, se volvía irregular. Sintió que su corazón, que no era suyo, se rompía en mil pedaz…

De pronto, ya no sujetaba a Brendan. Al abrir los ojos, volvía a ser ella misma. Se encontraba de nuevo en la cocina. Notó dos manos sobre los hombros, pero eran las de Iver, que acababa de apartarla. Y a quien tenía entre los brazos, firmemente apretado y protegido, era a Bigotitos. El gato maullaba y se pegaba a ella en busca de consuelo. Victoria solo era capaz de parpadear, y de recuperar la respiración.

Brendan estaba en el suelo. Se sujetaba la muñeca como si se la hubieran quemado. Contemplaba a Victoria, completamente pálido.

—¿Cómo…? —empezó, aunque fue incapaz de terminar la frase.

Ella tampoco sabía cómo. Solo podía devolverle la mirada.

De pronto, Brendan se incorporó y retrocedió un paso. Carecía de equilibrio, así que tuvo que sujetarse sobre la encimera. Su forma de mirarla había cambiado. Ahora parecía odiarla. Profundamente.

—¿Cómo coño has hecho eso? —espetó, furioso.

—¿El qué? —preguntó Iver, que se mantenía a su lado con precaución—. ¿Qué ha pasado?

Victoria miró a Bigotitos. El gato estaba a salvo y seguía abrazándose a ella. Fue la única imagen que necesitó para calmarse y, por fin, lograr formular una frase:

—Creo que he visto… sus recuerdos.

—¡Y me has obligado a verlos a mí también! —le gritó Brendan, fuera de sí—. ¡No se te ocurra volver a hacerme eso!

—No sé cómo…

—¡Cállate!

Tras ese grito, Brendan se llevó la mano al pecho e, intentando recuperar la calma, salió disparado de la cocina.

Caleb

—Deberíamos entrar.

Pese a sus propias palabras, Caleb permanecía de pie fuera de la fábrica. Había aparcado el coche frente a la valla y, aunque ambos habían salido, no llevaban la intención de emprender el camino que los llevaría con Sawyer.

Bex se había sentado en el capó con los brazos cruzados. Poca gente detestaba tanto a su jefe como ella. Se había pasado años burlándose de ella, molestándola con comentarios a destiempo y con pequeños desprecios hacia su trabajo. Lo único sorprendente era que Bex nunca hubiera intentado atacarlo a él. Tenía mucha paciencia.

—Entra tú —murmuró ella de mala gana.

—Tendremos que hacerlo en algún momento.

—Tú primero.

Y, de nuevo, ninguno de los dos se movió.

—¿Crees que Victoria lleva razón? —preguntó ella entonces—. ¿Que deberíamos buscar a quien le robó las botellas de vino?

Era una buena pregunta. Caleb lo consideró unos instantes. Por una parte, le parecía una pérdida de tiempo. Por otra, necesitaba aclarar las dudas de su mente. Además, si se hacían con el ladrón y Sawyer se calmaba, estaría más receptivo para hablar sobre Victoria. Si lo enfocaba así…

—Estuve revisando la bodega —aseguró al final—, no había nada.

—Podríamos mirar otra vez.

—Bex, créeme: no había nada.

—Vaaale, pues… algo habrá que podamos revisar.

—Solo quieres una excusa para no entrar.

—Pues sí, pero eso es lo de menos. ¿Y si miramos en un sitio que no hayas revisado?

—La bodega no es tan grande.

Bex consideró sus palabras unos segundos. Dieciséis, para ser exactos.

—¿Y el sitio por el que entró?

—La única forma de entrar es la puerta principal. Y sí, la revisé.

—Dijiste que había ventanucos.

—Es imposible que quepa una persona.

—A ver…, estamos hablando de alguien que se ha colado en el lugar abandonado más vigilado de la ciudad. No sé, quizá pueda hacer cosas poco habituales.

Caleb recordaba esos ventanucos como si los tuviera delante. A él apenas le cabía el brazo. Victoria, cuya corpulencia era prácticamente la mitad, no podría pasar más que la cabeza.

Y, sin embargo…

—Está bien —murmuró.

Bex parpadeó varias veces.

—¿Eh?

—Vamos a revisarlo.

Su compañera estuvo más que encantada con la idea. O, más bien, con la posibilidad de evitar a Sawyer.

Caleb no quiso entrar por la puerta principal, por lo que, andando, se dirigieron a la parte posterior del edificio. La bodega quedaba en la zona este de la fábrica, la más cercana al mar. Pese a estar muy vigilada, ¿era posible que alguien entrara y saliera sin ser visto?

Llegaron a los ventanucos, que permanecían cerrados. Eran dos. Treinta por treinta centímetros. En los alrededores, tan solo había un camino lleno de tierra, basura y maleza; ni huellas ni rastros a seguir. Ni siquiera había olores, que eran la prueba más habitual.

Caleb permaneció de pie a su lado. Mientras Bex analizaba la escena, él contempló el cielo con una mueca. Gris previo a tormenta. Le recordaba a los ojos de Victoria. Se preguntó si estaría bien con esos dos pesados. Esperaba que sí.

—Mmm... —murmuró Bex—. A ver, sí que podría caber alguien.

—Alguien muy pequeño —observó Caleb—. Y es muy difícil empujarte por un hueco tan pequeño sin dejar una huella. Ya sea una herida, un rastro de sangre, un cabello...

—Vale, vale. Descartado, entonces.

Caleb no mencionó que ya se lo había advertido, porque le parecía un poco desagradable. Y eso que le apetecía muchísimo.

A la vuelta, decidieron tomar el camino opuesto. Tendrían que rodear la fábrica, pero así comprobarían hasta qué punto la seguridad de Sawyer estaba pendiente de ellos. Caminaban en silencio, sumergidos en los propios pensamientos. Caleb habría iniciado una charla banal por educación, pero sabía que Bex no lo necesitaba. Después de todo, se conocían desde hacía muchos años.

Al acercarse a la parte delantera, sintió el indescriptible aroma de alcohol derramado. Al mezclarse con la tierra, producía una combinación muy particular; la había olido muchas veces cuando tenía un encargo en la zona más rural de la costa, lo cual no era muy habitual.

Caleb se detuvo y contempló el entorno.

—¿Qué es? —preguntó Bex, a su lado.

—Vino derramado.

Mientras que su amiga aplaudía con entusiasmo, él se sintió más confuso.

El olor los llevó a la valla que rodeaba el edificio por completo. Alambre viejo y oxidado, en su gran mayoría. Caleb lo recorrió con la mirada. El olor provenía del otro lado, por lo que quizá no tenía nada que ver con el asunto. Y, sin embargo, le pareció un desperdicio no asegurarse de ello.

—¿Qué es esto? —preguntó Bex.

Caleb se aproximó con cautela. La pelirroja tiraba de la valla. En uno de los puntos donde debería estar atada a las barras de hierro, alguien había deshilado los alambres con sumo cuidado, para que, desde lejos, apenas se apreciara.

Bex tiró del todo y, tras sujetar la valla para Caleb, ella también pasó por debajo. La apertura era pequeña, aunque no tanto como los ventanucos. Él se sacudió las rodillas llenas de polvo con una mueca, mientras que Bex se olvidó completamente de la suciedad y se puso a buscar por ahí.

El olor era muy presente. Caleb fue directo a uno de los callejones que rodeaban la fábrica. La mayoría contenía contenedores viejos y objetos abandonados, como muebles que ya no servían a sus dueños. Casi todas las bolsas estaban cubiertas de una fina capa de polvo acumulado.

Y, sin embargo, una estaba limpia. La habían colocado en el montón, junto a las demás. De no haberse fijado, jamás lo habría advertido. Caleb se acercó y, tras moverla, se dio cuenta de que el líquido rojo salía de allí.

Nada más abrir la bolsa, vio que no se trataba de una única botella. Había cinco. Todas, de la bodega de Sawyer. De los vinos más caros. Una de ellas no estaba completamente vacía, y las gotas restantes manchaban el suelo. También le mancharon las botas, pero no pudo importarle menos.

—Alguien roba a Sawyer —murmuró Bex—, ¿y no se molesta en llevarse las puñeteras botellas vacías?

—Eso parece.

—¿Cómo se puede ser tan torpe? O provocador, quizá.

Caleb, que en esa clase de callejones era incapaz de ignorar los malos olores, hizo algo de lo que no se sintió muy orgulloso. Sabía que Bex lo usaría, en algún momento, para burlarse de él.

Sin cuidado, hundió la nariz en la bolsa de basura e inhaló con fuerza.

—Qué asco —murmuró su amiga—. Estás como para sacarte una foto para mi perfil secreto de Instagram.

Caleb la ignoró y, al apartarse la bolsa, analizó lo poco que había detectado. Hacía unos dos días que no la movían. Tan solo la había tocado una persona. Olía a la bodega. Los vinos encajaban con los que Sawyer reclamaba continuamente. Y el olor de su último transportista…

—Siento que tienes alguna cosa —dijo Bex, mucho más seria.

—Creo que tengo un rastro, sí.

Victoria

—¿Por qué se ha enfadado tanto?

Iver enarcó una ceja.

—Porque le has hecho ver a su exnovia trágicamente muerta, supongo.

—Bueno…, ¡todos tenemos problemas!

—¿No se supone que los humanos tenéis humanidad y todas esas chorradas?

—Es que estoy agobiada. Y, cuando estoy agobiada, hago bromas malas.

—Debes de pasarte media vida con agobios.

Victoria, que en otra ocasión habría protestado, se limitó a acariciar a Bigotitos. Todavía no lo había soltado. De hecho, permanecía sentada en el suelo de la cocina con el gato en el regazo. No parecía importarle demasiado. Al contrario, se estaba adormilando con sus caricias. Quizá no era consciente del peligro que había pasado.

Iver no iba a sentarse con ella en el suelo —era demasiado divo—, pero se mantuvo de pie cerca de ella. En esos momentos, tenía un brazo apoyado en la encimera y la otra mano en el mentón. La viva postura del pensador.

—Así que puedes ver recuerdos —murmuró.

—No sé si «ver» es la mejor forma de definirlo. Me sentía como si…, no sé, como si fuera Brendan.

—Pobre de ti.

—Hablo en serio. Era como si los viviera a través de él, pero no era una espectadora. Podía sentir lo mismo que él.

Iver reflexionó sobre ello. O eso esperó ella que hiciera, ahí plantado con esa postura de persona intelectual.

—Nunca había oído una habilidad similar —tuvo que admitir—. Lo que más me sorprende es que hayas llegado tan lejos sin vigía. Si lo perfeccionaras…, podrías controlar qué recuerdos provocar en cada persona. Sería bastante útil.

A ella no se lo parecía. Quería una habilidad divertida, que ayudara al grupo. Quería controlar los sentimientos de los demás, ver el futuro, transformar a alguien, provocar visiones a su antojo, oírlo y verlo todo a su alrededor… ¿De qué servía rebuscar en el pasado? Si esa era su habilidad…, vaya desperdicio.

Mientras rumiaba sobre ello, Iver se metió una mano en el bolsillo. Su móvil debía de estar sonando, pero Victoria no podía oírlo. Otra habilidad que le faltaba.

—¿Qué? —preguntó el rubio, todo delicadeza.

Curiosa, Victoria contempló sus expresiones; no emanaban gran preocupación, algo que le supuso un pequeño consuelo.

—Entiendo —continuó Iver—. Sí.

Después de eso, colgó y le hizo un gesto a Victoria.

—Vámonos. Nos reclaman nuestros jefes particulares.

—¿Eh?

—Bex y Caleb. Quieren que vaya con ellos y, desde luego, no me atrevo a dejarte sola. El gato se queda.

Eso último lo dijo a modo de amenaza.

—¡No! —exclamó Victoria—. No pienso dejarlo solo después de…

—Brendan solo quería hacerle daño para provocarte una reacción. Si tú no estás presente, ¿qué sentido tiene?

—No.

—Pero…

—No.

—He dicho que…

—¡No!

Iver resopló, frustrado.

—Aprendes demasiadas cosas de Caleb. Está bien, vamos.

Caleb

Un viejo complejo de apartamentos. Hasta allí les había llevado el rastro.

Había empezado a lloviznar, pero Caleb apenas lo sentía. Estaba oculto en la parte más oscura del aparcamiento, junto a Bex. Ante él se extendía el complejo, de tres plantas. Cada apartamento tenía una puerta diminuta, una ventana con las cortinas echadas y un pasillo que conectaba con todos los demás. Apenas había alguno personalizado. Y lo cierto es que, pese a que trató de escuchar a los habitantes, apenas había diez personas en el lugar.

Caleb inspiró con fuerza. Sí. El rastro seguía allí.

—Será mejor que no nos vean —observó Bex.

—Sí.

Se movieron sin hacer ruido, pasando de un lugar seguro al siguiente. Una vez en las escaleras, Caleb solo oía el televisor de uno de los apartamentos y los gritos de otro. Todos los demás inquilinos permanecían en silencio o hacían actividades no muy ruidosas. Mientras estaba concentrado en eso, llegaron al primer piso. Estaba a punto de continuar avanzando, pero optó por quedarse en aquel nivel.

—Por aquí —murmuró.

—Esto no me gusta —le aseguró su amiga.

—A mí tampoco.

Bajo el techo del pasillo, la lluvia ya no los alcanzaba. Caleb se desplazó entonces con los ojos cerrados y los instintos activados. El olor apenas era notable, pero estaba ahí. Una mezcla de alcohol caro, sudor y…, sí, sangre. No, una herida cerrada. Ese olor también era muy particular.

En cuanto llegaron al número cuarenta y tres, Caleb se detuvo y contempló la puerta. Era verde, como todas las demás, y estaba corroída por el paso de los años. Carecía de pomo; alguien se lo había arrancado hacía mucho tiempo y, por consiguiente, la única forma de abrir era girando la apertura de madera con un dedo.

—¿Es aquí? —preguntó su compañera, desconfiada.

Ya había sacado la pistola. Usó el cañón para apartarse un mechón de pelo rojo, tan tranquila.

Caleb trató de abrir el cerrojo con cuidado. No parecía viable. La puerta estaba bloqueada. La llave echada al otro lado, probablemente.

—Podemos entrar por la ventana —murmuró.

Bex, para su sorpresa, empezó a reírse.

—Déjamelo a mí.

Él quiso discutir, pero finalmente se apartó de su camino. Y fue una buena decisión. Bex levantó una pierna, apuntó a un sitio en concreto, junto al cerrojo… La patada fue directa y limpia. Y fuerte, sobre todo. Hizo que la puerta rebotara contra la pared contraria y la estructura entera se quedara temblando.

—Adiós al factor sorpresa —dijo, aunque parecía encantada.

Victoria

—¡Es ahí!

La voz de Victoria hizo que Iver diera un volantazo. Irritado, empezó a girar el vehículo.

—Sé leer —aclaró.

—Solo aviso por si acaso.

—Pues cállate un rato.

—Iver, ¡no hay tiempo para tus lloriqueos! Aparca el coche.

—¿Mis…?

—¡Bigotitos!

El gato extendió una pata naranja entre ambos asientos. Iver, espantado, se apresuró a acelerar.

—¡Vale! —resopló—. ¡Dile que se aparte de mí! Joder, qué mal genio.

Caleb

La única fuente de luz del apartamento era la que entraba por la puerta. Caleb permaneció junto al marco. Bex también. Ambos habían sacado la pistola, aunque no se atrevían a usarla de forma precipitada. Una patada se oiría en las habitaciones contiguas, pero un disparo alteraría a todo el complejo.

El olor, tal como había notado desde fuera, se mezclaba en un compendio extraño entre comida en mal estado, alcohol derramado y basura en proceso de putrefacción. Caleb contuvo la respiración tanto tiempo como pudo. Resultaba difícil centrarse en algo que no fueran las arcadas que le estaba provocando. Incluso Bex, que tenía un sentido mucho más normativo, mantenía una mueca de disgusto.

Se encontraban en un pequeño salón. El sofá estaba girado y uno de los cojines permanecía en un rincón. También había cartones de pizza, botellas vacías, bolsas de plástico y un televisor encendido que no parpadeaba mientras emitía las noticias. Caleb apartó una de las botellas con la punta del pie para que Bex no la pisara, y ella se apresuró a agacharse junto al sofá y revisar su alrededor.

Sin embargo, Caleb tenía bastante claro por dónde quería buscar. Tras la barra del fondo oía los ronquidos de alguien que, desde luego, no se había asustado mucho con la patada. Se le acercó con la pistola firmemente apretada en la mano y, con cuidado, asomó la cabeza.

Desde que había olido en la bolsa, había sospechado que sería Ian. Y, efectivamente, ahí estaba. Roncaba plácidamente en un rincón del suelo, abrazado a una botella vacía y con las piernas encogidas. Llevaba una camiseta blanca llena de manchas de todos los colores y procedencias, y unos pantalones bajados hasta las rodillas que dejaban entrever unas piernas llenas de hematomas.

—Joder —exclamó Bex de repente—. ¿Este no es el hermano de Victoria?

—Sí. No oigo a nadie más.

Bex asintió y se guardó la pistola en el elástico del pantalón. De nuevo, elegía el lugar menos seguro de todo su atuendo.

—¿Es el que ha robado el vino? —preguntó.

—Eso parece.

—¿Y cómo lo ha hecho? Si es un inútil.

—Puede que sea un inútil con habilidades.

Mientras lo decía, supo que no era el caso. No se imaginaba a Ian con una habilidad especial. O, mejor dicho, no se atrevía a hacerlo.

—Hora de que despierte —murmuró Bex, sin preámbulos.

Con la punta de la bota, empezó a toquetearlo en el hombro. Ian murmuró en sueños y trató de darse la vuelta, pero Bex lo detuvo con ese mismo pie. Alarmado, el chico abrió los ojos y trató de incorporarse tan rápido que por poco se dio de cabeza contra el mueble.

Una vez despierto, soltó la botella y miró alrededor. Parecía confuso.

—¿Dónde…?

—En las bodegas de Sawyer —espetó Caleb directamente—. ¿Cómo has entrado?

Ian no respondió inmediatamente. Se llevó una mano a la cabeza, se la frotó con una mueca de dolor y, finalmente, analizó a las dos personas que acababan de entrar en el apartamento. Para la tranquilidad que tenía, cualquiera habría dicho que se trataba de algo habitual.

—¿De quién? —preguntó al final.

—Sawyer. Nuestro jefe. ¿Cómo has entrado?

—Oye…, ¿tú no eres…?

—Responde —gruñó Bex.

—¿Por dónde has entrado? —repitió Caleb.

—Por la puerta principal.

Ni siquiera necesitó oír sus latidos para saber que mentía.

—Di la verdad.

—Oye, hace tiempo aprendí que solo tienes que entrar en los sitios como si fueran tuyos. Así, nadie se extraña.

Mentía de nuevo, pero Caleb no se molestó en responder. Acababa de oír un ruido tras él. Le pareció que provenía de un rincón, pero finalmente se volvió hacia la puerta de entrada. Y es que, aun con el sonido de la lluvia y la concentración puesta en Ian, se dio cuenta de que acababa de entrar un nuevo intruso. Uno grande, enfadado y armado. Ian empezó a retroceder de inmediato, pero chocó contra Bex, que no lo dejó esconderse.

Para entonces, el desconocido, que estaba rojo y empapado por la lluvia, había reconocido a Ian. No debió de hacerle mucha gracia que lo señalara con tanta furia.

—¡Tú! —gritó, poseso—. ¿Dónde está Katya?

Ian volvió a retroceder. Bex suspiró, le agarró el hombro de la camiseta y lo empujó hacia delante. No le dejó otra opción que encarar al desconocido, todavía desde el suelo.

—No lo sé —aseguró con calma—, hace meses que no sé nada de ella, así que…

—¡Mentira! ¡Ahora está contigo otra vez!

—¡No, no, no! ¡Me dejó porque dice que soy un pringado! ¡Te lo juro!

—¿Y qué haces en su casa?, ¿eh?

—¡Solo vengo a rob…, eh…, a recoger cosas que se me quedaron aquí!

El corazón de Ian dio un vuelco. No solo por miedo, sino también porque acababa de ojear la ventana que había junto a la cocina. Llevaba al hueco que había entre su balcón y el del vecino. Con habilidad, podría llegar a casa del vecino y continuar bajando hasta escapar de ellos.

Si conseguía ser más rápido que Caleb, claro.

El desconocido había enrojecido más aún.

—¡Dime dónde está!

—¡Vale! Está en el aparcamiento. Se supone que íbamos a reunirnos hace cinco minutos.

El tipo enarcó una ceja y, tras considerarlo unos instantes, echó una mirada por encima del hombro.

Ian aprovechó el momento para darse la vuelta y salir corriendo hacia la ventana. Caleb consideró la posibilidad de detenerlo —sería ridículamente fácil—. Al final, no obstante, lo dejó pasar. De alguna forma, estaba seguro de que Ian no era el responsable de los robos. Y, de serlo, seguir su rastro desde ahí resultaría muy sencillo.

Bex, al ver que él no hacía nada, se había quedado de brazos cruzados, hasta que el tipo se volvió otra vez; tras un respingo, sacó la pistola y los apuntó con una mano temblorosa.

—¡Decidme dónde está el imbécil! —exigió.

Ella resopló.

—Ponle el seguro a esa cosa antes de reventarte un pie.

—¡Quiero saber dónde está!

—Se ha ido —intervino Caleb con tranquilidad—. Ahora, hazte un favor a ti mismo y deja de apuntarnos.

Sin embargo, el tipo decidió que no había tenido suficiente. Soltó una retahíla de improperios que abusaban un poco de las palabras «dinero», «zorra», «imbécil» y «abandonar».

Caleb escuchaba sin mediar palabra. Bex, por su parte, se reía entre dientes.

—¿Quién te ha hecho tanto daño, grandullón? —preguntó la última.

Fue la gota que colmó el vaso. De pronto, él apuntaba a Caleb, directamente a la cabeza; le temblaba el pulso, pero Caleb lo veía capaz de disparar. Podría intentar esquivarlo, pero optó por levantar las manos en señal de paz.

—Calma —advirtió entre dientes.

—¡Silencio! —exigió el tipo, por su parte—. Tú eres su amigo, ¿no? Pues dame el dinero que me debe.

Caleb suspiró.

—No es mi deuda; mucho menos, mi amigo, y te aseguro que no te daré dinero. Deja de apuntarme antes de que me enfade.

El tipo musitó un insulto. Bueno, la mitad. Al cabo de unas pocas letras, un ruido sordo retumbó en la habitación. Acto seguido, el hombre se desplomó boca abajo contra el suelo.

Mientras iba cayendo, otra figura emergió tras él. Victoria. Llevaba una viga de madera en el brazo bueno. En cuanto el cuerpo quedó tumbado, la soltó de golpe.

—¡Mierda! —exclamó con alarma—. ¿Me lo he cargado? ¡Mierda! Quería dejarlo medio muerto, ¡no muerto del todo!

Para hacer la situación todavía más confusa, Iver se asomó por encima de su hombro y el gato imbécil sacó la cabeza de dentro de la sudadera de Victoria.

—No está muerto, idiota —dijo Iver—. Está inconsciente.

—Idiota tú.

—No, tú.

—¡No, tú!

—¿Se puede saber qué hacéis aquí? —intervino Bex.

—¡Me ha llamado Caleb! —protestó su mellizo—. Decía que Ian podría estar implicado y que necesitaría apoyo.

—¿Y a mí no me dices nada? —protestó Bex.

—He llamado delante de ti —señaló Caleb.

—¿Sí? A veces no te escucho.

—Ya lo veo.

—Espera —intervino ella entonces—. ¿Tu concepto de «ayuda» son un gato y una humana, hermanito? Podrías haberla dejado con Brendan.

—Eeem… Digamos que no era una opción. Pero, ya que estamos aquí, ¿era Ian?

Caleb no estaba conforme y, desde luego, no quería dar explicaciones. Contemplaba a Victoria con la boca entreabierta. ¿Qué hacía ahí, con un brazo inmovilizado y cojeando? ¿Y con un gato en la sudadera? ¿Es que se habían vuelto completamente lunáticos?

—¿Por qué no estás en casa? —preguntó directamente.

Victoria parpadeó, como si considerara si se refería a ella.

—¿A ti qué te parece?

—Que deberías estar en casa.

—¡Intento protegerte!

—No necesito protección.

—¡Hace un momento este idiota te apuntaba con una pistola!

Antes de que la discusión se alargara, Iver levantó ambas manos para detenerlos.

—Os odio a todos —murmuró—. ¿Podemos ir al grano y…?

—¡AAAH!

El grito de Victoria, que provocó una alerta inmediata en Bex y Caleb, tan solo hizo que Iver suspirara con agotamiento.

El tipo del suelo, medio inconsciente, la había agarrado del tobillo. Caleb se llevó una mano al oído. ¿Quizá el grito se lo había atravesado? Victoria, alarmada, recogió el palo y le dio otro golpe en la cabeza. Volvió a sonar a hueco. El hombre se quedó inconsciente, y ella, aliviada, con la viga en la mano.

—Bueno —murmuró Iver—, se acabó la discreción.

Victoria

Jooodeeer… Ese lugar era todavía más pequeño que su casita, y ya era complicado. Victoria acarició a Bigotitos, aún con la cabeza asomada por el cuello de su sudadera. Parecía que el gato analizara el sitio con tanto interés como ella.

—¿Cómo lo ves? —susurró—. ¿Algo fuera de lo común?

—¿Está hablando con el gato? —preguntó Bex por ahí detrás.

—A ver si le contesta —opinó Iver.

Victoria pasó de ambos y avanzó por el salón. No había rastro de su hermano, pero casi lo prefería así. No quería imaginarse a Ian viviendo en aquellas condiciones. Como se propusiera darle lástima, terminaría invitándolo a vivir con ella. Era lo último que necesitaba.

Caleb, que había avanzado hacia la ventana, volvió la cabeza a una velocidad un poco vertiginosa.

—¿Qué? —preguntó Victoria.

—Espera aquí.

—Y una mierda.

Afortunadamente, Caleb desistió y se dirigió hacia una de las puertas entreabiertas que había en la pared de la izquierda.

Lo que más la sorprendió fue que Caleb no sacara la pistola. Tampoco abrió con precaución. Simplemente, empujó y contempló el lugar. Victoria, tras él, hizo exactamente lo mismo. Bigotitos también. Estiraba el cuellito peludo para no perderse detalle.

Y entonces lo vio. No antes que Caleb, pero lo vio. Había una figura pequeña y encogida en el rincón del dormitorio. Era tan diminuto que, a su lado, la mesita de noche parecía a gran escala.

Un niño pequeño.

Debía de tener dos o tres años. Llevaba la ropa sucia, mojada. Su pelo rizado y castaño claro estaba lleno de nudos y polvo. Sus mejillas redondas tenían rastros de lágrimas que formaban caminos en la suciedad de su piel. Sin embargo, lo que más llamó la atención de Victoria fue su delgadez. Y el moretón que lucía bajo el ojo. Esperó que fuera suciedad. Lo suplicó.

Por Dios, ¿quién era capaz de dejar a un niño en ese estado?

—¿Quién es? —preguntó Caleb.

Su voz permanecía tan tranquila como siempre, pero observaba al niño con demasiada fijación como para fingir que le daba igual.

—No lo sé —admitió Victoria.

—¡Es el hijo de la zorra! —espetó el tipo de la entrada, que debía de haberse levantado de la siesta—. Y del imbécil.

Victoria tardó unos instantes en entenderlo. Y, no obstante, en cuanto miró al niño otra vez supo de qué se trataba. Reconocía esos ojos grises.

—¿Es hijo de Ian? —preguntó, pasmada.

No supo por qué se lo preguntaba a Caleb, pero este asintió.

—Tiene sentido. Por lo visto, esta es la casa de una tal Katya. Debe de ser la madre. Por su estado, diría que hace una semana que no pasa por aquí.

—¿Y con quién ha estado el niño?

—Con tu hermano, deduzco.

Victoria quiso añadir algo más, pero tan solo era capaz de contemplar a ese pobre niño pequeño. La miraba con sus grandes ojos grises, totalmente aterrado e indefenso. Pudo sentir cómo se le rompía el corazón.

¿Cómo había tenido un hijo sin decirle nada? Lo peor no era enterarse así, sino que no le sorprendía en absoluto. Se lo creía. Vaya si se lo creía.

Esa mochila púrpura…, ¿sería suya? ¿Y si él era la segunda persona que Caleb había oído? ¿Y el que entraba en la fábrica por ese ventanuco que había mencionado? Pero ¿cómo había conseguido eludir a todo el mundo?

—¿Podemos encontrar a su madre? —preguntó al final, todavía entumecida.

Él sacudió la cabeza.

—El único rastro que noto es de Ian. Por eso decía que debe de haber pasado más de una semana fuera de casa.

—Pero… ¿y qué hacemos con él? ¿Quién se ocupará de cuidarlo?

Caleb no respondió. Continuaba contemplándolo. Victoria, por su parte, se aguantó una oleada de náuseas. No por el estado del apartamento o el olor, sino al imaginarse las condiciones en las que ese niño tendría que sobrevivir sin ellos. Lo que le habría sucedido hasta llegar a ese punto. Las cosas que habría visto en su madre. Las cosas que habría visto en Ian. Y las que habría sufrido con ambos.

Para cuando se quitó la mano de la boca, ya había tomado una decisión.

En cuanto hizo ademán de acercarse, Caleb la detuvo del brazo.

—No sabemos si tiene una habilidad peligrosa —señaló, muy serio.

Aun así, ella se liberó con suavidad y continuó avanzando. El niño permanecía quieto, pendiente de sus movimientos. No tenía intenciones de escapar, pero estaba aterrorizado.

—Tranquilo —murmuró ella—. No te haremos daño, te lo prometo.

A una distancia prudente, Victoria se acuclilló frente a él. Continuaba sin fiarse de ella, pero fijó la atención en el gato.

—¿Te gusta? —preguntó—. Se llama Bigotitos. Es un poco gruñón, pero creo que le has gustado.

El niño seguía inmóvil, pero su curiosidad por el gato lo había relajado un poco.

—Soy la hermana de tu padre. Me llamo Victoria. ¿Alguna vez te ha hablado de mí?

Tras unos momentos de titubeo, él asintió.

—Bien —sonrió Victoria—. Genial. ¿Cómo te llamas?

Ahí, no obtuvo respuesta.

—Te prometo que no te haremos daño. Solo quiero ayudarte. Seguro que tienes hambre, ¿a que sí?

De nuevo, unos instantes de duda. El niño apartó la mirada y asintió otra vez.

—¿Qué te parece si vamos a dar una vuelta y comemos algo rico? Yo también tengo hambre.

Era mentira. En esos momentos, no le cabría ni una lonchita de queso. Aun así, sentía que el niño estaría más tranquilo si no era el único que quería comer alguna cosa.

Y funcionó. Tras lo que pareció una eternidad, el niño dejó de abrazarse a sí mismo y se incorporó. Continuaba contemplando al gato con curiosidad. Victoria apreció que la ropa que llevaba le quedaba muy grande y que iba descalzo.

Cuando se detuvo frente a ella, extendió los brazos. Ella tardó unos segundos en entender qué quería. Entonces, se acercó para levantarlo con el brazo bueno. Le resultó difícil mantener el equilibrio con un hombro malo, un gato en la sudadera y un niño a cuestas, pero se las apañó para ponerse de pie. Él enseguida se le agarró con ambos brazos al cuello. La sujetaba con tanta fuerza que le costaba respirar; aun así, fingió que no pasaba nada y le ofreció una sonrisa.

En cuanto se dio la vuelta, vio que Caleb contemplaba la escena con una mueca de horror.

—¿Nos lo llevamos?

—¿Qué quieres que haga?

—Pero… No podemos… ¿Qué se hace con un niño?

—Para empezar, comprarle ropa de su talla, comida y darle un baño bien calentito.

El niño ya no les prestaba atención. Extendió una mano hacia Bigotitos. Este parecía reacio a las caricias, pero terminó por aceptarlas a regañadientes.

25

Caleb

La cajera del centro comercial los analizó, uno a uno, con los ojos entre-cerrados.

Caleb quería sentirse ofendido, pero lo cierto es que la situación se hacía extraña:

1. Victoria en pijama, empapada por la lluvia.
2. El gato no tan imbécil asomado por el cuello de su sudadera.
3. El niño descalzo y con ropa sucia mirándolo todo con curiosidad.
4. Bex e Iver empujándose para poner las cosas sobre la cinta.
5. Y Caleb… siendo tenebroso, sin más. Nunca había necesitado aditivos.

Mientras pasaba los productos por la cinta, Caleb permaneció de pie junto a ella para pagar. Los demás metían la compra en las bolsas. Quizá por eso la cajera lo miraba peor que al resto.

—¿De qué circo os habéis escapado? —preguntó finalmente.

Caleb se sintió confuso. No eran payasos ni montaban en monoci-clos. ¿Cómo había llegado a aquella conclusión tan concreta?

—De ninguno —intervino Victoria—. Venga, tú, saca el dinerito.

—Me siento utilizado —murmuró Caleb.

Aun así, sacó unos cuantos billetes y los dejó en la mano de una muy confusa cajera.

La jornada había sido mucho más interesante de lo que esperaba. En lugar de pasarse varias horas encerrados en la bodega o aguantando los ser-mones de Sawyer, había terminado en un centro comercial. La única vez que había pisado uno había sido para interrogar a la carnicera. Verlo abierto sumaba muchos puntos, la verdad. Era una experiencia totalmente distinta.

Su aportación había consistido en seguir a Victoria por los pasillos. Ella metía de todo en la cesta, el niño se chupaba el pulgar, y el gato maullaba cada vez que pasaban frente a las latas de atún o a alimentos de marca *premium*. Iver y Bex se movían tras ellos, pasándoselo en grande y discutiendo a partes iguales.

Tras una hora dando vueltas, lo habían llevado todo a la caja. Ahora, iban de camino a los dos coches.

El niño era... curioso. Caleb lo había pillado mirándolo unas cuantas veces. Lo hacía con curiosidad, no con miedo. Una novedad. Los niños solían rehuir de él en cuanto entablaban contacto visual.

Se dividieron en los dos coches. Victoria, Caleb, Bigotitos y el niño, por un lado; Bex e Iver, por el otro. Aun así, se las apañaron para llegar a la vez. Iver fue entrando los kilos de comida que había comprado en medio de su furor, mientras que Bex se limitaba a echarle una mano sin disimular la mala cara. Victoria intentaba hablar con el niño, y Caleb se mantenía un poco apartado de todos.

En cuanto entraron en casa, Bex le hizo un gesto a Victoria.

—Vamos, te echaré una mano con el señorito.

Las dos subieron las escaleras. Los cuatro, contando al niño y al gato. Caleb permaneció en el vestíbulo con las manos en los bolsillos. Para cuando entró en la cocina, Iver ya había sacado todas las ollas y sartenes que poseía.

—¡Soy muy feliz! —aseguró.

—Ya lo veo.

—¿Por qué has tardado tanto en tener novia? De haber sabido que podría cocinarle, te habría buscado una yo mismo.

Caleb se sentó en un taburete y contempló a su amigo. Pasados unos segundos, oyó el suave murmullo de unas patas mullidas acercándose. El gato no tan imbécil había escapado del piso de arriba y acababa de subirse al taburete que tenía al lado. Distraído, empezó a rascarle la espalda.

Fue un gesto tan natural que, hasta unos segundos más tarde —cuando el gato ya se había tumbado para que le rascara la panza— no se dio cuenta de lo que hacía. Se detuvo de repente, contempló al gato y le dio la sensación de que ambos estaban igual de perplejos.

Volvieron la cabeza en direcciones opuestas fingiendo, muy orgullosos, que aquello no acababa de suceder.

Victoria

Como Bex no notaba la temperatura del agua, Victoria fue la encargada de regularla. Lo hizo con el brazo bueno. Aunque no dijo nada, el otro le empezaba a doler una barbaridad. Había hecho demasiada fuerza. Probablemente, se arrepentiría al día siguiente.

—Perfecta —confirmó al sacar la mano del agua.

Bex, muy contenta, levantó al niño en brazos y lo metió en la bañera. Al principio se mostró un poco extrañado, pero luego pareció gustarle; chapoteó, se asustó de las salpicaduras y terminó por mover las manos por la superficie del agua, que ya empezaba a teñirse de suciedad.

—Vamos a arreglar ese pelo, jovencito —anunció Bex.

—Gracias por ayudar —murmuró Victoria.

Ella se encogió de hombros para restarle importancia.

—Está bien… Los niños son un encanto. El mundo todavía no los ha pervertido.

—Bueno…, creo que él ha visto más cosas de las que debería, a su edad.

Mientras lo decía, el niño continuaba moviendo las manos por debajo del agua. En cuanto se dio cuenta de que la suciedad desaparecía, se frotó los brazos. Victoria le sujetó la muñeca antes de que se hiciera daño.

—Sí —admitió Bex, ya con las manos llenas de champú—. Tendrían que poner una prueba para comprobar si eres capaz de traer niños a este mundo de mier…

—Bex.

—De *maldades* —corrigió ella—. A ver, campeón, ¿te apetece un masajito?

El niño la contempló, fascinado. En cuanto vio que tenía las manos llenas de espuma, asintió con entusiasmo. Bex empezó con cuidado, tratando de no asustarlo. Al notar que le gustaba, se puso a frotar con un poco más de ahínco.

Ya iban por la segunda tanda cuando Victoria, que estaba sentada a su lado y jugaba con el niño, suspiró.

—No me puedo creer que mi hermano haya hecho esto —tuvo que admitir—. Es un irresponsable y siempre lo ha sido, pero… ¿abandonar a un niño?

Bex tan solo asintió. Estaba centrada en quitarle los nudos con toda la delicadeza que podía.

El niño, mientras tanto, contemplaba a Victoria con curiosidad. Ella le ofreció una sonrisa y, aunque él no se la devolvió, le pareció que le causaba un efecto agradable.

Que ella lo distrajera ayudó bastante más de lo que esperaba. No sabía mucho de niños, pero los entendía bastante. Todo, gracias a sus libros, claro. ¿Quién dijo que la teoría no servía de nada? ¡Ja!

Cuando se pusieron a enjabonarle el cuerpo, tuvieron que encargarse las dos. Había capas y capas de suciedad. Poco a poco, su piel empezaba a relucir. El niño disfrutaba, aunque se mostraba un poco frustrado con no tener ya a nadie con quien jugar.

—Deberíamos cortarle el pelo —observó Victoria.

—Bueeeno…, si insistes, puedo encargarme yo.

—¿Sabes hacerlo?

—La duda ofende, cachorrito.

Para cuando terminaron el baño, tenía un aspecto totalmente renovado. El pelo había perdido los rizos y se le había esclarecido, su piel morena resplandecía, incluso los ojos parecían mucho más claros, y su sonrisa, mucho más radiante. Estaba encantado, y su parte favorita fue escoger uno de los dos pijamas que habían comprado. Su favorito, por supuesto, fue el púrpura. Al ponérselo, se contoneó como un modelo de pasarela.

Bajaron con él de la mano, puesto que ya no quería ir en brazos. Buscaba a Bigotitos, seguramente. El gato, sin embargo, estaba en paradero desconocido. Tan solo encontraron a Caleb e Iver. El primero permanecía en un taburete con cara de aburrimiento. El segundo cocinaba para una armada.

—¡Míralo! —exclamó Iver—. Si parece un señorito totalmente nuevo.

El niño se detuvo al pie de la escalera como si fuera su momento de lucirse. Acto seguido, fue directo hacia Caleb. Al haber estado cerca en el apartamento y en el centro comercial, Victoria supuso que se fiaba más de él que del resto.

Por eso lo señaló solo a él.

—Dale la cena —le indicó ella.

Caleb palideció de golpe.

—¿Eh?

—Tengo que cambiarme de ropa. Y de vendas.

—P-pero…

Que esa fuera la primera vez que tartamudeaba resultaba… francamente gracioso.

Como no se animaba, Victoria levantó al niño y se lo tendió con una sonrisa. Este esperaba felizmente. Caleb terminó por sujetarlo, pero con los brazos estirados, lo más lejos posible de su cuerpo. Parecía que sujetara mercurio.

—¡Espera! —dijo él, con urgencia—. No… ¡no sé cómo se cuida… esto!

—Limítate a mantenerlo con vida, por favor.

Caleb

Obviamente, no sabía qué hacer.

Como tenerlo ahí delante se le hacía un poco raro, se lo sentó en la pierna y trató de acomodarlo lo más lejos posible. El niño, pese a ello, lucía una gran sonrisa. Incluso se puso a jugar con la cremallera de su chaqueta.

¿Por qué todos los seres que acompañaban a Victoria tenían que adorarlo? No lo entendía. Ni que fuera mutuo.

—¿Iver? —murmuró, un poco espantado—. Creo que necesita…, em…, alimento.

—¡Voy!

Por lo menos, alguien tenía un buen día.

Iver terminó de decorar un plato —o eso le pareció— y se volvió con una floritura bastante innecesaria. En cuanto lo dejó sobre la encimera, el niño se olvidó de la cremallera. Ahora, solo tenía ojos para lo que acababan de…

En cuanto Caleb vio que Iver traía más y más platos, perdió el hilo de sus pensamientos.

—Pero ¿cuántas cosas has preparado? ¿Has visto el tamaño de este plato? ¡Es más grande que el crío!

Iver, que estaba a punto de traer otra tanda, se cruzó de brazos.

—¡No queremos que se quede con hambre!

—¡Tampoco queremos que explote!

Bex, que se había acercado en medio del caos, apoyó los brazos en la isla y contempló el espectáculo.

—¿Se puede saber qué le has cocinado? —preguntó, con una ceja enarcada.

Cualquiera diría que era la pregunta que el chef había estado esperando, porque descruzó los brazos e hinchó el pecho con mucho orgullo.

—De entrante, una fina y modesta selección de quesos y aceitunas que he adornado con un poquito de romero. De primer plato, una ensalada con brotes de soja, tomates, aguacate y un aliño delicioso cuya receta me llevaré a la tumba. También tiene la opción de un caldo de pollo que, personalmente, creo que no desmerece a la ensalada, porque le he puesto sopa con forma de letras. Una elección tan infantil como apropiada, si alguien me pregunta. De segundo, puede elegir entre ternera a la plancha con verduras perfectamente doradas al horno o…

—¡Iver! —saltó su hermana.

—¡Todavía no he llegado al otro segundo!, ¡ni al postre!

—¡Porque no hace falta! Es un niño, no un crítico gastronómico.

—Esa no es excusa para darle comida basura.

—Ni tus cursilerías culinarias.

—¡Es arte!

El niño había ido directo a por la sopa de letras. Mientras discutían, Caleb le acercó el plato y le dejó una cuchara delante. Esperaba que supiera usarla, porque no estaba seguro de poder ayudar sin sentirse ridículo.

Desafortunadamente, lo primero que hizo fue meter la mano en el plato. O lo intentó, por lo menos. Caleb lo detuvo a tiempo e, irritado, lo acomodó mejor.

—Estate quietecito y no me compliques la vida —gruñó.

El niño, que debió de captar el tono malhumorado, señaló el plato con impaciencia.

—Que sí…, espérate.

No confiaba en que comiera sin hacer un desastre, así que cogió un poco de caldo con la cuchara. Por lo menos, la temperatura parecía correcta.

—¡Haz el avión! —gritó Iver de repente.

Si Caleb hubiera tenido la habilidad de asesinar con la mirada, su primera víctima habría sido él, en ese momento.

—Silencio —ordenó.

Juntando toda su concentración, Caleb logró desplazar la cuchara llena hasta el crío. Este esperaba con la boca abierta de par en par. Con la precisión de un cirujano, consiguió que todo el caldo terminara en su boca y no derramado por el suelo de la cocina.

En cuanto degustó el sabor, el niño empezó a tirarle de la chaqueta y a señalar el plato.

Bueno…, por lo menos era más fácil de lo que parecía. Caleb llenó otra cuchara, todavía muy concentrado.

—Le gusta mi comida —dijo Iver felizmente.

—Solo porque tiene hambre —aseguró Bex.

Seguramente, el niño detectó que Caleb estaba molesto con su amigo, porque se tomó la siguiente cucharada y le dedicó una mirada maliciosa. Y entonces, aunque Caleb podría haberlo detenido, se hizo con la cuchara, la llenó y la lanzó contra su chef.

—¿Qué…? ¡AAAH!

Iver saltó como si acabaran de echarle ácido. Incluso arrojó la cuchara rosa que había utilizado. Salió volando hasta la puerta del fondo. Él, furioso, se miraba a sí mismo. Al delantal, concretamente, que tenía una gran mancha de sopa.

—¡¿Qué pasa?! —preguntó Bex, que se había despistado con el móvil.

—¡EL CRÍO DEL DEMONIO ME HA ATACADO!

—¿Eh?

—¡SE ESTÁ RIENDO DE MÍ!

Efectivamente, el niño se reía a carcajadas. Caleb se apresuró a taparle la boca con una servilleta. Aunque, claro, Iver ya lo había visto y ahora estaba rojo de rabia.

Justo en ese momento, Victoria bajaba las escaleras. Lo hizo un poco alarmada por los gritos. De nuevo, llevaba la camiseta multicolor —lavada, por suerte—, y unos pantalones anchos.

—¿Qué pasa? —preguntó con urgencia—. ¡¿Es que no puedo dejaros solos ni cinco minutos?!

—¡Tu crío me ha atacado! —gruñó Iver.

—¡Seguro que le has hecho algo malo!

Iver estaba tan indignado que no recogió su cuchara. Simplemente salió de la cocina con los brazos al aire y la cara roja. Bex, tras un suspiro, se apresuró a ayudarlo con la limpieza del delantal.

Mientras Caleb procedía con la sopa, Victoria fue a recoger la cuchara rosa del suelo. Estaba un poco más calmada. Y, efectivamente, se había cambiado la venda ella sola. Quiso aprenderlo poco después de hablarse de nuevo con Caleb. Aunque a este le habría gustado seguir ocupándose él mismo, debió admitir que Victoria era perfectamente capaz.

—¿Qué tal tu hombro? —le preguntó.

—Bien —aseguró ella—. Podría estar mejor, pero mañana ya no lo notaré. ¿Se puede saber para quién es toda esta comida?

—Para el crío.

—Vale, deja de llamarlo «crío».

—Es que no sé cómo se llama.

—Un poco difícil saberlo si no habla, ¿no?

Le parecía un argumento bastante válido. Otra cucharada.

Mientras Victoria recogía algunos de los platos para guardarlos, aprovechó la ocasión y se metió más de un ingrediente en la boca. Tenía que estar hambrienta, pero jamás lo admitiría. Caleb no entendía por qué ella creía que su incapacidad de cuidar sus instintos básicos la hacía mejor. O por qué protegía su orgullo. Aun así, prefirió no decir nada. Especialmente cuando oyó los característicos pasos de Brendan en el porche trasero. Nada más oír su suspiro, Victoria se puso a buscar el peligro alrededor.

—¿Qué? —preguntó con alarma.

—Brendan. ¿Otra vez por aquí?

Hizo la pregunta justo en el momento en que su hermano cruzaba el umbral de la puerta. Se detuvo ahí con media sonrisa que no alcanzó el resto de su expresión. A Caleb le pareció un poco extraño que se quedara ahí en vez de entrar en la casa como siempre.

Empezó a atar conceptos cuando Victoria, furiosa, se volvió y lo señaló con la cuchara rosa. Brendan suspiró y levantó las manos.

—Cálmate —la advirtió.

—¡¿Que me calme?! ¡Vete a la mier…, adonde sea, pero lejos de aquí!

Brendan quiso responder, pero entonces se dio cuenta de que había una nueva presencia en la habitación. Y que estaba sentada en el regazo de Caleb, tomando sopita a sorbitos. También debió de llamarle la atención que el gato no tan imbécil se hubiera despertado de la siesta en el taburete y le bufara con la espalda arqueada.

Pero ¿qué se había perdido?

—¡No te acerques a ellos! —advirtió Victoria, sacudiendo la cuchara.

—¿Quién…?

—¡No te importa! ¡¡¡Fuera!!!

—¿Qué ha pasado? —preguntó Caleb, pasmado.

—¡Que este… tonto…! —empezó Victoria, que no sabía cómo expresarse sin palabrotas—. ¡Este tonto ha intentado hacerle daño a Bigotitos!

Caleb enarcó las cejas y miró al gato. Este asintió con rencor.

—Oh, por favor… —Brendan bajó los brazos—. No iba a apretar el gatillo.

—¡Que te vayas!

—Solo quería asustarte, ¿vale?

—Espera —intervino Caleb mientras el niño sorbía sopa—, ¿has amenazado al gato?

Brendan torció el gesto.

—¿Y qué?

—¿Qué…? Oye, no te metas con este gato. Solo yo puedo hacerlo. ¿Queda claro?

El gato, que ahora notaba que no estaba solo ante el peligro, bufaba con mucha más furia.

Brendan continuaba sin entender nada.

—¿Por qué os ponéis así por un gato?

—¡No es solo un gato! —chilló Victoria—. ¡Es parte de la familia, tonto!

El niño notó que todo el mundo se había aliado contra Brendan, por lo que hizo ademán de catapultar otro cucharazo. Caleb se apresuró a detenerlo. Dudaba que fuera a tomárselo con tanta calma —relativa— como Iver.

—¡No iba a matar al puñetero gato! —les aseguró Brendan, y se volvió hacia el aludido—. ¡Y deja de bufarme!

MIAU, MIAU.

—¡Solo quería provocar una reacción fuerte!

—¡No a costa de mi pobre gato!

—¡Que no iba a hacerle daño! —Se volvió hacia el niño—. ¡Y tú deja de amenazarme con la cuchara!

Caleb le quitó la cuchara. Brendan suspiró.

—Gracias. Ahora, ¿alguien me explica quién es el crío?

—Mi sobrino —espetó Victoria.

Brendan sopesó la información durante unos instantes. Parecía calcular lo útil que podría resultarle. Al final, sacudió la cabeza.

—Bueno, me da igual. Tenemos que hablar de lo que ha pasado esta tarde.

—¿Qué ha pasado? —preguntó Caleb.

—Que tu querida cachorrita se me ha metido en la cabeza.

Caleb se quedó tan pasmado que casi se olvidó de la cuchara que sostenía a medio camino. El niño, impaciente, le tiró del brazo hasta hacerse con ella.

—¿Qué? —musitó.

—He visto un recuerdo de Anya —le dijo Victoria, todavía airada—. Y este idiota se ha enfadado conmigo.

Caleb seguía pasmado. El niño volvió a tirar de su brazo para guiar la cuchara.

—¿Qué? —repitió.

—No sé cómo lo ha logrado —admitió Brendan—, pero me ha hecho revivir un recuerdo. Varios, en realidad. No sé por qué se ha quedado con ese.

—Oh, por favor —intervino ella—, es evidente.

—¿El qué?

—¡Que me he quedado con ese porque es lo que tenías en mente!

—No tiene sentido.

—Brendan, he estado en tu cabeza. Aunque sea por un momento, sabía en qué estabas pensando. Y qué sentías. Rabia y miedo. ¡Lo he sentido!

Caleb continuaba procesando información. Por suerte, solía hacerlo muy deprisa. Mientras cogía otra cucharada de caldo, apretó los labios.

—Ya entiendo por qué estás aquí —murmuró, mirando a su hermano.

El aludido tuvo la indecencia de parecer confuso. Alternó la mirada entre ambos y, finalmente, sonrió.

—Ilumínanos, entonces.

—Es todo por Anya. Te da igual Victoria, y Axel, y todo lo demás. Es solo que, cuando dedujiste que Sawyer le tenía miedo, pensaste que ella poseería una habilidad que podría traerla de vuelta. Y si no es así, tan solo quieres potenciar lo que sea que tenga, para destruir a Sawyer. Pero no entiendes que podrías destruirla a ella en el proceso. O, mejor dicho, lo entiendes y te da igual.

Durante unos instantes, solo se oyeron los bufidos del gato y los sorbitos del niño. Ambos estaban totalmente ajenos a la conversación. Mientras, Victoria contemplaba a los dos hermanos con el ceño fruncido.

Brendan era el único que no había cambiado su expresión. Todavía con una gran sonrisa, se encogió de hombros.

—¿Y qué? —preguntó—. ¿Me harás creer que tú también la ayudas porque sí? Si la muerta fuera Victoria y no Anya, harías exactamente lo mismo.

—No, Brendan. Nunca la pondría en peligro.

—Mentiroso.

—No estaría dispuesto a hacer daño a otra persona con tal de recuperarla.

—¿Y tú qué sabes?

—Sé que no soy como tú.

Victoria trató de intervenir, pero siguieron con el ataque antes de que pudiera emitir ningún sonido.

—Oh, ¡claro que no eres como yo! —exclamó Brendan con burla—. Yo jamás podría ser tan perfecto como tú, hermanito.

—No necesito ser perfecto para ser mejor que tú.

—¿Eso te dices a ti mismo? Porque, hasta donde yo sé, no eres más que el perro de Sawyer.

—Chicos… —intervino Victoria, dubitativa.

—Por lo menos —masculló Caleb—, yo formo parte de algo más importante que mi propio ego.

—Oh, sí. Trabajar para Sawyer. Qué honor.

—¿Y qué has hecho tú todos estos años? Quejarte. Eso es todo.

—Tengo cosas mejores que hacer.

—¿El qué? Porque no recuerdo que hayas terminado ni un solo trabajo.

—Tengo la suerte de ser mucho más independiente que tú.

—¿Independiente? —repitió Caleb tras una risotada seca.

—¿Qué? ¿Quieres que mi única función en la vida sea la misma que la tuya?

—¿Y cuál es, Brendan?

—Obedecer todas las órdenes de alguien que me trate como una mierda.

—¡Chicos!

—Como si tú te ocuparas de algo útil.

—Por lo menos, soy capaz de enfrentarme a Sawyer.

—¿Te recuerdo lo que pasó la última vez que te enfrentaste a él?

Caleb vio venir el golpe desde la suficiente distancia. Con cuidado, dejó al niño en el taburete y se alejó de él. Perfecto para que Brendan, furioso, le encajara un empujón. No fue tan fuerte como para que perdiera el equilibrio, pero sí que retrocedió unos cuantos pasos.

Justo cuando iba a moverse, sintió un fuerte tirón en la manga de la chaqueta. Pasmado, miró hacia abajo. Victoria los había agarrado a ambos de los brazos.

—¡Se acabó! —espetó, furiosa—. Estoy harta de vuestras tonterías. ¡Solicito intervención!

—¿Qué? —preguntó Caleb.

—¡Que vayáis al salón!

Brendan resopló.

—No pienso ir a ningún lad…

—¡QUE VAYÁIS AHORA MISMO AL PUÑETERO SALÓN!

En cuanto los empujó hacia la puerta, ambos intercambiaron una mirada irritada antes de dirigirse, efectivamente, al salón.

Victoria

Volvió al salón con su bandeja del té. Los dos hermanos la esperaban en los sillones, en los extremos opuestos y sin mirarse. Victoria refunfuñó y dejó la bandeja en la mesita que había en medio. Quizá lo hizo con más fuerza de la necesaria.

Con seriedad, ocupó el sofá. A un lado tenía a Bigotitos, al otro estaba el niño. Los tres estaban muy serios y cruzaron las piernas a la vez.

—Bien —empezó Victoria, con los dedos entrelazados—. Ha llegado el momento de que aclaréis vuestras diferencias para que podamos centrarnos en el mal común.

—Esto es absurdo —murmuró Brendan.

Victoria pasó de él.

—Coged una tacita.

Caleb se removió en el sillón.

—No me gusta el…

—¡No era una petición!

Ambos se hicieron con una tacita a regañadientes. Brendan le dio un sorbo, mientras que Caleb se limitó a olisquearla.

—Bien —repitió Victoria—. Estamos aquí reunidos para…

—Qué asco —murmuró Brendan, y dejó la tacita de un golpe.

Caleb, por supuesto, hizo lo mismo. ¿De verdad tenían que ponerse de acuerdo justo en eso?

—Cuánta paciencia hay que tener —murmuró de mala gana.

—Es que no entiendo qué hago aquí —espetó Brendan—. Estoy en medio de un juicio con una humana, un niño y un gato. ¿Soy el único que ve la situación un poco bizarra?

La humana, el niño y el gato se volvieron hacia él con rencor.

—¿Puedes callarte y dejarme hablar? —protestó ella.

—No. Yo me largo de… ¡Eh!

Apenas se había puesto de pie cuando Bigotitos, muy decidido, se lanzó sobre él. Con garras y dientes, se las apañó para que Brendan perdiera el equilibrio y cayera de nuevo en el sillón.

Mientras él se recuperaba, el gato volvió a su lugar y se lamió una patita.

—Gracias —murmuró Victoria.

Miau, miau.

—¿Qué…? —empezó Brendan, todavía pasmado.

—¿Y tú qué? —le preguntó Victoria a Caleb—. ¿Algo que aportar o sigo hablando?

Caleb contempló al niño, que se golpeaba la palma de la mano con la cuchara rosa y no lo perdía de vista.

Optó por quedarse sentadito y en silencio.

—Bien —repitió Victoria por tercera vez—, ahora que por fin me vais a escuchar…, ¿alguien me puede decir por qué os lleváis tan mal? Y no me vale lo de que no os parecéis. Un motivo real, por favor.

Ambos intercambiaron miradas de rencor. Como Caleb no solía ser el primero en intervenir, Brendan decidió tomar el mando.

—Es que no tenemos nada en común —concluyó.

—Vaya, ¡gracias! Pero sí que tenéis cosas en común.

—¿Cuáles?

—Sois gemelos. Los genes.

—Absurdo.

—¡Tenéis más cosas! —aseguró ella—. ¡Los dos sois tenebrosos!

Ambos la contemplaron con una ceja enarcada. Victoria se aclaró la garganta, incómoda.

—Ambos me juzgáis con la mirada —añadió.

—No tenemos nada en común —insistió Brendan—. Él solo vale para seguidor y yo nací para ser líder.

Caleb soltó un bufido despectivo.

—¿Líder de la liga de los desempleados?

Victoria quiso sentirse orgullosa por la ocurrencia de la broma, pero luego recordó que estaba en medio de una intervención.

—Este no es el camino —aseguró—. Mirad…, da igual que no os gusten las mismas cosas. Tampoco importa que no paséis mucho tiempo juntos. Ambos tenéis un enemigo en común. Sawyer.

Hubo un momento de silencio en que los hermanitos se miraron mutuamente, incómodos.

—A mí Sawyer nunca me ha hecho nada malo —murmuró Caleb.

Oh, por favor…

Victoria quiso responder. Lo quiso con todas sus fuerzas. Pero no era el momento. En aquellos instantes no importaba su opinión, sino la relación de los hermanos.

Y, sin embargo, Brendan la sorprendió al responder por ella:

—Te ha quitado la vida, idiota. Si no lo hubiéramos conocido, ahora seríamos personas normales, con vidas normales y trabajos normales. Tendríamos un futuro, relaciones y vidas tranquilas. Pero nunca podrás vivir nada de eso, ni tampoco aspirar a ello, porque ese tío se aprovechó de nosotros. Y lo hizo cuando éramos tan pequeños que no sabíamos a qué accedíamos. Cuando no había otra alternativa porque estábamos aterrorizados. ¿Es que no te das cuenta?

»Y no solo lo hizo con nosotros; ¿qué hay de tu cachorrito? ¿Se te ha olvidado que quiere matarla?, ¿que mandó al sádico de Axel, el peor de todo el grupo, para hacerle daño?

En cuanto se sintió aludida, Victoria agachó la cabeza. No se atrevió a levantarla hasta que el silencio se extendió demasiado. Quiso comprobar cuál era la expresión de Caleb: de rabia contenida.

Mientras, Bigotitos y el niño observaban la situación como si se tratara de un partido de tenis.

—Ese es el problema —retomó Brendan—, que siempre has estado cegado por Sawyer. Te dice que interrogues a alguien y lo haces. Te dice que mates a alguien y lo haces. Te dice que yo soy el malo de la historia y, por supuesto, te lo crees. Que soy errático, e imprevisible, y aprovechado. Y, sin embargo, soy el único que permanece en esta casa de mierda intentando que Victoria sepa defenderse.

»Desde que te hizo creer que eras su favorito, te has creído todo el cuento. Todo lo que te ha contado. Nunca te molestas en plantearte que, quizá, Sawyer no quiera lo mejor para ti. ¿Te crees que, si te pasara algo, sufriría? No, idiota. Tan solo eres un peón. Y tiene muchos, puede seguir jugando sin ti. No es tu padre, Caleb. No es *nuestro* padre. Nunca lo ha sido y nunca lo será. Deja de engañarte a ti mismo de una vez y abre los ojos.

De nuevo, silencio. Victoria observaba a Caleb. Su expresión era mucho más indescifrable que de costumbre. Ni siquiera ella, que empezaba a acostumbrarse a sus silencios, fue capaz de identificarla.

Al final, decidió que el silencio se había prolongado demasiado. Victoria abrió la boca para hablar, pero Brendan volvió a interrumpir. Sus ojos permanecían fijos en su hermano.

—Dejaste que Sawyer nos separara —musitó—. Dejaste que nos convirtiera en desconocidos. Puedes decir que no eras consciente de ello, pero creo que siempre lo has sabido. Y nunca dijiste nada. Ni siquiera cuando me echó de esta casa. Ni siquiera cuando quiso deshacerse de Anya.

»Así que, sí, estoy aquí por ella. Porque ambos sabemos que no se merecía lo que le pasó. Y no, hacerle daño a Sawyer no reparará lo que ha sucedido, pero por lo menos me dejará descansar un poco más tranquilo. No impediste que la matara. Por lo menos, ayúdame a vengarla. ¿O vas a ponerte de su parte otra vez?

No volvió a mediar palabra. Tan solo dio media vuelta y se marchó. Victoria no oyó la puerta y, sin embargo, sabía que se había ido.

Caleb permanecía en el sillón con las manos clavadas en el reposabrazos y la mirada en el suelo. No había movido un solo músculo desde el inicio del discurso de su hermano.

Ella no supo qué hacer. Un poco desesperada, dirigió una breve mirada a Bigotitos. Este lo entendió perfectamente y salió disparado hacia la cocina. El niño chilló con felicidad y se apresuró a perseguirlo.

Una vez a solas, Victoria se acercó a él y se sentó en su regazo. Quizá no parecía la mejor idea del mundo, pero Caleb no la apartó.

—Bueno... —murmuró ella—, no pensé que las cosas se pondrían tan intensas.

Tras ese intento de broma mala, se dio cuenta de que no era ese el mejor camino. Victoria, frustrada, se acomodó mejor y le pasó una mano por la mejilla. Caleb no se movió.

—¿Estás bien? —preguntó.

—Sí.

—¿Seguro? Podemos hablar de ello.

—¿De qué?, ¿de que tiene razón? Odio que la tenga.

Victoria sonrió un poco y le pasó un brazo por encima de los hombros.

—A ver, puede que tenga un poquito de razón, pero no es excusa para hablarte así.

—Quizá lo sea.

—Caleb...

—No —dijo, más determinado de lo que esperaba—. Es posible que… sí, que sea justo lo que necesitaba. Y en el tono que necesitaba. Tiene razón; nos separamos en cuanto yo empecé a pasar más tiempo con Sawyer. Nuestra relación nunca ha vuelto a ser la misma.

—Nunca es tarde para recuperarla.

Pese a que pretendía consolarlo con sus palabras, Caleb sacudió la cabeza. Parecía derrotado.

—Creo que lo es —admitió en voz baja—. No hice nada para impedir lo de Anya. Y podría…, no lo sé, haber convencido a Sawyer. No lo intenté.

—Tenías quince años y…

—Y quince años son los suficientes como para saber lo que está bien y lo que no. Especialmente cuando se trata de algo tan horrendo.

—Oh, vamos, ¿crees que podrías haber hecho algo para impedirlo? Sawyer no parece la clase de persona que cambia de opinión en función de lo que le digan. Ni siquiera ahora, que ambos sois adultos.

Por lo menos, Caleb relajó los hombros. Permaneció en silencio unos segundos más, pensativo.

Justo cuando iba a decir alguna cosa, movió la mano. Victoria tuvo el pensamiento fugaz de que quizá quería meterle mano, pero resultó que solo iba a sacarle el móvil del bolsillo.

—No deja de vibrar —observó.

—¿Eh?

—Debe de ser alguna cosa importante. Deberías mir…

—¡Mierda!

Espantado, Caleb dio un brinco y la sostuvo con fuerza. Buscaba cualquier punto de peligro que hubiera alrededor. Y, sin embargo, el único horror estaba en el mensaje de Margo.

—¿Qué pasa? —preguntó él.

—¡La acampada!

—¿Qué acampada?

—La que hago cada año para el cumpleaños de Daniela. Joder. Es mañana. Se me había olvidado.

Dentro de todos los problemas que tenía, aquel se le antojó absurdo. Todos, en realidad. Desde que su vida peligraba y había descubierto que había seres humanos con habilidades de X-Men, todo se relativizaba un poco.

Caleb, mientras, seguía contemplándola con confusión.

454

—¿Tienes que ir?

—A ver, no es obligatorio…

—Y es peligroso —observó él.

—O no. Es que… ¡Daniela no tiene tantos amigos! Siempre somos los mismos. Si yo no voy, parecerá que falta la mitad de la fiesta. Y no se lo merece. Quizá, si tú vinieras conmigo…

Caleb, como de costumbre, parpadeó varias veces mientras absorbía la información.

—¿Ir? —repitió—. ¿Yo?

—Puedo decirles que eres mi novio.

—¿Es que no lo soy? Nos hemos besado, acostado, compartimos experiencias, inquietudes y tiempo juntos. Incluso vives en mi casa. A efectos prácticos y según la información que tengo al respecto…, somos pareja.

Victoria sonrió con falsa dulzura.

—No.

Caleb, por su parte, se ofendió un poco más de lo necesario.

—¿Y por qué no?

—Porque te dije que te quería y te fuiste corriendo.

—¿Hasta cuándo vas a recordármelo?

—Hasta que me traduzcas lo que me dijiste en tu idioma.

—No.

—Entonces, no somos pareja. Y solo te pedía que fueras conmigo por seguridad.

—No me gusta la gente. Ni las acampadas.

—Pues naaada… Me tocará aguantar sola a Daniela, Margo, el novio que se traiga Margo, a Jamie…

—¿Jamie?, ¿el que vino a tu casa y te llevó en brazos a la cama?

—¿Cómo sabes…?

—¿Ese Jamie?

Victoria seguía sin procesar cómo podía saberlo.

—Sí…, ese. El único Jamie que conozco.

—¿Por qué está invitado? —saltó él—. ¿No se supone que es el cumpleaños de Daniela?

—Siempre hemos formado parte del mismo grupito.

—Pero…

—¿Estás celoso, X-Men?

Era una cosa que, hasta ese momento, no se había atrevido a plantearse. Para no sentirse ridícula, quizá. Pero, de pronto, lo encontró bastante razonable. Por la expresión de Caleb, dedujo que tampoco iba tan desencaminada.

—Quizá —masculló.

—Es un buen amigo. Mucho mejor así que como pareja. No tienes nada de lo que preocuparte.

Pese a que seguía sobre él, Caleb se las apañó para cruzarse de brazos.

—Vale —gruñó.

—¿Eh?

—Iré contigo. He cambiado de opinión.

Victoria contuvo una sonrisa.

—Me pregunto por qué será.

—Por nada.

—Estar celoso no es tan malo como parece.

—No estoy tan celoso. —Torció el gesto—. Pero… preséntame como tu novio.

—Como quieras, X-Men. Aunque, entre tú y yo, no somos nada de eso.

—Me parece un buen acuerdo. Ya hablaremos de los términos y condiciones.

26

Victoria

Bexley suspiró por enésima vez.

—¡Lo he entendido!

Pero Victoria no estaba conforme.

—¿Segura? Porque es importante. Internet dice que los niños deberían tener una hora específica para leer y…

—Mira, puedo cuidar de un crío —explicó ella—, pero no esperes que me convierta en una niñera. Si quieres que lea, que lo haga contigo.

Victoria apretó los labios y se asomó al salón. Tanto Bigotitos como el niño estaban sentados en el sofá, viendo una de las películas de vaqueros de Iver. Dudaba que entendieran alguna cosa, pero parecían entretenidos.

—Vale —accedió a regañadientes—. Pues encárgate de que…

—De que el niño coma y el gato tenga comida *premium*, sí. Me lo has repetido cuarenta veces.

—Es que… ¡estoy preocupada!

—¿Por qué? A quien quieren matar es a ti. Estás mucho más insegura que nosotros. Además, ¡el crío lleva aquí un día! No te ha dado tiempo a encariñarte tanto.

—¡Claro que sí! ¿A que tú también, Caleb?

—No.

Le dirigió una mirada de rencor. Caleb, que permanecía apoyado en el marco de la puerta, se mostraba igual de aburrido que antes.

—Bueno, lo tengo todo claro —le aseguró Bex—. ¡Marchaos de una vez!

Victoria quería asegurarse otra vez, pero quizá sería un poco pesada. Al final, hizo de tripas corazón para acercarse a Caleb. Este se lo tomó como una señal para ir directo al coche. Quería librarse de todo aquello cuanto antes y no se molestaba en disimularlo.

Habían preparado una mochila con sus cosas. Victoria siempre se encargaba de los aperitivos, así que había metido aceitunas, patatas fritas, chocolates de todo tipo y algunas cosas que Iver le había ofrecido. No estaba muy segura de qué eran, pero olían de maravilla. Para lo demás, se había traído una muda de recambio y algunas cosas para el aseo. Caleb no quiso meter nada. Ella observó que aquello levantaría las sospechas de Jamie —el único que no sabía la verdad sobre el asunto— y Caleb concluyó que lo que dijera el humano le importaba un pimiento.

Así que ella iba con la mejor ropa de ejercicio que había podido encontrar, mientras que él vestía de negro de arriba abajo. Como siempre.

—¿Lista? —preguntó él.

—Lista.

—Pues…

Caleb se detuvo a media frase. No por ella, sino por el escándalo de pasos apresurados y ollas chocando entre sí que se acercaba por la puerta principal. Ambos se volvieron, confusos. Iver se acercaba a toda velocidad.

—¡Esperadme, idiotas!

Efectivamente, llevaba una mochila gigante que le hacía dar tumbos. Había tratado de meter tantas cosas que las ollas que colgaban de las tiras producían aquel estruendo… chocando también contra él. Aun así, se detuvo ante ellos con una gran sonrisa. Se había puesto un gorrito de pescador, unas bermudas y una chaqueta de cuero que no pegaba nada con el atuendo. Por lo menos, se había esforzado más que Caleb.

—Menos mal —suspiró—. ¡Pensé que os habíais ido sin mí!

—¿Qué llevas ahí? —le preguntó Victoria con perplejidad.

—¡Lo esencial! Ollas, sartenes, platos, vasos, ingredientes…

—Iver, ¡vamos a una acampada, no a un banquete real!

—¿Y no podemos comer bien, aunque sea una acampada?

Antes de que Victoria pudiera decir nada, Caleb señaló a su amigo e intervino:

—¿Estás invitado?

—¿Necesito estar invitado para apuntarme a vuestros planes? Qué falta de respeto.

—En realidad —murmuró Victoria—, no creo que a Dani le importe tanto. Cuantos más, mejor.

Mientras Iver esbozaba una enorme sonrisa, Caleb enarcó las cejas.

—¿Quieres que vaya? —le preguntó a Victoria—. ¡Sembrará el caos!

—¡No es verdad! —protestó su amigo.

—Sí que lo es.

—Pero… ¡por lo menos, sé cocinar!

—Pues ya está. —Victoria sonrió ampliamente—. ¡Vamos, o llegaremos tarde!

Mientras Caleb luchaba por meter la enorme mochila en el maletero de su coche, Victoria e Iver se acomodaron en sus asientos. La primera se sentía bien consigo misma. No solo iba a la acampada como si fuera una persona normal otra vez, sino que lo haría acompañada. Daniela estaría entusiasmada. Seguro que no le apetecía pasar otro año con las mismas personas y conversaciones. Al menos, Iver aportaría un poco de variedad. Caleb, por su parte, probablemente solo gruñiría; aun así también aportaría variedad.

—¿Qué quieres?

La pregunta de Caleb hizo que ambos sacaran las cabecitas por las ventanillas. Brendan estaba de pie en la entrada de la casa. Tenía las manos en los bolsillos y contemplaba a su hermano con un poco de rencor.

—Contigo no hablo —lo informó.

—Eso ya es hablar —lo informó el otro.

Brendan, muy digno, se volvió hacia Victoria.

—¿Adónde vais?

—No vamos a matar a Sawyer, tranquilo. Tengo una acampada con mis amigas.

—¿Te parece el mejor momento para ir de acampada?

—Quizá lo sea. Si mañana me muero, por lo menos me llevaré un buen recuerdo. ¿Quieres venirte? Es el cumpleaños de Daniela.

Honestamente, lo dijo con pocas esperanzas. De todos los habitantes de la casa, Brendan le parecía el menos sociable, con diferencia.

Y, aun así, este ladeó la cabeza y lo consideró.

—Está bien. Si vuelves a usar tu habilidad, no pienso perdérmelo.

Mientras daba la vuelta para subirse al coche, Caleb se asomó y fulminó a Victoria con la mirada. Esta hizo una mueca y se apresuró a cerrar la ventanilla. Ups.

Y así terminaron los cuatro en el coche. Reinaba un silencio absoluto interrumpido solamente por la canción que sonaba en la radio. Iver canturreaba el estribillo, la única parte que se sabía. Brendan le echaba ojeadas molestas. Caleb mantenía la vista en el frente. Victoria e Iver eran los únicos que estaban contentos.

Ya iban por la mitad del camino cuando Brendan contempló a este y resopló.

—¿Qué? —preguntó el aludido.

—¿Qué llevas puesto?

—¿Eh?

—Esa cosa que te has enroscado en la cabeza para acabar con tus restos de dignidad.

—Ah. ¡Es un sombrero de explorador!

—Quítatelo.

—¡No!

—Es horrible.

—A mí me gusta —intervino Victoria con una sonrisa.

Iver, que usó ambas manos para acomodarse el sombrero en la cabeza, asintió con gratitud.

—¡Gracias! ¿Lo ves, idiota? Está perfecto.

—No lo está —le aseguró Caleb.

—Lo que me faltaba... Dos contra uno.

—Yo estoy de tu parte —aseguró Victoria—. Además, a Daniela le encantan esos sombreros. Seguro que también lleva uno puesto.

Mientras Brendan y Caleb ponían los ojos en blanco, Iver se ajustó su sombrerito con mucho orgullo.

Caleb

En cuanto detuvo el coche, ya se arrepentía de cada decisión que lo había llevado hasta ese punto. No tanto por el hecho de socializar —que también le parecía sumamente tedioso—, sino por el peligro. No dejaría de prestar atención al entorno en toda la noche. ¿Quién sabía si Axel había averiguado adónde se dirigían?, ¿o Sawyer? Que Brendan estuviera con ellos, como mínimo, le quitaba la preocupación por un tercer asaltante.

Bajó del vehículo y fue directo al maletero. Iver ya esperaba su mochila como un niño pequeño. En cuanto la tuvo sobre los hombros, esbozó una enorme sonrisa. La de Victoria pesaba mucho menos. Se la colgó del hombro sin mediar palabra.

Se encontraban en el inicio de una ruta de senderismo. El aparcamiento era de grava, y estaba plagado de caravanas y coches de todos los modelos y colores. Algunos grupos se congregaban en las partes traseras de sus furgonetas, mientras que otros habían traído sillitas plegables. Con el bosque de fondo, debía ser un buen lugar de reunión. Siempre que no se dieran la vuelta y vieran la autovía a sus espaldas, claro.

Caleb levantó la vista. El día, como varios de los anteriores, estaba de un gris muy particular. El que le recordaba a esos ojos, sí. Ese mismo que anunciaba una tormenta. Si se ponía a llover y tenían que volver antes a casa, no se quejaría mucho.

El olor a lavanda le hizo bajar la mirada. Victoria se había comprado su champú de siempre en el centro comercial, así que el aroma había vuelto. De eso tampoco se quejaría.

—¿Vienes cada año? —le preguntó él con curiosidad.

—Sí. A Daniela le encanta, así que los demás hacemos el esfuerzo.

—Interesante. Así que, cuando es tu aniversario, tienes derecho a exigir a los demás que hagan actividades en contra de su voluntad.

—Es… la forma menos romántica de decirlo, sí.

Pese al tono cansado, Victoria sonrió y, para su sorpresa, le sujetó la mano. Caleb se sintió un poco extraño. Hacía mucho tiempo que no se mostraba cariñosa con él. Pensaba que todavía mantenía el enfado por la noche en la que se había marchado corriendo. Quizá había pasado el suficiente tiempo para que empezara a perdonarlo.

Tres personas los esperaban al inicio del camino del bosque. Reconoció a las dos primeras enseguida. Debía admitir que Daniela le gustaba un poco más que Margo. Más que nada porque, cuando las había acompañado al bar durante aquellos primeros días, Daniela permanecía en silencio y Margo no dejaba de parlotear. Le llenaba la cabeza de punzadas de dolor. Y de irritación.

El tercero, por supuesto, era el tal Jamie. El rubio delgado. Sonrió ampliamente a Victoria. En cuanto vio que sus manos estaban unidas, la sonrisa vaciló una milésima de segundo. Después, volvió a mostrarse igual de contento.

—¡Victoria! —exclamó la rubia—. ¡Cómo me alegro de que hayas venido!

La aludida le soltó la mano para ir al encuentro de su amiga. Se cruzaron a medio camino, donde se fundieron en un profundo abrazo. Caleb observó el gesto con curiosidad. Victoria, con sus amigas, se comportaba como si fueran familia. Era un concepto que le llamaba la atención.

—¿Cómo iba a perderme tu cumpleaños? —preguntó Victoria al separarse de ella—. Oh, he traído invitados. Espero que no te importe.

—¡Claro que no! Me encanta que seamos unos cuantos más.

—Pues ya conoces a Caleb, que es mi novio. Este es Brendan, su hermano. Y…

—¡Iver! —exclamó Daniela con alegría—. Sí, me acuerdo. ¡Me encanta tu sombrero!

El aludido esbozó una enorme sonrisa que provocó un suspiro de Brendan.

—Bueno. —Victoria se volvió hacia ellos—. Estos son mis amigos Daniela, Margo y Jamie.

—No sé si habrá alcohol para todo el mundo —comentó el último.

Margo torció el gesto.

—¡Hay de sobra! ¿De qué hablas?

Jamie no dijo nada, pero, cuando sus miradas se cruzaron, Caleb notó que se tensaba.

—Bueno —concluyó Daniela—, deberíamos empezar cuanto antes. ¡Hay que llegar a la cima antes de que se anochezca!

Victoria

El camino era estrecho, frondoso y a cada paso ascendía más y más. Daniela andaba en cabeza, encantada con el paseo. Tras ella, Iver permanecía entre Margo y Brendan. Jamie caminaba tras el trío, poco interesado en nadie. Los últimos eran Victoria y Caleb.

La pobre llevaba diez minutos andando y ya se sentía como si fuera a vomitar un pulmón.

En cuanto la pendiente aflojó un poco, Victoria aprovechó para apoyar las manos en las rodillas. Necesitaba un descanso. Uno muy urgente.

—No puedo más —jadeó de algún modo—. No he nacido para moverme tanto. Vivan los puñeteros coches.

Caleb permanecía a su lado, fresco como una rosa.

—Deberías mejorar esa resistencia.

—Cállate.

Tras esa palabra, se incorporó y se apoyó las manos en las caderas. No podía más. Como continuara andando, le explotaría la cabeza. Ni siquiera quería saber qué grado de enrojecimiento había adquirido en ese rato. Y de sudor. Qué asco.

—Si ves un esófago por el camino —murmuró entre bocanadas de aire—, recógelo, porque es mío. Seguramente lo he escupido sin querer.

—Mmm… Me habría dado cuenta.

—Deberíamos seguir —se obligó a decirle—. Vamos a perder a los demás.

Caleb la contempló con una ceja enarcada.

—No vamos a perder a nadie —aseguró con cierta diversión—. Descansa todo lo que quieras.

No necesitó más insistencia. En cuanto pudo, se escabulló para sentarse en una raíz gigante. Agotada, apoyó la espalda sudada en el tronco y cerró los ojos. Jamás había sentido tanto alivio.

Al abrir los ojos, vio que Caleb se había acuclillado ante ella.

—¿Quieres un poco de agua?

—Prefiero oxígeno, gracias.

—Lo de mejorar la resistencia no es broma —observó él—. Necesito que puedas aguantar más ejercicio que este. Algún día, tu vida puede depender de cuánto corras.

—Si tengo que correr, prefiero que me maten.

—Victoria…

—¡Que sí! —se exasperó—. ¿Puedes llevarme un rato en brazos?

La pregunta era casi retórica. No esperaba una respuesta afirmativa. Y, sin embargo, Caleb asintió una vez. Le tendió la mochila, que ella se colgó con confusión, y luego se dio la vuelta para que Victoria se le subiera a la espalda.

—Era broma —comentó ella, todavía pasmada.

—No me cansaré. Sube.

Victoria, que no iba a quejarse por ahorrarse la caminata, se sujetó de sus hombros y se apoyó con los pies en la raíz donde se había sentado. Desde ahí, el salto resultó mucho más fácil. Caleb la sujetó con las manos bajo sus rodillas y se desplazó como si no llevara nada de peso.

Qué envidia.

Victoria cruzó los tobillos delante de su cuerpo y contempló a su alrededor. Desde ahí arriba, la vida parecía de otro color. Se sentía como una giganta capaz de hacer lo que le diera la gana. Ya entendía por qué sus amigos eran siempre tan engreídos.

Tras unos minutos, Victoria se asomó por encima de su hombro con una sonrisita.

—Oye, X-Men.

—¿Qué?

—Esto que has hecho es muy sexy.

—Ah.

—Veo que estás muy hablador.

—Mmm…

—¿Qué te pasa?

Aquella pregunta ya no iba en tono de broma. Lo preguntaba totalmente en serio. No le gustaba que Caleb se guardara cosas. Si tuviera la seguridad de que se desahogaba con alguien más, quizá lo dejaría pasar. Sin embargo, solo solía hablar con ella.

—No me gusta ese chico —murmuró al final.

—¿Cuál?

—Sabes cuál.

Victoria suspiró y le pinchó la mejilla con un dedo.

—No estés celoso; mi debilidad son los chicos que me espían.

—Yo no espío…, solo observo.

—¡Y aquí está mi X-Men otra vez! Te había echado de menos.

Caleb esbozó una pequeña sonrisa y tomó un desvío. Pese a meterse entre la maleza, las ramas y los troncos no les supusieron ningún problema. Se movía como un ninja. De nuevo, qué envidia.

En cuanto Victoria oyó las voces de los demás, supo que le quedaba poco tiempo para aclarar el tema.

—No tienes de qué preocuparte —aseguró—. Y, si Jamie no se porta bien, intenta no tenerlo en cuenta; no le gustan los desconocidos.

—¿Hablas de tu exnovio o de tu perro?

Victoria quiso enfadarse, pero lo único que le salió fue una carcajada.

Caleb

Resultó ser el único que sabía montar una tienda de campaña.

Lo que le apetecía era lanzarlas por la colina, pero terminó trabajando en silencio. Qué día. Con lo bien que estarían en casa…

Las amigas de Victoria revoloteaban a su alrededor mientras trabajaban. Margo ayudaba en algunos puntos, pero no aportaba demasiado. Daniela se limitaba a dar órdenes, así que tampoco ofrecía mucho soporte. Victoria, por su parte, se había juntado con Iver y Brendan para preparar todo lo demás. Su exnovio era el único que permanecía de brazos cruzados.

Mientras Caleb hacía uno de los nudos, Margo ahogó una exclamación.

—¿Dónde has aprendido a hacer eso?

—Mi jefe. Es muy útil para atar a la gente. O para torturar. Cuanto más tires, más se aprieta. Muy útil.

Y siguió a lo suyo mientras Margo y Daniela intercambiaban una mirada mortificada.

El dichoso campamentito quedó montado en menos de una hora. Y tardaron tanto porque, tras la primera tienda, nadie más ayudó al pobre Caleb. Lo prefería así. No quería continuar oyendo las protestas de los demás.

Para entonces, ya había anochecido. Brendan e Iver habían arrastrado cuatro troncos para colocarlos en torno a su pequeña hoguera. Ahora, todo el mundo ocupaba su correspondiente lugar y se calentaba pese a que la temperatura era bastante neutral.

Victoria, por supuesto, había guardado un lugar a su lado. En cuanto vio que Caleb buscaba dónde sentarse, sonrió y dio una palmadita a su lado. Él se sintió mejor de lo que quizá debería.

—Qué oportuno —comentó ella—. Justo le estaba explicando que sabes todas esas cosas de nudos porque fuiste *boy scout*. ¿A que sí?

Caleb suspiró.

—Sí, claro.

—Yo era una chica abeja —anunció Daniela, sonriente.

Margo hizo una mueca.

—¿Qué es eso?

—¡Un grupo de exploradoras! Nos llamábamos «abejas» porque había otros dos grupos y había que diferenciarse. Repartíamos galletas a cambio de donaciones. A mí me echaron porque siempre me las comía por el camino.

—Muy bien —señaló Iver—. No hay que desperdiciar ni una miga.

Mientras Margo y Brendan ponían los ojos en blanco, Caleb volvió la cabeza de forma automática. Se sentía observado. Y lo confirmó al ver que Jamie no le quitaba la vista de encima.

—Bueno —dijo este—, ¿por qué no habláis un poco Victoria y tú? ¿Cuánto hace que estáis con... *esta cosa*?

Victoria

¿«Esta cosa»?

Él sí que era una cosa.

—Es una relación —aclaró, molesta—. Y llevamos varias semanas, si tanto te interesa.

Casi prefirió que Caleb no dijera nada. Permanecía calladito a su lado, con los ojos clavados en Jamie.

—Lleváis poco tiempo —observó este último.

—Varias semanas no es poco tiempo —aseguró Iver con confusión—. Yo no duro ni dos días con nadie.

—Tú eres un caso especial —le aseguró Brendan.

Victoria trató de centrarse en el fuego. En el crepitar de las ramas. En el ambiente que creaba. Y, sin embargo, terminó por subir la mirada otra vez. Jamie seguía centrado en ella, tal como había sospechado.

—Si quieres hablar —repuso ella—, es más rápido decirlo.

A modo de respuesta, Jamie indicó la zona de las tiendas. No quedaba muy apartada, pero daba un toque de intimidad. Tras eso, se movió sin esperar a que ella lo siguiera. Victoria dirigió una mirada a su acompañante. Caleb fingía estar muy interesado en el fuego, pero sospechaba que no se perdería un detalle de la conversación.

Vale, hora de tener cuidado si no quería que la noche terminara en asesinato.

Jamie era la viva imagen de la impaciencia: la esperaba con los brazos en jarras y la punta del pie repiqueteando contra el suelo. Cuando Victoria llegó a su lado, la miró como si fuera la culpable de todos sus problemas.

—¿Qué pasa? —preguntó ella directamente.

—Nada.

—Podrías ser un poco educado, entonces.

—Estoy siendo educado.

—Solo con dos de los invitados.

—Bueno —hizo un gesto despectivo con la mano—, lo que piense ese chico me la pela.

—No es «ese chico», es mi novio.

Quizá se debiera a la oscuridad, o porque la única luz que alcanzaba el rostro de Jamie era la de la hoguera, pero de pronto no le parecía ni la mitad de interesante que de costumbre. Victoria contempló a su exnovio con la atención que le prestas a un cuadro que, aunque sea bonito, no terminas de entender. Jamie era atractivo. Siempre lo había sido. Sin embargo, era incapaz de sentirse atraída por él. O por sus ojos claros. O por su melena rubia y desordenada. O por su ropa abierta y llena de estampados de colores. De pronto, solo veía al que había sido su amigo antes de empezar a enrollarse. Y, por un momento, deseó poder volver a esa dinámica de antes, en la que no había tensiones y podían ser ellos mismos.

Tras aquella frase, Jamie se había quedado sin palabras. La contempló unos segundos, pensativo, antes de sacudir la cabeza.

—No sé qué te pasa últimamente.

—Estoy bien —le aseguró ella.

—¿Segura? Porque desapareciste durante una eternidad. Iba al bar a buscarte y no estabas. Iba a tu casa, y tampoco. ¿Dónde estabas?

—Me fui de vacaciones.

—Sí, seguro…

—¿Te pido yo explicaciones de lo que haces o dejas de hacer? —intervino ella de pronto—. Porque, hasta donde yo sé, la última vez que nos vimos intentaste liarte conmigo mientras tenías novia.

—¿Y eso qué tiene que ver?

—¡Que no me pidas explicaciones de cosas que no te incumben!

Pese a que había subido el volumen, los demás fingieron que no habían oído nada. En esos momentos, Margo también subió el volumen para contar algo de un cliente del bar que se había enfadado con ella por pedirle propina.

Jamie suspiró y contempló a Caleb por encima del hombro de Victoria.

—¿No te parece…? —empezó, pero se detuvo.

—¿Qué?

—No sé. Me da la sensación de que… tiene algo raro.

Victoria, que en otro momento se habría reído, tan solo pudo encogerse de hombros.

—Todos tenemos nuestras rarezas.

—Pero ¡apenas ha hablado en toda la tarde!

—Es poco hablador.

—A ti no te gustan los chicos así, Vic.

—Sé decidir qué chicos me gustan, pero gracias por tu consejo.

—Tienes demasiada energía como para marchitarte con él. En serio, necesitas a alguien que te siga el ritmo. Que te haga feliz.

—¿Y tú sabes quién me hace feliz?

—Puede que no, pero me preocupo por ti.

—Una cosa es preocuparte y la otra es meterte así en mi vida.

Jamie apretó los dientes.

—No me gusta, Vic.

—Suerte que tiene que gustarme a mí, entonces.

Cuando volvieron con el grupo, todo el mundo se había quedado en silencio. La tensión era palpable. Y la única que intervino fue Margo al aclararse ruidosamente la garganta y decir:

—¿Y si nos emborrachamos?

Caleb

Claro está que él no tocó una sola botella de cerveza. Simplemente contempló cómo los demás las vaciaban de forma apresurada. Victoria fue la única que le ofreció un sorbito de la suya, pero él sacudió la cabeza.

—Qué buen chico —bromeó con diversión.

Cuando pasó por su lado para volver con el grupo, iba contoneándose con la botella al aire. Los demás la recibieron con una ronda de aplausos. Y Caleb, por primera vez en su vida, se quedó mirando el culo de alguien.

En cuanto se dio cuenta de lo que hacía, dio un brinco y fue a sentarse.

Al parecer, emborracharse no era suficiente y necesitaban un pretexto para beber. Un pretexto en forma de juego, concretamente. Por lo poco que había entendido —o prestado atención, más bien—, se trataba de un intercambio de verdades y retos. En cuanto llegaba el turno de un jugador, podía elegir entre hacer un reto o responder una verdad. Estas últimas solían ser lo más trivial de la historia, pero provocaban risitas alrededor de la hoguera. Victoria incluida.

A esas alturas, sospechaba que moriría sin entender las relaciones sociales.

La noche iba avanzando. Los retos fueron pervirtiéndose. Caleb suspiraba constantemente. Victoria, a su lado, de vez en cuando le daba besos o le cogía la mano. En ese aspecto, tampoco lo estaba pasando tan mal.

Por lo menos, hasta que Margo se le acercó y le propinó un puñetazo en el hombro. De haber sido humano, probablemente le habría dolido.

—¡Venga, Caleb! —le dijo—. ¿Verdad o reto?

—Muerte.

—¿Eh?

—Dame un reto a mí —le dijo Victoria.

Margo se tocó la barbilla como si lo estuviera considerando. Caleb sospechaba que ya se había acercado con una idea en mente.

—Te reto a hacerle un baile sexy a tu novio, que tiene cara de estar muy aburridito.

Caleb frunció el ceño y le dirigió una mirada de advertencia a su acompañante. No sirvió de nada. Victoria ya le estaba dejando el botellín de cerveza en la mano.

—Sujétame esto —pidió, muy digna.

Daniela, de fondo, subía el volumen de la música y reía. Los demás aplaudían con entusiasmo. Caleb no sabía dónde meterse. Ningún agujero sería lo suficientemente profundo.

Como Victoria no estaba embriagada, dedujo que accedía al reto porque le apetecía hacer un poco el ridículo. Aunque, cuando empezó a moverse…, no, tampoco era tan ridículo. Empezó moviendo los hombros al ritmo de la música y luego sumó las caderas. Subió las manos por ambos lados de su cuerpo con una pequeña sonrisita, y entonces su cuerpo entero empezó a moverse con gracilidad.

Caleb observaba el baile sin saber qué hacer. Continuaba con la cerveza en la mano, así que la protegía con su vida. Era lo único que se le ocurría.

Victoria se dio la vuelta y levantó los brazos. De nuevo, Caleb no pudo hacer otra cosa que mirarle el culo; parpadeó, apartó la mirada y volvió a pegarla ahí. Cuando intentó apartarla otra vez, fue incapaz.

—¿Quieres un vasito de agua? —se burló Iver de fondo.

—Creo que se le ha secado la garganta —añadió Brendan.

Caleb pasó de ellos. Especialmente cuando Victoria volvió a girar y le colocó ambas manos sobre los hombros. Estaba tan cerca que se había quedado de pie entre sus piernas. Caleb echó la cabeza hacia atrás. El gesto le recordó aquella noche en la que se habían acostado. Y pensó en el miedo que había sentido. Y en lo mucho que desearía no haber salido corriendo.

—¿Estás bien? —le preguntó ella en voz baja.

—Sí.

—Puedes apartarte o disfrutar del baile. Tú eliges, X-Men.

Como no se apartó, Victoria dio una vuelta a su alrededor. Como aún tenía una mano en su hombro, acompañó el movimiento con una caricia que se deslizó por su cuello, su nuca y su mandíbula.

Y, entonces…, una sensación nueva. Calor. No *ese* tipo de calor. En la cara. En las orejas. Le ardían. Y esa incomodidad…

¿Acababa de ruborizarse?

En cuanto lo vieron, las amigas de Victoria —e Iver— se pusieron a vitorear. Jamie seguía callado. Brendan solo observaba la situación con una risita malvada.

Oh, iba a burlarse de Caleb por lo que le quedara de vida.

Victoria se detuvo frente a él, le quitó la cerveza de la mano y le dio un toquecito en la frente. Todo el mundo empezó a aplaudir. Y ella, por supuesto, hizo una reverencia a su público.

—Creo que he ganado el reto —dijo alegremente.

Victoria

—¿Te ha gustado el baile?

Sinceramente, no esperaba una reacción de Caleb, pero él dio un respingo y asintió con la cabeza. Debió de darse cuenta de su propio entusiasmo, porque enseguida cambió el semblante y masculló:

—No ha estado mal.

A Victoria se le escapó una risita. Después, se inclinó para besarlo en la mejilla. Caleb se dejó. Todavía tenía las orejas rojas como un tomate. Qué tierno.

Tuvo que esperar unas cuantas rondas para que la retaran y, en consecuencia, por fin le tocara retar a otra persona. Llevaba ya un tiempo pensando en cosas que hacerles a los demás. Y tenía muy claro por quién quería empezar.

—Brendan —sonrió como un angelito—, ¿verdad o reto?

El aludido enarcó una ceja. Pese a que bebía y reía, no estaba muy participativo.

—Yo no juego.

—Tienes que jugar —protestó Iver.

—No.

—Vamos —insistió Daniela—, ¡es mi cumpleaños!

—¡Caleb tampoco ha jugado y nadie le dice nada!

—El pobre todavía se recupera del baile —comentó Margo.

Caleb enrojeció aún más.

Su hermano debió de darse cuenta de que toda aquella discusión era inútil, porque suspiró y volvió a centrarse en Victoria.

—Verdad.

Casi al instante, Margo soltó un resoplido.

—Aburrido.

Y Brendan, desde luego, le clavó una mirada desafiante.

—¿Perdona?

—La verdad es para los aburridos. Los valientes eligen retos.

—Una verdad puede ser peor que un reto.

—Y un reto puede ser muchísimo peor que una verdad. —Ella sonrió—. Aburrido.

Victoria no esperaba que Brendan se lo tomara tan a pecho, pero se volvió hacia ella como si tuviera una gran responsabilidad sobre los hombros.

—Dame un reto de verdad —exigió.

—Em…, no sé si quiero meterme en esto.

—Si quieres, lo hago yo —le dijo Margo.

Satisfecha, Victoria levantó las manos y le dejó el marrón a ella. Margo parecía encantada. Centró su atención en Brendan. Su sonrisa no auguraba nada bueno.

—Te reto a contarnos tu peor secreto… o a quitarte una prenda.

Victoria casi pudo sentir las chispas de irritación volando cuando Brendan, sin romper el contacto visual con Margo, se quitó la chaqueta y la lanzó al suelo. Quiso contárselo a Daniela, pero ella estaba ocupada prestándole toda su atención al gorrito de Iver. Este se lo había quitado para enseñarle cada detalle como si fuera información totalmente necesaria para la existencia de ambos.

Jamie tampoco era una opción, claro. Había estado de brazos cruzados desde la conversación.

Genial.

¿Es que nadie seguía jugando?

Bueno, Margo y Brendan sí, porque él acababa de hacerle el mismo reto a ella, que se había quitado la chaqueta con la misma actitud desafiante.

Victoria, finalmente, se volvió hacia Caleb.

—¿No te sientes un poco violinista? —susurró.

—No. Nunca he tenido habilidad para los instrum…

—Qué tierno eres cuando no pillas nada.

—¿Estás borracha?

—No. Es mi sentido del hum…

Se interrumpió a sí misma. ¿Eso que acababa de caerle en la mejilla era una gota de lluvia?

—Oh, no —murmuró.

Sí, empezó a llover.

Mucho.

Caleb no dejó de maldecir en voz baja por haber tenido que montar las tiendas para nada. Mientras tanto, las recogían a gran velocidad. Y además el pobre se estaba empapando, porque Victoria se había olvidado su chaqueta impermeable y él le había prestado la suya, que casi le sentaba como una capa.

Mientras bajaban la cuesta, Victoria podía jurar que la lluvia no le permitía ver sus propios pies. Era tan fuerte que se sentía como si la martillearan. Y, de no haber sido porque tenía aún la frente y el hombro un poco sensibles, quizá no le habría importado tanto. Su único consuelo era que Caleb permanecía a su lado. Como estaba segura de que iba a caerse, prefería mantenerse cerca de un X-Men.

No obstante, quien terminó por caer fue Daniela.

—¡Aaay!

La pobre había rebotado unos cuantos metros hacia abajo. Todo el mundo dejó de correr y, de hecho, ella se detuvo gracias a que Jamie consiguió sujetarla del brazo a tiempo. Cuando llegaron a su lado, tenía el culo mojado y sucio por la hierba y la tierra. Se lo acarició con una mueca de dolor.

Victoria fue de las últimas en alcanzarla. Los primeros habían sido Margo e Iver.

—¿Estás bien? —preguntó Victoria, alarmada.

—Sí, sí… ¡Ay! Bueno, igual no… Me he caído sobre la muñeca.

Y, efectivamente, cuando la levantó tenía un pequeño bulto en el hueso. La única que no pareció alarmarse fue la misma Daniela.

—¡Tienes que ir al hospital! —chilló Iver, presa del pánico.

—¡No te asustes, que quien se ha hecho daño soy yo!

—¿Os queréis calmar? —protestó Margo, y se volvió hacia Brendan—. Tú, imbécil, ¿sabes conducir?

Brendan frunció el ceño.

—¿Imbécil? ¿Cómo te atre…?

—¡¿Sí o no?!

—Claro que sí.

—Genial.

Se sacó las llaves del bolsillo y se las lanzó.

—Llévanos a un hospital —le ordenó.

—¿Yo? ¿Por qué yo?

—¡Porque eres el que menos ha bebido!

Tras eso, se volvió hacia los dos restantes.

—Marchaos a casa a cuidar del crío y el gato, nosotros nos encargamos del resto.

Brendan no estaba muy convencido de la situación, pero Iver no dudó en levantar a Daniela en brazos e ir al coche a su velocidad habitual, muy superior a la de ella. La pobre Dani, para cuando llegó, estaba aún más pálida.

Caleb

El niño y el gato dormían en el sofá. Solo Bexley se mantenía despierta y, cómo no, con una película de terror de fondo. Pese a haberla visto una veintena de veces, no dejaba de disfrutarlas.

Menos mal que esos dos estaban dormidos, porque Victoria se habría enfadado otra vez.

En cuanto Bexley oyó los pasos de Victoria, se volvió de golpe. No tardó en relajarse.

—¿Ya estáis aquí? —preguntó con una mueca—. ¿Y mi hermano? ¿Y tu hermano?

—Se han ido a socorrer a la amiga de Victoria —apuntó Caleb.

Bex se quedó más perdida que antes.

Victoria, por su parte, se quitó el chubasquero y fue directa a por el niño. Lo recogió con una suavidad sorprendente y se las apañó para cargarlo en brazos sin que se despertara. Quien sí lo hizo fue el gato, que le dedicó una mirada de traición por haber perturbado su descanso.

¿Miau?

—¿Qué pasa? —susurró Victoria.

El gato miró al niño y luego a sí mismo, indignado.

¡Miau!

Al final, Victoria suspiró y le hizo un gesto para que los acompañara. Aquello lo dejó más conforme. Lentamente, los tres ascendieron los escalones.

—¿Qué tal la acampada? —preguntó Bex tras un estiramiento.

Caleb no supo qué decir. Desde la conversación con Jamie, se sentía un poco extraño. Removido. Además, el baile y todo lo sucedido habían aumentado esa sensación.

—¿Estoy incumpliendo la primera norma de Sawyer? —preguntó en voz baja—. ¿Estoy poniendo a alguien por delante de la familia?

Bex, para su sorpresa, se rio.

—Hace mucho que destrozaste esa norma, Caleb.

Oyó las tres respiraciones acompasadas incluso antes de llegar al dormitorio. Victoria, el niño y el gato dormían profundamente sobre su cama. Era gigante, ¿eh? Pero ocupaban todo el espacio posible.

Aprovechando que todos estaban dormidos, se metió en el cuarto de baño y se dio una ducha. Al salir, ellos seguían dormidos. Se sentó en el borde de la cama, dubitativo, y los contempló. ¿En qué momento había traído a Victoria? ¿Y por qué no podían estar esos tres así de tranquilos siempre?

Para cuando quiso ponerse de pie, notó una manita pequeña en la muñeca. Volvió la vista hacia el niño. Con la otra mano, se frotaba los ojos.

—¿Te he despertado? —le preguntó Caleb.

Él sacudió la cabeza.

—Bueno…, tú…, em…, cómo te llames…, vuélvete a dormir.

El niño, un poco gruñón, le empezó a tirar del brazo para recostarlo.

—Ah, no…, de eso nada.

Por supuesto, tiró con más fuerza.

—Suéltame o…

Caleb se calló de golpe cuando él señaló a Victoria de forma amenazante.

—Ni se te ocurra despertarla —advirtió Caleb en voz baja.

El crío enarcó una ceja con cierto desafío.

—Me caes mal —murmuró Caleb—, que lo sepas.

Aun así, consiguió que él se tumbara en la cama. En cuanto logró el objetivo, soltó a Victoria y se lanzó sobre Caleb; este, por su parte, se limitó a mirar el techo contando los segundos que faltaban para que el crío se durmiera y él pudiera irse.

Y entonces notó una pata peluda en el brazo y una mano de Victoria en la frente.

Cuando el crío se quedó dormido y empezó a babear en su cuello, torció el gesto.

Sí, iba a ser una noche muy larga.

27

Victoria

Abrió los ojos perezosamente y apretó lo que fuera que tenía en la mano, que era cálido y blandito.

Pero…, espera, ¿qué era eso?

Ya con los ojos abiertos, apretó un poco los dedos y trató de enfocar la mirada. Tardó unos instantes en darse cuenta de que era la mejilla de Caleb.

—¿Qué…? —empezó ella, confusa.

—¿Estás despierta? —preguntó él, dando un respingo—. Por fin. ¿Eso quiere decir que ya me puedo ir?

—¿Irte…?

—El niño me secuestró —dijo malhumorado, quitándose la patita de Bigotitos y la mano del niño de encima—. La noche más larga de mi maldita existencia.

Victoria intentó contener una risita divertida sin mucho éxito.

Al final, resultó complicado despertar a Bigotitos y al niño, que querían dormir cinco minutitos más, pero Bexley subió a ayudarla. A ella siempre le hacían mucho más caso. El siguiente paso fue la bañera. Mientras el niño jugueteaba feliz en el agua, Bigotitos los miraba con desconfianza desde la puerta.

—A ver… —murmuraba Bex mientras Victoria seguía con el baño—, sí. Sabía que aquí había unas.

Se refería a unas tijeras. Las enseñó con mucho orgullo.

—¿Seguro que sabes lo que haces? —preguntó Victoria—. No quiero rapar al pobre niño.

—Sé lo que hago —le aseguró Bexley.

Casi al instante, se le cayeron torpemente las tijeras al suelo.

Pobre niño.

De todos modos, Victoria terminó el baño y lo sentó delante del espejo, donde él jugueteó tranquilamente con el bote de jabón. Si se dio cuenta de que Bex le estaba cortando el pelo, no lo mostró. Con el labio inferior entre los dientes y el ceño fruncido, Bex se las apañó para cortar puntas y mechones. Victoria nunca lo admitiría, pero esos diez minutos fueron los más tensos de su vida.

Y, poco después, Bex sonrió, se hizo con un peine y terminó de recolocarle el pelo húmedo al niño, que se miró a sí mismo en el espejo con una gran sonrisa.

—Y… ¡listo! Mi gran obra maestra.

Victoria se asomó para verlo. El pelo castaño y rizado ya no parecía tan rizado. Bex le había cortado, como mínimo, cuatro dedos de longitud. Ahora estaba mucho más ordenado y corto, y eso que le había dejado un despeine muy tierno. Parecía incluso más limpio. Y el niño, desde luego, estaba encantado.

—Vale, tenías razón —admitió Victoria—. Esto se te da bien.

Lo primero que él quiso hacer fue enseñárselo a Caleb, así que se encaminaron escaleras abajo. Desgraciadamente, se encontraron con Iver, que acababa de cruzar la puerta principal.

Victoria no le habría dado mucha importancia, pero cuando la señaló con un dedo acusador tuvo que detenerse.

—¡Tú! —chilló Iver—. ¡He estado con tu amiga hasta ahora!

—¿Y te lo has pasado bien? —murmuró Caleb, que deambulaba por la cocina.

—¡No!

Iver puso los brazos en jarras, indignado. Que nadie hiciera caso de su drama parecía empeorar más la situación.

—¡Nadie dijo que tendría que pasarme horas en un maldito hospital! ¡Y solo para que la atendieran! Si lo hubiera sabido, habría obligado a Caleb a curarla él mismo.

El aludido pasaba de él. En cuanto vio que el gato aparecía, le lanzó un poco de comida. Bigotitos lo atrapó en el aire y empezó a pavonearse, orgulloso de sus habilidades. En cuanto Victoria dejó al niño en el suelo, este correteó hacia ellos.

—¿Está mejor? —preguntó ella.

—No fue nada grave —dijo Iver, todavía indignado—. Pero… ¿tú sabes lo que he tenido que sufrir? ¡Me he pasado horas sentado entre Brendan y Margo! ¡Horas! Si son insoportables durante cinco minutos…, ¡¿cómo te crees que son durante varias horas?!

—Deja de exagerar —protestó Bexley.

Esa vez, Iver pareció tocar el fondo de su pozo de paciencia. Levantó la mano, indicando que nadie le hablara, y subió las escaleras sin entablar contacto visual.

—Bueno. —Bexley se cruzó de brazos y miró a Caleb, burlona—. ¿Qué te parece el corte de pelo?

—Está bien.

—Está mucho mejor que bien, pero acepto el cumplido. Ya es todo un señorito.

El niño sonrió ampliamente y se desordenó el pelo con las manitas. Mientras tanto, Victoria decidió acercarse a la nevera. Llevaba varias horas muriéndose de hambre. No había comido nada desde la tarde anterior, ya que la acampada había finalizado antes de que Iver pudiera cocinar algo. Por suerte, este había dejado masa de gofres en la nevera. Mientras la metía en la gofrera, el niño se le pegó a la pierna para ver lo que hacía.

Caleb continuaba lanzándole bolitas de comida a Bigotitos, que las atrapaba todas con mucho pavoneo.

—El gato es muy listo —observó con curiosidad.

—Siempre lo he dicho —murmuró Victoria.

—Pero ¿por qué habláis como si fueseis un matrimonio? —protestó Bex.

—No hablamos como un matrimonio —dijeron, a la vez.

Su amiga suspiró y se hizo con un taburete. Parecía aburrida, como de costumbre. Quizá por eso sacó el tema que todos los demás habían evitado esos dos días.

—¿No deberíamos ponerle un nombre al niño?

Era una buena idea. Victoria, mientras sacaba el gofre para ponerlo en un plato, miró al niño con una ceja enarcada.

—¿Te gustaría tener un nombre?

Él asintió, aunque quizá no lo había entendido.

—Ya debe de tenerlo —observó Caleb.

—No para nosotros —observó Bex, a su vez—. Podríamos ponerle uno de los nuestros. Le quedaría bien.

Caleb

Sus palabras escaparon antes de que pudiera analizarlas.

—Kyran.

478

Bex y Victoria lo contemplaron con curiosidad.

—¿Kyran? —repitió la última.

Caleb se aclaró la garganta, incómodo.

—Es… lo primero que se me ha ocurrido.

—¿Y qué significa?

—Pantera —dijo Bex—. En nuestro idioma.

Caleb contempló al niño con curiosidad. Este le devolvió la mirada con sus grandes ojos grises.

—¿Te gusta? —le preguntó con suavidad.

Para su sorpresa, él asintió con mucho entusiasmo y fue corriendo a abrazarse a su pierna.

Victoria

—Bueno, Kyran —comentó Victoria un rato más tarde—, ¿qué te apetece hacer mientras ellos trabajan?

Lo dijo con un poco más de inquina de la que pretendía. Más que nada, porque Sawyer había vuelto a convocar un trabajo para los chicos, y solo Bex se había quedado en casa. Victoria había decidido que no quería formar parte de la discusión, así que ahora paseaba por el patio trasero con Kyran.

Qué nombre tan curioso. Le gustaba mucho.

—¿Papá no te llamaba de ninguna manera? —preguntó.

El niño sonrió.

—¿Alguna vez vas a hablarme?

De nuevo, no obtuvo respuesta.

Victoria resopló y, cuando Kyran salió corriendo hacia el campo de tiro, decidió seguirlo.

—¿Adónde vamos? —le preguntó—. Más allá solo hay bosque. Y el bosque da mucho miedo, ¿eh? No te metas demasiado.

De pronto, el niño abrió mucho los ojos y la contempló como si la viera por primera vez. Victoria se detuvo por inercia. No estaba segura de si había visto alguna cosa.

Lo único que tuvo claro es que, de pronto, el niño salió corriendo.

—¡Kyran!

Caleb

—¡Vuelve a ser una trampa! —insistió Bex.

Iver seguía amargado por la noche en el hospital, así que no decía nada. Mantenía la cabeza sobre un puño y una mueca en los labios.

—Podríamos decirle que encontramos al ladrón de vino —informó Caleb—. Quizá, así...

—Quizá perdone a Victoria, sí. Después de saber que ha sido su hermano, seguro que no ata conceptos.

—Oye, que empiezo a entender el sarcasmo.

Bex suspiró y apoyó las manos en la encimera.

—¿Tú qué piensas? —le preguntó a Iver.

—Que Sawyer está más desquiciado que de costumbre y que no pienso ir a su fábrica.

—¡Exacto!

Caleb tuvo que contener una maldición. ¿Cómo iban a ganarse su perdón si nadie se atrevía a visitarlo?

Aunque, pensándolo bien..., ¿quería ganarse su perdón? O ¿podía hacerlo, después de haber incumplido tantas normas?

Victoria

—¡Mierda!

Pensó en gritar para que Caleb la oyera, pero no se atrevía a quedar, otra vez, como la idiota que se había alejado de la casa.

Y se habían alejado mucho. El niño aparecía entre las ramas, corriendo como un poseso y esquivando piedras y raíces. Victoria, que todavía estaba un poco débil de tanto reposo, apenas podía seguirle el ritmo.

—¡Kyran! —insistió, desesperada.

Para cuando volvió a ver al niño, ya habían atravesado el bosque. Se encontraban en una parte de la ciudad que nunca había visitado. No parecía la más segura del mundo. Las casas estaban abandonadas, las calles destartaladas y las aceras destrozadas por el paso de los años.

—¡Kyran! —gritó, furiosa—. ¡Te estás pasando, vamos!

El niño, sin embargo, no se detuvo hasta llegar a la valla de uno de los edificios más grandes. Parecía una fábrica. Textil, quizá. En cualquier caso, estaba completamente abandonada.

Victoria lo alcanzó con la respiración agitada.

—¡No vuelvas a hacerme esto!

El niño levantó la mirada y la contempló con confusión. Luego, señaló el edificio.

—¡Ni se te ocu…!

Antes de que pudiera terminar la frase, el niño desapareció. Literalmente.

Victoria se quedó paralizada unos instantes. No entendía nada. Y entonces vio a Kyran de nuevo, al otro lado de la valla, saludándola felizmente.

—¿Q-qué…? —Se le cortó la voz por el pánico—. ¡Kyran! ¡Kyran, vuelve aquí!

Pero el niño no regresó. Solo le hizo un gesto para que lo acompañara.

Oh, Victoria iba a llevarlo del hombro si era necesario, pero no se meterían en esa fábrica.

—¡Vuelve aquí! —repitió, apoyándose en la valla.

Kyran negó con la cabeza y señaló la puerta.

Oh, no.

Victoria sintió que la invadía una oleada de pánico. Se puso a buscar compulsivamente por dónde había entrado y, finalmente, encontró la respuesta en forma de pequeña abertura, cercana al suelo de la valla. Se tiró al suelo sin siquiera pensarlo y agradeció haber salido de casa con un pijama que no le impidiera el movimiento.

La humedad del pavimento se le había adherido a la ropa, pero la ignoró y buscó a Kyran. Estaba histérica. ¿Quién sabía qué clase de cosas podía haber ahí dentro? ¿Y si pisaba un cristal roto?, ¿y si había gente peligrosa?

—¡Kyran! —susurró, desesperada.

Vio la sombra del niño y echó a correr tan sigilosamente como pudo hacia ella, rodeando la fábrica. Cuando llegó a la parte trasera vio que Kyran estaba acercándose a…

Oh, no.

Kyran iba directo a dos hombres corpulentos que vigilaban una de las puertas.

Si ese día no moría de un infarto, probablemente nunca iba a hacerlo.

Con una mano en el pecho, vio como Kyran permanecía de pie delante de ellos. Los hombres hablaban en voz baja. Asentían y reían. En cuanto se volvieran, descubrirían al niño frente a ellos. Y entonces... No, no quería ni pensarlo.

Sin siquiera meditarlo, Victoria se lanzó hacia delante para rescatarlo. Si le hacían daño a Kyran, tendrían que hacérselo también a ella.

Pero, a medida que avanzaba, se dio cuenta de que los hombres habían echado varias ojeadas a Kyran y no le hacían caso.

De hecho..., lo ignoraban. ¿Por qué lo ignoraban?

Kyran sonrió ampliamente y avanzó hacia la puerta. Ella abrió mucho los ojos, asustada, pero se quedó completamente paralizada cuando vio que pasaba entre los hombres... sin que ellos lo miraran.

¿Es que... no lo veían?

Se quedó de pie al otro lado. Ellos continuaban hablando. Kyran le indicó con un gesto desde el interior de la fábrica para que lo siguiera, pero Victoria dudó.

De hecho, uno de los hombres miró en su dirección cuando pisó un poco fuerte, como si hubiera oído algo, pero apartó la vista con desinterés.

¿A ella tampoco podían verla?

Observó mejor a Kyran... y se dio cuenta de que él sonreía como si supiera perfectamente que acababa de entenderlo.

Victoria gesticuló frenéticamente para que volviera con ella, pero el niño simplemente soltó una risita y, corriendo, se adentró más en el edificio.

Caleb

—Algún día se enterará —murmuró Caleb.

Sus dos amigos intercambiaron una mirada. Después del silencio que había ofrecido durante un buen rato, aquella frase les resultó un poco confusa.

—¿A qué te refieres? —preguntó Bex.

—A que Sawyer se enterará algún día de lo que he hecho a sus espaldas. Es cuestión de tiempo. Y entonces... ¿qué le hará a Victoria?

—Bueno, si se muere tu novia, por fin tendremos algo en común.

La frase de Brendan hizo que todos se volvieran hacia él. Como de costumbre, estaba fumando con la cabeza asomada en la puerta de la cocina. Lucía una sonrisa muy divertida. Caleb, por su parte, no tanto.

—¿Se supone que eso es gracioso? —masculló.

—Un poco, admítelo.

—Si no tienes nada que aportar, Brendan, cierra la boca.

—¿Y si tuviera algo que aportar?

—¿Qué quieres? —preguntó Bex, un poco harta de él.

—Bueno…, he estado investigando y quizá haya alguien que pueda ayudarnos. No estoy seguro de cómo, pero sí de que tienen tantos motivos como nosotros para odiar a Sawyer. Necesitamos aliados, ¿no?

Caleb enarcó una ceja.

—¿Quién?

Brendan guiñó un ojo.

—Ven conmigo. Estarán encantadísimos de conocerte.

Victoria

Puñetera fábrica interminable. Puñeteros guardias chungos. Puñetero Kyran por no haberse metido en cualquier otro lugar aburrido y abandonado.

Había muchos guardias. Muchos. Victoria iba de puntillas, aunque, al parecer, no podían oírla. O eso quería pensar. Su única conclusión fue que el interior estaba mucho más limpio que lo de fuera. Y caro. Y majestuoso. Las columnas eran el doble de grandes que ella; los suelos, el doble de brillantes que su futuro, y los cristales, el doble de limpios que su historial. Todo muy fuera de su alcance.

De verdad, ¿dónde puñetas se habían metido?

Victoria contuvo una maldición al ver a Kyran. Para entonces, ya habían subido unas escaleras y se encontraban en el primer piso de la fábrica. Todas las puertas estaban cerradas y vigiladas por un guardia —como mínimo—. Nada de aquello le daba buena espina. Deseaba salir de ahí.

Consiguió alcanzarlo en mitad de un largo pasillo. En cuanto se hizo con su brazo, le dio un tirón y pegó al niño a su cuerpo. Kyran la miró como si no entendiera lo que hacía.

—No te muevas —advirtió ella entre susurros—. ¡Tenemos que salir de aquí!

De nuevo, el niño se comportó como si no supiera de qué hablaba.

En cuanto notó el movimiento de los guardias, Victoria cubrió la boca de Kyran por impulso. De hecho, también lo colocó entre sus brazos, para protegerlo, aunque no sabía de qué. Además, tenía la seguridad de que nadie más podía verlos.

Pero sí. Los guardias se habían movido. Tensa y muy quieta, vio cómo un hombre avanzaba por el pasillo que acababan de recorrer. Primero pensó que era muy atractivo. Después, que parecía tenso. Finalmente…, que era Sawyer.

Se quedó tan quieta que, cuando Kyran se quitó la mano de la boca, no volvió a tapársela. Sawyer llevaba unos pantalones azules y una camisa blanca remangada hasta los codos. Se le había desabrochado uno de los botones, en el abdomen, pero no parecía darse cuenta. Estaba ocupado pasándose una mano por el pelo rubio y ahora desordenado. Tenía una capa de vello rubio en la mandíbula, ojeras pesadas y mirada perdida. Se movía como si alguien lo persiguiera pero él no quisiera mostrar que se había dado cuenta.

Sawyer pasó tan deprisa por su lado que Victoria sintió el desplazamiento de algunos mechones de pelo; le acariciaron la frente cuando volvió la cabeza, casi paralizada. Sawyer se detuvo delante de la puerta que tenían al lado. El único guardia que había se irguió bruscamente.

—¿Y bien? —preguntó Sawyer en un marcado acento ruso.

—Sin novedades, jefe.

—Déjame pasar.

No se molestó en cerrar la puerta. Victoria contempló el gesto sin reaccionar de forma inmediata. Después, bajó la mirada hacia Kyran. Este sonreía como si dijera: «¿Lo entiendes ahora?». Eran indetectables. Invisibles.

Caleb

Miró a su hermano, impaciente.

—¿Qué hacemos aquí?

Brendan los había guiado hasta un barrio residencial de la zona norte de la ciudad. Era tan tranquilo que Caleb rara vez recibía encargos que desempeñar allí, así que apenas lo conocía. Carreteras limpias, vallas blancas, casas de fachadas recién pintadas, juguetes de niño en los jardines… Un perfil que, aunque a veces podía conllevar alguna sorpresa, solía parecerle sumamente aburrido.

Se encontraban ante una de esas casas. La fachada era azul y, a diferencia del resto, el jardín estaba poco cuidado; tampoco había juguetes de niño. Brendan había cruzado el patio delantero y subido los escalones del porche como si fuera suya. Caleb lo detuvo antes de que llamara al timbre.

—¿Qué hacemos aquí? —repitió.

—Voy a presentarte a mis nuevos amigos.

—Más te vale que esto valga la pena.

—No me subestimes, hermanito.

Brendan se deshizo del agarre y llamó al timbre. Al otro lado, Caleb oía voces desconocidas y olía comida recién hecha. Los pasos que se acercaron eran pesados y lentos. Él se tensó ligeramente. No sabía qué esperar.

Quien abrió la puerta resultó ser un hombre de setenta y cuatro años, como mucho. Tenía un poco de pelo blanco sobre la cabeza, una camisa de flores y unas gafas gigantes de cristales redondos.

Curioso.

—Hola, Jashor —sonrió Brendan.

El hombre miró a Caleb con desconfianza.

—Llegáis tarde —informó o, mejor dicho, gruñó.

—¿Está Tilda en casa?

—Claro que está. Siempre está, la muy pesada.

Tras eso, volvió a entrar y dejó la puerta abierta. Los hermanos intercambiaron una mirada. Mientras uno parecía encantado, el otro estaba a punto de sacar la pistola. ¿Qué hacían ahí?

El interior de la casa olía a limpio, a comida recién horneada y a una colonia femenina que alguien se había echado con demasiada abundancia. Brendan siguió a Jashor hasta un pequeño salón repleto de imágenes de gatos y perros. Todas eran imágenes reales. Y todas distintas. Caleb las revisó con la mirada, hasta terminar el recorrido en un rincón. Bajo la ventana rectangular, una mujer permanecía sentada en un sillón rojo y sumamente viejo. Tenía las piernas cubiertas con una manta muy gruesa y la mirada perdida en la nada.

No era la única de la habitación. Otra mujer, de la misma edad, se les acercó con una bandeja en los brazos; dedicó una mirada un poco agria a los recién llegados y, sin mediar palabra, dejó la bandeja sobre el regazo de la mujer del sillón.

—Come —le ordenó sin preámbulos.

—Hola, Tilda —la saludó Brendan, pese a que les daba la espalda—. Cuánto tiempo, ¿eh?

—¿Qué quieres?

Caleb miró a su hermano con una ceja enarcada. Por una vez, Brendan no se ofendía con facilidad.

—Te dije que traería a mi hermano, ¿no?

Tilda se volvió con una mueca de desconfianza. Para su edad, tenía la piel sumamente estirada y tersa. Sus ojos pequeños y verdes examinaron a los dos hermanos en busca de... peligro, supuso Caleb. ¿Qué otra cosa podía ser? Él también la examinó. Le llamó la atención que llevara el pelo atado en dos pequeños moños pegados a la nuca. Y que usara vestidos de verano pese a que todavía no hacía un calor extremo.

—¿Y a mí qué me importa? —concluyó Tilda.

—Vamos, Tilda...

—Cállate, mocoso. Tengo demasiados años como para que me digan cómo debo ser.

Dicho esto, le puso una cuchara en la mano a la mujer de la mirada perdida. Esta, de forma automática, empezó a comerse el puré que le habían preparado. Sus ojos seguían clavados en cualquier lugar.

—¿Qué le pasa? —preguntó Caleb.

Podía ser descortés, pero no quiso ocultar su curiosidad. Dentro de aquella casa, ya había visto unas cuantas cosas que no encajaban en lo habitual.

Tilda le dedicó otra mirada de desconfianza. Mientras, Jashor se sentó perezosamente en el otro sillón.

—A Sera se le fue la cabeza hace años —explicó—. Consecuencias de no saber controlar tu habilidad.

¿Habilidad?

Ahora entendía su incapacidad de sentir frío. Y lo bien que se conservaban pese a sus edades. Y que Brendan quisiera verlos, también. Eran los miembros de la primera generación de extraños de aquella ciudad. Sus nombres encajaban. Jashor significaba león, Tilda, gato, y Sera... era fénix. Curioso nombre, ese último. Nunca había oído un nombre tan elaborado. Normalmente, les asignaban animales mucho más mundanos.

Caleb sabía que apenas quedaba nadie de la segunda generación. Los habían matado a casi todos. Él formaba parte de la tercera. Y... aquellos eran los de la primera. Nunca pensó que siguieran en la ciudad. O vivos.

—¿Qué habilidad tiene Sera? —preguntó, todavía lleno de curiosidad.

—No es asunto tuyo —espetó Tilda antes de volverse hacia Brendan—. Marchaos de aquí, no os podemos ayudar. No queremos problemas con Sawyer.

—Si no los quisieras, no me habrías invitado a pasar.

—¿Eres consciente del peligro que suponéis para nosotros? ¡No podemos luchar!

—Qué suerte que yo sí. Y mi hermano, aunque sea más blandito.

Caleb no dijo nada. Seguía observando a Sera con curiosidad. Le llamaba la atención. Y, de alguna manera, sentía que ya la había visto antes. ¿Cómo podía ser, si estaba seguro de que nunca antes se había cruzado con ella?

Casi como si adivinara sus pensamientos, Sera dejó de comer y le extendió una mano. Caleb dejó que le cogiera la muñeca. Fue un agarre suave, débil y tembloroso. Sera levantó la mirada y lo observó con curiosidad. Tenía los ojos de un castaño tan vivo que parecían rojos.

—No… —murmuró tras soltarlo—. No, no, no, no… No.

Y continuó comiendo como si nada.

—Perdónala —le pidió Jashor—, hace eso con la gente que viene.

—¿El qué?

El hombre dedicó una mirada significativa a Tilda. Esta, tras unos instantes de silencio, suspiró como si aquello le supusiera el mayor esfuerzo de su vida.

—Su habilidad es diferente a las nuestras —contó en tono irritado—. Jashor tenía mucha fuerza. Muchísim…

—¿Tenía? —repitió él, ofendido—. ¡Todavía la tengo!

—Por favor, Jash… Estás a dos días de meter un pie en la tumba.

Jashor refunfuñó molesto, y Tilda retomó su explicación.

—Sera y yo somos hermanas —explicó—. Yo soy capaz de ver el presente y ella el pasado. El problema está en que, en ocasiones, ve tantas cosas que es incapaz de salir de sus visiones. Antes podía pasarse días así. Ahora, parece que siempre esté metida en el bucle.

Aquello suavizó su expresión. Tilda apoyó una mano en el hombro de su hermana y le dio un ligero apretón. Sera no reaccionó.

—Sabemos que queréis libraros de Sawyer —siguió la primera—, pero me temo que no resulta tan sencillo como imagináis.

—Matar a un humano es sencillo —la contradijo Brendan.

Tilda soltó una risa burlona que Jashor correspondió.

—¿Qué? —preguntó Caleb.

—¿De verdad creéis que todo esto lo hace Sawyer? —preguntó Jashor—, ¿que un solo humano puede controlar a todo nuestro grupo como si nada? ¿Nunca os habéis preguntado cómo supo de nuestra existencia?

—Su padre se lo contó.

De nuevo, los sonidos burlones. Caleb empezaba a sentirse un poco ridículo, no le gustó en absoluto.

—Os estáis metiendo en una guerra que no podéis ganar —les aseguró Tilda—. Nosotros ya lo intentamos. Y los que vinieron después, todavía más. Sabéis cómo terminaron, ¿no? Masacrados. Dejad que Sawyer juegue a sus juegos de jefe. Seguid su mandato. Algún día os dejarán escapar y no tendréis que continuar trabajando.

—¿Este es vuestro consejo? —cuestionó Brendan, airado—. ¿Dejarlo estar?

—Es lo mejor que podéis hacer —aseguró Jashor.

—¡Y una mierda! Lo bueno de que lo haya intentado tanta gente es que podemos aprender de sus errores. A ver, ¿qué es eso que os da tanto miedo?, ¿el ejército de Sawyer?

En esta ocasión, no hubo risas burlonas. Tampoco respuestas. Nadie se atrevía a mirarlos a los ojos. Y, además, Caleb tenía la vista clavada en Sera. Algo se le escapaba y no podía soportarlo.

—¿De qué los conoces? —preguntó de repente a Brendan.

Su hermano se volvió, confuso.

—¿Eh?

—¿De qué los conoces?, ¿qué te trajo aquí la primera vez que viniste?

Para su sorpresa, no fue Brendan quien respondió, sino la propia Sera. Soltó la cuchara y sacudió la cabeza.

—El chico quería ir al pasado —susurró sin mirar a nadie en concreto—. No puedo… mandar… Solo un viaje por persona. Nunca más. Solo uno. El chico quería… y no podía.

—¿Por qué no? —le preguntó Caleb.

Tilda se metió de por medio casi al instante.

—No molestes a mi hermana, ella no…

—No era el momento —la interrumpió Sera, volviendo a sacudir la cabeza—. No estaba listo…, no. Tú tampoco. Uno no elige cuándo va al pasado…, no. Es el don. El don es el que elige. Y si esa persona tiene una oportunidad… es porque le queda algo por hacer.

Caleb dedicó una mirada de reojo a Brendan, que no se la devolvió.

—El chico quería salvar a la chica —murmuró Sera en voz baja—. No pudo ser. No quedaba nada pendiente para él. La chica debe permanecer… La chica ya no está.

Por la mirada dolorosa que le dedicó Brendan, supo que no estaba de acuerdo.

—Sí que me quedaba algo pendiente —le dijo, furioso—. Podría haberla salvado, pero tú no me dejas hacerlo.

—Solo hay un viaje por persona, chico —lo advirtió Tilda.

—¡Me da igual! ¡No quiero usarlo para nada más!

—No está listo. —Sera cerró los ojos—. No. Yo lo sé, yo lo sé… Azul… No la chica… No. Su error. Llegará, llegará… No mirarás atrás… No podrás, no podrás…

—¿Puedes hablar claro? —protestó Brendan.

Y fue el momento perfecto para que Tilda interrumpiera:

—Estáis poniendo nerviosa a mi hermana. Hora de marcharos.

Victoria

Iban a morir. Iban a morir porque era una cotilla que no sabía controlarse a sí misma.

Pero ahí estaba, en el despacho de Sawyer. Con el olor a puro flotando en el aire, las estanterías carísimas tras su espalda, y la imagen de Sawyer ante ella. Desde que había entrado, se limitaba a esconder la cara entre las manos y a mover la silla de un lado a otro. De vez en cuando, volvía al escritorio y apuntaba alguna cosa que no llegaba a gustarle. Después, hacía una bola con el papel y la lanzaba al otro lado de la habitación.

Kyran lo observaba con curiosidad inocente. Victoria, en cambio, lo mantenía bien pegadito a ella. Si en algún momento sus ojos dejaban de ser negros, saldría corriendo con el niño sobre un hombro.

De pronto, Sawyer se incorporó y miró alrededor. Lo hizo tan deprisa que la silla cayó de espaldas, pero no se dio cuenta. Estaba ocupado buscando algún peligro. Victoria se congeló. ¿Los había visto?, ¿u oído?

Entonces le dio la sensación de que la expresión de Sawyer cambiaba. Como si acabaran de lanzarle un velo dorado sobre el rostro. Inspiró con fuerza y, al abrir los ojos, miraba un punto concreto de la habitación. Lo hacía con sumo temor. Con las manos apretadas en dos firmes puños.

—Todavía no se ha acabado el tiempo —informó.

Victoria buscó el mismo punto que él, pero no vio a nadie. De hecho, ¿estaba hablando sol...?

—Sigue viva.

Aquella voz no había salido de Sawyer. Tampoco de ellos. Era de otra persona. Un hombre mayor, de voz grave y rasgada. Uno que ella no podía ver, pero que resonaba en la habitación. Victoria abrió mucho los ojos y, aterrada, apretó a Kyran contra ella. El niño ya no se mostraba tan tranquilo.

Sawyer inspiró con fuerza. Sus ojos claros estaban cubiertos de una capa dorada y brillante que contrastaba con su expresión de horror contenido.

—¡Voy a encontrarla! —aseguró con cierta desesperación—. Y... solucionaré todo lo demás, también.

—Ya he oído este discurso.

—¡Necesito otra semana! Una más.

Victoria, por algún motivo, se fijó en que Sawyer ya no tenía acento ruso. De hecho, era de su misma ciudad. No entendió por qué aquello la hacía odiarlo todavía más.

—Vadim... —murmuró la voz—, qué decepción. Te dejo jugar con mis mestizos, te dejo fingir que sustentas algún tipo de poder... Creo que he sobreestimado tu capacidad resolutiva.

—¡No! —aseguró Sawyer, desesperado—. ¡Estoy en ello!

—¿Cómo puedes estar tan ciego? Una humana se escapa de entre tus dedos y tú lo permites.

Por favor, que no estuvieran hablando de ella. Que hubiera alguna otra pobre humana conflictiva en la vida de esos dos. Por favor.

—No se me ha escapado —insistió el rubio—. Y no supone un peligro.

—Eso no lo decides tú, Vadim. Me he cansado de esperar. Quiero una respuesta esta misma semana. Si no la tienes, no te molestes en pedir ayuda.

En cuanto el brillo dorado desapareció, Sawyer cayó al suelo como si acabaran de soltarle el cuello. Respiró con agitación y, desesperado, se arrastró hasta la puerta. Victoria observó cómo los guardias corrían tras él para protegerlo.

Kyran se escurrió de entre sus dedos. Con una sonrisa, fue directo al escritorio de Sawyer y abrió uno de los cajones. Sabía lo que hacía. Sacó un fajo de papeles y se los dio a Victoria.

—¿Qué es esto? —murmuró ella.

Pese a la prisa por salir, lo primero que hizo fue abrir el documento y comprobar qué ponía. O, más bien, quién salía. Y se encontró de frente con unas caras muy conocidas.

Las fichas de Caleb, de Brendan y de todos sus compañeros.

28

Caleb

Durante un momento, él y Brendan contemplaron la calle con impotencia.

—Pues era mi único plan —murmuró su hermano con una mueca.

—Sigues con la manía de expresar obviedades.

—Y tú sigues con tus silencios tenebrosos.

Más que tenebroso, Caleb se sentía reflexivo. Al mencionar al padre de Sawyer, se habían reído de él. ¿Es que se le escapaba alguna cosa?, ¿alguna que lo ayudaría a resolver aquel embrollo? Siempre había sido consciente de que Sawyer no era del todo sincero con él, pero nunca pensó que llegaría a ese punto. ¿Acaso le había mentido en todo lo relacionado con sus orígenes? ¿Y si había heredado la empresa de otra persona mucho más peligrosa que su padre?

No, no podía irse de ahí con las manos vacías.

Dio media vuelta, para la sorpresa de Brendan, y ascendió los escalones de la entrada para aporrear la puerta. La respiración de Tilda resonaba al otro lado de la madera, pero no abría.

—Te estoy oyendo —la advirtió Caleb—. Abre.

—No pienso hacerlo —replicó Tilda, irritada—. Habéis conseguido que mi hermana se altere, y no pienso permit…

—Tienes dos opciones: abres la puerta o la abro yo. Elige la que quieras, pero te aseguro que voy a entrar en menos de diez segundos.

Tilda abrió y se asomó por una rendija. Su expresión era de molestia, pero Caleb oía el repiqueteo de su corazón asustado.

—¿Qué quieres? —preguntó ella con desconfianza.

—Información.

—No voy a…

—Sí, vas a hacerlo.

Sabía qué cara poner para asustar a la gente y, pese a que normalmente no le gustaba hacerlo, estaba dispuesto a ello. Necesitaba la verdad. Y la necesitaba cuanto antes.

—Te doy cinco minutos —advirtió Tilda, y abrió la puerta de nuevo.

Victoria

Cuando empujó la puerta de la cafetería, llevaba el fajo de papeles bajo el brazo. Lo había protegido como podía bajo la fina lluvia. Kyran, por suerte, vestía su chaleco rojo y no había tenido problemas con el agua. De hecho, entrar en la cafetería había sido idea suya. Quizá desde fuera hubiera visto aquel peluche de pantera junto al mostrador. Lo señaló con entusiasmo mientras Victoria, con un suspiro, se dejaba caer en la silla de una de las mesas más cercanas.

Menos mal que llevaba dinero encima. No mucho, pero bastaría. Si es que no la echaban debido al atuendo que llevaba, claro. Después de todo, llevaba el pijama puesto y las rodillas llenas de tierra.

La camarera, por suerte, resultó ser una mujer bastante simpática y cotilla que, con tal de saber qué les había ocurrido, le ofreció una taza de café gratis. Victoria la aceptó y modificó un poco la historia: Kyran se había metido en una casa abandonada y ella, persiguiéndolo, había tenido que colarse antes de que sus padres los pillaran. Por suerte, pareció creérselo.

—¿Estás segura de que no quieres comer nada? —le preguntó a Victoria mientras Kyran señalaba las tortitas con sirope de chocolate—. Si el problema es el dinero, puedes pedirte las sobras de ayer. Solo serán…

—No tengo hambre —le aseguró—. Pero muchas gracias.

La camarera usó el mismo truco que solía emplear con los demás clientes para sonsacarles cotilleos jugosos; se apoyó con un codo delante de ella y entrecerró los ojos con curiosidad.

—No eres de por aquí, ¿verdad?

—No… Vivo en el centro, con… con mi hermano.

Kyran sonrió. No pareció importarle demasiado.

—Tienes un hermano encantador —le aseguró la camarera—. La mayoría de los niños pasan un buen rato decidiendo qué quieren. Da gusto ver a uno tan decidido.

—Gracias.

—Oye, ¿buscas trabajo? Tenemos un puesto de camarera vacante, si te interesa.

Victoria sonrió amargamente. Iba a decirle que ya era camarera. De hecho, acababa de conseguir su primer contrato.

Y, sin embargo, por una vez quiso ser otra persona. Alguien más decidido. Alguien que hubiera seguido sus sueños porque no tenía problemas familiares, ni económicos, ni miedo al fracaso; quiso ser otra persona lo suficientemente estúpida como para dejarse engañar a sí misma.

—Ya tengo trabajo —dijo—. Soy escritora.

Sí que había escrito un libro, una vez. Bueno…, la mitad. Pero ¡aquello ya era escribir!

La mujer dio un respingo. Parecía muy impresionada.

—¡Escritora! —exclamó—. ¿Y de qué tratan tus libros?

—Solo tengo uno.

Mierda. Ahora tenía que inventarse algo interesante. O podía usar el argumento que había dejado a medias, ¿no? Aquello valdría.

—Es… ciencia ficción. En un futuro no muy lejano, hay una guerra y el mundo se llena de radiación. Solo hay unas cuantas zonas en las que se pueda vivir, y quedan muy pocos humanos en ellas. Y hay… unos científicos que se dedican a crear androides para preservar la memoria de la humanidad. Los humanos los consideran una amenaza, así que los rechazan. Algunos incluso los matan. La protagonista es una androide, pero… tiene que hacerse pasar por humana para integrarse con ellos. Y se enamora de un humano. Es una historia de amor, en realidad.

La mujer, que no esperaba tanto detalle, sonrió y asintió.

—Creo que lo titularé *Ciudad de humo.* —Victoria hizo una mueca—. O *Ciudades de humo*, no estoy segura.

—¿Cómo se llama la protagonista?

—Alice. Es…, bueno, *era* el nombre de mi abuela.

—Es un detalle muy bonito —sonrió ella—. Seguro que estaría muy orgullosa de su nieta. Y seguro que vendes un montón de copias.

Victoria se encogió de hombros. Lo dudaba bastante, no tenía ni tres cuartos de libro escrito…

La camarera fue a atender a otras mesas. Mientras Kyran observaba el peluche de pantera con interés, Victoria colocó los papeles sobre la mesa: varias carpetas con los nombres de los chicos. Algunos informes eran conjuntos. Los de los hermanos. El de Axel y Anya, en cambio, iban por separado. Todos tenían tres papeles. Empezó, por supuesto, por el de Caleb y Brendan.

Lo que más le llamó la atención, de inmediato, fue la foto. Eran unos niños. Ocho años, como mucho. Miraban a la cámara con las manos unidas y expresiones un poco asustadas. Curiosamente, incluso ahí pudo diferenciar cuál era Caleb y cuál Brendan. El segundo estaba un poco más adelantado, como si quisiera proteger a su hermano. El primero permanecía detrás de él y miraba al lente con el ceño ligeramente fruncido. Tenía los ojos azules.

—*Book Haven* —leyó en voz baja—. Mira la dirección, Kyran. Esto está en un pueblo cerca de aquí. Debe de ser el orfanato.

La camarera apareció en ese momento. Victoria colocó las manos sobre los documentos y sonrió con inocencia. En cuanto se alejó, Kyran empezó a devorar las tortitas y ella continuó leyendo.

—Hay un resumen de sus perfiles —explicó entre susurros, aunque al niño le daba igual—. Posibles habilidades, ubicación, si hay más gente con ese potencial… Es como si hiciera un experimento con niños. Qué mal rollo, ¿eh?

Siguió leyendo, muy concentrada, mientras las personas alrededor hablaban y vivían tranquilas, sin preocuparse de que alguien pudiera matarlas en cualquier momento.

Caleb

Todos habían vuelto a reunirse en el salón. Sera seguía comiendo puré a su ritmo, Jashor permanecía en su sillón, Brendan se quedó de pie en un rincón y Caleb y Tilda ocupaban el sofá. Ella acababa de tomarse una infusión que olía horrible, y Caleb contuvo una mueca. De todos los recuerdos agradables que tenía con Victoria…, y debía acordarse de cuando probó ese té asqueroso.

—Debe de ser un tormento tener el olfato tan sensible —murmuró Tilda, subiéndose las mangas del jersey color crema hasta los codos.

—Es cuestión de acostumbrarse —aseguró Caleb en voz baja.

—Bueno…, ya que te has metido en mi casa a la fuerza, ¿me explicas qué quieres?

—Información.

—Eso ya ha quedado claro. Me refiero a por qué tenéis tanto interés en detener a Sawyer. Sé que tu hermano quiere cumplir un deseo de venganza tan infantil como impulsivo, pero tú no pareces esa clase de persona. Así que, dime: ¿qué buscas?

Caleb contempló a Brendan. Parecía un poco irritado por la falta de respeto, pero no quiso decir nada.

—Necesito todos los detalles —añadió Tilda.

¿Podía confiar en ella? Si le contaba alguna cosa a Sawyer, todo aquello tan solo serviría para empeorar la situación. Ya no habría esperanzas a las que aferrarse. Desde ese momento, se convertirían en sus enemigos.

Y, sin embargo…, ¿quién podía tener más motivos para odiar a Sawyer que la gente que había trabajado con su padre y su abuelo?

—Quiere hacerle daño a mi novia —dijo finalmente—. Es humana. No supone un peligro para él, y, aun así, quiere hacerle daño. Si sé cómo detenerlo sin causarle daño, quizá pueda salvarlos a ambos.

No se le pasó por alto el resoplido de su hermano. Aun así, notó que la expresión de Tilda se suavizaba un poco.

—Niño iluso —murmuró—. No puedes salvar a todo el mundo.

—Pero puedo intentarlo.

Tilda se encogió de hombros y entrelazó los dedos. Tras mirar a su compañero, encontró las palabras para empezar su discurso:

—Sawyer trabaja para otro hombre —explicó—. No sabemos quién es porque nunca lo hemos visto, pero sabemos que es mucho más poderoso que él. Nuestra teoría es que posee una habilidad especial para buscar a los niños extraños. Le dice a Sawyer dónde están y si le interesan. De ser así, la misión de Sawyer es criarnos y usar nuestros poderes para su beneficio. A cambio, tiene que cumplir con ciertos objetivos de su jefe.

—¿Como cuáles? —preguntó Brendan.

—Como deshacerse de la humana, por ejemplo. Quizá sí que les suponga un peligro y por eso quiera deshacerse de ella. Mi sospecha es que, de no conseguirlo, se desharán de Sawyer y pondrán a cualquier otra persona en su lugar. Quizá por eso está tan desesperado últimamente.

Caleb absorbió la información en silencio. No le gustaba. Que alguien estuviera encima de Sawyer era algo que ya sospechaba, pero no quería elegir entre Victoria y él. Aunque, en el fondo, tenía claro con quién se quedaría. Ojalá nunca llegara el momento de demostrarlo.

—Pues que lo maten —concluyó Brendan de mala gana—. Nuestro plan es mantener a la humana con vida, potenciar sus habilidades y que mate a su jefe.

—Si puede matarse —observó Jashor.

—Todo el mundo puede morir.

—Todos nosotros incluidos —intervino Tilda con una sonrisa amarga—. Ten cuidado al jugar con fuerzas más grandes que tú, jovencito. Pueden terminar por absorberte.

Brendan torció el gesto como si aquello le diera igual.

—¿Cuál es la habilidad de la chica? —preguntó Jashor entonces.

—No estamos seguros, porque no quiere pasar por la vigía —les explicó Brendan—. El otro día provoqué una emoción extrema para ver si reaccionaba. Fue capaz de meterse en uno de mis recuerdos y hacerme revivirlo. Bueno…, en realidad, vi varios. Solo se quedó con uno que tenía muy presente.

De nuevo, Tilda y Jashor intercambiaron una mirada.

—¿Qué pasa? —preguntó Caleb.

—Poder hacer eso sin vigía es poco común —comentó ella—. ¿Ha pasado por algún evento traumático que pueda haber potenciado sus habilidades?

—Prefiero no preguntárselo, pero… tiene muchas pesadillas, sí.

—Necesito verla.

Parecía una frase hecha, pero Tilda lo decía totalmente en serio. Se pasó las manos por la frente, sobre los ojos y las descendió hacia las mejillas. Cuando descubrió sus ojos otra vez, se habían teñido de color negro.

—Dame tu mano —le dijo a Caleb.

—¿Por qué?

—Porque necesito una forma de contactar con su presente. Y, por la manera en la que hablas de ella, deduzco que tú eres un buen conducto.

Caleb sintió que sus orejas enrojecían un poco. Quizá Brendan se habría burlado, pero estaba totalmente enfocado en lo que hacían y no abrió la boca.

Al final, Caleb dejó que Tilda pusiera su mano entre las suyas. La apretaba con mucha fuerza. Aun así, él no se movió. Dejó que ella observara la habitación, como si la buscara entre aquellas cuatro paredes, y murmuró palabras que no podía comprender. Sus ojos cada vez estaban más oscuros.

—La veo —murmuró—. Cabello castaño, ojos grises, pijama sucio… La veo, sí. Está con un niño. En un establecimiento público.

—¿Un estable…? —empezó Caleb, pasmado.

—A salvo —aclaró ella—. Sí…, está leyendo unos documentos. Llevan tu cara. Y la de tu hermano. Chica lista. Mmm… No eres el único que la busca.

Aquello tensó a Caleb.

—¿Sawyer?

—Sí y no. Piensa en ella, pero hay otro más… Alguien que se parece a él. Está pensando en Victoria. No quiere nada bueno. Y luego hay otro más.

Aquellos ya eran muchos enemigos. Caleb tragó saliva.

—¿Quién es?

Tilda parpadeó varias veces. Se le había formado una arruga entre las cejas.

—Es… confuso. Hay alguien que quiere conocerla. No tiene malas intenciones. Y Sawyer teme que se conozcan. Lo aterra la idea de que se encuentren. El hombre que la busca… es uno de nosotros. Es la única explicación que justificaría por qué no puedo ubicarlo tan bien como a los otros.

—¿Axel? —sugirió Brendan.

—No. Ese no es su nombre. Es mayor que vosotros y menor que nosotros.

—La segunda generación —dedujo Jashor.

—¿Siguen vivos? —preguntó Brendan, confuso—. Pensé que todos habían muerto.

—Eso decía Sawyer —murmuró Caleb.

—Veo a uno —replicó Tilda en voz baja, y su expresión se volvió dolorosa—. Sawyer quiere mantenerlo oculto de tu humana, pero… no consigo ver por qué. Solo logro percibir su terror y… Va a encontrarla, sí. Pero no temas; no va a hacerle daño. Quiere ayudar. Sabe algo que nosotros desconocemos. Sí. Ya sabe por dónde ir.

—Pero ¿Victoria y el niño están a salvo?, ¿dónde están?

—A salvo —repitió Tilda.

De pronto, soltó su mano y sus ojos volvieron a teñirse de castaño. Parecía cansada. Un mechón de pelo se le había salido del atado perfecto.

—No puedo ver más —aseguró—. Si alguien piensa en ella con tanta intensidad, el don se confunde. Pero sí. Es una de nosotros. Su habilidad es la percepción.

Caleb abrió la boca, pero volvió a cerrarla sin saber qué decir. ¿Percepción? ¿Qué clase de habilidad era esa?

—Interesante —murmuró Jashor—. Muy parecida a la de Sera.

—Exacto —confirmó su compañera—. Lo que buscaba no era tu recuerdo, chico. Lo que hizo fue obligarte a enfrentarte con una situación dolorosa para que dejaras de suponerle un peligro. Tiene la habilidad de percibir qué sucede a su alrededor y usarlo a su favor. Hacía muchos años que no veía una habilidad tan abstracta. Y quizá por eso Sawyer teme que se le acerque. Podría adivinar cada una de sus intenciones.

Le pareció la mejor teoría que había oído hasta el momento. Caleb bajó la mirada y trató de imaginarse a Victoria, tan dulce y divertida, tan llena de vida…, como una de ellos. Sabía que Brendan pretendía transformarla, pero sintió que su pecho se resquebrajaba. Transformarla sería acabar con todo lo que era. Robarle la vida. Y no solo la vivida, sino toda la que le quedaba por vivir.

—Quizá ya haya pasado su vigía —continuó Tilda—. Eso explicaría por qué es capaz de usar su habilidad con tanto poder. A veces, los niños con infancias difíciles son capaces de sacarlas a la luz sin ayuda. En todo caso…, no puedo deciros más. Necesito descansar.

Caleb no quiso insistir. La ayudó a ponerse de pie y ella le ofreció una pequeña sonrisa. La primera sonrisa verdadera que había visto en ella. Después, Jashor la ayudó a subir las escaleras y a meterse en la cama.

Mientras oía el rumiar de las sábanas, Caleb se volvió hacia su hermano.

—¿Conoces a alguien de la segunda generación?

—Solo al tipo que nos transformó, pero murió hace años.

—Es el único al que vimos morir —aclaró Caleb con una mirada significativa.

Brendan asintió sin decir nada.

—¿Y los demás? —preguntó Caleb.

—Sawyer siempre ha dicho que murieron todos.

—Está claro que mentía, pero… ¿por qué?

Brendan sonrió ligeramente.

—No lo sé, pero creo que ya va siendo hora de que Sawyer nos aclare unas cuantas cositas.

Victoria

Contempló el documento con los ojos muy abiertos. Ya los había leído todos, pero volvía a estar clavada en el de Caleb y Brendan. O, mejor dicho, Kristian y Jasper.

Sus nombres reales: Kristian y Jasper Wharton.

Con la respiración agolpada en la garganta releyó la descripción en sus fichas. No eran huérfanos. No venían de la pobreza extrema ni estaban abandonados. Tenían una familia, y vivían en una granja de un pueblo cercano donde se organizaban eventos estivales para niños. Recordó la camiseta de Caleb. Sawyer no había ido a hacerles preguntas en un orfanato. No los había adoptado. Los había secuestrado.

Iver y Bex, Darian y Luna.

Axel, Hugo.

Anya, Madeline.

Ninguno venía de un hogar roto. Solamente una parte de la información de la ficha de Axel coincidía con la historia que había oído. Iver y Bex no eran huérfanos, tan solo vecinos del mismo barrio residencial. En la foto, Iver permanecía agarrado al brazo de Bex y miraba a la cámara de forma amenazadora.

Todas sus familias habían estado buscándolos durante años, pero habían cambiado tanto que resultaba imposible encontrarlos. Y, aún más importante, parecían haberse olvidado de su propio pasado. ¿Cómo era posible?

—¿Necesita ayuda, señorita?

Victoria iba a responder, pero estaba tan pasmada que tan solo pudo levantar la cabeza y mirar al hombre que se le había acercado. No era un camarero. De hecho, iba vestido con ropa muy vieja y rasgada, llevaba el pelo inusualmente largo y, pese a que tendría unos cuarenta años, se conservaba como si tuviera el triple. Además, la miraba de una forma muy particular. Como si supiera quién era.

Kyran se apartó, sentía miedo, pero ella no se movió. De alguna forma, no vio ningún tipo de amenaza. Tan solo contempló al tipo; su cerebro marchaba a toda velocidad.

—Veo que sí —añadió él con una gran sonrisa—. Agner. A tu disposición.

Tras eso, le ofreció una mano sucia que Victoria no pudo rechazar. Se la estrechó con sorprendente suavidad y, acto seguido, fue a sentarse al otro lado de la mesa. Kyran, que permanecía al lado de Victoria, se pegó a ella y contempló al desconocido con temor.

—Tranquilo, hombrecito —dijo él con diversión—. Agner no le hará daño a tu tía. Agner quiere ayudar.

Vaya, como si no fuera lo suficientemente tenebroso…, se refería a sí mismo en tercera persona.

—Araña —murmuró Victoria—. Eso significa tu nombre, ¿verdad?

—¡Chica lista! Sí. Agner es una araña. Una araña que se tiene que esconder. No tenemos mucho tiempo. Él te busca. Te va a encontrar. Sabe dónde estás. ¡Lo sabe!

Aquella última afirmación hizo que varias cabezas se volvieran en su dirección. Victoria, precavida, cerró la carpeta de documentos y la apretó contra su pecho.

—No sé quién eres —murmuró con cautela—. Y me sorprende que tú sí sepas quién soy yo.

—¡Agner sabe! —exclamó de pronto—. Agner ha seguido a Victoria durante mucho tiempo. La esperaba. Sabía que la encontraría. Pero tenía que encontrarla a solas. Y Victoria ha conseguido entrar en la fábrica sin ser vista. Victoria es justo lo que necesita.

—¿Y para qué me necesitas?

Su tono era suave, como si hablara como un niño nervioso. Y eso que Agner le doblaba la edad. Aun así, y por un motivo que desconocía, le causó una oleada de ternura.

Especialmente cuando agachó la cabeza y se puso a jugar con las manos.

—Sawyer quiere hacerle daño a Agner —murmuró a toda velocidad—. El jefe de Agner… Sawyer lo mató.

—Lo siento… Parece que lo apreciabas mucho.

—Mucho —confirmó Agner, con la mirada perdida.

—¿Puedo preguntarte qué le pasó?

En realidad, no estaba segura de si quería saberlo. Solo que, de pronto, esa le pareció la única manera de seguir la conversación. Tenía tantas cosas en la cabeza que no soportaba el silencio.

—Sawyer lo mató. —Agner sacudió la cabeza—. Era… viejo. También había cuidado de la primera generación y… Sawyer lo mató. Él se lo dijo.

—¿Quién?

—El jefe de Sawyer. La voz. Victoria sabe de lo que habla Agner, ¿verdad? Ella también lo ha oído.

Y ella tuvo que asentir, porque, efectivamente, lo había visto. Agner inspiró con fuerza. Cualquiera diría que había estado esperando años para mantener aquella conversación.

—Vadim… Sawyer… quiere hacerle daño a Victoria —dijo con urgencia, tenía los ojos muy abiertos—. La voz le dice que le haga daño a Victoria… La voz tiene miedo de su habilidad… Agner y Victoria tienen que detenerlo. Vadim no tiene habilidad. El jefe de Agner lo vio enseguida. Pero Vadim quería… ¡su propia generación! Lo consiguió, lo consiguió…

Victoria le mantuvo la mirada durante lo que pareció una eternidad. Se sentía como si estuviera a punto de tener la revelación de su vida.

—¿Cuál es tu habilidad, Agner?

El aludido soltó una risita que sonó tan triste como un llanto.

—Memoria. Agner puede jugar con la memoria.

Fue el turno de Victoria para contener la respiración.

—¿A cuántos niños de la tercera generación les cambiaste la memoria?

Agner, de nuevo, soltó una risa triste.

—A todos.

—¿A todos? —repitió Victoria.

Su corazón latía muy rápido.

—Él me obligaba… Vadim decía que… que si Agner no lo hacía…, no le quedaría más remedio que mat… matarlos… Agner quería a los niños. No quería que Vadim les hiciera daño. Pero… Agner se equivocó. Agner necesita arreglarlo. ¿Victoria ayudará a Agner?

Ella, que todavía no sabía cómo reaccionar, asintió con fervor.

—Haré lo que pueda —le aseguró en voz baja—, pero necesito más información. ¿Qué hiciste con sus recuerdos?, ¿los borraste?

—No, no… Los recuerdos no se borran. Siguen en la cabeza. Solo hay que encontrarlos. Nada es definitivo, pero sí duradero. Ellos… ellos tienen que buscar.

—¿Y si les cuento lo que sé? —preguntó Victoria—. ¿Y si les enseño estos documentos?

Agner abrió mucho los ojos.

—¡No! Victoria no debe hacer eso. Ellos deben… deben desbloquearlos. Victoria podría bloquear toda la memoria sin querer. No podemos forzar un recuerdo sin sacrificar todos los otros. Victoria algún día lo vivirá. Ellos lo saben. Cuando ellos se transformaron, tuvieron que recordar solos. Ellos saben…

Victoria se sentía muy frustrada. Todo aquello era como tener un dulce en la boca y no poder degustarlo. ¿Cómo no iba a contarles la verdad a los chicos?, ¿cómo iba a conseguir que la vieran por sí mismos? Imposible. Y merecían saber qué había sido de sus vidas.

—¿Qué quieres decir con que ellos lo saben? —preguntó al final.

—Cuando un mestizo se tranforma…

—Espera, ¡he oído esa palabra! Es como se refería la voz a los chicos, ¿verdad? Pensé que eran extraños.

—No. —Agner negó frenéticamente con la cabeza—. Vadim dice «extraños», pero sabe que son mestizos. Muy distinto, muy distinto… Cuando un mestizo se transforma, cambia para siempre. Su vida, sus recuerdos y su percepción. Cambios, cambios… El mestizo es diferente a su humano anterior. Sus memorias se cierran durante años, y es difícil, pero Victoria tiene que ayudarlos a recordar. En el fondo, Victoria confía en que saben hacerlo, ¿verdad?

Victoria suspiró y contuvo una palabrota. Seguía abrazando a Kyran con el brazo malo. El niño, por lo menos, parecía un poco más tranquilo.

Fue justo entonces cuando se le ocurrió una idea.

—Agner —murmuró—, si Bex hubiera visto algo en el futuro, algo muy malo…, ¿podrías modificar su memoria para que ella no lo recordara?

—Sí.

—Y eso…, ¿ha sucedido?

—Sí.

Victoria tragó saliva.

—Agner…, ¿lo que vio en el futuro de Sawyer tiene algo que ver conmigo?

Esta vez, el hombre se limitó a asentir. Y Victoria no pudo hacer otra cosa que contener la respiración.

—Victoria debe volver a casa de los mestizos —dijo él entonces.

—No puedo. No sin toda la información que pueda darles y…

—¡No! Victoria debe volver. Agner no ha aparecido por casualidad. La voz sabe que estás con ellos. Y Sawyer también. Debe advertirlos. Y Victoria debe sobrevivir.

Ella se había quedado a la mitad de la información. Si Sawyer sabía que la habían estado protegiendo, todos corrían peligro. No había tiempo que perder. Trató de ponerse de pie a toda velocidad, pero Agner la detuvo del brazo. La miraba con intensidad.

—Victoria debe sobrevivir —insistió.

Ella esbozó una sonrisa muy amarga.

—Gracias, Agner.

Caleb

Entró en casa con la vaga esperanza de encontrar a Victoria, pero faltaba su olor. Solo encontró a Bex y al gato. La primera, en el sofá, con una rodilla subiendo y bajando a toda velocidad. El segundo, por primera vez, no se acercó a saludarlo. Estaba sentado junto a la ventana y miraba al exterior… como si estuviera tenso, si eso era posible.

En cuanto oyó que llegaban, Bex se incorporó de un salto.

—¡Por fin! ¿Qué tal ha ido?

Tras la pregunta los miró a ambos, dubitativa.

—Él es el hermano aburrido —indicó Brendan—. Yo soy el divertido.

Bexley le puso mala cara y se dirigió a Caleb.

—Te has quedado en la ciudad, ¿no?

—Sí —murmuró él, malhumorado—. Pero igual debería haber salido, si Victoria y el niño no…

—No salgas de la ciudad —lo interrumpió ella.

—No es el momento, Bex.

—¡Me dijiste que no lo harías! —le recordó.

—Bueno, si tengo que hacerlo para buscar a Victoria y al niño, te aseguro que lo haré.

—¡No puedes!

El grito fue tan desesperado que incluso Brendan, que estaba en un rincón de la cocina fumando, se asomó para mirarlos.

Caleb contempló a Bexley con el ceño fruncido.

—¿Qué te pasa? —preguntó directamente, preocupado.

—¡Que vi lo que pasaría si lo hacías!

—¿Y qué es?

Ella inspiró con fuerza. Le temblaban las manos.

—Si lo digo, se volverá real —dijo al fin—. Por favor, no lo hag…

En cuanto Caleb volvió la cabeza, ella interrumpió la frase. Y es que él había tensado cada músculo del cuerpo.

—Victoria —dijo en voz baja.

Conocía ese olor. Lavanda. El niño estaba con ella.

Un sentimiento extraño que mezclaba el terror con la rabia lo recorrió de arriba abajo. Sin dudar un segundo, avanzó a toda velocidad hacia la puerta de la entrada. Iver bajaba las escaleras en ese momento, pero lo ignoró completamente y salió al patio trasero.

Durante unos instantes, solo fue capaz de ver que Victoria y el niño emergían del bosque. Ella llevaba un pijama sucio y mojado, mientras que él vestía su chaleco rojo y, por algún motivo, un peluche de pantera. Este olía a aceite y a café. Qué cosa más extraña.

En cuanto los alcanzaron, Victoria lo miró con sus grandes ojos grises. Estaban llenos de precaución. Caleb supuso que su propia expresión no debía de ser muy agradable.

—Puedo explicártelo —le aseguró ella.

Él, sin embargo, tan solo sentía tensión. Tensión y miedo; emociones que se le habían estado acumulado desde que supo que Victoria y el niño no estaban en casa. El mismo miedo que había sentido al saber que tanta gente iba tras ella; el mismo que había sentido, también, al saber que Sawyer había mentido mucho más de lo que dejaba entrever.

—¿Dónde has estado? —preguntó en un tono muy bajo y controlado.

Ella abrió la boca y volvió a cerrarla. No sabía qué decir. Caleb se acercó a ella, furioso.

—¿Cómo…? —No sabía ni por dónde empezar—. ¡Sawyer podría estar buscándote, Victoria! ¿Es que se te ha olvidado? ¿Qué habría pasado si te hubiera encontrado? ¿Tienes idea de…?

—Sé que tienes muchas ganas de regañarme, pero debemos irnos de aquí.

Caleb, que iba a continuar con la regañina, se detuvo a sí mismo.

—¿Qué?

—Sawyer está de camino. Sabe que estoy aquí. ¡Tenemos que irnos!

—¿Cómo…?

—¡Eso no importa! —le aseguró, desesperada—. Caleb, por favor, tenemos que irnos.

Él todavía no había reaccionado. Sabía que todos los demás estaban tras él, oyendo aquella misma información, y se preguntó qué harían con ella.

Sin embargo, era ya muy tarde para huir. En cuanto oyó los motores de cuatro coches doblando la entrada de la carretera, supo que se acercaban. Victoria tenía razón. Uno de ellos era el coche de Sawyer.

29

Victoria

Todo el mundo miraba a Caleb. De alguna manera, esperaban que él supiera cómo reaccionar. Pero tardó un minuto entero en tomar una decisión. Cada segundo contaba, y Victoria sintió que se le aceleraba el corazón por segundos, conforme se prolongaba su silencio.

—Caleb —susurró con urgencia.

Él parpadeó, se centró y por fin se volvió hacia los demás, que esperaban en las escaleras del porche.

—Tenemos dos coches. Iver, esconde el de Brendan en el patio trasero. Bex, mete en el sótano cualquier prueba de que Victoria ha estado aquí. Brendan, escóndete en mi habitación con el niño y el gato.

—¿En serio? ¿Me toca hacer de niñera?

—¡Haz lo que te digo por una vez en tu vida!

Incluso Victoria, que no era la víctima de ese ataque de ira, dio un brinco. Brendan echó la cabeza hacia atrás. Parecía indignado, pero terminó por acercarse al niño. Lo cogió con un brazo y muy poco cuidado. Kyran pataleó con rabia, pero Brendan ni se inmutó y fue directo a por Bigotitos.

—Deberían marcharse por el bosque —observó Victoria.

—Sawyer habrá puesto a alguien a vigilarlo para que no nos escapemos. No podemos salir de aquí.

—Y… ¿qué hay de mí?

A modo de respuesta, Caleb tiró de su mano y la guio a la cocina. Los demás hacían sus actividades a toda velocidad. En cuanto se detuvieron junto a la nevera, Caleb se volvió hacia ella con rapidez.

—Están en mi dormitorio —le explicó—. Necesito que subas con ellos.

—Pero…

—No hagas ruido. Por favor, no discutas.

Victoria quiso decirle que su habilidad era útil y por fin podía ayudarlo. Y, sin embargo, el reloj iba en su contra. Terminó por asentir.

—Ten cuidado —murmuró, y se apresuró a subir las escaleras.

Caleb

Al oír los pasos de Victoria entrando en su habitación, soltó un suspiro de alivio. Bexley e Iver ya se habían colocado en el salón. Iver fingía ver una película, y Bex hojeaba una revista con las manos temblorosas. Caleb respiró hondo y se acercó a la puerta casi al instante en que oyó los pasos de cuatro personas subiendo los escalones de la entrada.

En cuanto llamaron al timbre, los tres intercambiaron una mirada. Se sintió como si los viera por primera vez. O por última. Y, por primera vez en su vida, tuvo miedo a que se los arrebataran. No quería dejar de soportar las bromas de Bex, o los comentarios a destiempo de Iver. Quería sentirse molesto por los vídeos de maquillaje de ella, y también por el olor a comida de él. No quería que fuera la última vez que los veía.

Tras inspirar con fuerza, abrió la puerta.

Sawyer estaba de pie ante él. Llevaba una camisa blanca y unos pantalones azules. Como las últimas veces, no se había molestado en arreglarse el pelo o en plancharse la camisa. Para lo formal que solía ser, aquello llamaba la atención. De hecho, ¿era cosa suya o tenía muchas más ojeras que la última vez?

Caleb no sabía qué esperar. Se había metido la pistola en la hebilla trasera del cinturón y estaba preparado para sacarla.

Sin embargo, Sawyer se limitó a sonreír.

—¿Cómo estás?

—Bien —murmuró Caleb, escueto—. ¿Qué haces aquí?

Tenía a dos tipos detrás. Iban armados. Lo miraban fijamente. Y, de nuevo, no hubo un solo indicio de que pretendiera atacar.

Pero Caleb podía oler al tercero. Se movía tras ellos, con sigilo. Parecía inquieto. Axel. Sus miradas se encontraron. Tenía un ojo azulado y la marca de una herida en el labio. No se arrepintió de lo que había hecho.

Sin embargo, Caleb había oído cuatro coches. Había hecho bien en no dejar que Victoria escapara. Seguro que estaban esparcidos por el bosque.

—He venido a verte —respondió Sawyer, con una sonrisa deliberada—. Hace mucho que no me paso por aquí.

—Siete años —murmuró Caleb.

—¿Tanto? Bueno, sé un buen chico y déjame entrar.

Se apartó, por supuesto. ¿Qué otra cosa podía hacer?, ¿abrir fuego y arriesgarse a que les hicieran daño? Los superaban en número.

Sawyer fue directo al salón. Contemplaba su alrededor con curiosidad, pero no pareció encontrar nada fuera de lugar. Simplemente se acercó al sillón libre y se dejó caer en él. Tenía un tobillo sobre la rodilla y los brazos cruzados. Con una sonrisa, había ignorado a los dos mellizos.

—No me importaría tomar algo —comentó—. Tenéis café, ¿no?

Caleb hizo un gesto de ir a por él, pero Sawyer lo detuvo con un gesto.

—Que vaya Bexley. Tenemos cosas de las que hablar.

Bex, que ya estaba acostumbrada a esa clase de trato, se mostró el triple de enfadada de lo habitual. Dirigió una mirada de advertencia a su jefe y, lentamente, fue a preparar el café. A esas alturas, Iver también lo miraba como si quisiera hundirle un cuchillo en el corazón.

—Siéntate —le ordenó Sawyer, ignorando a los demás.

Se dejó caer automáticamente en el sofá, junto a Iver, que no había dicho absolutamente nada desde que los demás habían entrado.

Para entonces, Axel también se encontraba en la habitación. Se mantenía en la entrada, apartado de todo el mundo. Iver se había percatado de su presencia. Intercambiaron una mirada que, de haber sido posible, habría helado el infierno. Axel fue incapaz de sostenérsela, e Iver, irritado, se rascó parte de la cicatriz.

—¿Qué haces aquí? —preguntó Caleb a Sawyer.

—Deja que me tome mi café y luego pregúntame lo que quieras.

Por suerte, Bex no tardó mucho en volver. Sawyer ni siquiera la miró. Tan solo señaló la taza.

—Pruébalo tú primero, querida —indicó.

Bex apretó los dientes y, deliberadamente, metió un dedo en el café y se lo llevó a la boca. Puso especial énfasis en trazar un gesto lo menos educado posible. Había elegido el dedo corazón.

Satisfecho, Sawyer gesticuló indicándole que se alejara y aceptó la taza. Tras un sorbo, suspiró y se acomodó.

—Bueno, da gusto ver que seguís vivos. Ya os he convocado dos veces.

—Estábamos de vacaciones —ironizó Iver en voz baja.

—Ahórrate el sentido del humor, Iver. A nadie le parece gracioso y solo consigues hacer el ridículo.

Bex apretó los dedos en los bordes del sillón. Estaba a punto de saltar y matarlo. Caleb le dirigió una mirada de advertencia.

Sawyer, por su parte, dio otro sorbo como si nada de aquello lo afectara.

—Todo esto es muy entretenido —comentó—, pero vayamos al grano. Tengo muchas cosas que hacer y vosotros tenéis un trabajo al que volver, así que… ¿dónde está?

Lo preguntó mirando a Caleb. Él mantuvo su expresión neutra de siempre. Después de tanto tiempo sin usarla, se sentía extraño. Como si fuera un robot.

—¿Quién? —preguntó.

—Sabes a quién me refiero. ¿Dónde está la chica, Caleb?

Victoria

Brendan daba vueltas por la habitación, Bigotitos y Kyran se peleaban en la cama…, pero ella solo era capaz de permanecer sentada en el sillón que había en el fondo, mirándose fijamente las manos.

Tenía las uñas y los dedos sucios por la tierra. Cada vez que cerraba los ojos, recordaba lo que acababa de descubrir. Y las palabras de Agner. Y toda la información de la que disponía, sin poder usarla. Aquello le resultaba insoportable.

Cerró los puños. Aún le temblaba el cuerpo entero, especialmente las manos, y los dedos. No podía controlarlo.

—¡Quietos! —espetó Brendan de repente, mirando al niño y al gato—. Sí, os lo digo a vosotros, par de pesados. Quedaos quietos de una maldita vez.

En cuanto se dio la vuelta, Kyran le sacó el dedo corazón y Bigotitos le bufó, enfurruñado.

Pero Brendan se había vuelto hacia Victoria. Estaba claro que eso de esperar mientras los demás hacían el trabajo sucio no le gustaba mucho.

—¿Y a ti qué te ocurre? —le preguntó directamente—. Te pasas el día parloteando y ahora te quedas en silencio. ¿No podrías contar algo para distraernos?

Victoria no respondió. Al menos, durante unos segundos. Se sentía como si no tuviera cuerdas vocales.

—He conocido a alguien —admitió al final.

—No me digas.

—A un hombre. Creo que era de la segunda generación. Agner.

En aquella ocasión, Brendan no respondió. A Victoria le habría gustado mirarlo a los ojos y descubrir su expresión, pero no se atrevía; si lo hacía, sería incapaz de guardarse la verdad. Temía no decírselo, y a la vez temía hacerlo y borrarle todo lo demás sin querer.

Pero… había otras maneras de conseguirlo.

—Estoy segura de que Sawyer os ha mentido mucho más de lo que deja ver —murmuró.

—¿Eso te ha dicho Agner?

—Más o menos.

—Pues vaya genio. Como si no lo supiéramos.

De nuevo, ella permaneció en silencio.

Caleb

—¿Qué chica?

La pregunta sonó a mentira. Y Caleb se sintió extraño. Nunca antes había mentido. No sabía cómo hacerlo.

—Sabes perfectamente de quién hablo —le soltó Sawyer; esta vez no había sonrisas, ni tono cálido, ni siquiera un intento de suavidad—. Tráemela. Viva.

—No sé de qué…

Caleb percibió el movimiento antes incluso de que terminara. Sacó la pistola por impulso, apuntó a Sawyer y sintió que Iver se movía. No entendió por qué no apuntaba a Sawyer hasta que vio que Axel también había sacado el arma; el cañón de su pistola, clavado en la nuca de Bex.

Los guardias permanecían inmóviles, pero sujetaban las pistolas en la mano. Sawyer parecía muy tranquilo. Pese a tener una pistola ante la cara, mantenía una sonrisa petulante.

—Qué sorpresa —murmuró—. Confiaba en ti, *Kéléb*.

Caleb desvió la mirada de Bex, que estaba petrificada, y la volvió hacia su jefe. No sabía qué hacer. Por primera vez en la vida, oía su propio corazón. Retumbaba con fuerza. Con miedo.

—Y yo en ti —le aseguró en voz baja.

También por primera vez, no se molestó en ocultar el temblor de su tono. Tragó saliva con dificultad y subió la otra mano al arma. No quería arriesgarse. Tampoco quería hacerle daño a Sawyer; pero lo haría, de ser necesario. Si llegaba a su dormitorio… No, no podía permitirlo.

Su jefe enarcó una ceja con un toque de interés.

—¿Cuándo te he fallado? —le preguntó con cierta suavidad.

—Cada día de mi vida.

—Qué dramático te has vuelto, *Kél*…

—Deja de llamarme así.

Sawyer pareció sorprendido por la agresividad de su tono. Por fin entendió la gravedad de la situación. Pese a ello, dejó lentamente la taza en la mesita.

—Tú no me harías daño —aseguró en tono calmado—. Hemos compartido toda una vida juntos, chico. Soy lo más cercano que tienes a una familia.

Caleb negó con la cabeza, pero Sawyer continuó su discurso:

—Sé que has vuelto a hablar con Brendan. El mismo que dejó que te encerraran en un sótano durante años. El que nunca hizo nada por defenderte. ¿De verdad te crees que él te quiere como yo? Puede que mis métodos no hayan sido los mejores, pero siempre he buscado lo mejor para ti. Tu mayor potencial. Tu mayor capacidad de sobreponerte a los demás. Si no fuera por mí…

—Si no fuera por ti —replicó Caleb con voz temblorosa—, tendría una vida normal.

Aquella frase era de su hermano. Desde que la había oído, era incapaz de sacársela de la cabeza.

—Tendrías una vida mucho peor —observó Sawyer.

—Quizá, pero podría elegir. Y tú me has quitado esa opción. Nos la has quitado a todos.

Sawyer emitió un sonido similar a una risa. Estaba nervioso. Se le había acelerado el corazón. Aun así, su temple permanecía calmado. Dirigió una breve mirada a Axel, que mantenía la pistola en una muy quieta Bex.

—No quiero hacerte daño —le dijo Sawyer a Caleb, finalmente—. Y sé que tú no quieres hacérmelo a mí.

—¿Qué remedio me queda, Sawyer? —preguntó él con cierta desesperación—. Intenté avisarte. Te dije que dejaras a la chica en paz, que te olvidaras de ella. Si por una vez en tu vida me hubieras escuchado, podríamos haber llegado a un acuerdo. Podríamos haber parado todo esto antes de llegar al punto en el que estamos.

—Todavía no entiendes nada, chico.

—¿Y qué se supone que debo entender?

—Que esto es mucho mayor que tú y que yo. Si necesito a la chica muerta, lo haces y te ahorras las preguntas. Estoy intentando que sobrevivamos todos.

—No dejaré que la mates.

Acababa de desvelar que podía estar en la casa, pero ya no importaba. Quedaba claro que él ya lo sabía. Era mucho mejor dejarlo todo claro. Quizá, entonces, tendría una pequeña oportunidad de remediar las cosas. De encontrarles una solución. De conseguir que Sawyer desistiera de una vez por todas.

La expresión de su jefe, sin embargo, acababa de ensombrecerse. Se recostó en el sillón y miró fijamente a Caleb, que intentaba controlar el temblor de sus manos.

—Has incumplido las normas —sentenció.

—No me has dejado otra alternativa.

—Siempre hay otras alternativas. Y tú has elegido la que iba en contra de todo lo que te he enseñado. Prefieres proteger a una humana antes que a la persona que te ha cuidado durante toda tu vida.

—Sawyer...

—Esperaba una traición de todos, menos de ti. —Sawyer sacudió la cabeza—. Todas mis apuestas siempre han sido por ti, Caleb. ¿Cómo puedes hacerme esto después de todo lo que hemos vivido juntos?

Caleb sintió una sensación parecida a una arcada. Aquella sensación de cuando sabes que algo está a punto de escaparse. Asciende por tu garganta, quemándolo todo a su paso, y sabes que cuando te llegue a la boca serás incapaz de contenerlo. Solo que, en su caso, fueron palabras. Y furia. Y un odio que ni siquiera él mismo sabía que guardaba.

—¿Qué hemos vivido juntos? —espetó de pronto—. ¡Me encerraste durante años! ¡Años! Quería morirme, Sawyer. Odié cada segundo ahí abajo. Te odiaba a ti. Y me odiaba a mí mismo por no poder defenderme. Solo quería que, un día, apareciera Brendan y me ayudara a escapar. Habría vuelto a veinte orfanatos con tal de no seguir viviendo en la oscuridad, atado y sin apenas comer. ¡Me torturaste! ¿Te crees que creabas al extraño perfecto? Solo querías un robot. Y, ahora, solo quieres un perro. Quieres a alguien que haga lo que dices sin siquiera cuestionárselo. Y yo ya no puedo hacerlo. No en esto. No es solo una humana, Sawyer. La quiero. Si la matas, me estarás matando a mí también. Sé que hay una parte de ti que me aprecia. Lo sé. La he visto. Así que, por favor, vete de aquí. Sigamos con nuestras vidas. Déjanos tranquilos. Deja que ella viva. Seré tu robot durante todo el tiempo que quieras, pero no le hagas daño. Se merece vivir. Mucho más que tú y yo. Por favor.

Tras aquellas palabras, Caleb tuvo que inspirar para recuperar el aliento. Se sentía como si acabara de correr una maratón. Apenas podía respirar. Y su latido, que aumentaba a cada segundo que pasaba, no lo dejaba pensar con claridad. ¿Qué le quedaba, más que suplicar que los dejara tranquilos?

Por un momento, pensó que Sawyer lo haría. No se le daban bien las expresiones, pero sabía que, lo que acababa de cruzar sus ojos, era empatía. Y lástima. Y otros sentimientos que no consiguió leer.

No obstante, el último fue determinación.

—Ojalá pudiera elegir —le dijo con cierta tristeza—. Vosotros, buscad por la casa hasta encontrar a la chica. Axel, mata a Bexley.

El disparo sonó, pero Bex fue mucho más rápida. No tanto como para esquivar la bala, pero sí para que no se le clavara en el cráneo. El olor a sangre le provocó un escalofrío. El disparo le había atravesado el pecho. Y un pulmón. Lo supo tan solo por el ruido que emitió.

Mientras sucedía todo aquello, Caleb fue incapaz de reaccionar. Tampoco estaba seguro de si habría disparado a Sawyer, de haber tenido tiempo. Nunca lo sabría, porque uno de los guardias lo disparó en una pierna. O lo intentó, por lo menos. Se movió tan deprisa que la bala no llegó a rozarlo.

Para entonces, los otros guardias ascendían los escalones.

Victoria

En cuanto empezaron a sonar los disparos, Victoria se incorporó de un salto. Tanto Kyran como Bigotitos se habían quedado inmóviles. Brendan también. Dejó el paseo a un lado para contemplar la puerta.

Pudieron oír cómo varios pasos se acercaban a la vez. Brendan sacó la pistola. Victoria se puso delante del gato y el niño. Le temblaba todo el cuerpo.

Sin embargo, quien abrió la puerta fue Iver. Cargaba a Bex sobre el hombro, como podía. Victoria tuvo la visión fugaz de varios guardias muertos en el suelo.

Oh, no, ¿dónde estaba Caleb?

Iver cerró tan rápido como había abierto. Tenía un lado de la cara cubierto de rojo, y una herida en el brazo que no dejaba de sangrar. En cuanto se sintió a salvo, soltó a su hermana. Bex cayó al suelo, apoyándose como pudo con un brazo. Una mancha de sangre en la camiseta no dejaba de crecer.

—¡Bex! —chilló Victoria, agachándose a su lado—. ¡Mierda!

—¡Tenemos que ayudarla! —dijo Iver con urgencia.

—¿Cómo coño pretendes que lo hagamos? —preguntó Brendan, apoyado en la puerta para que no pudieran abrirla—. ¡Estamos atrapados!

—¡Por la ventana! —gritó Iver, desesperado.

—¡Nos pillarían, idiota!

—¡No lo llames idiota! —gritó Victoria, a su vez—. ¿No ves que quiere salvar a su hermana?

Brendan murmuró un insulto y pegó la oreja a la puerta.

Mientras tanto, Victoria obraba como podía. Se había quitado la chaqueta para rodear a Bex con ella y hacerle un torniquete. No serviría de nada. La herida no dejaba de sangrar. Le había entrado por la espalda y salido por el pecho. Podía ser un pulmón. Victoria le miró el rostro. Bex tenía los labios amoratados y los ojos medio cerrados.

Para entonces, Iver se había tirado junto a ellas. Ni siquiera parecía consciente de su propia herida, en el brazo. Tan solo veía a su hermana.

—¿Qué hacemos? —preguntó con desesperación.

Victoria deseó tener algo que decirle. O alguna solución.

La verdad llegó a ella como una bomba. Bex iba a morir. Ahí dentro, no podían tratarle una herida de tal calibre. Era imposible. Y, si no podían escapar…

—Tenemos que sacarla de aquí —dijo apresuradamente.

Iver negó con la cabeza, frenético.

—No podemos salir, Victoria. Hay guardias por todas partes.

—Entonces…

—¡Tampoco podemos atravesar la casa! ¡La están incendiando desde abajo! Nos obligarán a salir por la ventana.

Espera… ¡la ventana!

Victoria, muy decidida, se volvió hacia Kyran. Permanecía paralizado en la cama. La visión de la sangre lo había dejado totalmente ido. Aun así, puso ambas manos en sus hombros y tiró de él para que la mirara.

—¡Kyran! —exclamó, y por fin captó la atención del niño—. Escúchame bien, cariño. ¿Te acuerdas de lo que hiciste conmigo en esa fábrica? ¿Te acuerdas de cómo nos volviste invisibles?

El niño asintió. Estaba pálido. Empezaba a oler a quemado. No había tiempo.

—Necesito que hagas eso con Bex y Bigotitos, ¿vale? ¿Crees que puedes volverlos invisibles?

De nuevo, asintió.

—Sé que te estoy pidiendo muchísimo. Lo sé. Pero… ¿crees que podrías hacerlo con alguien más? ¿Alguien que sujetara a Bex y que os ayudara a bajar por la ventana?

El niño dudó, pero asintió una vez más. Victoria supo que había alcanzado su límite.

Iver, que iba en modo automático, aseguró el torniquete de su hermana y se volvió hacia Brendan.

—Tienes que ser tú —espetó.

El aludido, por primera vez en un buen rato, pareció centrarse en ellos.

—¿Qué?

—¡Yo no puedo transportar a alguien, porque estoy herido! Tienes que ser tú, Brendan.

—¿Y qué hay de vosotros?

La pregunta les supuso una sorpresa. Victoria, que seguía sujetando al niño por los hombros, observó a Brendan y negó con la cabeza. Este sostuvo su mirada y, finalmente, asintió.

Kyran también había empezado a negar con la cabeza, y Bigotitos se acercaba a Victoria, asustado. Buscaba consuelo, pero, por primera vez en la vida, Victoria no pudo dárselo. Se obligó a apartarlos a ambos. Su corazón se agrietó, pero hizo un esfuerzo para no mirarlos a los ojos.

—Tenéis que marcharos —insistió, tan dura como pudo—. Tenéis que volver, ¿vale? Caleb y yo también volveremos. Y Bex os leerá un cuento. E Iver os cocinará una comida riquísima. Y Brendan se quejará de todos nosotros, como siempre. Os prometo que volveremos. Os lo prometo. Ahora, tenéis que marcharos. ¡Ya!

Tras otra ronda de disparos, Victoria dirigió una mirada apremiante a Brendan. Este asintió de nuevo y se puso manos a la obra.

Caleb

Lo estaba haciendo por sus amigos. O eso se decía a sí mismo mientras se abría paso con la pistola. Ya había gastado dos cargadores. Había matado a mucha gente.

Mucha gente de la que desconocía si era inocente o no. Mucha gente que ese día no había vuelto a casa.

Caleb cerró los ojos con mucha fuerza y se dijo a sí mismo que era el único camino. Que no le quedaba más remedio. Que tenía que ser así.

Todavía estaba escondido tras la isla de la cocina. Quedaba un guardia en el patio trasero. Era el mismo que había logrado rozarle el hombro. Axel se había escapado con Sawyer tras él. Debía encontrarlos. Y a sus amigos. Debía encontrar a todo el mundo.

El olor a humo le invadía los sentidos por completo. Al abrir los ojos, los tenía llenos de lágrimas. Era insoportable. Cuando se asomó por encima de la barra, tuvo que contener la respiración para que no le entrara en los pulmones.

El guardia seguía asomado a la ventana. Caleb consiguió que un disparo le rozara la mejilla. En la fracción de segundo en que el guardia dio un espasmo hacia atrás, él volvió a apretar el gatillo y por fin consiguió acertarle en la frente.

Entre la sangre, las llamas y el humo, Caleb logró ponerse de pie y correr hacia la escalera. Era un suicidio, pero necesitaba asegurarse de que los demás habían escapado. No podía salir de aquella casa sin la seguridad de que estarían bien. No podía hacer otra cosa que subir los escalones.

Llegó al pasillo del ático en tiempo récord. Le dolía todo, pero su mano permanecía apretada en torno a la pistola, también cuando empujó la puerta de su dormitorio.

Iver lo apuntó directamente a la cara, pero bajó el arma en cuanto lo reconoció. Caleb contuvo un suspiro de alivio. Especialmente al descubrir a Victoria tras él. Tenía sangre en las manos, pero no parecía herida. Menos mal. Menos mal…

—¡Caleb! —exclamó ella, desesperada, y fue corriendo rápidamente hacia él.

Él se dejó abrazar y, aunque la rodeó con un brazo, ya estaba buscando una salida. La ventana le pareció la mejor opción.

—¿Dónde están los demás?

—Han escapado —informó Iver, muy pálido debido a la herida del brazo—. Solo quedamos nosotros.

—Tenemos que irnos.

—O no.

Aquella voz no era de sus amigos.

Caleb agarró a Victoria por el brazo y la colocó tras él de forma automática. Al volverse, vio a Axel y Sawyer en el umbral de la puerta. La misma que acababa de cruzar. Los ojos de Axel retomaron entonces su tono natural.

Lo había engañado con una ilusión. Le había hecho creer que el pasillo estaba desierto cuando, en realidad, los esperaban ahí. Y Caleb había caído en ello. Había sido un estúpido.

Miró a Iver, tan asustado como él. Aun así, había levantado la pistola y apuntaba a Axel. Caleb hizo lo propio con Sawyer. Ambos iban armados.

—Mira a quién tenemos aquí —dijo Sawyer.

Su voz sonaba ida, desquiciada. No parecía su voz de verdad. Se había transformado en una persona completamente distinta.

—Así que finalmente es verdad... —murmuró—. Me has traicionado.

—Yo no he...

—Ni se te ocurra... mentirme... otra vez... o te juro que os mataré a los tres. Empezando por ella.

Caleb vio los ojos de su jefe. De esa persona en la que había confiado durante tantos años. De pronto, parecían los de un desconocido. Los de un monstruo.

—Deja que se vayan —le dijo en voz baja—. Iver no tiene nada que ver, y Victoria en realidad no es más que un testigo que no ha hecho nada...

—Oh, por favor. —Sawyer soltó una risa casi histérica—. Iver te ha ayudado. Se ha puesto de tu parte. ¡Me ha traicionado! ¡Como todos! ¡Después de que os acogiera, os diera un hogar y os cuidara como a mis propios hijos... me habéis traicionado! ¡Y por una puta humana! ¡Lo sabía! ¡Sabía que no debía dejar que las mujeres entraran en nuestro grupo!

—Tu problema no son las mujeres —espetó Victoria de pronto, deshaciéndose del agarre de Caleb—. Sé que Bex te mostró una visión

517

de tu futuro. Y sé que parte de tu odio hacia las mujeres es por lo que viste en ella.

—Oh, cállate, no tienes ni idea de…

—¡Lo sé todo! —espetó Victoria.

El humo empezaba a colarse por debajo de la puerta y ella se había alejado de Caleb. Por su forma de moverse, nadie habría dicho que era la única que no iba armada.

—¡Lo he visto! —exclamó con furia—. ¡Todo! ¡Sabes que es cuestión de tiempo que ellos también lo sepan! ¿Es eso lo que te da tanto miedo?, ¿que les muestre la verdad?, ¿que vean todas las mentiras que les has contado durante estos años?

A Sawyer le temblaba la mano, pero continuaba apuntando a Caleb. Miraba a Victoria con los ojos desorbitados, con la mandíbula tensa.

Caleb podría intentar quitarle la pistola, pero solo si Victoria lo distraía tanto como para que él se le acercara. Solo un poco más. Axel suponía una dificultad añadida, pero no haría nada. Caleb lo apuntaría enseguida.

Podía hacerlo.

Sawyer, en ese momento, estalló en una carcajada seca y amarga.

—¿Pretendes que una niña que no ha hecho nada útil con su vida me robe todo lo que he conseguido?

—Sé que tuviste una visión de futuro que te aterra. Y sé que, por mucho que luches contra ella, llegará, de una forma u otra.

Sawyer retrocedió como si le hubieran dado un puñetazo. Iver permanecía muy quieto, en alerta contra Axel, mientras que Victoria se mantenía de pie entre Sawyer y la ventana.

Caleb empezó a rodear a Sawyer lentamente para acercarse a ella. Solo tenía que alcanzar a Victoria y saltar con ella. Iver saltaría con ellos. Y estarían a salvo. Era mejor plan que arrebatarle la pistola. Mucho más rápido.

—Es inútil que trates de impedirlo —continuaba Victoria, mirándolo fijamente—. Es inútil que intentes evitar que Agner hable conmigo. Estás acabado, Sawyer.

El aludido retrocedió otra vez. El humo se colaba tras él. Pronto el fuego también lo haría. Y lo engulliría.

Caleb seguía rodeándolo lentamente, con precaución, sin perder la pistola de vista.

—Yo… yo no… —empezó Sawyer.

Caleb llegó por fin junto a Victoria. La sujetó de la mano y ella se la apretó con fuerza.

—No ha servido de nada, Sawyer —dijo ella, esta vez con una voz suave—. Vete sin resistirte. Será más fácil.

Caleb dirigió una última mirada a Sawyer, que parecía completamente desolado. Intentó que no lo afectara. No podía cometer de nuevo el mismo error. No podía. Tenía que irse de ahí con Victoria y con Iver. Tenían que escapar.

Sawyer por fin bajó la pistola y dio otro paso atrás. Las llamas empezaban a asomarse.

Sujetó con firmeza la mano de Victoria y miró a Iver. Y los tres se dieron la vuelta para marcharse.

Sin embargo, mientras tanto, lo escuchó. Y lo notó. Sawyer había apretado el gatillo.

—Lo siento —dijo en voz baja—, pero no moriré por ti.

Caleb se volvió lentamente hacia Victoria, que le había apretado la mano con mucha fuerza. Ella le devolvió la mirada; su expresión era de una sorpresa tan genuina que, al instante, él supo que jamás se le olvidaría.

Cuando Caleb bajó la mirada, con los oídos zumbándole, con el corazón retumbándole…, lo vio.

Vio la mancha roja en el abdomen de Victoria expandiéndose más y más.

Ella soltó su mano y se la llevó torpemente a la herida. Trató de darse la vuelta… Y no pudo. Las rodillas le fallaron.

Caleb se abalanzó hacia delante. El corazón le latía a toda velocidad. La alcanzó justo a tiempo para que su cabeza no chocara contra el suelo.

Victoria lo contempló con los ojos llenos de terror. Pareció querer decirle algo, pero, cuando abrió la boca, solo le salió un hilo de sangre que se deslizó por su mejilla hasta el suelo.

—No.

Aquello lo había dicho Caleb. Su cerebro entumecido empezaba a procesar lo que estaba sucediendo.

—No, no, no… No… Victoria, mírame… ¡Mírame!

Pero ella había apartado la mirada hasta el techo. La sangre brotaba de la herida. Lo hacía con una abundancia escalofriante. Caleb empezó a moverse con torpeza, desesperado. Colocó una mano sobre la herida para apretarla y que dejara de sangrar, pero era inútil; no dejaba de brotar de entre sus dedos, no dejaba de llenar el suelo. Mucha sangre. No. Estaba perdiendo mucha sangre.

—¡No! —gritó—. No, no dejaré que te vayas. No… No…

La colocó en el suelo con suavidad y, presa del pánico, cubrió sus ojos con las palmas de las manos. Actuaba sin conciencia. Sin rumbo. No iba a morir. No iba a morir. No iba a…

Un dolor agudo y punzante se le instaló en el abdomen, pero no pudo importarle menos. Con los dientes apretados, siguió concentrado en la herida de Victoria. A cada segundo que pasaba, sus latidos se debilitaban. No apartó la mano ni desistió en su trabajo. Una pequeña brecha se abrió en su propio estómago. Un hilo de sangre manchó su camiseta.

Y, entonces, notó una mano fría sobre la suya. Una mano que descubrió los ojos de Victoria. Caleb tardó unos segundos en procesar que era ella quien lo había apartado. Lo miraba con los ojos cansados y los labios pálidos.

—¿Qué haces? —preguntó Caleb desesperado—. ¡Victoria, deja que…!

Pero ella volvió a apartar la mano y negó con la cabeza. Y supo lo que quería decirle.

No había nada que pudiera hacer. Si continuaba intentando curarla, probablemente terminaría matándose a sí mismo. Y Victoria lo sabía.

Ella probó a hablar, pero fue incapaz. Sí que logró poner una mano en su mejilla.

Caleb sintió la humedad de la sangre.

No podía moverse.

No podía pensar.

Y, entonces, la mano de Victoria volvió a su regazo. Y sus ojos grises, que hasta ahora lo habían estado mirando, quedaron fijos en un punto cualquiera… sin vida.

Por un instante, Caleb no reaccionó. Solo la miró fijamente, entumecido, como si no fuera real. Como si fuera una visión en mitad de una pesadilla. No podía ser real. Eso no podía estar pasándole. No a Victoria.

—No. —Se oyó decir a sí mismo.

Por primera vez, no podía oír su latido. Por primera vez, tuvo que pegar la oreja en el pecho de otra persona para intentar identificarlo. No estaba. No oía nada. No latía.

—No, no, no… Por favor, no me hagas esto, no puedes dejarme. Por favor, Victoria, por favor.

Una mano se colocó sobre el hombro de Caleb, pero no le importó de quién fuera. La apartó de un manotazo y de nuevo intentó curarla, desesperadamente. Notó las mejillas húmedas y de alguna forma supo que estaba llorando. No recordaba haber llorado ni una sola vez en la vida.

—Caleb —le dijo una voz que parecía emerger de muy lejos.

Intentó reanimar a Victoria otra vez, pero se detuvo en seco cuando el dueño de la voz intentó apartarlo del cuerpo.

—¡Suéltame! ¡Tengo que…!

—¡No puedes hacer nada! —gritó Iver—. ¡Si te quedas aquí, morirás con ella!

Caleb negó con la cabeza.

No estaba muerta.

No… Era imposible.

No… no podía estarlo, no entendía qué…

—¡Tenemos que irnos! —insistió Iver desde otra galaxia.

—No puedo… no puedo irme sin ella… Tengo que…

—¡Caleb, Victoria está muerta! —le gritó de pronto, desesperado porque el fuego se cernía sobre ellos—. ¡Pero tú no! ¡Ni Kyran ni ninguno de los demás! ¿Crees que ella querría que te quedaras aquí y murieras con ella? ¿Quién cuidará de todos los demás si tú también mueres esta noche?

Caleb lo contempló sin verlo. No podía pensar. Solo podía sentir las lágrimas deslizándose por sus mejillas. Intentó volverse de nuevo hacia Victoria, pero Iver le sujetó la cara con ambas manos.

—Se ha ido —le dijo con voz suave, teñida por el dolor—. Lo siento, amigo. Lo siento muchísimo. Pero no puedes hacer nada. Nadie puede hacer nada. Tenemos que irnos.

Caleb sintió que se ponía de pie, pero era como si lo hubiera hecho otra persona. Alguien que no era él. Sintió sus piernas moviéndose, pero no las podía controlar.

Cuando llegó a la ventana, se volvió una última vez y sintió que algo dentro de él se retorcía de forma insoportable. La vio ahí, entre las llamas. Por primera vez, se dio cuenta de que ya no la veía a ella. Tan solo un recipiente vacío.

No pudo seguir viéndolo.

Saltó por la ventana y aterrizó en el jardín. Mientras se alejaba de la casa en llamas, fue incapaz de mirar atrás.

30

Brendan

Ascendió sin que nadie lo viera, evitando las cornisas en llamas y las ventanas destruidas por el calor.

La encontró en el suelo del ático. Los ojos grises de Victoria estaban abiertos, pero en ellos ya no había vida. Ya no había nada. Eran como dos pozos grises sin nada más que agua en calma.

Victoria parecía tan pequeña…, tan frágil…, tan viva…, pero no estaba viva. Como Anya en su momento.

Le puso una mano sobre el corazón, pero ya no podía notar nada bajo la palma. Ni siquiera un débil latido. Ya apenas había calidez. Ya no había nada.

—Descansa en paz —murmuró en voz baja, colocándole ambas manos en el regazo.

Una parte de él seguía creyendo que, si se apartaba, ella intentaría detenerlo. Anya tampoco lo hizo. Era como revivir aquella escena de nuevo. Solo que, esta vez, quien sufriría sería su hermano.

No estaba seguro de qué era peor.

Saltó por la ventana. Todos los hombres de Sawyer estaban aún en el patio delantero, solo que… estaban muertos. Obra de Caleb, seguramente, en pleno ataque de rabia y dolor. Prefirió no fijarse en los cadáveres horripilantes que había dejado a su paso. Aunque supo, de alguna forma, que ninguno de ellos era el cuerpo de Sawyer o Axel. Seguían vivos. Y Victoria no.

Llegó al final del camino y subió a uno de los coches que habían traído los otros. La casa estaba envuelta en llamas. Incluida la habitación en la que habían dejado a Victoria. Cerró los ojos un momento antes de sacudir la cabeza y arrancar.

Buscó a su hermano durante varias horas, pero no encontró ni rastro de él. Era como si hubiera desaparecido.

Y una parte de Brendan podía entenderlo. Dudaba que lo viera en unas horas. O en unos días. O puede que incluso se ausentara más tiempo.

Pero la otra parte de él, la racional, recordaba que Sawyer —que habría escapado mientras ellos estaban pendientes de Victoria— y Axel seguían vivos. Y podían hacerle daño. Caleb sería incapaz de defenderse, en el estado de ánimo en que se encontraba. Tenía que encontrarlo.

También pensó en ir a casa de Daniela, donde probablemente se habían escondido los demás para protegerse y curar a Bexley; pero entonces recordó fugazmente a alguien que podría ayudarlo a encontrar a Caleb, alguien que sería mucho más rápido.

Condujo en silencio, con las manos y la ropa llenas de sangre. Si cerraba los ojos, todavía veía a Victoria. Su cara, de vez en cuando, se transformaba en la de Anya. Aún oía los sollozos desesperados de Caleb, que se transformaban en los suyos propios.

Intentó alejar la imagen de su mente y aparcó el coche frente a la casa de fachada azul. Cuando bajó, tuvo que apretar los puños para que no le temblaran los dedos. Subió los escalones del porche, respirando hondo, y llamó al timbre.

Unos segundos más tarde, Jashor abrió la puerta.

—¿Qué...?

—Necesito ver a Tilda. Es urgente.

Tilda y su hermana se encontraban en el salón, desayunando. Brendan se preguntó qué hora debía de ser. ¿Estaba amaneciendo?, ¿o anocheciendo?

Al verlo, Tilda se incorporó de un salto.

—¿De quién es esa san...?

—Necesito encontrar a mi hermano —le dijo apremiante.

—No puedo.

—Por favor.

Su voz sonó tan desesperada que incluso Sera alzó la mirada.

Tilda lo miró de arriba abajo, dudando, antes de asentir con la cabeza.

—Déjame prepararme mi infusión.

Jashor la siguió a la cocina. Comentaba lo peligroso que sería ayudarlo, pero a Brendan le dio igual. Todavía sentía la sangre en sus manos. En todas partes. Cerró los ojos, pero los abrió al instante. Solo podía ver a Victoria. Y a Anya.

Entonces, se percató de que Sera lo contemplaba con curiosidad. Y, de hecho, con una determinación que no había visto jamás en ella. No supo interpretarlo. Su cerebro seguía sin funcionar demasiado bien. Solo quería encontrar a Caleb y ponerse a salvo.

Sera sonrió ligeramente.

—Ahora estás listo. El don lo sabe.

Brendan la contempló unos segundos más, medio entumecido, antes de acercarse a ella. Sera le sonreía de una forma que podría considerarse tierna.

—¿El don?

—Estás listo para tu único salto al pasado.

Sera le tomó la mano y le acarició los nudillos en un gesto casi maternal, ignorando la sangre.

—El don te ha estado esperando. Ahora estás listo.

—Pero… ¿qué tengo que hacer?

—Recuerda que nada es definitivo…, pero sí duradero. Recuerda las palabras de Sawyer el día de tu transformación, chico. Recuérdalas… y podrás ayudarla.

—¿A quién?

—Sabes a quién.

—No. —Se oyó decir a sí mismo con voz temblorosa—. Está muerta.

—Eres el único que puede.

—¡No! Debería ser Caleb.

—Caleb no puede —le dijo Sera con suavidad—, porque él no puede transformarla.

Durante una eternidad, Brendan no supo qué decir.

—Un cuerpo humano es incapaz de sobrevivir a una herida de ese calibre, chico.

—Pero un cuerpo transformado…

Ella asintió.

—¿Estás listo para usar tu único salto?

Durante unos instantes, no dijo nada. Pero, cuando levantó la mirada, estaba decidido.

—Hazlo.

La sonrisa de Sera era de orgullo. No obstante, al apretar la mano de Brendan, su alegría desapareció.

De hecho, *todo* desapareció.

Brendan trató de mirar alrededor, pero todo se había vuelto neutro. Notó una ráfaga de viento en la cara, un sonido fuerte zumbándole en los oídos, y se sintió como si cayera. Pero no estaba cayendo. Dejó de respirar un momento y, entonces, lo notó.

El olor a humo.

Abrió los ojos. Caleb saltaba por la ventana junto a Iver. Un segundo más tarde, un grito de advertencia que fue sustituido por uno de dolor. Dolor crudo. Los guardaespaldas de Sawyer, e iban a morir todos.

Pero Brendan no tenía tiempo para fijarse en eso.

Se acercó corriendo a Victoria y la sostuvo en brazos. Su cabeza se quedó colgando, inerte, cuando con el hombro empujó la otra ventana para abrirla. El humo provocó que se le humedecieran los ojos y empezara a toser, pero consiguió pasar bajo el marco. Saltó al jardín lateral, aterrizando con dificultad. Los gritos continuaban cuando se adentró, con Victoria en brazos, en el bosque, una zona segura. No se detuvo hasta llegar a los pies de la casa del árbol.

Todavía tosiendo por el humo, dejó a Victoria en el suelo. Le apoyó la espalda en el tronco del grueso árbol y la miró mejor. No podía desperdiciar esa oportunidad. Era ahora o nunca.

Extendió una mano hacia su cabeza y le puso la otra sobre el corazón. Sintió que la presión iba en aumento como solo lo había hecho una vez en su vida. Cerró los ojos con fuerza. Toda su energía estaba puesta en Victoria.

No podía fallar.

El cuerpo de ella no respondió y Brendan apretó los dientes con tanta fuerza que empezó a dolerle la mandíbula. Podía sentir el calor en el cuerpo, el cosquilleo en los dedos y la espalda… Lo estaba haciendo. Lo estaba consiguiendo. La estaba transformando.

Soltó un gruñido cuando el dolor de cabeza se volvió insoportable, pero no bajó el ritmo. Tampoco la fuerza. Su calor empezaba a transmitirse hacia el cuerpo de la chica.

Un instante después, notó algo en la palma de la mano. La vibración de un débil latido.

Abrió los ojos, pero no dejó de ejercer la máxima presión que le ofrecían su cuerpo y su cabeza, ahora tan doloridos. Victoria seguía pálida y con los ojos cerrados, pero él notó otro latido bajo la palma de la mano.

Por un instante, el dolor fue tan intenso que le pareció que ya no la veía, que todo se volvía de color blanco, pero entonces lo notó. El latido se había regulado, era uniforme. Sin embargo, esos latidos ya no eran humanos. Un humano jamás podría latir con tal intensidad. Respirando aún con dificultad, la miró y vio que sus labios habían recobrado el color. Sus ojos permanecían cerrados.

Brendan le rodeó la cabeza con los brazos y la colocó en su regazo.

—Vamos, abre los ojos —suplicó—. Por favor, ábrelos.

Y las pestañas de Victoria, lentamente, se separaron.

Victoria, confusa, abrió los ojos. Intentó moverse, pero el dolor de la herida —todavía abierta— la detuvo de golpe, y se le escapó un jadeo. Brendan estaba tan eufórico que podría haberse reído a carcajadas, pero se contuvo y se limitó a sujetarla con cuidado.

—Vas a sobrevivir, Victoria.

Notar tanta alegría en su propia voz fue… extraño.

—Ahora tu sistema no es humano —prosiguió—. Solo tengo que coserte la herida y podrás vivir.

Ella seguía mirándolo. Alguna parte de aquella frase le hizo fruncir ligeramente el ceño.

—¿Qué pasa? —preguntó Brendan, confuso.

Y ella, por fin, pareció encontrar su voz de nuevo.

—¿Quién es Victoria?